HEYNE BÜCHER

SCIENCE FICTION

Herausgegeben
von Wolfgang Jeschke

Ein Verzeichnis aller BATTLETECH®-Romane
finden Sie am Schluß des Buches.

Thomas Gressman

Die Jäger

Vierzigster Roman im
BATTLETECH®-Zyklus

Deutsche Erstausgabe

WILHELM HEYNE VERLAG
MÜNCHEN

HEYNE SCIENCE FICTION & FANTASY
Band 06/6240

Titel der amerikanischen Originalausgabe
THE HUNTERS
Deutsche Übersetzung von REINHOLD H. MAI

Umwelthinweis:
Dieses Buch wurde auf chlor- und
säurefreiem Papier gedruckt

Redaktion: Joern Rauser

http://www.heyne.de
Printed in Germany 1999
Umschlagbild: FASA Corporation
Umschlaggestaltung: Atelier Ingrid Schütz, München
Technische Betreuung: M. Spinola
Satz: Schaber Satz- und Datentechnik, Wels
Druck und Bindung: Elsnerdruck, Berlin

ISBN 3-453-13988-7

Mit Dank und Gruß an Blaine Pardoe und Bill Keith für ihre reichlichen Ermutigungen und an Mike Stackpole und Donna Ippolito, die mich gezwungen haben, darüber nachzudenken, was ich tat, und mein Bestes zu leisten. Danke an Brenda für ihre Geduld, und an Dich, Herr. Ich weiß, wer mir die Gelegenheit, dieses Buch zu schreiben, wirklich gegeben hat.

Für Jonathan Powers oder Catherine Elizabeth, wo immer ihr sein mögt. Ich freue mich darauf, eure Bekanntschaft zu machen.

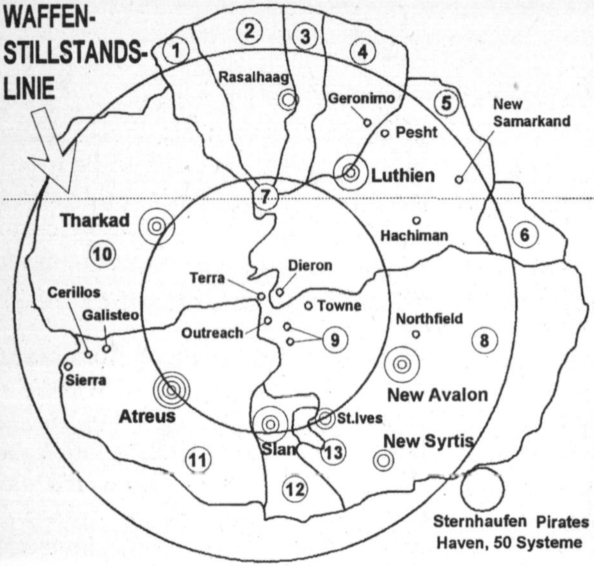

KARTE DER NACHFOLGERSTAATEN

1• Jadefalken/Stahlvipern, 2• Wölfe, 3• Geisterbären,

4• Nebelparder/Novakatzen, 5• Draconis-Kombinat,

6• Außenweltallianz, 7• Freie Republik Rasalhaag,

8• Vereinigtes Commonwealth, 9• Chaos-Marken,

10• Lyranische Allianz, 11• Liga Freier Welten,

12• Konföderation Capella, 13• St. Ives-Pakt

Karte erstellt durch COMSTAR,
nach Informationen des COMSTAR-EXPLORERDIENSTES
und des STERNENBUNDARCHIVS, Terra

PROLOG

Man schreibt das Jahr 3058. Nach Jahrhunderten erbitterter Kriege gegeneinander haben die Großen Häuser der Inneren Sphäre sich gegen die größte Bedrohung zusammengeschlossen, der sich die Menschheit je gegenübersah – die Clan-Invasoren. Diesmal werden sie sich den Eindringlingen als eine geeinte Streitmacht stellen. Sie werden unter dem Banner des neuen Sternenbunds kämpfen.

Die Fürsten der Freien Inneren Sphäre kommen auf Tharkad zusammen, um zu entscheiden, wie sie die Clans ein für allemal in die Knie zwingen können, und es dauert nicht lange, bis sie einen Plan gefaßt haben: Sie werden den Krieg zu den Clans tragen und einen von ihnen völlig auslöschen. Als ihr Opfer wählen sie Clan Nebelparder, den gnadenlosesten der Invasorenclans.

Im Verlauf dieser Planungen erreicht sie eine schokkierende Nachricht: Ein Nebelparder-Renegat hat den Weg zu den Clan-Heimatwelten verraten, ein bisher so eifersüchtig gehütetes Geheimnis, daß nicht einmal die Sprungschiffskapitäne der Clans selbst mehr als die Wegstationen und Transitpunkte kennen, die sie für ihre Etappe der langen Reise benötigen.

Das wirft die Planung völlig durcheinander. Die Kräfte der Freien Inneren Sphäre werden unter dem Banner eines neuen Sternenbunds nicht mehr nur auf den besetzten Welten gegen die Nebelparder ins Gefecht ziehen, sie werden eine zweite Streitmacht nach Diana in Marsch setzen, zur Heimatwelt der Nebelparder, und alles Leben auf diesem Planeten auslöschen.

Victor Steiner-Davion führt Operation Bulldog an,

den Angriff auf die von den Nebelpardern besetzten Systeme der Inneren Sphäre. Das Kommando über die zweite Operation, die heimlich nach Diana vorstoßende Einsatzgruppe Schlange, fällt an Marshal of the Armies Morgan Hasek-Davion.

Morgan und die Schiffe seiner Einsatzgruppe folgen dem Weg zu den Heimatwelten, demselben Weg in die Tiefen des Alls, auf dem General Aleksandr Kerensky seine Armee dreihundert Jahre zuvor ins Exil führte. Kerensky hatte alles hinter sich gelassen, um die Menschheit vor sich selbst zu retten. Jetzt folgt Morgan den Spuren des legendären Generals, um die Menschheit vor Kerenskys Hinterlassenschaft zu retten.

1

Nebelparder-Garnisonslager, Reega, Bangor
Nebelparder-Besatzungszone

12. August 3058, 04:22 Uhr TNZ

Tai-i Michael Ryan unterbrach seine Kletterpartie die steile Mauer rund um das Garnisonslager der Nebelparder hinauf. Drei Meter über ihm stützte ein riesiger Elementar die Krallenhand seines Gefechtspanzers auf die Steinbrüstung und sah hinaus über den dichten Dschungel, der die wogende Hügellandschaft bedeckte, soweit das Auge reichte.

Trotz der dichten Wolkendecke, die das schwache Sternenlicht schluckte, das ansonsten durch Bangors dichte, schwülfeuchte Atmosphäre gedrungen wäre, hatte Ryan keine Schwierigkeiten, Details des Krötenpanzers zu erkennen, den der Clan-Posten trug. Wenn er sich etwas zurücklehnte, sah er selbst das Fleckenmuster von Grau und Dunkelgrün auf dem metallgrauen Plaststahl des Anzugs, auch wenn die Lichtverstärkungsautomatik seines Helms ein rein schwarzweißes Bild lieferte. Mit dem gewölbten Bauch und abgeschrägten Helmvisier erinnerte der Elementar Ryan an einen O-Bakemono, einen der Dämonen, von denen ihm seine Großmutter mütterlicherseits manchmal erzählt hatte. Die dreieckigen Kurzstrecken-Raketenwerfer, die wie gefaltete Fledermausflügel über den Schultern des Clanners aufragten, waren auch nicht geeignet, diesen Eindruck zu bekämpfen. Ryan schüttelte den Gedanken ab und blickte auf die Uhr: 04:22 Uhr. Pünktlich auf die Minute.

Der Elementar lehnte sich eine Ewigkeit lang, wie ihm schien, auf die Brüstung, und der für den Kampf gegen BattleMechs ausgelegte Laser am rechten Arm des Panzeranzugs folgte seinen elektronisch verstärkten Blicken. Ryan preßte sich wieder an die Mauer. Er war nicht sicher, ob diese Koordination von Waffe und Blickrichtung für Clan-Wachtposten Routine war. Möglicherweise hatte der riesenhafte Wächter auch das leise metallische Kratzen der Stahlkrallen der Nekade aufgeschnappt, als er sie in einen flachen Spalt in der dicken Steinwand geschoben hatte.

Ryan sah nach unten, vorbei an den Kletterkrallen, die an seine Hände und Füße geschnallt waren. Etwa fünf Meter unter sich konnte er die unscharfen Schatten der sechs übrigen DEST-Kommandosoldaten ausmachen, die am Fuß der Mauer zur Feuerdeckung ausgeschwärmt waren. Als er wieder hinauf zu dem noch immer das Gelände absuchenden Posten sah, schnalzte er kurz in einem Zwei-Eins-Drei-Muster ins Mikrofon seines Tarnanzugs.

Plötzlich zerriß ein scharfer, brodelnder Knall die Stille der schwülen Nacht. Der Laserstrahl eines seiner hundert Meter von der Mauer im Unterholz des Dschungels versteckten Männer bohrte sich durch die Helmscheibe des Elementars. Die riesenhafte Gestalt kippte nach hinten weg, ein kleines Schmelzloch im Visier des Anzugs. Es stieg noch Dampf aus dem Loch, als Ryan über die Brüstung kam und abrollte. Er ließ sich in die Schatten fallen und suchte mit der lichtverstärkenden Automatik des Sichtgeräts die Umgebung ab.

Es war still und düster. Er konnte keine Bewegung erkennen. Ein paar vereinzelte Lichter drangen schwach aus einem niedrigen Holzbau links von seiner Position. Laut den Angaben der Missionsbesprechung handelte es sich um eine Mannschaftsunterkunft. Das von fünf Meter hohen Steinmauern umschlossene Lager hatte früher dem Draconis-Kombinat gehört. Die gute drei Kilometer außerhalb der planetaren Hauptstadt Reega gelegene Einrichtung war ursprünglich als

Reparatur- und Nachschubbasis der planetaren Miliz Bangors angelegt worden, aber das war noch vor der Ankunft der Clans gewesen.

Der Clans. Ryan schnaufte verächtlich, während er die Krallen der Nekade mit einem leisen Klicken zurückschnappen ließ. Vor neun Jahren war eine gewaltige Invasionsstreitmacht, der größte Heereszug in den Annalen der Militärgeschichte, in die Innere Sphäre eingebrochen und hatte Vernichtungstechnologien einer Stufe mitgebracht, die in der Inneren Sphäre nach Jahrhunderten der Kriege längst verloren geglaubt waren. Zunächst hatte niemand gewußt, wer diese unerbittlichen Krieger waren, aber nach einer Weile war das Geheimnis ihrer Herkunft durch Kontakt und Konflikt gelüftet worden.

Die mysteriösen Invasoren waren die Nachkommen der Sternenbund-Armee, die General Aleksandr Kerensky fast dreihundert Jahre zuvor in die Weiten jenseits des erforschten Weltraums gefolgt war. Sie hatten über ein Drittel der Inneren Sphäre verwüstet und gnadenlos alles vernichtet, was sich ihnen in den Weg stellte. Es gab sechs Invasorenclans, die jeweils den Namen eines wilden Raubtiers einer ihrer fernen, unbekannten Heimatwelten trugen. Die Jadefalken, die Stahlvipern, die Wölfe, die Geisterbären, die Novakatzen und die Nebelparder. Und selbst unter diesen genetisch für den Kampf gezüchteten Kriegern waren die Nebelparder die skrupellosesten und wildesten.

Die Parder hatten eine Schneise der Verwüstung durch fast ein Drittel des Draconis-Kombinats geschlagen, quer durch Ryans geliebte Heimat, während die übrigen Clan-Invasoren einen riesigen Batzen der restlichen Inneren Sphäre besetzt hatten. Der Vormarsch war erst gestoppt worden, als ComStar im letzten Moment enthüllt hatte, daß diese einst für ihre geheimbündlerische Natur berühmte Organisation nicht nur

Technologien über die Jahrhunderte gerettet hatte, sondern auch über eine geheime Militärmacht verfügte, deren Technologie sich mit der der Clans messen konnte.

Der ilKhan der Clans und der Präzentor Martialum ComStars hatten sich auf eine Stellvertreterschlacht auf dem Planeten Tukayyid geeinigt. Bei einem Sieg der Clans wäre ihnen Terra zugefallen, die Wiege der Menschheit und der Hauptpreis der Invasion. Im Gegenzug hatten sie sich verpflichtet, bei einer Niederlage ihre Invasion fünfzehn Jahre lang auszusetzen. In drei blutigen Wochen der Kämpfe hatten die ComGuards die bis dahin unbesiegbar erschienenen Clans niedergerungen. Aber die Clanner hielten die bis dahin eroberten Systeme weiter besetzt, und ihre Pläne blieben unverändert.

Beide Seiten hatten trotz des Waffenstillstands ihre Angriffe in Form von Überfallaktionen fortgesetzt, und die Draconier hatten sich darauf konzentriert, dem Gegner möglichst großen Schaden zuzufügen und an Technologie zu stehlen, soviel sie tragen konnten, um die Geräte auf ihrem eigenen Territorium untersuchen und nachbauen zu können. Aus ebendiesem Grund befanden sich auch Ryan und seine Leute auf Bangor.

Bangor war eine relativ unbedeutende Welt gewesen, bis die Clans eingetroffen waren. Jetzt benutzten die Nebelparder das alte Milizlager als Etappenstation und Verwaltungszentrum für Verstärkungen und Nachschublieferungen, die in die Besatzungszone kommen. Angesichts eines so nahe gelegenen und reiche Beute versprechenden Ziels hatte Haus Kurita sich entschieden, hier eine DEST-Einheit einzusetzen. Die Mission war Draconis Elite-Sturmtrupp Sechs zugefallen, wie alle Einheiten seiner Art eine Gruppe der bestausgebildeten und skrupellosesten Spione, Saboteure und Attentäter aller Zeiten.

Ryans Überprüfung des Lagers ließ keinen Hinweis auf eine Entdeckung erkennen. Sekunden später gesellten sich sechs weitere geisterhafte Gestalten mit dem leisen Rascheln von Stoff auf Stein über die Mauerbrüstung zu ihm. Sie wirkten humanoider als der Elementar, den der Scharfschütze der Einheit gerade erledigt hatte, aber nur gerade so eben. Ihre Körper steckten in bauschigen Monturen, die langsam die Farbe änderten, als die gespenstischen Figuren sich vom dunklen Stein der Mauer lösten und auf die helleren Pflastersteine des Wachgangs herabließen. Ihre Köpfe wurden von enganliegenden Helmen aus demselben hochverdichteten Plaststahl bedeckt, wie er auch für die Kanzeldächer von BattleMechs verwendet wurde. Die Visiere der Helme waren von einem so tiefen Rot, daß es beinahe Schwarz genannt werden konnte, trotzdem aber blieben sie von innen durchsichtig. Bis auf einen der Eindringlinge waren sie alle mit leistungsstarken Blasterkarabinern bewaffnet. Ein zentimeterdickes schwarz isoliertes Kabel verband das doppelläufige Lasergewehr mit einer der zahlreichen Ballistiktuchtaschen am schwarzen Gefechtsharnisch des Trägers. Mit einer Serie metallischer Klicks schnappten die Kletterkrallen der DESTler zurück in die Halterung.

Ryan beugte sich über die leblose Gestalt des Elementars und blickte durch die Trümmer der Helmscheibe. Er sah die Ruinen eines Gesichts, das offensichtlich einer Frau gehört hatte, eine Tatsache, die ihn allerdings nicht weiter berührte. Seine einzige Sorge galt der Eliminierung einer potentiellen Gefahr für seine Mission und seine Einheit. Zufrieden, daß der Wachtposten wirklich tot war, winkte er den Rest des Stoßtrupps weiter. Die wuchtige, genmanipulierte Kriegerin hätte ihn ohne mit der Wimper zu zucken umgebracht, wäre es ihr gelungen, ihn zu entdecken.

Die Parder-Wache war ein Feindobjekt gewesen, mehr nicht. Ein Feindobjekt, das aus dem Weg geräumt werden mußte. Und der Scharfschütze ihrer Einheit hatte diese Aufgabe mit derselben Gleichgültigkeit erledigt, mit der Ryan bei einer Partie Go den Stein eines Gegners nahm.

Wieder winkte er seinen Leuten. Lautlos teilten die Draconier sich in Paare auf. Ein Paar huschte nach links, ein anderes nach rechts, während die dritte Paarung – Ryan und ein weiterer Mann, der einen großen Nylonsack über der rechten Schulter trug – leise auf eine schmale Treppe zuliefen, die von der Brustwehr hinabführte. Jedes der 2-Personen-Teams hatte innerhalb der düsteren Anlage eine vorgegebene Aufgabe zu erfüllen. Ein einzelner DESTler blieb zurück. Der anstelle eines Blasters mit einem tragbaren Maschinengewehr ausgerüstete Kommandosoldat verschmolz mit den Schatten der Mauer. Von seiner versteckten Position aus konnte der Posten des Trupps praktisch das gesamte Lager abdecken und nach feindlicher Aktivität Ausschau halten.

Ryan blieb kurz auf der Treppe stehen und lauschte. Er hatte ein leises Geräusch aufgeschnappt. Befriedigt, daß der Laut offenbar keine Gefahr für ihre Mission verhieß, huschten Ryan und sein Partner von einem Schatten zum nächsten über den weiten, offenen Innenhof. Schließlich erreichten die beiden die großen Hangartore am gegenüberliegenden Ende des Paradeplatzes. Ryan blieb einen Augenblick stehen, um das Schloß zu knacken, bevor er ins Innere huschte. Sein Partner blieb dicht hinter ihm.

Der Anblick, der sich ihnen bot, war atemberaubend. Zehn funkelnagelneue überschwere OmniMechs schienen in Hab-Acht-Stellung auf sie zu warten, alle frisch lackiert im grauen Fleckenmuster der Nebelparder-›Paradefarben‹. Die Bemalung glänzte leicht im sanften Schein der Leuchtstoffpaneele an der Hallendecke.

BattleMechs gab es seit Jahrhunderten. Es waren riesige Kriegsmaschinen, deren Größe von den recht kleinen und schnellen 20-Tonnen-ScoutMechs bis zu gewaltigen, schwerfälligen Monstern reichte, die bis zu 100 Tonnen auf die Waage brachten. Mit ihren Arsenalen aus Lasern, Raketenlafetten, Schnellfeuer-Autokanonen und Partikelstrahlwaffen – und geschützt durch dichte Lagen gehärteten Stahls und Kompositpanzers – waren BattleMechs die ultimative Waffe. Das hatten die Krieger der Inneren Sphäre zumindest geglaubt.

Die Mechs der Clans waren denen der Freien Inneren Sphäre technologisch in jeder Hinsicht überlegen. Diese sogenannten OmniMechs ließen sich speziellen Missionsaufträgen oder dem persönlichen Kampfstil ihres Piloten anpassen. Das und ihre überlegene Technik machte die zwei Handvoll Mechs, die Ryan und sein Begleiter jetzt betrachteten, zur Speerspitze militärischer Technologie.

Die Kommandosoldaten machten sich an die Arbeit. Sie wählten den nächstgelegenen Mech, ein 85 Tonnen schweres Monster, das die draconischen Krieger bei der ersten Begegnung mit Mechs dieses Typs *Masakari* getauft hatten. Erst später hatten sie erfahren, daß die Maschine bei den Clans *Kriegsfalke* hieß. Aber gleichgültig unter welchem Namen, das gigantische Kampffahrzeug mit seinen vier weitreichenden PPKs und der schweren Panzerung war ein wandelnder Alptraum, aus dem viele MechKrieger der Inneren Sphäre nie wieder erwachten.

Die schattenhaften Gestalten kletterten am Rumpf des Kampfkolosses hoch, und ihre Schleichanzüge veränderten bei dieser Kletterpartie ständig die Farbe. Auf dem linken Hüftgelenk des Mechs stehend, konnten sie eine 50 cm breite Wartungsluke am Rücken der Maschine erreichen. Durch Betätigen eines Handriegels ließ sich die Luke öffnen. Darunter trat ein Gewirr aus Elektrokabeln, Kühlleitungen und Myomerfasern zutage. Ryan sah auf die kleine Datenanzeige im Handrücken seines linken Handschuhs. Er mußte ein paar Befehle eintippen, bevor er die Information bekam, die er suchte. Während er damit beschäftigt war, holte sein Begleiter ein kleines, in Plastik eingewickeltes Paket aus dem Beutel.

Schließlich hatte Ryan seine Berechnungen beendet. Er nahm das Päckchen aus der Hand seines Kameraden und schob es vorsichtig durch die Luke. Nachdem er sich vergewissert hatte, daß es kein Betriebssystem des OmniMechs behinderte, verband er es durch zwei starke Federklammern mit einem der Stromkabel und zog den Arm zurück ins Freie. Hastig versiegelten die Eindringlinge die Luke und machten sich zum nächsten Mech auf, einem humanoid wirkenden *Gargoyle*. Fünfzehn Minuten später hatte das gespenstische Pärchen allen zehn Clan-Maschinen einen Besuch abgestattet. Jedes dieser Fahrzeuge trug nun irgendwo in seinem Innern ein identisches Paket. Lautlos tippte Ryan ein paar neue Befehle in seinen Armbandcomp, dann bedeutete er seinem Gefährten mit einer Kopfbewegung, ihm zu folgen.

So schnell und leise, wie sie gekommen waren, huschten die beiden Männer durch das Lager zurück, kletterten die Stufen zur Brustwehr hinauf, ließen sich die Mauer hinab und verschwanden im düsteren Wald auf der anderen Seite.

Fünfzig Meter tief im Dschungel blieben sie unter den herabhängenden Lianen einer rankenbedeckten Palme stehen. Sie gingen zu beiden Seiten des riesigen Baumes in Stellung und beobachteten den Weg, den sie gekommen waren. Bald tauchten zwei weitere getarnte DESTler auf, die sich nur durch die leicht verschwommenen Umrisse ihrer Silhouette vor dem Hintergrund des Urwalds abhoben. Ryan hob leicht fragend den Kopf. Einer der Neuankömmlinge nickte, als er sich in den Schatten eines überwucherten Baumes hockte.

Kurz darauf stieß auch das dritte Pärchen der Kommandosoldaten zu seinen Kameraden, begleitet vom MG-bewaffneten Posten. Einer von ihnen trug einen kleinen schwarzen Aktenkoffer aus Metall unter dem Arm. Ryan wußte genau, daß keiner seiner Teammitglieder diesen Koffer dabeigehabt hatte, als sie vom Parapett aus ins Lager aufgebrochen waren, um die Kommunikator- und Ortungseinrichtungen des Lagers zu sabotieren. Aber die Frage, was an diesem Koffer so wichtig war, daß sein Kamerad ihn mitgeschleppt hatte, mußte bis zur Nachbesprechung warten. Nach einem Nicken des geisterhaften Trios tippte Ryan einem der Männer auf die Schulter und stieß mit dem Daumen nach hinten.

Einer nach dem anderen tauchten die Kommandosoldaten im Dschungel unter. Nach wenigen Dutzend Metern gesellten sich zwei weitere getarnte Gestalten zu ihnen. Eine trug einen Blaster auf der rechten Hüfte und hielt mit der freien Hand die Gurte eines kleinen, aber prallen Rucksacks fest. Die zweite hielt ein schweres Lasergewehr in den Armen. Das Hochleistungszielfernrohr an der Oberseite der Waffe ließ keinen Zweifel an ihrer Verwendung als Scharfschützengewehr. Diese Waffe hatte den Posten auf der Lagermauer neutralisiert.

Ryan nickte den Scharfschützen zu und winkte sie in die Reihe. Die beiden schlossen sich ihren Kameraden an. Schnell und leise verschwand das Team im Wald. Nur die leistungsstarken Sensoren ihrer Helme erlaubten es den DESTlern, einander im Auge zu behalten. Die Helme mit den scheinbar undurchsichtigen tiefdunkelroten Visieren enthielten Lichtverstärker, Infrarotsichtgeräte und so ziemlich alles, was sich an sonstigen Sensoren in die zwei Kilogramm schweren Kopfbedeckungen quetschen ließ.

Fünf Kilometer und fünf Stunden später kam das Team nach einem Marsch durch dichtes, überwuchertes Dschungelgelände auf einer kleinen Lichtung an. Die Kommandosoldaten schwärmten schnell aus und suchten die Umgebung nach Anzeichen feindlicher Anwesenheit ab. Als die Suche ergebnislos blieb, sprach Ryan zum ersten Mal. »OK, alles klar. Hollis, ruf sie runter.«

Der Funker des Trupps zog mehrere Komponenten aus seinem Tornister. Nur Sekunden später hatte er sie zu einem leistungsstarken Richtsender zusammengebaut. Er sagte ein paar kurze Worte in ein an den Sender gekoppeltes Stabmikrofon. »Speicher von Schlepper. Holt uns ab.«

Ein paar Knopfdrücke komprimierten die sechs Worte der Botschaft in ein Datenpaket, das sich in einem Sekundenbruchteil übermitteln ließ und schleuderte es in den Himmel.

»OK«, meinte der Funker. »Warten wir.«

* * *

Fünfundvierzig Minuten später näherte sich im Tiefflug dicht über den Baumwipfeln eine *KR-61*-Langstreckenfähre. Noch bevor ihre Landestützen auf dem Gras der Lichtung aufgesetzt hatten, stürmten die DESTler aus ihren Verstecken. In weniger als dreißig Sekunden hatten alle acht die Strecke hinter sich gebracht und waren durch die offene Ladeluke gesprungen.

Als der letzte Mann an Bord hechtete, hieb Ryan mit der Faust auf die Schottwand zum Kontrollraum des Raumschiffs.

»Fertig! Los! Los! Los!«

Ein schrilles Singen dröhnte durch den engen Laderaum, als sich die Rampe schloß. Noch bevor sie eingerastet war, hob sich der Bug der Fähre. Der Pilot zog das Schiff nach oben. Trotz der Schalldämpferschaltkreise in ihren Helmen marterte das Donnern der Starttriebwerke die Ohren der Passagiere.

Üblicherweise diente der winzige Laderaum der *KR-61* zur Beförderung von bis zu acht Tonnen Fracht. Für acht Mann plus Ausrüstung war er reichlich eng. Die Raumfähre war kleiner als ein gewöhnliches Landungsschiff, und ihr Pitban 300a-Triebwerk machte sie schneller als die meisten anderen Raumboote. Aus genau diesen beiden Gründen war sie für die Operation ausgewählt worden.

Der Andruck des Alarmstarts ließ nach. Tai-i Michael Ryan löste die Verschlüsse des Schleichanzugs und hob den schweren Helm vom Kopf. Dann rollte er den Kopf, um die Nackenmuskeln zu dehnen. Die schmerzenden Sehnen, die sechsunddreißig Stunden lang die zwei Kilo Gewicht hatten tragen müssen, konnten sich endlich entspannen. Ryan sah sich im engen Frachtraum um und verspürte ein Gefühl des Stolzes auf die sechs Männer und zwei Frauen, die sich um ihn drängten.

Diese acht Krieger hatten etwas erreicht, was noch keinem anderen Draconis Elite-Sturmtrupp gelungen war. Sie hatten einen erfolgreichen HALO-Absprung auf eine clanbesetzte Welt durchgeführt. Durch den Fallschirmabsprung aus großer Höhe, bei dem sie ihre Schirme erst im letztmöglichen Moment geöffnet hatten, waren die DESTler wenige Kilometer von der Parder-Basis unbemerkt gelandet. Einmal am Boden, hatten sie die Installation infiltriert, die Ortungs- und Funksysteme des Gegners sabotiert, ein paar böse Überraschungen in den Hauptgyroskopgehäusen eines

Binärsterns überschwerer OmniMechs hinterlassen und die Anlage wieder verlassen, alles ohne einen einzigen Verlust.

Ryan mußte lächeln, als er sich die Gesichter der Nebelparder-Piloten vorstellte, wenn sie das nächstemal ihre Maschinen starteten. Beim ersten Steuersignal des Bordcomputers an die riesigen Kreiselstabilisatoren würden die kleinen Pentaglyzerinladungen detonieren. Die gerichteten Sprengsätze würden eine massive Vernichtungswelle in das Gyroskopgehäuse schleudern und die empfindlichen Bauteile, die den BattleMechs erlaubten, das Gleichgewicht zu halten, völlig verwüsten. Das Bild hilflos zu Boden krachender Mechs brachte ein breites Grinsen auf Ryans Gesicht. Der Schaden war reparabel, aber dazu würden die Clan-Techs mindestens vier Stunden benötigen. Und diese vier Stunden würden die Parder nicht bekommen.

Erst hatte Ryan es für idiotisch gehalten, die OmniMechs nur zu sabotieren, statt sie zu vernichten. Aber dann hatte der Offizier der Vereinigten Soldaten, der die Missionsbesprechung abhielt, ihm den Zweck des Überfalls erklärt. Geheimdienstberichte meldeten den Einsatz verbesserter Versionen der Parder-Standardmaschinen. Die VSDK wollten einige dieser Mechs erbeuten, um sie zu untersuchen. Und es war bekannt, daß Ersatzmechs von jenseits der Peripherie über Bangor eintrafen, von wo aus sie an die Fronteinheiten verteilt wurden.

Die kommandierenden Offiziere der VSDK hatten eine 2-Phasen-Operation geplant. Draconis Elite-Sturmtrupp Sechs unter Tai-i Ryan war ›huckepack‹ auf einem kommerziellen Sprungschiff ins Bangor-System gekommen. Während das Schiff sein Sprungtriebwerk auflud, hatte die Langstreckenfähre des Teams abgekoppelt und sich im schmalen Asteroidengürtel zwischen dem zweiten und dritten Planeten des Systems versteckt. Erst nachdem das Sprungschiff das System wieder verlassen und die durch sein Auftauchen entstandene Unruhe sich gelegt hatte, war die Fähre im Schleichflug in Position für einen orbitalen HALO-Abwurf gegangen.

Als die Kommandosoldaten auf die Planetenoberfläche hinabstürzten, hatte sich die Fähre zurück in die Deckung der Asteroiden geschlichen. Unten angekommen hatte das DEST-Team die zentrale Kommunikations- und Ortungsanlage in Reega sabotiert, dem Sitz der Parder-Besatzungsregierung. Und sie hatten die neuen Mechs kampfunfähig gemacht, ohne sie zu zerstören. Dann, gerade als der echte Überfall begann, hatten sie wieder den Rückzug angetreten.

»Ryan-san?« Die Stimme des Piloten riß Ryan aus dessen Gedanken. »Da kommen sie, Herr.«

Ryan zwängte sich durch die enge Luke in die winzige Kommandokanzel.

Auf den Sichtschirmen der Fähre sah er, warum die Clanner keine vier Stunden haben würden, um die beschädigten Gyros auszuwechseln. Auf eine Entfernung von über zweihundert Kilometern war es unmöglich, einzelne Schiffe zu erkennen, doch er sah die novagrellen Antriebsflammen der vier *Leopard*-Landungsschiffe im Maximalschub-Anflug auf Bangor. Ryan wußte nicht, welche Einheit den Planeten überfiel, und es war ihm auch egal. Sein Teil der Operation war erledigt. Er und seine Leute hatten es den Angreifern ermöglicht, ohne Vorwarnung zuzuschlagen. Und sie hatten die gefährlichsten Waffen der Verteidiger ausgeschaltet. Was jetzt noch zu tun blieb, war Sache der Mechpiloten, jener eingebildeten Panzerjockeys, die für sich in Anspruch nahmen, allein den Kriegergeist des Draconis-Kombinats zu verkörpern. Dabei sahen sie den Feind nur auf den Sichtschirmen ihrer zig Tonnen schweren Kolosse aus Panzerstahl und Geschützen.

Nein, dachte Ryan, während er in der Ferne die Landungsschiffe auf den Planeten zufliegen sah, *wenn irgend jemand im Draconis-Kombinat weiß, was es heißt, ein Krieger zu sein, sind es die Männer und Frauen der DEST.*

2

Taktische Kommandozentrale der DEST, Pesht
Präfektur Kagoshima, Militärdistrikt Pesht,
Draconis-Kombinat

22. August 3058, 15:05 Uhr TNZ

»Beschreiben Sie uns die Art ihres Eindringens, Tai-i Ryan.«

Michael Ryan schüttelte leicht den Kopf. Er konnte sich diese kleine Geste der Ungeduld nicht verkneifen. Sein Team war sofort nach der Ankunft der *KR-61* am Sprungschiff *Damaskus* zur Nachbesprechung beim ISA-Offizier des Schiffes erschienen. Als das Schiff über Maldonado den Antrieb auflud, war er das Material mit einem zweiten Offizier der Internen Sicherheitsagentur noch einmal durchgegangen. Und jetzt wurden sie hier im DEST-HQ auf Pesht zum drittenmal von einem ISA-Offizier befragt, diesmal einem Sho-sa. Der Namensaufnäher über der linken Brusttasche der Uniformjacke des Offiziers trug den Namen Leshko, aber Ryan bezweifelte, daß der Mann mit diesem Namen geboren worden war. ISA-Offiziere wechselten ihre Identität wie andere Leute die Socken.

Ryan war klar, daß er verpflichtet war, Fragen zu beantworten, bis es in der Hölle schneite, aber das machte es nicht leichter, zu verstehen, wozu diese ständige Wiederholung gut sein sollte. Er und seine Leute waren *Krieger*. Krieger ganz besonderer Art. Nur wenige erhielten die Chance, bei den DEST zu dienen, und noch weniger überstanden die gnadenlose Ausbildung. DEST-Kommandosoldaten hatten in der Inneren Sphäre keine ernsthaften Rivalen, und sie wurden nur für die wichtigsten Aufgaben eingesetzt. Warum sollte irgendwer an seinen Worten zweifeln?

Ryan war rechtmäßig stolz darauf, was sein Team

auf Bangor geleistet hatte. Sie hatten ein feindliches Lager infiltriert, dessen gefährlichste Waffen sabotiert und waren unentdeckt entkommen. Trotzdem bemühte er sich, seinem Befrager gegenüber um einen höflichen, formellen Tonfall. Er mochte zu Recht stolz sein – und ein Elitekrieger –, aber das befreite ihn nicht vom fraglosen Gehorsam, der von allen draconischen Soldaten erwartet wurde. »Wir näherten uns der Anlage von Süden. Sior und Carter gingen auf einem flachen Hügel etwa einen Kilometer von der Mauer entfernt in Stellung. Mein Team näherte sich der Anlage in Schleichanzügen und bereitete sich darauf vor, über die Mauer einzudringen. Ein Elementar blieb unmittelbar über unserer Position auf der Brustwehr stehen. Gunjin Sior schaltete ihn mit einem einzelnen Schuß aus. Danach erstiegen wir mit Standard-Kletterkrallen die Mauer und drangen in das Lager ein.«

Letzteres entsprach nicht exakt der Wahrheit. Ryans Team waren die standardmäßig vom draconischen Militär ausgegebenen Kletterkrallen zu unbequem, und außerdem hatten sie feststellen müssen, daß sie sich unter dem Gewicht eines vollbepackten Soldaten häufig verbogen oder sogar brachen. Statt dessen hatten sie kommerziell erhältliche Klettergeräte für zivile Bergsteiger und Möchtegern-Ninjas benutzt. Ryan verzichtete darauf, diese Einzelheit zu erwähnen, weil er wußte, daß er sich damit einen Tadel für das Abweichen von der draconischen Militärdoktrin einhandeln würde. Die Mission war erfolgreich abgeschlossen. Was für einen Sinn hätte es gehabt, jetzt noch Kritik herauszufordern?

»Auf der anderen Seite der Mauer teilte die Gruppe sich in Zweierteams auf, die ihre jeweiligen Aufgaben erledigten. Raiko und Wu schalteten die Kommunikator- und Ortungssysteme aus, indem sie die Antennenphalanxen zerstörten. Hollis und Akida legten Fallen an den auf unseren Plänen als Kriegerunterkünfte ausgewiesenen Gebäuden. Tanabe und ich brachten die Sprengladungen an den Mechs an. Heishi Nakamura blieb auf der Mauer und deckte das Lager mit seinem leichten Maschinengewehr ab.«

Der Offizier nickte, während er Notizen in seinen Datablock tippte. »Weiter.«

»Hai.« Ryan fuhr sich mit der Hand durch das dichte, glatte schwarze Haar. »Tanabe und ich brachten gerichtete 250-Gramm-Sprengladungen an den Gyroskopgehäusen der Zielmechs an. Die Zündschaltkreise wurden an die Kabel im Neurohelminterface angeschlossen. Sobald wir fertig waren, zogen wir uns zurück.«

»Hatten Sie Feindkontakt?«

»Abgesehen von dem durch Gunjin Sior neutralisierten Posten kam es zu keinerlei Begegnung mit dem Feind.«

»Tai-i, in Ihrem Bericht erklären Sie, daß Kashira Raiko und Heishi Wu einen erbeuteten Aktenkoffer mitbrachten, als sie am Sammelpunkt des Teams eintrafen.« Leshko warf Ryan einen schrägen Blick zu, ohne den Kopf vom Schirm des Compblocks zu heben. »Weshalb war dieser Koffer so wichtig, daß sie ihn nicht für die nachfolgenden Angriffsstreitkräfte zurücklassen konnten?«

»Herr, es ist ein bekanntes Prinzip der Kriegsführung, daß kein Schlachtplan den Kontakt mit dem Feind überlebt.« Ryans Verärgerung wurde stärker. Er war einer der wenigen Draconier nicht-japanischer Abstammung, die es bis zum Kommandeur eines Draconis Elite-Sturmtrupps gebracht hatten. Er war sorgfältig in den Feinheiten der draconischen Gesellschaft geschult, mit besonderer Rücksicht der militärischen Gepflogenheiten. Aber trotzdem machte ihm die schwerfällige Befehlsstruktur der Vereinigten Soldaten des

Draconis-Kombinats gelegentlich mächtig zu schaffen. Üblicherweise erklärte er diese Haltung mit seiner abendländischen Herkunft.

»Im Verlauf der Mission entdeckte Raiko in einem Büro neben dem Funk/Ortungszentrum einen versteckten Safe«, fuhr er fort. »Er untersuchte den Safe und fand den Koffer, der Ausdrucke und Datachipkopien der Baupläne, Wartungshandbücher und Hardwaredaten der Mechs enthielt, die wir sabotieren sollten. Er entschied, daß dieses Material zu wertvoll sei, um es zurückzulassen. Hätte er den Koffer für die Schlammstampfer zurückgelassen, hätten sie ihn wahrscheinlich übersehen. Da wir Befehl hatten, bis zum Abholsignal strikte Funkstille einzuhalten, konnten wir den nachfolgenden Einheiten keinen Hinweis auf das Material geben. Und selbst wenn wir die Erlaubnis gehabt hätten, Kontakt mit ihnen aufzunehmen, waren wir doch nicht über deren taktische oder Befehlsfrequenzen informiert. Raiko entschied, daß der Wert des Kofferinhalts das mit dessen Erbeutung verbundene gesteigerte Risiko aufwog«, schloß Ryan mit einem ungeduldigen Kopfzucken.

Ryans Gefühlsausbruch ließ Sho-sa Leshkos Kopf hochschnappen. Ja, Ryan hatte einen vorgesetzten Offizier angeknurrt, aber dieser hatte die Autorität eines Kommandeurs im Feld angezweifelt. Beide hatten sie den strengen Kodex militärischen Protokolls gebrochen, der jeden Krieger der VSDK band. Einen Augenblick lang starrten sich die beiden Männer an. Dann senkte Leshko den Kopf, wie um die Daten auf dem Flüssigkristallschirm seines tragbaren Computers zu studieren. »Sie haben natürlich recht, Tai-i«, murmelte er. »Die von Ihnen geborgenen Daten waren unbezahlbar.«

»Hai, Sho-sa. Sumimasen, ich hätte die Stimme nicht erheben dürfen.«

»Shigataga-nai, Ryan-san«, beschwichtigte Leshko Ryan, daß dessen Ausbruch ohne Bedeutung war. »Worauf es ankommt, ist, daß Sie Ihre Mission zufriedenstellend abgeschlossen haben. So wird es in meinem Bericht stehen.«

»Arigato.« Ryan neigte den Kopf in der Andeutung einer Verbeugung. In Gedanken aber sprach er ein Stoßgebet. *Der Drache bewahre mich vor Bürokratentrotteln.*

Wie immer, wenn ein Soldat diesem Herzenswunsch Ausdruck verlieh, blieb auch dieses Gebet ohne Antwort.

* * *

Eine halbe Stunde später wurde Ryan erneut in die Kommandozentrale beordert.

Bei der Ankunft der Einheit auf Pesht war er ganz erschöpft gewesen. Die Reise von Bangor hatte wenig mehr als eine Woche gedauert, aber der größte Teil dieser Zeit war mit dem Schreiben von Berichten, dem Beantworten der Fragen der verschiedenen ISA-Offiziere in den Nachbesprechungen und ähnlichen Arbeiten ausgefüllt gewesen. Nach seinem Gespräch mit Sho-sa Leshko hatte Ryan angenommen, mit den Erklärungen für die äußerst erfolgreiche, jedoch relativ routinemäßige Mission seiner Einheit endlich fertig zu sein. Er hatte es sich gerade auf seiner Pritsche bequem gemacht, als der Interkom ein lautes, unangenehm schrilles Surren ausstieß.

Giri, Pflicht, verlangte von ihm, sofort zu erscheinen, aber die Anstrengungen hatten ihre Spuren in seiner Stimmung und seinen Manieren hinterlassen. Er setzte sich auf, zog die Uniform an und nahm den Aufzug zur Kommandozentrale.

Als er deren Stahltüren erreichte, hatte er sich wieder soweit in der Gewalt, den inzwischen nur allzu vertrauten Raum ruhig zu betreten.

»Tai-i Michael Ryan meldet sich wie befohlen«, bellte er und hob die Hand zu einem starren Gruß.

Erwidert wurde dieser weder von Sho-sa Leshko noch von dessen unmittelbarem Vorgesetzten, Sho-sa Martin Chisei, obwohl beide anwesend waren, sondern von Sho-sho Hideki Ishimaru, dem neuen Kommandeur des gesamten DEST-Programms.

Ishimarus Anwesenheit überraschte Ryan und ließ ihn vorsichtig werden. Der Sho-sho hatte nach Tai-sho Hohiro Kiguris Tod im Verrat die Führung der Draconis Elite-Sturmtruppen übernommen. Ryan hatte die Gerüchte über Kiguris Rolle bei dem schändlichen Attentatsversuch auf Koordinator Theodore Kurita während dessen Geburtstagsfeierlichkeiten wenige Monate zuvor gehört. Und er wußte, daß Ishimaru den Ruf eines exzellenten Verwalters, gnadenlosen Kämpfers und fanatischen Kurita-Loyalisten besaß. Aber auf persönlicher Ebene war der Mann eine unbekannte Größe für ihn. Diese Unsicherheit bescherte Ryan ein flaues Gefühl in der Magengrube, was Ishimarus Anwesenheit betraf.

»Hajimemashite, Tai-i Ryan.« Ishimarus Begrüßung war kalt und förmlich. »Gibt es ein Problem?«

»Hajimemashite, Sho-sho Ishimaru-sama.« Ryan blieb plötzlich stehen und verneigte sich. Er schaffte es gerade noch, seinen Kommandeur wissen zu lassen, daß auch er erfreut war, dessen Bekanntschaft zu machen. »Iie, Sho-sho. Es gibt kein Problem.«

»Das freut mich. Es ist nicht gut, wenn zwischen Junioroffizieren und deren Vorgesetzten Probleme entstehen, neh?« Ishimarus knappe Antwort enthielt eine kaum verhüllte Drohung, die Ryan nicht entging.

Ohne auf eine Antwort zu warten, sprach Ishimaru weiter. »Mir ist klar, daß Ihr Team gerade erst aus einem Einsatz kommt, aber ich habe eine wichtige Mission für Sie, die keinen Aufschub duldet. Die Anordnung kommt direkt vom Koordinator.«

Fast hätte Ryan sich vergessen, aber sein Training siegte, und er lauschte den schicksalschwersten Worten, die er seit seiner Aufnahme in die handverlesene Riege der DESTler je gehört hatte, ohne daß ein Muskel in seinem Gesicht zuckte.

»Sie, Sho-sa Chisei und Trupp Sechs melden sich heute abend um siebzehn Uhr am Raumhafen. Sie werden auf eine Art diplomatische Mission gehen. Ihre Leute sind gehalten, zusätzlich zu ihrer normalen Ausrüstung die Ausgehuniform einzupacken. Für die Zwecke dieser Mission wird ihre Einheit die Deckidentität der persönlichen Leibwache eines hohen draconischen Militärs annehmen. Ihre Loyalität dem Kombinat gegenüber wurde ebenso sicher bestätigt wie die ihrer Leute, Ryan-san. Ich bin sicher, Sie sind sich der Position bewußt, in die Sie dadurch kommen? Nur die wenigsten DEST-Teams haben die jüngste Loyalitätsüberprüfung intakt überstanden. Ihr Trupp gehört zu diesen wenigen. Das macht Sie und Ihre Leute für das Kombinat äußerst wertvoll. Ihr Trupp gehört zu den wenigen, in dessen Hände wir das Leben und die Sicherheit unserer höchsten Offiziere noch legen können.«

Ryan fühlte, wie seine Müdigkeit verflog und von einem Gefühl des Stolzes verdrängt wurde. Eine neue Gelegenheit für sein Team bot sich an, dem Drachen zu dienen. Der schändliche Anschlag auf das Leben des Koordinators durch Tai-sho Hohiro Kiguri war erst wenige Wochen her, unterstützt und mitgetragen von anderen DEST-Renegaten und sogar Mitgliedern der Otomo, der persönlichen Leibwache des Koordinators. Für Ryan und alle übrigen loyalen DESTler war diese Verschwörung ein Fleck auf dem Mantel ihrer Ehre. Die meisten waren jetzt noch begieriger darauf, dem

Kombinat dienen zu dürfen, in der Hoffnung, diesen Makel durch Loyalität und Pflichterfühlung auslöschen zu können. Sho-sho Ishimaru bemerkte die Veränderung in Ryans Haltung und nickte zufrieden, während er weitersprach.

»Auf der Reise werden einige weitere VSDK-Offiziere zu Ihnen stoßen. Nach der Ankunft an Ihrem Zielort werden Sie Ihre Unterstützung und Erfahrung bei der Planung einer speziellen militärischen Operation einbringen. Als Feldkommandeur wird Ihr Beitrag von hohem Wert sein.«

»Hai, Sho-sho, wakarimas.« Ryan verneigte sich wieder. »Ist die Frage gestattet, wen wir beschützen werden, und wohin die Reise geht?«

»Selbstverständlich, Tai-i.« Zum ersten Mal, seit Ryan den Raum betreten hatte, lächelte Ishimaru. »Sie werden Koordinator Theodore Kurita nach Tharkad begleiten.«

3

Fort Telemar, Kikuyu
Trellshire, Tamarpakt, Lyranische Allianz

14. Dezember 3058, 16:00 Uhr TNZ

Von ihrem Platz auf der Tribüne schaute Generalin Ariana Winston den neuesten Kadetten der Leichten Eridani-Reiterei zu, wie sie stolzen Schritts vorbeimarschierten. Auf ihren Uniformen spielten im Schein der spätnachmittäglichen Sonne helle Glanzlichter. Sie konnte sich ein zufriedenes Lächeln nicht verkneifen. Es tat gut, wieder auf Kikuyu und im Ausbildungsstützpunkt der Leichten Reiterei Fort Telemar zu sein. Und es war gut zu wissen, daß die Eridani nach den katastrophalen Verlusten auf Coventry beinahe wieder ihre volle Stärke von drei Kampfregimentern erreicht hatte. Es war kaum zu glauben, wieviel seitdem geschehen war.

Winston war nach Coventry nicht auf direktem Wege nach Fort Telemar zurückgekehrt, sondern vorher von Archon Katrina Steiner nach Tharkad gerufen worden. Dort hatten sich die Fürsten der Freien Inneren Sphäre zur Whitting-Konferenz versammelt, ihrer ersten großen Zusammenkunft seit Outreach. Winston war erst gestern heimgekehrt, in einem glücklichen Zufall gerade rechtzeitig zur Abschlußzeremonie. Sie hatte große Neuigkeiten im Gepäck, auch wenn das noch niemand sonst ahnte. Als sie die frischen jungen Gesichter der vorbeimarschierenden Truppen betrachtete, schien es ihr plötzlich, als habe die ganze lange und stolze Geschichte der Leichten Eridani-Reiterei auf diesen Tag, diesen Augenblick hingearbeitet.

Als Aleksandr Kerensky Jahrhunderte zuvor aus der Inneren Sphäre verschwunden war und den größten Teil der Sternenbund-Verteidigungsstreitkräfte mitgenommen hatte, waren die Regimenter der Leichten Reiterei zurückgeblieben. Aber sie hatten niemals ihre Sternenbund-Wurzeln vergessen oder den Glauben daran aufgegeben, daß der Sternenbund eines Tages wiederauferstehen würde. Ihre Einheit strotzte vor glorreichem Geschichtsbewußtsein, hatte sogar in Erinnerung an den Exodus General Kerenskys einen schwarzen Trauerrand um ihre Insignien gelegt. Es gab nicht ein Mitglied der Leichten Reiterei, das nicht davon träumte, eines Tages voller Stolz die Uniform der SBVS anlegen zu können. Und jetzt wurden neue Sternenbund-Verteidigungsstreitkräfte ausgehoben. Sie würden den Krieg zu den Clans tragen und sie für immer aus der Inneren Sphäre vertreiben.

Ariana Winston war besonders stolz darauf, daß Marshal Morgan Hasek-Davion sie zu seiner Stellvertreterin im Befehl über die geheime Einsatzgruppe bestimmt hatte, die geradewegs gegen das Herz der Clans losschlagen sollte – Diana, die Heimatwelt der Nebelparder. Es würde ein schwieriges und gefährliches Unternehmen werden, aber wenn es überhaupt jemand schaffte, dann Hasek-Davion. Seine Taten auf dem Schlachtfeld waren ebenso legendär wie seine Erfahrung in den höchsten Befehlsrängen. Außerdem war er während des Clan-Kriegs der Oberbefehlshaber der Leichten Reiterei gewesen, und Winston konnte es kaum erwarten, wieder an seiner Seite zu dienen.

Als die Fahne der Leichten Reiterei, ein schreitendes schwarzes Roß auf goldenem Feld, an der Tribüne vorbeizog, nahm sie zusammen mit den zwölf übrigen Offizieren auf der kleinen Empore Haltung an. Nahezu wie ein Mann hoben sie die rechte Hand mit nach außen gekehrter Handfläche an die Stirn und salutierten vor der Fahne, der sie und ihre Familien seit über dreihundert Jahren folgten. Der Fahnenträger erwiderte den Gruß, indem er die Fahne senkte. Der Fahnenstock war reich mit farbigen Stoffbändern verziert, die jedes an eine Schlacht oder einen Feldzug der Leichten Reiterei erinnerten. Die meisten der Gefechtsbänder waren leuchtend bunt, aber ein paar, wie das in Erinnerung an das Sendai-Massaker, bestanden aus schwarzer Seide.

Das jüngste Gefechtsband trug den Namen ›Coventry‹. Bei diesem Wort lief es Winston eiskalt über den Rücken. Den Namen jenes blutgetränkten Planeten zu lesen, genügte, die Erinnerung an die gnadenlosen Zweikämpfe vor ihr inneres Auge zu rufen. Coventry war Schauplatz der ersten echten gemeinsamen Militäraktion der Nachfolgerstaaten nach fast dreihundert Jahren gewesen. Bei diesem Feldzug hatte sich eine Expeditionsstreitmacht aus den Militärs aller Großen Häuser versammelt, um den zielstrebigen Vorstoß der Jadefalken tief in die Lyranische Allianz zu stoppen.

Die Regimentskapelle schloß die Zeremonie mit einer zu Herzen gehenden Darbietung der Sternenbundhymne. Als Winston die Hand senkte, fühlte sie eine seltsame Wärme in ihrem Innern. Obwohl die Leichte Reiterei in den Jahrhunderten nach dem Exodus zu einer Söldnereinheit geworden war, hatte die Einheit doch nie den Glauben an ihren Traum eines wiedergeborenen Sternenbunds verloren. Die Hymne zu hören hatte Ariana Winston schon immer Schauer über den Rücken gejagt, aber heute schien es anders als sonst. Die Akkorde der uralten Melodie klangen fast trauernd, als sie über den Paradeplatz zogen, und plötzlich verspürte die Generalin Untergangsahnungen.

Sie schüttelte das Gefühl hastig ab und beruhigte sich selbst, daß es von ihrer Ermüdung durch die lange Reise stammte. Sie dachte nicht daran, sich diesen Augenblick verderben zu lassen. Hätte sie jemand gefragt, wäre es ihr schwergefallen zu erklären, was sie mehr erregte, die bevorstehende Mission oder die historische Entscheidung, die Innere Sphäre wieder unter dem Banner des Sternenbunds zu vereinigen. Daß sie den Krieg zu den Clans trugen, würde Männer, Frauen und Kinder gleichermaßen in Jubel ausbrechen lassen, aber die traurige Note in der vertrauten Melodie ließ sie trotz der ungewöhnlichen Wärme dieses Nachmittags erzittern.

Winston wartete, bis die übrigen Offiziere die Tribüne verließen, dann drehte sie sich zu dem Mann um, der während der Zeremonie neben ihr gestanden hatte. »Lust auf einen Drink, Scott? Ich habe eine Flasche vierzig Jahre alten Northwind-Whisky, den ich für eine besondere Gelegenheit aufgehoben habe.«

»Danke gern, General«, antwortete Scott Hinesick und machte eine kurze, formelle Verbeugung. »Wir *haben* etwas zu feiern. Zum erstenmal seit dem Vierten Krieg hat die Leichte Reiterei wieder volle Sollstärke.« Colonel Scott Hinesick gehörte zu Ariana Winstons ältesten Freunden. Er allein kannte ihre Schwäche für den Whisky aus den Brennereien der schottischen Siedler Northwinds. Gleichzeitig hatte er in den Jahren seit dem Krieg von 3039 mehr als jeder andere daran gearbeitet, die Leichte Reiterei wieder auf drei vollzählige Regimenter aufzubauen.

Winston folgte ihm die Treppe der Tribüne hinab. Körperlich war Hinsick in fast jeder Hinsicht ihr absolutes Gegenteil. Sie war groß, muskulös und von athletischer Statur. Hinesick dahingegen war ein schmächtiger, drahtiger Mann, dessen Haut ebenso bleich wirkte wie die ihre dunkel. Er blieb am Fuß der Treppe stehen, drehte sich um und wartete auf sie.

»Du hast was auf dem Herzen«, stellte er fest, und seine Züge schienen besorgt. »Und ich bin sicher, es hat was mit dem großen Gelaber auf Tharkad zu tun.«

Winston nickte zögernd. Scott Hinesick kannte sie

fast so gut wie sie selbst. »Dir entgeht auch nichts, Scott. Etwas Wunderbares und Schreckliches steht bevor, und wir beide werden es miterleben.«

* * *

Ariana Winstons Büro war größer als das der übrigen Kommandeure der Leichten Reiterei, aber davon abgesehen glich es ihnen in vielerlei Hinsicht. Die Wände waren mit Holzfurnier getäfelt, vor dem Regale mit uralten gedruckten Büchern standen. Der Rest der Wände war mit Erinnerungsstücken an Leichte Reitereiregimenter bis zurück zu Wellingtons leichter Kavallerie im terranischen England des achtzehnten Jahrhunderts verziert. Den zusätzlichen Platz beherrschte ein Konferenztisch mit Holoprojektoren und Bildschirmanzeigen.

Eines der wenigen nichtmilitärischen Objekte im Innern des Zimmers war ein silberner Bilderrahmen an einem Ehrenplatz auf Winstons unaufgeräumtem Schreibtisch. Das Bild darin zeigte eine sehr viel jüngere Ariana Winston, die für die Kamera am Hals eines älteren Gentleman hing, dessen Uniform die Mond-und-Stern-Insignien des 21. Einsatzregiments trug. Obwohl seine Haut nicht annähernd den Mahagoniton der ihren aufwies, war die Familienähnlichkeit ebenso unverkennbar wie Winstons Liebe zu ihrem Vater. Charles Winston war inzwischen fünf Jahre tot. Die Ränder des Bilderrahmens wirkten abgenutzt und zeugten davon, wie oft sie nach dem Bild griff.

Neben dem schweren, mit Holzfurnier verkleideten Schreibtisch, den einfachen Bürosesseln und den metallenen Aktenschränken enthielt das Büro noch zwei dicke Polstersessel vor einem gemauerten Kamin. Winston hatte ihren Adjutanten trotz des warmen Wetters ein schönes heißes Feuer entzünden lassen. Sicher würden Hinesicks alte Verletzungen ihm zu schaffen machen. Ein Manöverunfall hatte ihren Freund 3039 den rechten Arm gekostet. Obwohl ihm die Leichte Reiterei die bestmögliche medizinische Versorgung bot und sogar für eine hochmoderne Prothese gesorgt hatte, waren seine Verletzungen schwer genug gewesen, ihn vom aktiven Gefechtseinsatz auszuschließen. Da seine Fähigkeiten und mühsam erworbenen Kenntnisse jedoch zu kostbar schienen, um sie brachliegen zu lassen, war er zum Ausbildungskader versetzt worden, wo er sich bis zum Kommandeur des Ausbildungsbataillons hochgearbeitet hatte. Winston wußte, daß ein großer Teil des Wiederaufbaus des 71. Regiments, das im Krieg von 3039 fast aufgerieben worden war, auf sein Konto ging.

Eine Ordonnanz nahm bei ihrer Ankunft die schweren graugrünen Mäntel entgegen und zog sich dann respektvoll zurück. Winston schritt hinüber zu einem antiken Wandschrank, der neben den modernen Aktenschränken seltsam fehl am Platze wirkte, und holte eine grüne, dreieckige Flasche heraus. Scott warf ihr aus seinem Kaminsessel ein schiefes Grinsen zu. Er erkannte ganz offensichtlich das schwarzgoldene Etikett des Cromarty Black, möglicherweise des feinsten Scotch, der je außerhalb der terranisch-schottischen Highlands gebraut worden war.

Winston schüttete für sie beide ›a wee dram or two‹ ein und ließ sich ihrem alten Freund gegenüber in die Polster des freien Sessels sinken.

Die Steifheit, mit der Hinesick nach dem Glas griff, verbunden mit ihrem Wissen darüber, wie sehr er die Leichte Eridani und deren Traditionen liebte, versetzten Winston einen leichten Stich. Jetzt war es bald soweit, daß sie ihrem ältesten und besten Freund mitteilen mußte, daß er würde zurückbleiben müssen, während sie in den Krieg zog. Sie nahm noch einen

Schluck von der starken bernsteinfarbenen Flüssigkeit, um den unausweichlichen Augenblick hinauszuzögern. »Das war eine feine Auswahl, die du heute verabschiedet hast«, erklärte sie. »Ich habe mir ihre Testergebnisse angesehen. Manche von ihnen waren ziemlich hoch, sogar besser als die einiger Sanglamore- oder Nagelring-Absolventen. Und so wie die Schimmel auf Coventry Prügel bezogen haben, werden wir sie nötig haben.«

Scott nickte und genoß den ersten Schluck seines Cromarty Black. »Diese Kadetten werden uns beinahe wieder auf volle Stärke bringen, Ria.« Hinesick war einer der wenigen außerhalb ihrer nahen Verwandten, der sich erlauben durfte, Winstons Vornamen abzukürzen. »Wir stehen fast wieder bei drei kompletten Kampfregimentern. Und gerade rechtzeitig. So wie auf Coventry alle zusammengearbeitet haben, werden wir beide möglicherweise noch die Wiedergeburt des Sternenbunds erleben.«

Winston zuckte zusammen, als sie das hörte, aber Hinesick schien es nicht zu bemerken. Er strahlte bei dem Gedanken. Nicht nur die Leichte Eridani-Reiterei verehrte das Andenken des längst vergangenen Sternenbunds. Für die meisten Menschen in der Inneren Sphäre stand dessen Name für ein Goldenes Zeitalter, eine Ära, an deren legendären Frieden, Wohlstand und technischen Fortschritt man sich mit atemloser Bewunderung erinnerte.

»Stell dir das nur einmal vor«, meinte Hinesick. »Heute könnte eine der letzten Gelegenheiten gewesen sein, zu denen wir die Sternenbundhymne rein zeremoniell abspielen.« Er gestikulierte weit mit seinem Glas. »Bis die nächste Klasse ihre Abschlußfeier hat, könnte die Innere Sphäre geeint sein.«

»Ich hoffe, du hast recht, Scott. Immerhin, das *ist* der Traum der Leichten Reiterei, nicht wahr?« Winston nahm ihr Glas in beide Hände und starrte in die knisternden Flammen. Bald würde sie ihre Regimentsführer über die Entscheidungen der Whitting-Konferenz in Kenntnis setzen. Dort mußte sie die zähe Berufssoldatin sein. Aber hier und jetzt, in einem der seltenen stillen Augenblicke, bei einem gemeinsamen Drink mit ihrem besten Freund, ließ sie einen Teil ihrer sehr realen, sehr menschlichen Ängste und Sorgen heraus. »Wie heißt es noch, Scott? Ein erhabener, furchtbarer Tag? Genau das könnte uns bevorstehen. Da hast gesagt, nach den Prügeln, die wir auf Coventry einstecken mußten, sind wir jetzt fast wieder auf voller Kampfstärke. Das stimmt, auf dem Papier. Die Leichte Reiterei und der Rest der Coventry-Expeditionsstreitmacht hat die Jadefalken bei ihrem eigenen Spiel geschlagen, aber wir haben dabei fast ein Drittel unserer Kräfte verloren. Und wenn wir verloren hätten? Wären die Jadefalken weiter nach Tharkad vorgestoßen? Wäre der Waffenstillstand noch gültig? Nein, in dieser Welt gibt es zuviel, was schiefgehen könnte, als daß ich mir einen solchen Optimismus erlauben dürfte.«

»Immer noch die alte, trübsinnige Ria. Schön zu wissen, daß du dich nicht verändert hast«, spöttelte Hinesick.

»Also ...«

Plötzlich wurde er ernst. »Paß auf, Ria. Du schleichst schon den ganzen Tag wie eine Katze um den heißen Brei, und ich weiß, es hat etwas mit der großen Konferenz auf Tharkad zu tun, aber es scheint, du willst einfach nicht darüber reden. Verdammt! Ich bin ein Eridani, ich habe ein Recht, es zu erfahren.«

»Du irrst dich, Scott. Ich will darüber reden. Deshalb habe ich dich hierher eingeladen. Aber laß uns erst auch die anderen Regimentsführer holen.«

Hinesick stand auf und ging zum Visiphon. »Worum

geht es hier, Ria?« fragte er, die Hand über den Knöpfen schwebend.

»Hol einfach Ed, Sandy und Charles rauf. Ich erkläre euch alles.«

* * *

Fünfzehn Minuten später lud Ariana Winston ihre Regimentskommandeure ein, am Konferenztisch ihres Büros Platz zu nehmen. Neben ihr und Scott Hinesick befanden sich jetzt auch die Colonels Charles Antonescu, Edwin Amis und Sandra Barclay im Raum.

»Ich weiß, daß die Gerüchteküche brodelt, seit ich zurück bin«, eröffnete Winston das Gespräch auf ihre wie üblich brüske Manier. »Jetzt ist es wohl an der Zeit, Klartext zu reden.«

»Wir sind ganz Ohr, General«, stellte Antonescu, Kommandeur des Eliteregiments der 151. Leichten Reiterei, fest. Der 3029 als Rekrut zur Einheit gestoßene Antonescu hatte sich bis 3050 auf seinen jetzigen Posten als Colonel der Rappen hochgearbeitet. Die Tinte unter dem Vertrag der Leichten Reiterei mit Hanse Davion war kaum trocken gewesen, und Charles hatte seine Feuertaufe als Regimentsführer im Krieg gegen die Clans erhalten.

»Gut«, erwiderte Winston knapp. »Wie Sie alle wissen, hat Victor Davion die Innere Sphäre aufgefordert, den Krieg zu den Clans zu tragen, sobald der Coventry-Feldzug zu Ende sei. Genau um diesen Punkt ging es bei der Whitting-Konferenz. Sämtliche Staatsoberhäupter waren dort, und mit ihnen viele ihrer Top-Militärberater. Soweit ich hörte, ist es ein Wunder, daß sie auch nur miteinander geredet haben, aber Tatsache bleibt: Sie haben es getan. Mehr noch, sie haben einen Aktionsplan entwickelt. Einen wagemutigen Plan. Und die Leichte Eridani-Reiterei spielt darin eine gewichtige Rolle.«

Ihre drei Regimentsführer setzten sich jäh auf. Sie schienen aufmerksam und von den Neuigkeiten offensichtlich erregt. Winston erlaubte sich ein leichtes Lächeln in der Erinnerung an ihre eigene Erregung, als sie davon erfahren hatte.

»Wir werden an einer speziellen Einsatzgruppe teilhaben. Sie läuft als Einsatzgruppe Schlange. Unsere kompletten Gefechtskräfte werden sofort mit den Vorbereitungen zur Verschiffung auf den Planeten Defiance im Vereinigten Commonwealth beginnen. Wir haben dort spätestens am fünfzehnten Februar 3059 einzutreffen. Dort angekommen, werden wir eine Periode gemeinsamer Manöver mit den anderen Einheiten der Einsatzgruppe starten.«

»Welchen anderen Einheiten?« fragte Ed Amis, der Kommandeur des 21. Einsatzregiments. Er hielt eine bis jetzt nicht angezündete Zigarre zwischen den Fingern. »Wollen Sie einen auf geheimnisvoll machen, Generalin?« Die Veteranen-Colonels hätten sich nicht stärker voneinander unterscheiden können. Während Antonescu sich strikt an die Vorschriften hielt, betrachtete Amis diese bestenfalls als Vorschläge. Trotzdem hatte er es durch seine ausgezeichneten Leistungen geschafft, während des Kriegs von 3039 den Befehl über den Blauen Mond zu erhalten.

»Nein, Ed. Ich versuche mich nicht als Geheimniskrämerin. Das hier ist die größte Sache, die wir je angegangen sind. Noch größer als der Clan-Krieg. Wir werden einen der Clans gezielt angreifen und dabei an der Seite einiger der besten Einheiten der Freien Inneren Sphäre kämpfen. ComGuards, Northwind Highlanders, Ritter der Inneren Sphäre, Lyranische Garde, 1. Kathil-Ulanen, St.-Ives-Lanciers, 4. Drakøner – Wir werden zu Tausenden sein. Eine riesige Kriegsflotte unter dem Oberbefehl von Morgan Hasek-Davion. Morgan ist bereits auf Defiance.«

»Defiance?« fragte Amis nach. »Was ist da?«

»Nicht viel«, stellte Winston fest. »Es ist ein Hinterwäldlerplanet, der keine große Aufmerksamkeit auf sich ziehen wird. Aber er verfügt über militärische Anlagen, weil das VerCom dort von Zeit zu Zeit Manöver abhält. Unsere Mission ist streng geheim, und der Aufmarsch tief im Davion-Raum wird uns helfen, eine Entdeckung zu vermeiden.«

Amis wirkte noch immer verwirrt. »Ich denke, wir wollen die Clans angreifen.«

»So ist es. Wir werden sie da treffen, wo es sie am meisten schmerzt. Und um den Schlag noch stärker zu machen, werden wir sie als neue Sternenbund-Verteidigungsstreitkräfte angreifen. Inzwischen haben Sie sicher alle gehört, daß die Fürsten der Großen Häuser auf Tharkad eine Sternenbund-Verfassung unterzeichnet haben.«

»Gehört haben wir davon, aber wir wissen nicht so recht, was wir davon halten sollen«, stellte Antonescu fest.

Winston setzte ein dünnes Lächeln auf. »Es bedeutet, daß wir einen neuen Ersten Lord haben, und sein Name ist Sun-Tzu Liao.«

»Sie machen Witze«, meinte Amis, aber er schien keineswegs in der Stimmung, zu lachen. Seine Zigarre hatte er immer noch nicht angezündet.

Winston schüttelte den Kopf. »Es ist kein Witz, Kameraden. Das Amt rotiert alle drei Jahre. Wir wissen nicht, wer es als nächster ausüben wird.«

»Ich werde mich niemals vor diesem Esel verbeugen. Bitte um Verzeihung für meine Ausdrucksweise, Generalin.«

»Möglicherweise wird das gar nicht nötig sein, Ed. Unsere Mission wird uns über die Grenzen der Inneren Sphäre tragen. Bis wir zurück sind, kann eine Menge geschehen.«

Antonescu unterbrach. »Bitte um Verzeihung, General, aber ich bin mir immer noch nicht sicher, was genau Sie sagen wollen. Wir werden als Teil einer Einsatzgruppe aus Eliteeinheiten der Freien Inneren Sphäre agieren, Hauseinheiten und Söldner. Aber das Ganze soll eine neue Sternenbundarmee darstellen? Und wir sollen die Clans aus der Peripherie angreifen, während Sun-Tzu Liao als neuer Obermotz des Sternenbunds antritt?«

»Darauf läuft es in etwa hinaus, Charles, bis auf die Lage unseres Ziels. Wir werden noch über die Peripherie hinausfliegen.«

Amis stieß ein leises Pfeifen aus, während Winston sich zur jüngsten Regimentskommandeurin der Leichten Reiterei umdrehte. »Sie sind sehr still heute, Sandy.«

Colonel Sandra Barclay, die Kommandeurin der kürzlich wiederaufgebauten ›Schimmel‹ der 71. Leichten Reiterei, schüttelte den Kopf. »Ich? Ich bin hier immer noch die Jüngste. Ich befolge nur meine Befehle«, antwortete sie, aber in ihrem Lächeln lag eine Spur von Traurigkeit. Winston hatte sich bei der Beförderung Major Sandra Barclays an die Spitzenposition der Schimmel gegen beträchtlichen Widerstand langjähriger Eridani-Offiziere durchsetzen müssen, aber die erbitterten Kämpfe auf Coventry hatten die Richtigkeit ihrer Entscheidung bestätigt.

Barclays Leistungen beim heftig umkämpften Absprung der 71. auf Coventry hatten Winstons Erwartungen noch übertroffen. Erst später, als die Leichte Eridani mit dem Rest der Verteidiger aus der Freien Inneren Sphäre im belagerten Leitnerton eingeschlossen war, hatte Winston erkannt, daß die junge Frau mit irgend etwas in ihrem Innern kämpfte. Am Ende des Feldzugs hatten die Überreste von Barclays Einheit einen nahezu irreparabel zerschlagenen Eindruck gemacht. Barclay schien sich die Schuld für die Verluste zu geben, obwohl niemand sonst es tat. Schließlich hatte Winston sie beiseite genommen. ›Sandy‹, hatte sie ihr erklärt: ›Die erste Regel der Kriegsführung ist, daß Menschen sterben. Die zweite Regel ist, daß kein Kommandeur die erste Regel außer Kraft setzen kann.‹

Damals hatte Barclay den Eindruck gemacht, ihren Rat anzunehmen, aber um ihre Augen lag eine Anspannung, und in ihrer Stimme eine gewisse Rauheit, die Winston ermahnten, die jüngere Offizierin im Auge zu behalten.

Ed Amis riß sie mit andächtiger Stimme aus ihren Überlegungen. »Wir haben unser ganzes Leben auf einen neuen Sternenbund gewartet, Generalin.«

Winston nickte. »Unser ganzes Leben, Ed. Und die Regimenter der Leichten Eridani-Reiterei haben beinahe dreihundert Jahre lang davon geträumt. Niemand kann uns vorwerfen, vom Glauben abgefallen zu sein.« Sie fühlte, daß die Leichte Reiterei jetzt den Lohn ihrer unverbrüchlichen Loyalität zur Tradition und ihren Eid erntete, den Sternenbund neu erstehen zu sehen. »Das war es für jetzt. Es ist längst nicht alles, aber dafür möchte ich alle zuammenrufen. Teilen Sie Ihren Bataillonsführern mit, daß wir übermorgen um 08:00 eine allgemeine Stabsbesprechung im Konferenzsaal abhalten.«

»General«, meinte Antonescu, und er stand dabei auf und nahm Haltung an. »Ich bin nur wegen der Abschlußfeier auf Kikuyu. All meine Bataillonskommandeure und der größte Teil meines persönlichen Stabs sind noch auf Mogyorod. Niemand hat vorausgesehen, daß Sie eine derartige Besprechung anberaumen.« Der in einem Nachbarsystem gelegene Planet Mogyorod war die andere Welt der Lyranischen Allianz, auf der eine Garnison der Leichten Eridani-Reiterei stand.

»Ich weiß, Charles. Ich habe bereits eine Nachricht

abgeschickt. Ihre Leute kommen an Bord der *Buford* her. Mogyorod ist nur einen Sprung entfernt. Sie dürften morgen abend eintreffen. Sonst noch etwas?« Sie sah, wie Antonescus Augen sich leicht verengten, als ihm klar wurde, wie sie in der kurzen Zeit seit ihrer Rückkehr bereits die Fäden gezogen hatte.

Im Gegensatz zu den meisten Söldnereinheiten der verschiedenen Nachfolgerstaaten besaß die Leichte Eridani-Reiterei eine Anzahl eigener Sprungschiffe. Eines dieser interstellaren Raumschiffe war das Antonescus ›Rappen‹ zugeteilte Sprungschiff der *Starlord*-Klasse *Buford*. Da Mogyorod nur etwa siebzehn Lichtjahre entfernt war, reichte ein in Nullzeit ausführbarer Hyperraumsprung aus, die Stabsoffiziere aus dem einen System ins andere zu befördern. Aber natürlich brauchte die Hochgeschwindigkeitsfähre eine gewisse Zeit für den Flug vom Sprungpunkt zur Planetenoberfläche.

»Nein, General, das war alles. Danke.« Antonescu setzte sich.

Winston nickte kurz. »Wegtreten.«

Die MechKrieger-Colonels salutierten und verließen wortlos den Raum. Nur Scott Hinesick blieb an seinem Platz.

»Ich kenne dich, Ria.« Er lehnte sich zurück. »Das ist nicht alles. Da gibt es noch etwas, was du ihnen nicht gesagt hast.«

Winston nickte. »Ich habe ihnen nicht gesagt, daß Marshal Hasek-Davion mich persönlich als seine Stellvertreterin angefordert hat. Und ich habe ihnen nicht gesagt, daß die Leichte Eridani-Reiterei als eine der wenigen Einheiten, die ihre Ursprünge in gerader Linie bis zum Sternenbund zurückverfolgen kann, aufgefordert wurde, bei der Ausarbeitung der allgemeinen Vorschriften für die neuen Sternenbund-Verteidigungsstreitkräfte zu helfen.«

»Komm schon, Ria. Das ist nicht alles. Du hältst noch etwas zurück ...« Hinesicks Grinsen verblaßte, als ihm die Wahrheit dämmerte. »Es sei denn ...«

»Ja, Scott, genau das ist es.« Winston atmete tief durch, versuchte, den Moment noch weiter hinauszuzögern, aber schließlich mußte sie die Worte doch aussprechen. »Du wirst uns nicht begleiten.«

Hinesick starrte sie scheinbar eine Ewigkeit lang einfach nur an. »Tja, Generalin«, sagte er schließlich und kämpfte spürbar darum, seine plötzlich brüchig gewordene Stimme unter Kontrolle zu bringen. »Vor einer Weile hast du mir angekündigt, daß etwas Erhabenes und Furchtbares ins Haus steht. Du hast recht gehabt.«

Ohne ein weiteres Wort stand Scott Hinesick von seinem Platz auf und ging zur Tür. Als sie hinter ihm ins Schloß fiel, wollte Winston ihn zurückrufen. Aber wozu? Es hätte nichts geändert. Sie schüttelte traurig den Kopf. Ihr war nur zu klar, wie schmerzhaft es für Hinesick werden würde, während sie und der Rest der Leichten Eridani-Reiterei ihrem Schicksal entgegentrabten.

4

Fort Telemar, Kikuyu
Trellshire, Mark Tamar, Lyranische Allianz

15. Dezember 3058, 09:00 TNZ

Wie Ariana Winston es vorhergesagt hatte, waren die höheren und Stabsoffiziere des 151. Leichten Reiterei-Regiments Charles Antonescus keine vierundzwanzig Stunden nach Ende der Unterredung in ihrem Büro eingetroffen. Sie waren an Bord der *Cossack* gekommen, einem der *Buford* zugeteilten Landungsschiff der *Union*-Klasse. Damit befanden sich alle Kommandeure der Leichten Reiterei auf Kikuyu.

Landungsschiffe waren für die Raumfahrt unumgänglich. Seit dem Zusammenbruch des Sternenbunds waren die Geheimnisse des Baus von Raumschiffen, die gleichermaßen im interplanetaren wie interstellaren Raum zu Hause waren, verlorengegangen. Nur die gelegentliche Entdeckung vergessener Sternenbund-Datenkernspeicher weckte leise Hoffnungen bei denen, die sich nach längst vergangenen, legendären Zeiten sehnten. Die jüngste und möglicherweise bedeutendste Entdeckung eines dieser Schätze vergessener Informationen war der sogenannte Gray-Death-Kernspeicher. Die Entschlüsselung der durch die berühmte (oder, je nachdem, mit wem man redete, berüchtigte) Söldnereinheit geborgenen Daten hatte den Wissenschaftlern der Inneren Sphäre die Möglichkeit gegeben, zumindest einen Teil der Geheimnisse ihrer Vorfahren zu enträtseln. Und dieser an sich schon atemberaubende Reichtum an Informationen war noch vergrößert worden, als ComStar den über Jahrhunderte bestehenden Eid des Schweigens gebrochen und offenbart hatte, daß der Orden zumindest Teile dieses alten Wissens bewahrt hatte.

Die Kombination dieser beiden Ereignisse und das Bergegut seltener Clan-Niederlagen half der Freien Inneren Sphäre, zumindest einen Schatten vergangener Größe zurückzuerlangen. Aber der Waffenstillstand von Tukayyid bestand erst seit sechs Jahren, und die Entdeckung des Gray-Death-Kernspeichers war erst dreißig Jahre her. Die ersten Kampfraumer und Interplanetaren Sprungschiffe wurden zwar wieder gebaut, aber die Arbeiten gingen schmerzhaft langsam voran.

Daher wurde der größte Teil des interplanetaren Verkehrs weiterhin mit Landungsschiffen absolviert, riesigen Raumschiffen, die Fracht und Passagiere zwischen den bewohnten Planeten und den im Raum um das Zentralgestirn des jeweiligen Systems wartenden Sprungschiffen bewegten. Selbst zur Hochzeit des Sternenbunds waren diese Schiffe notwendig gewesen, da kein Sprungschiff in der Lage war, auf einer Planetenoberfläche aufzusetzen.

Colonel Antonescu hatte seine Offiziere am Raumhafen abgeholt und ihnen eine kurze Zusammenfassung der Unterhaltung mit Generalin Winston gegeben.

In der kurzen Zeit seit dieser Besprechung hatten sich Fort Telemar, die Raumhafenstadt Brandtfordt Heights und die umliegende Region grundlegend verwandelt. Fort von den Tischen der Straßenkaffees von Brandtfordt waren die Grüppchen von Soldaten in der grünen Uniform der Leichten Eridani. An ihre Stelle waren Zweier- und Dreiergruppen Bewaffneter mit schwarzen Armbinden getreten, auf denen in großen weißen Blocklettern die Buchstaben ›MP‹ prangten. Am Haupttor Fort Telemars blockierte eine schwarzgelbgestreifte Barriere die Zufahrt, die von vier bewaffneten Soldaten bewacht wurde.

Als Antonescus Wagen vor dem geschlossenen Tor zum Stillstand kam, traten zwei der Männer vor und richteten schwere Lasergewehre auf die Insassen des Fahrzeugs. Ein dritter Soldat mit dem grün-weiß-grün schräggeteilten Rangabzeichen eines Corporals kam an die linke Seite des Schwebers, die rechte Hand bedrohlich dicht am Griff der Waffe im tief an der rechten Hüfte hängenden Holster.

»Identifikation.« Der Corporal schnarrte das einzelne Wort heraus, als wolle er die Fahrzeuginsassen herausfordern, sich zu widersetzen.

Antonescu verbiß sich ein wütendes Knurren und starrte den jungen Mann einen Augenblick lang drohend an, bevor er seine Papiere durchs Fenster reichte.

Der Corporal schien unbeeindruckt. Wenn überhaupt, dann nahm er sich mehr Zeit als nötig, um Antonescus Ausweis und Passierschein zu kontrollieren. Den Rest von Antonescus Stab beachtete er kaum.

»Danke, Colonel.« Der Posten gab die Papiere zurück, entfernte sich vom Wagen und gab dem vierten Mann, der im Wachhäuschen geblieben war, ein Zeichen.

Als die Barriere sich mit dem Singen ihres Elektromotors hob, salutierte der Posten. Antonescu erwiderte den Gruß nicht, sondern stieß nur den Fahrer an, der die Hubpropeller des Wagens in Gang setzte und losfuhr.

»Das darf doch wohl nicht wahr sein, Colonel.« Major Gary Ribic schüttelte ungläubig den Kopf. »Was, zur Hölle, sollte das eben?« Rib war der Kommandeur des 8. Kundschafterbataillons.

»Es war Generalin Winstons Idee«, antwortete Antonescu. »Haben Sie es bemerkt? Das einzige Personal der Leichten Reiterei in der Stadt waren die MPs. Jeglicher Ausgang und Urlaub ist gestrichen, Zitat: ›bis auf weiteres‹. Jeder, dessen Sicherheitseinstufung auch nur vom Schatten eines Zweifels angehaucht ist, hat sie verloren. Niemand außerhalb dieses Lagers weiß, was bevorsteht, und nur sehr wenige in seinem Innern. Und genauso möchten auch wir es halten.«

»Und was *steht* uns bevor?«

»Sie werden alles, was Sie wissen müssen, bei der morgigen Besprechung erfahren, Major Ribic.« Damit lehnte Charles Antonescu sich in die Polster zurück, schloß die Augen und massierte sanft seine Schläfen, ohne Ribics Neugierde auch nur annähernd zu befriedigen.

* * *

Am nächsten Morgen erhielten Major Gary Ribic und der Rest der höheren Offiziere der Leichten Reiterei dann ihre Antworten.

Als erstes sprach natürlich Generalin Ariana Winston. »Meine Damen und Herren, was ich Ihnen jetzt mitteile, darf diesen Raum nicht verlassen. Wie Sie alle wissen, bin ich vor kurzem vom Tharkad zurückgekehrt. Eine Menge Gerüchte machen die Runde, was dort vorgefallen sei. Von heute an sind es keine Gerüchte mehr.«

In den folgenden Minuten erläuterte Winston, was sie über die Whitting-Konferenz wußte. Sie hielt sich nicht mit den politischen Querelen auf, die zwischen den Staatsoberhäuptern der Freien Inneren Sphäre unumgänglich waren, sondern hielt sich an die Punkte, die für die Männer und Frauen unter ihrem Befehl von Bedeutung waren. Sie erfuhren von dem Plan, den Sternenbund neu erstehen zu lassen, und daß Sun-Tzu Liao das Amt des neuen Ersten Lords des Sternenbunds übernehmen würde.

Dann stellte sie fest: »Das ist noch nicht alles. Die wichtigste Nachricht ist, daß die Armeen der Freien Inneren Sphäre sich vereinen und einen der Clans so vernichtend schlagen werden, daß es den übrigen eine schreckliche Lehre sein wird. Der ausgewählte Clan sind die Nebelparder.«

Winston machte eine Pause, um ihre Worte wirken zu lassen. Totenstille senkte sich über den Besprechungsraum. Sie ließ das Schweigen eine Weile ungebrochen, bevor sie weitersprach. »Diese Gegenoffensive wird unter dem Banner der Sternenbund-Verteidigungsstreitkräfte erfolgen. Sie wird aus zwei sorgfältig getimten Operationen bestehen. Operation Bulldog wird geleitet von Victor Davion: ein Überraschungsangriff auf die von den Nebelpardern besetzten Systeme. Die zweite Operation besteht aus einer geheimen Einsatzgruppe unter dem Befehl Marshal Morgan Hasek-Davions. Die Leichte Eridani-Reiterei wird den Hauptteil der zweiten Streitmacht stellen, die neben uns Einheiten aus allen Nachfolgerstaaten, der ComGuards und der Northwind Highlanders enthalten wird. Offiziell fungieren wir als Reserve für die erste Operation, aber das ist reine Augenwischerei.«

Ein Raunen ging durch den Raum. Obwohl niemand das Wort ergriff, konnte die Generalin die Erregung und den Stolz ihrer Offiziere spüren.

»Das Ziel dieser Koalitionsstreitmacht würden sich die Clanner in ihren schlimmsten Alpträumen nicht ausmalen. Wir werden einen Angriff auf Diana unternehmen, die Heimatwelt der Nebelparder!«

»Gott im Himmel.« Antonescus Stimme klang leise und atemlos. Diese Nachricht war so gewaltig, daß der vorbildhaft korrekte Colonel jedes militärische Protokoll vergaß und seine Kommandeurin unterbrach.

»Das Gesamtziel beider Operationen ist identisch«, fuhr Winston fort, vom ungewöhnlichen Gefühlsausbruch ihres Untergebenen nicht beeindruckt. »Die Vernichtung des Nebelparder-Clans.«

Wieder herrschte Schweigen im Konferenzsaal. Selbst der sonst schwer zu beeindruckende Edwin Amis schien wie vom Donner gerührt. Die Tragweite dieser Mission war so gewaltig, ihr Ziel so weitreichend, daß Winstons Offiziere Mühe hatte, es zu fassen. Ihr selbst war es zu Beginn nicht anders ergangen. Colonel Charles Antonescu war der erste, der das Schweigen brach.

»Wie ist das möglich?« fragte er. »Niemand kennt die Position der Clan-Heimatwelten. Haben Teddy und das Explorercorps endlich gefunden, wonach sie suchen?« Das Draconis-Kombinat war von der Clan-Invasion schwer gebeutelt worden, und Theodore Kurita war sich seit langem sicher, daß die einzige Möglichkeit, die Clans zu besiegen, darin bestand, ihre Heimatwelten zu finden und sie dort zu vernichten. Zu diesem Zweck hatte er aktiv mit ComStars Explorerdienst daran gearbeitet, die Route zu den Clanwelten zu entdecken.

»Nicht wirklich, Colonel«, stellte Winston fest. »Anscheinend war es ein Nebelparder selbst, der die Informationen geliefert hat, die nötig waren, um die Flugroute festzulegen. Ob Sie es glauben oder nicht, vor kurzem ist ein Parder-Krieger zu ComStar übergelaufen.«

Scott Hinesick schüttelte verwundert den Kopf. »Die beteiligten Einheiten könnten wahrscheinlich genug Sprungschiffe für eine derartige Aktion zusammenziehen, aber was geschieht, wenn die Clanner ihre Kriegsschiffe gegen die über Diana versammelte Einsatzgruppe schicken? Niemand in der Freien Inneren Sphäre hat die für eine derartige Operation nötigen Kampfraumschiffe.«

»Niemand außer ComStar, Scott.«

»Was?«

»Ich kenne auch nicht alle Details, aber anscheinend unterhält ComStar seit dem Exodus eine geheime Kriegsraumflotte.«

Jetzt war es an Hinesick, die Generalin sprachlos anzustarren. Er plumpste auf seinen Stuhl und machte ein Gesicht, als habe er gerade einen kikuyanischen Wildeber fliegen sehen.

»Haben wir das richtig gehört, Generalin?« fragte Sandra Barclay. »Sagten Sie, wir werden den gesamten Nebelparder-Clan vernichten?«

Die Nebelparder galten als der blutrünstigste aller Clans. Wie ihr Totemtier waren sie durch die Innere Sphäre geprescht und hatten Welten und Regimenter brutal und kompromißlos überrannt. Nur die Wölfe und Jadefalken hatten mit den Eroberungen der Nebelparder gleichgezogen oder sie übertreffen können. Und niemand kam ihrer Gnadenlosigkeit gleich. Im Verlauf der Invasion hatten die Parder zur Unterdrückung eines Aufstands die Großstadt Edo des draconischen Planeten Turtle Bay zum Ziel eines planetaren Bombardements gemacht. Die komplette Stadt war unter den gewaltigen Energien, die aus den Clan-Kampfschiffen auf die Planetenoberfläche stießen, in einen glühenden Krater verwandelt worden. Etwas derartiges hatte sich in der Inneren Sphäre seit Jahrhunderten nicht mehr zugetragen.

»So sieht der Plan es vor, Sandy«, bestätigte Winston. »Die Whitting-Konferenz geht davon aus, daß die übrigen Clans uns mit anderen Augen sehen werden, wenn wir die Parder, einen Kreuzritter-Clan, auslöschen. Nicht nur als neuen Sternenbund, sondern als militärische Großmacht – statt eines Barbarenhaufens, der darauf wartet, erobert zu werden. Man könnte sagen, indem wir die Parder auslöschen, beweisen wir, daß wir ihnen ebenbürtig sind.«

Winston hörte ein leises, überraschtes Fluchen, konnte aber nicht erkennen, welcher ihrer Offiziere es ausgestoßen hatte.

»*Und*«, fuhr sie fort. »Indem wir einen Kreuzritter-Clan vernichten, unterminieren wir die Glaubwürdigkeit aller Kreuzritter. Gleichzeitig senden wir den

Clans eine Botschaft: Wie können sie behaupten, hierher zu kommen, um den Sternenbund wiederaufzurichten, wenn wir das bereits getan haben? Und wic können Sie ihren Kampfeswillen aufrechterhalten, nachdem wir einen ganzen Clan zerschlagen haben?«

»Also, verdammt, Generalin«, warf Edwin Amis ein. »Ich weiß nicht, was ich sagen soll. Ich denke, damit stehe ich nicht einmal allein. Erst stellen Sie sich hier hin und erzählen uns, wir lassen die Sternenbund-Verteidigungsstreitkräfte wiederauferstehen. Das drängt mich, zu feiern, wie es dieser Planet noch nicht erlebt hat. Und dann erklären Sie, unsere erste Aufgabe als SBVS besteht darin, *einen Clan auszulöschen*. Glauben die Politiker ernsthaft, das könnten wir schaffen?«

»Ja, Ed, das tun sie. Sie haben das Modell einer sogenannten ›entropischen Kriegsführung‹. Ich werde mich hier und jetzt nicht weiter darüber auslassen, aber nachdem, was ich bei der Strategiebesprechung auf Tharkad gehört habe, klingt es ganz so, als ob wir die Parder zwischen zwei Mühlsteinen zermahlen und ihnen anschließend jede Spur der Möglichkeit nehmen werden, jemals wieder Krieg zu führen.«

»Puh«, stieß Amis aus, und ausnahmsweise schien er keinen weiteren Kommentar zu haben.

In den nächsten fünfzehn Minuten beantwortete Ariana Winston Fragen und Kommentare, die zum größten Teil Ausdruck von Freude über die Neugründung des Sternenbunds oder von Entgeisterung über die Aussicht geprägt waren, einen kompletten Clan zerschlagen zu wollen. Als auch der letzte ihrer Offiziere Gelegenheit gehabt hatte, sich zu äußern, wandte sie sich wieder an die ganze Gruppe.

»Da diese Operation unsere gesamten Gefechtseinheiten beanspruchen wird, werden die Lyranischen Allianzstreitkräfte zwei Regimenter hierher und nach Mogyorod schicken, um uns abzulösen. Sie werden in ein bis zwei Wochen eintreffen, so daß Sie nicht nur unsere Leute auf den Abmarsch vorbereiten, sondern auch unsere Ablösung in die Gegebenheiten einweisen müssen. Es ist wichtig, daß sie so schnell und leise wie möglich unsere Arbeit übernehmen. Wir sind verflucht nahe an der Grenze zu den Jadefalken, besonders hier auf Kikuyu. Die Clanner kommen vielleicht nicht an die Zähen Hunde oder Loki heran, aber Sie können Ihren letzten Credit darauf verwetten, daß sie alle Garnisonen entlang der Grenze beobachten. Vergessen Sie nicht: Es war ein Clan-Geheimdienstoffizier, auf dessen Konto die Vernichtung der Waco Rangers auf Coventry ging. Wir werden uns mit größtmöglicher Eile auf den Planeten Defiance in der Mark Crucis der Vereinigten Sonnen begeben. Zur Zeit besitzt diese Welt keine Garnison, aber sie verfügt über alle für eine Einsatzgruppe dieser Größe erforderlichen militärischen Einrichtungen. Soweit ich feststellen kann, wurde die Fort-Defiance-Basis für die Armee der Vereinigten Sonnen gebaut, die dort gelegentliche Manöver abgehalten hat. Defiances Umweltbedingungen sind nicht lebensfeindlich, aber auch nicht gerade angenehm. Die Atmosphäre ist mit moderaten Mengen an Schwefel und Schwefeldioxiden verseucht – schwer genug, um die Verwendung von Atemmasken zu erfordern. Offiziell werden wir einer ›Reservestreitmacht‹ unter dem Befehl Morgan Hasek-Davions zugeteilt. Dadurch lassen sich unsere Truppenbewegungen erklären, selbst dann, wenn es uns nicht gelingt, sie geheimzuhalten. Man hat mir versichert, daß die verschiedenen Geheimdienste der Großen Häuser ihr Bestes tun werden, die Truppenbewegungen und Manöver auf Defiance zu verschleiern. Sie werden auch versuchen, unsere Abwesenheit geheimzuhalten, nachdem die Aktion gestartet wurde.«

Winston stählte sich für den Sturm der Proteste, den

sie nach ihrer nächsten Ankündigung zu erwarten hatte. »Die 6. Donegal Guards Regimentskampfgruppe wird unsere Garnisonen hier auf Fort Telemar und auf Fort Shannon auf Mogyorod übernehmen.«

Der Raum explodierte in einem Wirbelsturm lautstarker Einwände. Viele der Proteste stimmten wortwörtlich mit denen überein, die Winston selbst Feldmarschallin Nondi Steiner, der Oberbefehlshaberin der Lyranischen Allianzstreitkräfte, wütend entgegengeschleudert hatte. Die Antwort der Feldmarschallin war alles andere als höflich ausgefallen. Und es war dieselbe Antwort, die sie nun ihren Truppen geben mußte. Sie hatte Winston nicht überzeugt, ebensowenig wie sie davon ausging, die Männer und Frauen unter ihrem Befehl damit überzeugen zu können. Aber erst mußte sie die Kontrolle über die Situation hier im Besprechungsraum zurückgewinnen.

»Aaach-tung!« Ihre Stimme übertönte den Lärm aus fünfzehn gleichzeitig argumentierenden Stimmen. Es war leicht zu vergessen, daß Ariana Winston sich durch die Ränge der Eridani bis ganz nach oben gedient hatte, und die meisten ihrer Offiziere hatten sie noch nie im Stil eines Drillsergeanten brüllen hören, aber sie hatte diese Fähigkeit nicht verloren. Der Lärm brach ab, als habe jemand einen Schalter umgelegt.

»Mir gefällt es ebensowenig wie Ihnen, aber das hier ist eine Armee, kein Nähkränzchen. Ich habe einen Befehl erhalten, und ich habe ihn an Sie weitergegeben. Es besteht kein Bedarf nach Debatten.«

Winston war erstaunt über die Heftigkeit ihrer Stimme. Sie hatte geglaubt, die Wut darüber, die Sorge um das Leben und die Sicherheit der Angehörigen der Leichten Reiterei anderen überlassen zu müssen, überwunden zu haben. Aber jetzt, nachdem sie den Befehl gegeben hatte, fühlte sie den Zorn neu in sich aufsteigen.

»General, Sie haben den Befehl gegeben, und wir werden ihn ausführen.« Major Kent Fairfax stand auf und nahm Haltung an. »Aber darf ich die Generalin daran erinnern, daß die Verantwortung für das Leben und die Sicherheit der Angehörigen der Leichten Reiterei ausschließlich Aufgabe der Bataillone der 50. Schweren Reiterei und 8. Kundschafter ist?«

»Ich weiß, Kent.« Winstons Stimme wurde weicher, als ihr Blick sich auf die blutrote ›50‹ auf dem linken Arm des jüngeren Offiziers senkte. »Aber wir brauchen die gesamte Leichte Reiterei, erst recht, nachdem wir ohnehin unter Sollstärke sind. Das Blutige Halbe Hundert oder die Zyklone hierzulassen, würde soviel bedeuten wie: wir zögen barfuß in die Schlacht.«

»Es tut mir leid, General, aber ich habe den Eindruck, daß wir unsere Schutzbefohlenen der Sorge Fremder überlassen. Das haben wir seit Sendai nicht mehr getan.«

»Dessen bin ich mir bewußt, Major. Ebenso wie der Archon. Auch sie weiß, was nach dem Massaker auf Sendai geschehen ist. Sie hat mir versichert, daß die 6. Guards sich sehr gut um unsere Leute kümmern werden. Ich habe ihr im Gegenzug versichert, daß sie Grund hat, das zu hoffen.« Winstons Stimme sank bei den letzten Worten zu einem tiefen Knurren.

Mit einem widerwilligen Nicken gab Fairfax nach.

Major Hinesick murmelte leise von seinem Platz in der Ecke des Zimmers: »Mein Gott, Ria, ich hoffe, du hast recht.«

5

Rittersaal, Palast des Marik, Atreus
Marik Commonwealth, Liga Freier Welten

15. Dezember 3058, 10:30 Uhr TNZ

Hunderte Lichtjahre von Kikuyu entfernt spielte sich auf Atreus in der Liga Freier Welten eine ganz ähnliche Szene ab. Der Rittersaal im Palast des Marik unterschied sich allerdings erheblich vom warmen, holzgetäfelten Konferenzraum Fort Telemars. Der Saal war ein weiter, steinerner Bau, an die Haupthalle mittelalterlicher Burgen Terras angelehnt. Thomas Marik, der Generalhauptmann der Freien Welten, hatte das Gebäude im Frühjahr 3055 errichten lassen. Er hatte die Ritter 3054 als Reaktion auf eine Welle der Barbarei gegründet, die er durch die Innere Sphäre branden sah. Für Marik und viele andere bedeuteten die Ritter eine Neuauflage der Tafelrunde, die Verkörperung der Ideale ›Das Recht *ist* Macht‹ und ›Macht *für* das Recht‹. Der alte Ehrenkodex der Ritterschaft galt ihnen zu jeder Zeit als Gesetz.

Auf dem Ehrenplatz der Halle saß Kolonel Paul Masters, ein dunkelhaariger Mann um die vierzig. Seine Uniformjacke trug nur eine einzige Verzierung: das Wappen der Ritter der Inneren Sphäre. Um ihn herum saßen seine Mit-Ritter, Krieger aus der gesamten Inneren Sphäre, vereint in einem Ziel, der Wiedergeburt ritterlicher Ideale. Ein Teil der einhundertfünfzig Plätze des Saals war leer. Die meisten gehörten Kriegern, die auf Missionen unterwegs waren, deren Natur es verbat, sie für diese Versammlung zurückzurufen. Einige wenige der kunstvoll geschnitzten Holzsessel trugen nur einen archaischen Topfhelm, behängt mit schwarzer Seide. Dies waren stumme Mahnmale für in der Schlacht gefallene Ritter, deren

Stelle noch nicht von neuen, jüngeren Mitgliedern eingenommen worden war.

Rechts neben Masters saß ein älterer, grauhaariger Mann mit furchtbar vernarbtem Gesicht. Obwohl er nur den zweiten Platz der Sitzordnung innehatte, machten das Feuer in seinen braunen Augen und die Aura der Autorität, die ihn wie ein Purpurmantel umgab, jedem klar, daß niemand in dieser Versammlung ihm ebenbürtig war. Dies war Thomas Marik, Generalhauptmann und Herrscher der Liga Freier Welten. Obwohl er der Lehnsherr der Ritter und ihr Oberbefehlshaber war, hatte er Paul Masters den Vorsitz überlassen. Thomas Mariks Anwesenheit hier im Saal war zwar kein seltenes Vorkommnis, aber sie verlieh der Versammlung trotzdem eine besondere Würde.

Als der letzte der Ritter stumm seinen Platz in der steinummauerten Halle eingenommen hatte, stand Marik auf. Er tat es mit einer Leichtigkeit und Eleganz, die seine achtundsechzig Jahre Lügen strafte.

»Sir Ritter«, sagte er langsam und ruhigen Tons. »Inzwischen habt Ihr alle von einigen der denkwürdigen Ereignisse gehört, die sich bei der Whitting-Konferenz abgespielt haben. Der Sternenbund ist neu geboren. Eine neue Ära bricht in der Freien Inneren Sphäre an. Die erste Aktion des erneuerten Sternenbunds wird darin bestehen, gegen die größte Bedrohung seiner zukünftigen Existenz loszuschlagen. Ihr, Sirs, die Ritter der Inneren Sphäre, werdet Teil daran haben, die Innere Sphäre von dieser Bedrohung zu befreien.« Thomas drehte sich halb zu dem Mann links neben ihm um. »Sir Masters?«

Masters bedankte sich und stand auf, während Marik wieder Platz nahm. Er ließ seinen Blick über die versammelten Krieger schweifen und konzentrierte sich. Es war eine große Ehre, daß der Generalhauptmann ihm erlaubte, die Nachricht zu verkünden. Stolz schwoll in Masters' Brust, ein gerechter, angemessener Stolz, geboren aus dem Wissen, daß die Ritter zugleich als schlagkräftige Kampfeinheit Teil dieser Einsatztruppe werden sollten, und als deren Gewissen.

Ihm war klar, daß bei einer Operation, deren Ziel die Vernichtung der Kapazität eines Feindes zum Kriegführen, die Tendenz unvermeidlich war, die Grenzen der ›zivilisierten Kriegsführung‹ zu überschreiten. Wenn die Vernichtung erst begonnen hatte, war es durchaus möglich, daß sie erst ein Ende finden würde, wenn die Heimatwelt der Nebelparder nur noch eine glühende Aschekugel und nicht nur alle Parder-Krieger, sondern auch alle Zivilisten des Clans, Männer, Frauen und Kinder, tot waren. Masters war entschlossen, es nicht soweit kommen zu lassen, nicht, solange noch ein Funken Leben in ihm war.

Als er seine Gedanken gesammelt hatte, setzte er an. »Ritter der Inneren Sphäre, wir stehen an der Schwelle eines neuen Zeitalters. Der Sternenbund ist wiedererstanden. In diesem Augenblick versammeln sich die besten Kampfeinheiten der Freien Inneren Sphäre zu einer gewaltigen, erdrückenden Offensive gegen den größten Feind, dem die Menschheit je gegenübergestanden hat, die Clans. Wir, die Ritter der Inneren Sphäre, wurden von unserem Lehnsherren gebeten, sich ihnen auf dieser Mission anzuschließen. Sirs, dies ist die Aufgabe, für deren Erfüllung wir geboren wurden, so wie die Ritter der Tafelrunde sich der Suche nach dem Heiligen Gral verschrieben.«

Die Ritter lauschten aufmerksam, während Masters den Verlauf der Whitting-Konferenz beschrieb. Als er zum Entschluß der Konferenz kam, eine massive Offensive gegen die Nebelparder zu beginnen, ging eine leise Bewegung durch die Versammlung. Der Grundtenor der Kommentare war: »Zeit wird's.«

Die Parder waren die meistgehaßten der Invasoren.

Die Barbarei der Vernichtung Edos loderte wie ein Leuchtfeuer in der Erinnerung der Ritter. Krieg zu führen gegen einen Feind, der in der Lage war, sich zu wehren, galt als ehrenhaft. Aber das sinnlose Abschlachten von Zivilisten oder Gefangenen und die wahllose Vernichtung nichtmilitärischer Ziele verdiente nur tiefste Verachtung. Seit langem brannten die Ritter darauf, gegen die Clans kämpfen zu dürfen, aber aus politischen Gründen hatte die Liga Freier Welten sich während der Clan-Invasion aus den Kämpfen herausgehalten. Für viele der Ritter waren die Nebelparder Mißgeburten.

»Von diesem Augenblick an«, fuhr Masters fort, »werden die Sicherheitsmaßnahmen um den Saal verstärkt, bis alle Vorbereitungen abgeschlossen sind. Alle verfügbaren Ritter haben sich zum Planeten Defiance in den Vereinigten Sonnen einzuschiffen, wo sie spätestens Mitte Februar eintreffen müssen. Dort werden wir eine kurze Trainings- und Integrationsperiode absolvieren, bevor wir zu unserer Mission aufbrechen.«

»Wie lautet unsere Mission?« Sir Robert Dunleavy erhob sich, als er seinen Kommandeur ansprach, wie es die Tradition verlangte. »Und mit wem werden wir integriert?«

»Was ich Ihnen jetzt sage, darf diesen Raum nicht verlassen«, antwortete Masters. »Die Ritter der Inneren Sphäre wurden gebeten, an einem Langstreckenangriff gegen die Nebelparder teilzunehmen. Wir werden einer Route folgen, die uns von einem ComStar-Agenten vorgezeichnet wurde. Das Ziel unseres Angriffs wird die Heimatwelt der Nebelparder sein, ein Planet namens Diana.«

Masters machte eine Pause und nutzte die Gelegenheit, seine Notizen durchzusehen, während ein ungewöhnlich überraschtes Raunen durch die Halle ging. Als das Gemurmel verebbte, fuhr er mit sorgfältig ausgewählten Worten fort. »Noch während wir die Inneren Sphäre verlassen, wird eine andere Offensive unter der Führung Prinz Victor Steiner-Davions hier in der Heimat die Besatzungszone der Nebelparder zum Ziel haben. Während Prinz Victor den Parder an der Kehle packt, wird es unser Ziel sein, dem Raubtier das Genick zu brechen, indem wir seine Heimatwelt angreifen. Es ist zudem unsere Aufgabe, sämtliche kriegstechnisch relevanten Industrien zu vernichten – und damit die Fähigkeit der Parder zu erneuter Aggression gegen die Freie Innere Sphäre.«

»Sir Masters«, unterbrach einer der Ritter. »Das klingt, als müßten wir zivile Einrichtungen angreifen. Das kann nicht stimmen.«

»Nein, Sir Anropow, es stimmt nicht.« Masters wußte, daß das, was er seinen Untergebenen sagte, nur teilweise der Wahrheit entsprach, und diese Halbwahrheit machte ihm zu schaffen. Die Ritter würden keine Zivileinrichtungen auf Diana angreifen. Aber eine planetenweite Invasion und die völlige Zerstörung der Kriegskapazitäten einer Kultur würden sich sicher nicht ohne Opfer unter der Zivilbevölkerung durchführen lassen. »Tatsächlich habe ich selbst genau diese Frage Marshal of the Armies Morgan Hasek-Davion gestellt, dem Mann, der diese Operation befehligen wird. Ich erklärte ihm, daß die Ritter nicht bereit sind, an der großflächigen Vernichtung Anteil zu haben, die im Verlauf dieser Operation denkbar ist. Der Marshal hat mir versichert, daß er keinerlei Absicht hat, diese Grenze zu überschreiten, was mich zum zweiten Aspekt unserer Rolle bringt. Ich zitiere hier den Marshal selbst. Die Ritter der Inneren Sphäre sollen als das Gewissen der Einsatzgruppe dienen.«

Ein erneutes Raunen ging durch den Rittersaal. Diesmal schwang in den leisen Stimmen eine Note von Stolz und Erleichterung mit. Hier endlich bot sich eine

Aufgabe, die der Ritter und den Idealen, aus denen sie entstanden waren, würdig schien. Sie würden einem Gegner von beträchtlicher Stärke und fragwürdiger Ehre gegenübertreten. Die Ritter sollten die Innere Sphäre von einem grausamen Unterdrücker befreien und darauf achten, daß die Befreier sich dabei nicht selbst in Schlächter verwandelten.

»Was die anderen Einheiten unserer Einsatzgruppe betrifft«, rief Masters über das allgemeine Gemurmel, »kann ich Ihnen mitteilen, daß sich uns einige der illustresten Krieger aller Nachfolgerstaaten anschließen werden, sowie zwei der berühmtesten Söldnereinheiten der Inneren Sphäre.«

»Die Dragoner …«

»Nein, Dame Marta, Wolfs Dragoner werden sich unserer Expedition nicht anschließen«, korrigierte er die Ritterin von Tamarind. »Ich beziehe mich auf die Northwind Highlanders und eine weitere Einheit. Wir werden Seite an Seite mit den letzten Erben des alten Sternenbundes und den Erstgeborenen des neuen streiten, der Leichten Eridani-Reiterei.«

* * *

Es ist erstaunlich, wie wunderschön er von hier aus wirkt, ging es Tai i Michael Ryan durch den Kopf, als er auf den vorderen Sichtschirm der *Tengu* sah. Vor ihm hing die wolkenverhangene Zentralwelt des Draconis-Kombinats in der Leere des Alls, Luthien, die schwarze Perle Haus Kuritas. Die hohe, dichte Wolkendecke zeigte einzelne Wirbel, die möglicherweise auf ein Unwetter hinwiesen. Ryan versuchte vergeblich, die Gewitter zu plazieren, bis ihm klar wurde, daß er den Planeten ›kopfüber‹ sah. Als er die in seinem Kopf existierende Weltkarte um einhundertachtzig Grad drehte, hatte er keine Schwierigkeiten mehr, den größten der Wolkenwirbel über dem Flußtal des Shaidan zu orten.

»Achtung, ganze Besatzung. Letzte Kurskorrektur steht bevor. Eintauchen in die Atmosphäre in fünf Minuten.«

In Reaktion auf die scheppernde Ankündigung des Interkoms umfaßte Ryan fest die polierte Messingstange, die sich am riesigen Sichtschirm entlangzog. Durch die Stange und die Sohlen seiner Schuhe fühlte er, wie der Rumpf des Landungsschiffs der *Achilles*-Klasse erzitterte. Luthien veränderte seine Position auf dem Sichtschirm um etwa dreißig Grad, als der Skipper der *Tengu* das Schiff in eine günstigere ›Gleitbahn‹ brachte. Durch dieses Manöver verschwand das untere Viertel der grünweißen Planetenkugel, und der lange DEST-Offizier war gezwungen, sich nach vorne über das Geländer zu beugen, um den Südpol Luthiens zu sehen.

Während er so dastand, die Stirn an die Polymeroberfläche des Sichtschirms gepreßt, öffnete sich zischend die Luke des Beobachtungssalons.

Verlegen richtete Ryan sich auf. Ein leichtes Brennen im Nacken machte ihm klar, daß er rot wurde. Er hatte sich dabei ertappen lassen, wie er träumend auf seine Heimatwelt hinabsah, wie ein Schuljunge bei seinem ersten Raumflug. Er brauchte ein paar Sekunden, um sich wieder in den Griff zu bekommen. Ryan drehte sich zu dem Neuankömmling um und hoffte, daß die schummrige Beleuchtung des Salons half, seine Verlegenheit zu verbergen.

Als er das schmale Gesicht und die hagere, aufgeschossene Gestalt des Mannes erkannte, der vorsichtig durch den Salon näherkam, machte Ryans Verlegenheit Überraschung und Ehrfurcht Platz.

»Konnichi-wa, Kurita Theodore-sama.« Ryan vollführte angesichts der Schwierigkeit, sich in Schwerelosigkeit flüssig zu bewegen, eine bemerkenswert tiefe und elegante Verbeugung. »Ich wollte gerade gehen.«

»Warten Sie, Ryan-san. Bitte, bleiben Sie. Machen Sie es sich bequem.« Theodore Kurita erwiderte die Verbeugung, auch wenn seine Geste verglichen mit der Ryans nur ein Kopfnicken war. Danach bewegte sich der Koordinator des Draconis-Kombinats mühelos an den Sichtschirm.

»Vielen Dank, Tono«, antwortete Ryan und begab sich zu einem der in der Nähe des riesigen Schirms am Boden verankerten Kunstledersessel.

Lange Sekunden saß er nur da, von leicht gepolsterten Gurten gehalten, die verhinderten, daß die Benutzer des Mobiliars unter ganz oder annähernd schwerelosen Bedingungen davonschwebten. Bemüht, ihn nicht offen anzustarren, betrachtete Ryan das Gesicht des Mannes, der die Verkörperung des Drachens war, des Herzens, der Seele und des Herrschers des Draconis-Kombinats.

Theodore-sama war kein junger Mann mehr, aber seine einundsechzig Jahre hatten kaum Spuren hinterlassen. Natürlich war sein Gesicht schärfer und faltiger als in jüngeren Jahren. Und sein dichtes schwarzes Haar wurde von weit mehr Silber durchzogen als an dem Tag, an dem er auf den Thron des Kombinats gestiegen war. Aber sein Gang federte noch immer, und seine Augen glänzten hell und scharf. Ryan schien es, als strahle der Koordinator mit der Kraft und zeitlosen Eleganz eines Masamune-Katanas. Dies war der Mann, dessen Schutz er und zahllose andere ihr Leben geweiht hatten.

Eine dünne, fast unsichtbare Narbe zog sich über die linke Wange des Koordinators, die Hinterlassenschaft eines fehlgeschlagenen Attentats vor weniger als sechs Monaten. Die Erinnerung an den Anschlag auf Theodore Kurita ließ noch immer ein Feuer aus Wut und

Scham in Ryan auflodern. Während der alljährlichen Feiern zu seinem Geburtstag hatten Dissidenten, die den Koordinator seiner jüngsten militärischen und politischen Initiativen wegen haßten, auf dramatische Weise versucht, Theodore-samas Leben ein Ende zu bereiten. Die Tatsache, daß viele der Attentäter DEST-Mitglieder gewesen waren, fachten Ryans Scham und Wut noch weiter an. Der Gedanke, daß Männer, die heilige Eide geschworen hatten, den Drachen und seine Verkörperung, den Koordinator, zu verteidigen, sich gegen ihn kehren und ihn verraten konnten, erfüllte ihn mit dem Verlangen nach Rache.

Ryan war unter den Millionen gewesen, die sich an jenem schändlichen Nachmittag in den Straßen Imperial Citys gedrängt hatten. Wie froh er gewesen war, einen Platz so dicht an der Tribüne des Koordinators ergattert zu haben! Er hatte den riesigen weißen *Spalter*-OmniMech seine Waffen auf den Koordinator richten sehen. Er hatte Tai-sa Kiguris hochverräterische Worte gehört. Er hatte sogar das Handgemenge zwischen dem Koordinator, seinen wenigen loyalen Leibwächtern und den Männern gesehen, die Ryan einst seine Kameraden genannt hatte. Und die ganze Zeit über hatte er nur in ohnmächtiger Wut zusehen können. Ryan wäre Theodore-sama mit bloßen Händen zu Hilfe gekommen, aber Tai-sho Yoshida hatte einen dicken Transpex-Schild um die Tribüne hochgefahren und den Koordinator gegen Hilfe von außen abgeschottet.

Seit jenem Tag war die gesamte Interne Sicherheitsagentur von illoyalen Agenten gesäubert worden. Einige von ihnen waren ›ins nächste Leben eingeladen‹ worden, eine höfliche Umschreibung für den Befehl zum rituellen Selbstmord, zum Seppuku. Auch unter den DEST-Einheiten war es zur Säuberung gekommen. Die meisten dieser Agenten waren einfach verschwunden. Ryan selbst war nicht weniger als fünfmal von überlebenden loyalen ISA-Agenten verhört worden, um festzustellen, wo seine Loyalitäten lagen. Als alles vorüber war, verfügten die DEST über die geringste Zahl aktiver Mitglieder seit ihrer Gründung. Nur acht Teams waren noch einsatzbereit. Ryan, ein einfacher Tai-i, gehörte jetzt zu ihren dienstältesten Agenten. Aber was den verbliebenen DESTlern an Mannstärke abging, machten sie durch ihre absolute Hingabe an Theodore-sama, an den Drachen, mehr als wett. Diese frisch bestätigte Loyalität hatte Ryan den Auftrag eingebracht, den Koordinator als Teil seiner Leibwache nach Tharkad zu begleiten.

»Ryan-san...« Theodore unterbrach seine Gedanken. »Michael... Darf ich Sie mit dem Vornamen ansprechen?«

»Natürlich, Tono...«

Der Koordinator schnitt ihm mit einer Handbewegung das Wort ab. »Hier und jetzt einfach nur Theodore. Wir sind beide Soldaten, neh? Ich möchte als Soldat mit Ihnen sprechen, nicht als Koordinator mit einem Tai-i.«

»Natürlich, Tono... Theodore.« Ryans Zunge überschlug sich, denn seine Gedanken waren seinen Worten weit voraus.

Der Koordinator sucht ein Gespräch unter Männern, aber warum mit mir? Was ist mit Sho-sa Yodama? Oder Sho-sho Ishimaru? Warum sollte er gerade mit mir reden wollen?

»Michael, wie schätzen Sie die Whitting-Konferenz ein?«

Ryans rasende Gedanken kamen mit kreischenden Bremsen zum Stehen. Aus offensichtlichen Gründen war nur wenig von dem, was auf der Konferenz geschehen war, öffentlich bekannt gemacht worden. Die einzige Information, die zunächst an die Medien gegeben worden war, bestand in der Tatsache, daß sich die

Oberhäupter der Nachfolgerstaaten auf Tharkad versammelt hatten, um ihr weiteres Vorgehen gegen die Clans zu diskutieren.

Seine neuerrungene Position innerhalb der Draconis Elite-Sturmtruppen hatte Ryan Zugang zu Informationen verschafft, die einem einfachen Tai-i gewöhnlich nicht verfügbar gewesen wären. Er wußte, daß er in Kürze den Befehl nicht über einen, sondern volle drei Sturmtrupps erhalten würde, und daß diese drei Sturmtrupps das Kombinat in einer Koalitionsstreitmacht vertreten sollten, die direkt auf das Herz Clan Nebelparders gerichtet war, seine Heimatwelt Diana. Die Teams waren dafür ausgesucht worden, weil ihre spezielle Ausbildung sie für diese Aufgabe geeignet erscheinen ließ, und weil die Draconier keine Fronteinheiten für eine weitere Operation neben der in der Inneren Sphäre stattfindenden Phase der Offensive erübrigen konnten. Soviel hatte ihm Sho-sho Ishimaru bereits mitgeteilt.

Aber eine Aufforderung, den Drachen selbst zu beraten, war etwas völlig anderes.

»Tono, ich bin der Ansicht, daß die Führer der Freien Inneren Sphäre eine weise Entscheidung getroffen haben, indem sie planen, die Clans in die Defensive zu drängen …«

»Das habe ich nicht gefragt, Michael. Ich will eine klare, offene Antwort. Keine Politik, geradeheraus.«

»Hai, Tono.« Ryan nahm sich einen Augenblick Zeit, um seine Gedanken zu ordnen. »Ich halte die Idee eines Langstreckenschlags gegen die Clan-Heimatwelten für strategisch klug. Die Heimatwelten des Feindes anzugreifen, bringt ihn aus dem Gleichgewicht. Danach weiß er, daß er sich nicht mehr sicher fühlen kann, weder an der Front noch zu Hause im eigenen Bett. Indem wir sein Hinterland attackieren, zwingen wir ihn, Einheiten von der Front abzuziehen, um unserem Angriff zu begegnen. Das hilft auf jeden Fall der anderen Hälfte der Gesamtoperation. Die Geschichte beweist, daß die Vernichtung des gegnerischen Hinterlands, besonders seiner Zivileinrichtungen, einen stark negativen Effekt auf dessen Kampfmoral hat.«

Während er sprach, entspannte sich Ryan. Plötzlich sprach er nicht mehr zum Drachen, sondern unterhielt sich mit einem Offizierskameraden, einem Mann, der Truppen ins Feld geführt und dem Tod von der Hand des Feindes ins Auge geblickt hatte. Er beugte sich im Sessel vor und stützte die Ellbogen auf die Knie. »Taktisch wird das Hachimans schlimmster Alptraum«, stellte er mit Bezug auf den alten japanischen Kriegsgott fest.

Theodore Kurita blinzelte überrascht, sagte aber nichts. »Diese Einsatzgruppe wird aus... was... acht Regimentern bestehen, mehr oder weniger? Jedes aus einem anderen Nachfolgerstaat. Bis die Clans auftauchten, haben die meisten dieser Leute versucht, einander umzubringen. Jetzt wird Kooperation von ihnen erwartet, als hätte es die letzten dreihundert Jahre nie gegeben, um einen gemeinsamen Feind anzugreifen. Als nächstes hätten wir ComStar. Ja, ich weiß auch, daß er die Clans auf Tukayyid besiegt hat, aber eine Menge der Hauseinheiten mißtraut ihm. Warum hat der Orden seine Armee so lange geheimgehalten? Warum sind die ComGuards erst so spät gegen die Clans aktiv geworden? Wir alle kennen die ›offizellen‹ Antworten, aber sind die ›offiziellen‹ Gründe auch die wahren? Und um der Zirkusparade den glänzenden Abschluß zu verpassen, kommen noch die Leichte Eridani-Reiterei und die Northwind Highlanders dazu. Söldner. Gekaufte Soldaten, die nur für ihre Bezahlung kämpfen. Ich habe all die Geschichten über die Leichte Reiterei gehört, darüber, daß sie die ›letzten Überlebenden des Sternenbunds‹ sind, aber ich glaube nicht daran. Warum haben sie sich nie einem der Großen Häuser angeschlossen? Ich hätte mehr Respekt für sie, wenn sie sich Davion oder Steiner oder selbst Marik verpflichtet hätten als so, wo sie für jeden kämpfen, der ihnen mit ausreichend Moneten vor der Nase wedelt.

So, was haben wir jetzt? Etwa acht komplette Regimenter, jedes mit eigener strategischer und taktischer Gefechtsdoktrin, eigenen Waffen, Ausrüstungen, Verfahrensweisen. Es wird schon Wochen dauern, alle Freund-Feind-Transponder neu zu programmieren. Focht und die anderen erwarten, daß sich dieser Mischmasch grundlegend unterschiedlicher Einheiten innerhalb weniger Monate des Trainings in eine effektive Streitmacht verwandelt? Wohl kaum. Und danach wird sich dieses Heer auf einen Feldzug begeben, der schon Gott weiß wie viele Monate brauchen wird, um überhaupt sein Angriffsziel zu erreichen: einen technologisch und möglicherweise zahlenmäßig überlegenen Feind anzugreifen, dessen militärische, industrielle und logistische Basis zu zerschlagen, und nebenher seine Kampfmoral zu brechen. Und falls die Einsatzgruppe dann noch existieren sollte, wird sie sich gegen die unausweichlichen Vergeltungsmaßnahmen und Gegenangriffe sämtlicher Clanner zur Wehr setzen müssen, die Kerensky je gezeugt hat.

Wenn ich es richtig verstehe, lautet eines unserer Missionsziele, den Clans klarzumachen, daß Krieg weder ein Spiel noch eine ritualisierte sportliche ›Prüfung‹ ist. Einfach ausgedrückt, sollen wir der Parder-Heimatwelt den ganzen Schrecken des Krieges lehren. Das verstehe ich. Ich stimme ihm sogar zu. Gab es nicht vor grauer Vorzeit einmal einen General, der gesagt hat: ›Krieg bis aufs Messer, und das Messer bis zum Knauf‹? Das sollen wir den Nebelpardern antun, und das ist gut. Wenn man Krieg führt, darf man nichts zurückhalten. Kein Ziel darf ausgeschlossen sein. Man muß zuerst und ohne Gnade zuschlagen. Aber gleichzeitig sagt man uns, wir sollen unnötige zivile Opfer vermeiden. Ich habe sogar gehört, daß die Ritter der Inneren Sphäre uns begleiten, um sicherzustellen, daß es zu keinem Abschlachten angeblich ›unschuldiger‹ Clan-Nonkombattanten kommt. Was wird geschehen, wenn die Realität des Krieges auf die Moralpredigten der Ritter trifft? Für welchen Weg werden wir uns entscheiden? Für die Schnellstraße des Sieges oder den Trampelpfad der Gnade? Bei allem Respekt, Koordinator, das hört sich nach einem Rezept für ein höllisches Chaos an.«

Plötzlich kam Ryan ein entsetzlicher Gedanke. Er hatte gerade einem der mächtigsten Männer in der Freien Inneren Sphäre die unverhohlene, farbenprächtige Meinung eines Frontkämpfers um die Ohren gehauen. Dem Mann, der über sein Leben und seinen Tod entschied. Jäh setzte er sich auf und nahm die steife, formelle Haltung an, wie sie die komplexen Regeln der draconischen Gesellschaft verlangten.

Theodore stand schweigend im Salon und betrachtete Ryan mit unlesbarer Miene. Dann verzog ein Lächeln seine Lippen und er lachte leise. »Ich habe nach einer ehrlichen Meinung gefragt und sie bekommen. Das wird mich lehren, mich demnächst vorzusehen, worum ich bitte. Falls es Sie beruhigt, Tai-i, als ich von dem Plan hörte, war meine erste Reaktion dieselbe, auch wenn ich meine Antwort diplomatischer formulierte. Präzentor Martialum Focht hat mir versichert, daß die übrigen Clans den Pardern nur sehr zögernd zu Hilfe kommen werden, wenn überhaupt. Das muß wohl etwas mit ihrem seltsamen Ehrbegriff zu tun haben. Die Clans als Gesamtheit mischen sich nicht in Angelegenheiten eines einzelnen Clans oder zwischen zwei einzelnen Clans ein. Vergessen Sie nicht, daß die Clans Wolf und Jadefalke erst kürzlich einen langen internen Krieg zu Ende gebracht haben. Einen ›Absorptionstest‹ nannte der Präzentor Martialum es wohl. Keiner der anderen Clans hat sich um diesen Streit zwischen zwei der Clans gekümmert. Zu dieser Politik der Nichteinmischung kommt die Tatsache, daß die Nebelparder inzwischen in ihrem internen und externen Auftreten so skrupellos geworden sind, daß die anderen Clans sie laut Fochts Agentenberichten für irgendwie krank halten. Das läßt mich zu dem Schluß kommen, daß wir uns über die Möglichkeit eines Eingreifens der übrigen Clans wenig Sorgen zu machen brauchen.

Aber ich war auch, so wie Sie, besorgt über die doch etwas seltsame Zusammensetzung der Einsatzgruppe, insbesondere, wie Sie ganz richtig bemerkt haben, die Vermischung von Truppen, die noch bis vor kurzem erbitterte Feinde waren. Aber jetzt, nachdem ich die Angelegenheit gründlich mit Prinz Victor, dem Präzentor Martialum und den anderen besprochen habe, bin ich zu der Überzeugung gelangt, daß genau diese bunte Mischung von Truppen zum Gelingen der Operation nötig ist. Das, und die speziellen Talente einiger meiner Freunde.«

Ryan war sich nicht sicher, ob es klug war, nachzufragen, aber er tat es trotzdem. »Wen meint Ihr damit, Tono? Die Yakuza?«

Der Koordinator lächelte höflich und schüttelte den Kopf. »Sie werden es noch verstehen.«

6

Raumhafen Brandtford Heights, Kikuyu
Trellshire, Tamarpakt, Lyranische Allianz

5. Januar 3059, 13:30 Uhr TNZ

Die tiefhängenden, grauen Wolken entsprachen genau Ariana Winstons düsterer Stimmung, als sie das zweite der beiden riesigen Landungsschiffe der *Mammut*-Klasse über Landebucht Fünfzehn des Raumhafens zum Stillstand kommen sah. Die Fahrt vom wenige Kilometer entfernten Fort Telemar zur planetaren Hauptstadt hatte nur kurze Zeit in Anspruch genommen, und sie war gerade rechtzeitig eingetroffen, um dabei zu sein, als die gigantischen Schiffe aufsetzten.

Die Landungsschiffe trugen das Logo der Black Swan Lines, einer Billigspedition und hundertprozentigen Tochter der White Swan Trans-Stellar GmbH. Obwohl es Mitte Frühling war, lag die Temperatur noch unter 18°C. Nach dem verfrühten Tauwetter vor zwei Wochen, das die Abschlußfeiern erträglich gestaltet hatte, war das Wetter zu einer Abfolge kalter, verregneter Tage verkommen. Die miserable Wetterlage verdüsterte auch Winstons sonst positive Haltung.

Langsam und schwerfällig kam das enorme Raumschiff zum Stehen. Es schien auf einer Säule aus silbernem Feuer und wogendem Rauch zu balancieren, während seine mächtigen Triebwerke sich abmühten, das 50.000 t schwere Metallmonstrum in der Luft zu halten. Langsam sank das Schiff auf die stahlverstärkte Betonoberfläche der Landebucht.

Der Begriff ›Bucht‹ war allerdings nur sehr entfernt anwendbar, da er das Bild einer Senke vor dem Auge des Hörers entstehen ließ, in der das Schiff aufsetzte. Auf einigen älteren Raumhäfen traf das auch zu. Die Raumhäfen auf Terra, Mars, New Earth und anderen in den Anfangsjahren des interstellaren Raumflugs besiedelten Welten verfügten über kreisförmige Stahlbetonwälle, manche bis zu dreihundert Meter im Durchmesser und zwanzig Meter hoch, die selbst für Schiffsriesen der *Mammut*-Klasse geeignet waren. Hier auf Kikuyu bedeutete eine Landebucht einfach nur einen abgegrenzten Abschnitt des offenen Landefelds mit speziellen Laserführungen zu ihrer Markierung. Die Informationen dieser vom Techstab der Leichten Eridani-Reiterei entwickelten Geräte halfen dem Landungsschiffspiloten, Flughöhe, Flugrichtung und Geschwindigkeit festzustellen und waren eine wichtige Hilfe beim Landemanöver. Das galt vor allem für die Piloten der größeren Kugelschiffe, deren Brücke in aller Regel an der Oberseite des Rumpfes lag, so daß der Pilot keine direkte Bodensicht hatte und sich ganz auf seine Instrumente und Navigationshilfen verlassen mußte.

Als das Schiff endlich den Boden berührte und der Rauch der Triebwerke im kalten, feuchten Wind davontrieb, fühlte Winston eine ungewöhnliche Beklemmung in der Brust. Sie erkannte, daß sie den Atem angehalten hatte, während sie dem aerodynamisch unmöglichen Spektakel eines riesigen stählernen Eis zugesehen hatte, das durch die Luft flog und sicher auf einem Stahlbetonfeld aufsetzte.

Sie stieß den Atem mit einem erstaunten, halb lachenden Ausdruck aus und schüttelte amüsiert den Kopf. Ein paar Sekunden blieb sie so stehen und schaute durch die Glaswand der Raumhafengallerie, während sich ihre Atmung normalisierte. Leise lachte sie sich aus, weil sie sich von einer Szene hatte in den Bann schlagen lassen, die sie schon Hunderte Male zuvor gesehen hatte.

Als das weit entfernte Landungsschiff seine Ladeluken öffnete – eine auf einer Reihe von Flachbildschirmen am Nordende der Gallerie sichtbare Szene –, konnte sie die Umrisse schwerer und überschwerer BattleMechs aus dem abgedunkelten Inneren des Schiffes kommen sehen. Die Monitore waren notwendig, um mehr als grobe Details zu erkennen: Landebucht Fünfzehn lag einen Kilometer vom Hauptabfertigungsgebäude des Raumhafens entfernt. Auf diese Entfernung konnte Winston bei so miserablem Wetter und mit bloßem Auge zwar die Bewegung der zehn Meter hohen Maschinen, aber weder die Farbe noch auch nur den Typ einzelner Mechs erkennen.

Der Klang seiner Schritte in der ansonsten leeren Gallerie kündigte den Besucher an, noch bevor er etwas sagte. Winston wußte, wer es war. Der Verbindungsoffizier der Lyranischen Allianzstreitkräfte hatte sie schon ein Dutzend Mal mit jeder unwichtigen Einzelheit seiner Landung und Ausschiffungsoperation belästigt. Sie ignorierte betont seine Gegenwart und studierte statt dessen die verhangen-düsteren, gänzlich langweiligen Weiten des Raumhafens.

»Verzeihung, Frau General.«

Der soll warten, dachte Winston bei sich. *Es ist nicht sonderlich professionell oder militärisch, oder auch nur höflich, aber diese kleine Kröte geht mir allmählich gehörig auf die Nerven.*

»Generalin Winston?« Eine Pause. »Gnä' Frau?«

Winston sah sich über die linke Schulter zu dem LAS-Offizier um, als habe sie ihn jetzt erst bemerkt. »Oh, Generalleutnant Jolar. Ich habe Sie gar nicht kommen hören.« Irgendwie hatte die Lüge etwas befriedigendes.

»Ich will Sie nicht stören, Frau General …«

Warum tust du es dann, du aufgeplusterter Schmerz im Arsch?

»… Ich wollte Sie nur darüber informieren, daß die Schiffe mit den letzten meiner Truppen soeben aufgesetzt haben und wir in zwei Stunden einsatzbereit sein werden.«

Winston nickte und drehte sich wieder zum Fenster um. Selbst das trübe Wetter war einer Unterhaltung mit diesem Schwachkopf vorzuziehen.

Jolar war vor einer vollen Woche eingetroffen, zusammen mit der Vorhut der Donegal Guards. In den ersten paar Stunden war er noch zu ertragen gewesen, aber bis zum Ende des ersten Tages hatte seine konstante Anwesenheit schon erste Irritationen ausgelöst, zuerst bei Colonel Antonescu, dann bei Colonel Barclay. Nach dreißig Stunden hatte selbst der gutmütige Edwin Amis das Bedürfnis verspürt, Jolar in der für das nächste erwartete Landungsschiff vorgesehenen Landebucht anzubinden. Es war nicht nur die endlose Fragerei des Mannes, die ihn so unerträglich machte. Es war auch nicht seine widerliche nasale Stimme, deren Klang noch durch einen Schnupfen verschlimmert wurde, von dem Jolar anscheinend befallen worden war, kaum daß er den Fuß auf Kikuyu gesetzt hatte. Es war seine offensichtliche militärische Unfähigkeit. Es war schmerzhaft offensichtlich, daß er seine Position allein und ausschließlich politischen Erwägungen verdankte. Marschall Seamus Kinnell, der *tatsächliche* Kommandeur der 6. Guards, hatte Winston erklärt, daß Jolar ihm wie ein Mühlstein um den Hals hing, seit dessen Schwager, Herzog Clarence Astra III von Poulsbo, ihm den Posten besorgt hatte, um ihn loszuwerden.

Aus politischen Erwägungen beförderte Offiziere waren schon immer ein Fluch für Berufssoldaten gewesen. Meistens waren sie unfähige Narren mit mehr Fantasie als Hirn. Man konnte beinahe darauf wetten, daß sie auf dem Schlachtfeld zu keiner echten Entscheidung fähig waren, abgesehen von einem wagemutigen, glorreichen Sturmangriff geradewegs in die

Geschütze des Gegners und das wartende Heldengrab. Und natürlich war es nicht der tölpelhafte Offizier, auf den das Heldengrab wartete. Es waren die Männer unter seinem Befehl.

Soweit es diese spezielle Offiziersgattung betraf, war Generalleutnant Hiram Jolar nicht einmal das schlimmste Exemplar. Doch Winston fiel es schwer, sich an jemanden auf dieser langen Liste zu erinnern, der noch schlimmer gewesen war. Sie war sicher, schon einmal einen noch unfähigeren und noch irritanteren getroffen zu haben. Sie kam nur im Augenblick nicht auf den Namen.

Jolar stand immer noch hinter ihr. Sie konnte hören, daß er mit den Füßen scharrte wie ein kleiner Junge, der seiner Mutter eine Frage stellen wollte. *Bringen wir es hinter uns.*

»Was ist, Generalleutnant?« Winston drehte sich nicht um.

»Um ehrlich zu sein, Ariana, ich finde diese ganze Operation verwirrend.« Es ärgerte sie, mit Vornamen angesprochen zu werden, aber sie entschied sich bewußt, den Affront zu ignorieren. »Die 6. sind eine gute Einheit, keine erfahrene, das sicher nicht, aber eine gute. Meine Frage ist die: Warum ersetzen wir kampferprobte Elitetruppen mit einem Gefechtsteam voller relativ unerfahrener Rekruten? Ich meine, das gibt doch einfach keinen Sinn, oder?«

Winston rollte erstaunt die Augen und war froh, daß sie dem LAS-Offizier den Rücken zukehrte. Lange Zeit gab sie ihm keine Antwort. Als sie Jolar Atem holen hörte, um die Frage zu wiederholen, drehte sie sich um. »Wir haben alle unsere Befehle auszuführen, Generalleutnant. Wegtreten.« Sie machte mit der Rechten eine winkende Geste, die sich mit einigem Wohlwollen als militärischer Gruß auslegen ließ, und drehte sich wieder zum Fenster um.

Jolars Neugierde schien von dieser Antwort nicht befriedigt, denn er blieb noch einige Sekunden stehen. Winston konnte praktisch die Räder in seinem Kopf rotieren hören, als er überlegte, ob er weiter nach einer Erklärung für die ungewöhnlichen Ereignisse bohren sollte. Sie starrte aus dem Fenster und gab vor, in Gedanken versunken zu sein. Schließlich veranlaßte ihr Mangel an Reaktion ihn doch noch, aus dem Raum zu schlurfen.

Lange blieb Winston so am Fenster und blickte hinaus über den pfützenbedeckten Asphalt. Die meisten Mechs der 6. Guards waren inzwischen aus ihren Kokons gestiegen und marschierten über den Platz zu ihrem Sammelpunkt. Auf den Monitoren konnte sie die einzelnen Mechtypen identifizieren.

Zwei laute Fiepstöne drangen aus ihrer Armbanduhr. Ein Blick, und sie wußte: wenn sie den Raumhafen sofort verließ, konnte sie noch rechtzeitig zum Abendessen in Fort Telemar sein. Mit einem Seufzen drehte sie sich von dem regenüberströmten Fenster weg und verließ die Gallerie.

Wenn ich es jetzt bloß schaffe, meinen Wagen zu erreichen, bevor …

»General Winston.«

»Verdammt, was denn nun?« Ihr Geduldsfaden riß plötzlich, und sie wirbelte zu dem Offizier herum, der sie angerufen hatte.

»Himmel, Ria.« Scott Hinesick klang entsetzt. »Ich wollte dir nur mitteilen, daß Antonescu sich gemeldet hat. Das 151. ist beinahe eingeschifft und bereitet sich darauf vor, Mogyorod mit Ziel Kikuyu zu verlassen.«

»O Scott, tut mir leid.« Winston berührte ihren Freund an der Schulter. »Ich dachte, du wärst Jolar. Er ist den ganzen Tag immer wieder im Salon aufgetaucht und hat mich mit jedem winzigen Problem belästigt, das die 6. beim Ausschiffen hatten.«

»Ich weiß nicht, ob es mir ein Trost ist, für Jolar gehalten zu werden.« Hinesick setzte ein übertrieben beleidigtes Gesicht auf. »Außerdem hab ich ihn gerade in einen Elektrokarren steigen und übers Landefeld davonfahren sehen. Vielleicht tritt ihn ja einer der Guards platt.«

Winston mußte lachen. »Also wirklich, Scott, du redest von einem Verbündeten. Wo warst du den ganzen Tag?«

Hinesick schüttelte seinen schweren grauen Mantel. Ein dünner Wasserschauer benetzte die Fliesen unter seinen nassen Stiefeln. »Hauptsächlich auf dem Aussichtsdeck. Oes hatte den Eindruck, du wolltest allein sein. Und nachdem ich Jolar zum drittenmal aus dem Salon kommen sah, dachte ich mir, du möchtest wahrscheinlich keine Zeugen, wenn du ihn umbringst.« Hinesick kicherte, aber unter seinem Plauderton war eine gewisse Unsicherheit heraushörbar. Er stockte. Dann brach es aus ihm heraus. »Generalin Winston, ich bitte respektvoll um die Erlaubnis, mich den Kampftruppen anschließen zu dürfen.«

Die unerwartete Ernsthaftigkeit seines Tons überraschte sie.

»Wie bitte?«

»Ria, die Leichte Reiterei zieht in den Krieg. Ich will nicht zurückbleiben müssen.«

Winston wußte, daß es ihm das Herz brach. Es wäre ihr genauso gegangen, hätte sie nicht mitziehen können, aber sie hatte die einzig mögliche Entscheidung getroffen.

»Scott, du weißt, daß alle Nonkombattanten der Einheit in Fort Telemar bleiben, um den Wechsel zwischen der echten Leichten Reiterei und den 6. Guards zu erleichtern.« Sie legte dem Freund eine tröstende Hand auf die Schulter und lächelte ihn sanft an. »Du bist der Kommandeur der Trainingsakademie. Das macht dich zu unserem bestqualifizierten Mann für diese Aufgabe. Und vergiß nicht: die Leichte Reiterei wird nach dieser Mission schwer mitgenommen sein. Daran führt kein Weg vorbei. Ich brauche dich genau hier, um zu tun, was du am besten kannst: neue Rekruten ausbilden. Wenn wir zurückkommen, werden wir Soldaten brauchen, so viele wir kriegen können. Ich zähle auf dich, Scott. Ich kann niemand anderem vertrauen, sie so auszubilden, wie es nötig ist.«

»Das weiß ich alles, Ria. Aber das könnte meine letzte Chance sein, einen Mech zu führen. Ich habe in meiner letzten Simulatorsitzung siebenundachtzig Prozent erreicht, alles zusammengenommen: Zeit, Treffsicherheit und Mechführung. Ich werde damit fertig.«

»Scott, ich kenne deine Ergebnisse. Ich weiß, wozu du fähig bist. Aber die Leichte Reiterei braucht dich hier.« Winston trat dichter an Hinesick heran und senkte die Stimme. »Ich will einen kampferfahrenen Offizier hier auf dem Planeten, mit Befehl über den Ausbildungskader.«

»Warum?« Hinesick hörte die Besorgnis in ihrer Stimme. »Du erwartest doch keine Schwierigkeiten mit den 6. Guards?«

»Erwarten?« Winston schüttelte den Kopf. »Nein, aber Fairfax hatte recht. Ich kann die Sicherheit der Eridani-Angehörigen keinen Außenstehenden überlassen. Ich brauche dich hier vor Ort, um sie zu beschützen, nur für den Fall eines Falles.«

»In Ordnung, General. Und danke.« In Hinesicks Stimme lag ein Hauch von Emotion.

Sie erwiderte seinen Gruß auf den Millimeter genau und grinste ihren alten Freund dabei die ganze Zeit breit an.

Mit einem letzten Blick auf die Mechs der Donegal Guards seufzte Winston noch einmal, drehte sich um und ging hinaus in den stetig fallenden Regen.

7

Jerseyville, Defiance
Gefechtsregion Point Barrow, Mark Crucis,
Vereinigtes Commonwealth

27. Januar 3059, 14:15 Uhr TNZ

»Unglaublich.« Das einzelne Wort, gehaucht wie ein Fluch, trug mehr Bedeutung in sich als tausend Obszönitäten. »Wie kann irgendwer hier leben?«

»Ich weiß, was Sie meinen«, erwiderte der Hafenmeister. »Ich war auf siebzehn Planeten stationiert, seit ich beim Handelsministerium angefangen habe, und das hier ist der bei weitem häßlichste, heißeste, stinkendste, ganz allgemein übelste Posten von allen.«

Kasugai Hatsumi lachte höflich über den Galgenhumor des Mannes, als er seinen Ausweis wieder entgegennahm. »Und was haben Sie getan, daß Sie in dieses Urlaubsparadies versetzt wurden?«

»Getan? Ich habe überhaupt nichts *getan*. Das war das Problem. Ich *war* auf New Syrtis. Hatte geplant, da zu bleiben, bis ich in Pension gehe. Nur noch zwei Jahre, und dann taucht dieses magere Männlein auf und bietet mir eine halbe Million C-Noten, wenn ich zwei Kisten durch den Zoll schleuse, ohne sie zu inspizieren. Erst hab ich ihn abblitzen lassen. Aber dann fing ich an, mir Gedanken zu machen, verstehen Sie? Ich meine, eine halbe Million. Ich hatte dreiundzwanzig Jahre für Haus Davion Fracht kontrolliert, und was hatte ich vorzuweisen? Ruhestand, eine Pension in Höhe meines halben Gehalts und zweitausend Pfund auf der hohen Kante. Also hab ich mir gedacht, was soll's? Ich hab die Kisten durchgelassen.«

Der Zollbeamte schien getrieben, jedem, der zuhören wollte, seine Geschichte zu erzählen.

»Jedenfalls bekam ich das Geld und dachte, damit wär alles vergessen. Später habe ich herausgefunden, daß die Kisten voller Gewehre und Bomben für Liao-Terroristen gewesen waren. Als sie damals '49 die Mechfabrik in die Luft gejagt haben, gab es eine Untersuchung, und die Zähen Hunde haben den Sprengstoff in mein Revier zurückverfolgt. Irgendwer mußte dafür bezahlen, und mich hat es erwischt. Suspendiert, Bewährung, Degradierung, die ganze Latte. Und dann, als ich versuchte, wieder nach oben zu kommen, haben die Bosse mich hierher abgeschoben. Und hier bleibe ich die nächsten vier Monate über, zwölf Tage, zwei Stunden und fünfzehn Minuten. Danach kann Prinz Victor mir die Füße küssen.«

Hatsumi lachte wieder, um den Schauder zu verbergen, der ihn gepackt hatte. ›Die zähen Hunde‹ war der Spitzname für die Agenten des MI5, der Spionageabwehr des Militärischen Informationsdienstes Haus Davions. Bis jetzt hatten die Davion-Sicherheitsbeamten es noch nicht geschafft, ein zu enges Netz zu weben, um Hatsumi oder einem seiner Kameraden ein Durchschlüpfen unmöglich zu machen. Aber kein Geheimagent, so fähig und gut ausgebildet er auch war, konnte immer Erfolg haben.

Er hob seine Tasche auf und machte sich auf den Weg zum Hauptausgang des Terminals. Er hatte noch keine drei Schritte zurückgelegt, als der Hafenmeister ihn anrief.

»Sohnemann! Wenn Sie keine Vorliebe für Schwefeloxyde haben, sollten Sie besser eine Atemmaske anlegen.«

Hatsumi grinste verlegen, als er ein hauptsächlich aus Gummi und Metall bestehendes, pyramidenförmiges Gerät aus einer Tasche seiner ausgeblichenen VCS-Feldjacke zog. »Dumm von mir. Danke.«

Der Hafenmeister winkte einmal und widmete sich

wieder dem Nachrichtenfax, in dem er schon gelesen hatte, als Hatsumi das Abfertigungsgebäude betrat.

Unmittelbar vor der Schleusentür des Ausgangs wartete eine schlanke Frau im fleckigen Overall und der Leinenjacke einer einfachen Arbeiterin. Nur die leicht orientalischen Züge ihres Gesichts verliehen ihrem Aussehen einen Hauch von Exotik. Unter ihrem Kinn hing eine um den Hals geschnallte Atemmaske. Ihre Augen zuckten erkennend, als Hatsumi sich näherte.

»Fertig?«

Sie deutete mit einer Kopfbewegung zu den Türen. »Was ist mit Ihrem Gepäck?«

»Das ist alles. Der Rest unserer Ausrüstung kommt in ein paar Tagen nach.«

Rumiko Fox zuckte die Schultern, zog die Atemmaske über Nase und Mund und trat in die Schleuse. Hatsumi folgte ihrem Beispiel.

Es dauerte nur Sekunden, bis sich die Außentüren öffneten. Wie der Hafenmeister ihn gewarnt hatte, war Defiances Atmosphäre leicht verseucht, aber der Druck befand sich durchaus innerhalb sogenannter normaler menschlicher Toleranz. Dafür zumindest war Hatsumi dankbar. Er war im Einsatz von Druckanzügen und sonstiger Ausrüstung für lebensfeindliche Umgebung ausgebildet, aber er haßte die damit verbundenen Einschränkungen.

Ein paar Dutzend Meter entfernt stand eine fünf Jahre alte Gienah-Limousine. Fox ging wortlos hinüber und stieg in den Fahrersitz. Hatsumi folgte ihr ebenso schweigsam. Nachdem er seine Tasche auf den Rücksitz geworfen hatte, ließ er sich neben der schweigenden Fahrerin in die Polster sinken.

Fox betätigte den Anlasser. Statt des leisen Donners eines Verbrennungsmotors grüßte sie ein hohes, mechanisches Singen.

»Das liegt an der Verschmutzung«, meinte sie in Richtung der Windschutzscheibe, die Stimme durch die Maske verzerrt. »Durch den ganzen Dreck in der Luft haben Verbrennungsmotoren Probleme. Die meisten Wagen hier sind elektrisch, selbst schwere Laster.«

Ohne ein weiteres Wort legte Fox einen Gang ein und fuhr los.

* * *

Die Fahrt in die Stadt dauerte vierzig Minuten. Fox sprach währenddessen kein einziges Wort, und Hatsumi nutzte die Zeit, sich die Gegend anzusehen. Sonderlich inspirierend war der Ausblick nicht. Die lange, asphaltierte Straße zog sich schnurgerade durch eine Felsebene. Hier und da sproß zähes Gebüsch und bot den Echsen und Vögeln Unterschlupf, die mit der mephistophelischen Atmosphäre zurecht kamen.

Aus den Datenchips, die er auf dem Flug studiert hatte, wußte Hatsumi, daß der Hauptraumhafen des Planeten die Stelle markierte, an der die ersten Siedler gelandet waren. Die Ebenen zwischen der Pearce Sea im Osten und dem Gebirgszug des Devil's Backbone im Westen hätten ohne die Verseuchung der Atmosphäre das Zeug zu einem der fruchtbarsten Farmgebiete der Inneren Sphäre gehabt. Der Schwefelgehalt war zu gering, um Pflanzenwachstum zu unterbinden, aber er reichte aus, um allem, was hier wuchs, einen unangenehm bitteren Beigeschmack zu geben. Es war eine Ironie des Schicksals, daß dieselben Vulkane, die für die enorme Fruchtbarkeit des Bodens verantwortlich waren, seine Nutzung verhinderten.

Das hieß jedoch keineswegs, daß Defiance wirtschaftlich ohne Wert gewesen wäre. Der Planet war reich an Bodenschätzen. Die ständigen Eruptionen, die seine frühe Geschichte geprägt hatten, hatten zahlreiche Seltene Erden aus dem Kern der jungen Welt an die Oberfläche getragen. Besonders Transurane kamen in den jetzt weitgehend erkalteten Vulkanen des Devil's Backbone häufig vor.

Jerseyville selbst bot einen kaum interessanteren Anblick als die Einöde ringsum. Eine größere Ansammlung kleiner Häuser, Läden und Bürogebäude drängte sich im Vorgebirge des Backbone. Die älteste Siedlung des Planeten war nach ihrem Gründer, Malcolm Jersey, benannt. Die Siedler, hauptsächlich Prospektoren, waren in der Anfangsphase des Sternenbunds nach Defiance gekommen, um nach Erzvorkommen zu suchen. Viele von ihnen waren fündig geworden. Im Laufe der Jahre waren Hunderte von kleinen, unabhängigen Minen von großen Konzernen aufgekauft worden, bis schließlich der größte Teil des Planeten im Besitz von Solar Metals Limited gewesen war, bis die Firma ihn 2748 an die Davions verkaufte.

Fox hielt den Wagen schließlich vor einem kleinen Einfamilienhaus in den nördlichen Außenbezirken Jerseyvilles an. Das Haus, ein kleines, zweistöckiges Gebäude mit plastiküberzogener Metallverkleidung, die wie Holz aussah, unterschied sich nicht von denen der Nachbarn. Das einzige, worin es von Vettern auf tausend zivilisierten Welten abwich, war die Luftschleuse als Eingangstür.

Hatsumi stieg aus dem Wagen, holte seine Tasche vom Rücksitz und ging zum Haus. An der Tür mußte er stehenbleiben, während Fox den Zugangscode eintippte.

Wortlos wie immer gab die Frau eine scheinbar zufällige Zahlenfolge in den Tastenblock ein. Die Tür belohnte sie mit einer Serie lauter Schabgeräusche, bevor sie langsam aufschwang.

Es dauerte eine volle Minute, bis die Wohnhausschleuse den Zugang ins Haus freigab. Hier galt offenbar dasselbe Prinzip wie überall: schneller und größer war gleichbedeutend mit teurer. Die Architekten dieses Haustyps waren auf billige Lösungen bedacht gewesen. Und so konnte Hatsumi immer noch den fauligen Duft von Schwefeloxyd riechen, als die innere Schleusentür aufschwang und er die Atemmaske abnahm.

»Kasugai!« Die laute Begrüßung klang freudig. Hatsumi blickte auf und sah einen kleinen, muskulös gebauten jungen Mann aus einem Lehnstuhl aufspringen. Wie Fox trug er die Kleidung eines einfachen Arbeiters.

»Honda Tan. Schön, dich wiederzusehen.«

»Sturmkrähe hat mir erzählt, daß ich mit einem alten Freund zusammenarbeiten werde, aber ich hatte keine Ahnung, daß er von dir redet.« Tan warf die Arme um Hatsumi und preßte ihn an sich.

Der Mann, den Tan Sturmkrähe genannt hatte, war der Jonin, der Clanführer der Bernsteinklippen-Nekekami. Hatsumi kannte seinen Ruf ebensogut wie jeder seines Clans. In den Tagen vor dem 4. Nachfolgekrieg hatte sich Sturmkrähe als Feldagent in das Hauptquartier der 4. Skye Rangers geschlichen, die Sicherheitsbereiche des Regiments durchsucht und war unentdeckt wieder geflohen, nichts als Verwirrung und eine kleine Oregamikatze zurücklassend. Später hatte er als Chunin, Zellenleiter, die Ermordung eines neugierigen Reporters befohlen, der in einer Reportage die lange verborgen gebliebenen Geheimnisse der Nekekami verraten hatte.

Der Nekekami. Hatsumi sann über das Wort und die Bedeutung nach, die es in der Inneren Sphäre gewonnen hatte. Grob übersetzt bedeutete es ›Geisterkatze‹. Die Nekekami waren indirekte Nachfahren der Ninja – jener geheimen Gesellschaft von Spionen und Attentätern im feudalen Japan Terras. Wie ihre Vorgänger hatten die Nekekami die Beschaffung von Informationen, Sabotage und Mord zu einer Kunstform verfeinert. Ihr ganzes Leben trainierten, studierten und übten die Nekekami ihre Fähigkeiten. Ein Krieger arbeitete sein ganzes Leben daran, sich in eine perfekte Waffe zu verwandeln, eine Waffe, die – wenn nötig – für eine einzige Mission geopfert wurde.

Es gab reichlich Legenden über die Geisterkatzen. Es hieß, sie könnten durch Wände gehen, unter Wasser atmen, in den Boden versinken und sich nach Belieben unsichtbar machen. Einige der wilderen Geschichten machten die Nekekami zu Lehrlingen des Todes persönlich, oder zu mächtigen Schwarzmagiern, die mit einem einzigen Blick töten konnten.

Als er Hatsumi endlich aus seinem erdrückenden Griff freigab, nickte Tan hinüber zu Fox. »Wie ich sehe, hast du unsere kleine Plaudertasche Rumiko schon kennengelernt.«

Die Frau schleuderte Tan einen wütenden Blick zu, sagte aber kein Wort.

Tan ließ ganz und gar unbeeindruckt ein breites Antwortgrinsen aufblitzen.

Hatsumi fühlte eine gewisse Erleichterung, Honda Tan wiederzusehen. Die beiden hatten bereits bei einigen Operationen zusammengearbeitet, darunter mehreren Geheimaktionen gegen den verhaßten Nebelparder-Clan.

»Am besten lernst du gleich das ganze Team kennen.« Tan nahm seinen Freund beim Arm und zog ihn in die winzige Küche des Hauses. Dort saß ein hübscher junger Mann am Tisch über ein Bündel Drähte und Platinen gebeugt, einen Lötkolben in der linken Hand. Auf seinem Schoß lag ein kleines, in Lackpapier eingewickeltes Päckchen. Es war gerade weit genug sichtbar, so daß Hatsumi den Aufdruck lesen konnte: ›Block, Explosiv, M26A1‹.

»Ist es nicht gefährlich, das Zeug so nahe an einem Lötkolben zu haben?« Hatsumis Ausbildung hatte nur begrenzt mit Sprengstoff zu tun gehabt, und er behandelte alles mit einer so großen Vernichtungskapazität mit Hochachtung und Respekt.

»Keine Ahnung«, zuckte Tan die Schultern. »Das ist Kieji Sendai, unser Sprengstoffexperte. Kieji, das ist Kasugai Hatsumi, unser Teamchef.«

Sendai sah auf, nickte einmal und wandte sich wieder seiner Arbeit zu.

»Ist es nicht gefährlich, Sprengstoff auf dem Schoß zu haben, während Sie mit einem Lötkolben arbeiten?« wiederholte Hatsumi die Frage für den Sprengstoffexperten.

»Nein«, antwortete Sendai. Er beendete die Verbindung, die er gerade festlötete, lehnte sich zurück und warf Hatsumi das Päckchen zu. »Das ist Davion-C-8. Besteht hauptsächlich aus Zyklonit und ein paar Stabilisatoren. Das Zeug ist völlig stabil, bis es mit einem Zündhütchen ausgelöst wird. Dann liefert es eine gute, schnelle Detonation, um die achtundsechzigtausend Sekundenzentimeter.«

Das Plastiksprengstoff war eine steife, graugrüne Knetmasse, eingewickelt in mattes, olivgrünes Papier. Hatsumi wußte, daß er für die verschiedensten Zwecke eingesetzt werden konnte. Er ließ sich wie geliefert verwenden oder über das zu vernichtende Objekt streichen. Man konnte ihn zu einer Richtladung formen oder mit einer Kette umwickeln, um eine billige Splittergranate zu erzeugen. Mit einem schnellen Luntenzünder ließ er sich in einer Bündelladung einsetzen und in die verwundbaren Knie- und Fußgelenke eines BattleMechs stopfen. Nur Pentaglyzerin war noch stärker.

Er legte den Block wieder auf den Tisch und bat Sendai, vorsichtig zu sein. »Wir wollen uns nicht selbst in die Luft jagen, bevor unsere Mission auch nur begonnen hat.«

»Wenn ich mir die Frage erlauben darf«, meinte Tan und reichte seinem Teamchef eine Tasse Tee aus einer zum Warmhalten auf dem Herd stehenden Kanne. »Wie *lautet* unsere Mission?«

Hatsumi nahm einen Schluck und nickte dankbar, bevor er antwortete. »Wir sollen Verbindung zur 2. ComGuards-Division aufnehmen, getarnt als Hilfspersonal, deren 2. Sektion zugeteilt. Man hat mir versichert, daß die Falkner, so lautet der Beiname der Einheit, noch in dieser Woche auf Defiance eintreffen. Für unsere Planstellen ist bereits gesorgt. Bei ihrer Ankunft werden wir uns im alten Defiance-Milizlager westlich von Jerseyville melden, um unseren Dienst anzutreten. Wir sollen bei der 2. Division bleiben, bis man Kontakt mit uns aufnimmt. Sobald dies geschehen ist, werden wir durch die betreffende Person genaue Befehle erhalten.«

»Schön und gut.« Tan war von der Heimlichkeit nicht beeindruckt, die ihre Mission umgab. »Was ich wissen will, ist: Worum genau geht es bei unserer Mission?«

»Ich weiß es nicht, Tan-san. Ich habe dir alles gesagt, was ich selbst darüber weiß. Die Kontaktaufnahme mit dem Bernsteinklippenclan erfolgte indirekt, über einen Repräsentanten unsers Klienten. Der Auftraggeber, der nach allem, was ich gehört habe, sehr bedeutend sein soll, besteht darauf, daß es keinerlei Verbindung zwischen ihm und uns geben darf. Wir sollen uns an die 2. ComGuards hängen und warten, bis man Verbindung aufnimmt.« Hatsumi nahm noch einen Schluck Tee. »Immerhin, ein Großteil des Lebens als Nekekami besteht im Warten auf unsere Opfer.«

* * *

Während Hatsumi seinem Team Anweisungen gab, setzten auf dem Raumhafen zwei Landungsschiffe der *Overlord*-Klasse auf.

Noch bevor der Qualm und Dampf der Landetriebwerke davongeweht war, senkte sich eine kleine Personalrampe auf den Platz. Ein großer, dunkelhaariger Mann in Offiziersuniform der AVS kam den Metallstreifen herab, eine dunkle Atemmaske über dem halben Gesicht. Seine Jacke trug keinerlei Rang- oder Einheitsabzeichen. Auch der große Seesack, den er über der linken Schulter trug, wirkte neutral. Seine Füße hatten den Boden des Landefelds noch nicht berührt, als ein zerbeulter grüner Luftkissentransporter mit dem Sonnenfaustemblem des Vereinigten Commonwealth am Rand der Landebucht zum Stehen kam. Der Fahrer trug ebenso wie der Neuankömmling eine grünbraune Gefechtsmontur der Vereinigten Commonwealth-Streitkräfte. Der einzelne schmale weiße Streifen auf den goldenen Schulterklappen kennzeichnete ihn als Luft/Raumpilot im Rang eines Hauptmanns.

Der Mann kletterte aus dem Fahrzeug und lief die Rampe hoch.

»Kolonel Masters? Robin Pennick, MGUO. Ich soll Sie und Ihren Stab begrüßen. Wenn Sie mir folgen wollen, Sir, bringe ich Sie hinüber zum Büro des Hafenmeisters und kümmere mich um die Formalitäten bezüglich des Ausladens Ihrer Mechs und der Ausrüstung.«

Der Kommandeur der Ritter der Inneren Sphäre grunzte dem Mann des Davion-Ministeriums für geheime Untersuchungen und Operationen eine Antwort zu, während sie ihre Atemmasken zurechtrückten. In der Zwischenzeit kamen auch Masters' Befehlsstab und einige der MechKrieger auf die Rampe. Weiter rechts konnte er das laute, schrille Kreischen schwer belasteter Hydraulik hören, als sich langsam die Luken des Mechhangars öffneten. »Na schön, Mister Pennick«, meinte er und deutete in Richtung Schweber. »Nach Ihnen.«

Pennick stieg ein, und die Offiziere der Ritter folgten ihm. Dann schaltete Pennick die Hubpropeller ein und schoß davon. Er reizte die Geschwindigkeit des Transporters bis an die Grenze aus und schleuderte ihn geradezu über den Asphalt, wenn er kleinen schmutzigen Flecken schmelzenden Eises auswich. Kurz vor der Ankunft der Ritter hatte ein Nordoster Defiances Raumhafen getroffen. Der plötzliche Schneesturm war für Jerseyvilles sonst eher gemäßigten Winter ungewöhnlich, aber die dünne Schnee- und Eisschicht, die er über Raumhafen und nahes Stadtgebiet gelegt hatte, schien nichts gegen die Bedingungen, unter denen die Ritter Wochen zuvor Atreus verlassen hatten.

Während der Fahrt zur Hafenmeisterei sahen sich die Ritter-Offiziere mißtrauisch um. Komtur Sir Gainard, einer der Bataillonsführer, fragte Pennick, wann die übrigen Einheiten eintreffen würden.

Pennick drehte sich halb nach hinten, als er antwortete, und Masters mußte an sich halten, ihm nicht mit beiden Händen ins Steuer zu greifen. »Die Ritter sind die erste Kampfeinheit, die hier eintrifft, auch wenn Marshal Hasek-Davion und sein persönlicher Stab schon einige Zeit hier sind. Er traf kurz nach Abschluß der Whitting-Konferenz ein.« Pennick gestattete sich ein bedauerndes Glucksen. »Es muß schön sein, den Prinz des Vereinigten Commonwealth zum Cousin zu haben.«

»Wie meinen Sie das?« fragte Masters. Der durch das offene Fahrzeug peitschende Fahrtwind zwang ihn, die Augen zusammenzukneifen. *Wenn er unbedingt wie ein Irrer fahren muß, hätte dieser Pennick ruhig einen geschlossenen Wagen nehmen oder uns wenigstens Sturzhelme mit Visier mitbringen können.*

»Wie ich das meine?« Pennick lachte wieder. »Er war hier, als die Konferenz noch keine Woche vorbei war. Ich hab gehört, Prinz Victor soll eine Kommandostrecke aus Sprungschiffen aufgestellt haben, um den Marshal herzubringen.«

Masters nickte. Sprungschiffe überbrückten die Entfernung zwischen zwei Sonnensystemen in Nullzeit, aber die Tatsache, daß sie ihren Kearny-Fuchida-Antrieb zwischen zwei Transitionen rund eine Woche aufladen mußten, dehnte die Reisezeit enorm. Deshalb wurden gelegentlich seltene sogenannte ›Kommandostrecken‹ errichtet. Bei dieser kostspieligen Reisemethode wurden in jedem System entlang der geplanten Reiseroute Sprungschiffe stationiert. Jedes Schiff legte nur einen Sprung zurück und reichte die wichtigen Passagiere oder Fracht danach weiter, meistens indem ein angekoppeltes Landungsschiff zum nächsten interstellaren Raumschiff der Stafette wechselte.

»Jedenfalls erwarten wir die Ankunft des DEST-Kontingents übermorgen. Die Northwind Highlanders, die MI-Teams und die ComGuards sind unterwegs. Sie dürften Ende der Woche im System eintreffen. Die meisten anderen, darunter die Leichte Eridani-Reiterei, sind frühestens in vierzehn Tagen hier.«

»Werden Sie alle in Jerseyville landen?«

»Ja, Sir. Das hier ist der einzige Raumhafen auf Defiance.«

Masters drehte den Kopf und starrte den Mann an. Pennick lehnte sich auf seinem Sitz zurück, als kenne er keine Sorge auf der Welt.

»Halten Sie es für klug, eine derart große Anzahl Truppen durch die einzige Hafenanlage des Planeten zu schleusen?«

»Natürlich, Sir.« Pennick hörte sich geradezu gelangweilt an. »Ich bin seit dem Whitting-Treffen als Teil der Vorausmannschaft hier. Als die Entscheidung fiel, Defiance als Aufmarschpunkt zu benutzen, machte sich das MGUO sofort an die Arbeit. Wir haben das Gerücht ausgestreut, daß hier gemeinsame Militärmanöver stattfinden. Das ist nichts neues für diese Welt. Unter anderem deshalb wurde Defiance als Treffpunkt ausgewählt. Deswegen, und weil sie am Arsch des Universums liegt. Wir verbreiten, daß ComStar, die VCS und ein Haufen Söldner einen Plan schmieden, Terra den Worties abzunehmen.«

»Entschuldigung, wem?« Masters hatte diesen Namen noch nie gehört.

»Den Worties. Blakes Wort.« Pennick lachte. »Jedenfalls haben wir den Einheimischen eine Geschichte erzählt, und andere Agenten verbreiten ganz andere Gerüchte. Das Ganze hat dafür gesorgt, daß außerhalb von Fort Defiance niemand einen Schimmer hat, was eigentlich abgeht. Je größer die Verwirrung, desto besser. Darum haben wir Sie gebeten, AVS-Uniform zu tragen, um der Gerüchteküche Nahrung zu geben.«

»Schon gut«, kommentierte Masters säuerlich, als der Wagen plötzlich vor dem Zollbüro stehenblieb. »Hauptsache, die Verwirrung bleibt außerhalb des Forts.«

8

Fort Defiance, Defiance
Gefechtsregion Point Barrow, Mark Crucis,
Vereinigtes Commonwealth

18. Februar 3059, 17:40 Uhr TNZ

Wo, zum Teufel, stecken sie? Colonel Edwin Amis suchte die primären und sekundären Sensoranzeigen im Cockpit seines ON1-M *Orion* ab. Er wußte, irgendwo da draußen in der weiten, kalten Hügellandschaft des Trainingsgeländes lauerten zwei Trinärsterne der Invasor-Galaxis ComStars. Unter den Augen Morgan Hasek-Davions hatten die grundverschiedenen Einheiten der Einsatzgruppe Schlange mehrere Monate von Manövern vor sich, um sie zu einer schlagkräftigen und aufeinander eingespielten Einheit zusammenzuschweißen.

Die Invasor-Galaxis war der perfekte Gegner. Einige Zeit nachdem es gelungen war, die Clans auf Tukayyid zu stoppen, hatte Anastasius Focht eine Sondereinheit der ComGuards ins Leben gerufen, die mit erbeuteten Clanmaschinen ausgerüstet und in Clantaktiken ausgebildet war. Sie war wie eine Clanner-Einheit ihrer Größe aufgebaut und trug den Namen Invasor-Galaxis. Ihre Mission bestand darin, die Clans zu deren Bedingungen zu bekämpfen, deren eigene Waffen und Taktiken gegen sie einzusetzen. Dadurch war die Invasor-Galaxis wie maßgeschneidert dafür, die einzelnen Einheiten in der Einsatzgruppe und die Einsatzgruppe in Gänze zu trainieren.

Das erklärte, weshalb die ComGuards und die Leichte Reiterei einander durch die wogenden Hügel und Ebenen jagten, die den passenden Namen Plains of Sorrow trugen, Trauerfeld. Amis kniff die Augen zusammen und stierte durch das niedrige, dichte Gebüsch auf dem Sichtschirm, in der Hoffnung, Lebenszeichen zu entdecken.

Es hatte ein paar Tage weniger als erwartet gedauert, die Einsatzgruppe auf Defiance zu versammeln. Der Kommandostab hatte ihre Truppen sofort in eine Serie von Trainings- und Integrationsübungen geworfen. Die ersten dieser Manöver hatten schon in ›Clan‹-Siegen geendet, als erst die Lyranische Garde und dann die 2. St.-Ives-Lanciers sich der Invasor-Galaxis entgegengestellt hatten. Jetzt war die Reihe an der Leichten Eridani-Reiterei.

Morgan Hasek-Davion hatte den Übungsplan ausgearbeitet, und damit war Colonel Amis klar, daß die Mission kein Spaziergang werden würde. Doch allmählich fragte er sich, ob der Marshal die Invasor-Galaxis etwa in einen falschen Sektor des Schlachtfelds geschickt hatte. Die Gegner manövrierten schon seit Stunden in der Hoffnung, einen taktischen Vorteil zu erringen. Die auf bewegliche Gefechtsführung spezialisierte Leichte Reiterei hatte ihre Clanabwehrtaktiken aus den Erfahrungen auf Coventry gezogen. In einer offenen Feldschlacht hatten die Eridani kaum eine Chance gegen die technologisch überlegenen Clanner. Also hatten die Söldner sich für eine Bewegungsschlacht entschieden, schnelle Vorstöße unterstützt durch Luftangriffe und Artillerie. Statt sich den Invasoren in Einzelduellen zu stellen, wie es die Clans vorzuziehen schienen, wollte die Leichte Reiterei ihre Geschwindigkeit, Beweglichkeit und massive Feuerkraft einsetzen, um den Feind zu überwinden.

Die Invasor-Galaxis übernahm die Rolle Clan Nebelparders. Ihre Maschinen, viele davon echte, auf Tukayyid erbeutete Clan-OmniMechs, waren in dem flekkigen Trübgrau lackiert, das die Kampfkolosse dieses Clans auszeichnete. Die ComGuards-Einheit war der Schleifstein, an dem sich die Einsatzgruppe schärfen sollte. Unter dem Namen FEIK für FEIndliche Kräfte, waren zudem mehrere Truppen ComGuards-Infanterie mit den neuesten Krötenpanzern ausgerüstet worden, die im Farbschema der Nebelparder-Elementare bemalt waren. Schon seit Jahrhunderten waren solche Methoden bei der Ausbildung von Soldaten in Gebrauch und zum Beispiel in Form leichter Fiberglasmodifikationen an Panzern und Truppentransportern bei Manövern nationaler Streitkräfte des terranischen 20. Jahrhunderts gang und gäbe gewesen. Diese abnehmbaren Modifikationen hatten eigenen Maschinen zumindest die Umrisse feindlicher Ausrüstung verliehen.

Aber im Augenblick zählten die kosmetischen Veränderungen der ComStar-Mechs gar nichts. Seit neunzig Minuten war von den ComGuards nichts mehr zu entdecken.

Amis fluchte gotteslästerlich und suchte erneut die Ortung ab. Drei seiner vier Kundschafterteams hatten ›Kein Glück‹ gemeldet. Die Meldung der letzten Gruppe unter dem Befehl eines jungen Lieutenants namens Tubal Caine stand noch aus.

Defiances gelbe Sonne, die durch die schwefelverseuchte Atmosphäre schmutzig orangebraun wirkte, stand bereits tief über dem Horizont. Wenn seine Truppen die ComGuards nicht bald aufspürten, konnte es noch soweit kommen, daß die Leichte Reiterei zu einem Nachtkampf gezwungen wurde. Schlimmer noch, wenn es ihnen nicht gelang, die FEIK-BattleMechs zu finden, würde sein geliebtes 21. Regiment einige derbe Späße der Einheiten zu erdulden haben, die bereits im Gefecht auf die ComGuards getroffen waren.

In Ordnung, dachte er. *Es wird Zeit, daß was geschieht.*

»Bettler Eins von Steinwall. Bewegen Sie Ihre Kompanie nach Westen. Schleicher Vier hat sich nicht gemeldet, und ich befürchte, der Buhmann hat ihn erwischt.«

»Steinwall von Bettler Eins, bestätigt.« Captain Martin Izzat verstummte nur für einen Augenblick. »Kontakt! Kontakt! Bettler Eins zeichnete zahlreiche Ziele, fünfzig plus in Bewegung auf unsere Position. Sensoren melden Feindberührung. Ich zeichne wenigstens fünf Überschwere. Bettler Eins erbittet Anweisung.«

»Bettler Eins von Steinwall. Angriff bei Erreichen von Gefechtsreichweite. Bremst sie ab, Marty. Verschafft uns Zeit, den Mond in Stellung zu bringen.« Über die Tastatur des Bordcomputers rief Amis eine vorgefertigte Meldung ab, fügte ein paar Datenzeilen an und betätigte den Sendeknopf. Das Irian-Funksystem strahlte die komprimierte Meldung in einem nur einen Sekundenbruchteil dauernden Impuls ab. Anschließend schaltete der Colonel zurück auf die taktische Frequenz seines Regiments und gab den Bataillonsführern ihre Befehle.

Innerhalb von Augenblicken kam der gesamte ›Blaue Mond‹, das 21. Einsatzregiment der Leichten Eridani – über hundert BattleMechs mit angegliederten Panzer- und Infanterieeinheiten – in Bewegung. Hundert Meter zogen vorbei, dann dreihundert. Das Regiment hatte fast Höchstgeschwindigkeit erreicht, als die 7. Kompanie sich wieder bei Amis meldete.

»Steinwall von Bettler Eins. Bettler im Kampf mit Feind. Bettler Eins zählt dreißig BattleMechs, davon mindestens acht überschwer. Feindliche Einheit verfügt über zahlreiche Kröten. Beeilen Sie sich, Boß.«

»Haltet durch, Marty«, erwiderte Amis, bemüht, den schwankenden 75-Tonnen-Koloß im Gleichgewicht zu halten. »Hilfe ist unterwegs.«

Das Scheingefecht fand einen Kilometer entfernt statt. Amis' Vorauselemente hatten endlich Kontakt mit der Invasor-Galaxis, aber die Dinge entwickelten sich *nicht* wie geplant. Amis hatte gehofft, die Invasoren würden geradewegs auf die 7. zumarschieren und die Söldner bei deren gestaffeltem Rückzug verfolgen. Dann, wenn die FEIK-Mechs verteilt und verwundbar waren, sollte sie die Hauptstreitmacht des Regiments in einem Flankenangriff treffen. Leider spielten die ComGuards nicht mit. Statt ihre schnelleren leichten Mechs vorauslaufen zu lassen, während die langsameren, aber schlagkräftigeren schweren und überschweren Elemente folgten, blieben die Guards zusammen. Das vereinte Gewicht der Angreifer war zuviel für die eine Kompanie Izzats. Seine Leute fielen ungeordnet zurück und wurden dabei zermahlen.

Endlich zeichnete die Ortung seines *Orion* kleine rote Dreiecke auf den Primärschirm. Der Bordcomputer tastete die einzelnen Ortungsobjekte ab und glich die Daten mit einem Hardwarekatalogprogramm ab. Der nächstgelegene Gegner war ein 40 t schwerer *Hermes II*. Auf maximaler Vergrößerung sah Amis den humanoiden Stahlriesen langsamer werden. Eine Rauchwolke schoß aus dem Torso der Maschine. Noch bevor sie sich auflösen konnte, folgte ihr eine zweite blaugraue Rauchfahne.

Dann hörte Amis die Stimme eines seiner Männer. »Bin getroffen. Primärsysteme ausgefallen, schalte auf Res ...« Die Worte verrieten keinerlei Furcht von Seiten des jungen Soldaten, der sie aussprach. Sie erinnerten Amis an eine besondere Form der Ruhe, die er während seiner Berufssoldatenlaufbahn schon Dutzende Male in echten Gefechten gesehen hatte. Manchmal ergreift einen Menschen angesichts des bevorstehenden Untergangs eine große Gelassenheit. Psychologen erklärten sie aus einem Gefühl, das sich in folgende Worte fassen ließ: »Ich werde sterben, und es gibt nichts, was ich dagegen tun kann. Wozu sich noch aufregen?«

Amis pflegte den Analytiker, von dem diese Theorie stammte, als Narren zu bezeichnen. Soweit es ihn betraf, lehnte sich niemand einfach zurück und wartete auf den Tod, schon gar nicht ein professioneller Mech-Krieger. Er tut, was er kann, um seinen Untergang zu verhindern oder wenigstens möglichst viele Gegner mitzunehmen.

Der winzige blaue Leuchtpunkt, der Rekrut Henry Stanos *Valkyrie* auf der Taktikanzeige repräsentierte, blinkte einmal auf und verlosch.

Sekunden später fingen die Außenmikros des *Orion* das dünne Pfeifen anfliegender Artilleriegranaten auf. Die Geschosse landeten zu kurz, mehr als hundert Meter rechts vom Ziel.

»Paladin von Steinwall. Wasser!« Amis informierte die Batterie, daß ihre Zielsuchsalve in seiner Sichtweite niedergegangen war. »Hoch Drei-Null, Rechts Sieben-Fünnef, Wirkungsfeuer.«

Wieder drang das Heulen anfliegender Granaten in die Kanzel. Diesmal flammte die Taktikanzeige rot auf, als der Computer die Flugbahnen der Geschosse mit roten Leuchtspuren nachzeichnete.

Vier Granaten landeten direkt auf den ComGuards. Statt der donnernden Explosion von vierzig Kilogramm Sprengstoff pro Granate hörte Amis ein scharfes Krachen. Dicke graue Rauchtentakel stiegen auf und hüllten die falschen Clan-Mechs ein. Zwei der Angreifer blinkten auf und verschwanden von Amis' Sichtprojektion. Irgendwo in der Nähe hielt sich ein neutraler Schiedsrichter der Kathil-Ulanen auf, der mit einem ›Gottesgewehr‹ bewaffnet war. Der Handlaser diente dazu, Feindmechs zu identifizieren, die durch das ›Artilleriefeuer‹ ausgeschaltet wurden.

Amis beobachtete den aufsteigenden Rauch. *Interessant*, dachte er. *Dieses neue Zeug, das die Ulanen mitgebracht haben, steigt höher als gewöhnlicher Rauch.* Ein Blick auf die Ortung zeigte ihm, daß die Granaten zudem ein feines Metallpulver enthielten, das mit dem brennenden Phosphor in die Luft aufstieg und die Ortung störte. Die ›verbesserten‹ oder V-Rauchgranaten sollten den Kampfeinheiten der Freien Inneren Sphäre einen Vorteil gegen die überlegenen Sensoren und aktiven Ortungssysteme der Clanner verschaffen.

Amis fand Trost in dem alten Grundsatz: »Was du nicht sehen kannst, darauf kannst du nicht schießen.« Selbst im Zeitalter von Radar, Infrarot und Dutzenden anderer elektronischer Sensoren hatte das Sprichwort seine Bedeutung nicht verloren.

»Brecheisen von Steinwall«, rief Amis sein gesamtes Regiment an, als der Entfernungsmesser des *Orion* auf fünfhundert Meter herunterzählte. »Feuer frei! Drauf und dran!«

Er brachte seinen schwerfälligen Koloß zum Stehen, packte den Steuerknüppel der Waffensysteme und zog das Fadenkreuz der schultermontierten Raketenlafette geschickt über einen unförmigen roten Fleck, den sein Computer als ComGuard/Nebelparder-*Loki* identifizierte. Als er den Auslöser betätigte, zuckte eine kodierte Lasermeldung von seiner Zielerfassung zum Bordcomputer der FEIK-Maschine. Auf dem Schirm wankte die Feindmaschine unter der Simulation der Einschläge. Seine Systeme schätzten schwere Schäden am rechten Arm und Torso.

Das System, mit dem das Gefecht simuliert wurde, war alt und erprobt. Alle beteiligten Maschinen waren mit speziellen, leistungsgedrosselten Lasern ausgerüstet, die statt Megajoule-Lanzen gebündelter Lichtenergie kodierte Signalimpulse abfeuerten. Wenn eine dieser ›Kugeln‹ aus Licht eine Gefechtsfeldeinheit traf, die über die entsprechenden Empfangsvorrichtungen verfügte, registrierte der Bordcomputer des Mechs oder Panzers den Treffer und notierte den erzielten Schaden. Sobald die Beschädigung an einem Bordsystem deren Toleranzgrenze überstieg, schaltete es der Computer ab. Um das Gefecht realistischer zu machen, waren Autokanonen und Raketenlafetten mit Platzgeschossen bestückt, die bei jedem Waffeneinsatz Rauch und Feuer spuckten. Das gesamte System trug den Namen MILES oder Mehrfach-Integriertes Laser-Ersatzkampf-System und war bereits seit der zweiten Hälfte des 20. Jahrhunderts in Gebrauch.

Amis brachte seinen schwerfälligen Stahlriesen vorwärts und lenkte ihn weiter auf den Gegner zu, solange der noch verwirrt war. Ein kurzer Blick auf die Taktikanzeige. Die ›Parder‹ waren unter dem ersten Ansturm der Leichten Reiterei zurückgefallen, gewannen ihre Sicherheit aber bereits zurück. Drei feindliche Mechs schienen ausgeschaltet, aber eine ebenso hohe Zahl der Maschinen war zu dunklen graublauen Punkten auf dem Monitor reduziert. Zwei weitere Leichte-Eridani-Mechs blitzten auf und starben. Sechs ›Elementare‹ kamen um, als ein *JägerMech* aus Stockdales Kompanie ihre Stellung mit computergeneriertem Autokanonenfeuer abdeckte.

Auf der Sichtprojektion wurde einer der Aggressoren immer größer. Ohne auch nur zu versuchen, Modell oder Klasse des Gegners zu identifizieren, drückte Amis zwei der Feuerknöpfe seines Steuerknüppels nieder. Zwanzig Raketen schossen aus den Rohren, um die Panzerung des Feindes zu zertrümmern. Rauch zischte aus der Seite des *Orion,* als eine Autokanonensalve sich in den FEIK-Mech fraß.

Der Gegner erzitterte leicht, drehte sich aber schwerfällig in Amis' Angriff. Als er jetzt die Gelegenheit bekam, seinen Gegner näher in Augenschein zu nehmen, erkannte der Colonel, daß es sich bei diesem um eine alte ComGuard-*Königskrabbe* handelte, die modifiziert worden war, um das Bild eines *Daishi* zu bieten. Aber gleichgültig, mit welchem der beiden Mechtypen er es zu tun bekam, sein *Orion* war dem 100 t schweren Metallmonster in Bewaffnung, Panzerung und Gewicht unterlegen.

Der Clanner-Mech hob die Arme. Xenon-Blitze zuckten aus den kastenförmigen Armschienen des simulierten *Daishi*. Amis' Computer meldete Schäden an der Panzerung auf Torso und Beinen, aber keinen Bruch. Vier Salven simulierten Autokanonenfeuers ließen seinen Mech wanken. Jetzt wurden die Schäden schon bedrohlicher.

Ein Schauer simulierter Raketen stieg aus dem linken Handgelenk des *Orion* auf, gefolgt von einem doppelten Laserstoß und einem Hagel computergenerierter panzerbrechender Explosivgeschosse.

Der *›Daishi‹* war beschädigt, aber nicht beschädigt genug, um ihn an einer zweiten vernichtenden Breitseite zu hindern.

Aus dem Augenwinkel sah der Söldner eine große schwarze Silhouette näher kommen. Der Computer füllte die Pilotenkanzel mit blaustrahlendem Licht, als Major Eveline Eicher, seine Stellvertreterin, den Angreifer mit der Partikelprojektorkanone ihres *Herkules* attackierte.

Der gewaltige überschwere Mech geriet durch den plötzlichen Verlust nahezu einer Tonne Panzerung aus dem Gleichgewicht. Ein zweiter Feuerstoß aus Eichers Waffe, unterstützt von einer AK-Salve, zwang den Feindmech krachend zu Boden.

Als er seinen schwankenden *Orion* wieder unter Kontrolle hatte, galt Amis' erster Gedanke seiner Einheit. Ein Blick auf die Taktikanzeige sagte alles. Die meisten seiner leichten Mechs waren zerstört oder schwer beschädigt. Seine Einheit wurde zerschlagen und zerfetzt.

Eine volle Sekunde starrte er reglos auf den Schirm. Dann kam ein Fluch über seine Lippen. Bedauernd schaltete er das Funkgerät ein.

»Brecheisen von Steinwall, Brecheisen von Steinwall.« Er ließ eine bewußte Pause zwischen jedem Wort und betonte die Silben exakt, um über dem Lärm und in der Verwirrung des Gefechts verständlich zu bleiben. »Signal Xanthippe Tango Hotel. Ich wiederhole: Xanthippe Tango Hotel. Gefecht einstellen und zurückziehen.«

Zögernd lösten sich die Eridani-Maschinen aus dem erbitterten Gefecht. Ein paar, darunter die Captain Izzats, fielen durch simulierte Schäden an den Beinen zurück. Nur zwei der beschädigten Mechs schafften es bis zum Regimentssammelpunkt. Der Izzats war nicht unter ihnen. Die angeschlagene Maschine des Captains war von einem ComGuard-›*Ryoken*‹ gestellt und vernichtet worden.

Noch bevor der letzte Nachzügler den RSP erreichte, drang Generalin Winstons Stimme aus den Funklautsprechern. »Brecheisen von Nagel. Signal Sechs. Romeo Zulu Bravo. Signal Sechs. Rückkehr zur Basis.«

* * *

Eine dreiviertel Stunde später warteten Winston und Kolonel Paul Masters im Kommandeursbüro der Leichten Reiterei auf die Leiter der Übung. In einer Ecke des trostlosen, spärlich eingerichteten Raums saß der Oberkommandierende der Einsatzgruppe, Marshal of the Armies Morgan Hasek-Davion von den Vereinigten Commonwealth-Streitkräften. Morgan war still und leise auf Defiance eingetroffen, noch bevor die meisten Einheiten der Einsatzgruppe auch nur ihre Garnisonswelten verlassen hatten. Zu seiner Rolle als Einsatzgruppenkommandeur gehörte es auch, das Training zu überwachen, die Gefechtsmanöver zu planen und die Nachbesprechung der ersten Integrationsübung zu leiten.

Morgan war einer der erfahrensten Gefechtskommandeure der VCS, wenn nicht der ganzen Freien Inneren Sphäre. Er hatte seine Laufbahn dreißig Jahre zuvor als Kompanieführer der Davion Heavy Guards begonnen und war schnell durch die Ränge aufgestiegen, bis er 3049 zum Oberkommandierenden der Vereinigten Commonwealth-Streitkräfte ernannt worden war.

Selbst mit dreiundfünfzig Jahren war er noch kein Schreibtischhengst. Er war ein ausgezeichneter, inspirierender Menschenführer, dessen berühmte schnelle Auffassungsgabe und verbissene Courage ihn zu einem der besten Gefechtsfeldkommandeure machte, die je einen Mech gesteuert hatten. Diese Kombination machte ihn zur natürlichen Wahl für den Führungsposten der Einsatzgruppe. Im Laufe der Jahre war sein flammendrotes Haar silbergrau geworden, und tiefe Sorgenfalten hatten sich in seine Stirn gegraben. Aber die grünen Augen unter dieser Stirn leuchteten noch immer hell und scharf wie eine Rasiermesserklinge, und er bot immer noch eine aufgeschossene, beeindruckende Gestalt.

Morgan wußte, welches Bild die meisten Menschen von ihm hatten: das des zähen, kompetenten, aber gnädigen Kriegers. Er lachte innerlich, als der Gedanke durch seinen Kopf driftete. *Wenn die wüßten, was ich morgens im Spiegel sehe.*

Er hegte keine Illusionen von Unfehlbarkeit oder Unsterblichkeit, wußte, daß er für dieselben Fehler ebenso anfällig war wie jeder andere. Und er wußte, daß *er*, wenn er eine Fehlentscheidung traf, nicht selbst die Konsequenzen zu tragen hatte. Seine Fehler konnten andere das Leben kosten. Der Gedanke hätte ihn lähmen können, wäre er nicht von kleinauf dazu erzogen worden, Kämpfer in die Schlacht zu führen. Trotzdem hatte es Momente gegeben, in denen er sich am liebsten mit seiner Frau Kim zurückgezogen und den Rest seiner Tage als Ruheständler auf dem Familiengut auf New Syrtis verlebt und nur noch den Kindern beim Aufwachsen zugesehen hätte.

Wenn es dazu nicht gekommen war, dann nur, weil er es nicht fertigbrachte, Prinz Hanse Davion und später dessen Sohn Victor im Stich zu lassen, wenn sie ihn brauchten. Und in den letzten dreißig Jahren schienen solche Situationen immer wieder zu entstehen.

Colonel Edwin Amis und Demipräzentor Regis Grandi, der ComGuards-Kommandeur, trafen zusammen ein. Als Amis seinen Mech in den Fort-Defiance-Hangar gebracht hatte, war Morgan, der aus der Befehlszentrale den Funkverkehr beider Seiten abgehört hatte, die Veränderung in der Stimme des Söldnercolonels aufgefallen. In Amis' Funkverkehr nach dem Ende der Schlacht erkannte er die Erschöpfung und Melancholie, die eine unerwartete Niederlage häufig mit sich brachte. In den fünfundvierzig Minuten, die nötig gewesen waren, die Mechs über die rund zwanzig Kilometer vom Manövergelände zur Hauptanlage des Lagers zu bringen, war Amis' Depression verschwunden, und der Colonel hatte seine gewohnte Zuversicht wiedergefunden. Amis und Grandi diskutierten das Gefecht, als sie durch die Schiebetür des Besprechungszimmers traten.

»Colonel Amis«, begann Morgan ohne Vorwarnung. »Man hat mir gesagt, das 21. Einsatzregiment zähle zu den besten Regimentern der Freien Inneren Sphäre. Was ist dort draußen geschehen?« Er lächelte, um zu verhindern, daß der Söldner seine Frage als beleidigend mißverstand.

»Ich bin mir nicht sicher, Sir.« Amis schüttelte den Kopf, als wolle er die Bilder seines um ihn herum sterbenden Regiments vertreiben. »Ich habe schon früher gegen die Clans gekämpft, und Colonel Barclays Regiment hat auf Coventry gegen sie gefochten und ist ihnen nichts schuldig geblieben. Das 21. hätte die Guards auseinandernehmen müssen. Keine Beleidigung beabsichtigt.« Die letzte Bemerkung war an Demipräzentor Grandi gerichtet.

»Schon klar«, beruhigte dieser ihn. »So ungern ich es auch zugebe, ich hatte schwere Verluste erwartet. Ich bin selbst überrascht von unserem Erfolg.«

»Also, was ist geschehen? Weshalb hat sich keine der Einheiten, die wir gegen unsere FEIK-Clanner ins Feld geschickt haben, so bewährt, wie wir es von ihr erwartet hatten?« Morgan fixierte beide Kommandeure mit dem ruhigen Blick seiner grünen Augen.

Bevor einer der beiden reagieren konnte, mischte sich Paul Masters ein.

»Sir, ich habe möglicherweise eine Antwort. Wir führen diese Manöver jetzt seit zwei Wochen durch. Jedesmal haben wir eines unserer Regimenter angewiesen, die Rolle einer Clan-Einheit zu übernehmen. Dann geben wir einer anderen Einheit die Aufgabe, die ›Clanner‹ anzugreifen. Das Problem liegt nicht darin, daß wir die Clanner nicht besiegen könnten. Das Problem ist: Wir können die Clanner nicht besiegen, wenn sie Taktiken der Inneren Sphäre anwenden.«

Einen Augenblick lang sah Amis den Ritterkommandeur fragend an, dann machte sich Erkennen auf seinem Gesicht breit.

»Sprechen Sie weiter, Kolonel Masters«, forderte Morgan ihn auf.

»Es ist doch so: In jedem der Manöver haben wir von unseren FEIK-Clannern verlangt, eine vorgegebene Stellung zu verteidigen. Das macht durchaus Sinn, weil die echten Clanner in der Defensive sein werden, wenn die Operation startet. Aber das Problem ist, daß wir die FEIK-Mechs zwar visuell modifiziert und unsere Simulationsprogramme darauf eingestellt haben, die überlegene Reichweite und Feuerkraft ihrer Waffen zu berücksichtigen, aber wir haben vergessen, dem ›Roten Team‹ die Anweisung zu geben, sich strikt an die Clan-Gefechtsdoktrin zu halten. Will sagen, in der Offensive sind sie großartig. Sie nehmen den Kopf runter und brettern geradewegs auf einen zu. Genau wie echte Clanner. Aber wenn sie in die Verteidigung gezwungen werden, geraten sie ins Stocken. Um ehrlich zu sein, wissen wir nicht, wie die Clans sich verhalten, wenn sie sich verteidigen müssen. Wir haben eine grobe Vorstellung, basierend auf den Ereignissen von Coventry. Aber das war ein derartiges Chaos, das wir daraus keine wirklich allgemeingültigen Schlüsse ziehen können. In allen Fällen hat FEIK sich entweder eingegraben und aus der Deckung gefeuert, statt die Angreifer zu stellen, oder das ›Blaue Team‹ ausmanövriert, bis die Angreifer verstreut waren und sich nicht gegenseitig beistehen konnten. Wie auch immer, was FEIK getan hat, war äußerst ›unclanmäßig‹.«

Die Kommandeure blieben eine Weile stumm sitzen und verdauten die Beobachtungen des Ritterkommandeurs. Schließlich ergriff Morgan das Wort. »Und wie schlagen Sie vor, dieses Problem zu lösen?«

»Versuchen wir morgen ein neues Manöver. Meine Ritter werden die Rolle der ClanKrieger übernehmen.« Er schaute auf seinen Compblock. »Die 71. Leichte Reiterei ist noch nicht zum Einsatz gekommen. Geben wir ihnen Gelegenheit, die Angreifer zu spielen. Mein Stab und ich werden ein Modell ausarbeiten, das uns eine Idee liefert, wie die Clanner reagieren würden, wenn sie zur Abwechslung einmal selbst attackiert werden.«

9

Nadirsprungpunkt, Defiance-System Gefechtsregion Point Barrow, Mark Crucis, Vereinigtes Commonwealth

18. Februar 3059, 09:55 Uhr TNZ

Das Landungsschiff der *Achilles*-Klasse *Bisan* erzitterte, als sich 160 Tonnen Luft/Raumjäger von seinem nadelförmigen Rumpf lösten. Die schlanke *Bisan* war ein Sturmschiff, eine Art Kreuzung zwischen einem Mechtransporter und einem schweren Raumjäger. Die meisten Schiffe dieses Typs waren kleiner, schneller und beweglicher als die schwerfälligen Mechtransportschiffe. Aber wie alle Landungsschiffe waren auch sie für den Flug von einem Sonnensystem in ein anderes auf Sprungschiffe angewiesen. Die zum Bau interstellarer Kampfraumschiffe notwendigen Technologien waren erst vor kurzem wiederentdeckt worden.

Michael Ryan beobachtete das Geschehen auf einem Monitor in der Frontwand des Truppenhangars der *Bisan*, ein Deck unter und knapp hinter der Brücke des Sturmschiffs. Aus seiner Bereitschaftsposition im Innern des *NL-42* Gefechtstaxis beobachtete er die Deltaflügler vom Typ KL-15R *Killer*, jeder einzelne 80 Tonnen schwer, wie sie sich in enge Kehren legten, um eine Standard-›Scheren‹-Formation einzunehmen. Die Triebwerke der Jäger loderten weiß auf, als sie sich von der Position der *Bisan* am Sprungpunkt entfernten. Irgendwo voraus, keine zweihundert Kilometer entfernt, wartete die *Alkmaar*, ein Sprungschiff der *Invasor*-Klasse, im synchronen Orbit um Resistance, den dritten der acht Planeten des Systems.

Auf diese Entfernung war die *Alkmaar* vor der sternenübersäten Dunkelheit nicht auszumachen. Der Computer der *Bisan* kennzeichnete ihre Position auf dem Monitor mit einer kleinen roten Raute. Das Symbol war mit dem Code TLI-1741 für Transporter, Landungsschiffe, Interstellar gekennzeichnet. Hätte es sich um ein Kriegsschiff gehandelt, wäre es als rotes Dreieck erschienen. Landungsschiffe wurden als verlängerte Hufeisenformen dargestellt, Jäger als winzige Dolche.

Zuerst hatte Ryan das ganze System verwirrt, aber die engere Zusammenarbeit mit dem Kapitän der *Bisan* hatte ihm geholfen, die Informationen zu verarbeiten. Jetzt konnte er auf einen Blick erkennen, daß ihre Jägereskorte, Ya 1 und 2, schon mehr als den halben Weg bis ins Ziel zurückgelegt hatte. Die *Alkmaar* hatte keine Landungsschiffe abgekoppelt, und in ihrem Sektor operierten keine weiteren Schiffe.

In einer gemeinsam von Marshal Hasek-Davion und Präzentor Alain Beresick, dem ComGuard-Schiffskapitän mit dem Befehl über das Flottenkontingent der Einsatzgruppe, angeordneten Übung waren Ryans DEST-Kommandos angewiesen, das Sprungschiff intakt einzunehmen, oder zumindest so intakt wie möglich. Ryans Plan sah zwei Hochgeschwindigkeitsangriffe der *Killer* auf die *Alkmaar* vor, um deren Triebwerke auszuschalten. Während die Verteidiger mit den Jägern beschäftigt waren, sollte die *Bisan* längsseits gehen und zwei *NL-42* Gefechtstaxis abstoßen. Beide Raumboote beförderten je eine speziell trainierte und ausgerüstete Entermannschaft mit der Aufgabe, das Sprungschiff anzugreifen und zu erobern. Um die Chancen zu vergrößern, sich dem größeren Schiff unbemerkt zu nähern und anzudocken, waren die Raumtaxis der DESTrupps mit einer nichtreflektierenden, radarabsorbierenden Farbschicht überzogen. Das Entern und Erobern eines Raumschiffs war genau die Art begrenzter, spezialisierter Einsatz, für den sich ein DEST-Team Kommandosoldaten besonders eignete.

Ryan sah sich unter seinen Männern und Frauen um. Statt seines üblichen Teams von zehn Leuten, das sich mit ihm in der Enge der Kabine drängte, kommandierte er jetzt ein komplettes DEST-Kontingent von dreißig anderen bestens ausgebildeten Kommandosoldaten. Rechnete man das der Einheit zugeordnete Hilfspersonal (einschließlich der Besatzung der *Bisan*) hinzu, belief sich Ryans Kommando auf fünfundsechzig Personen.

Seine Vorgesetzten hatten es als unangemessen für einen bloßen Tai-i angesehen, eine so große Zahl von Elitesoldaten zu befehligen, und ihn kurzerhand zum Sho-sa befördert. Ryan hatte gegen diese Maßnahme protestiert, weil er Auswirkungen auf die enge Zusammenarbeit in seinem Team und auf die Integrität der anderen Teams unter seinem Befehl befürchtete. Die draconische Kultur verlangte Distanz zwischen kommandierenden Offizieren und ihren Untergebenen. Die DEST umgingen diese Forderung bis zu einem gewissen Grad und funktionierten mehr nach Art einer Familie. Eine Beförderung und der damit verbundene Autoritätszuwachs konnte die Vertrautheit stören, die so wichtig für das Funktionieren der Spezialeinheiten war. Ryan hatte versucht, sich damit herauszureden, daß er diese Ehre nicht wert sei und fühlte, seine Stelle sei bei seinem Team. Aber Sho-sho Hideki Ishimaru hatte seine Proteste weggewischt, indem er erklärte, die Anordnung stamme geradewegs vom Koordinator.

Mit einem Gefühl des Stolzes zuckte Ryan die Achseln und rollte die Schultern. Er glaubte beinahe, das Gewicht des apfelgrünen Katakana-Ichi auf den Schultern seines *Kage*-Anzugs zu spüren. Er war froh, daß ihn die Beförderung nicht wie befürchtet von seinen Leuten entfremdet hatte. Statt dessen war sein neuer Rang für Team Sechs auch eine Quelle neuen Stolzes geworden. Sie schienen zu fühlen, daß ihnen ein zusätzliches Maß an Ehre und Respekt zustand, weil der Kommandeur des gesamten DEST-Kontingents aus ihrem Trupp stammte.

Jeder der zehn Soldaten in der engen Kabine des Gefechtstaxis trug einen identischen schwarzen Krötenpanzer. Die Anzüge waren erst kürzlich am Imperialen Polytechnischen Institut entwickelt worden. Sie ähnelten den leichten Scoutpanzern der Gray Death Legion, und die Draconis Elite-Sturmtrupps hatten bei der Entwicklung der *Kage*-Anzüge mitgewirkt. Sie bestanden aus einem kompakten Exoskelett, das mit Kevlex und Ballistitplatten verkleidet war. Der Anzug ließ sich zum Schutz gegen lebensfeindliche Umweltbedingungen hermetisch versiegeln und war mit einer solchen Masse von Sensoren ausgestattet, daß für den Helm allein schon ein eigenes Handbuch nötig war. Die Außenhaut war mit derselben Mimikry-Fähigkeit ausgestattet wie die standardmäßigen DEST-Schleichanzüge. Üblicherweise wurde die Ausrüstung durch einen leistungsstarken Sprungtornister vervollständigt, aber für diese Operation war er durch eine speziell modifizierte Raum-Manövereinheit ersetzt worden.

»Ya beginnt Angriff, Herr.« Der Skipper der *Bisan* erstattete in einem ruhigen, geschäftsmäßigen Ton Bericht, der Ryan überraschte. »Yari erreicht Position in schätzungsweise drei Minuten.«

»Sehr gut,« bestätigte Ryan die Meldung über die Funkanlage des Anzugs. Yari, Lanze, war der Codename eines Landungsschiffs der *Leopard*-Klasse, das DEST-Team Vier zur Hecksektion der *Alkmaar* beförderte. Team 4 hatte den Auftrag, die Triebwerks- und Maschinenräume des Sprungschiffs einzunehmen. Ryan sah auf die Uhr über dem Monitor. Sie zeigte 09:57. Ihre Missionsbefehle sahen das Rendezvous mit dem Zielschiff für Punkt 10 Uhr vor. Sie lagen exakt im Zeitplan. Er wechselte den Kanal und informierte den Rest seines Teams. »Drei Minuten.«

»Drei Minuten.« Die Worte knatterten aus Ryans Helmlautsprechern, als die einzelnen Mitglieder in ihren Krötenpanzern die Warnung wiederholten und bestätigten.

»Denkt daran, Leute: schnell und hart«, warnte er. »Keine Spielereien. Wenn ein Gegner den Kopf zeigt, blast ihr ihn weg. Wir brauchen keine Gefangenen. Verstanden?«

Eine Serie von ›Hai‹s und ›Ja, Sir‹s bestätigte, daß Team 6 die Mission verstanden hatte.

Die *Bisan* ruckte leicht, als sie simulierte Schäden von den PPKs der *Alkmaar* einstecken mußte.

Ryan drehte sich etwas auf seinem Platz, um die Monitore besser sehen zu könne, und beobachtete, wie sich einer der *Killer*, immer noch nur als IFF-Symbol zu erkennen, auf die *Alkmaar* stürzte. Er wußte, daß die Piloten zur Elite der ComGuards gehörten, mißtraute den Kriegern dieser bis vor kurzem so geheimnisumwitterten Organisation jedoch immer noch.

Die Sekunden tickten langsam vorbei, unterbrochen nur von den computererzeugten Beben, die einen Treffer durch die Geschütze des Sprungschiffs darstellten. Eine kurze Nachricht vom Piloten der *Bisan* drang an seine Ohren. Er gab sie weiter.

»Dreißig Sekunden.«

Noch bevor die Warnung den letzten DESTler erreicht hatte, preßte der Andruck Ryan in die Sitzpolster, als Chu-i Yacob Grimm die Triebwerke des *NL-42* zündete.

Die Raumboote schossen aus dem Rumpf der *Bisan* und durch den schmalen Freiraum zwischen dem Sturmschiff und der *Alkmaar*. Einen Augenblick lang wurden die Bildschirme schwarz, als die Leitung zur

Bisan unterbrach. Dann erschien ein Bild der eigenen Bordkameras.

Zum erstenmal wurde Ryan klar, wie gigantisch ein Spungschiff der *Invasor*-Klasse war. Das gewaltige Raumschiff hätte, auf das Heck gestellt, viele Wolkenkratzer überragt, und wies eine Masse von unbeschreiblichen 152.000 Tonnen auf. Aber trotz dieser fantastischen Größe war die *Alkmaar* immer noch kleiner als die weitaus meisten Kampfraumschiffe.

Und sie erwarten ernsthaft von uns, das *zu erobern?*, zuckte ein ungläubiger Gedanke durch sein Hirn.

»Enterhaken. Zehn Sekunden bis Sicherung. Fertigmachen, Sho-sa.« Die Stimme des Piloten riß Ryan aus seiner schockierten Starre.

Das Gefechtstaxi, das noch Augenblicke zuvor sanft durchs All geglitten war, schlug hart gegen den Rumpf der *Alkmaar*.

»Fest!« Grimms Stimme kreischte in Ryans Ohren. »Los!«

Bevor Ryan auch nur Gelegenheit hatte, den Befehl zu wiederholen, hatte Heishi Wu schon die Heckluke des Raumboots aufgehebelt und sprang auf die Außenhülle des Sprungschiffs. Ein heller Lichtblitz sagte ihm, daß Wu soeben mit einer simulierten Sprengladung eine der Druckluken des Zielschiffs ›gesprengt‹ hatte.

Selbst wenn den Verteidigern der *Alkmaar* die Annäherung des Teams entgangen sein sollte, wußten sie jetzt bestimmt von ihrer Anwesenheit.

»Los! Los! Los!« brüllte Ryan über die Taktfrequenz des Teams. Ein schnelles Antippen der am Handgelenk getragenen Kontrolleinheit wechselte den Kanal. »Ronin Ichi beginnt Operation.«

»Verstanden, Ronin Ichi«, erreichte ihn die Bestätigung. »Zu Ihrer Information: Ronin Ni ist jetzt an Bord.« Der ComGuard-Offizier mit Befehl über die Übung schien geradezu gelangweilt.

»Ichi bestätigt.« Ryan stieß sich durch die offene Luke des Gefechtstaxis.

Der Raumgardepilot hatte sie fünf Meter neben der vorderen Wartungsluke der *Alkmaar* abgesetzt. Mit Hilfe der Manövriereinheit seines Anzugs glitt der Kommandosoldat durch den Raum und ins Innere der Luke. Unmittelbar hinter der Schleuse trieb der ›Leichnam‹ eines der Verteidiger des Schiffes. Ein kleines rotes Licht blinkte auf seinem Helm. Als Heishi Wu durch die offene Luke eindrang, hatte sich ihm der VCS-Raumgardist in den Weg gestellt. Wu hatte einen einzelnen Schuß des leistungsgedrosselten Lasers abgegeben, der an Stelle des üblichen Blasters am rechten Unterarm seines Anzugs montiert war. Der kohärente Lichtimpuls hatte den Raumgardist sofort ›getötet‹. Die Lasergefecht-Simulationsausrüstung in seinem Anzug hatte die Energiezufuhr zu seiner Waffe abgeschaltet und das Blinklicht in Gang gesetzt. Hätte Ryan nicht den Helm getragen, hätte er darüber hinaus ein helles Fiepen gehört, das seinen Gegner als tot identifizierte.

»Ausrücken.« In Reaktion auf den knappen Befehl ihres Anführers schossen die DESTler davon.

Den in die Computer ihrer Anzüge eingespeicherten Deckplänen folgend, machte sich das Team auf den Weg zur Brücke der *Alkmaar*. Weiter hinten rückte Ronin 2 entsprechend zum Maschinenraum des Raumschiffs vor.

»Kontakt!« rief Wu, und seine Mitteilung brach mitten im Satz ab.

»Sho-sa«, rief Kashira Raiko. »Wir haben Feindkontakt. Wu ist ausgefallen.«

Ohne auf einen entsprechenden Befehl zu warten, traten die Kommandosoldaten des DEST 6 in Aktion. Go-cho Hollis schärfte und warf eine Schockgranate. Die Explosion erhellte den gesamten Sprungschiffkorridor. Bevor der Feind sich erholen konnte, stürmten die DESTler vor. Ein Hagel von Laser-›Kugeln‹ zuckte durch den Gang. Einige der Raumgardisten ›fielen‹, ohne einen Antwortschuß abgeben zu können.

Eine Bewegung in seinem Augenwinkel erregte Ryans Aufmerksamkeit. Er wirbelte herum und hob den rechten Unterarm. Als die im Unteram montierte Waffe das Ziel erfaßte, senkte sich automatisch ein auf die Sichtscheibe des Helms projiziertes Fadenkreuz über den Raumgardisten des Sprungschiffkontingents. Ryan betätigte den Auslöser. Nichts geschah. Ein insistentes Brummen klang in seinen Ohren. Sho-sa Michael Ryan war ›im Kampf gefallen‹.

* * *

Das Gefühl der Schwerkraft, als Ryan sich durch die Luke auf das GravDeck der *Alkmaar* schwang, war verwirrend. Im Innern des Raumes warteten bereits der Skipper des ComStar-Sprungschiffs und ein gedrungener Mann mit fahlblondem Haar und den Insignien eines VCS-Colonels.

»Nehmen Sie Platz, Sho-sa.« Der Kapitän deutete auf einen freien Platz. Er schien die Besprechung zu leiten. »Ich würde gerne Ihre Einschätzung der heutigen Operation hören.«

Als er sich setzte, bemerkte Ryan, daß der Skipper ein kleines goldenes Pi am Kragen der Uniform trug, das ihn als Luft/Raumpilot kennzeichnete. Ein goldenes Flügelpaar auf der linken Brust zeigte, daß der Mann bei den ComGuards als Held galt.

Sein erster Eindruck des VerCom-Colonels war nicht annähernd so positiv. Der Mann trug die rote Scheibe des Robinson-Tapferkeitsabzeichens. Das mußte er irgendwann für seine Aktionen gegen das Draconis-Kombinat erhalten haben, wahrscheinlich im Krieg von 3039.

Dieser sogenannte Krieg war in Wahrheit wenig mehr als ein blutiges Grenzscharmützel gewesen. Hanse Davion hatte in einem Versuch, seinen Erzfeind zu zerschlagen und im 4. Nachfolgekrieg verlorene Welten zurückzuerobern, eine Reihe von Angriffen auf draconische Systeme gestartet. Obwohl die Offensive einige Anfangserfolge erzielt hatte, war es Theodore Kurita mit einer Gegenoffensive gelungen, den Angriff zu stoppen. Der Krieg war nach sechs Monaten vorüber, und nur ein paar Systeme hatten in seinem Verlauf den Besitzer gewechselt. Ryan fühlte Stolz, als er sich an einen Angriff von DEST-Kommandosoldaten auf den lyranischen Befehlsposten auf Wega erinnerte. Der Angriff hatte die lyranische Phase der Operation gestoppt und Feldmarschallin Nondi Steiner ernsthaft verwundet.

Als er den Davion-Offizier betrachtete, stiegen leichte Wallungen von Abscheu in ihm auf, aber er zwang sie nieder. Unter Mühen brachte er sich dazu, sich mit dem Mann an einen Tisch zu setzen, und öffnete seinen Compblock.

»Die Mission war sozusagen ein Erfolg.« Ryan fuhr sich mit der Hand durch die Haare und wünschte sich, er hätte vor der Besprechung Gelegenheit gehabt, sich frisch zu machen. Die *Kage*-Anzüge waren hochmodern, aber man schwitzte darin.

»Bitte fahren Sie fort, Sho-sa.«

»Es dauerte sechs Minuten, die Gefechtstaxis zu starten, an der *Alkmaar* anzudocken und die Luken zu sprengen. Mein Team hatte die Brücke neun Minuten nach Eindringen unter Kontrolle.« In diesem letzten Satz schwang eine Spur von Stolz mit. »Team 5 brauchte elf Minuten zur Eroberung des Maschinenraums. Wir haben über sechzig Prozent unserer Leute verloren, darunter Tai-i Asihiro und mich selbst. Ich habe die Computeraufzeichnungen überprüft.« Ryan sah auf den Compblock. »Die *Bisan* erlitt vier Panzerungstreffer durch die Abwehrgeschütze der *Alkmaar*. Es bestand keine echte Gefahr eines Hüllenbruchs, aber es gab Schäden. Einer der *Killer* wurde beschädigt, ebenso wie Team 5s Gefechtstaxi. Wir haben zwanzig unserer vierzig DEST-Soldaten für die Eroberung eines einzelnen Transporters eingesetzt. Wir haben das Schiff eingenommen, dabei aber zwölf Mann verloren. Wenn wir diese Taktiken gegen ein Kriegsschiff einsetzen, verlieren wir alle.«

»Und? Haben Sie Vorschläge, Sho-sa?« Der Skipper der *Alkmaar* lächelte leicht und erweckte bei Ryan den Eindruck, daß er zu denselben Schlußfolgerungen gekommen war.

»Noch nichts Handfestes«, gestand Ryan. »Wir könnten einen Weg gebrauchen, eine größere Entermannschaft in kürzerer Zeit vor Ort zu bringen. Sechs Minuten wären für ein Kampfraumschiff mehr als genug, um die *Bisan* und die *NL-42* in Atome zu zerblasen. Ich würde die den Sturm-Landungsschiffen zugeteilte Jäger-Deckung auf mindestens fünf Paare erhöhen. Und ich würde empfehlen, das Entern eines Kriegsschiffs nur im äußersten Notfall in Erwägung zu ziehen.«

»Ist das alles?« Zum erstenmal mischte sich der Ver-Com-Colonel in das Gespräch ein.

»Ja, Colonel.« Ryan knallte seinen Compblock zu. »Fürs Erste.«

»Na schön, Sho-sa.« Der VCS-Offizier stützte sich mit den Unterarmen auf die Tischplatte. »Dann werde ich Ihnen mal ein paar ›Berufsgeheimnisse‹ verraten. Das ist nicht unsere erste Übung eines Entermanövers gegen ein Clan-Sprungschiff. Die VCS betreibt diese Manöver jetzt seit sechs Monaten, immer mit demselben Ergebnis. Wir können jede Art von Transport intakt erobern, aber nur mit inakzeptablen Verlusten.

Wenn wir versuchen, ein Kriegsschiff anzugehen, werden wir massakriert. Genau wie Sie sind wir zu dem Schluß gekommen, daß wir größere, stärkere Schiffe zur Beförderung der Entermannschaften brauchen. Das Problem mit Schiffen wie der *Hannibal*-Klasse beruht auf ihrem Mangel an Beiboothangars und/oder Enterausrüstung. Wenn wir ein größeres Schiff verwenden, muß es längsseits gehen, während die Raumgarde in Manövereinheiten übersetzt. Während dieser ganzen Zeit kann der Feind seine Verteidigungsmaßnahmen verstärken, das Sturmschiff und die Entermannschaft unter Beschuß nehmen und uns generell das Leben schwer machen. Unsere Werften auf New Syrtis und Atreus arbeiten daran, die Mechhangars einiger größerer Sturmschiffe zu Gefechtstaxihangars umzubauen. Wenn es uns gelingt, noch ein paar strukturelle Schwierigkeiten zu überwinden, sollten wir zwei umgebaute Schiffe mitnehmen können. Aber darüber würde ich mir keine allzugroßen Sorgen machen.« Der VC-Colonel lächelte, als er Ryan verabschiedete. »Niemand im Planungsstab erwartet, daß es notwendig wird, ein Clan-Kriegsschiff zu entern.«

Ryan wandte sich zum Gehen, konnte sich aber nicht verkneifen, etwas auf Japanisch zu murmeln.

»Wie war das?« hörte er den VerCom-Offizier fragen.

Der Skipper der *Alkmaar* lachte. »Das war ein altes Sprichwort, Colonel. Frei übersetzt heißt es: ›Berühmte letzte Worte‹.«

Ryan schwang sich aus der Luke.

* * *

»Baka!« Ryan schalt den VerCom-Offizier einen Narren, als er durch die Luke ins Passagierdeck der *Alkmaar* stürmte.

»Stimmt was nicht?« Wie zu erwarten war Ralph Carter der erste, der Ryans Ankunft bemerkte. Sein sechster Sinn machte den Mann zur natürlichen Wahl als Beobachter für Lo Sior, den Scharfschützen des Teams.

»Verdammte Davion-Offiziere.« Ryans verächtliches Schnauben sagte den versammelten DESTlern mehr als ein stundenlanger Vortrag. »Er hat es tatsächlich gewagt, *unsere* Leistung bei der Übung zu kritisieren.«

Kashira Raiko erkannte die Stimmung seines Kommandeurs und erhob sich mit einem Stöhnen, wie es nur langjährige Unteroffiziere fertigbringen. »Kein Wunder, daß sie Ihnen das Leben schwer gemacht haben.« Raiko grinste und nahm seiner Feststellung damit jede Spitze. »Ein hoher Offizier, angeblich der beste aus allen Teams, stürmt im vollem Gallop in ein Feuergefecht und läßt sich von irgendeinem einfachen Raumgardisten abknallen.« Der Kashira nahm die ermattete, ›väterliche‹ Haltung ein, wie sie bei allen Feldwebeln üblich ist, die einen Offizier zu ›ertragen‹ haben. »Wann werden Sie endlich lernen, auf mich zu hören, Sho-sa? Unteroffiziere gehören ins Feld. Offiziere sind da nur im Weg.«

Angesichts Raikos gutmütiger Frotzelei schmolz Ryans Wut dahin.

Einen Augenblick starrte er seinen dienstältesten Unteroffizier wütend an. In jeder anderen Waffengattung der Vereinigten Soldaten des Draconis-Kombinats hätte eine derartige Unverschämtheit eines Mannschaftsgrads einem Offizier gegenüber ein Kriegsgerichtsverfahrens nach sich gezogen. Aber obwohl die nach der Säuberung verbliebenen Draconis Elite-Sturmtrupps wohl zu den loyalsten Elementen der VSDK gehörten und überzeugter an den Traditionen des Kombinats festhielten als mancher andere, fand sich innerhalb ihrer Reihen häufig eine Kameradschaft, wie sie anderen Teilen des Kurita-Militärs fremd wahr.

»Hnh.« Ryan schüttelte amüsiert den Kopf.

Carter unterbrach den Wortwechsel. »Und was haben Sie Ihnen gesagt, Herr?«

»Ich habe ihnen genau erzählt, was geschehen ist«, antwortete Ryan. »Sie haben einem Zug die Aufgabe einer Kompanie übertragen. Wollen Sie hören, was ich zur Antwort bekommen habe?« Verbitterung drang in seine Stimme. »Sie haben mir erzählt, ich solle mir keine Sorgen machen. Wahrscheinlich werden wir gar keine Clan-Kriegsschiffe entern müssen.«

Carter rollte die Augen zur Decke. »Hoffentlich ist meine Lebensversicherung bezahlt.«

»Ich würde das an Ihrer Stelle möglichst bald überprüfen«, erklärte eine fremde Stimme aus Richtung der Luke.

Ryan drehte sich um und sah einen großen, muskulösen Mann mit kurzgeschorenem Haar in der Uniform eines Davion-Raumgardisten, der seine Füße durch die Öffnung schwang. Als er sich hochzog, sah Ryan die leeren blauen Schulterklappen eines Infanterieoffiziers. Was seine Aufmerksamkeit allerdings besonders weckte, war die schwarze Fuchskopfsilhouette am Kragen der Uniformjacke. Der Aufnäher auf der rechten Brustpartie trug den Namen ›Fuentes‹. Eine Welle von Mißtrauen und Feindseligkeit zuckte durch Ryans Gedanken, als ihm die Bedeutung des Kragensymbols klar wurde.

»Wir sind uns noch nicht begegnet, Sho-sa.« Fuentes senkte den Kopf in einer Geste, die sich als Verbeugung auslegen ließ. »Ich bin First Lieutenant Miguel Fuentes. Ich hatte den Befehl über die Raumgardisten, gegen die Sie heute gekämpft haben. Ich wollte nur vorbeikommen, um Ihnen und Ihren Leuten zu dem

Sieg zu gratulieren. Tut mir leid, daß Sie ihn nicht ›miterleben‹ konnten, Sir.«

»Das waren Ihre Männer, Lieutenant?« Ryan kämpfte gegen seinen verletzten Stolz und entschied sich bewußt, die Stichelei über seinen ›Tod‹ zu ignorieren.

»Ja, Sir, das waren sie. Und sie waren gehörig wütend, von einem Haufen Dracs geschlagen worden zu sein, wenn Sie die Ausdrucksweise gestatten.«

Ryan unterdrückte sein Mißtrauen dem Davion-Mann gegenüber lange genug für ein kurzes Lachen. »Ah ja. Sie sind nicht wirklich Davion-Raumgardisten, oder?«

»Nein, Sir, das sind wir nicht.« Fuentes klopfte auf sein Kragenabzeichen. »Ihre Leute haben Fox Team 4 vermöbelt.«

Diejenigen von Ryans Leuten, die Fuentes' leises Geständnis hörten, starrten ihn mit offenem Mund an. Die Männer, gegen die sie angetreten und die sie besiegt hatten, waren Mitglieder der Elite-MI6-Kommandotruppen des Vereinigten Commonwealth. Die ›Tollwütigen Füchse‹ standen in einem Ruf, der dem der Draconis Elite-Sturmtruppen Konkurrenz machte.

»Hören Sie, Sho-sa.« Fuentes kam auf Ryan zu und hatte offensichtlich mehr auf dem Herzen als nur einen Glückwunsch. »Wir sollten uns unterhalten. Ihre Op hat wieviel… fünfundfünzig Prozent Verluste geliefert? Das scheint so der Standard zu sein. Vor zwei Jahren mußte mein Team während der Unruhen in den Chaos-Marken ein ziviles Landungsschiff zurückerobern, das von Liao-Todeskommandos besetzt worden war. Wir haben die TK erledigt, aber dabei reichlich einstecken müssen. Zusammen verfügen wir über einige der besten Soldaten und Offiziere in der Freien Inneren Sphäre. Hauptmann Montjar, mein Kompaniechef, hält es für eine gute Idee, wenn wir uns alle zusammensetzen und gemeinsam eine Alternative zu

Raumspaziergängen oder Gefechtstaxiangriffen überlegen.«

Einen Augenblick lang zögerte Ryan und kämpfte gegen tiefsitzende Impulse an. Noch vor wenigen Monaten hätte er First Lieutenant Fuentes umgebracht, ohne einen weiteren Gedanken daran zu verschwenden. Der Mann gehörte zu MI6, und MI6 war der Feind.

Falsch, erinnerte er sich heftig. *Die Clans sind der Feind.*

»Na schön, Lieutenant.« Reflexartig wollte Ryan sich verbeugen, fing sich aber und reichte Fuentes statt dessen die Hand. »Es wird mir ein Vergnügen sein, statt gegen Sie zu kämpfen mit Ihnen zusammenzuarbeiten.«

10

Fort Defiance, Defiance
Gefechtsregion Point Barrow, Mark Crucis,
Vereinigtes Commonwealth

22. Februar 3059, 06:15 Uhr TNZ

»Aach-tung!« brüllte Mastersergeant Carole Cole, als sich die Stahltür des Besprechungszimmers zischend öffnete.

Die Offiziere der Ritter der Inneren Sphäre sprangen auf, ein Zeichen des Respekts für ihren Kommandeur.

»Setzen Sie sich.« Kolonel Paul Masters winkte seinen Offizieren, wieder Platz zu nehmen. Vor den meisten Rittern standen große Tassen mit Kaffee oder Tee. Er beneidete seine Leute um diesen kleinen Luxus. Es war ein paar Tage her, seit er die Leichte Eridani-Reiterei herausgefordert hatte, und seitdem hatte er jede freie Minute damit verbracht, Nachbesprechungsbänder, Gefechts-ROMs und persönliche Berichte von Kämpfen mit den Clans zu studieren. Mit Hilfe dieser Daten hatten er und seine Leute ein seiner Überzeugung nach akkurates Modell dafür entwickelt, wie die Nebelparder reagieren würden, wenn sie sich plötzlich in die Defensive gedrängt sähen.

Masters hatte den größten Teil der Nacht darauf verwendet, die Rolle seines Regiments in der bevorstehenden Operation vorzubereiten, und er fühlte die Auswirkungen des fehlenden Schlafs. Er kannte die kämpferische Stärke der Ritter und hatte keine Befürchtungen, sie könnten dem Plan nicht folgen, den er erarbeitet hatte. Was ihm Sorgen machte, war die Leichte Eridani-Reiterei. Wenn sie so agierte, wie er es erwartete, mußte sein Plan gelingen. Aber wenn die verschlagenen Söldner einen der Tricks abzogen, für die sie berühmt waren, würde seine sorgsam konstruierte

Strategie zusammenbrechen. Masters wußte, daß dies nur eine Gefechtsübung war, mit dem Ziel, die Mitglieder der Einsatzgruppe miteinander vertraut zu machen, und sie darauf vorzubereiten, sich gegen die äußerst aggressiven Clan-Taktiken durchzusetzen. Trotzdem wollte er aus dieser Begegnung nicht als Verlierer zurückkommen.

Die Ritter waren in der ganzen Inneren Sphäre einzigartig. Sie waren eine nicht allein auf militärischer Stärke aufgebaute Kampfeinheit, sondern gleichzeitig auf dem Ideal, daß ein Mensch kämpfen, töten und sogar sterben konnte, ohne seine Menschlichkeit aufzugeben. Masters sah dieses Manöver als ein Mittel, um die Theorie vor den Kämpfern der Einsatzgruppe und damit dem Rest der Freien Inneren Sphäre zu beweisen.

Er verdrängte die Müdigkeit und trat an den Kopf des Konferenztischs, wo er mit dem Daumen einen Datenchip in den Aufnahmeschlitz drückte und ohne Vorreden die Besprechung eröffnete. »Meine Damen und Herren Offiziere, heute werden wir in einem Feldmanöver die Rolle der Nebelparder übernehmen.« Während er sprach, entstand vor den Rittern eine holographische Karte. »Dies sind die Crossmolina Highlands, der Schauplatz der heutigen Operation.«

Während Masters die Einzelheiten der Mission herunterspulte, betätigte ein den Rittern zugeteilter ComStar-Tech die Kontrollen des Holoprojektors und ließ einzelne Bereiche der laserprojizierten Karte kurz aufleuchten. Die Karte zeigte einen Ausschnitt der felsigen Hochlandregion zwei Kilometer östlich von Fort Defiance, von der Lageranlage durch einen zerklüfteten Gebirgszug getrennt, die Crossmolinas.

»Wir werden als die Parder die stillgelegten Basantapur-Bergwerke nahe Darom verteidigen.« Er zeigte auf einen Punkt im Zentrum des Hochlands, felsig und ohne jede Vegetation. »Unser Gegner wird das 71. Leichte Reiterregiment der Leichten Eridani-Reiterei sein.« Masters' Stimme klang ruhig und gleichmäßig. Er sprach langsam und deutlich, so daß jeder seiner Kommandeure genau verstand, was von ihm erwartet wurde.

»Wir werden bataillonsweise Aufstellung nehmen. Das 1. hält die Mitte, etwa einen Kilometer südlich der Anlage. Sir Gainard, das 2. sollte entlang dieser Schlucht im Osten in Position gehen, und das 3., das sind Sie, Dame Yanika, hinter dieser Hügelkette im Westen.«

Während er die Details des Planes erklärte, tauchten auf der Karte winzige dreidimensionale Abbildungen der Minenanlage und der BattleMechs auf. Das Gelände um das Bergwerk machte dem Kommandeur der Ritter Sorgen. Die zerfaserte bräunliche Darstellung symbolisierte unwegsames Gelände, das die Geschwindigkeit der Einheiten bremsen würde, die sich dort bewegten, und seine Möglichkeiten reduzierte, auf unvorhergesehene Schritte der Leichten Eridani zu reagieren.

»Die Leichte Reiterei dürfte sich unseren Stellungen durch die Laurelton Gap nähern. Das ist die leichteste Route in die Highlands.« Die Gap erschien als enger Hohlweg, durch den eine zentimeterbreite rote Linie verlief, die den erwarteten Anmarschweg der Leichten Reiterei darstellte. »Aber darauf dürfen wir uns nicht verlassen. Colonel Barclay ist nicht dumm. Ihr Regiment hat auf Coventry die Jadefalken gestellt und zu einem Unentschieden gezwungen. Von ihr können wir mit ebenso hoher Wahrscheinlichkeit erwarten, daß sie eine Flankentruppe durch die Tel Burnas schickt und das 3. von hinten angreift.« Ein roter Pfeil zog sich in einem Kreisbogen vom Westrand der Karte durch eine Hügellandschaft bis in die Linien der dort versteckten Ritter-Mechs. »Wir müssen darauf vorbereitet sein, auf alle Taktiken der Leichten Reiterei zu reagieren. Aber denken Sie daran, heute sind wir nicht die Ritter der Inneren Sphäre. Wir sind die Nebelparder, einer der aggressivsten unter den Clans. Nichts in deren Gefechtsdoktrin scheint auf das Vorhandensein irgendwelcher Defensivstrategien hinzudeuten. Selbst wenn sie einem Aggressor gegenüberstehen, greifen die Parder an. Um diese Übung so realistisch wie möglich zu machen, haben Sie daher den Befehl, gegen die Leichte Reiterei vorzurücken, sobald Sie deren Mechs orten. Noch Fragen?« Masters sah sich im Zimmer um.

»Ja, Sir Masters.« Sir Pracha Seni, ein Lanzenkommandeur aus Yanikas Bataillon und chronischer Witzbold, hob die Hand. »Sollen wir uns an die Clangefechtsregeln halten?«

Viele der Ritter kicherten leise, als sie Senis Frage hörten. Selbst Masters mußte grinsen. Die Clans favorisierten traditionell eine Kampfweise, die vor allem anderen den persönlichen Mut betonte. Ihr komplexer Verhaltenskodex verpflichtete ClanKrieger, jeden Gegner im Einzelduell zu stellen, bis er besiegt war. Erst wenn ein feindlicher Krieger auf mehr als einen Clan-Gegner feuerte oder sich in eines dieser Duelle einmischte, verlor diese Regel ihre Gültigkeit und auch die Clanner konnten jeden Gegner angreifen, der ihnen vor den Lauf kam.

»Nur solange, bis die Leichte Reiterei sie bricht. Noch jemand? Nein?« Masters klatschte in die Hände und rieb sie erwartungsfroh. »Dann war es das. Ausrüstungsüberprüfung in dreißig Minuten. Wegtreten.«

Und jetzt, dachte Masters bei sich, *genehmige ich mir auch einen Kaffee.*

* * *

Auf der anderen Seite des Lagers beendete Ariana Winston die Besprechung mit den Offizieren der 71.

Leichten Reiterei. Während des gesamten Treffens hatte sie einen Ton ruhigen Professionalismus, gemischt mit Besorgnis, angeschlagen. »Wir benutzen eine standardmäßige Aufstellung. Das 11. Kundschafterbataillon geht der Marschkolonne voraus und versucht durch weitläufige Streifenbewegungen die Ritter zu lokalisieren. Sobald es zum Kontakt kommt, greifen Sie an und ziehen sich unter Beibehaltung des Feindkontakts zurück. Wenn ich Masters nur halb so gut kenne, wie ich es glaube, wird er die Ritter drängen, so zu reagieren, wie es die Parder tun würden: nämlich anzugreifen. Haltet sie beschäftigt, aber laßt euch nicht in eine Prügelei verstricken. Bleibt in Bewegung. Lockt sie heraus, bringt sie dazu, sich zu weit vorzuwagen. Sobald sie weit genug auseinandergezogen sind, greift die 82. Schwere Kavallerie an. Die 17. Kundschafter rücken als Reserve nach, um alles abzufangen, was vielleicht durchbricht. Irgendwelche Fragen?«

Winston sah sich in ihrem Besprechungszimmer um. Ihr Blick blieb auf Sandra Barclay hängen, der Kommandeurin der 71. Sandra saß vorgebeugt am Tisch, die Hände vor sich auf der Platte verschränkt. Weiße Flecken an den Knöcheln und eine sichtbare Anspannung um Mund und Augen machte Winston klar, daß etwas nicht stimmte. Seit der blutigen Belagerung Leitnertons auf Coventry schien Barclay von einer pathologischen Unsicherheit erfaßt, und Winston hatte gehofft, die Manöver auf Defiance könnten sie aus ihrer Depression reißen.

Eine Frage riß Winston aus ihren Gedanken. »Tut mir leid, Captain Avilla. Wie war das?«

»Gibt es irgendwelche Fortschritte bei dem Versuch, die Truppentransporter in der fauligen Brühe, die sich hier Atmosphäre schimpft, zum Laufen zu bringen?« wiederholte der Kommandeur des 82. Schweren Kavalleriebataillons. »Ich wüßte gerne, ob ich eine Motorisierte Infanteriekompanie habe, oder nur Fußtruppen.«

»Captain Zeek, das ist Ihr Bereich.«

Telemachus Zeek Jr. war so wie Winston Eridani in der zweiten Generation. Der junge Mann mit dem ungewöhnlichen Vornamen hatte seine Laufbahn als Fahrer eines Truppentransporters in der Infanteriekompanie seines Vaters begonnen. Als Captain Zeek Sr. sich 3045 zur Ruhe gesetzt hatte, war der Befehl über die ›Kingpins‹ der 12. Motorisierten Infanteriekompanie an ihn gefallen. »Tja, Madame General, die Techs kämpfen noch immer mit den Filtersystemen für die Verbrennungsmotoren. Alles, was aus Fusionsstrom läuft, ist okay. Das bedeutet, die *Blizzards* und *Maxims* bringen nur etwa fünfzig Prozent Leistung. Wenn nötig lassen sich diese Schwebetransporter auf 75% treiben, aber das verdoppelt die Ausfallquote. Und es bedeutet doppelt so hohe Wartungszeiten.«

Winston rieb sich die Augen, eine schlechte Angewohnheit, die sie dem Streß der Befehlsposition verdankte. Plötzlich verlegen, zwang sie sich aufzuhören – und steckte die Hände so unauffällig und gelassen wie möglich in die Taschen, bevor sie auf die Ausführungen des Infanteriecaptains antwortete. »Na schön, Captain. Sie sollen es weiter versuchen. Ich möchte einen schriftlichen Bericht Ihrer ChefTechs, den ich bei der nächsten Besprechung des Befehlsstabs einbringen kann.«

Winston zog die Hände aus den Taschen. Sie hatte sich gerade dabei ertappt, mit der leeren Patronenhülse zu spielen, die sie als Glücksbringer bei sich trug. Noch eine dumme Angewohnheit.

Diese zwanghaften Gesten machten ihr deutlich, wie besorgt sie war. Nicht nur des bevorstehenden Manövers wegen, sondern mit Blick auf die ganze Einsatzgruppe Schlange. Die Leichte Reiterei war mehr als nur eine Kampfeinheit unter ihrem Befehl, sie war ihre Familie. Und jetzt fühlte sie stärker als je zuvor das Dilemma des Soldatenlebens. Um ein guter Soldat zu werden, mußte man die Armee lieben. Und um ein guter Kommandeur zu werden, mußte man bereit sein, Menschen, die man liebte, in einer Situation zu befehligen, in der mit Sicherheit einige von ihnen das Leben verlieren würden. Sie hatte natürlich schon früher Leute in den Kampf geschickt und genau gewußt, daß einige von ihnen nicht zurückkommen würden. Aber selbst in den düsteren, schrecklichen Tagen des Coventry-Feldzugs, der beinahe zum Untergang des 71. Regiments geführt hatte, hatte sie in der Gewißheit Trost gefunden, daß die Leichte Reiterei als solche überleben würde. Diese Operation war von grundlegend anderer Art. Ein Fehlschlag bedeutete die völlige Auslöschung der Einheit. Selbst wenn es der Einsatzgruppe gelang, die Nebelparder zu vernichten, gab es keine Garantie, daß die Leichte Eridani-Reiterei diesen Versuch überleben würde.

»In Ordnung, Leute, wenn es sonst nichts mehr gibt, lassen Sie Ihre Kompanien in einer Stunde am Sammelpunkt aufmarschieren. Wegtreten.«

11

Crossmolina Highlands, Defiance
Gefechtsregion Point Barrow, Mark Crucis,
Vereinigtes Commonwealth

22. Februar 3059, 08:45 Uhr TNZ

»Aufgepaßt, Boß!« Corporal Penelope Greers Stimme gellte scharf über die Kommleitung der Leichten Reiterei. »*Gladiator* auf neun Uhr!«

Captain Stanley Crosetti riß an den Kontrollen, als könne er die seinem Gefühl nach geradezu zeitlupenhaft langsame Torsodrehung seines *Quasimodo* beschleunigen, indem er seinen eigenen Körper verdrehte. Während sich der Kampfkoloß der neuen Bedrohung zuwandte, wanderte der Ritter-*Zeus*, der von Gefechtscomputern und durch Blendbleche in einen Nebelparder-*Gladiator* verwandelt worden war, ins Zentrum des Sichtschirms. Flammen schlugen aus der kastenförmigen Autokanone, die wie eine Panzerfaust auf der rechten Schulter seines Mechs lag. Die simulierten panzerbrechenden Granaten zeichneten eine grellblitzende Spur quer über die Hüften des Angreifermechs. Selbst diese riesige, für Nahkampfeinsätze entwickelte Kampfmaschine konnte die vernichtende Energie nicht einfach abschütteln, die aus Crosettis gewaltiger Kanone schlug. Panzerplatten zerbarsten und flogen davon, und sein Gegner verlor den größten Teil des Schutzes in der unteren Torsohälfte.

Als Veteran zahlreicher Feldzüge war Crosetti von den realistischen Bildern beeindruckt, die das Simulationsprogramm auf den Sichtschirm zauberte. Aber seine lange Gefechtserfahrung hatte ihm gegen die Ritter wenig genutzt.

Seine Kompanie war der Planung entsprechend als Speerspitze der vorrückenden Streunerkatzen zum

Einsatz gekommen. Sie hatten die Ritter wenige Kilometer westlich des stillgelegten Basantapur-Bergwerks entdeckt. Aber statt sich auf eine Defensivposition zurückzuziehen, hatten die FEIK-Mechs sich auf Crosettis Leute gestürzt. Bis es ihm gelungen war, seine Kompanie in die erhoffte Deckung der Tel Burnas zurückzuziehen, hatte er die gesamte Scout- und die halbe Kampflanze verloren.

Die Ritter hatten derart brutal auf seinen Vorstoß reagiert, daß Crosetti für einen Augenblick eine Art Déjà-Vu-Erlebnis gehabt und sich in die Flammenhölle des Coventry-Feldzugs zurückversetzt geglaubt hatte. Das damalige Gefecht hatte ihm den Befehl über die Schlitzer eingebracht, wie die 3. Kundschafterkompanie auch genannt wurde. Captain R. C. Gutjahr, sein früherer Kommandeur, war durch die Gausskugel eines Jadefalken-*Katamaran* ums Leben gekommen, und Generalin Winston hatte Crosetti auf Vorschlag Colonel Barclays in der allzu kurzen Periode des Wiederaufbaus in die Führungsposition der 3. katapultiert.

Der *Gladiator* hob den linken Arm. Ein elektrischblauer Lichtblitz zuckte aus der stumpfen Geschützmündung, die seine linke Hand ersetzte.

Crosettis *Quasimodo* erzitterte unter dem simulierten Einschlag eines auf Überschallgeschwindigkeit beschleunigten, 125 kg schweren Klumpens Metall. Das Gaussgeschützkonstrukt ›zerschmetterte‹ die Stahlkeramikpanzerung am linken Bein des 50-Tonnen-Mechs. Bevor der Captain seine wankende Maschine wieder in die Gewalt bekam, vervollständigte der Ersatz-Clanner die Vernichtungsarbeit mit einem weiteren Feuerstoß. Das Simulatorprogramm entschied, daß die Maschine einer derartigen Gewalteinwirkung nicht gewachsen war und das Bein des *Quasimodo* in mittlerer Oberschenkelhöhe abgerissen wurde. Der Mech erstarrte, als der Bordcomputer zu dem Schluß kam, daß Crosetti beim Sturz das Bewußtsein verloren hätte.

Über die offengebliebene Funkverbindung hörte Crosetti Corporal Greenes schockierten Schrei. »Der Boß ist am Boden! Schlitzer Eins und Zwo zu mir, Rückzug zu Phasenlinie Tamarack.«

* * *

Vier Kilometer entfernt drehte sich Generalin Ariana Winston in der Kanzel ihres ZP-10-C *Zyklop* nach hinten, soweit es ihre Pilotenliege erlaubte, und sah hinüber zu ihrem ebenfalls mit einem Neurohelm ausgestatteten Passagier. Als BefehlsMech der gesamten Leichten Reiterei war ihr Mech mit einem Zweipersonen-Cockpit ausgerüstet. Sonst wurde der zweite Platz von einem Ortungs- und KommTech benutzt. Heute war niemand anderer als Morgan Hasek-Davion ihr Begleiter.

Winstons Ruf war ihr vorausgeeilt, und Morgan kannte den größten Teil ihrer Militärlaufbahn. Persönlich begegnet waren sie sich jedoch erst, als er zu Beginn der Clan-Invasion eine Reihe von Einheiten nach Sudeten zusammengerufen hatte. Im Verlauf der dortigen Strategiesitzung hatten beide gelernt, das militärische Können und die Integrität des anderen zu schätzen. Seither tauschten sie gelegentliche private Botschaften aus, wenn es Zeit und Aufenthaltsort gestatteten, und aus einer anfänglich rein beruflichen Beziehung hatte sich eine regelrechte Brieffreundschaft entwickelt. Morgan hatte Winston beinahe automatisch als seine Stellvertreterin für den Langstreckenangriff ausgewählt. Die Hingabe der Leichten Reiterei für die Traditionen des Sternenbunds war dabei eine willkommene Zugabe.

Heute hatte Morgan sich entschieden, ihr Gesellschaft zu leisten, um sich die Manöver aus der Nähe anzusehen.

»Sie kommen«, stellte Ariana über die interne Leitung fest.

Morgan nickte einmal kurz mit dem neurohelmbewehrten Kopf. Er hatte sich die Zuspielungen angesehen, in denen die Ritter in einem für sie gänzlich uncharakteristischen Ausbruch wilder Brutalität die 3. Kundschafterkompanie beiseite geschmettert hatten, als bestünde sie aus unbewaffneten AgroMechs. Die Schlacht hatte sich zunächst nach Plan entwickelt, indem das 11. Kundschafterbataillon die Ritter aufgespürt und aus der Deckung gelockt hatte – aus der Nähe des Bergwerks. Er hatte allerdings nicht Kolonel Masters' sehr direkte Interpretation der Clan-Taktiken vorgesehen, in deren Umsetzung die Ritter die Streunerkatzen des 11. zerfetzten.

Schon dreimal hatte Winston ihre Truppen seit dem ersten Schußwechsel dieses Laufgefechts erst ermahnen und ihnen dann befehlen müssen, in Position zu bleiben. Morgan wußte, wie schwer es den Kriegern fiel, in einer vorbereiteten Stellung zu warten, während nur Kilometer entfernt ihre Kameraden im Sterben lagen. Er hatte dieses Gefühl ohnmächtiger Wut selbst erlebt, im Krieg von 3039 und später in den verzweifelten ersten Wochen des Clan-Kriegs. Selbst jetzt noch drängte es ihn, Winston die Kontrolle über den 90 Tonnen schweren BefehlsMech zu entreißen und zur Rettung der Männer und Frauen loszustürmen, die auf der anderen Seite der Hügelkette in Stücke geschossen wurden. Er wußte, daß es nur eine Simulation war, aber trotzdem drängte es ihn zu handeln. Das Knirschen der Sicherheitsgurte, das aus dem vorderen Cockpitsitz zu ihm herüberdrang, machte ihm klar, daß es Winston nicht anders ging.

»Die Stellung halten, Eridani.« Winstons Stimme

schien ebensosehr an sich selbst gerichtet wie an den Rest des Regiments. »Laßt den Feind zu uns kommen.«

* * *

»Gold Drei von Gold Eins. *Whitworth* rechts von Ihnen will angreifen.«

Sir August Mangini drehte den *Vollstrecker* in Richtung der Bedrohung und wurde von einer vollen Salve zielsuchender Raketen getroffen. Die Einschläge der Geschosse auf dem rechten Arm und Torso ließen den rotsilbernen Mech wanken. Mit einem Können, das aus langer Übung gewonnen war, brachte Mangini die 50-Tonnen-Maschine wieder in seine Gewalt. In einer flüssigen, beinahe arroganten Bewegung zog der Ritter das Fadenkreuz über den Schwerpunkt des grünbraunen BattleMechs der Leichten Reiterei und feuerte.

* * *

Für Corporal Greene, die Mühe hatte, die Kontrolle über ihren beschädigten und überhitzten *Whitworth* zu behalten, waren die Laser- und Autokanonentreffer eine Katastrophe. Eine simulierte Munitionsexplosion durch einen Lasertreffer im Backbord-Raketenmagazin weidete ihren Kampfkoloß regelrecht aus. Der Bordcomputer schaltete den Mech sofort ab, und eine irritant höfliche Computerstimme teilte ihr mit, daß sie tot war.

»Vielen Dank für den Hinweis«, knurrte Greene und zog den Öffnungshebel der Ausstiegsluke auf. Selbst die verseuchte Luft der Crossmolina Highlands wirkte nach der drückenden Hitze des Mechcockpits kühl und erfrischend. Durch die offene Luke sah sie zu, wie ein *Steppenwolf* der Ritter den letzten Mech der 3. Kundschafter erledigte.

»Tja, General«, meinte Corporal Greene in Richtung der fernen Kommandeurin der Leichten Reiterei. »Jetzt hängt alles von Ihnen ab.«

* * *

»Sie kommen!« Es war ein Alarmschrei, in dem die Stimmen und Gefühle von Soldaten seit Anbeginn der Zeit nachhallten.

Ariana Winston war sich nicht sicher, wer gerufen hatte. Sie bekam auch keine Zeit, es herauszufinden. Kaum war der Alarm über die Kommleitung des Regiments gedrungen, als alle Sensoren warnend aufleuchteten.

Einen halben Kilometer entfernt strömten die zerschlagenen Überreste des 11. Kundschafterbataillons durch den Straßenpaß über den Kamm. Weniger als die Hälfte der sechsunddreißig Streunerkatzen-Mechs hatten das Gefecht mit den Rittern überlebt.

Sie öffnete den Kanal.

»Alle Einheiten von Ballerina.« Durch den Codenamen war sichergestellt, daß jeder wußte, von wem der Befehl kam. »Wir eröffnen erst das Feuer, wenn Falkenauge aus der Feuerzone ist. Auf mein Zeichen.«

Die Sekunden krochen vorbei. Langsam schleppten sich die humpelnden Maschinen der Streunerkatzen über das offene Gelände zwischen dem östlichsten Kamm der Tel Burnas und den versteckten Stellungen der 82. Schweren Kavallerie.

Plötzlich verzehrte eine computergenerierte Explosion einen hinkenden *Kampfschütze* der Leichten Reiterei. Die plötzliche Vernichtung des Mechs ließ Winston zusammenzucken. Augenblicklich zeichnete die IFF-Ortung zwölf oder mehr rote Quadrate auf die Sichtprojektion. Jedes der winzigen Symbole wurde von dem Wort FEIND und einer alphanumerischen Kennung des dargestellten Mechs oder Fahrzeugs begleitet. Die meisten Krieger in Winstons Bekanntenkreis schalteten die FEIND-Zeile als überflüssig ab, und manche hatten die Anzeige sogar so umprogrammiert, daß die Typenkennzeichnung ebenfalls fehlte. Als Feldkommandeurin betrachtete sie es aber als angebracht, soviel wie möglich über den Gegner zu erfahren. Jetzt wünschte sie, sie hätte das System schon längst abgeschaltet. Es stürmte eine solche Menge von FEIK-Mechs durch den Paß, daß die Sichtprojektion viel zu überfüllt war, um ihr noch etwas zu nützen. Ein kurzer Befehl über die Tastatur wies den Computer an, nur noch die Informationen zur nächsten Feindeinheit anzuzeigen. Die Sichtprojektion klarte augenblicklich auf und zeigte nur noch ein einziges rotes Symbol. Die Kennung LIBLLE identifizierte den vordersten FEIK-Mech als 40 Tonnen schwere *Libelle*.

Der Entfernungsmesser zeichnete den Gegner in siebenhundertfünfzig Metern. Langsam kam er näher. Morgan, der sich in der Rolle von Winstons SensorTech zu gefallen schien, las vom hinteren Sitz aus die Entfernung zum Ziel laut ab. »Siebenhundert Meter. Sechshundertfünfzig.«

Was Winston anging, hatte sie nichts dagegen, ihm die Auswertung des Datenstroms zu überlassen, der durch die modernen Kommunikations- und Ortungssysteme des *Zyklop* hereinkam. Seine Anwesenheit auf dem Platz des SensorTechs erleichterte ihre Arbeit erheblich. Morgans taktische Erfahrung ließ ihn erkennen, welche Informationen sie benötigte, und worauf sie verzichten konnte. Sie hatten noch nie nebeneinander im Feld gestanden, aber plötzlich fühlte sie eine Verbundenheit mit ihm, wie sie sonst nur zwischen Kameraden unter Feindbeschuß existierte.

»Sechshundert, in LSR-Reichweite.« Sie stellte amüsiert fest, daß Morgan die gleichgültig-tonlose Sprachmelodie übernommen hatte, die für Ortungstechniker so typisch war. »Fünfhundertfünfzig. Fünfhundert. Bei der Geschwindigkeit, mit der er näherkommt, wird seine Ortung uns in etwa dreißig Sekunden entdecken.«

»Danke, Marshal. Ich mache das nicht zum erstenmal«, knurrte Winston, ließ aber im Unterton Amüsiertheit durchscheinen. Sie schaltete die Funkleitung frei und gab über Breitband den Befehl an ihre Truppen. »Adler von Ballerina. Feuer frei.«

Sämtliche MechKrieger des Zweiundachtzigsten Schweren Reiterei-Bataillons, Beiname Kerenskys Favoriten, Codename Adler, feuerte auf alle in Reichweite befindlichen Ziele.

Auf Winstons Sichtprojektion verschwand das LIBLLE-Symbol, als fünf Eridani-Mechs die modifizierte *Cicada* unter Beschuß nahmen.

Mit einem weiteren Befehl rief sie die eigene Zielsuchanzeige auf. Diese Computerprojektion identifizierte nur die Ziele innerhalb der 660-Meter-Reichweite ihres Gaussgeschützes.

Ein paar Sekunden studierte sie den Schirm, dann zog sie das Fadenkreuz über einen FEIK-*Puma*. Sie stieß den Feuerknopf durch, schaltete mit einem Daumenschalter auf eine andere Waffe und feuerte wieder.

Mit einem Donnerschlag krachte ein simuliertes Gaussgeschoß in den ›*Puma*‹. Eine knappe Sekunde später senkten sich acht von zehn Langstreckenraketen auf den Kampfkoloß, um die Vernichtung zu vollenden, die ihre Gausskugel begonnen hatte.

Die Sensoren zeigten Winston, daß der FEIK-Mech schwer angeschlagen war. Ein zweiter Schuß aus dem Gaussgeschütz machte ihm ein Ende.

»Neun Uhr, General!« rief Morgan erregt aus dem hinteren Sitz des *Zyklop*.

»Ich sehe ihn!« brüllte Winston zurück.

Sie schwenkte den Mech neunzig Grad nach links in die ›Neun-Uhr-Position‹ und suchte nach dem Pseudo-OmniMech, den Morgan entdeckt hatte. Ihr Fadenkreuz senkte sich auf ein Symbol mit der Kennzeichnung KMPDMN. »*Kampfdämon*. Ein neuer schwerer Parder-Mech. Die ComGuards schenken uns nichts.«

Winston verzichtete auf eine Antwort.

Die ComGuards hatten die Computerprogramme entwickelt, die der Einsatzgruppe diese Manövergefechte ermöglichten, und sie setzten die Leichte Reiterei und die anderen auf Defiance versammelten Einheiten dabei tatsächlich der vollen Härte des Gefechts aus. Die Einbeziehung eines brandneuen OmniMechs, der bei der fehlgeschlagenen Clan-Invasion der draconischen Zentralwelt Luthien zum erstenmal aufgetaucht war, zeigte, mit welcher Ernsthaftigkeit ihr Training durchgeführt wurde.

Der Ritter/Clanner schien Winstons getarnten Mech hinter der Baumreihe nicht bemerkt zu haben. So vorsichtig sie konnte bewegte Winston das scharlachrote Fadenkreuz über das nach hinten abgeknickte Kniegelenk des vogelartigen Mechs. In der entgegengesetzten Reihenfolge ihres vorhergegangenen Angriffs betätigte sie zweimal leicht den Auslöser.

Trotzdem schlug die computergenerierte Gausskugel vor den langsameren Raketen ein. Der Computer berechnete den Schaden, den die Treffer bei dem 65 Tonnen schweren OmniMech angerichtet hatten, der nach den nahezu unverwundbaren Untoten der irischen Mythologie benannt war. Wie seine mythischen Namensvettern schüttelte der *Kampfdämon* die Schäden ab und drehte sich zu seinem Angreifer um.

»Halt drauf, er hat uns erfaßt!« Trotz der jahrelangen Kampferfahrung klang Morgans Warnruf wie der eines unbefleckten Rekruten in seinem ersten echten Gefecht, voller Erregung, Angst und Kampfeslust. Er mußte das Gefühl, in einem Mechcockpit in den Kampf zu ziehen, schmerzlich vermißt haben.

Noch während Winston dem FEIK-Mech eine zweite Portion Gauss- und Raketenfeuer servierte, erwiderte der *Kampfdämon* den Beschuß auf dieselbe Weise, und setzte noch eine Autokanonensalve obendrauf.

Winston war sich sicher, ihren Gegner besiegen zu können. Ihr *Zyklop* war dem simulierten Clan-Mech um fünfundzwanzig Tonnen überlegen, sie hatte die bessere Gefechtsposition und die ersten Treffer gelandet. Aber plötzlich war der Ritter nicht länger allein. Ein zweiter Mech, gekennzeichnet als KTMN-D, tauchte neben dem *Kampfdämon* auf.

Die Generalin teilte ihr Feuer auf, schlug einen weiteren Gauss-Krater in die Panzerung des ersten Gegners und deckte den *Katamaran* mit Langstreckenraketen ein.

Als Antwort senkten beide Ritter/Clan-Mechs ihre Geschütze und feuerten.

* * *

»Ballerina, Ballerina von Säbel. Ich wiederhole, der Gegner zieht sich ungeordnet zurück. Wie lauten Ihre Befehle? Ende.« Major Ron Jenkins schaltete auf eine andere Frequenz. »Es hat keinen Zweck, Colonel Barclay. Ballerina meldet sich nicht.«

Sandra Barclay kaute auf ihrer Unterlippe. In ihrer Magengrube fraß sich die Angst wie Säure durch die Eingeweide.

»Okay, Ron«, meinte sie schließlich. Sie schaltete auf die Taktfrequenz der Leichten Reiterei und sandte einen Breitbandspruch ab. »Alle Einheiten, alle Einheiten von Phantom. Ballerina meldet sich nicht. Ich übernehme den Befehl. Wir gestatten dem Feind den Abzug. Alle Einheiten ziehen sich auf Alternativposition Alpha zurück. Ich will so schnell wie möglich die Schlächterrechnungen. Möglicherweise gruppieren sie sich neu und greifen wieder an. Major Jenkins, lassen Sie jemanden aus ihren schnellen Lanzen nachsehen, was aus Ballerina geworden ist.«

Verdammt, Generalin. Wo stecken Sie? Barclay beugte sich auf ihrer Pilotenliege vor und suchte die taktische Anzeige ab. Nirgends war ein Zeichen von Winstons *Zyklop* zu entdecken. Dafür gab es mehrere mögliche Erklärungen. Ihr Funksystem konnte ausgefallen sein. Oder ihr Computer. Oder ihr Mech konnte wegen Überhitzung stillgelegt worden sein.

Barclay entspannte sich. Sie lehnte sich zurück, ließ die Steuerknüppel los und zog die Nomex-Handschuhe aus, um die Verkrampfungen der Hände und Handgelenke zu lösen. Sie starrte weiter auf die Taktikanzeige, um nicht auf ihre Hände sehen zu müssen. Sie brauchte es nicht zu tun. Seit Leitnerton war es nach jedem Gefecht und jeder Übung dasselbe. Ihre früher so ruhigen Hände zitterten wie Espenlaub.

* * *

Zehn Minuten später krachte es in Barclays Funklautsprechern.

»Alle Stationen, alle Stationen von Kontrolle.« Die Stimme des ComGuard-Adepten klang laut und deutlich. »Alle Stationen: Code Sieben. Manöver beendet. Rückkehr zum Stützpunkt.«

»Kontrolle von Phantom. Nachricht empfangen und bestätigt.«

Sie sah auf ihre Hände hinab. Das deutliche Zittern hatte sich bis auf ein gelegentliches Zucken gelegt.

»Phantom von Säbel.«

»Ja, ich höre, Ron. Was haben Sie herausgefunden?«

»Das ist ein echter Leckerbissen«, lachte Jenkins. »Die Generalin hat sich mit zwei schweren Clannern angelegt, und sie haben ihr den Kopf abgerissen. Wörtlich.«

»Machen Sie nur so weiter, Major«, drang Winstons Stimme über die Funkverbindung. Ihr meist fester, klarer Ton drang leicht verrauscht und blechern aus den Lautsprechern. »Ich habe noch eine Stelle für einen Küchenbullen in der Nachschubkompanie frei. Wie würde es Ihnen gefallen, eine Lanze Kartoffelschäler zu befehligen?«

»Schön, Sie wieder bei uns zu haben, Generalin.« Barclay hoffte, daß die Verzerrung durch die Funkverbindung das Zittern ihrer Stimme verbarg. »Was ist passiert?«

Im Cockpit des *Zyklop* warf Winston Morgan einen bedeutsamen Blick zu. Er zuckte die Schultern. Auch er hatte das unnatürliche Beben in Barclays Stimme bemerkt.

»Major Jenkins hatte recht.« Winston versuchte ihre Besorgnis mit einem selbstironischen Lachen zu überspielen. Was Barclay mißglückt war, gelang ihr sehr wohl. »Wir haben uns mit zwei bösen Jungs angelegt. Der Computer hat mir mitgeteilt, daß ich das Rückgrat gebrochen habe, aber wenigstens bin ich in besserer Verfassung als unser Beobachter.«

»Wie das, Ma'am?« Barclays Stimme klang vorsichtig, als habe sie Winstons Humor nicht bemerkt.

»Die Leichte Eridani-Reiterei sieht sich zu ihrem Leidwesen gezwungen, Sie vom Tod Marshal Morgan Hasek-Davions in Kenntnis zu setzen. Er ist in der Schlacht gefallen, den Blick auf dem Feind.«

»Was?« Barclays überraschter Aufschrei ließ ihre Kommandeure zusammenzucken.

»Wie ich bereits sagte, Colonel. Er hat wohl zu lange

mit Politikern gespielt. Er hat vergessen, wie man sich duckt.«

Morgan lachte. »Tut mir leid, General. Ich brauche wohl etwas mehr Zeit, mich wieder einzuleben. Beim nächsten Mal bin ich vorsichtiger. Ich will schließlich nicht ins Gras beißen, bevor wir auch nur angefangen haben.«

12

Fort Defiance, Defiance
Gefechtsregion Point Barrow, Mark Crucis,
Vereinigtes Commonwealth

25. April 3059, 10:25 Uhr TNZ

Das Besprechungszimmer von Fort Defiance wirkte ebenso trist und trostlos wie der Rest der Basis. Die vor langer Zeit einmal in einem freundlichen Wüstenbraun gestrichenen Wände waren ausgebleicht, und die Farbe hatte sich durch Oxydation in ein trauriges Senfbraun verwandelt. Zur Decke hin war sie durch jahrelangen Rauch und Schmutz zu einem Schwarzbraun verdunkelt. Die Vormittagssonne, die durch die staubigen Fenster drang, machte nur noch deutlicher, wie heruntergekommen das Zimmer aussah. Der einzige Lichtblick war ein weißes Stofftuch an der Wand hinter dem Rednerpult. Aber in dieser Umgebung wirkte selbst das saubere Laken wie ein Leichentuch.

Morgan Hasek-Davion beugte sich in seinem Sessel vor und sah sich am Konferenztisch um. Er konnte sehen, daß die versammelten Einheitskommandeure von der Umgebung bedrückt waren. Gleichzeitig fühlte er jedoch eine Aura der Erwartung, die gegen die depressive Atmosphäre des Zimmers ankämpfte. Er selbst fühlte denselben Zwiespalt in sich. Die verschiedenen Einheiten der Einsatzgruppe hatten ihre maximale Gefechtsbereitschaft erreicht. Sie waren schon vor dem Eintreffen auf Defiance bereit gewesen, sonst hätten die Mitglieder der Whitting-Konferenz sie niemals für diese Aufgabe ausgewählt. Dieses Wissen verlieh ihm ein Gefühl der Zuversicht – ebenso wie die drei Monate der Manöver und Integrationsübungen, die sie soeben abgeschlossen hatten. Aber seine Zuversicht wurde von einer grundlegenden Besorgnis gedämpft, daß die Einsatzgruppe in ihrer Gesamtheit noch immer nicht bereit war, mit ihrer Mission zu beginnen.

Obwohl Morgan darauf brannte, den Clans endlich eine Lektion zu erteilen, hatte er von Anfang an gewußt, daß dies ein Feldzug der Verzweiflung werden würde, hatte es schon gewußt, als er ihn der Whitting-Konferenz vorgeschlagen hatte. Aber obwohl Victor Davion zunächst dagegen gewesen war, hatte Morgan auch gewußt, daß es die richtige Entscheidung war, allen Gefahren und Schwierigkeiten zum Trotz. Er wußte, wenn einmal eine solche Entscheidung gefallen war, mußte man sie durchziehen, die Probleme dann lösen, wenn sie auftauchten, und jeden Funken Mut und Willenskraft einsetzen, um bei der Stange zu bleiben. Er hatte die Aufgabe übernommen, eine Streitmacht von der Größe von acht Regimentern aus insgesamt elf Einheiten aus der gesamten Freien Inneren Sphäre zu einer einzigen, tödlichen Armee zu schmieden. Und er hatte sich nicht umgesehen. Die Manöver und Integrationsübungen hatten ihn seinem Ziel ein gutes Stück nähergebracht, und wenn es noch Punkte gab, an denen man feilen mußte ... nun, solche Punkte gab es immer und überall.

Die für diese Phase von Operation Schlange angesetzte Zeit war abgelaufen. Jetzt schien nicht der Zeitpunkt, sich von Ängsten und Zweifeln überwältigen zu lassen. Sie waren im Zeitplan, und er mußte den Plan geradlinig weiterverfolgen und sich darauf verlassen, daß sie in der verfügbaren Zeit genug erreicht hatten. Er sah sich im Besprechungsraum um, betrachtete die versammelten Kommandeure und schätzte sie in Gedanken ein.

Andrew Redburn, der Kommandeur der 1. Kathil-Ulanen, lümmelte sich auf seinem Platz und tippte geistesabwesend auf den Tasten des Datenblocks, der aufgeklappt vor ihm auf dem Tisch lag. Andrew war einer von Morgans ältesten Freunden. Sie kannten sich seit dem 4. Nachfolgekrieg, als die Ulanen aus den Überresten dreier Davion-Gefechtseinheiten entstanden waren.

Andrew Redburns Anwesenheit bei dieser Mission beruhigte Morgan. Er war einer der besten Soldaten, die Morgan je getroffen hatte, ruhig, stur und Haus Davion ebenso loyal ergeben wie Morgan selbst. Obwohl Morgans Verpflichtungen als Oberkommandierender der VCS sie in den letzten Jahren getrennt hatten, hatte das ihrer Freundschaft keinen Abbruch getan. Andy war immer mit einem aufmunternden Wort, einem trockenen Scherz oder einer beißenden Kritik zur Stelle, wenn er den Eindruck hatte, daß es erforderlich war. Ihre Erfahrungen auf Kathil vor dreißig Jahren hatten sie vereint, und in Morgans Augen waren sie wie Brüder.

Redburn fühlte Morgans Blick auf sich und zeigte dem alten Freund lächelnd den erhobenen Daumen.

Als nächstes wanderte der Blick des Marshals zu Marschallin Sharon Byran, der einhundertzwanzigprozentig Katrina-treuen Kommandeurin der 11. Lyranischen Garde, die seinen Blick trotzig erwiderte. Neben ihr saß Paul Masters, der allzeit korrekte Kommandeur der Ritter der Inneren Sphäre Thomas Mariks. Kolonel Masters sah nicht auf, sondern unterhielt sich weiter leise mit Major Marcus Poling, dem Kommandeur des 1. Bataillons der 2. St.-Ives-Lanciers.

Masters und die Ritter waren aus mehreren Gründen in die Einsatzgruppe integriert worden, deren wichtigster darin bestand, daß ihre Einheit größer als ein Regiment war und sie über eigene Transportmöglichkeiten in Form mehrerer Landungsschiffe und des Sprungschiffs *Bernlad* verfügten. Ein zweiter, aber nicht minder wichtiger Grund für die Beteiligung der Ritter bestand in ihren hohen moralischen Grundsätzen. Als die Idee einer Einsatzgruppe für einen Langstreckenangriff gegen die Nebelparder-Heimatwelt Diana aufgekommen war, hatte Morgan die Ritter gebeten, als das Gewissen der Einsatzgruppe zu fungieren. Er hatte keine Sekunde Zweifel daran gehegt, daß Masters diese Aufgabe ernst nehmen würde, oder daran, daß der Mann sich rapide zu einem beträchtlichen Schmerz im Arsch entwickeln konnte, wenn es um Fragen militärischer Zweckmäßigkeit ging, wie bei der Behandlung vertriebener Clan-Zivilisten oder Gefangener.

Masters und Poling gegenüber saß Överste Carl Sleipness, dessen 4. Drakøner auf ein einziges Bataillon reduziert worden waren, als die Clans acht Jahre zuvor die Freie Republik Rasalhaag überrannt hatten. Der Överste verzichtete auf nähere Kontakte mit seinen Kollegen und starrte trübsinnig in die Kaffeetasse, die er mit beiden zernarbten Händen umklammerte.

Lautes Lachen zog Morgans Aufmerksamkeit in die entfernte Ecke des Zimmers, wo sich Hauptmann Roger Montjar von den Tollwütigen Füchsen mit dem DEST-Kommandeur Michael Ryan unterhielt. Soweit es Morgan betraf, war das ohne Zweifel die erstaunlichste Freundschaft, die sich in der kurzen Zeit auf Defiance zwischen den Einheitsführern entwickelt hatte. Montjar und seine beiden Züge hätten Ryan oder irgendeinen seiner dreißig DEST-Kommandosoldaten auf der Stelle getötet, wenn sie sich vor der Whitting-Konferenz irgendwo begegnet wären. Jetzt witzelten die beiden Kommandotruppenleiter wie alte Kampfgefährten.

Morgan hatte ebenso wie die meisten Mitglieder des Kommandostabs von einem Zwischenfall in Jerseyville gehört, wo die DESTler bei einem Ausflug trotz der VCS-Uniformen, die sie als Verkleidung trugen, von einigen örtlichen Bergarbeitern angegriffen worden waren. Dabei schien es nach allem, was man ihm gemeldet hatte, weniger um irgendeinen Verdacht gegangen zu sein, es mit ›Dracs‹ zu tun zu haben, als vielmehr um den ›Diebstahl‹ zweier Mädels, die mit Bergleuten befreundet waren. Obwohl in der Unterzahl, hatten die DESTler sich gut geschlagen, bis einige Freunde der Bergarbeiter sich ebenfalls eingemischt hatten. An diesem Punkt des Geschehens waren, so die ›inoffizielle‹ Fassung, etwa sechs Tollwütige Füchse auf der Seite der draconischen Kommandosoldaten aktiv geworden. Als die örtliche Polizei eintraf, war die Schlägerei vorbei und von den Soldaten keine Spur zu finden gewesen. Dieser Zwischenfall schien die Freundschaft zwischen den Tollwütigen Füchsen und den DEST-Mitgliedern besiegelt zu haben.

Morgan war weniger dazu bereit, Ryan von jedem Verdacht freizusprechen, wie es bei Montjar der Fall zu sein schien. Er hatte sich in der Gesellschaft von Fanatikern welcher Couleur auch immer noch nie sonderlich wohlgefühlt, und die kalten, skrupellosen Killer der Draconis Elite-Sturmtruppen waren möglicherweise die schlimmsten einer ohnehin fanatischen Gattung Mensch. Die Anwesenheit des DEST-Offiziers bereitete Morgan unwillkürlich Probleme.

Aber Montjar scheint ihm zu trauen, dachte er trocken. *Wahrscheinlich ist es das, was man als eine im Kampf gewachsene Freundschaft bezeichnet.*

Das jetzt gedämpftere Lachen der beiden erregte die Aufmerksamkeit Oberst Samuel Kingstons. Von allen Einheitskommandeuren der Einsatzgruppe traute Morgan ihm am allerwenigsten. Dabei hatten weder Kingston noch dessen capellanisches Regiment, die Legionäre, irgend etwas getan, um sich Morgans Abneigung zu verdienen. Er wußte, daß sich seine Haltung aus der alten Verbitterung speisen mußte, die ihm noch aus den Tagen des 4. Nachfolgekriegs verblieben war.

Nur die Söldner schienen entspannt. Ariana Winston

unterhielt sich locker mit den drei Regimentsführern der Leichten Eridani-Reiterei. Gelegentlich erweiterte Oberst William MacLeod das Stimmengemisch um seinen knarzenden Bariton und prahlte mit den Leistungen seines Regiments der Northwind Highlanders.

Neben MacLeod saß Oberstcommander Loren Jaffray, Kommandeur der kürzlich ausgehobenen Northwind Hussars. Die Einheit war speziell für den Kampf gegen die Clans gegründet worden, nachdem Jaffray auf der Peripheriewelt Wayside V gegen die Nebelparder gekämpft hatte. Ein großer Teil der Ausrüstung der Hussars war während dieser Expedition in die Hände des Regiments gefallen, und die im Verlauf des Feldzugs gewonnene Erfahrung war beinahe so wertvoll wie die erbeuteten OmniMechs. Die Hussars hatten ihr Wissen während der Manöver gut zu nutzen verstanden. Zusammen mit der Invasor-Galaxis hatten sie Einsatzgruppe Schlange reichlich Einsichten in die Clans und insbesondere die Nebelparder geliefert.

Was Morgan Kingston gegenüber an Mißtrauen fühlte, galt in noch erheblich stärkerem Maße, wo Loren Jaffray ins Spiel kam. Auch Jaffray hatte dem Marshal nie einen Anlaß gegeben, ihm zu mißtrauen, aber der Mann war vor dem Wechsel zu den Highlanders ein Mitglied der Todeskommandos Haus Liaos gewesen, einer jener fanatischen Krieger, die heilige Eide geschworen hatten, für den Kanzler der Konföderation Capella ihr Leben zu geben. In Morgans Augen gehörte Jaffray damit in dieselbe Kategorie wie Michael Ryan: ein Fanatiker und kaltblütiger Meuchelmörder. Oberst MacLeod hatte persönlich für Jaffrays Integrität und seine Loyalität zu den Highlanders und der Einsatzgruppe gebürgt. Morgan konnte nur hoffen, daß MacLeod sich nicht irrte.

Die Tür des Besprechungszimmers glitt zischend auf und gab Demipräzentor Regis Grandi den Weg frei, dem kommandierenden Offizier der 2. Division der ComGuards. »Verzeihen Sie die Verspätung«, murmelte er. »Ich wurde in einer Besprechung mit dem Technischen Stab aufgehalten.«

Als Kommandeur der Einsatzgruppe Schlange hegte Morgan keinen Zweifel daran, daß die Männer und Frauen unter seinem Befehl im Gefecht seine Anweisungen befolgen würden, wenn es erst soweit war. Was ihm Sorgen bereitete, war der lange Marsch bis dahin. Trent, der Nebelparder-Krieger, der zum ComStar-Informant geworden war und der Einsatzgruppe die Navigationsdaten geliefert hatte, die sie zur Heimatwelt der Nebelparder führen würden, hatte eine Flugzeit von fast einem Jahr vorausgesagt.

Morgan selbst war begierig darauf, sich auf die wohl wichtigste Mission seiner Laufbahn zu begeben. In seinem Innern brannte eine ganz besondere Erwartung. Jahrelang hatte er Haus Davion und dem Vereinigten Commonwealth als Frontoffizier gedient. Mehr als einmal hatte er sein Leben bei Aktionen aufs Spiel gesetzt, die Andrew Redburn häufig genug als ›wahnwitzige, unmögliche Bravourstücke‹ charakterisiert hatte. Aber seit seiner Beförderung an die Spitze der Vereinigten Commonwealth-Streitkräfte waren die Gelegenheiten, dem Feind im Mechkampf direkt gegenüberzutreten, rar geworden. Jetzt endlich bot sich ihm die Möglichkeit, wieder auf hundert Tonnen kämpfenden Stahls zu reiten, und diese Aussicht erfüllte ihn mit einer Vorfreude, wie sie nur ein Krieger nachvollziehen kann.

In einem Jahr kann viel passieren, dachte Morgan. *Aber wenn wir uns nicht bald in Bewegung setzen, passiert gar nichts.* »In Ordnung«, sagte er, und wartete einen Augenblick, bis er sicher war, auf die Aufmerksamkeit aller Anwesenden rechnen zu können. »Fangen wir an. Statusberichte. Kolonel Masters?«

»Die Ritter sind bereit zum Abmarsch, Sir«, stellte Masters selbstsicher fest.

»Ich wünschte, ich könnte von der Leichten Reiterei dasselbe behaupten«, meinte Generalin Winston. »Eine Reihe unserer Mechs wurde bei den Manövern beschädigt, besonders während des Güteklasse-A-Desasters gegen die Ritter. Sechs unserer leichten Mechs sind mit Bein- und Knöchelschaden ausgefallen. Das Gelände in den Tel Burnas war erheblich rauher als auf den Karten angegeben. Ein paar der Kundschaftereinheiten des Elften sind übel mitgenommen worden. Aber die Reparaturen sind beinahe fertig. Unser größtes Problem ist der *Schütze* von RMS Young. Als der Computer seinen Mech im letzten Manöver abschaltete, hat er die Beine nicht verriegelt. Dadurch haben 70 Tonnen Kampfkoloß einen Hechtsprung in eine Felshalde gemacht. Young ist heil davongekommen, mit ein paar blauen Flecken und einer gebrochenen Nase. Das Problem ist sein Mech. Durch den Sturz ist die linke Kniegelenkwelle so verbogen, daß die Enden beinahe parallel liegen. Der Schaden war so schwer, daß wir das Ding nicht mehr auf die Füße bekamen. Wir mußten den Mech auf einem Flachbettransporter in den Wartungshangar schleppen. Und als die Techs sich an die Arbeit machten, konnten sie die Welle nicht aus den Jochlagern befreien. Wir mußten das linke Kniegelenk komplett auswechseln, und das heißt: die gesamte Beinpanzerung entfernen, die Gelenkschäfte und Lager von den Jochstreben schneiden und für das neue Gelenk wieder verschweißen. Daran war nichts kompliziert, es war nur harte körperliche Arbeit. Das wirkliche Problem besteht darin, das Bein in Bewegung zu setzen. Unsere Techs schaffen es aus irgendeinem Grund nicht mehr, Strom in den Unterschenkel zu leiten. Sie haben drei verschiedene Aktivatorpakete eingesetzt und die Energieleitungen komplett ausgewechselt, aber das Problem ist nicht zu lokalisieren. Wenn wir das nicht bald in Ordnung gebracht bekommen, müssen wir entweder das ganze Bein austauschen oder den Mech zurücklassen.«

Morgan nickte und machte sich Notizen auf dem vor ihm liegenden Compblock. »Ähem«, räusperte er sich, als er aufsah. »Haben wir Ersatzbeine für einen *Schütze*?«

Winston sah auf ihrem Block nach. »Nicht hier auf dem Planeten. Die nächste VCS-Garnison, die groß genug ist, um die benötigte Ausrüstung vorrätig zu haben, ist der Mark-Crucis-Miliz-Posten auf Tsamma. Wenn wir sofort eine HPG-Botschaft abschicken, könnten wir voraussichtlich in einer Woche ein Ersatzbein haben.«

»Zu lange. Was wir bis zum 1. Mai nicht einsatzbereit haben, müssen wir an Bord der Landungsschiffe bringen und unterwegs reparieren. Was nicht verschifft werden kann, muß zurückbleiben. Ich werde veranlassen, daß wir unterwegs in einer VCS-Garnison Ersatzmechs aufnehmen können.«

Winston rutschte unbehaglich auf ihrem Platz hin und her. Die Leichte Reiterei stand im Ruf, eine der effizientesten und zuverlässigsten Einheiten in der Freien Inneren Sphäre zu sein. Niemand hatte Schuld am störrischen linken Bein des *Schütze* von Regiments-Master-Sergeant Young. Aber das machte es für sie nicht einfacher, Morgan mitteilen zu müssen, daß ihre Einheit nicht hundertprozentig einsatzbereit war.

»Keine Sorge, Sir. Sobald das Bataillon eingeschifft wird, sind wir bereit, und wenn wir Youngs Mech an Bord tragen müssen.«

»Nn-hn.« In Morgans Antwort lag eine Note spielerischer Skepsis. »Oberst MacLeod?«

Der Kommandeur der Northwind Highlanders warf Ariana Winston ein kurzes Grinsen zu. Seit der Ankunft auf Defiance maßen sich die Söldnereinheiten in freundlicher Rivalität. Morgan wußte, daß einige Tausend C-Noten bei Wetten auf den Ausgang der Manövergefechte der Söldner den Besitzer gewechselt hatten. Andrew Redburn hatte verlegen gestanden, beim letzten Manöver der Leichten Reiterei 200 Credits gewonnen zu haben. Morgans einziger Kommentar hatte in einem Ausdruck der Erleichterung darüber bestanden, daß Redburn nicht gegen ihn gewettet hatte.

»Nun, Marshal, die Highlanders kauen auf dem Geschirr. Wir können a'Bord gehen, sobald Sie die Order ge'n.«

»Ich nehme einfach mal an, daß das heißt, Sie sind bereit«, meinte Morgan unter dem Lachen der anderen Offiziere. Der schottische Akzent MacLeods und vieler anderer Highlander war seit deren Ankunft schon Anlaß für reichliche gutmütige Frotzeleien geworden.

»Ich muß mich Generalin Winston anschließen, Sir«, unterbrach Sho-sa Ryan ungefragt. »Die Sonderkommandos könnten etwas mehr Zeit gebrauchen, sowohl um bessere Taktiken zu entwickeln als auch, um etwas mehr Vertrauen aufzubauen. Ich weiß, bei euch Mechjockeys ist das anders, aber wir Sondereinheiten sind von Natur aus mißtrauisch. Wir müssen uns fraglos aufeinander verlassen können, besonders im Einsatz. Wir müssen wissen, was der andere denkt, ohne wenn und aber. Eine derartige Beziehung läßt sich nicht in ein paar Wochen aufbauen.«

Morgan hob abwehrend die Hand und unterbrach den Wortschwall des DEST-Offiziers. »Ich weiß, was Sie sagen wollen, Major, aber wir haben einfach nicht die Zeit, die nötig wäre, um eine derart enge Integration aufzubauen.«

»Ja, Sir, das weiß ich. Aber ...«

»Kein aber, Major Ryan. Ich muß wissen, ob Ihre Leute abmarschbereit sind.«

»Strategisch müßte ich sagen: ja.« Ryan stockte und hob sichtbar besorgt und ernüchtert die Hände. »Taktisch? Nein. Wir brauchen mehr Zeit, eine volle Integration zu erzielen.«

»Tut mir leid, Major, aber Sie haben gehört, was ich General Winston geantwortet habe. Alle noch erforderlichen Reparaturen und Übungen werden unterwegs stattfinden müssen. Sie werden reichlich Zeit zur Integration haben, während wir auf dem Weg zu unserem Ziel sind. Sie können Entermanöver ansetzen, so viele sie wollen, während die Flotte unterwegs die K-F-Triebwerke auflädt, aber es bleibt beim 1. Mai als Abflugtermin.«

»Ja, Sir.«

Morgan nickte und ging die Reihe weiter durch. Einen nach dem anderen befragte er die verschiedenen Einheitskommandeure nach der Bereitschaft ihrer Truppen. Alle versicherten ihm, daß ihre Einheiten bereit sein würden, sich einzuschiffen, wenn der Zeitpunkt käme. Und alle gaben ihrem Wunsch nach mehr Trainingszeit Ausdruck. Schließlich sah Morgan dem ComGuards-Kommandeur geradewegs in die Augen. »Demipräzentor Grandi. Wie sieht es mit den Guards aus?«

Grandi sah erst seine Notizen durch, bevor er antwortete. »Die Falkner werden am Ersten abmarschbereit sein. Ich habe gestern eine Nachricht vom Präzentor Martialum erhalten. Marshal Hasek-Davion, Sir, Sie kennen den Inhalt bereits. Ich würde jetzt gerne die anderen Kommandeure darüber in Kenntnis setzen.«

Morgan nickte. »In Ordnung, Demipräzentor. Aber nur den ersten Teil.« Morgan machte eine Pause, und ein leichtes Grinsen spielte um seine Mundwinkel. »Den Rest will ich ihnen selbst erzählen.«

Grandi erwiderte das Lächeln. »Der Präzentor Martialum hat mich informiert, daß die für den Transport dieser Einsatzgruppe benötigten zusätzlichen Sprungschiffe am oder um den Siebenundzwanzigsten dieses Monats eintreffen werden. Der größte Teil der Flotte wird aus ComStar-Schiffen unter dem Befehl von Präzentor Alain Beresick bestehen. Sie wird auch die SBS *Unsichtbare Wahrheit* umfassen, den unseres Wissens letzten Schlachtkreuzer der *Cameron*-Klasse in der Freien Inneren Sphäre.«

Ein überraschtes Raunen ging durch den Besprechungsraum. Generalin Winston, deren Leichte Eridani-Reiterei eines der größten Sprungschiffkontingente außerhalb der Raumflotten der Nachfolgerstaaten unterhielt, starrte den ComGuards-Offizier mit offenem Mund an.

Es war inzwischen bekannt, daß ComStar über die Jahrhunderte insgeheim eine kleine Flotte von Kampfraumschiffen des alten Sternenbunds bewahrt hatte, versteckt zwischen den zahllosen unbewohnten Sternsystemen der Inneren Sphäre. Doch niemand hatte geahnt, daß es dem Orden gelungen war, eines der mächtigsten Kriegsschiffe einsatzbereit zu halten, die je gebaut worden waren.

Grandi wartete, bis sich die Unruhe gelegt hatte, bevor er weitersprach. »Das Vereinigte Commonwealth hat sich bereiterklärt, zwei Korvetten der *Fox*-Klasse für die Einsatzflotte zur Verfügung zu stellen, und das Draconis-Kombinat schickt die neueste Fregatte der *Kyushu*-Klasse, die *Haruna*.«

Diese Mitteilung ließ Andrew Redburn aufhorchen. »Ich dachte, die Draconier hätten nur sieben *Kyushus*«, flüsterte er Morgan zu. »Ich kann mich nicht entsinnen, diesen Namen in irgendeinem Geheimdienstbericht gelesen zu haben.«

»Ich auch nicht«, antwortete Morgan ebenso leise. »Als Theodore mir sagte, er schicke uns seine neueste Fregatte, dachte ich, er meine die *Sieg bei Wolcott*. Aber als ich das erwähnte, hat er mich an das draconische Phönix-Programm erinnert. Wer hätte gedacht, daß sie neben ihren neuen Bodeneinheiten auch heimlich Kampfraumschiffe bauen?«

Wieder war Demipräzentor Grandi gezwungen zu pausieren, bis die geflüsterte Unterhaltung ein Ende fand. Morgan fühlte eine leichte Röte in sein Gesicht steigen, aber gleichzeitig freute er sich, daß er nach all den Feldzügen und Schlachten zu Beginn einer neuen Operation immer noch Angst und Erregung verspüren konnte.

Bevor Grandi weitersprechen konnte, klang ein dunkles Lachen durch den Raum. Oberst Kingston sah auf und begegnete Morgans fragendem Blick.

»Endlich können wir den Pardern Turtle Bay heimzahlen«, stellte er fest. In seinen dunklen Mandelaugen funkelte grimmige Zufriedenheit. »Jetzt haben *wir* die Kriegsschiffe. Wenn nötig, können wir ihren ganzen Planeten pulverisieren.«

»Nein, das werden wir nicht«, erklärte Paul Masters zähneknirschend. »Jedenfalls nicht, solange meine Ritter Teil der Einsatzgruppe sind.«

»Sir Masters hat recht.« Morgan hob den ausgestreckten rechten Zeigefinger und schnitt Kingstons Antwort ab. »Wir werden die Waffen der Einsatzflotte *nicht* dazu verwenden, Diana zu sterilisieren. Täten wir das, wären wir nicht besser als die Parder.«

»Ich muß dem Marshal zustimmen«, setzte Demipräzentor Grandi hinzu. »Vergessen wir nicht, Ladies und Gentlemen, daß der Erfolg dieser Mission weniger von roher Feuerkraft abhängt als von Schnelligkeit und Geheimhaltung.« Wieder machte er eine Pause und sah in seine Notizen. »Die Einheiten, die über eigene Sprungschiffe verfügen, wie die Ritter und die Leichte Reiterei, werden auch Landungsschiffe mit Kampftruppen anderer Einheiten transportieren müssen. Der

Präzentor Martialum hat mir aufgetragen, Ihnen seine besten Wünsche zu übermitteln. Er wünscht uns allen viel Glück und gutes Gelingen.«

Grandi nahm schweigend Platz, während die versammelten Einheitsführer die Nachrichten verdauten, die sie gerade erhalten hatten.

Einige Sekunden später stand Morgan auf und räusperte sich. Er wußte um die Bedeutung der Botschaft, die er verlesen wollte, und um ehrlich zu sein, er fühlte eine gewisse Ehrfurcht. Er räusperte sich noch einmal und zupfte am Kragen seiner braunen Uniformjacke.

»Wie sie wissen, existiert noch ein zweiter Teil dieser Botschaft. Nach Übereinkunft der verschiedenen Staatsoberhäupter der in dieser Einsatzgruppe vertretenen Nationen werden alle Offiziere und Mannschaften der Einsatzgruppe Schlange neue Uniformen erhalten. Ladies und Gentlemen, die Mitglieder dieser Einsatzgruppe werden die ersten Soldaten seit dreihundert Jahren sein, die wieder die Uniform des Sternenbunds tragen.«

Erneut lief ein Raunen durch das Besprechungszimmer.

Keiner der Anwesenden war von dieser Ankündigung freudiger überrascht als die Kommandeure der Leichten Eridani. Colonel Amis fiel die Zigarre aus dem offenen Mund. Winston beugte sich mit einem breiten Grinsen zu Colonel Antonescu hinüber, dessen Finger über der Tastatur seines Compblocks erstarrt waren. »Ich kann es kaum erwarten, Scotts Gesicht zu sehen, wenn ich ihm das sage.«

Antonescu lächelte dünn. Colonel Hinesick war einer der entschiedensten Verfechter der Rückkehr zum Sternenbund. Nur Sandra Barclay zeigte keinerlei Reaktion und saß ruhig, die Hände vor sich auf der Tischplatte verschränkt, an ihrem Platz.

Als sich die Unruhe gelegt hatte, sprach Morgan

weiter. »Da ComStar die Uniformen stellt, gibt es noch eine Anmerkung von Präzentor Martialum Focht, in der er seinem Bedauern Ausdruck verleiht, daß diese neuen Uniformen den Originalen technologisch nicht ebenbürtig sein werden.« Die ursprünglichen Sternenbund-Uniformen waren unter Einsatz derselben verlorengegangenen Technologien gefertigt worden, wie die Mechs jener Zeit. Die Neurohelme waren leichter und leistungsfähiger gewesen, die Infanterie- und Panzertruppenuniformen hatten bei geringerer Masse mehr Schutz geboten. Selbst die Helme der einfachen Fußtruppen waren Wunderwerke der Technik gewesen, mit stimmgesteuerten Sensoren und laserabwehrender Beschichtung. Auch die Daten des Gray-Death-Kernspeichers und die von den Clans erbeutete Technologie hatten den Konstrukteuren der Freien Inneren Sphäre nicht die Möglichkeit gegeben, dermaßen fortschrittliche Ausrüstung in Massen herzustellen.

»Alle Truppen erhalten einen ihrer derzeitigen Position entsprechenden Sternenbund-Rang. Alle Truppen werden zusätzlich zu ihren Nachfolgerstaaten- und/oder Einheitsinsignien das Sternenbundwappen tragen. Alle Mechs, Jäger, Schiffe und sonstigen Fahrzeuge werden zusätzlich zu ihren ursprünglichen Markierungen mit dem Cameron-Stern als Symbol des Sternenbunds ausgestattet. Außerdem werden alle Personen und Fahrzeuge das Abzeichen der Einsatzgruppe tragen.«

Mit diesen Worten drehte Morgan sich um und zog das weiße Laken von der Wand, unter dem ein großes Wappen zum Vorschein kam. Es zeigte eine schwarze Schlange, das Maul zum Biß geöffnet, um den Cameron-Stern gewunden.

13

Fort Defiance, Defiance
Gefechtsregion Point Barrow, Mark Crucis,
Vereinigtes Commonwealth

25. April 3059, 13:50 Uhr TNZ

Ein ComGuard-Infanteriesergeant klopfte Kasugai Hatsumi auf die Schulter.

»He! Bist du Seida?« brüllte der Soldat gegen den Lärm des Mechhangars an. Der Nekekamiführer reagierte auf seinen Tarnnamen und nickte. Der Mann deutete mit dem Daumen über die Schulter. »Im Büro des Tagesoffiziers wartet ein Anruf für dich.«

Ohne eine Antwort zu erwarten, setzte der Soldat sich in Richtung des Büros in Bewegung. Hatsumi folgte wenige Sekunden später. Er war in der Bedienung nahezu jeder Art von Fahrzeug ausgebildet, von Motorrädern bis zu BattleMechs, aber ausgerechnet Exoskelette hatten seine Lehrmeister vergessen. In seiner Rolle als ComGuards-AsTech war Hatsumi zur Arbeit im Mechhangar der Division eingeteilt worden. Als der Anruf kam, war er damit beschäftigt gewesen, Cassetten mit Bündelmunition ins Magazin der LB-X Autokanone/10 eines *Champion* zu laden. Diese Arbeit erforderte die Verwendung eines schweren Exoskeletts. Sich an die langsamen, ruckartigen Bewegungen des schwerfälligen ›Mini-Mechs‹ zu gewöhnen, war harte Arbeit für jemanden gewesen, der sich mit der flüssigen Leichtigkeit einer Dschungelkatze bewegte.

Hatsumi fühlte ein erwartungsfrohes Beben, als er die Stromversorgung des Exoskeletts abstellte. Es war ihm leichtgefallen, sich in die Rolle des Hilfstechnikers einzuleben, die sein Auftraggeber für ihn vorgesehen hatte. Gewohnheitsmäßig hatte er einiges an wertvollen Informationen über die tägliche Routine der Com-

Guards gesammelt, aber bisher kannte er weder die Art noch das Objekt seiner Mission. Seine Ausbildung verbot ihm jede Spekulation darüber. Vorgefaßte Meinungen, so richtig sie auch waren, konnten seine und die Reaktion seiner Leute beeinflussen, wenn es tatsächlich Zeit wurde, ihre Mission auszuführen.

Hatsumi brauchte ein paar Minuten, um die Maschine abzuschalten, die zahlreichen Gurte zu lösen und auszusteigen. Als er das winzige Büro des Tagesoffiziers an der Rückwand der riesigen Stahlbetonhalle erreichte, wartete der Anrufer schon einige Zeit.

Der ComGuard-Adept, ein kurzer, drahtiger Mann mit vernarbtem Gesicht, betrachtete den Dienst als Tagesoffizier offensichtlich als Verschwendung seiner kostbaren Fähigkeiten. Er starrte Hatsumi verärgert an und zeigte mit scharfer Bewegung auf das Visiphon. »Leitung vier.« Seine Stimme klang hart und gepreßt. »Nur Stimme, benutz den Hörer. Du weißt, daß private Anrufe hier nicht gestattet sind, will ich hoffen?«

»Ja, Sir.« Hatsumi verbeugte sich entschuldigend. »Es tut mir leid. Es wird nicht wieder vorkommen.«

Der ComGuardist schnaubte und drehte sich wieder zu seiner Konsole um.

»Hallo?«

Der Sichtschirm zeigte graues ›Schneegestöber‹. Ein kleiner roter Leuchtpunkt wies darauf hin, daß der Videoteil des Anrufs am anderen Ende der Leitung abgeblockt wurde. Der Handhörer mußte noch aus der Zeit vor dem letzten Nachfolgekrieg stammen. Die Tonleitung war von Statik überlagert und zischte oder krachte bei jedem Wort des Anrufers.

»Hatsumi? Machen Sie Ihre Leute fertig. Es wird Zeit, Ihre Mission in Angriff zu nehmen.« Die Stimme des Anrufers war nicht zu identifizieren. Vermutlich war das beabsichtigt.

»Ja?« Seine tonlose Stimme verriet nichts von der plötzlichen Spannung, die durch seine Eingeweide zog.

»Außerdem habe ich eine Nachricht von unserem Freund auf Peacock. Ich soll Ihnen sagen: ›Der einsame Reisende kommt am schnellsten voran‹.«

»Ich verstehe.« Hatsumis Tonfall klang neutral. Bevor er den draconischen Planeten Peacock verlassen hatte, hatte sein Jonin Hatsumi einen einfachen Codesatz mitgeteilt, eine Zeile aus einem uralten Gedicht eines Autors namens Kipling. Als Botschaft von einem gemeinsamen Freund übermittelt, diente er dazu, den Sprecher als autorisiert zu identifizieren. »Danke für den Anruf.«

Hatsumi legte den Hörer auf die Gabel und bedankte sich noch einmal bei dem Adepten, der ihn aber keiner Antwort würdigte. Danach machte sich der Nekekami geruhsamen Schritts und ohne einen Blick zurück wieder auf den Weg durch den Mechhangar. Seine Kenntnis der menschlichen Natur sagte ihm, daß der ComGuardist so von seiner eigenen Wichtigkeit eingenommen war, daß er die Anwesenheit des niederen Arbeiters, der einen ungenehmigten Anruf erhalten hatte, bereits wieder vergessen hatte. Hätte Hatsumi sich jetzt jedoch beeilt oder Anzeichen von Heimlichkeit gezeigt, hätte er damit nur unerwünschte Aufmerksamkeit auf sich gezogen. Also schlenderte er gemächlich davon, als wolle er zu seiner Arbeit zurückkehren.

Sobald er außer Sicht des Büros war, änderte er die Richtung und ging zu einem der zahlreichen Seiteneingänge des Hangars. Fünfhundert Meter entfernt lag der Hauptkommunikationsschuppen der Guards. Als Hatsumi eintrat, erhob sich der diensthabende Komm-Adept und setzte zu einer Frage an.

»Ich suche nach Adept Kipling. Man hat mir gesagt,

ich könnte ihn hier finden.« Hatsumi ergriff als erster das Wort und kam dem Mann zuvor.

Der Mund des diensthabenden Offiziers klappte zu, und er starrte einen Augenblick lang ins Nichts. »Tut mir leid. Ich kenne niemanden mit diesem Namen.«

»Oh. Dann entschuldige ich mich für die Störung.« Hatsumi war wieder fort, noch bevor der Adept etwas sagen konnte. Nur einer der vier Männer im Kommschuppen zeigte die geringste Reaktion auf die kurze Störung. Honda Tan, auf dessen Montur der dreieckige Aufnäher mit dem silbernen Z eines ComGuards-Techakoluthen prangte, kniff leicht die Augen zusammen, als er den Namen des Dichters hörte.

Noch zweimal wiederholte Hatsumi seine Scharade, einmal in der Krankenstation, wo Rumiko Fox als Pfleger arbeitete, und noch einmal im Munitionsbunker für Keiji Sendai. Obwohl er kein direktes Wort mit seinen Teamkameraden wechselte, erreichte seine Botschaft alle drei laut und deutlich.

Zwanzig Minuten nachdem er ins Büro des Tagesoffiziers gerufen worden war, schnallte Hatsumi sich wieder mühselig in das verhaßte Exoskelett.

* * *

Drei Stunden später beugte er sich über eine andere Art von Ausrüstung. Fort Defiance war ein ziemlich großer Stützpunkt, aber die Anwesenheit von neun Regimentern sprengte beinahe die Möglichkeiten der für nur ein Drittel dieser Truppengröße ausgelegten Basis. Trotzdem war es dem Nekekami-Team gelungen, einen leerstehenden Lagerraum in einem Teil der ehemaligen Jäger-Wartungsanlage zu finden. Jede der ›Geisterkatzen‹ hatte sich eine Ecke des Lagerraums reserviert und war nun damit beschäftigt, ihre Sachen zu überprüfen.

Als Teamchef hatte Hatsumi die leichteste Ausrüstung, wenig mehr als seinen Schleichanzug und die Handwaffen. Seine Rolle bestand darin, die drei Spezialisten des Teams zu beobachten und zu dirigieren, und zwar nicht in direkter Aktion. Trotzdem war er als Nekekami durchaus in der Lage, die Funktion jedes der drei anderen zu übernehmen, sollte dieser getötet werden oder anderweitig ausfallen. Hatsumis einziges größeres Ausrüstungsteil war ein handgroßer Datenblock, wie ihn die meisten Feldkommandeure besaßen. Seine Einheit unterschied sich allerdings intern durchaus von deren Geräten: sie besaß mehr Speicherkapazität als die meisten Compblocks. Die optischen Chips des Geräts enthielten Daten über alle der Einsatzgruppe angeschlossenen Regimenter und deren Kommandeure. Die Informationen stammten von Agenten des Bernsteinklippen-Clans und aus Hatsumis eigener Beobachtung.

Honda Tan kniete inmitten einer verwirrenden Ansammlung von elektronischen Apparaten, Nachtsichtgeräten und Aufnahmemechanismen, wie es zu seiner Rolle als Ermittlungsagent paßte. Mit Ausrüstung dieser Art war Hatsumi besonders vertraut, denn er hatte sie während des größten Teils seiner langen Karriere als Feldagent selbst benutzt. Der kleine schwarze Plastikpilz, der an der einzigen Tür des Lagerraums leise vor sich hin summte, gehörte auch zu Tans Spielsachen. Das Gerät enthielt Abschirmfunktionen und verschiedene Warnsensoren. Sollte sich jemand dem Raum nähern, würde die Maschine ein leises Brummen ausstoßen und den Nekekami damit mehrere Sekunden Vorwarnung geben. Und mehrere Sekunden waren mehr als genug für die ausgebildeten Agenten, eine Reaktion vorzubereiten. Außerdem erzeugte das Gerät ein kleines elektronisches Störfeld, das alle Sensoren abblockte, die etwa auf den Lagerraum gerichtet waren. Auch wenn eine Überwachung des Verstecks, das er für sein Team eingerichtet hatte, äußerst unwahrscheinlich war, hatte Hatsumi doch lange genug überlebt, um eine gesunde Paranoia zu entwickeln, was Sicherheitsfragen betraf.

Rumiko Fox saß, wie immer stumm und ohne erkennbare Gefühlsregung, am einzigen Tisch des Lagerraums. Die Meuchelmörderin packte vorsichtig die verschiedensten Phiolen, Fläschchen und Päckchen aus, überprüfte sie und packte sie wieder ein. Jeder dieser Behälter enthielt eine Droge oder ein Gift, das sie in ihrer Laufbahn als Berufsmörderin schätzen gelernt hatte. Allerdings waren nicht alle Substanzen in den Fläschchen gleich tödlich. Einige, etwa die Mixtur mit Namen ›Drachentränen‹, waren starke Drogen. Die ›Tränen‹ zum Beispiel führten bei einem Einsatz über mehrere Tage zu dauerhaftem und unheilbarem Wahnsinn des Opfers. Hatsumi unterdrückte ein Schaudern, als er Fox zusah. Die Frau war wirklich hübsch, sogar schön, aber ihre Augen waren von einer kalten Leere, die ihn an eine Viper erinnerte.

Ein großer Aluminiumkoffer, der aufgeklappt hinter Fox lag, zeugte davon, daß nicht alle ihrer Opfer lautlos durch Gift ums Leben kamen. Im Innern der Schaumstoffpolster lag ein zerlegtes Minolta-9000-Scharfschützengewehr. Die mattschwarze Lackierung der hochmodernen Feuerwaffe schien das diffuse Licht der Leuchtbalken an der Decke des Zimmers zu schlucken und verlieh der Waffe ein kaltes, bösartiges Aussehen. Hatsumi wußte natürlich, daß das Gewehr nur ein Ding wie alle Schußwaffen war, ein komplexer Mechanismus aus Stahl und Plastik ohne eigenen Willen. Aber die Natur dieser speziellen Waffe vermittelte ihm das Gefühl, von ihr beobachtet zu werden, den Eindruck, als warte das Gewehr nur auf die Chance, jedes Leben auszulöschen, das unter das kalte, leblose Auge ihres Zielfernrohrs kam.

Wieder erzitterte Hatsumi, als ihm die Ähnlichkeit zwischen der kalten Linse dieses Zielfernrohrs und Fox' hellbraunen Augen auffiel. Hatsumi gab sich keinen Illusionen darüber hin, wer und was er selbst war. Er verstand sehr wohl, daß die Nekekami als skrupellose Spione und Attentäter verschrien waren und in der ›normalen‹ Gesellschaft den Geruch des Abnormalen trugen. Er erkannte auch an, daß diese Einschätzung weitgehend auf Tatsachen beruhte. Aber an Rumiko Fox war etwas, das sie noch ein wenig weiter außerhalb der Regeln menschlicher Zivilisation ansiedelte.

Er riß seinen Blick von der Meuchelmörderin und ihren tödlichen Spielzeugen und ließ ihn hinüber in die letzte Ecke wandern, in der sich das vierte Teammitglied niedergelassen hatte.

Sendai lehnte fröhlich lächelnd an der Rückwand des Zimmers und summte eine kleine Melodie vor sich hin, während er Sprengladungen und Richtminen in einen großen Nylonbeutel stopfte. Der Sprengstoffexperte hatte Explosivstoffe jeder Größe und Art zusammengestellt, von kleinen Ladungen, nicht größer als ein Schnapsglas, zum Aufsprengen von Türschlössern, bis zu schweren Zehn-Kilo-Paketen. Ein separater Aluminiumkoffer mit Daumenabdruckschloß enthielt die Zünder.

Das Schloß des Koffers war auf den rechten Daumenabdruck der vier Teammitglieder geeicht. Niemand sonst konnte ihn öffnen, ohne das Schloß aufzubrechen, und ein derartiger Versuch hätte wahrscheinlich einen, wenn nicht sogar alle Zünder explodieren lassen und den Koffer zerstört. Eine Explosion, die auch der unbefugte Zugreifer kaum überleben würde. Sendai hatte sorgfältig erklärt, daß der Koffer und der Seesack mit den Sprengladungen an Bord des Schiffes, dem das Team zugeteilt werden würde, auf jeden Fall separat aufbewahrt werden mußten, um die Gefahr eines Unfalls zu verringern.

Nachdem sie alle damit fertig waren, ihre eigene Ausrüstung zu überprüfen, wechselten sie an den Platz eines ihrer Teamkollegen und wiederholten die Untersuchung. Auch wenn jeder von ihnen ein Spezialist auf seinem Gebiet war, besaß doch jeder Nekekami eine Grundausbildung, die ihn mit den Hilfsmitteln seiner Mitagenten vertraut machte.

Der Wechsel wiederholte sich noch zweimal, bis jeder der Agenten die Spezialausrüstung des gesamten Teams überprüft hatte. Nachdem sie damit fertig waren, kümmerten sie sich um die gemeinsamen Utensilien. Jede Waffe wurde auseinandergenommen, gesäubert, inspiziert und wieder zusammengebaut. Jeder Schleichanzug wurde überprüft, jeder Kommunikator getestet.

Schließlich brach, wie vorauszusehen gewesen war, Honda Tan das Schweigen. »Kasugai, wer ist unser Ziel?«

»Tut mir leid, Honda, das weiß ich noch nicht.« Hatsumi breitete in einer entschuldigenden Geste die Arme aus. »Man hat mir gesagt, daß wir Schritt für Schritt kontaktiert werden. Die momentane Phase besteht darin, den Umstieg in die Landungsschiffe vorzubereiten. Denkt daran, wir müssen uns anpassen, Schwierigkeiten vermeiden und sofort zuschlagen, wenn der Zeitpunkt kommt.«

Tan ließ sich die Antwort seines Teamchefs durch den Kopf gehen. »Das ist alles?«

»Das ist alles.« Fox und Sendai hatten ihre Arbeit unterbrochen, um dem Wortwechsel zuzuhören. Natürlich waren alle Nekekami-Agenten, Hatsumi selbst eingeschlossen, neugierig, wie ihre Mission aussah. Unglücklicherweise wußte der Teamchef in diesem Fall ebensowenig wie seine Kollegen. »Ich werde nicht über die Art unserer Aufgabe spekulieren. Aber unser Ziel muß sehr wichtig und der Kunde äußerst mächtig sein, um unsere Mission mit einer derartigen Geheimhaltung zu versehen.«

* * *

»Na schön, Colonel. Hier bin ich.« Morgan Hasek-Davion erwiderte den Gruß des Kommandeurs der Northwind Highlanders, als er aus seinem Wagen stieg. »Was soll ich mir ansehen?«

Nach der letzten Planungsbesprechung hatte Colonel William MacLeod eine Nachricht in Morgans Quartier geschickt, in der er ihn persönlich zu einer kleinen Zeremonie im Bereich des Forts eingeladen hatte, der den Highlanders zugeteilt war. In MacLeods Einladung hatte ausdrücklich gestanden, Morgan solle ihn um siebzehn Uhr vor dem Hauptmechhangar der Einheit treffen. Als Morgan eintraf, stand Defiances gelbe Sonne bereits tief genug am Horizont, um fast direkt auf das Haupthangartor zu scheinen und den grauen Beton in einem fahl orangegelben Licht zu baden, das durch die Verschmutzung der planetaren Atmosphäre hervorgerufen wurde.

»Einen grandiosen Anblick, Sir«, stellte MacLeod fest.

Obwohl Morgan wußte, daß MacLeod nicht durch die häßliche schwarze Atemmaske sehen konnte, die sein Gesicht bedeckte, war er sich sicher, daß der Highlander-Kommandeur den Ausdruck in seinen Augen lesen konnte, denn er erwiderte Morgans Grinsen. MacLeod hob einen kleinen tragbaren Kommunikator an das Sprechgitter seiner Maske und sagte ein paar schnelle Worte, die für Morgan so ähnlich klangen wie »Alba go bra«. Der Highlander drehte sich zu ihm um und übersetzte: »Schottland auf ewig.«

Sekunden später erklang ein tiefes, schleifendes

Donnern, das Morgan so vertraut war, daß er die fünfzehn Meter hohen Hangartore gar nicht aufgleiten zu sehen brauchte, um es zu identifizieren. Aus einer Distanz von nur fünfundzwanzig Metern war die Bewegung der riesigen Torflügel sogar durch die Schuhsohlen als schwaches Beben im Stahlbeton des Aufmarschplatzes zu spüren.

Was nun folgte, hatte allerdings nichts Schwaches an sich. Auf diese entfernte Steinwurfdistanz stieß das Singen der Servomotoren und Ächzen der Aktivatoren durch die schwefelhaltige Luft und rührte Morgans Innerstes wie ein Fanfarenstoß. Der Boden zitterte unter den schweren Schlägen marschierender BattleMechs.

Sonnenlicht funkelte auf der Panzerung einer monströsen humanoiden Gestalt, als sie aus dem schattigen Innenraum des Hangars auf den offenen Betonplatz stampfte.

Das ist ein Highlander. Der Gedanke durchzuckte Morgan wie ein Laserstrahl.

Der riesenhafte, tonnenleibige und quadratschädlige überschwere Mech war ursprünglich für die Sternenbund-Verteidigungsstreitkräfte entwickelt worden. Mit einem armmontierten Gaussgeschütz, Lasern und Raketenwerfern war der *Highlander* eine der populärsten Konstruktionen einer lange vergangenen Ära gewesen. Zudem war das 90 Tonnen schwere Ungetüm einer der wenigen Mechs in der überschweren Gewichtsklasse, der in der Lage war, sich auf Sprungdüsen in die Lüfte zu erheben und in einem Sprung bis zu neunzig Meter zurückzulegen. Leider waren seine Konstruktionsdaten im Chaos nach dem Sturz des Sternenbunds und dem Exodus der Kerensky-Armada verlorengegangen. Erst kürzlich war der *Highlander* nach der Entdeckung des Gray-Death-Kernspeichers und der Enthüllung des ComStar-Militärs wiederauferstanden.

Noch schockierender aber war für Morgan das komplexe Muster aus grünen und blauen Streifen, das die gepanzerte Oberfläche des Kampfkolosses zierte. Das Schottenmuster oder auch Tartan genannte Muster war so alt wie der Begriff Highlander selbst. Das Wappen auf der rechten Schulter des Mechs zerschlug jeden Zweifel, den Morgan an der Einheitszugehörigkeit der Maschine gehabt haben mochte. Der grünblaue Tartan und die silbernen Insignien hatte nur eine einzige Einheit je getragen, die Royal Black Watch.

Dem *Highlander* folgte eine ganze Kompanie schwerer und überschwerer Mechs, alle im selben grünblauen Schottenmuster. Die meisten der Kampfmaschinen waren Standardmechs der Freien Inneren Sphäre, aber einzelne waren Nachbauten älterer Typen, die seit der Zeit des Sternenbunds kaum noch gesehen worden waren. Morgan erkannte die abweisend hochgezogenen Schultern eines PPK-bewaffneten *Schläger* und einen schlaksigen *Schwarzen Ritter*.

»Aye«, beantwortete MacLeod Morgans fragenden Blick. »Die Royal Black Watch. Oder zumindest, was von ihrr übrig ist.«

»Ich dachte, die wäre ausgelöscht worden, als Stefan Amaris den Sternenbundthron an sich gerissen hat.«

»So warr es auch, Laddie. So war es.« Ein weinerlich verärgerter Unterton trat in MacLeods Stimme, als er weitersprach. »Die meisten wurden im Palast von der Garde des Usurpators niedergemacht. Die wenigen, die der Falle entkamen, versuchten, die Amaris-Dragoner aufzuhalten, um dem Ersten Lord Richard Cameron die Flucht zu ermöglichen. Die arrmen Bastarde wußten nae, daß er schon von der Hand des Usurpators gestorben war. Schließlich warf Amaris eine Atombombe auf sie ab. Soweit ich weiß, hat kein Krrieger der Black Watch das überlebt.«

»Wie kann dann ...«

»Well, einige Zeit später fingen ein paarr Highlanders an zu glauben, sie *wären* noch Teil der Sternenbund-Armee. Natürlich betrachten sich *alle* Highlander als *Bewahrer* der Sternenbund-Ideale. Aber diese Männer und Frauen glaubten, noch Teil der SBVS zu *sein*. Es wurde zu einerr Besessenheit f'r sie. Sie bildeten einen sogenannten ›Orden‹ innerhalb der Highlanders und hielten sich f'r die Royal Black Watch. Die meisten Highlanderoffiziere haben von diesem Geheimbund in unseren Reihen gewußt. Ein paar vo' ihnen waren sogar *Mitglieder* der Black Watch. Ihr Ziel war von Anfang an die Wiedergeburt des Sternenbunds. Jetzt, wo es passiert ist, haben sie entschieden, sich tae offenbaren. Soweit ich es verstehe, stand Neil Campbell, ihr Kommandeur, den Sie bald kennenlernen werrden, vor einem gewissen Dilemma. Ein Teil der Watch wollte sofort na' Sian abfliegen und Sun Tzu die Treue schwören, als sie von der Unterzeichnung der Sternenbundverfassung gehört haben. Schließlich war die Royal Black Watch die persönliche Leibwache des Ersten Lords, und Kanzler Liao is' der neue Erste Lord. Captain Campbell hat ihnen gehörig ins Gewissen geredet und sie überzeugt, bei den Highlanders tae bleiben, bis die Mission beendet ist, damit sie *danach* dem Ersten Lord gegenüber etwas vorrzuweisen haben.«

Als MacLeod von den Black Watch erzählte, fühlte Morgan einen seltsamen Stolz in seiner Brust aufsteigen. Er kannte die Geschichte der Black Watch. Jeder MechKrieger, der jemals eine Militärakademie besucht hatte, kannte die Geschichte dieser Einheit. Es war möglicherweise seltsam, aber sein Stolz speiste sich nicht aus dem Wissen, eine so berühmte Einheit wie die Black Watch in die Schlacht führen zu können, sondern aus der Ehre, die Colonel MacLeod ihm gewährte. Morgan war der erste Nicht-Highlander, der von der Existenz einer weiteren Verbindung zum lange vergangenen Goldenen Zeitalter des Sternenbunds erfuhr.

Die tartangeschmückten Mechs hatten inzwischen in einer Reihe Aufstellung genommen, den *Highlander* in der Mitte. Jetzt schwang, während Morgan hinübersah, eine kleine Ausstiegsluke an der Seite des kantigen Mechkopfes auf, und ein muskulös gebauter junger Mann zwängte sich hindurch auf die gepanzerte Schulter der Maschine. Schnell und behende kletterte er eine schmale Kettenleiter hinab, die er aus einem Staufach an der Schulter des Mechs ausgeworfen hatte. Als er über den Paradeplatz näher kam, stellte Morgan fest, daß der Highlander etwas kleiner als er selbst war, auch wenn die ausgeprägte Muskulatur des jüngeren Kriegers ihn größer erscheinen ließ.

»Marshal Hasek-Davion«, erklärte MacLeod in förmlichem Ton. »Darf ich Ihnen Captain Neil Campbell vorstellen, Kompanieführer der Royal Black Watch?«

Campbell salutierte zackig, und Morgan erwiderte den Gruß auf gleiche Weise.

»Captain, es freut mich, Sie bei uns zu wissen. Mit der Leichten Eridani-Reiterei, den Northwind Highlanders und jetzt noch Ihrer Royal Black Watch können wir wahrhaft feststellen, daß die Sternenbund-Verteidigungsstreitkräfte hier aufmarschiert sind.«

14

Schlachtkreuzer SBS *Unsichtbare Wahrheit*,
Zenithsprungpunkt, Defiance-System
Gefechtsregion Point Barrow, Mark Crucis,
Vereinigtes Commonwealth

1. Mai 3059, 8:00 Uhr TNZ

»Kommandeur auf der Brücke.«

Die Meldung reichte bis in die Tage der ersten organisierten Marinestreitkräfte der terranischen Vorzeit zurück. Instinktiv zögerte Morgan und sah sich auf der Brücke nach dem Offizier um, dessen Ankunft damit verkündet wurde. Dann machte er sich etwas verlegen klar, daß der ComGuard-Maat, der die Meldung gebellt hatte, ihn selbst damit gemeint hatte.

Als Kommandeur der Einsatzgruppe Schlange, die ihrerseits Teil der wiederaufgerichteten Sternenbund-Verteidigungsstreitkräfte war, hatte Morgan seinen Titel eines Marshal of the Armies beibehalten, statt den alten SBVS-Rang des Commander General zu übernehmen, der dem Oberbefehlshaber vorbehalten war. Auch die ihm unterstellten Einheiten behielten, trotz Anpassung der Rangbezeichnungen, ihre ursprüngliche Befehlsstruktur, und Morgan erließ alle Befehle auf Operationsebene. Sie gingen von seinem Büro an die Kommandeure der einzelnen Einheiten und von dort die Rangleiter hinab. Er wußte jedoch, daß mehr nötig war als ein Edikt der gekrönten Häupter der Nachfolgerstaaten, um seine Einsatzgruppe zu einer echten Armee zusammenzuschweißen. Viele der Offiziere und Mannschaften in den einzelnen Einheiten betrachteten sich auch weiterhin als Teil ihres nationalen Militärs. Viel Arbeit, Argumente, Kompromisse und Geduld waren noch nötig, um aus ihnen eine Armee zu machen. Ohne diese Integration würde die Einsatzgruppe unter dem Druck des Gefechts auseinanderbrechen, und die Nebelparder würden sie mit Haut und Haaren verschlingen.

Ich habe ein Jahr, daran zu arbeiten, machte Morgan sich klar, als er, von den Magnetsohlen seiner Bordschuhe trotz Schwerelosigkeit am Boden gehalten, auf das Brückendeck des Schlachtkreuzers trat. In der Zwischenzeit gab es noch dringendere Aufgaben. Aufgaben wie der Abflug der gewaltigen Einsatzgruppe aus dem Defiance-System zu ihrer langen Reise durchs All.

Die Brücke der *Unsichtbare Wahrheit* ähnelte keiner Raumschiffszentrale, wie Morgan sie je zuvor gesehen hatte. Dabei hatte er den größten Teil seines erwachsenen Lebens als Militär verbracht und war schon auf den Brücken sämtlicher Klassen von Transport-Sprungschiffen gewesen. Er hatte sogar das Privileg einer Tour durch den Prototyp der *Fox*-Klasse-Korvette genossen, während diese sich auf den Galax-Raumwerften im Bau befand.

Aber die Brücke der *Unsichtbare Wahrheit* war von einer ganz anderen Qualität. Wo ein Transporter vier bis fünf Brückenposten hatte, und eine Korvette bis zu zehn, verfügte der Schlachtkreuzer über fünfzehn bemannte Schaltkonsolen für das Brückenpersonal. Das Zentrum der weitläufigen Brücke wurde von einem hochauflösenden Holotank dominiert. Morgan hatte Einrichtungen dieser Art bereits kennengelernt, aber nie zuvor von dieser Größe. Die dreidimensionale, lasergenerierte Projektion der Einsatzgruppe, deren Schiffe bewegungslos im Raum um Defiances Sonne der Spektralklasse G V hingen, hatte einen Durchmesser von gut sechs Metern. Um die erhöhte Plattform des Holotanks war eine Serie von Flachbildschirmen und Trideomonitoren angebracht, die von der momentanen taktischen Situation bis zum Status des Sprungsegels alles zeigten, was benötigt wurde. Eine zweite

Batterie von Instrumentenkonsolen zog sich an der Außenwand um das Brückendeck. Dort saßen noch weitere ComStar-Techs und versahen ihre Arbeit, von der Überwachung des Funkverkehrs bis zur Einweisung eines andockenden ComGuard-Landungsschiffes.

In der Mitte des Holotanks stand ein reichlich unscheinbarer Mann. Seine kleine, schlanke Statur und das dünne, bräunliche Haar erweckten bei Morgan eher das Bild eines niederen Verwaltungsbeamten als das des Kommandeurs eines der mächtigsten Kriegsschiffe aller Zeiten.

Auf den Ruf des Maats wandte der Mann sich vom Bild eines lyranischen *Monolith* ab und kam die wenigen Stufen herab auf das Brückendeck. »Marshal. Willkommen an Bord der SBS *Unsichtbare Wahrheit*.« Ein silberner Stern glänzte auf dem rechten Schultergurt des khakifarbenen Overalls, auf dessen linker Schulter der Cameron-Stern prangte. »Entschuldigen Sie bitte, daß ich Sie nicht selbst abgeholt habe, aber ich hatte hier auf der Brücke zu tun.«

»Schon in Ordnung, Kommodore Beresick. Ich ...« Morgan kam nicht dazu, den Satz zu beenden.

»Präzentor, äh, Kommodore«, verhaspelte sich ein ComGuards-KommTech, dem die Rangumstellung offensichtlich noch Probleme bereitete. »Die *Cabot* ruft uns schon wieder.«

Beresick vergaß Morgan augenblicklich, als er sich umdrehte, um dem Mann zu antworten. »Sag General Byran, daß ich ihre Entschuldigungen satt habe«, raunzte er den nicht minder frustrierten Tech an. »Nein, vergiß es. Ich mache es selbst.«

Morgan überließ Kommodore Beresick der problematischen Aufgabe, eine so gewaltige Flotte auf den gemeinsamen Hyperraumsprung vorzubereiten. Er selbst ging hinüber zum Holotank und stieg auf die

Empore hinauf. Aus der Nähe betrachtet war das holographische Modell des Defiance-Systems ebenso verwirrend wie vom Eingang der Brücke aus gesehen. Winzige Sprungschiffe hingen bugabwärts über Defiances Zentralgestirn. Kleinere Lichtpunkte, die Landungsschiffe, Raumfähren und Luft/Raumjäger repräsentierten, bewegten sich zwischen den Miniaturraumschiffen hin und her. Jeder lasergenerierte Punkt war mit einem kurzen alphanumerischen Identifikationscode versehen. Es hatte nach der letzten Vorbesprechung einige Tage gedauert, die Mechs, Fahrzeuge und Soldaten der Einsatzgruppe, vom technischen und sonstigen Hilfspersonal ganz zu schweigen, an Bord der Transporter unterzubringen, die für den weiten Weg nach Diana ihr Quartier sein würden. Jetzt lagen sämtliche Sprung- und Landungsschiffe in schwach leuchtender Miniaturausführung vor ihm. Eines dieser Bilder, mit der Kennung LA0057 - *CBT*, war durch eine rote Färbung hervorgehoben. Die *Cabot*.

Morgan ließ den Blick über die Steuerpulte schweifen, bis er eine Station fand, deren graviertes Messingschild die Aufschrift ›Holotanksteuerung‹ trug. Der Tech an diesen Kontrollen trug ein weißes Quadrat mit grünen Ecken auf der Schulter und ein Namensschild mit der Aufschrift ›Daum‹.

»Mister Daum.« Der Tech sah hoch, als er den Zuruf seines Kommandeurs hörte. »Kann ich bitte eine Karte der kernwärtigen Hälfte der Inneren Sphäre bekommen, einschließlich der Clan-Besatzungszonen?«

Der Tech drückte ein paar Tasten, bevor er wieder aufblickte. »Vertikal oder horizontal orientiert?«

»Vertikal bitte, mit Terra unten.«

»Ja, Sir.«

Morgan hörte, wie der Mann ein paar weitere Tasten betätigte, dann verschwand das Bild des Defiance-Systems, und an seine Stelle trat eine Projektion der kernwärtigen Inneren Sphäre.

»Etwas verkleinern, so daß ich Defiance sehen kann.«

Der Tech bestätigte den Befehl, und die Karte schrumpfte. Ohne besondere Aufforderung hatte Raummatrose Daum Defiance durch rote Färbung unter den ansonsten goldenen Systemen des Vereinigten Commonwealth hervorgehoben.

Eine ganze Weile stand Morgan in der Hologrammkarte, die rechte Hand an's Kinn gelegt und zog mit den Augen die vorgesehene Flugroute der Einsatzgruppe nach. Von Defiance wollten sie nach Weldon springen, von dort nach Vicente, Tsamma, dann Palmyra. Schließlich würde ihr durch die Obergrenze von dreißig Lichtjahren pro Sprung erzwungen krummer Kurs durch das Territorium des Vereinigten Commonwealth sie in die Außenweltallianz führen, von wo aus die Einsatzgruppe Ende Juni den Peripherieraum verlassen und in praktisch unerforschten Raum vorstoßen würde. Durch die erforderlichen Zwischenstops zum Aufladen der Sprungtriebwerke war es ein äußerst knapper Zeitplan.

Als er die geplante Route der Flotte aus der Inneren Sphäre betrachtete, wurde Morgan sich der schweren Last seiner Verantwortung schmerzhaft bewußt. Bis zu diesem Augenblick waren die Manöver, die Integrationsübungen, Besprechungen, Strategiesitzungen, war das alles in gewisser Weise ein Traum gewesen, ein Projekt, das irgendwann umgesetzt werden würde. Aber jetzt *war* irgendwann. In wenigen Augenblicken würde Morgan den Startbefehl zur wichtigsten Militäroperation seit dem Exodus geben müssen.

Mein Gott, der Exodus. Das Wort hallte durch seine Gedanken wie der Glockenschlag einer Kathedrale. Irgendwie war es ihm bis jetzt überhaupt nicht richtig klar geworden. Der Weg zu den Heimatwelten war die Route, auf der Kerenskys Truppen die Innere Sphäre verlassen hatten, und Einsatzgruppe Schlange würde abgesehen von leichten Variationen denselben Weg einschlagen. Er und diese Tausende von Kriegern, Hilfstruppen und Schiffsbesatzungen würden der Raumstraße folgen, die Aleksandr Kerensky vor fast dreihundert Jahren zum erstenmal beschritten hatte.

Morgan schauderte, als er sich vorstellte, wie es vor Jahrhunderten in der Zentrale der *McKenna's Pride* ausgesehen haben mußte, des Schlachtschiffs, das General Kerensky in die Nebel der Geschichte und der Legenden davongetragen hatte. Was mochte in Kerensky vorgegangen sein, als er durch den Sichtschirm in die Leere des Alls geblickt hatte? Hatte er Angst um die Männer und Frauen unter seinem Befehl gehabt? Hatte er damit gerechnet, jemals zurückzukehren? Hatte er den Verlust der Heimat betrauert? Tausende von Historikern, Schriftstellern, Kommentatoren und einfachen Bürgern hatten diese Fragen bereits gestellt, aber bis jetzt hatte es nie eine zufriedenstellende Antwort gegeben.

Als Morgan Hasek-Davion im Holotank der *Unsichtbare Wahrheit* stand, überkam ihn eine Offenbarung. Er erlebte exakt das, was Kerensky vor so langer Zeit widerfahren sein mußte. Angst und Erregung, Trauer und Stolz, Verlust und Ehre. Sicher waren ebendiese Gefühle durch den General gebrandet, als er am Rande des Unbekannten gestanden hatte, ohne auch nur die minimalen Karten in den Bordcomputern der *Unsichtbare Wahrheit*. Eine Mischung von Furcht und Ehrfurcht erfüllte Morgan beim Gedanken an die Vergangenheit. Kerensky hatte alles aufgegeben, um die Menschheit vor sich selbst zu retten. Jetzt würde Morgan den Spuren des legendären Generals folgen, um die Menschheit vor dessen Nachfahren zu retten.

»Gefällt Ihnen unser kleines Spielzeug?«

Morgan zuckte zusammen, und das Herz sprang ihm in die Kehle, als er plötzlich zurück in die Gegenwart gerissen wurde. Einen kurzen Augenblick lang wußte er nicht exakt, wo er war. »Was?«

»Ich fragte, ob Ihnen unser neues Spielzeug gefällt.« Kommodore Beresick war zu Morgan in den Holotank getreten.

»Ganz ausgezeichnet.« Der Marshal schüttelte den Kopf, um die letzten Bilder längstvergangener Zeiten zu vertreiben, und drehte sich zu Beresick um. »Ich wußte gar nicht, daß die ComGuards über Schiffe dieser Klasse verfügen.«

Beresick lachte und wirkte wie ein stolzer Vater. »Soweit wir wissen, und wir wissen eine Menge, ist die *Unsichtbare Wahrheit* die letzte ihres Typs. Früher hatten wir zwei *Camerons*: die *Lady Shandra* und die *Electra*. Eine frühe Explorercorpsmission fand sie ›eingemottet‹ in einem System der Äußeren Peripherie. Wir sind uns nicht sicher, warum die Exodus-Flotte zwei einwandfreie Schlachtkreuzer einfach aufgab, aber daß es passiert ist, war offensichtlich.«

Morgan warf dem Kommodore einen zweifelnden Blick zu, sagte aber nichts. Entweder bemerkte Beresick die hochgezogenen Augenbrauen des Marshals nicht, die eindeutig die Botschaft signalisierten, daß er in Hasek-Davions Augen nicht die ganze Wahrheit erzählte, oder aber es war ihm gleich, ob Morgan ihm glaubte oder nicht. Er sprach einfach weiter.

»Nachdem wir die Schiffe übernommen hatten, überholten wir sie und tauften sie in *Unsichtbare Wahrheit* und *Sternenschwert* um. Im Laufe der Jahre erwies sich dann der Zahn der Zeit als etwas zu viel für die alten Damen, und ComStar entschloß sich, die *Sternenschwert* auszuschlachten, um die *Unsichtbare Wahrheit* einsatzbereit zu halten.«

Als Beresick beschrieb, wie der Orden eines der stolzen alten Kampfschiffe demontiert hatte, um dessen Schwesterschiff kampfbereit zu halten, trat ein sehnsüchtiger Ausdruck auf sein Gesicht. Morgan hatte sich nie wirklich klargemacht, wie schmerzhaft es für einen Flottenoffizier sein mußte, ein Schiff zu verlieren. Plötzlich erkannte er, daß ihre Reise durch den unerforschten Weltraum nach Diana für ihn auf mehr als eine Weise ein Flug ins Niemandsland werden würde. Morgans Element war die Planetenoberfläche. Dort konnte er mit einem Wort eine gewaltige Armee in Bewegung setzen und über Sieg oder Niederlage entscheiden. Aber Morgan war kein Raumfahrer. Kommandeur der Einsatzgruppe Schlange oder nicht, an Bord der *Unsichtbare Wahrheit* würde er häufig genug nicht mehr sein als ein simpler Passagier.

»Ich habe Sie eben über Byran reden hören«, meinte Morgan. »Was hat sie für ein Problem?«

»Ach.« Beresicks wütender Tonfall verriet seine Enttäuschung über die lyranische Marschallin. »Sie sträubt sich immer noch dagegen, St. Ives-Landungsschiffe mit ihren Sprungschiffen zu transportieren.«

Morgan schnaubte. Sharon Byran war eine fanatische Anhängerin Katrina Steiners. Während der Planungsphase der Operation hatte sie mehr als einmal lautstark ihrer Meinung Ausdruck verliehen, daß an Bord lyranischer Schiffe ausschließlich loyale Steiner-Truppen etwas zu suchen hatten. Da der St. Ives-Pakt primär durch die Anstrengungen Prinz Hanse Davions entstanden war, Morgans verstorbenen Onkels, betrachtete Byran die Pakteinheiten als VerCom-Handlanger. In ihren Augen waren sie wenig mehr als Spione.

Morgan, Beresick und die anderen hatten versucht, sie zur Vernunft zu bringen, aber ohne Erfolg. Schießlich war Morgan gezwungen gewesen, seine Autorität auszuspielen, und hatte Byran befohlen, die 2. St.-Ives-Lanciers als Passagiere zu akzeptieren, was die Lyranerin dann auch zähneknirschend getan hatte. Streitereien dieser Art hatten die Einschiffung beträchtlich verzögert, die ohnehin den größten Teil der drei Tage seit der letzten vorbereitenden Besprechung verschlungen hatte.

»Sonst noch Probleme?«

»Jede Menge. Wollen Sie die Liste in alphabetischer oder chronologischer Reihenfolge?« Beresick winkte ab, als er Morgans überraschtes Gesicht sah. »Nehmen Sie's nicht so schwer, Sir. Bei einer Operation dieser Größenordnung gibt es immer Probleme, und das nicht zu knapp. Aber wir bekommen alles in den Griff. Ich an Ihrer Stelle würde mir da keine Sorgen machen. Wir werden das System pünktlich verlassen.«

Morgan wußte, daß er sich trotzdem sorgen würde, so wenig es auch half. Er würde den Sprungbefehl geben, aber damit war seine Arbeit fürs Erste getan. Bis sie über Diana eintrafen, würde sein Leben in völlig neuen Bahnen verlaufen.

* * *

Kommodore Beresick stand zu seinem Wort. Gute drei Stunden später dockte das letzte Landungsschiff, ein *Leopard* der 4. Drakøner aus dem Kontingent der Freien Republik Rasalhaag, an seinem zugeteilten Trägerschiff, dem ComStar-Sprungschiff *Asturias* an.

Auf Beresicks Befehl öffnete ein SchiffsTech einen Funkkanal.

»An alle Schiffe, hier spricht Kingpin. Erbitte Statusmeldung.«

Eines nach dem anderen meldeten die Schiffe der Flotte ihre Bereitschaft, angefangen mit der *Gettysburg*, dem Befehlsschiff der Leichten Eridani-Reiterei. Alle

Meldungen waren Variationen eines Themas: »Alle Einheiten verstaut, fertig zum Sprung.«

Als das letzte Schiff sich gemeldet hatte, drehte sich Beresick zu Morgan um. Der Bedeutung des Augenblicks angemessen, nahm der Präzentor/Kommodore Haltung an, salutierte und meldete: »Alle Stationen bemannt und bereit zum Einsatz, Sir.«

Morgan atmete tief ein, hielt die Luft für einen Augenblick in den Lungen und ließ sie dann in einem langen Seufzer entweichen. Er nickte ein einziges Mal. »In Ordnung, rücken wir aus.«

Morgans Befehl klang beinahe wie ein Vorschlag. Beresick hatte eine dramatischere Ader.

Er salutierte erneut, drehte in einer durch die Magnetsohlen notwendigen schnellen Stampfbewegung herum und bellte Anweisungen wie der Kapitän einer Segelfregatte längst vergangener Zeiten. Die linke Hand fest um das Messinggeländer gelegt, das die Holotankempore umgab, stieß er seine Befehle aus. »An alle Einheiten: Sprungprozedur initiieren. Mr. Hivlan, Kurs im Navigationscomputer festlegen. Mr. Ng, K-F-Triebwerke aktivieren.«

Die Spannung in der Atmosphäre der Zentrale war mit Händen zu greifen. Männer und Frauen saßen steif an ihren Konsolen. Morgan sah Schweiß auf Beresicks hoher Stirn glänzen. So unauffällig wie möglich hob er die Hand und strich sich über die eigene Stirn. Als er die Hand senkte, war sie schweißnaß, und er wischte sie am Hosenbein seines Uniformoveralls ab.

Harte Kommandos klangen durch den Raum und wurden bestätigend wiederholt, als die verschiedenen Systeme aktiv wurden. Einige der gepreßten Meldungen übertönten einander, als nervöse Besatzungsmitglieder sich bemühten, das Schiff auf den Hyperraumsprung vorzubereiten, und mußten wiederholt werden.

»Kurs berechnet und eingegeben.«

»K-F-Triebwerke geladen und bereit, Sir.«

Endlich drehte sich der Erste Offizier der *Unsichtbare Wahrheit* an seiner Steuerkonsole zu Beresick um und salutierte. »Sir. Alle Systeme aktiviert. Das Schiff ist bereit zum Sprung.«

»Geben Sie das Signal.«

In Antwort auf Beresicks Befehl dröhnte eine laute Sirene durch das Kriegsschiff. Insgesamt dreimal folterte sie die Ohren der Passagiere und Besatzung.

In der Miniaturwelt des Holotanks strahlte ein roter Lichtblitz auf und verschwand innerhalb eines Sekundenbruchteils wieder. Vor Morgans Augen tanzten Geisterbilder. Weitere rote Blitze zuckten durch die Projektion, als die leistungsstarken Computer der *Unsichtbare Wahrheit* die elektromagnetischen und Tachyonenimpulse der dematerialisierenden Sprungschiffe in sichtbares Licht umsetzten.

»Wir sind sprungbereit, Marshal«, stellte Beresick fest.

Morgan nickte wieder, und zum ersten Mal seit er an Bord des Schlachtkreuzers gekommen war, lag in seiner Stimme eine erkennbare Schärfe, als er ein einziges Wort sagte: »Sprung.«

»Aye-aye, Sir. Sprung«, wiederholte Beresick. Er drehte sich zum Chefbordingenieur um und bellte: »Mr. Ng, Feldinitiator aktivieren. Sprung.«

»Initiator aktiviert, Käpt'n.« Der kleine Mann mit den asiatischen Zügen ließ die Finger über die Kontrollen fliegen. »Sprung in fünf … vier … drei … zwo … eins … Sprung!«

Ngs letzte Meldung klang verzerrt, als käme sie von einem Bandgerät, dessen Stromversorgung plötzlich ausgefallen war. Der Feldinitiator, ein riesiges System aus Elektronik und Quantenmechanik tief im Rumpf der *Unsichtbare Wahrheit*, zog Energie aus dem Reaktor des Schiffes und fokussierte sie durch den Kearny-Fuchida-Antrieb in ein größer werdendes Energiefeld, das schon bald das gesamte Schiff einschloß. In einem Ausbruch von elektromagnetischer und Tachyonenstrahlung fiel das Tor zum Überraum zu, gerade als das Kriegsschiff am Nadirsprungpunkt des Zielsystems, knappe dreißig Lichtjahre entfernt, wieder im Einsteinkontinuum materialisierte.

Morgans Sinne erholten sich schnell von der desorientierenden Erfahrung der Transition durch die Leere zwischen den Sternen. Der Holotank flakkerte immer noch, aber diesmal kündeten die roten Lichtblitze vom Eintreffen des Rests seiner Einsatzgruppe.

Seiner Einsatzgruppe. Zum erstenmal, seit die Konferenz ihn für diese waghalsige Mission ausgewählt hatte, wurde ihm die Größe der Aufgabe bewußt, die er übernommen hatte. Fünfundfünfzigtausend Männer und Frauen, über tausend Mechs, Luft/Raumjäger und Panzerfahrzeuge, vierunddreißig Landungsschiffe und dreißig interstellare Raumschiffe unterstanden seinem Befehl. Es war weniger die Größe der Einsatzgruppe, die ihn schaudern ließ. Es war die Mission, die er auf sich genommen hatte. Er leitete eine der größten Militäroperationen seit dem Sturz des Sternenbunds, einen Sturmangriff auf die Heimatwelt eines Gegners, der die Hälfte des Draconis-Kombinats mit derselben Leichtigkeit erobert hatte, mit der man einen Teppich aufrollte.

Dort draußen, jenseits der letzten kartographisch erfaßten Systeme der Peripherie, würden sie allein sein, abgeschnitten von der Heimat, ihrer Unterstützung, jeder Verstärkung. Ob Sieg oder Niederlage, die Verantwortung für den Ausgang würde allein bei ihm liegen.

* * *

Wenige Hundert Kilometer entfernt an Bord des Sprungschiffs der *Invasor*-Klasse *Circe* hatte Colonel Sandra Barclay keine Täuschungsmanöver nötig. Sie war auf dem Gravdeck des Schiffes in einer Besprechung mit dem Regimentsbefehlsstab gewesen, als die Warnsirenen ertönten. Seit ihrem ersten Raumflug litt sie unter Sprungkrankheit, und sie hatte ihre Empfindlichkeit gegenüber der extraphysischen Anomalität der Transitionserfahrung nie abgestreift.

Viele Ärzte hielten das Transitions-Desorientierungs-Syndrom, im normalen Sprachgebrauch üblicherweise Sprungkrankheit genannt, für eine Art psychosomatischer Reaktion auf den jähen und ganz und gar unnatürlichen Prozeß des Hyperraumsprungs, das Herausgerissenwerden aus dem eigenen Raum-Zeit-Gefüge, um in Nullzeit dreißig Lichtjahre entfernt wieder Gestalt anzunehmen. Die meisten Menschen erlebten den Vorgang als momentane Unbehaglichkeit, ähnlich dem Gefühl, in einem Aufzug plötzlich ein, zwei Stockwerke tiefer zu fallen. Selbst völlig gesunde Personen, die noch nie an Reisekrankheit gelitten hatten, konnten von plötzlicher Übelkeit erfaßt werden, wenn das Raumschiff, auf dem sie sich befanden, durch das Jenseits des Hyperraums geschleudert wurde.

Einige wenige, unter ihnen Sandra Barclay, wurden von schmerzhaften, häufig lähmenden Magenkrämpfen, Migräneanfällen und tiefsitzenden brennenden Schmerzen in den Gelenken geplagt, die bis zu dreißig Minuten anhielten. In der Regel ließen sich diese Symptome durch entsprechende Medikamente kontrollieren oder zumindest abschwächen. Der Regimentsarzt hatte ihr ein synthetisches Meklizin-Analogikum verschrieben, das die Effekte der schweren Sprungkrankheit des Colonels auf ein Maß reduzierte, wie es die meisten von dieser Anfälligkeit Betroffenen erlebten. Sie war dankbar für die Abschwächung der Symptome, haßte jedoch die trockene Kehle und Benommenheit, die jede Anwendung des Medikaments begleiteten.

Trotz der Medizin schlug eine Woge von Übelkeit über Barclay zusammen, als die *Circe* über Weldon materialisierte. Das Blut zog sich aus ihrem Gesicht zurück und ließ ihren sonst gesunden Teint zu einem seltsam wachsigen Grau ausbleichen. Ein vorübergehender Schluckauf nahm ihr den Atem und zwang sie, mitten im Satz zu verstummen.

»Colonel?« Captain Daniel Umsonts dunkelbraune Augen füllten sich mit Sorge.

»Schon okay, Dan.« Barclay sog mehrere tiefe Atemzüge in die Lungen und preßte die rechte Hand auf den von Krämpfen geschüttelten Magen. »Fünf Minuten Unterbrechung, okay?«

Ohne auf eine Antwort zu warten, stieß sie den Stuhl zurück und verließ hastig den Salon. Auf unsicheren Beinen wankte sie in Richtung des nächstgelegen Waschraums.

Umsont zog die Augenbrauen zusammen, und sein gutaussehendes schwarzes Gesicht war eine Maske der Besorgnis, als er seinem Colonel hinterher blickte.

»Sie erholt sich schon wieder, Dan.« Captain Brian Formal, der Regimentsarzt, legte ihm die Hand auf den Arm. »TDS.«

Umsont entspannte sich etwas. Er war seit acht Jahren bei der Leichten Reiterei, davon die letzten drei als Colonel Barclays Adjutant. Aber er hatte sie in dieser gesamten Zeit nie während eines Hyperraumsprungs erlebt. Auf ihre militärische Würde bedacht, hatte sie immer sorgfältig darauf geachtet, in ihrem Quartier zu bleiben, bis Übelkeit und Desorientierung sich gelegt hatten.

Nach einer Weile kehrte Barclay zurück. Ihre Bewegungen waren kontrollierter, und ihr Gesicht hatte etwas Farbe zurückgewonnen, aber eine gewisse Verspannung um die blauen Augen machte klar, daß die Auswirkungen des Sprungs noch nicht völlig ausgestanden waren. »Tut mir leid, Leute.« Ihre Stimme wirkte klar und ruhig, aber mit einem Unterton der Verlegenheit. »Ich schätze, so etwas kann jedem passieren.«

»Ach, vergessen Sie's, Colonel.« Kathy Lykken, die Kommandeurin der 11. Kundschafter, winkte ab. »Sehen Sie sich beim nächstenmal mit dem harten Zeug etwas vor. Ein Kater und der Hyperraum sind eine böse Kombination.«

Barclay lächelte dünn über Lykkens Versuch, die Stimmung zu lockern, und wußte ihre Anstrengungen zu schätzen, die Aufmerksamkeit von ihrem Zustand abzulenken.

»Ganz genau, Boß«, ergriff Dallas Bell mit seiner eigenen Art von Galgenhumor das Wort. »Hören Sie auf Majorin Lykken. Sie weiß, wovon sie redet.«

Lykken knurrte laut und schleuderte einen leeren Plastikbecher nach dem Krötenoffizier, der keine Schwierigkeiten hatte, dem harmlosen Wurfgeschoß auszuweichen.

»In Ordnung, Leute.« Barclay unterdrückte den Drang, über das Gealbere ihrer Untergebenen zu lachen. Sie wußte, daß diese sich wie Kadetten im ersten Ausbildungsjahr aufführten, um sie von ihrer Übelkeit abzulenken. »Können wir wieder zur Sache kommen?«

Bevor sie die Besprechung fortsetzen konnte, klang ein elektronisches Wimmern über das Gravdeck. Sekunden später reichte Corporal Ufko, Barclays Komm-Tech, ihr einen Kommunikator. »Es ist General Winston.«

»Generalin? Barclay hier.«

»Wie geht es Ihnen, Colonel?« Der metallische Hall des Hörerlautsprechers verlieh Winstons im Geschäftston gestellter Frage einen gespenstisch fremdartigen Klang.

»Gut, General.« Barclay erholte sich spürbar. »Stimmt etwas nicht?«

»Nein, Colonel, alles in Ordnung. Ich hätte gern eine Aufstellung des Regiments von Ihnen, die anzeigt, wie viele der Leute anfällig für Sprungkrankheit sind.« Winston pausierte, und Barclay hatte den Eindruck, daß sie eine Datenbank überprüfte. »Ich weiß, das ist erst der erste von noch sehr vielen Sprüngen, aber ich möchte festhalten, wie viele unserer Leute ausfallen, wenn wir transitieren. Das mag jetzt noch keinen Unterschied machen, kann sich aber ändern. Ich warte lieber nicht, bis wir mitten in einer Clan-Kriegsflotte materialisieren, bevor ich herausfinde, daß die Hälfte unserer Jägerpiloten kampfunfähig ist.«

»Geht klar, Generalin. Ich setze meinen Stab sofort daran.« Barclays Magen machte bei der Erwähnung der Sprungkrankheit einen langsamen Salto.

»Gut.« Generalin Winston zögerte einen Augenblick. »Und wie geht es *Ihnen*, Sandy?«

»Es geht, Ma'am. Ich bin kurz grün geworden, aber es geht mir schon wieder besser.«

»Gut«, wiederholte Winston. »Ich kann es mir nicht leisten, Sie zu verlieren, wenn es heiß wird. Ich erwarte den Bericht so bald es geht, Colonel. Winston, Ende.«

Die Verbindung wurde unterbrochen.

Barclay seufzte und reichte den Hörer zurück, bevor sie an den Konferenztisch zurückkehrte. Sie ließ sich schwer auf den Sessel fallen und erklärte ihrem Stab, was die Generalin verlangt hatte.

* * *

Der Befehl einer Zählung der für Sprungkrankheit anfälligen Soldaten war nicht auf Ariana Winstons Mist gewachsen. Er stammte von Morgan Hasek-Davion. Als er die Unterlagen vier Stunden später erhielt, stellte er fest, daß weniger als zwei Prozent der Truppen unter seinem Befehl nachteilige Auswirkungen des Sprungs erlebt hatten.

Von seinem Platz im schweren Synthetikledersessel hinter dem Schreibtisch in Kommodore Beresicks Bereitschaftsraum aus zeichnete Morgan den Bericht auf dem Computerschirm mit einem Lichtgriffel ab. »Was halten Sie davon, Alain?«

Beresick, der den Bericht auch gelesen hatte, zuckte die Schultern. »Zwei Prozent? Das ist nicht weiter schlimm. Der Durchschnitt in der Bevölkerung liegt zwischen neun und fünfzehn Prozent. Damit verglichen schneiden wir hervorragend ab.« Der Kommodore überflog die Kopie der Datenbank, die sein Stab aus den verschiedenen Berichten zusammengestellt hatte. »Die meisten Fälle von TDS scheinen unter dem technischen und Hilfspersonal aufzutreten. Schiffsbesatzungen und Jagdpiloten sind am wenigsten betroffen. Muß was mit dem Kriegerleben zu tun haben.«

Aus dem Mund jedes anderen hätte diese Aussage mitleidlos und selbstgefällig klingen können. Aber nach allem, was Morgan über Alain Beresick wußte, war ihm klar, daß Selbstgefälligkeit diesem Mann absolut fremd war. Vielmehr bezog sich Beresick auf die undefinierbare Qualität, die manche Menschen bereit machte, sich in ein Cockpit über zwanzig oder mehr Tonnen Panzerstahl zu schnallen, oder in einen Hochleistungs-Luft/Raumjäger, oder in ein allen Gesetzen der Physik widersprechendes Sprungschiff – und mit der Maschine auch sich selbst bis an die Grenzen der Leistungsfähigkeit zu treiben, selbst wenn das den Tod bedeuten konnte. Jeder kannte den arroganten, prahlerischen MechKrieger oder Jägerjockey aus zahllosen B-Trideos und Holoshows. Zugegeben, es gab Krieger, die diesem Stereotyp entsprachen, aber weder sie noch ihre Haltung überlebten das erste größere Gefecht. Die meisten Berufskrieger, egal ob sie einen BattleMech steuerten, einen Jäger flogen oder als Infanteristen durch den Schlamm marschierten, waren ruhige, gelassene Männer und Frauen, die dazu neigten, ihre Leistungen eher unterzubewerten und sich ihrer Sterblichkeit sehr bewußt waren.

Beresick hatte andeuten wollen, daß was immer diese Männer und Frauen trieb, ihr Leben im Kampf zu riskieren, wahrscheinlich derselbe Faktor war, der sie vor den Auswirkungen des Transitions-Desorientierungs-Syndroms beschützte. Natürlich konnte diese Theorie nicht die Frage beantworten, warum manche Soldaten wie Colonel Barclay überdurchschnittlich empfindlich reagierten.

»Okay, Kommodore. Wir bleiben zu einem normalen Ladestop hier. Dadurch haben wir Zeit, die Sprungtriebwerke voll aufzuladen, und unseren Leuten bleibt die Zeit, sich zu erholen«, erklärte Morgan und deutete auf den Bericht.

»In Ordnung«, nickte Beresick. »Ich wollte ohnehin nicht hetzen. Doppelsprünge, beschleunigtes Aufladen, Heißladen: Das schadet alles den Triebwerken. Diese Mission ist so schon riskant genug, da brauchen wir nicht auch noch unsere Maschinen zu überlasten.«

* * *

Die größten Sorgen machte sich möglicherweise ein Kommandeur, von dem niemand Auskünfte über die Anfälligkeit seiner Einheit eingeholt hatte. Fünfzig Prozent seiner Truppen waren von dem Sprung spürbar mitgenommen. Sie erholten sich zwar ebenso schnell wie alle anderen Mitglieder der Einsatzgruppe, aber Rumiko Fox und Keiji Sendai waren für Karugai Hatsumi und den Erfolg seiner Mission zu wichtig, als daß er ihre Krankheit hätte auf die leichte Schulter nehmen können. Fox' und Sendais Anfälligkeit für Sprungkrankheit wurde dadurch noch unangenehmer für das Team, daß die Nekekami nicht alle auf dasselbe Raumschiff eingeteilt waren. Aus Gründen, die ihr Auftraggeber besser kannte, fand er sich an Bord der *Unsichtbare Wahrheit* wieder, während sich der Rest seines Teams auf der *Banbridge* befand. Hatsumi konnte nur die Schultern zucken und denjenigen, der sich diese Trennung seines Teams ausgedacht hatte, für seine Dummheit in die tiefsten Tiefen der christlichen Hölle wünschen.

Mit allen medizinischen Hilfsmitteln in ihrer Ausrüstung und dem, was sie heimlich aus den Krankenstationen der Schiffe mitgehen lassen konnten, verarzteten die Nekekami ihre kranken Kameraden so gut es eben ging. Hatsumi brütete in einem fort über seine Mission. Falls sie ihren Auftrag unmittelbar nach einem Sprung ausführen mußten, oder schlimmer noch nach einem doppelten Sprung, würden zwei der Nekekami nicht zur Verfügung stehen, was die Durchführung erheblich erschwerte.

15

Schlachtkreuzer SBS *Unsichtbare Wahrheit*, Nadirsprungpunkt, Pajarito-System Bryceland-PDZ, Mark Draconis, Vereinigtes Commonwealth

29. Juni 3059, 15:25 Uhr TNZ

Der in Morgan Hasek-Davions Schreibtisch eingebaute Interkom stieß ein lautes Summen aus. Er meldete sich mit einem kurzem Aufflackern von Verärgerung.

»Sir, alle Einheiten melden die Ankunft im System. Es gibt keine Probleme.«

Morgan hatte eine stehende Order erlassen, ihn nach jedem Sprung in ein neues System vom Zustand der Flotte zu unterrichten. Einsatzgruppe Schlange hatte acht Wochen gebraucht, durch das Vereinigte Commonwealth zu kriechen, und im Laufe dieser Zeit waren die Routinemeldungen langweilig geworden. Die Monotonie zeigte erste Auswirkungen auf seine Nerven. Er verzichtete auf eine förmliche Antwort und grunzte nur ein ›Nh-hn‹, bevor er sich wieder dem Papierkrieg widmete, der sich vor ihm auftürmte.

Nach Jahrzehnten als aktiver Soldat war sich Morgan bewußt, daß eine Armee nicht, wie die alte Redewendung behauptete, auf dem Magen, sondern auf Papierkrieg reiste. Der archaische Begriff hatte sich gehalten, auch wenn das Material, auf dem Daten und Formulare existierten, längst Compblocks und Optochips waren. Aber selbst angesichts der Größe und bunten Mixtur von Einheiten seiner Einsatzgruppe war Morgan überrascht vom Umfang der Bürokratie, mit der er sich herumschlagen mußte. In den Wochen seit dem Abflug von Defiance war er vollauf damit beschäftigt gewesen, die Berichte der verschiedenen Einheitskommandeure zu lesen und eigene Zusammenfassungen zu schreiben.

Ich bekomme allmählich den Eindruck, nicht mehr zu sein als ein hochbezahlter Verwaltungsbeamter. Der Gedanke ließ Morgan ernüchtert schnauben.

Die Erbsenzähler im Hinterland, die seit Hannibals Zeiten die Nemesis jeder Armee waren, hatten auf exakten Unterlagen über die Menge und Art des verbrauchten Nachschubs bestanden und über die Dauer aller Triebwerksaufladungen, darüber, welche Einheit wann Gefechtsübungen abhielt, und wie diese Simulationsgefechte ausgingen. Er wußte zwar, daß hinter diesen Anfragen nach kleinlichen Details ein Sinn steckte, aber welcher Sinn das genau war, hatte er bis jetzt nicht entdecken können.

Da das durchschnittliche Mitglied der Einsatzgruppe nicht unter einem entsprechenden Papierkrieg begraben wurde, der seine Zeit mit Beschlag belegte, hatten die Missionskommandeure durch ihre jeweiligen Quartiermeistercorps einige Anstrengung darauf verwandt, die Soldaten und Raummatrosen, Jägerpiloten und MechKrieger auf dem langen Marsch in den Krieg beschäftigt zu halten. An Bord der meisten Sprungschiffe war ein Frachtraum in eine Art hochmodernes Trainingszentrum mit den neuesten BattleMechsimulatoren umgebaut worden.

Morgan war fasziniert vom Realismus dieser Ausbildungseinheiten. Die im ausgehenden zwanzigsten Jahrhundert teilweise für militärische Zwecke und teilweise für die Unterhaltungsindustrie entwickelten cockpitgroßen Kapseln waren mit einem Zentralcomputer verbunden und konnten so eingestellt werden, daß sie jede Art BattleMech oder Luft/Raumjäger simulierten, der zur Zeit bei den verschiedenen Armeen der Nachfolgerstaaten in Dienst stand. Es standen auch Programme zur Verfügung, mit denen die

Funktionen von der Freien Inneren Sphäre erbeuteter Clan-OmniMech dargestellt werden konnten. Bis zu zwei Dutzend Kapseln ließen sich an eine Prozessoreinheit koppeln, was Simulationen auf Kompanieebene gestattete.

Während seiner ersten Sitzung in den Stand-der-Technik-Simulatoren war Morgan in einem computergenerierten Modell seines erbeuteten *Daishi* gegen Andrew Redburn in einem simulierten *Atlas* angetreten. Die Mechs hatten mit einhundert Tonnen dieselbe Masse, aber der *Daishi* besaß die größere Feuerkraft. Andrew kämpfte verbissen und mit Köpfchen, wie immer. Er ließ Morgan um jeden Treffer kämpfen. Als Morgan den überschweren Mech seines Freundes in elektronischen Schrott verwandelt hatte, lief ihm der Schweiß in Strömen am Körper hinab, und die Arme und Beine, mit denen er die realistischen Kontrollen der Kapsel bedient hatten, waren schmerzhaft verkrampft.

Morgan hatte schon eine Menge Simulatorgefechte gegen Redburn ausgetragen und ihn in gut der Hälfte davon besiegt. Trotzdem sorgte der Realismus dieser Simulatoren für ein leichtes Schuldgefühl, als er den Mech seines Freundes zu einem qualmenden Schrotthaufen zusammenschmolz. Er stieß einen Seufzer der Erleichterung aus, als er Redburn aus der Kapsel neben der seinen steigen sah, das kastanienbraune Haar schweißnaß und vom Neurohelm zerzaust.

»Ich bin froh, daß wir auf derselben Seite stehen, Morgan«, erklärte Redburn mit einer grüßenden Kopfbewegung. »In der Wirklichkeit möchte ich nicht gegen dich antreten müssen.«

Morgan winkte ab. »Ach was, Andrew. Du versuchst nur, einem alten Mann gegenüber höflich zu sein.« Morgan grinste breit. Mit dreiundfünfzig war er nur ein Jahr älter als sein Freund, und noch waren ihm die

Auswirkungen des Alters und seines gefährlichen Berufs nicht anzumerken.

»*So* alt bist du noch nicht.« Redburns Grinsen wurde immer breiter, bis es drohte, seine Ohren zu berühren. »Aber ich *war* nur höflich. Mmnmph.«

Etwaige weitere Sticheleien Redburns in Richtung seines Freundes wurden von Morgans nassem Handtuch erstickt, das auf seinem Gesicht landete.

Kleinere, nicht ganz so aufwendige Versionen der Simulatorkapseln standen in den Aufenthaltsräumen der meisten der sieben Kriegsschiffe der Einsatzgruppe. Diese einfacheren Maschinen konnten für über zweihundert Computerspiele benutzt werden, darunter auch eine kommerzielle Version des Mechkampfes. Verständlicherweise wurde dieses Programm am wenigsten verlangt.

Man unternahm jede Anstrengung, die Männer und Frauen der Einsatzgruppe Schlange zu beschäftigen. Ein rigoroses Trainingsschema war aufgestellt worden, einschließlich interner Mechsimulatorgefechte. Die Sergeants und Maate ließen bei diesen Scheingefechten schon mal Fünfe gerade sein oder wetteten sogar auf das Ergebnis. Jeder Stauraum, der keine lebensnotwendige Ausrüstung erhielt, war mit Buchchips und Papierbüchern gefüllt. Personal außer Dienst stand eine reichhaltige Video- und Trideo-Sammlung zur Verfügung, die unter anderem alle Aufzeichnungen der letzten Solaris-Mechkampfsaison umfaßte.

Gelegentlich hatten die Schiffe der Einsatzgruppe Gelegenheit, während des Aufladens der Triebwerke eine Nachrichten- oder Unterhaltungssendung von den bewohnten Planeten der betreffenden Systeme aufzufangen. Morgan war fasziniert vom Ausmaß der Desinformationskampagne des Ministeriums für Geheime Untersuchungen und Operationen. Im Gegensatz zum Draconis-Kombinat, in dem die Nachrichtenmedien eine Regierungsbehörde waren, besaß das Vereinigte Commonwealth eine freie, in ziviler Hand befindliche Presselandschaft. Die freie Presse war häufig ein Problem für das Militär, aber sie konnte auch ein nützliches Werkzeug sein.

Anhand der Nachrichtensendungen kam Morgan zu dem Schluß, daß das MGUO gerade genug Informationen freigab, um die Medien mißtrauisch zu machen, die anschließend von sorgfältig plazierten und langfristig etablierten Agenten Informationen ›zugespielt‹ bekamen, in denen sie erfuhren, ›was sie wirklich wissen wollten‹.

Der Grundtenor der Meldungen war, daß die Einheiten in Morgans Einsatzgruppe zu Trainingszwecken nach Defiance versetzt worden waren. Nach Abschluß dieses Trainings wurden sie ›an einen unbekannten Ort‹ transportiert, um die Koalitionsstreitmacht verstärken zu können, die sich zur Zeit einen Weg durch die Nebelparder-Besatzungszone hämmerte.

In einem, Morgans Einschätzung nach, brillanten Schachzug der Davion-Desinformationsoffiziere erhielten die verschiedenen Nachrichtenmedien Berichte aus dem gesamten Vereinigten Commonwealth. ›Zuverlässige Quellen‹ behaupteten, die Einsatzgruppe überall zwischen Aldebaran und Broken Wheel gesichtet zu haben. Ein Teil dieser Sichtungen war korrekt, die meisten jedoch nicht. Die sorgfältig vorbereiteten und gezielt abgegebenen Meldungen des Ministeriums hatten eine Flut von Nachahmern inspiriert. Die letzte Sichtung schien die Einsatzgruppe am Nadirsprungpunkt des Hyalite-Systems zu plazieren, an der Grenze des Vereinigten Commonwealth zum Tauruskonkordat. Ein weiter von ihrer tatsächlichen Position entfernter Standort war kaum noch möglich.

Wenigstens die Desinformationskampagne hat Erfolg, dachte Morgan mit einem Seufzer.

Um die internationale Verwirrung über den tatsächlichen Aufenthaltsort der Einsatzgruppe aufrechtzuerhalten, hatte die Whitting-Konferenz einen kompletten Kommunikationsstop verfügt. Niemand in Einsatzgruppe Schlange durfte Post aufgeben oder empfangen, HPG-Nachrichten absenden oder erhalten, oder irgendwelche üblichen Kontakte zur Außenwelt pflegen. Morgan wußte persönlich von mindestens einem Fall, in dem ein solcher Kontakt hätte erlaubt sein sollen. Auf Defiance war eine Prioritäts-HPG-Nachricht für einen jungen Tankerfahrer der St. Ives Lanciers eingetroffen, die ihn über den Tod seines Vaters informierte. Aus Sicherheitsgründen war die Nachricht nicht zugestellt worden. Der Nachrichtenstop war vollständig.

Zwei weitere Opfer dieses verdammten Krieges, fluchte Morgan innerlich. *Wahrheit und Mitgefühl.*

Jeder, der mit der Planung für Einsatzgruppe Schlange zu tun gehabt hatte, wußte, daß der größte Feind, der sie in den ersten Monaten ihrer mehrjährigen Mission bedrohte, die Langeweile war.

Nach ein paar weiteren Minuten mißmutigen Herumtippens auf der Computertastatur stieß Morgan einen frustrierten Seufzer aus, schlug hart auf die ›Sichern‹-Taste und stieß den Sessel zurück.

Ich mach die Berichte später fertig, dachte er und griff nach der mattolivgrünen Uniformjacke. Obwohl er die Uniform der VCS jetzt schon seit mehreren Wochen gegen diese eingetauscht hatte, fühlte er sich immer noch seltsam in der Montur der legendären Sternenbund-Armee.

Als er sein Büro verließ und in den Gang zur Flaggoffiziersunterkunft lief, die ihm als Kommandeur der Einsatzgruppe zustand, verfluchte Morgan in Gedanken das Fehlen der Schwerkraft. Von allen Aspekten des Raumflugs waren ihm die langen Perioden der Schwerelosigkeit besonders verhaßt, die alle Passagiere auf kommerziellen ebenso wie militärischen Raumschiffen notgedrungen erdulden mußten. Das durchschnittliche Sprungschiff konnte mit seinen riesigen Stationstriebwerken gerade genug Schub erzeugen, um sich über dem Zentralgestirn eines Systems in Position zu manövrieren und diese zu halten, während das Solarsegel die notwendige Energie zum Aufladen des Kearny-Fuchida-Sprungantriebs sammelte. Kampfraumschiffe konnten mit ihren noch größeren Manövertriebwerken genug Schub generieren, um die Illusion von Schwerkraft zu erzeugen, verbrauchten dabei aber so große Mengen an Brennstoff, daß die Andrucksimulation von Schwerkraft unpraktisch wurde.

Natürlich konnten Passagiere und Besatzung eines Raumschiffs Magnetschuhe tragen, um sich relativ normal an Bord zu bewegen, und innerhalb der Einsatzgruppe war dies die Regel, aber solche Gehhilfen vermittelten keinerlei Gefühl von Schwerkraft. Morgan konnte sich an einige Gelegenheiten erinnern, zu denen er auf einem Sprung- oder Landungsschiff um eine Ecke gekommen und mit seinem Kopf gegen den eines anderen Passagiers gelaufen war, der an Wand oder Decke gehend aus der anderen Richtung kam. Hinzu kamen die körperlichen Auswirkungen des längeren Aufenthalts im Freien Fall. Um dem Verlust von Muskelspannung, Nervengewebe und Kalzium vorzubeugen, besaßen die meisten großen Schiffe sogenannte Gravdecks. Diese großen, ringförmigen Schiffssektionen drehten sich mit bestimmter Geschwindigkeit um den Zentralrumpf des Schiffes und erzeugten durch die dabei erzielte Fliehkraft den Eindruck von Schwerkraft. Indem jedem Besatzungsmitglied und Passagier pro Woche eine bestimmte Zeit innerhalb der Erholungsräume auf dem Gravdeck zuerkannt wurde, ließen sich die negativen Auswirkungen längerer Raummissionen abwenden oder zumindest reduzieren.

Als Morgan sich dem Lift in der Backbord-oberseitigen Ecke des Korridors näherte, glitten die Aufzugtüren auf und gaben zwei ComGuard-Offizieren den Weg frei. Beide hoben in der Tradition der ComGuards (und der alten Sternenbund-Verteidigungsstreitkräfte) die nach außen gedrehte Handfläche an die Stirn. Auch daran hatte Morgan sich noch nicht gewöhnt: Jeder, der ihm begegnete, salutierte, einschließlich der ComGuards, die sich so lange von allen anderen Militärs der Inneren Sphäre ferngehalten hatten.

Er erwiderte im letzten Moment den Gruß und huschte in den Lift. Als er sich gegen die Rückwand der Kabine lehnte, hoffte er, daß die ComGuardisten nicht den Eindruck gehabt hatten, er hätte aus Hochmut gewartet, bis er fast außer Sicht war, bevor er reagierte. Selbst nach Wochen des Fluges hatte er sich nicht völlig an die Fremdartigkeit der Situation gewöhnt.

Der Marshal drückte den Knopf zum Brückendeck und lehnte sich wieder zurück an die Wand. Einen Augenblick lang schloß er die Augen und besann sich auf beruhigende Bilder seines Zuhauses. Viel zu oft kam es vor, daß sein Beruf ihn von allem fortriß, was ihm am meisten bedeutete. Diesmal würde er Gott allein wußte wie viele Monate fortbleiben, zwei Jahre mindestens. Es würde allein ein Jahr dauern, Diana zu erreichen, und sie hatten keine Ahnung, wie lange sie dort bleiben und gegen die Parder kämpfen oder auf die Ankunft Victors und seiner Entsatztruppen würden warten müssen. »Kein Gefechtsplan überlebt den Feindkontakt«, besagte ein uraltes Sprichwort. Morgan schnaubte bitter. *Manchmal überlebt er nicht einmal den Kontakt mit den eigenen Truppen.*

Vielleicht hatte Kym recht, und er wurde zu alt für

diese Arbeit. In einem Augenblick der Melancholie fragte er sich, ob er sie je wiedersehen würde.

Die Aufzugskabine kam mit einem kaum merklichen Ruck zum Stehen, der aber ausreichte, ihn aus seinen Gedanken zu reißen.

»Wie ist unser Status, Mr. Ruiz?«

»Guten Tag, Sir.« Der ComGuard-Offizier der Wache begrüßte ihn, ohne sich von seiner Konsole aus umzudrehen. »Alle Einheiten befinden sich im System. Wir sind dabei, das Segel aufzuspannen und dürften in etwa einer Stunde soweit sein, Energie aufzunehmen.«

»Sehr schön. Ist der Kommodore in seinem Bereitschaftsraum?«

»Nein, Sir. Kommodore Beresick hat die Brücke vor etwa zehn Minuten verlassen. Er hatte Hunger, sehnte sich nach einer heißen Dusche und ein paar Stunden Schlaf.« Endlich sah Ruiz auf und sah Morgans Miene. »Ich schätze, daraus wird nichts. Soll ich ihn zurück auf die Brücke rufen?«

Morgan tigerte durch die substanzlosen Bilder des Holotanks, eines Gerätes, das eine seltsam faszinierende Wirkung auf ihn ausübte. Er blieb auf einmal stehen und schüttelte den Kopf. »Nein, Lieutenant, lassen Sie ihn schlafen. Er kann die Ruhe sicher gebrauchen. Denken Sie nur daran, ihn zur Stabsbesprechung holen zu lassen.«

»Ja, Sir.« Ruiz machte sich eine Notiz im Terminkalender des Brückencomputers.

Eine Weile stand Morgan noch im Holotank und beobachtete die winzigen Raumschiffe, die träge um ihn herum im All trieben. Dann seufzte er schwer und verließ die Brücke.

16

Schlachtkreuzer SBS *Unsichtbare Wahrheit*, Zenithsprungpunkt, Pajarito-System Bryceland-PDZ, Mark Draconis, Vereinigtes Commonwealth

29. Juni 3059, 18:25 Uhr TNZ

Zum erstenmal, seit Einsatzgruppe Schlange von Defiance aufgebrochen war, hatte sich der gesamte Kommandostab zu einer Einsatzbesprechung versammelt. Die Flotte befand sich am äußeren Rand der Inneren Sphäre, und Morgan hielt das für den richtigen Zeitpunkt, um die letzten Details ihrer Mission festzuhämmern: Ziele, Taktiken und so weiter. Natürlich waren alle seine Kommandeure mit diesen Faktoren vertraut, aber er wollte alle möglichen Streitpunkte klären, bevor sie die Innere Sphäre und die Grenzen des erforschten Weltraums hinter sich ließen.

Zwei Punkte verursachten Morgan noch besonderes Unbehagen. Der erste wurde angesprochen, noch bevor alle Stabsmitglieder Platz genommen hatten.

»Sir, haben Sie noch einmal über die Frage eines Orbitalbombardements nachgedacht?« Vorhersehbarerweise war es Colonel Samuel Kingston, der die Frage stellte. Der Kommandeur des capellanischen Regiments war der entschiedenste Verfechter eines Einsatzes der mächtigen Geschütze der Kampfflotte, ›um die Verteidiger vor dem Einsatz von Bodentruppen zu schwächen‹.

Morgan hatte eine leise Abneigung gegen den Liao-Offizier entwickelt. Zu Anfang hatte er seine Gefühle verdrängt, weil er sie für nichts weiter als das Produkt lebenslanger Erfahrung im Kampfeinsatz gegen Truppen in den Farben der Konföderation Capella hielt. Aber als er die Persönlichkeit und Ansichten des Mannes im Laufe der Zeit näher kennengelernt hatte, war in ihm ein tiefer Widerwille gegen den dunkelhaarigen Kommandeur von Kingstons Legion gewachsen.

Kingston war ein ausgezeichneter Feldkommandeur und Taktiker. Er hatte sich selbst und sein Regiment lückenlos in die Einsatzgruppe Schlange integriert. Aber die leichtfertige Haltung des Mannes, was die Sicherheit feindlicher Zivilisten betraf, war zutiefst beunruhigend. Morgan hatte versucht, diese Ansichten auf die mangelnde Erfahrung des Capellaners mit der schieren Vernichtungskraft von Raumschiffsgeschützen zurückzuführen. Das daraufhin von ihm angesetzte, mehrere Stunden dauernde Studium von Zeugenaussagen der wenigen Individuen, die das Glück gehabt hatten, den Feuersturm zu überleben, den die Clans auf Turtle Bay über Edo entfacht hatten, hatte den Mann jedoch nur noch herzloser und blutgieriger werden lassen.

Und als wäre es nicht schon schlimm genug, hatten auch Kommodore Beresick, Major Michael Ryan und sogar Generalin Winston hin und wieder den Gedanken ins Spiel gebracht, die Landung der Hauptstreitmacht mit einem Flottenbombardement vorzubereiten.

»Nein, Colonel«, erwiderte Morgan schließlich. »Ich habe nicht weiter darüber nachgedacht, weil ich der Ansicht war, diese Frage sei geklärt. Ich habe die Vids gesehen, die ROM von Turtle Bay geschmuggelt hat.« Beresicks Augen weiteten sich bei Morgans beiläufigem Hinweis auf die von ComStars Geheimdienst gesammelten Daten. ROM war nicht dafür bekannt, seine Informationen mit Außenstehenden zu teilen.

»Ich habe die brennenden Häuser gesehen«, fuhr Morgan fort. »Die Vernichtung, das Abschlachten der Bevölkerung. Ich werde eine derartige Barbarei nicht verantworten, und *das* ist mein letztes Wort, Ladies und Gentlemen.«

Mehrere Sekunden ließ Morgan seinen Blick auf jedem der anwesenden Offiziere ruhen, in einer stummen Herausforderung, seine Entscheidung anzufechten. Als niemand sich zu Wort meldete, nickte er und sprach weiter.

»In Ordnung. Wie Sie alle wissen, hängt unsere Mission fast ebensosehr von Geheimhaltung und unentdeckter Bewegung ab wie von Schnelligkeit. Der in der Inneren Sphäre stattfindende Teil der Operation beginnt etwa gleichzeitig mit unserem Aufbruch. Unser Ziel ist die Heimatwelt der Nebelparder, auch als Diana bekannt. Unser Operationsplan erfordert den Flug in den Clan-Raum entlang einer weiträumigen Route, die uns hoffentlich gestattet, die Hauptnachschub- und Kommunikationslinien der Clanner zu vermeiden. Die meisten Sonnensysteme, die wir als Sprungpunkte benutzen, wurden vom Explorercorps als unbewohnt eingestuft.« Er unterbrach sich und ließ ein kurzes, bitteres Lachen ertönen. »Die meisten tauchen nicht einmal auf Navigationskarten auf. Selbst die Karten, die wir aus alten Sternenbund-Archiven geholt haben, verzeichnen nur die nächstgelegensten. Wir planen, spätestens Mitte Februar über Diana einzutreffen. Unser Angriff beginnt, sobald wir aus dem Hyperraum austreten.«

Wieder machte Morgan eine Pause. Diesmal lag in seinem langen Zögern keinerlei Humor. Sein Blick wanderte über den Befehlsstab der Einsatzgruppe. Der nächste Punkt schnitt ein Thema an, das er gerne vermieden hätte. Er atmete tief durch und fuhr fort.

»Die Whitting-Konferenz hat sich für diesen Umweg entschieden, weil die Geheimhaltung für den Erfolg unserer Mission von überragender Wichtigkeit ist. Dennoch besteht die Gefahr, mit Clan-Truppen in Berührung zu kommen. Clan-Einheiten, denen wir vor unserer Ankunft über Diana begegnen, dürfen daher auf keinen Fall entkommen. Sie müssen gefangengenommen oder vernichtet werden.«

Gespannte Stille senkte sich über den Raum. Eine Weile sagte niemand etwas. Schließlich brach Sir Paul Masters das Schweigen.

»Wie bitte?« fragte er und starrte Morgan aus wütenden Augen an. »Ich habe mich wohl verhört.«

»Tut mir leid, Colonel Masters, aber es gibt keine andere Wahl. Wir dürfen nicht einen Clanner entkommen lassen, der den Feind vor uns warnen könnte.« Morgan hatte durchaus erwartet, daß der Kommandeur der Ritter sich mit ihm anlegte, wann immer er die Politik der ›Verbrannten Erde‹ der Einsatzgruppe ansprach. Aber jetzt ging Masters mit seiner ehrenhaften Rittertour ein klein wenig zu weit.

»Ich bin mir der Sicherheitsproblematik durchaus bewußt«, stellte Masters in scharfem Ton fest und sog hörbar den Atem ein. »Was ich nicht verstehe, ist die militärische Notwendigkeit einer solchen Politik, besonders in diesem Fall. Wenn wir unsere Mission damit beginnen, eine feindliche Einheit ohne Gnade und Ausnahme auszulöschen, riskieren wir, zu genau den Barbaren zu werden, für die unsere Clan-Gegner uns halten.« Er schüttelte wie ungläubig den Kopf.

»Ich muß Sir Masters zustimmen.« General Sharon Byran nahm stocksteife Haltung an, als sie das Wort ergriff. »Sie sprechen über Truppen, denen vom ersten Tag in Uniform an die Ares-Konvention ins Hirn gedrillt wurde. Wenn Sie den Leuten jetzt plötzlich befehlen, die gesamte feindliche Streitmacht gnadenlos auszurotten, zerschlagen Sie die Moral dieser Einsatzgruppe. Sie laufen Gefahr, eine Meuterei auszulösen. Um Gottes willen, das sind Soldaten, keine Meuchelmörder.« Sie schien schmerzlich berührt.

»Es gibt noch etwas zu bedenken.« Colonel Carl Sleipness von den 4. Drakønern ergriff das Wort, noch bevor Byran sich wieder gesetzt hatte. »Wenn Sie den Soldaten befehlen, eine feindliche Einheit auszulöschen, riskieren Sie, die Kontrolle über ihre Truppen zu verlieren. So etwas ist in der Geschichte immer wieder belegt worden. Wenn einer Armee ein Teil der Hemmschwellen grundlegender moralischer Werte genommen wird, verlieren auch die übrigen Regeln ihre Bedeutung. Wenn Sie unseren Soldaten befehlen, keine Gefangenen zu machen und keine Überlebenden zuzulassen, werden Sie in kürzester Zeit statt eines Heers einen tobenden Mob anführen. Damit würden Sie riskieren, die gesamte Clan-Kultur auszulöschen.«

»Gut.«

Morgan konnte nicht feststellen, wer das gesagt hatte, aber der leise Kommentar drohte, seine Beherrschung zu sprengen. Bevor er eine wütende Entgegnung raunzen konnte, gab Colonel William MacLeod von den Northwind Highlanders seine Meinung zum Besten. »Das ist noch nae alles, was wirr bedenken sollten. Wirr werden weit hinter den feindlichen Linien operieren, allein, ohne Verstärrkungen. Wenn wirr auch nur einen Sassenach entkommen un' seine Vorgesetzten warnen lassen, werden alle nicht schon in einer Operration gebundenen Parderkrrieger losziehen, um uns zu jagen.«

»Ein Punkt in dieser Sache ist bisher nicht angesprochen worden, Morgan-sama.« Major Ryan benutzte den formellen, beinahe gestelzten Ton, der im Draconis-Kombinat üblich war, wenn man sich einem Vorgesetzten gegenüber zu einem sensitiven Thema äußerte. »Wir gehen davon aus, daß jeder Clansmann, den wir gefangennehmen, versuchen wird zu fliehen. So würden Sie oder ich handeln, sollten wir in Gefangenschaft geraten. Aber die Clans machen gefangene Feinde häufig zu Leibeigenen, und diese betrachten sich daraufhin als Mitglieder ihres neuen ›Clans‹. Wir haben in der Freien Inneren Sphäre dasselbe mit ihnen getan. Daher würde ich mir über ihre Flucht keine allzu großen Sorgen machen.

Es *gibt* jedoch ein großes Problem im Hinblick auf unsere Möglichkeit, Leibeigene oder Gefangene zu nehmen. Diese Einsatzgruppe verfügt über beträchtliche, aber dennoch begrenzte Mittel. Die meisten Clanner würden sich niemals willig ergeben. Sie werden gefangen, wenn sie zu schwer verwundet sind, um sich noch zu wehren. Wir müßten ihnen der Konvention entsprechend medizinische Versorgung zukommen lassen. Außerdem sind die Nahrungs- und Trinkwasservorräte der Einsatzgruppe limitiert. Ich weiß, daß unsere Operationsplanung das Auffüllen der Wasservorräte an allen sicheren Quellen vorsieht, die wir unterwegs finden, aber damit ist die Essensfrage nicht gelöst. Wenn wir zum Kampf gezwungen werden und uns entscheiden, Gnade walten zu lassen, vermute ich stark, daß wir vor Ende dieser Operation alle darauf angewiesen sein werden, von vorgefertigten Feldrationen zu leben. Sobald diese Einsatzgruppe die Grenze überschreitet, dürfen wir nichts zurückhalten. Wir müssen uns hundertprozentig für den Sieg einsetzen, oder wir hätten gleich zuhause bleiben können.«

»So sehr es mir auch widerstrebt, es zuzugeben, Sir, aber ich muß Major Ryan zustimmen.« Captain Roger Montjar spielte mit der schwarzen Fuchsmaske an seinem Kragen, während er sprach. »Wir können keinen Clannern erlauben, zu entkommen und ihre Bosse zu warnen, und wir haben einfach nicht die Mittel, uns um Gefangene zu kümmern, die keinen erheblichen logistischen, strategischen oder taktischen Wert für uns besitzen.«

Byran setzte zum Protest an, aber Montjar schnitt ihr das Wort ab. »Ich verfechte keineswegs ein systematisches Abschlachten hilfloser Gefangener und unbewaffneter Zivilisten, aber wir *müssen* eine Richtlinie festsetzen.«

Byran war wieder auf den Beinen und brüllte den Fuchsteamchef wütend an. Auch Montjar war aufgestanden und beugte sich über den Tisch, so daß sich ihre Köpfe fast trafen. Seine Hände waren zu Fäusten geballt. Masters sprang an Byrans Seite, während Kingston neben Montjar trat. Als Andrew Redburn ebenfalls seinen vollen Tenor in den Streit warf, hatte Morgan genug. Er befahl die wütenden Kommandeure zurück auf ihre Plätze, jedoch ohne Erfolg.

Ein schrilles Pfeifen riß die Köpfe der Offiziere zu Morgan herum, der gerade die Finger aus dem Mund nahm. »Ich sagte: Hinsetzen und Maul halten!«

Die geschockten Einheitskommandeure verstummten und kehrten schweigend zu ihren Plätzen zurück. Masters setzte sich als letzter. Er schleuderte Morgan einen Blick zu, der zu sagen schien: »Das ist noch nicht vorbei!« Kommodore Beresick rieb sich auf seinem Platz neben Morgan am Kopf der Tafel leicht das linke Ohr, als ob er den Verdacht hätte, Morgans schrilles Pfeifen hätte sein Trommelfell in Mitleidenschaft gezogen.

»Bei Gott, es *reicht*!« Morgan war nicht leicht zu verärgern, aber in diesem Augenblick wäre er fast bereit gewesen, alle Kommandeure zu erschießen und von vorne anzufangen. »Ich bin der Kommandeur dieser verfluchten Expedition. Wenn ich eine verdammte Entscheidung treffe, erwarte ich, daß sie, verflixt und zugenäht, ausgeführt wird. Captain Montjar, wenn Sie eine Richtlinie haben wollen, in Ordnung, die sollen Sie bekommen. Von diesem Augenblick an darf keinen Clan-Truppen die Flucht aus einem Gefechtsgebiet gestattet werden, weder am Boden noch im Raum. Wenn Clan-Krieger kampfunfähig sind oder sich ergeben, werden sie gefangengenommen. Wollen Sie Leibeigene dieser Einsatzgruppe werden, ist das in Ordnung. Anderenfalls werden sie entsprechend den Richtlinien zur Behandlung und Versorgung von Kriegsgefangenen der Ares-Konvention behandelt. Wir können sie aus erbeuteten Vorräten versorgen und ernähren. Viel mehr können wir nicht tun.«

Wutschnaubend starrte Morgan seine Kommandeure reihum an, das Kinn herausfordernd vorgeschoben. In den Augen jedes einzelnen der Offiziere las er, in verschiedenen Intensitätsgraden, dieselbe Botschaft: *»Wir sind damit nicht glücklich, aber Sie sind der kommandierende Offizier, und wir befolgen Ihre Anweisungen.«*

»In Ordnung, das wäre geklärt.« Morgan stieß einen kurzen, angewiderten Seufzer aus. »Zurück zum Geschäft. Bereitschaftsberichte. General Byran?«

Byran stand auf. Ihr war deutlich anzusehen, was sie von Morgans Befehl hielt, aber sie war eine zu gute Soldatin, um ihre Arbeit von persönlichen Gefühlen behindern zu lassen. »Die 11. Lyranische Garde ist zu einhundert Prozent einsatzbereit.« Byran erstattete in stetem, flüssigem Ton Bericht, wobei sie gelegentlich auf die Notizen auf dem Schirm ihres Compblocks sah.

Einer nach dem anderen lieferten auch die übrigen Kommandeure einen detaillierten Bericht über den Status ihrer Einheiten. Generalin Winston meldete, daß sich das Problem mit dem Knie von Master Sergeant Youngs *Schütze* nicht lösen ließ. Während des Stopps über Tsamma waren zwei Landungsschiffe der *Leopard*-Klasse zum Stützpunkt der Mark-Crucis-Miliz geflogen und hatten fünf brandneue Mechs im Tausch gegen fünf beschädigte Maschinen abgeholt, darunter Youngs zerbeulter *Schütze*. Die Milizionäre waren alles andere als erfreut darüber gewesen, neue Mechs gegen alte eintauschen zu müssen, aber Morgans Unterschrift auf dem Befehl für die Auswechselaktion hatte keinen Widerspruch erlaubt. Außerdem machte die Miliz alles in allem ein gutes Geschäft. Bei den fünf aus der Aufstellung der Einsatzgruppe ausgegliederten Mechs handelte es sich um drei schwere, eine mittelschwere und eine leichte Maschine. Im Gegenzug lieferte die Mark Crucis Miliz je zwei schwere und mittelschwere Mechs und einen 35-Tonnen-*Panther*.

RMS Young erhielt auf Grund einer entsprechenden Klausel im Kontrakt der Leichten Reiterei einen der schweren Mechs, einen 65 Tonnen schweren *Katapult*. Der neue KPLT-C3 verfügte zwar über weniger Panzerung als sein alter ArtillerieMech, konnte aber nach einer grundlegenden Überholung als erheblich modernisiert gelten. Die Holly-Langstreckenlafetten des vogelähnlichen Mechs waren verschwunden und durch ein massiges Luxor-Artilleriesystem ersetzt worden. Obwohl er jetzt nur noch auf fünf Salven Munition zurückgreifen konnte, hatte Young wenig Grund zu Beschwerden. Das Arrow-IV-System war weit treffsicherer als es die alten, mit Munition für fünfzehn Salven ausgestatteten Raketenlafetten der ursprünglichen *Katapult*-Konstruktion gewesen waren. Bei Verwendung eines Leitsystems wie dem Zielerfassungssystem, mit dem verschiedene leichte Mechs ausgerüstet waren, ließ sich selbst auf die maximale Entfernung der schweren Raketen eine traumhafte Zielsicherheit erreichen. Falls Young irgendwann in ein Nahgefecht verwickelt wurde, würde er die Arme und vollmodellierten Hände des *Schütze* vermissen, aber die vier Laser im Torso des Mechs sollten ausreichen, zahlreiche Angreifer abzuwehren.

Young hatte sich etwas darüber beschwert, mit einem fünf Tonnen leichteren Mech abgespeist zu werden, aber Ariana Winston kannte ihren Regiments-Master-Sergeant gut genug, um das als Tarnung für dessen Begeisterung zu erkennen. Sie war selbst einmal Unteroffizier gewesen und wußte, daß es nicht empfehlenswert war, die Offiziere merken zu lassen, wenn man sich freute. Das führte nur dazu, daß man einen neuen Auftrag bekam, der mit Sicherheit Ärger bedeutete.

Schließlich kamen die Statusberichte zum Ende. Alle Einheiten waren bereit für den Start der Mission.

»Danke, Colonel.« Morgan erhob sich, und Sleipness setzte sich wieder. »In Ordnung, Leute, das war's. Wir springen, sobald die Triebwerke aufgeladen sind.«

»In spätestens drei Stunden«, stellte Kommodore Beresick ruhig von seinem Platz neben Morgan aus fest.

»Okay, Absprung in drei Stunden. Wegtreten.«

Einer nach dem anderen verließen die Einheitsführer den Besprechungsraum, bis nur noch Beresick, Ariana Winston und Morgan zurückblieben.

»Sir«, meinte Winston, sobald die anderen Kommandeure außer Hörweite waren. »Ich weiß, Sie haben Ihre Entscheidung getroffen, aber Sie sollten sich diese Richtlinie noch einmal gründlich überlegen. Ich habe Leute unter meinem Kommando, die von Überlebenden der Kentares- und Sendai-Massaker abstammen. Die Vorstellung, jeden umzubringen, der sich nicht ergibt, wird Ihnen schwer im Magen liegen.«

Bevor Morgan ihr eine Antwort geben konnte, war Ariana Winston bereits auf dem Gang verschwunden.

»Na, Kommodore? Wollen Sie mir nicht auch die Leviten lesen?«

»Wozu? Vergessen Sie nicht, daß ich ein Kriegsschiff befehlige. Wenn ich einen Feind stelle, dann, um ihn zu vernichten. Wir entpersonalisieren das, indem wir uns einreden, daß es nur ein Schiff ist, ein Jäger oder ein Mech. Wir reden uns ein, daß wir nur eine Maschine zerstören, nicht den Piloten oder die Besatzung. Erst wenn man das Trümmerfeld nach Überlebenden absucht und keine findet, wird einem klar, wieviele Leben man ausgelöscht hat. Und wenn ein Kriegsschiff untergeht, nimmt es den größten Teil seiner Besatzung mit ins Grab.«

»Hmmm«, lautete Morgans einziger Kommentar.

»Also dann, Sir.« Beresick stand auf und reckte sich, um die Verspannung im Rücken zu lösen. »Ich sollte wohl besser zurück auf die Brücke. Ich sehe Sie dann in zwei Stunden.«

* * *

Als das Schott zu seinem Quartier zischend aufglitt, suchten Kasugai Hatsumis Augen automatisch die Kabine ab, obwohl er keinen Angriff befürchtete. Es war eine in langen Jahren der Ausbildung eingeschliffene Gewohnheit. Vor fast vier Stunden hatte er geholfen, Colonel Sleipness' Landungsschiff an dessen Dockkragen am spindelförmigen Mittelstück der *Banbridge* zu befestigen. Jetzt war seine Wache endlich zu Ende, und Hatsumi war hundemüde. Er hatte keine Ahnung gehabt, daß es an Bord eines Sprungschiffs so viel zu tun gab. In seiner Rolle als Raummatrose hatte er eine Senior-SprungTech dabei begleiten müssen, wie sie durch die engen Passagen um den Kearny-Fuchida-Antrieb des Schiffes kroch.

Der enorme, spindelförmige Antriebskern lieferte den weitaus größten Teil der Masse des Sprungschiffs der *Monolith*-Klasse, und er mußte vor und nach jedem Sprung genauestens inspiziert werden. Es war eine heiße, schweißtreibende und schmutzige Arbeit, die auf den meisten anderen Schiffen als Bestrafung diente. An Bord eines ComStar-Schiffes jedoch wurden die Besatzungsmitglieder allein danach eingeteilt, welche Aufgabe während ihrer Schicht gerade anstand. Da seine Tarnung ihn als einfachen Raummatrosen auswies, war Hatsumi angewiesen worden, die SprungTech zu begleiten und ihren schweren

Werkzeugkasten mit den Prüfgeräten zu schleppen, damit sie sich in der klaustrophobischen Enge des Triebwerksraums freier bewegen konnte. Hatsumi beneidete die Tech nicht um ihre Bewegungsfreiheit. Sie brauchte sie, um sich zwischen die riesigen Spulen und dicken Stromkabel zwängen zu können, wo es noch heißer und schmutziger zu sein schien als in den Wartungsschächten. Als sie damit fertig war, jede Komponente des K-F-Antriebs gründlich zu überprüfen, war die SprungTech weit verdreckter gewesen als er.

Nachdem er seinen von oben bis unten versauten Overall ausgezogen hatte, öffnete Hatsumi seinen Spind, um eine saubere Uniform herauszuholen. Vom Boden des flachen, truhenartigen Spinds drang ein leises, kaum wahrnehmbares Summen an seine Ohren. Plötzlich war der Nekekami hellwach. Er suchte blind durch die spärliche Habe, die unter seiner Null-G-Pritsche verstaut war, und fand einen flachen Plastikkasten, sechs Zentimeter im Quadrat, einen Zentimeter dick. Das Gerät ähnelte in Aussehen und Funktion den Signalgebern, wie sie schon seit Jahrhunderten in Gebrauch waren. Dieses hier konnte nur von einem einzigen Sender aktiviert werden, der auf einer sehr schmalen, sehr speziellen Wellenlänge operierte. Und selbst dann mußte die Nachricht an das Gerät noch auf die richtige Impulslänge komprimiert werden, damit der Empfänger sie akzeptierte.

Mit einer Berührung des Miniaturknopfes am oberen Rand schaltete er den Signalton ab. Eine weitere Berührung ließ ein einzelnes Wort auf dem winzigen LED-Schirm des Geräts aufleuchten.

»Alraune«

Die dritte Berührung schaltete den Schirm ab. Das einzelne Wort sprach für den Nekekami-Teamchef Bände. Die Zeit für seine Mission war gekommen, und sein Team mußte sich bereithalten, auf das entsprechende Zeichen augenblicklich in Aktion zu treten.

* * *

Im selben Augenblick, in dem Hatsumi das Gerät wieder versteckte, erhielt Morgan eine eigene Nachricht.

»Sir.« Kommodore Beresick trat neben ihn vor den Hauptbrückensichtschirm der *Unsichtbare Wahrheit*. »Alle Einheiten melden volle Ladung, verstaute Segel und Sprungbereitschaft.«

»Sehr schön, Kommodore.« Der kurze Satz hatte einen seltsamen Klang, einen emotionalen Unterton, den Beresick nicht definieren konnte. Vielleicht lag es an der Bedeutung des Augenblicks. Bis zu diesem Moment hatte die Einsatzgruppe sich noch tief in eigenem Territorium befunden. Zugegeben, sie sprangen erst in die Peripherie. Aber seit der Clan-Invasion hatte sich die Peripherie in eine Gefahrenzone verwandelt. Die Raumpiraterie hatte einen beträchtlichen Aufschwung erlebt – und die Brutalität der Überfälle deutlich zugenommen. Dann war da noch die Sache mit den falschen Rittern und ihrem sogenannten ›Sternenfürst‹ gewesen. Vielleicht waren es diese Überlegungen, die Morgans Stimme angespannt klingen ließen.

Was immer den Marshal bewegte, er schüttelte es schnell wieder ab. Als er zum nächstenmal das Wort ergriff, geschah das mit der kräftigen, ruhigen Stimme, die Beresick gewohnt war, und er fragte sich, ob er sich den seltsamen Unterton möglicherweise nur eingebildet hatte. »Kommunikationsoffizier, geben Sie mir einen freien Kanal an die Flotte.«

Der Tech bestätigte Hasek-Davions Befehl. Innerhalb von Sekunden richtete Morgan sich auf und erweckte den Eindruck, eine bedeutende, der Wichtigkeit des Ereignisses angemessene Rede halten zu wollen. Seine Haltung widersprach der Einfachheit seiner Botschaft.

»Kavalier an alle Einheiten, Achtung. Sprungsequenz einleiten, jetzt, jetzt, jetzt.«

Morgan trat von der Kommkonsole zurück und legte als Dank für dessen Hilfe eine Hand auf die Schulter des Techs. Beresick bemerkte die kleine Geste voller Bewunderung. Es waren Kleinigkeiten wie die Anerkennung der Leistungen eines Untergebenen, die einen guten Kommandeur auszeichneten, einen Kommandeur, dem seine Leute wenn nötig auch bis in die Hölle folgten.

Noch während Morgans Hand wieder an seine Seite fiel, drehte Beresick sich schon um und bellte die Befehle, mit denen die Ereignisse eingeleitet wurden, die sein Schiff aus dem Raum-Zeit-Kontinuum des Einstein-Universums durch die Unwirklichkeit des Hyperraums befördern sollten, ohne Zeitverlust vom jetzigen Standort der *Unsichtbare Wahrheit* in ein System, das momentan nicht mehr war als ein auf dem Sichtschirm des Kampfraumschiffs kaum wahrnehmbarer Lichtpunkt.

»Kurs im Navigationscomputer festlegen.«

»Kurs festlegen, aye-aye, Sir. Kurs berechnet und eingegeben.«

»Triebwerke aktivieren.«

»Triebwerke aktivieren, aye-aye. Triebwerke geladen und bereit. Fertig zum Sprung.«

»Geben Sie das Signal und Sprung.«

Noch während die Sirene durch das Schiff gellte, beobachteten Morgan und Kommodore Beresick Seite an Seite vor dem riesigen Hauptsichtschirm der Brücke, wie die *Rostock*, eine Korvette der *Fox*-Klasse, auf deren Rumpf die Sonnenfaust des Vereinigten Commonwealth prangte, dematerialisierte, das erste Kriegsschiff der Freien Inneren Sphäre, das den Krieg zu den Clans trug.

17

Schlachtkreuzer SBS *Unsichtbare Wahrheit*, Zenithsprungpunkt, Zwischenstation Holunder Äußere Peripherie

19. Juli 3059, 20:45 Uhr TNZ

Dreimal hatte sich der Sprung der *Unsichtbare Wahrheit* durch die physikalische Anomalie namens Hyperraum auf dem langsamen Zug der Einsatzgruppe durch das Peripheriereich der Außenweltallianz wiederholt. Die Allianz klammerte sich zusammen mit etwa einem halben Dutzend kleiner und kleinster anderer Staaten an den äußersten Rand der Inneren Sphäre. Im Gegensatz zu den größeren Nachfolgerstaaten bedeuteten die Peripherienationen in den Augen der Einsatzgruppenmitglieder weitgehend unbekanntes Gebiet, bewohnt von Abenteurern, Piraten und Gesindel. Die zwischen den Außenbezirken des Draconis-Kombinats und des Vereinigten Commonwealth eingezwängte Außenweltallianz erschien ihnen kaum überlebensfähig und ohne die Unterstützung ihrer mächtigen Nachbarn durch Isolation und Banditenüberfälle schon vor Jahrzehnten dem Untergang geweiht.

Einsatzgruppe Schlange hatte fast drei Wochen benötigt, die Allianz zu durchqueren, wobei sie Systeme mit größerer Bevölkerung gemieden hatte, um einen zufälligen oder sogar bewußten Verrat an die Clans zu vermeiden. Die Invasoren hatten inzwischen Schritte unternommen, einen eigenen Geheimdienst aufzubauen, den sie ›Clanwache‹ nannten. Ob die Clans Agenten in der Außenweltallianz hatten, war nicht bekannt, aber Morgan Hasek-Davion hielt es für vernünftig, jeden unnötigen Kontakt zu vermeiden.

Nur Sekunden nach dem Verschwinden der *Rostock* rief Korvettenkapitän Phat Ng, der Chefbordingenieur der *Unsichtbare Wahrheit*: »Triebwerke bereit, fertig zum Sprung.«

»Sir?« Beresick sah zu Morgan und übergab ihm damit für den Augenblick den Befehl über das Schiff.

Morgan nickte. »Sprung.«

»Aye-aye, Sir. Sprung.«

Morgan wußte, daß die Transition durch den interstellaren Raum in Nullzeit erfolgte, zumindest den Uhren des Einsteinkontinuums zufolge. Trotzdem fühlte er, als der Korvettenkapitän die gewaltigen Kearny-Fuchida-Triebwerke anwarf, daß ein Prickeln sich in seinem Körper ausbreitete, als gleite er durch ein Feld statischer Elektrizität. Die Umgebung verschwamm vor seinen Augen, und die Geräuschkulisse der Kommandobrücke verzerrte sich zu einem undefinierbaren Stöhnen. Aus dem Nichts explodierte eine plötzliche, schillernde Woge von Farben und Lärm und schlug über ihm zusammen. Das Licht und der Krach hämmerten gegen seine Brust, den Magen, den Kopf. Es war, als wäre er aus einem brennenden BattleMech in die Träume eines wahnsinnigen Zirkusclowns ausgestiegen. Einen Augenblick lang drohte sein Verstand unter der Sinnesüberladung kurzzuschließen.

Dann war der Angriff auf sein Bewußtsein ebenso plötzlich wieder vorbei. Nur blasse Geisterbilder namenloser Farben und ein leises Zittern tief in seinen Eingeweiden blieben zurück.

Morgan blinzelte heftig, um seine Sicht wieder zu klären, und schaute auf die Navigationsanzeige des Schlachtkreuzers. Eine alphanumerische Datenzeile bestätigte ihm, daß das Kriegsschiff am richtigen Punkt aus dem Überraum ausgetreten war.

»Gefechtsalarm.«

Kommodore Beresick wiederholte Morgans Befehl. Eine laute, metallische Stimme hallte durch das Schiff.

»Gefechtsalarm, Gefechtsalarm. Alle Mann auf die Gefechtsstationen.«

Wieder tosten Lärm und Bewegung durch die Brücke, aber diesmal war das Chaos rein natürlich. Mit jeder Meldung einer Schiffssektion bestätigte ein Brückenoffizier die Nachricht und ein grünes Licht flammte auf der Statusanzeige auf. Sobald alle Lichter für eine Abteilung grün leuchteten, erklang die Stimme des verantwortlichen Offiziers.

»Alle Geschützstände besetzt und bereit.«

»Maschinenraum besetzt und bereit.«

»Alle Jäger startbereit.«

Und so ging die Litanei weiter, bis Fregattenkapitän Joshua Greystone, der 1. Offizier der *Unsichtbare Wahrheit*, nach einer letzten Überprüfung der Statusanzeige, über das Stimmengewirr rief: »Kommodore, alle Stationen melden Bereitschaft.«

Beresick drehte sich zu den Brückenoffizieren um. »Ortung, melden Sie alle Kontakte.«

»Sir. Ich zeichne nur Einheiten der Einsatzgruppe.«

»Navigator«, wandte Beresick sich an einen anderen Tech. »Wie ist unsere Position?«

Der Offizier spulte eine Serie von Zahlen ab, die für Morgan größtenteils ohne Bedeutung waren. Er konnte auf dem Monitorschirm sehen, daß die Flotte etwas rand- und spinwärts der Außenweltallianz materialisiert war, an einer einzelnen Sonne der Klasse M ohne bewohnbare Planeten.

Beresick unterbrach Morgans Studium der Raumkarte. »Sir. Wir sind im Zeitplan und am vorgesehenen Ort. Alle Einheiten melden ihre problemlose Ankunft. Es gibt keine außergewöhnlichen Ortungen. Ich habe Befehl gegeben, auf Bereitschaftsstufe Grün zurückzukehren und den Aufladeprozeß einzuleiten.«

* * *

Am anderen Ende des 839 Meter langen Schiffsrumpfes der *Unsichtbare Wahrheit* nahm ein komplexer Tanz von Mensch und Maschine seinen Anfang.

Als Antwort auf eine Serie von Befehlen feuerten die gewaltigen Schubtriebwerke. Langsam drehte sie die enorme Masse des Schlachtkreuzers, bis dessen Heck genau in Richtung des Systemgestirns ausgerichtet war. Die Maschinen feuerten erneut und brachten das Raumschiff zum Stehen. Danach wurden sie nur noch mit geringer Leistung gefahren, die gerade ausreichte, um das Kriegsschiff in Position zu halten.

Kaum hatte die *Unsichtbare Wahrheit* sich einigermaßen orientiert, als eine komplexe Abfolge von Servomotoren, Myomerbündeln und Hydrauliksystemen sich daran machte, das Sprungsegel des Schiffes auszufahren.

Für den Uneingeweihten war der Begriff ›Sprungsegel‹ verwirrend. Es handelte sich nicht wirklich um ein Segel. Vielmehr war die riesenhafte Scheibe eine komplexe Maschine. Zwischen dünnen Schichten aus Plastik und Maschendraht lagen empfindliche Hochleistungssolarzellen, die Sonnenenergie sammelten und über spezielle Energiekopplungen in die Sprungtriebwerke des Schiffes abgaben.

Mit einem Durchmesser von nahezu anderthalb Kilometern bei einer Dicke von wenigen Millimetern war das Segel der *Unsichtbare Wahrheit* äußerst empfindlich. Diese Hightech-Spinnwebe zu entfalten war keine Arbeit für Dummköpfe oder Ungeduldige. Inzwischen besaßen viele Sprungschiffe zwar Lithium-Fusionsbatterien, die in der Lage waren, dem Schiff die Energie für einen einzelnen Sprung zu liefern, aber eine Beschädigung des Solarsegels konnte trotzdem das Todesurteil für ein interstellares Raumschiff sein, besonders, wenn es allein und im Leerraum zwischen den bewohnten Systemen operierte. Mit einem beschädigten Sprungsegel reduzierte sich die Fähigkeit des Schiffes, seine Triebwerke aufzuladen. Wurde das Segel zerstört, blieb als einzige Möglichkeit, den Sprungantrieb aufzuladen, die Einspeisung von Energie aus den großen Fusionsreaktoren des Schiffes.

Das schien zwar theoretisch mit der gleichen Effizienz möglich wie ein Aufladen über das Segel, war aber mit ganz eigenen Problemen verbunden. Wurde die Energie der Fusionsreaktoren auch nur etwas zu schnell in die Sprungtriebwerke geleitet, konnte das die empfindlichen Kearny-Fuchida-Aggregate irreparabel beschädigen. Es kam vor, daß Raumschiffskapitäne auf diese ›Schnell-Ladung‹ zurückgriffen, besonders in gefährlicher Lage. Doch die meisten zogen zum Aufladen ihres Antriebs eindeutig die sicherere Alternative des Solarsegels vor. Der Gedanke, mit leeren K-F-Triebwerken und einem schwer beschädigten Segel irgendwo festzuhängen, konnte selbst dem abgehärtetsten Raumfahrer Alpträume bereiten.

Deshalb dauerte es von dem Augenblick, in dem Beresick den Befehl gab, das Aufladen einzuleiten, noch neunzig Minuten, bis die Meldung zurückkam: »Segel komplett ausgefahren. Ladevorgang läuft.«

Morgan blickte über die Brücke zu dem sichtbar erleichterten Kommodore. Da er selbst kein Raumfahrer war, erfüllte ihn der Gedanke an einen Sprungsegelschaden nicht mit demselben Entsetzen wie Beresick. »Ich mache Ihnen nur ungern zusätzliche Probleme, Kommodore, aber vielleicht sollten wir eine BGP in Betracht ziehen.« Er grinste und deutete auf die holographische Darstellung der Einsatzgruppe, die wie eine bizarre Schule winziger Fische über der leuchtenden Kugel der Systemsonne hing.

Beresick erwiderte das Grinsen und gab den Befehl an das Hauptflugkontrollzentrum weiter. Mehrere

Decks tiefer, in der ›H-Flug‹, befahl der Luft/Raumkontrolleur (traditionell als ›Fliegerboß‹ bezeichnet) den Start von zwei Jägerpaaren.

Es dauerte nur Augenblicke, bis zwei große *Donnervogel-* Luft/Raumjäger von den Startkatapulten der *Unsichtbare Wahrheit* ins All geschleudert wurden. Minuten später folgten zwei weitere Maschinen.

Die leistungsstarke Mischung aus Laser- und Raketenbewaffnung des *Donnervogel* machte ihn zu einer logischen Wahl für eine Barrieren-Gefechtspatrouille. Obwohl weder Morgan noch Kommodore Beresick mit Feindkontakt rechneten, bestand eine reale Gefahr. Falls Aggressoren auftauchten, würde es sich wahrscheinlich um Raumpiraten handeln, die abdrehen und die Flucht ergreifen würden, statt sich mit einer Flotte dieser Größe anzulegen. Aber auch ein Kontakt mit den Clans war denkbar. Die momentane Position der Einsatzgruppe lag in der Nähe der Waffenstillstandslinie, und niemand war sich sicher, inwieweit diese Linie in Raumbereichen außerhalb der Inneren Sphäre Gültigkeit hatte.

Vor Morgans Augen tauchten winzige Symbole im Holotank auf, die jede der Jagdmaschinen repräsentierten. Als die anderen Schiffe der Einsatzgruppe ihre Jäger starteten, erschienen weitere Lichtpunkte. Schließlich zogen zwanzig Luft/Raumjäger Endlosschleifen um die Raumschiffe unter ihrem Schutz.

* * *

Das System hatte in der Planungsphase der Operation den Namen Zwischenstation Holunder erhalten. Es unterschied sich in nichts von Tausenden anderer Systeme im erforschten Weltraum und Millionen jenseits des von Menschen besiedelten Raums. Mit einer Sonne der Spektralklasse M4 und ohne bewohnbare

Planeten besaß es wenig, was Siedler hätte anlocken können.

Es war die M4-Sonne, die Kommodore Beresick Sorgen machte. Der geringe Energieausstoß des Gestirns und die mit dem Betrieb von Kearny-Fuchida-Triebwerken verbundenen physikalischen Zwänge sorgten dafür, daß es mindestens 205 Stunden dauern würde, bis die Solarsegel genug Sonnenenergie gesammelt, umgewandelt und gespeichert hatten, um die Triebwerke der Flotte für den nächsten Sprung durch den Hyperraum zu präparieren. Das aber hieß, die Flotte mußte achteinhalb Tage hier verbringen.

Bis zu diesem Ladepunkt hatte sich niemand größere Gedanken darüber gemacht, wie lange die Flotte damit zubringen mußte, Sonnenenergie für die K-F-Triebwerke zu sammeln. Aber jetzt, im Niemandsland der Äußeren Peripherie, ständig in Gefahr, auf Raumpiraten zu treffen – oder womöglich sogar eine Überfalleinheit der Clans –, machte sich Anspannung unter den Offizieren und Mannschaften von Einsatzgruppe Schlange breit.

Zunächst waren die Auswirkungen hintergründiger Natur. Unruhe und mangelnde Konzentrationsfähigkeit ließen sich leicht durch kürzere Wachen und zusätzliche Zeit auf den Gravdecks bekämpfen. Aber mit der Zeit wuchs auch der Streß.

Noch bevor der Ladevorgang zur Hälfte abgeschlossen war, hatte Captain D. C. Stockdale, der Kaplan der Leichten Eridani-Reiterei, bereits dreimal erbitterte Streitigkeiten zwischen Soldaten schlichten müssen. Beim letzten der drei Vorfälle, der über den Ausgang eines simulierten Mechgefechts ausgebrochen war, wäre es fast zu einer Schlägerei gekommen. Stockdale mußte die Männer mit der Hilfe Master Sergeant Youngs trennen, bevor sie einander verletzten.

Nicht einmal die Offiziere waren gegen die Spuren gefeit, die das Warten am Nervenkostüm hinterließ. Einmal bat Morgan Kommodore Beresick bei einem Wachwechsel, den Rotationsplan der für die BGP eingeteilten Piloten zu überprüfen. Als er versuchte, dem Kommodore seine Sorge über die Aufmerksamkeit und Gefechtsbereitschaft der überlasteten Flieger zu erklären, hatte dieser ihn angeknurrt und gefragt, warum er sich nicht ebenso um die Schiffsbesatzungen sorgte.

An Bord der *Bernlad*, einem Sprungschiff der *Starlord*-Klasse im Besitz der Ritter der Inneren Sphäre, verbrachte Paul Masters fünfzehn Minuten damit, seine persönlichen Techs abzukanzeln, weil sie eine planmäßige Wartung seines *Feuerfalke* nicht bis zu dem Zeitpunkt beendet hatten, den er dafür als angemessen betrachtete. Als der ChefTech der Ritter von Masters' Zurechtweisung seiner Techs erfuhr, marschierte er seinerseits geradewegs auf den Colonel zu und sagte ihm auf eine Weise die Meinung, die keinerlei Zweifel offenließ. Während der großzügig mit Flüchen gewürzten Tirade steigerte sich der Tech in eine solche Erregung, daß Masters Handgreiflichkeiten befürchtete.

* * *

Die Zwischenfälle erreichten ihren Höhepunkt dreißig Stunden, bevor die Flotte das System verlassen sollte.

Zwei SL-17R *Shilones* des 3. Einsatzbataillons der Leichten Eridani-Reiterei hatten soeben einen ausgedehnten Patrouillenkurs um die *Ericsson* beendet, ein den 1. Kathil-Ulanen angegliedertes Sprungschiff der *Invasor*-Klasse. Als sie auf den Einwärtsabschnitt ihrer Patrouillenschleife einschwenkten, bemerkte Unteroffizier Leonard Harpool einen Blip auf seiner Ortung, der dort nichts zu suchen hatte.

»Wildman, ich zeichne einen Unbekannten.« Harpool, seiner stacheligen, unbezähmbaren Haarpracht wegen ›Igel‹ genannt, meldete den Kontakt an seinen Lanzenführer und gab Entfernung und Richtung in korrekter militärischer Manier weiter. »Position Dreidrei-sieben Punkt Eins-sechs. Entfernung Drei-neunnull, sinkend.«

Lieutenant ›Wild Steve‹ Timmons, der Lanzenführer, blickte auf seine Sensoranzeige. Der Ortungsimpuls lag ein wenig backbord und oberhalb seiner Flugebene, etwa bei zehn Uhr, in dreihundertneunzig Kilometern Entfernung. Die kombinierte Geschwindigkeit des Banditen und seiner Jägerlanze ließ erwarten, daß sie in wenigen Sekunden in Sichtweite kommen würden.

Plötzlich teilte sich der helle Ortungsimpuls vor Timmons' Augen in zwei. Keiner der beiden Blips war durch eine Freund-Feind-Signatur gekennzeichnet.

»Ich seh sie, Leo. Moment.«

Timmons tippte einen Befehl ein und sandte einen leistungsstarken kodierten Mikrowellenimpuls auf die Reise. Der Transponderimpuls hätte bei Schiffen der eigenen Seite eine entsprechende Antwort auslösen müssen. Er blieb jedoch ohne Antwort.

»IFF-Reaktion negativ. Erfassen und laden, Igel, das wird ein Gefecht.« Timmons schaltete den Kanal um und gab eine kurze Nachricht an den Fliegerboß an Bord der *Unsichtbare Wahrheit* ab. »Innenhof, Innenhof von Echo Fünnef. Zwei mögliche Feindeinheiten gesichtet bei Eins-sechs-sieben Punkt Fünnef-vier. Echo Fünnef und Sechs greifen an.«

»Ortung erfaßt«, rief Harpool ihn an, noch bevor Timmons seine Meldung abgeschlossen hatte. »Laut Computer sind es Clan-OmniJäger, wahrscheinlich *Sabutais*. Wahrscheinlichkeit achtzig Prozent. Ziel erfaßt.«

»Igel, warte...«, rief Timmons, eine halbe Sekunde zu spät.

»Raketen ab.«

Als Harpools Stimme über die Kommleitung hallte, schossen zwanzig Shigunga-Langstreckenraketen aus einer Lafette unter dem eingezogenen Bug der *Shilone*. Im Vakuum des Alls gab es kein Mündungsfeuer, wie es bei einem Abschuß in einer sauerstoffreichen planetaren Atmosphäre aufgeflammt wäre. Nur eine leuchtendrote Spur auf Timmons' Sichtprojektion, erzeugt vom Ortungssystem des Jägers, markierte die Flugbahn der Raketen.

Dreihundert Kilometer entfernt drang eine monoton freundliche Computerstimme an die Ohren Lieutenant Richard Norgans. »Raketen im Anflug. Ausweichmanöver einleiten.«

Als erfahrener Kampfpilot benötigte Norgan keine derartige Aufforderung. Er hatte die Leuchtspur der Raketen auf der Sichtprojektion schon einen Sekundenbruchteil zuvor bemerkt und stand fast auf dem rechten Ruderpedal. Norgan riß den Steuerknüppel so hart nach rechts und vor, daß er Angst bekam, ihn zu verbiegen. Mit der Linken stieß er den Schubhebel bis zum Anschlag vor, in den Vollschubbereich.

Sein 75-Tonnen-Jäger reagierte sofort und fiel in einer Rolle nach Steuerbord weg.

»Innenhof, Innenhof von Sierra Neun. Ich werde angegriffen!« brüllte Norgan ins Helmmikrofon. Sein verzweifeltes Ausweichmanöver war fast gelungen. Nur drei der zwanzig anfliegenden Raketen schlugen in den Rumpf seines *Hammerhai* ein. Er zog die Maschine aus der Rolle in eine enge Kehre und richtete die schwere Imperator-Autokanone des Jägers auf den Angreifer aus. Noch war das Ziel außer Reichweite, aber nicht mehr für lange. Noch ein paar Sekunden bei dieser Geschwindigkeit, dann würde er einen Sturm panzerbrechender Explosivgranaten abfeuern, der nahezu jeden Gegner in einer Salve aus dem All fegen konnte.

Leise hörte er durch die Wut über den unprovozierten Angriff das wütende Bellen des Luft/Raumkontrolleurs. Der Fliegerboß schien ihn anzuweisen, den Angriff einzustellen.

Einen kurzen, verwirrten Augenblick lang donnerte Norgan weiter auf den angreifenden Jäger zu. Sein Finger spannte sich um den Feuerknopf.

»Verdammt, Sierra Neun! Ich habe gesagt, Angriff abbrechen! Ihr Ziel ist auf unserer Seite: Ich wiederhole: Ihr Ziel ist auf unserer Seite. Bestätigung!«

Mit einem Kopfschütteln sicherte Norgan die Bordwaffen. »Innenhof von Sierra Neun, bestätigt, Ziel ist eigene Maschine. Ich breche den Angriff ab, aber wenn dieser Hurensohn noch eine verdammte Rakete auf mich abfeuert, blase ich ihn geradewegs zur Hölle!«

Der Fliegerboß antwortete nicht auf Norgans Drohung. Er war zu beschäftigt damit, Unteroffizier Harpool die Leviten zu lesen. »Ich gebe einen Furz darum, was Ihre Sensoren angezeigt haben! Sie haben jede verdammte Gefechtsregel verletzt, die es gibt! Bewegen Sie Ihren Arsch hierher, und das auf der Stelle!«

Harpool versuchte zu protestieren, aber der Boß war nicht in der Stimmung, sich irgendwelche Widerworte gefallen zu lassen. »Ich gebe einen Rattenarsch darum, ob Sie ein Eridani, ein ComGuardist oder der verdammte Tyrann von Muskegon sind. Um ein Rotkatzenhaar hätten sie die schlimmste Prügelei diesseits von Tukayyid ausgelöst. Sie haben Ihren Befehl, Mister, und wenn Sie nicht in spätestens einer halben Stunde in meinem Büro antanzen, können Sie sich glücklich schätzen, wenn ich Sie auch nur daran *denken* lasse, jemals wieder einen Jäger zu steuern. Ist das verstanden?«

Mit einem angewiderten Schnaufen riß Fregattenkapitän Frank Kazeva sich den Kopfhörer herunter und warf ihn auf die Funkkonsole, ohne auf Harpools mürrische Bestätigung zu warten. »Danny, gib mir die Brücke.«

* * *

Eine Stunde später standen Harpool und Timmons in starrer Hab-Acht-Stellung im Büro des Fliegerbosses. Kazeva wanderte wütend vor ihnen auf und ab. Auf den harten, geraden Stühlen an einer Seitenwand des Zimmers saßen Generalin Ariana Winston, Kommodore Beresick und Morgan Hasek-Davion. Die Anwesenheit der drei Flaggoffiziere machte den Piloten klar, in was für immensen Schwierigkeiten sie steckten.

»In Ordnung, Jungs.« Kazevas Stimme war ein drohendes Knurren. »Warum erzählt ihr mich nicht, weshalb ihr auf einen ComGuard-*Hammerhai* geschossen habt?«

»Sir. Es war meine Schuld«, setzte Lieutenant Timmons an. »Ich war der Schwarmführer. Ich hätte die Pflicht gehabt, die Art des Kontakts zu überprüfen, bevor wir zum Angriff übergingen.«

»Das ist Dreck, Lieutenant, und Sie wissen es.« Kazeva blieb sofort stehen, das Gesicht keine zehn Zentimeter vor Timmons. »Dieser Held hier war zu geil darauf, seinen ersten Abschuß zu machen. Habe ich nicht recht, Harpool?«

»Nein, Sir«, antwortete Igel und wagte es kaum, den Fliegerboß anzusehen. »Der Bordcomputer meldete eine achtzigprozentige Wahrscheinlichkeit, daß es sich bei den Zielen um *Sabutais* handelte. Es gab keine IFF-

Reaktion, und sie kamen zu schnell näher, als daß wir die Gefahr hätten eingehen können, dem Gegner den ersten Schuß zu überlassen.«

»Also haben Sie die Gefechtsvorschriften Gefechtsvorschriften sein lassen und Ihre eigenen geschrieben, ja?«

»Also … Nein, Sir. Verstehen Sie …«

»Haben Sie sich überhaupt die Mühe gemacht, die aushängenden Gefechtsvorschriften zu lesen, Mister Harpool? Haben Sie die Vorschrift gelesen, daß Gefechtspatrouillenpiloten im Falle eines unidentifizierten Kontakts *vor* dem Waffeneinsatz auf jeden Fall eine visuelle Identifizierung durchzuführen haben?«

»Ja, Sir, aber …«

»Was sind Sie, Harpool, ein Verräter oder nur ein Trottel?« Kazeva starrte den jungen Unteroffizier mit einem zu einer Maske der Wut verzerrten Gesicht an. Als er ein paar Sekunden später weitersprach, hatte er seine Gefühle im Griff und seine Stimme klang gelassen. »Sie sind bis auf weiteres vom Flugdienst suspendiert, Gentlemen. In der Zwischenzeit erwarte ich von jedem von ihnen eine handschriftliche Ausführung der aushängenden Gefechtsvorschriften und eine eigenhändige Zeichnung jedes Jäger- und Landungsschiffsmodells in dieser Einsatzgruppe. Wenn Sie damit fertig sind, können Sie mir Ihre eigenhändigen Zeichnungen aller Clan-OmniJägermodelle abliefern. Wenn ich zufriedengestellt bin, daß es keine Wiederholung dieses ›unglücklichen Zwischenfalls‹ geben wird, werde ich es mir möglicherweise, aber auch nur möglicherweise, überlegen, Sie Flaschen wieder in ein Cockpit zu lassen.«

Kazeva drehte sich fragend zu den Flaggoffizieren in seinem Rücken um, mit der wortlosen Frage, ob einer von ihnen noch etwas hinzufügen wollte. Keiner der drei sagte etwas, aber der Fliegerboß wußte, daß Generalin Winston noch ein paar Sonderaufträge für die beiden Piloten in petto haben würde, wenn sie an Bord ihres eigenen Schiffes kamen. »In Ordnung. Geht mir aus den Augen.«

Timmons und Harpool salutierten zackig, drehten in schneller Stampfbewegung um und marschierten ab, dankbar, das Büro verlassen zu dürfen.

Winston schaute auf die geschlossene Luke. Dann stand sie lachend auf und schüttelte den Kopf. »Danke, daß Sie so gnädig mit ihnen waren, Boß.«

»Am liebsten hätte ich es ihnen ganz durchgehen lassen«, entgegnete Kazeva und setzte sich auf eine Ecke des Schreibtischs. »Ein *Hammerhai* sieht einem Clan-*Sabutai* verdammt ähnlich, selbst in der Ortung. Etwa dieselbe Größe, dieselbe Masse, beinahe identische Bewaffnung. Und als ich den Wartungsbericht von Sierra Neun bekam, hätte ich es ihnen fast durchgehen lassen. Aber ein kaputter Transponder ist keine Entschuldigung für eine Verletzung der Gefechtsvorschriften.«

Als Sierra Neun auf die *Alkmaar* zurückgekehrt war, hatten die AsTechs entdeckt, daß der IFF-Transponder des *Hammerhai* nicht funktionierte. Irgendwann nach dem Start war eine Sicherung des relativ empfindlichen Instruments durchgebrannt. Ohne diese elektronische Kennung hatte Schwarm Echo keine Möglichkeit, die unbekannte Ortung anders als durch Sichtkontakt zu identifizieren. In den meisten Fällen war die Identität eines Banditen zu dem Zeitpunkt, an dem eine optische Identifizierung möglich war, längst etabliert, entweder durch Sprechkontakt oder einen Schußwechsel.

»Jedenfalls bin ich froh, daß Sie es ihnen haben durchgehen lassen. Diesmal sind wir noch davongekommen. Beim nächstenmal könnte es soweit kommen, daß ich den ComGuards zwei neue Jäger kaufen muß.«

»Genau das habe ich mir auch gedacht«, grinste der Fliegerboß. »Bloß mußte ich sie kaufen.«

* * *

Am nächsten Tag, während Timmons und Harpool noch mit ihren Zeichnungen kämpften, rollten die Schiffe der Einsatzgruppe Schlange die Segel ein und sprangen weiter.

18

Süßwasserseebecken, Meribah-System
Äußere Peripherie

16. November 3059, 08:15 Uhr TNZ

Kapitänin Helen Lamus' Blicke zuckten hastig über die verwirrende Ansammlung von Kontrollen, Skalen und Anzeigen vor sich, vom künstlichen Horizont zum Radar-Höhenmesser, zur Sinkgeschwindigkeitsanzeige und wieder zurück. Andere Instrumente teilten ihr mit, daß sie gegen einen relativ milden Seitenwind von fünfzehn km/h und eine etwas höhere Gravitation als Terranorm ankämpfte. Obwohl sie eine erfahrene ComGuard-Pilotin mit über tausend Flugstunden in einem Landungsschiff der *Maultier*-Klasse war, mußte Lamus ab und zu die Kontrollen loslassen, um erst die eine Handfläche und dann die andere am Hosenbein ihres olivgrünen Overalls abzuwischen. Wenn sie die Hände wieder an die Steuerung legte, bildete sich bereits ein neuer Schweißfilm. Ein kugelförmiges Landungsschiff auf einem fremden Planeten zu landen, und das auch noch ohne Landemarkierungen, war in jedem Fall ein riskantes Unternehmen, bei dem ihr Magen Salti schlug.

Eines der größten Probleme bei einer Aktion von der Größe der Einsatzgruppe Schlange stellte der Bedarf an Trinkwasser dar. Es war etwas über vier Monate her, seit die Einsatzgruppe das Territorium der Außenweltallianz verlassen hatte. Die lange Reise hatte die Wasservorräte der Flotte soweit reduziert, daß Marshal Hasek-Davion sich entschlossen hatte, ›auf einen Drink Halt zu machen‹, wie er es ausdrückte.

Aus den Informationen des ComStar-Explorerdienstes wußten sie von einer Reihe von Systemen an der projizierten Flugroute der Einsatzgruppe, in denen

Süßwasser im Überfluß zu finden war. Morgan und Beresick hatten entschieden, bei jeder Gelegenheit die Wasservorräte aufzufrischen. Zu diesem Zweck waren zwei Landungsschiffe der *Maultier*-Klasse speziell umgebaut worden, mit riesigen Stautanks, Hochleistungspumpen und Filtersystemen: eben allem, was nötig war, um vor Ort Wasser zu sammeln und zu reinigen.

Endlich blinkte ein winziges rotes Signallämpchen auf. Das *Maultier* hing weniger als hundert Meter über der Planetenoberfläche. Lamus fuhr sich mit der Zunge über die Lippen, während sie die Zahlen vorbeigleiten sah. Siebenundfünfzig Meter ... fünfzig ... fünfundzwanzig ... zehn ... Das Schiff erzitterte, als es den Boden berührte. Die vier massigen Landestützen federten im Gehäuse und fingen das 11.000 Tonnen schwere Raumschiff ab, als es auf der Planetenoberfläche zur Ruhe kam. Als der Höhenmesser Null zeigte, stieß Lamus den angehaltenen Atem in einem langen Seufzer der Erleichterung aus.

»Facette von Gerstenkorn. Aufgesetzt.«

Als der Kontrolloffizier an Bord der *Antrim* die sichere Ankunft von Lamus' Schiff auf dem Planeten bestätigte, löste die Pilotin die Sicherheitsgurte, die sie auf der Pilotenliege des Landungsschiffes festgehalten hatten.

Weit unter ihr, im gewaltigen Frachtraum des *Maultier*, löste eine ComStar-Techcrew eine komplexe Serie von Nylongurten, die nicht dazu gedient hatten, Passagiere auf ihren Sitzen zu halten. Dazu waren sie zu breit. Diese Gurte hatten zusammen mit Magnetklammern drei M-1537 Zugmaschinen verankert. Alle drei Fahrzeuge, die bis zu zehn Tonnen Ausrüstung bewegen konnten, waren fast bis an diese Obergrenze mit einer verwirrenden Vielzahl von Pumpen, Filtern, Schläuchen und Kopplungen beladen. Außerdem besaß jedes einen Kran und eine Winde, die stark genug waren, zwanzig Tonnen zu heben.

Aber so groß die Zugmaschinen auch waren, sie belegten nur einen Bruchteil des Frachtraums. Der weitaus größte Teil dieser metallenen Höhle wurde von einem gigantischen Stautank beschlagnahmt.

Endlich der Gurtfesseln entledigt, sah Kapitänin Lamus aus den Transplastfenstern der Brücke. Das zweite *Maultier* hatte zweihundert Meter südlich aufgesetzt. Im Westen erstreckte sich eine blaue Wasserfläche bis zum Horizont. Den Explorerdaten zufolge war dieser See, dessen Größe Ozeanen anderer Welten gleichkam, die größte Süßwasserquelle in diesem Sonnensystem der Äußeren Peripherie. Der von der Einsatzgruppe ›Süßwasser‹ getaufte See grenzte im Norden an eine Kette rauher, felsiger Klippen. Im Süden und Osten war das Gelände sanfter, eine Serie niedriger, wogender Hügel. Der Befehlsstab hatte sich auf eine Landezone am Westufer geeinigt, hauptsächlich weil der Boden hier weitgehend eben war und sich ein ganzes Stück weit erstreckte, bevor er in leichten, niedrigen Wald überging. Drei Kilometer weiter westlich machten die verkrüppelten Harthölzer einem dichteren Wald aus hohen, majestätischen Bäumen mit einer Ähnlichkeit zu Eiche und Ahorn Platz.

Ein paar hundert Meter nördlich, südlich und westlich der Landezone konnte Lamus gerade noch die getarnten Umrisse von BattleMechs ausmachen. Sie zog ein kompaktes 7x-Fernglas aus einem Staufach neben der Steuerkonsole und betrachtete die Kampfmaschinen. Auf nahezu einen Kilometer Entfernung konnte sie keine Einzelheiten ausmachen, aber sie wußte aus der Einsatzbesprechung, daß sie bei Einsatz der Bordkameras auf den Mechrümpfen das schreitende braune Pferd und den blauen Mond des 21. Einsatzregiments der Leichten Eridani-Reiterei sehen würde. Der riesige eiförmige Rumpf eines Landungsschiffs der *Overlord*-Klasse ragte nur wenige Kilometer östlich ihres viel kleineren *Maultier* dunkel und drohend in den Himmel. Das gigantische Raumschiff gehörte ebenso wie die BattleMechs der Leichten Eridani-Reiterei. Ein *Overlord* konnte ein komplettes Bataillon BattleMechs mitsamt Infanterie-Unterstützung und Luft/Raumjägern befördern. Die Eridani-Truppen waren von Marshal Hasek-Davion zum Schutz der Wasserholer eingeteilt worden.

Die als Geleitschutz für die Nachschubflüge ausgewählten MechKrieger betrachteten die Gelegenheit, der Enge ihrer Raumschiffe zu entkommen, beinahe als Belohnung oder Gefallen von Seiten ihrer Offiziere. Es war einem Maß der Frustration, um nicht zu sagen der regelrechten Klaustrophobie unter den monatelang an Bord eines Raumschiffs eingepferchten MechKriegern zuzuschreiben, daß in manchen Regimentern das Gerücht ging, im Tausch für einen Platz beim Geleitschutz eines Wasserfluges sei so ziemlich alles erhältlich, was ein Mensch sich wünschen konnte. Eine der extremsten und wahrscheinlich unwahren Geschichten erzählte von einem Mitglied der 4. Drakøner, das einen brandneuen *JägerMech* gegen eine ältere *Speerschleuder* und die Gelegenheit eingetauscht hatte, wieder festen Boden unter den Füßen zu spüren.

* * *

Während Lamus ihr Fernglas auf die BattleMechs richtete, gab Major Paul Calvin einen Befehl ein, der die Optiksensoren des Matabushi-Ortungs- und Zielerfassungssystems im Kopf seines *Victor* auf die maximale Vergrößerung von 50x einstellte. Durch eine Kombination der Radar- und Ladarsensoren ließ sich eine noch höhere Vergrößerung erreichen, aber dabei wurde die

Bildschärfe beeinträchtigt. Die Computer, die Radio- und Laserdaten in Bilder umwandelten, waren nicht in der Lage, kleinere Details der Ziele darzustellen. Das führte zu einer körnigen Graustufendarstellung. Das rein optische System lieferte ihm wenigstens Farben.

Calvins 5. Einsatzbataillon, Beiname ›Die Drachentöter‹, war eingeteilt worden, für die Sicherheit des Wassertransports zu sorgen. Mit dem Befehl über drei Kompanien, die 4. und 7. Mech- sowie die 25. Schwere Sturmkompanie war es ein leichtes für ihn, die Landungsschiffe gegen jeden Gegner unterhalb eines kompletten schweren Mechbataillons zu beschützen. Es war eine Routineaufgabe. Die leichten Scoutelemente der Einheit waren mehrere Kilometer von der Landezone entfernt aufgestellt, während der Rest der Truppe die Hauptverteidigungslinie bildete. Die beiden Fluglanzen waren an Bord des *Overlord* geblieben, der sie hierher auf die Planetenoberfläche gebracht hatte.

Als der Ortungsmonitor ein klares Bild zeigte, konnte Calvin die gedrungenen Silhouetten der Zugmaschinen auf dem Weg zum Seeufer sehen. Laut Generalin Winstons Auskunft konnten sie mit zwölf bis sechzehn Stunden rechnen, bis genug Wasser gefiltert war, um damit die Tanks der beiden *Maultiere* zu füllen. Das war eine lange Zeit. Zu lange für einen MechKrieger, um in der heißen Enge seines Cockpits zu sitzen.

Major Calvin war schon sein ganzes Leben bei der Leichten Reiterei und ›im Sattel großgezogen‹ worden, eine gängige Umschreibung für jemanden, der in die Söldnereinheit geboren war. Obwohl das 21. Einsatzregiment, die Muttereinheit von Clavins Drachentötern, noch Teil der Leichten Eridani-Reiterei war und seine Befehle von Generalin Winston erhielt, hatte er gewisse Vorbehalte diesem sogenannten wiedererstandenen Sternenbund gegenüber. Die Rangstruktur und Befehlskette der Leichten Reiterei war intakt geblieben, und die Befehle kamen über General Winston von Marshal Hasek-Davion. Aber diese Mission hatte etwas eigenartiges, eine Aura der Permanenz, die Major Calvin mißtrauisch machte. Es war fast, als drohe die Leichte Eridani-Reiterei unter dem Mantel des Sternenbund-Banners ihren eigenständigen Charakter zu verlieren.

»Lieutenant Vitina«, rief Calvin seinen Adjutanten an. »Sobald die Techs ihre Maschinen aufgebaut und angeworfen haben, beginnen wir mit dem Wachwechsel. Es wird eine gehörige Zeit dauern, bis sie diese Tanks gefüllt haben, und ich möchte keine Ausfälle durch die Hitze erleben.«

»Ja, Sir«, antwortete Vitina und drehte seinen *Apollo* in einer sehr menschlichen Geste zum Mech seines Kommandeurs um. »Ich werde mich darum kümmern.«

»Danke, Tony.«

* * *

Als der vorderste M-1537 auf dem grobkörnigen Sand des Seeufers anhielt, sprang ComStar-Tech Ferro Machak aus der Fahrerkabine und versank bis zu den Knöcheln im lockeren Boden. Machak, ein Bär von einem Mann, sprang mit Leichtigkeit auf die Ladefläche des Transporters, wobei er das Profil eines der riesigen Reifen als eine Art Trittleiter benutzte.

Machak packte den meterlangen Filterkopf der ersten Stufe und senkte ihn vorsichtig auf den Boden neben der Zugmaschine. Andere Adepten und Akoluthen schwärmten über das Fahrzeug, luden Schläuche ab und koppelten Pumpen an. Alles lief wie bei einer gutgeölten Maschine.

Nach einem geschmeidigen Satz zurück auf den Boden hob Machak den siebzig Kilo schweren Filterkopf ohne irgendwelche Schwierigkeiten auf die Schulter und trug ihn zum Rand des Wassers. Zwei andere Techs zerrten einen Zwölf-Zentimeter-Schlauch von der Ladefläche des Transporters, während eine dritte Gruppe mit der Motorwinde die Verstärkerpumpe ablud.

Theoretisch war alles ganz einfach. Der Filterkopf und fast zwanzig Meter des daran angeschlossenen Schlauchs wurden im See versenkt. Von dort aus verlief die Leitung zu einer Verstärkerpumpe am Ufer und weiter ins Landungsschiff, wo soeben die Hauptfilteranlage aufgebaut wurde. Selbst mit den Hochleistungspumpen und Filtern würde es allerdings den größten Teil des Tages dauern, genug Wasser für die gewaltigen Stautanks zu sammeln.

Machak seufzte zufrieden, als er das schnelle Klopfen der Pumpen hörte. Die Sonne strahlte warm vom Himmel, und die Luft war frisch und sauber. Und vor allem konnte er den ganzen Tag auf einem Planeten mit echter, Blake-ehrlicher Schwerkraft verbringen, statt auf die zwei Stunden wöchentlich angewiesen zu sein, die er in der künstlichen rotierenden Umgebung des Schiffsgravdecks zubringen durfte, um die Auswirkungen längerer Schwerelosigkeit zu bekämpfen. Soweit es Adept Machak betraf, konnte das Leben besser nicht sein.

* * *

Zehn Kilometer entfernt fühlte Soldat Alan Vaux sich nicht annähernd so wohl wie Adept Machak. Vaux war ein ehemaliges Mitglied der 1172. Ausbildungskompanie. Er hatte sich unmittelbar nach Abschluß der Oberschule bei der Leichten Eridani-Reiterei verpflichtet. Ganz im Gegensatz zu den typischen Kadetten der Leichten Reiterei hatte Vaux die Grundausbildung mit einer Benotung abgeschlossen, die es ihm gerade so eben erlaubt hatte, sich als Mechpilot zu qualifizieren.

In der Mechausbildung hatten sich seine Leistungen jedoch verbessert, und er hatte ein gewisses Talent für Kundschafteraufgaben gezeigt. Unglücklicherweise war er in seine alte Trägheit zurückgefallen, kaum daß er den Abschluß in der Tasche hatte. Schon zweimal hatte Captain Holmes ihn wegen Schlamperei im Dienst in den Bau stecken müssen. Beim letztenmal hatte Master Sergeant Young Vaux ein paar leise Worte gesagt, die ihn wieder zur Ordnung zu rufen schienen. Leider war Einsatzgruppe Schlange aufgebaut worden, bevor die Offiziere der Leichten Reiterei eine echte Gelegenheit gehabt hatten, die Leistungen des jungen Rekruten zu bewerten.

Vaux war gerade erst von seiner Lanzenführerin, Sergeant Charlotte Kempka, eingeteilt worden, als sein Funkgerät zum Leben erwachte. »Alle Einheiten, alle Einheiten von Drache Eins. Trinker meldet alle Systeme in Betrieb.«

»Das ist toll, Major.« Vaux war clever genug, das Mikro abzuschalten, bevor er sich ein verächtliches Schnauben erlaubte. »Jetzt brauchen wir nur noch den Rest des Tages hier rumzusitzen, während die Techies rummachen. O Bruder, ich hasse Wachdienst.«

»In Ordnung, hergehört«, kam Sergeant Kempkas Stimme über die krachende Funkleitung. »Wir halten eine Standardrotation ein. Carasia, erste Wache, West zweite. Vaux, dritte. Ich übernehme den Schluß.«

Ein Chor von Stöhnlauten drang über den Taktikkanal der Lanze.

»Ich will es nicht wissen.« Der metallische Klang der Verbindung ließ Kempkas Stimme noch härter als sonst wirken. »So lauten die Befehle, und so machen wir's. Klar?«

Sie antworten im Chor: »Ja, Sergeant.« In der Antwort lag nur unwesentlich mehr Enthusiasmus als in ihren vorherigen Äußerungen.

»Und noch etwas: Bleibt wachsam. Haltet die Sensoren in Betrieb, aber vergeßt auch eure ›Modelle Null Punkt Eins‹ nicht.« Kempka benutzte den unter den Soldaten üblichen Slang für die angeborenen Sensoren jedes Soldaten: seine Augen. »Wir sind zwar noch nicht im Clan-Raum, aber das heißt nicht, daß da draußen keine Feinde lauern können.«

19

Süßwasserseebecken, Meribah-System
Äußere Peripherie

16. November 3059, 17:30 Uhr TNZ

Neun Stunden später hatte sich der strahlende Sonnenschein der Morgenstunden in einen trostlos grauen, nebelverhangenen Dauerregen verwandelt. Für die MechKrieger war das nicht weiter schlimm, denn sie konnten sich in ihren zwar muffigen, aber trockenen Pilotenkanzeln verkriechen. Die Bedingungen für die Techmannschaften allerdings waren katastrophal.

Niemand hatte damit gerechnet, daß sich die scheinbar kristallklare Flüssigkeit des Süßwassersees als mit mikroskopisch feinem Schlick gefüllt erwies, der den Filterkopf dermaßen verstopfte, daß er alle drei Stunden eingeholt, vom Schlauch abgekoppelt, ausgewaschen, wieder angebracht und zurück in den See verbracht werden mußte. Der gesamte Vorgang nahm eine volle Stunde in Anspruch, und eine Mission, die nach zwölf Stunden hätte abgeschlossen sein sollen, schien jetzt fünfzehn Stunden oder noch länger zu brauchen.

Alan Vaux saß im Cockpit seines *Brandstifter* und maulte über das Wetter, die Hitze, die Mission und das Leben überhaupt. Der junge Soldat machte sich nicht klar, was für ein Glück er hatte. Eine der häufig übersehenen Besonderheiten der FS9-Mechbaureihe war die Einstiegsluke des Cockpits. Während sie bei den meisten Mechs entweder seitlich aufklappte wie eine Tür oder auf Laufschienen aufgeschoben wurde, schwang sie beim *Brandstifter* auswärts nach oben. In Regensituationen, die es normalerweise unmöglich machten, die Mechluke zu öffnen, konnte die Luke des *Brandstifter* in geöffneter Position festgestellt werden, so daß der Pilot eine willkommene Frischluftzufuhr genoß.

Vauxs Cockpit war versiegelt. Ob er die Regendachfunktion vergessen hatte oder überhaupt nichts davon wußte, spielte keine Rolle. Die Unachtsamkeit, die sein Unbehagen kurzzeitig noch steigerte, rettete ihm wahrscheinlich das Leben.

Während der unerfahrene Rekrut in seinem Cockpit saß, die Füße auf der Kontrollkonsole, und dem Regen lauschte, der auf das Kanzeldach prasselte, gellte plötzlich ein schrilles Pfeifen durch die Kanzel. Ein blutrotes GEFAHR-Zeichen flammte auf. Innerhalb eines Sekundenbruchteils baute sich die Sichtprojektion auf.

Bevor er seinen geschockten Blick von dem blinkenden Warnlicht reißen konnte, erwachte bereits ein weiteres automatisches System. Ein schrilles, singendes Stakkato schnitt durch den regennassen Hain von Krüppelbäumen, in dem er sich untergestellt hatte, als das Raketenabwehrsystem seines Mechs mit einer Geschwindigkeit von über dreitausend Schuß in der Minute Stahlmantelgeschosse abfeuerte. Das kreischende Bellen brach kurz ab, als die Waffe sich neu ausrichtete, dann füllte das radargesteuerte MG die Luft mit einem weiteren Kugelhagel.

Höchstens zwanzig Meter vor seinem Mech sprengten die Geschosse den größten Teil einer Raketensalve vom Himmel. Die Explosionen klangen wie eine Kette monströser Feuerwerkskörper, die in der Luft detonierten. Schrapnell prallte von der Panzerung des *Brandstifter* ab, gefolgt von drei harten Schlägen, als die Sprengköpfe, die es durch das Abwehrfeuer geschafft hatten, in den Mech einschlugen. Hätte er die Luke aufgehabt, wären die Stahlsplitter durch die Öffnung gedrungen und quer durch Cockpit und Pilot geschlagen.

»Drache! Drache! Hier ist Scheit Eins-Vier. Ich werde angegriffen!« schrie Vaux ins Mikro, während er darum kämpfte, die Füße unter die Konsole auf die Pedale zu bringen, wo sie hingehörten.

»Ruhig bleiben, Vier.« Kempkas unangenehme Stimme war ihm noch nie so süß erschienen. »Melden Sie mir einfach, was Sie zeichnen.«

»Äh, ich habe vier, nein, sechs, Dreck, zehn, das sind zehn oder mehr Kontakte, die alle gegen meine Position vorrücken.« Vaux kämpfte gegen die aufsteigende Panik an. Simulatorgefechte und Manöver konnten einen nicht auf den schieren Schrecken vorbereiten, zu hören wie panzerbrechende Gefechtssprengköpfe auf der Außenhaut des Mechs explodierten. Vaux zwang sich zur Konzentration und las die über die Datenanzeigen laufenden Informationen. »Äh, ja. Es sind zehn plus Banditen, in zwei Gruppen, vier und sechs. Die vordere Gruppe scheint aus vier leichten oder mittelschweren Mechs zu bestehen. Gruppe zwei sieht nach schweren Maschinen aus. Die größte MAD da draußen zeigt etwa sechzig Tonnen. Keine IFF-Signale, keine Störsendungen.« Mit einem schnellen Blick auf die Ortungsanzeige vergewisserte Vaux sich, daß der Magnet-Anomalie-Detektor des *Brandstifter* die in seine Richtung vorrückenden Metallmassen korrekt interpretiert hatte.

»In Ordnung, Vier. Bleiben Sie cool.« Vaux konnte das Wummern und Singen eines marschierenden BattleMechs unter Kempkas knappen Befehlen hören. »Setzen Sie die Aktivordnung in Gang. Und wenn ein Bösewicht sich sehen läßt, blasen Sie ihn weg, verstanden? Hilfe ist unterwegs.«

»In Ordnung, Sarge.«

Das Wissen um den zu seiner Verstärkung anrückenden Rest der Lanze wirkte wie eine plötzliche Mutspritze auf den unerfahrenen Soldaten. Seine Ortung identifizierte den vordersten Feindmech als eine 3025er *Valkyrie*. Da diese eine Devastator Series-07-Raketenlafette im Torso trug, war das wahrscheinlich der Mech, der die Raketensalve auf ihn abgefeuert hatte. Aber wenn dem so war, stimmte hier irgend etwas nicht. Eine *Valkyrie* besaß zwölf Raketenpacks Nachschub für die Zehnerlafette, aber der Pilot hatte keine zweite Salve abgeschossen. Die erste war in einer Entfernung von über sechshundert Metern ausgelöst worden, nahe an der Maximalreichweite normaler SLSR. Vielleicht wollte der Pilot erst die Distanz verringern, bevor er einen erneuten Versuch unternahm.

Vaux beobachtete den Entfernungsmesser und sah die Distanz zwischen seinem *Brandstifter* und der vorderen Feindmaschine stetig abnehmen. Auf der taktischen Ortungsanzeige erschienen drei weitere identifizierte Mechs. Der erste war ein 40 Tonnen schwerer *Attentäter*, ein Standardmodell der Inneren Sphäre. Es waren die beiden anderen Maschinen, die Rekrut Vaux einen eiskalten Schauer über den Rücken jagten, keine vierhundert Meter entfernt und rasch noch näher kommend: die verbogenen, vorgebeugten Silhouetten zweier Clan-OmniMechs.

Sein Bordcomputer identifizierte den näheren der beiden Kampfkolosse als einen *Puma-B*. Der andere war als *Uller* markiert. Beides waren leichte Maschinen. Vaux schien zuversichtlich, jeden der beiden Innere-Sphäre-Mechs in einem Schlagwechsel zur Strecke bringen zu können, aber gegen eine vierfache Übermacht hatte seine 35-Tonnen-Maschine keine Chance.

»Sarge, ich will ja nicht drängen, aber hier wird's verdammt ungemütlich.«

Noch während er sprach, hielt die *Valkyrie* an. Flammen zuckten aus ihrem Torso, als zehn Raketen aus den Abschußrohren stiegen. Das Raketenabwehrsystem erwachte knatternd zum Leben und holte die

Hälfte der anfliegenden Geschosse vom Himmel. Der größte Teil der übrigen ging vorbei und schleuderte in einer schmutzigen, rauchgeschwängerten Dreckwolke Erdklumpen, Steinbrocken und zerschmetterte, brennende Äste hoch. Nur ein paar Raketen fanden ihr Ziel und schlugen Krater in die dürren Beine des *Brandstifter*. Vaux kämpfte mit den Kontrollen, um den Mech aufrecht zu halten.

Der Entfernungsmesser bewegte sich auf zweihundertsiebzig, die maximale Reichweite der Mechlaser. Vaux packte den Feuerknüppel und zog die orangefarbene Zielmarkierung auf den Schwerpunkt des *Puma*. Ein stetes Pulsieren des leuchtenden Kreises bestätigte die Zielerfassung. Der Eridani-Rekrut stieß den Auslöser durch und plazierte zwei Laserschüsse im Torso des Gegners. Eine Hitzewelle schlug durch das Cockpit, wurde aber schnell von den Wärmetauschern abgeleitet.

Der Angreifer stockte, feuerte. Panzerung verflüssigte sich und rann unter der feurigen Liebkosung nahezu unsichtbaren Laserfeuers am rechten Mechellbogen hinab.

Jetzt trat der *Uller* neben den *Puma*.

»Verdammt, das ist unfair!« schrie Vaux. Etwas in seinem Innern zerbrach. Angst machte blinder Wut Platz. Gegen den Befehl, die Stellung zu halten, stieß der junge Soldat den Steuerknüppel nach vorne und warf den *Brandstifter* in einen schwerfälligen Galopp. Beide Angreifer feuerten auf ihn und erzielten ein paar kleinere Treffer, konnten den heranstürmenden Mech aber nicht aufhalten.

Vaux zielte auf den vordersten Gegner und senkte die Schulter der Maschine wie ein Gravballspieler, der durch eine Verteidigerlinie brach. Mit etwas mehr als neunzig Stundenkilometern preschte der *Brandstifter* in die vorspringende Nase des *Uller*. Der Clan-Mech wedelte mit den Armen, als sein Pilot verzweifelt versuchte, die Balance zu halten, aber die Schwerkraft war stärker. Mit einem Donnerschlag krachte der 30 Tonnen schwere Kampfkoloß zu Boden und schlug schwer auf der rechten Seite auf.

Vaux sah sein Opfer nicht stürzen. Der Aufprall hatte seinen *Brandstifter* nicht weniger durchgeschüttelt. Er kämpfte um sein Gleichgewicht, und der Kreiselstabilisator des Mechs kreischte protestierend. Unbeabsichtigt wirbelte er bis auf dreißig Meter an den *Puma* heran.

Auf minimale Distanz pumpte der 35 Tonnen schwere Clan-Mech zwei kohärente Lichtbahnen in die Panzerung des Zündelmechs. Ein Strom von Leuchtspurmunition zerschnitt einen knappen Meter vor dem Cockpit die Luft. Eine Stakkatoserie Laserimpulse addierte Megajoule an Energie zu der Vernichtungsorgie.

Als Vaux die Balance zurückgewonnen hatte, zeichneten tiefe, qualmende Krater die Panzerung an der rechten Seite und dem Bein des *Brandstifter*.

Er stellte sich seinem Peiniger frontal entgegen und löste eine verheerende Breitseite aller Waffensysteme aus.

Plötzlich wurde sein Mech schwerfällig. Die Abwärme drohte die Kontrollschaltkreise zu zerkochen. Eine frustrierend höfliche, computergenerierte Frauenstimme informierte ihn, daß eine Reaktorstillegung bevorstand. Vaux schlug auf den Vetoschalter und betete, daß die Wärmetauscher die Innentemperatur des Stahlriesen senken konnten, bevor der Computer sein Veto ignorierte.

Für Vauxs Gegner hatte das allerdings keine Bedeutung. Der lodernde Brennstoff aus dem Flammer des *Brandstifter*, der über den von dem Angriff auf seinen anstürmenden Gegner bereits aufgeheizten *Puma* geschlagen war, zwang den Piloten, seine Maschine zu verlassen, da er sonst bei lebendigem Leib gesotten worden wäre.

Einer weniger, sagte Vaux sich, als der plötzlich pilotenlose *Puma* zu Boden stürzte. *Aber ich bin immer noch in der Bredouille.*

Ein metallzerschmetternder Doppeltreffer bestätigte seine Einschätzung, als zwei Kurzstreckenraketen in den bereits beschädigten Torso des *Brandstifter* einschlugen. Der *Attentäter* hatte in den Kampf eingegriffen.

»Verdammt, Kempka, wo stecken Sie?« brüllte Vaux über die Funkleitung.

»Ganz ruhig, Junge. Wir sind hier.«

Im selben Augenblick füllte sich der Himmel mit Rauch, als fünf KSR-Salven in die feindlichen Reihen schossen. Die *Valkyrie* stürzte schwer und kam nicht mehr hoch. Der *Attentäter* drehte um und suchte das Weite.

»Ich dachte, ich hätte Ihnen befohlen, zu bleiben, wo Sie sind, Vaux.«

»Ja, Sergeant, haben Sie. Tut mir leid.«

»Schon gut. Können Sie kämpfen?«

»Auf der rechten Seite bin ich ziemlich gebraten, aber es geht noch.«

»Gut.« Insgeheim war Charlotte Kempka stolz auf ihren Neuling. Er hatte vier feindliche Maschinen gestellt, ihren Angriff abgeblockt und seinen ersten Abschuß erzielt, auch wenn er dazu ihre Befehle mißachtet hatte. »Versuchen Sie diesmal zu tun, was ich Ihnen sage. Wir ziehen uns zurück. Die schweren Brocken sind im Anmarsch, und ich würde es vorziehen, wenn wir ihre Ankunft noch erleben, okay?«

Bevor die ScoutLanze den Rückzug antreten konnte, wankte Oliver Wests *Speerschleuder* und stürzte zu Boden. Aus einer Serie dicht beieinander liegender Granatkrater in der Mitte seiner dünnen Rückenpanzerung stieg Rauch auf. Der von Vauxs wildem Sturmangriff beschädigte, aber nicht zerstörte *Uller* war wieder auf den Beinen. Die im Schwarz, Rot und Grau des Clans Novakatze gehaltene Maschine hatte die Gelegenheit genutzt und eine Salve aus Laser-, Autokanonen- und Raketenfeuer in den Rücken des ahnungslosen Eridani-Mechs abgegeben.

Es war ein letzter, verzweifelter Akt des Widerstands. Noch bevor Wests außer Gefecht gesetzter Mech im schlammigen Gras zur Ruhe kam, wirbelten seine Lanzenkameraden schon herum und verwandelten den *Uller* mit ihrem Vergeltungsfeuer in einen qualmenden Schrotthaufen.

Es blieb wenig Zeit, den Sieg zu analysieren oder zu feiern. Der benommene und verletzte Oliver West kletterte noch aus seinem kampfunfähigen Mech, als in Kempkas Cockpit bereits wieder die Warnsirene schrillte.

* * *

»Drache, Drache von Scheit Eins-Eins. Dringend, Lage.« Sergeant Kempkas Stimme drang laut und hart aus den Sprechern in Major Calvins Neurohelm. »Karte Julia Sieben Zwo-sechs-neun. Scheit Eins hat feindliche Vorhut gestellt, darunter zwei Novakatzenclan-OmniMechs. Ortung meldet weitere Banditen im Anmarsch. Scheit Eins-Eins stört feindlichen Funkverkehr. Ziehen uns in Richtung Ihrer Position zurück.«

»Scheit Eins-Eins, wiederholen Sie alles nach ›feindliche Vorhut‹.« Die Hälfte des Lageberichts der Sergeantin war in einem lauten Statikeinbruch untergegangen.

»Ich wiederhole: Scheit Eins hat feindliche Vorhutelemente gestellt und vernichtet, darunter zwei Novakatzenclan-OmniMechs: ein *Puma* und ein *Uller*. Ortung meldet zehn oder mehr Banditen im Anmarsch auf unsere Position. Scheit Eins zieht sich in Ihre Richtung zurück.«

»Verstanden, Scheit Eins.« Calvins Gedanken rasten. Wenn die Angreifer tatsächlich Novakatzen waren, konnte das die ganze Operation scheitern lassen, noch bevor sie richtig begonnen hatte. Er wußte aus Geheimdienstberichten, daß alle Clans in gewissem Maß an der Jagd und Ausrottung der Peripheriepiraten beteiligt waren, die am Rand der Inneren Sphäre noch existierten. Dieselben Berichte hatten unbestätigte Meldungen über ehemalige ClanKrieger enthalten, die aus irgendwelchen Gründen entehrt und in die Peripherie verbannt worden waren, wo sie selbst zu Raumpiraten wurden.

»Scheit Eins, ziehen Sie sich zur LZ zurück, aber halten Sie Kontakt mit dem Feind. Ich will sie nicht aus den Augen verlieren.«

Kempkas Antwort wurde von lautem Rauschen begleitet, und wieder mußte Major Calvin eine Wiederholung anfordern.

»Ich sagte, wir könnten sie nicht verlieren, selbst wenn wir es wollten«, schnappte Kempka. »Wir haben ein paar ihrer Kumpel ausgeknipst, und jetzt wollen sie unseren Kopf.«

* * *

Dreißig Minuten später war der Kampf vorbei. Sobald er von dem Angriff auf die ScoutLanze gehört hatte, befahl Major Calvin die Wasserholer zurück an Bord der Landungsschiffe. Er ließ die 7. Kompanie des Bataillons zum Schutz der Schiffe vor Ort und trieb den Rest der 4. und 25. durch die offenen Krüppelwälder entlang des Seeufers.

Wer auch immer die geheimnisvollen Angreifer gewesen waren, sie waren keine Clanner. Die 25. Schwere

Sturmkompanie marschierte geradewegs in die Hauptstreitmacht des Gegners, ein Sammelsurium alter Mechmodelle, durchsetzt mit einigen wenigen modernisierten Maschinen. Der stärkste davon war ein brandneuer *Paladin* gewesen.

Der Kampf war kurz und heftig geführt worden, beinahe wie die Miniaturausgabe einer klassischen Mechschlacht. Die ScoutLanze der Leichten Reiterei hatte die vordersten vier Mechs des Gegners getroffen, ebenfalls leichte Scoutmaschinen, und sie vernichtet. Anschließend hatten beide Seiten für das Hauptereignis ihre schweren Kampfeinheiten nach vorne geholt. Die Leichte Reiterei verlor nur zwei leichte und einen mittelschweren Mech. Die Angreifer wurden komplett vernichtet. Von den sechzehn BattleMechs, die ins Gefecht gezogen waren, entkam nicht einer. Die meisten wurden schon in den ersten Minuten des Kampfes zerstört. Nur wenige, darunter der *Paladin*, hatten etwas länger durchgehalten.

Jetzt sammelten die Infanteriezüge die wenigen Angreifer ein, die sich mit dem Schleudersitz aus ihren kampfunfähigen Maschinen gerettet hatten, und die ComStar-Techs kehrten zu ihrer Arbeit zurück, um weiter Trinkwasser für die Einsatzgruppe zu sammeln und zu reinigen.

Calvin drehte sich auf der Pilotenliege um, öffnete die Luke und kletterte auf die Mechschulter hinaus, um die Aufräumarbeiten von dort zu beobachten. Soldaten in der in dunklem Olivgrün und Braun gestreiften Tarnmontur der Leichten Eridani-Reiterei wanderten zwischen den ausgeschalteten Feindmechs umher. Hier und da war eine nur in Shorts und T-Shirt gekleidete Gestalt mit erhobenen Händen zu sehen, die von ein paar Soldaten abgeführt wurde.

»Drache Eins von Nestling Leiter.«

Der Major streckte die Hand aus und holte das

Kommset von seinem Platz neben der Luke. »Ich höre, Nestling«, antwortete er und hielt das Bügelmikro an den Mund, statt den Kopfhörer über das schweißnasse Haar zu ziehen.

»Boß, wir haben ein Problem. Diese Typen sind Piraten. Sie haben mir erzählt, daß sie etwa dreißig Klicks westlich von hier einen Stützpunkt haben.«

»Na großartig.« Calvins Tonfall ließ keinen Zweifel daran, wie wenig begeistert er von dieser Neuigkeit war. »Paß auf, Jed. Sieh zu, daß deine Jungs alle einsammeln. Ich muß das weitergeben.«

Bevor der Infanterieführer antworten konnte, drang ein Alarmruf über die Leitung. »Da lebt noch einer!«

Calvin schwang sich zurück ins Cockpit und sah auf der Taktikanzeige einen aktiven Feindmech auf der anderen Seite des Schlachtfelds zwischen die Bäume huschen.

»Faßt ihn!« Der wütende Aufschrei entbehrte jeder taktischen Finesse, aber das machte er durch Effektivität wett. Drei Eridani-Mechs, allesamt aus der Scout-Lanze der 4. Kompanie, stürzten sich in Verfolgung des flüchtigen Piraten in den Wald.

* * *

»In Ordnung, Leute. Ausschwärmen. Benutzt eure Sensoren und findet diesen Hurensohn. Er darf uns nicht entkommen.« Sergeant Kempkas Stimme klang harsch und verärgert. Der Piratenmech, ein moderner, schwer zerbeulter *Jenner*, der noch die Insignien des 10. Peshtregiments trug, war geradewegs an ihrem *Rabe* vorbeigerannt, wobei sie nur geschockt zusehen konnte. Während des Kampfes waren ihre angeschlagenen Maschinen vorgerückt, um die Hauptstreitmacht der Leichten Reiterei gegen feindliche Verstärkungen abzuschirmen. Als diese nicht aufgetaucht waren, hatte der Major sie vom Wachdienst befreit. Sie waren gerade auf dem Weg zurück ins Landungsschiff auf dem Hauptschlachtfeld eingetroffen, als der Piratenmech plötzlich wieder lebendig wurde.

Ihre Ortung hatte ihn als abgeschaltet gezeigt und war davon ausgegangen, daß der reglose Mech kampfunfähig geschossen worden war. Als die häßliche, vogelähnliche Kampfmaschine plötzlich wieder zum Leben erwachte, war sie davon dermaßen überrascht worden, daß sie keinen Schuß abgegeben hatte. Rekrut Vaux hatte als erster reagiert und den Rücken des flüchtenden Mechs mit Laserfeuer eingedeckt, während er Alarm gab.

Kempka bewegte ihren *Rabe* vorsichtig durch den Wald und wählte ihren Weg mit äußerster Sorgfalt. Die Bäume standen nicht allzu dicht, aber der Boden war mit Felsen und Senken übersät und trügerisch. Mit seinen staksigen, nach hinten abgeknickten Beinen war ihr Mech besonders anfällig für Knie- und Knöchelschäden. Sie hatte kein Interesse daran, bei der Verfolgung eines tückischen Gegners in unbekanntem Gelände zu stranden.

»Scheit Eins-Eins von Zwo. Ich habe ihn, glaube ich.« Carasias Flüstern war kaum zu verstehen, als hätte er Angst, der feindliche Krieger könnte ihn hören.

»Wo sind Sie, Zwo?«

Keine Antwort.

Dann, schockierend laut im regennassen Wald, zerschnitt das Zischen und Knallen einer Raketenlafette die Luft, gefolgt vom schnellen Stakkato der Gefechtskopfexplosionen auf Panzerplatten.

»Mutter Gottes!« Jetzt brüllte Carasia. »Der Kerl ist ein verdammter Geist!«

»Zwo, was, zum Teufel, ist los?«

»Ich hab ihn verfehlt, Boß«, knurrte Carasia. »Ich

hatte das heimtückische Schwein im Visier, die Raketen hatten ihn erfaßt, und ich habe ihn verfehlt!«

Kempka nickte. Carasias Kurzstreckenlafetten waren mit einem hochmodernen Feuerleitsystem nachgerüstet, das mit einem lauten Trillern eine sichere Zielerfassung meldete. Nachdem sich das System einmal auf ein Ziel eingestellt hatte, war ein Fehlschuß beinahe unmöglich. »In Ordnung, Zwo, dranbleiben.«

Die Sergeantin studierte die Taktikanzeige. Carasias Mech befand sich im Süden und etwas östlich ihrer Position. Wenn der Pirat zu entkommen versuchte, marschierte er vermutlich zurück zum Stützpunkt, der laut Auskunft der Schlammstampfer im Westen lag. Aber dieser Knabe war clever. Er würde die feindlichen Kräfte nicht geradewegs zum Versteck seiner Kumpane führen wollen. Also würde er wahrscheinlich abbiegen. Doch in welche Richtung, nach Norden oder Süden?

»Zwo«, rief sie schließlich durch. »Marschieren Sie weiter geradeaus nach Westen, und versuchen Sie, ihn aufzuscheuchen. Vier, gehen Sie ein Stück nach rechts, für den Fall, daß er uns zu umgehen versucht. Ich bewege mich nach Süden, Funkkontakt halten, und geben Sie Laut, wenn Sie ihn entdecken. Er soll uns nicht entkommen.«

Kempka schaltete den Kommunikator auf Wartestellung und erhöhte die Leistung der hochmodernen ECM-Ausrüstung des *Rabe* bis knapp an den Verzerrungspunkt. Langsam und vorsichtig schob sie sich zwischen den Bäumen durch. Gelegentlich hielt sie an, verriegelte die Knie ihres Mechs und schaltete die Außenmikrofone ein.

Es war eine Technik, die sie ihren Lanzenkameraden seit Jahren beizubringen versuchte. Sämtliche hochtechnisierte Elektronik des Universums war keine Konkurrenz für die ›Optiksensoren Modell 0 Komma 1‹, mit denen jeder Krieger von Geburt an ausgerüstet war. Etwas am simplen Sehen und Lauschen mit den gottgegebenen Sinnesorganen erlaubte es, Dinge zu erkennen, die selbst die besten elektronischen Sensoren manchmal übersahen.

Dies war eine dieser Gelegenheiten. Da war er. Die dunkelgrün und grau gefleckte Tarnbemalung des *Jenner* paßte nicht exakt zum Hintergrund. Kempka sah ihren Gegner fünf Sekunden bevor er sie bemerkte. Das war mehr als genug.

Mit äußerster Sorgfalt bewegte sie das Fadenkreuz des *Rabe* über den kuppelförmigen Kopf des Piratenmechs. Sie aktivierte einen Feuerleitkreis und drückte den Feuerknopf.

Sechs Harpoon-Kurzstreckenraketen schossen mit dem für dieses Waffensystem typischen hohlen, singenden Donnern aus den Abschußrohren. Gleichzeitig zuckten zwei blutrote Laserstrahlbahnen über die kurze Distanz und verwüsteten die Panzerung des Gegners.

Der *Jenner* wankte unter dem Aufprall. Beschädigt, aber noch nicht kampfunfähig, drehte der getarnte Mech sich zu seinem Peiniger um. Kempka hörte einen frischen Raketenpack in die Lafette fallen. Diesmal begnügte sie sich nicht mit einem sanften Daumendruck. Sie preßte den Feuerknopf mit ganzer Kraft in den Steuerknüppel.

Zwei Raketensalven flogen über der Mitte der kleinen Lichtung aneinander vorbei. Ihre Kondensstreifen kreuzten sich am Himmel, gefolgt vom unirdischen Krachen supererhitzter Luft, als Megajoules an Lichtenergie zwischen den beiden Mechs hin und her zuckten.

Kempka schwamm der Kopf, als drei Raketen auf der schnabelähnlichen Nase ihres Kampfkolosses detonierten. Gelbe Warnlichter flammten auf, als die

Laser des Piraten sich durch die schon angeschlagene Beinpanzerung fraßen und einen der Aktivatoren in glühende Schlacke verwandelten.

Ihrem Gegner erging es weit schlimmer. Von Kempkas Überraschungsschlag bereits beschädigt, stolperte der *Jenner* und fiel auf ein Knie.

Der Pirat bekam keine Gelegenheit, wieder aufzustehen. Aus dem dampfenden Wald hinter dem *Jenner* trat Carasias gedrungener *Kommando*. Der Eridani streckte den rechten Mecharm aus und zögerte einen Augenblick, um sicherzugehen, daß sein Raketenleitsystem das Ziel sicher erfaßt hatte. Dann feuerte er aus nächster Nähe eine Salve panzerbrechender Raketen in den kaum gepanzerten Rücken des *Jenner*. Kempkas Außenmikros fingen trotz des dumpfen, metallischen Knalls der Sprengköpfe deutlich das seltsam scheppernde Winseln auf, mit dem das Gyroskop des Banditen sich im Gehäuse in seine Einzelteile auflöste.

Der *Jenner* wankte auf unsicheren Beinen. Ein Lichtblitz und eine Dampfwolke rissen den kuppelförmigen Kopf auseinander, als der Pilot auf einer Flammensäule ausstieg. Sein Kampfkoloß krachte auf den Waldboden wie ein erlegtes Wild. Der Bandit sank wenige Meter entfernt herab.

»In Ordnung, das war's.« Der hohle Klang der Außenlautsprecher des *Rabe* verlieh Kempkas Stimme eine unirdische, beinahe dämonische Qualität. »Hände hinter den Kopf und zurück zum See. Und denke nicht einmal daran wegzulaufen, oder ich blase dich in die nächste Woche.«

Der deutlich erschöpfte Raumpirat nickte und hob die Arme.

Die Schlacht am Süßwassersee war vorbei.

20

Süßwasserseebecken, Meribah-System
Äußere Peripherie

16. November 3059, 18:55 Uhr TNZ

»Drache Eins von Scheit Eins-Eins. Wir haben ihn.«

»Verstanden, Eins-Eins.«

Major Calvin klappte das Bügelmikro beiseite und rieb sich die Schläfen. Kempkas Gefangennahme des flüchtigen Piraten löste nur einen Aspekt des vermaledeiten Dilemmas, in dem er sich plötzlich wiederfand. Den wenigen Gefangenen zufolge, die sowohl in der Lage wie auch bereit waren zu reden, waren die Mechs, die an diesem Überfall teilgenommen hatten, nur ein Bruchteil der wahren Stärke der Bande. Angeblich waren sie eine vor Ort zurückgelassene Schutzgarnison, und ihr Anführer war mit einer weit größeren Streitmacht zu einem Überfall auf eine zwei Sprünge entfernte Konkurrenzbande unterwegs. Die Gefangenen hatten erklärt, dieses Überfallkommando werde erst in einer Woche zurückerwartet. Das gab ihnen reichlich Zeit, die Triebwerke der Einsatzgruppe fertig aufzuladen und das System zu verlassen. Wenn sie sich vorsahen, konnten sie möglicherweise sogar genug Trinkwasser für den Rest der Operation sammeln.

Was Major Calvin Sorgen machte, war jedoch die Existenz einer unentdeckten feindlichen Streitmacht keinen Tagesmarsch von den verwundbaren Landungsschiffen und Tech-Mannschaften entfernt, mit deren Schutz er beauftragt war.

Er rieb sich mit einer schwielenbedeckten Hand den Nacken und zwang sich zu einer widerwilligen Entscheidung. »Achtung, alle Einheiten, hier Drache Eins. Wir unterbrechen die Operation bis zum Erhalt weiterer Anweisungen von Kavalier. Trinker, Sie haben dreißig Minuten, Ihre Leute und soviel von Ihrer Ausrüstung wie möglich zurück an Bord zu bringen. Bereiten Sie sich auf einen Alarmstart vor. Drachentöter, Perimeter um zwo-null-null Meter reduzieren. Wir halten die LZ, bis wir neue Befehle bekommen. Drache Eins Ende.«

Calvin wechselte den Kanal und setzte sich mit Captain Gascoine an Bord der *Husar* in Verbindung. »Mike, machen Sie sich bereit, eine Botschaft an Innenhof weiterzuleiten.«

Nur Sekunden später war die Verbindung bereit. Calvin überlegte sorgfältig, was er sagen wollte. Da die *Unsichtbare Wahrheit* am Zenithsprungpunkt des Systems auf Station war, würde es mindestens zehn Minuten dauern, bis seine Nachricht auf dem Flaggschiff der Einsatzgruppe eintraf. Da bei einer solchen Verzögerung ein direktes Gespräch unmöglich war, mußten beide Seiten ihre Mitteilungen mit Bedacht formulieren.

Er schaltete den Komprimierungsrecorder ein und begann zu reden. In wenigen, präzisen Sätzen schilderte er die Lage, in der sich die Nachschubeinheit befand, wobei er in einfachen Details sowohl das Scharmützel mit den Piraten wie auch die von den Gefangenen erhaltenen Informationen beschrieb.

Er schaltete den Recorder aus und preßte einen Knopf, der die auf einen Funkimpuls von Sekundenbruchteillänge komprimierte Nachricht an die Funkstation der *Husar* übermittelte. Von dort schoß sie hinauf in den wolkenverhangenen Himmel.

Danach geschah lange Zeit überhaupt nichts. Major Calvin begann sich zu fragen, ob seine Botschaft den Empfänger erreicht hatte. Aber dann traf die Antwort doch noch ein.

»Drache Eins, lassen Sie Gerstenkorn starten. Nach Erreichen der Umlaufbahn soll Gerstenkorn bis zum Erhalt neuer Befehle die Position halten.« Calvin nickte. Er hatte die Wassersammeltrupps bereits zurück auf die Landungsschiffe beordert. Es würde nicht viel Zeit in Anspruch nehmen, die *Maultiere* startklar zu machen. Einmal sicher im Orbit, konnten sie leicht wieder zurückkehren und die Arbeit wiederaufnehmen – oder, falls nötig, mit Vollschub zur Flotte zurückkehren.

»Sobald Gerstenkorn in Sicherheit ist, leitet Drache eine Suchoperation zur Sicherung der Landezone und Lokalisierung des Piratenstützpunkts ein.«

»Verstanden und bestätigt, Kavalier. Wie lauten Ihre Befehle bezüglich unserer Gefangenen?« bestätigte Calvin Morgans Anweisungen.

»Drache«, erreichte ihn einige Zeit später die Antwort. »Die Gefangenen sind unter Bewachung an Bord von Gerstenkorn Eins zu bringen. Sie werden zur Nachbesprechung zum Innenhof transferiert.«

»Verstanden und bestätigt, Kavalier.« Calvin wußte, daß ›Nachbesprechung‹ eine Umschreibung für ›Verhör‹ war. Als Soldat war ihm die Maxime bekannt, derzufolge der Nachrichtendienst die erste Waffengattung war. Das zwang ihn aber nicht, Sympathie für die Männer und Frauen zu empfinden, die unter dessen Ägide Informationen sammelten. In den meisten Fällen waren ND-Offiziere nicht einmal Soldaten. Im Gegensatz zu Scouteinheiten, die Uniform trugen und einen direkten Beitrag auf dem Schlachtfeld lieferten, waren Nachrichtendienstler in der Regel Zivilisten, die im Hinterland des Feindes herumgeisterten und sich in militärische, industrielle und politische Zentren schlichen, um dort mit allen erforderlichen Mitteln die Informationen zu beschaffen, die sie suchten. Der Beitrag des Nachrichtendienstes für die Militärarbeit war für den durchschnittlichen Soldaten kaum erkennbar. Jedenfalls, wenn alles glatt ging. Falls die Planungsoffiziere oder Feldkommandeure allerdings falsche oder veraltete Informationen erhielten, konnte eine Operation scheitern, noch bevor sie begonnen hatte. In der Regel unter enormen Kosten an Menschen und Material.

Calvin unterbrach die Verbindung zum Flaggschiff und schaltete auf die Operationsfrequenz, um die Anweisungen des Marshals weiterzugeben.

Fünfzehn Minuten später stiegen die *Maultiere* mit den ComStar-Techs und sieben gefangenen Raumpiraten sowie einem Infanterietrupp der 7. Kompanie in einer Wolke aus Staub und Qualm auf. Als die orangeweißen Triebwerksflammen der Landungsschiffe hinter den tiefhängenden Wolken verschwunden waren, aktivierte Calvin die Funkleitung.

»In Ordnung, Leute. Das war lange genug für ein Abschiedswinken. Wir haben Arbeit. Kempka, nehmen Sie Ihre Lanze nach Nordwesten zu einer standardmäßigen Suchstreife.«

* * *

Einige Zeit später, während die Scoutelemente des 5. Einsatzbataillons der Leichten Eridani-Reiterei damit beschäftigt waren, das bewaldete Süßwasserbecken abzusuchen, dockte eine Hochgeschwindigkeitsfähre der *Antrim* an der *Unsichtbare Wahrheit* an. An Bord befand sich ein halbes Dutzend entmutigt wirkender Männer und Frauen in einem kunterbunten Gemisch aus Uniformteilen unterschiedlichster Herkunft, paramilitärischer Montur und ziviler Arbeitskleidung. Die meisten trugen blutgetränkte Verbände, was darauf hindeutete, daß sie sich erst nach handfester Überzeugungsarbeit ergeben hatten. Außerdem trugen sie den leeren Blick und die mutlose Miene aller Kriegsgefangenen zur Schau.

Sie wurden im Beiboothangar von einem Trupp Bewaffneter in den mattolivgrünen gepanzerten Overalls und Visierhelmen der Sternenbund-Raumgarde empfangen. Die gefesselten Gefangenen wurden aus dem Hangar und zu einem Liftschacht gebracht – und Sekunden später von dort aus durch abgedunkelte Korridore in enge Zellen von drei Metern im Quadrat. Sie hatten kaum Gelegenheit, ihre Umgebung zur Kenntnis zu nehmen, bevor eine kleinere Gruppe Bewaffneter den Kerkerbereich betrat.

»DeVanziano.« Einer der gesichtslosen Raumgardisten bellte den Namen ohne Vorwarnung. »Antony DeVanziano.«

Ein mißtrauisch blickender Pirat, dessen Müdigkeit seine grundlegend trotzige Haltung nicht verbergen konnte, trat an das vergitterte Fenster der Zelle. »Das bin ich. Was wollen Sie?«

Der Mann, auf dessen Schulter das zweigeteilte quadratische Rangabzeichen eines Corporals prangte, deutete mit eiliger Geste zur Zellentür. Zwei seiner Männer sprangen vor, entriegelten die Zelle, zerrten den Piraten heraus und schlugen die Tür mit solcher Geschwindigkeit wieder zu, daß DeVanzianos zwei Zellengenossen gezwungen waren, nach hinten zu springen, um nicht von der schweren Stahlplatte getroffen zu werden.

»Jetzt hört mal gut zu, ihr Dreckfresser«, polterte der Gefangene, als die Raumgardisten ihm Handschellen anlegten. »Ich will wissen, wo ich bin, und wer ihr seid, oder ihr könnt was erleben.«

Die Raumgardisten ließen sich nicht anmerken, daß sie irgend etwas von den wütenden, obszönen Drohungen verstanden, mit denen ihr Gefangener sie überschüttete. Sie schleppten den fluchenden Raumpiraten wortlos in einen kargen Raum knapp außerhalb des Zellenblocks.

Hinter einem einfachen Metalltisch saßen zwei gedrungene Männer in mattgrünen Jacken. Einer trug eine schwarze Fuchsmaske am Kragen, die ihm ein verächtliches Schnauben des Gefangenen eintrug. Als DeVanzianos Blick zu dem zweiten Mann im Zimmer schwenkte, blieben ihm seine obszönen Beschimpfungen im Halse stecken. Auf dem Kragen der Offiziersjacke glänzte ein winziger vergoldeter griechischer Buchstabe Rho.

»Sehr schön, Mister DeVanziano. Sie verstehen offensichtlich genau, wer und was ich bin.« Der ROM-Adept kicherte, als er in einer geschmeidigen Bewegung aufstand. »Ganz ausgezeichnet. Da wir einander so gut verstehen, möchten Sie mir vielleicht alles erzählen, was ich wissen will, ohne daß ich zu, sagen wir, unangenehmeren Methoden greifen muß?«

* * *

Zwei Decks höher in Morgans Flaggbüro blickte der Marshal mit dünnem Lächeln über seinen Schreibtisch.

»Finden Sie nicht, er spielt den ›Großinquisitor‹ etwas zu gut?«

»Nur unwesentlich.« Demipräzentor/Colonel Regis Grandi gluckste. »Aber genau das erwartet unser Mister DeVanziano. Soweit es ihn betrifft, fehlt nur noch die alte Tiepolo-Robe. Aber das ist wahrscheinlich ganz gut so. Wenn Adept Tobin die alte Robe trüge, befürchte ich, daß wir unseren Gefangenen mit einem Herzanfall auf die Krankenstation bringen müßten.«

Sie wandten sich wieder dem Monitor zu, der das Verhörzimmer aus einer seltsamen Deckenperspektive zeigte. Grandi erinnerte Morgan, daß Tobin zu den besten Geheimdienstmännern überhaupt gehörte.

Das Verhör hatte eine für die Zuschauer beunruhigende Qualität. Tobin, von Kopf bis Fuß Profi, erhob seine Stimme nicht ein einziges Mal. Der leise, vernünftige Ton des Adepten erinnerte Morgan mehr an einen Priester im Gespräch mit einem Gemeindemitglied als an einen erstklassigen Geheimdienstoffizier.

Von seiner Position hinter dem Metalltisch, die ihm augenblicklich eine Aura der Autorität verlieh, eröffnete Tobin das Verhör mit ein paar einfachen Fragen: Name, Rang, Dienstnummer. Im weiteren Verlauf ging er zu Fragen militärischer Bedeutung über. Die Fragen wiederholten sich. Jedesmal, wenn er nach einer Information fragte, formulierte er dies ein wenig anders, und seine sorgfältig ausgewählten Worte beeinflußten gleichermaßen Frage und Antwort. Ohne den ruhigen, fast mitfühlenden Tonfall zu verändern, zweifelte Adept Tobin jede wiederholte Antwort an, bemerkte, daß der Gefangene log und das Verhörteam mehr wußte, als es zu erkennen gab. Während des gesamten Vorgangs sagte Captain Montjar kein Wort. Er hatte den Stuhl mit der Rückenlehne an die Wand geschoben und betrachtete aus halbgeschlossenen Augen die Tischkante.

Langsam, unaufhaltsam, verlor DeVanziano, der die Sitzung in trotziger Wut begonnen hatte, vor den Augen der Kommandeure jede Kontrolle über sich. Keine Stunde nach Beginn des Verhörs brachte Adept Tobin es zum Abschluß.

Nachdem die Wachen den Gefangenen abgeführt hatten, sah Tobin zu der versteckten Kamera hoch. »Mehr weiß er nicht, Sir.« Er lächelte zufrieden. »Wir möchten noch unsere Notizen vergleichen und mit ein, zwei anderen reden, bevor wir zu einem Schluß kommen, aber ich halte es für vertretbar, die Pumparbeiten am See wiederaufzunehmen. Ich glaube nicht, daß dieser Kerl mich angelogen hat.«

* * *

Drei Stunden später meldeten sich Tobin und Montjar in Morgans Flaggkabine, um neben dem Marshal und Colonel Grandi auch Ariana Winston und Andrew Redburn von ihren Ergebnissen zu unterrichten. Auf die Mitteilung hin, daß die Verhörmannschaft ihre Beratungen beendet hatte, rief Morgan die anderen Offiziere zu sich, damit sie ebenfalls zuhören konnten.

Den von den Geheimdienstlern gesammelten Informationen zufolge hatte die Piratenbande eine Größe von etwa einhundert Mann. Zum größten Teil waren es Flüchtlinge aus den alten ›Banditenkönigreichen‹, die praktisch weggefegt worden waren, als die Clans die Peripherie überrannten. Die Piraten, die es geschafft hatten, dem Hauptsturm der Clans und den später gegen sie in Marsch gesetzten Solahma-Einheiten zu entkommen, hatten sich durch die Peripherie geschlagen und an Stärke gewonnen, bis sie sich auf dem unbewohnten Planeten niedergelassen hatten, dem sie den Namen Eleuthera gaben. Von dort aus hatten sie eine neue Verbrecherkarriere gestartet. Irgendwie war es den Piraten gelungen, bis jetzt eine Entdeckung und Gefangennahme zu vermeiden. Sie hielten sich über Wasser, indem sie Flüchtlinge und andere Piratenbanden angriffen. Seit kurzem wagten sie auch Überfälle auf Systeme der Peripherie, der Freien Inneren Sphäre und der Clan-Besatzungszonen.

Wie es schien, besaßen die Banditen eine Streitmacht von dreiunddreißig Mechs zum größten Teil älterer Bauart. Einzelne ihrer Krieger verfügten über neuere Maschinen mit moderneren Systemen. Einige wenige hatten es sogar geschafft, Clan-OmniMechs zu erbeuten, eine Behauptung, die durch den *Puma* und den *Uller* bestätigt wurde, die von den Perimeterwachen der Leichten Reiterei zerstört worden waren. Den Angaben der Gefangenen nach befand sich der Rest ihrer Streitmacht auf einer Überfallaktion. Es befanden sich nur noch wenige Piraten als eine Art Schutzgarnison in der Basis. Wie es schien, hielten die Banditen dort auch einige Gefangene fest, hauptsächlich Flüchtlinge, die sie als Zwangsarbeiter benutzten. Der Rest der Banditenbande wurde frühestens in zwei Wochen zurückerwartet.

»Wie sicher sind Sie sich bei diesen Informationen?« Morgan tippte auf den Compblock mit Tobins Bericht.

»So sicher ich nur sein kann, Sir.« Tobin breitete die Hände aus. »Man kann sich nie hundertprozentig auf Informationen verlassen, die man von einem Gefangenen bekommt, aber ich wäre bereit, auf diese hier zu wetten.«

»Die Stimmanalyse unterstützt diese Schlußfolgerung, Sir.« Montjar schob einen zweiten Compblock über den Schreibtisch. Er war während Tobins Verhör keineswegs gelangweilt gewesen, sondern hatte den winzigen Bildschirm eines Stimmanalysegeräts beobachtet, das unter der Tischplatte befestigt war. Der Flüssigkristallbildschirm des Compblocks zeigte eine Serie verwinkelter Linien, mit denen Morgan wenig anfangen konnte. Aber er wußte, daß der MI5-Offizier sich mit den Daten auskannte. Die Linien stellten eine grundlegende Streßbelastung dar, die von dem winzigen, für das menschliche Ohr unhörbaren, Zittern in der Stimme des Befragten abzulesen war. Ein zweiter Satz Linien repräsentierte eine weitere, erhöhte Anspannung, ausgelöst durch Tobins Befragung. Laut Captain Montjars Auswertung offenbarte diese Stimmanalyse, daß die verhörten Gefangenen überzeugt gewesen waren, die Wahrheit zu sagen.

»Danke, Gentlemen. Das war alles.« Morgan wartete, bis die beiden Geheimdienstoffiziere das Schott hinter sich geschlossen hatten, dann blickte er seine beiden Begleiter an. »Was nun?«

»Tja, Morgan.« Andrew Redburn lehnte sich zurück und nahm einen langen, genüßlichen Zug aus seiner Trinkblase mit Tee. »Jetzt schlägt die Kugel in den Knochen, nicht wahr?«

»Wie meinst du das, Andrew?«

»Ich meine damit, daß wir nicht einfach weiterfliegen können, oder? Wir müssen jemanden dort hinunter schicken, um die Piratenoperation stillzulegen und die Gefangenen zu retten, nicht wahr? Und das dürfte der Leichten Reiterei zufallen, weil sie bereits auf dem Planeten steht.«

»So sehe ich es auch.« Morgans Tonfall ließ den Schluß zu, daß er zwar nicht genau wußte, worauf Redburn hinauswollte, ihm die Richtung aber auf keinen Fall gefiel.

»Tja, Sir«, fuhr der ungerührt fort. »Sofern Sie nicht den Befehl ›Keine Gefangenen‹ ausgeben, und ich weiß, daß du das nicht tun wirst, wird uns dieses Unternehmen einige Kriegsgefangene einbringen. Nun haben wir es da unten mit einer Bande von Raumpiraten zu tun, also nicht gerade den ehrenhaftesten Charakteren. Ich glaube kaum, daß sie sich als Leibeigene verpflichten werden, wenn du verstehst, was ich meine.« Redburn warf Morgan ein schräges Grinsen zu, das seine Erleichterung darüber ausdrückte, diese Entscheidung nicht selbst treffen zu müssen.

Ariana Winston stand auf und tigerte durch die Kabine. »Also, wir können keine Schiffe entbehren, um sie zurück in die Freie Innere Sphäre zu schaffen. Und hierlassen können wir sie auch nicht. Wenn sie von den Clannern aufgegriffen werden, könnten sie Gott weiß wieviel Schaden anrichten, indem sie im falschen Augenblick das Maul aufreißen. Obwohl ich es für denkbar halte, daß die Piraten uns mit dem Explorercorps verwechseln.« Ihre Lippen verzogen sich zu einem verschmitzten Grinsen. »Vor allem, wenn wir ihnen das erzählen.« Sie blieb stehen und dachte einen Augenblick lang nach. »Aber selbst dann könnte irgendein cleverer Clan-Offizier durch ein Verhör der Piraten die Größe der Einsatzgruppe herausfinden. Ich meine damit, die Piraten haben X Mechs und Y Landungsschiffe gesehen. Möglicherweise wäre die Schätzung der Clanner nicht exakt, aber für eine akzeptable Annäherung an die Wahrheit dürfte es reichen. Und die Piraten *haben* Mechs mit den Insignien der Leichten Eridani-Reiterei und des Sternenbunds gesehen. Eine der ersten Fragen, die ein Clan-Kommandeur stellen wird, ist: ›Welche Markierungen hatten die feindlichen Mechs?‹ Wenn die Banditen sich gut genug erinnern, wissen die Clanner, daß die Leichte Reiterei nicht mehr auf Kikuyu und Mogyorod steht. Gott allein weiß, was sie daraus machen könnten.«

»Und was schlagen Sie nun vor, Marshal?« Redburn stellte seine Trinkblase über dem Tisch ab.

»Ich schlage vor, Ihnen die Wahl zu lassen. Sie können als Infanteristen, Raummatrosen, Ladearbeiter oder was auch immer anheuern. Oder sie werden in die Zellen gesperrt, bis diese Operation vorbei ist, woraufhin sie an die zuständigen Zivilbehörden übergeben werden.«

»Darf ich Sie alle daran erinnern, daß der einzige Grund, aus dem wir diesen Bettlern überhaupt begegnet sind, in der Notwendigkeit bestand, unsere Wasservorräte aufzufrischen?« unterbrach Regis Grandi. »Diese Einsatzgruppe verfügt über begrenzte Nahrungs- und Trinkwasservorräte. Wir können es uns nicht leisten, zusätzliche Mäuler zu stopfen, besonders nicht solche, die nichts weiter tun als im Kerker herumzusitzen. So unbequem diese Entscheidung auch ist, unsere Politik muß *im wörtlichen Sinne* ›anheuern oder sterben‹ lauten.«

Augenblicklich sprangen sowohl Redburn wie auch Winston auf.

»Ich werde *nicht* zulassen, daß hilflose Gefangene ermordet werden«, brüllte Redburn. Die Heftigkeit seines Ausbruchs überraschte Morgan. Im Verlauf der langen Jahre, die er Andy Redburn schon kannte, hatte sich sein Freund aus dem aufbrausenden jungen Mann, der einmal gedroht hatte, einen lyranischen Baron niederzuschlagen, in einen gelassenen, zuverlässigen Feldkommandeur entwickelt. Aber ein Punkt, an dem sich nichts geändert hatte, war Redburns Sinn für Fairness und Mitgefühl. Die Vorstellung, wehrlose Gefangene zu töten, entsetzte ihn.

»Wenn ich Ihnen etwas ins Gedächtnis rufen dürfte: Diese ›hilflosen Gefangenen‹ sind Raumpiraten«, feuerte Grandi zurück. »Sie sind nach eigenem Eingeständnis verantwortlich für Blake allein weiß wieviele Morde.«

»Und Sie, Sir, versuchen mit einem Scheinargument einen unmoralischen Vorschlag zu stützen«, schrie Winston und stützte sich auf die zu Fäusten geballten Hände, als sie sich über den Schreibtisch in Grandis Gesicht beugte.

»Gott im Himmel, Frau, für wen halten Sie mich? Amaris? Hitler?« Grandi sprang auf, das Gesicht rot vor Wut, und mußte sich am Tisch festhalten, um nicht trotz der Magnetsohlen den Halt zu verlieren. »Ich *will* diese Leute nicht umbringen, aber *was* sollen wir denn mit ihnen machen? Wir *können* sie nicht hierlassen. Bilden Sie sich wirklich ein, die Clans hätten irgendwelche Probleme damit, die Piraten zu verhören, wenn sie diese Bande finden? Diese dreckigen Ratten werden uns auf der Stelle verraten, um ihre verlauste Haut zu retten. Und dann was? Ich werde es Ihnen sagen. Dann werden die Clanner uns nachsetzen und jeden einzelnen in dieser Einsatzgruppe abschlachten, das ist was!«

»Das reicht, Colonel!« Morgans wütendes Brüllen ließ die streitenden Offiziere geschockt innehalten. »Gott ist mein Zeuge, ich bin es satt. Da Sie *Offiziere* sich über gar nichts einig werden können, werde *ich* Ihnen sagen, was geschehen wird.«

Morgan fühlte, wie sich sein Magen verkrampfte. »General Winston, Ihre Leute auf der Planetenoberfläche werden den Piratenstützpunkt lokalisieren und zerstören. Alle Spuren der Anwesenheit dieser Einsatzgruppe auf dem Planeten müssen ausgelöscht werden. Die bei dem Angriff gefangengenommenen Piraten erhalten die Möglichkeit, sich dieser Einsatzgruppe als Arbeiter anzuschließen. Diejenigen, die dieses Angebot ablehnen, werden vor ein Kriegsgericht gestellt und exekutiert.«

Redburn setzte zu einem Protest an, aber der Blick, den sein Freund und Kommandeur ihm zuwarf, erstickte seinen Widerspruch noch im Hals.

»Das war's. Wegtreten.«

»Sir. Ich werde Ihre Anweisungen an meine Leute auf dem Planeten weiterleiten.« Ariana Winstons Stimme klang kalt und formell. Sie verließ das Büro grußlos und würdigte ihren Kommandeur nicht einmal eines Blickes. Grandi folgte ihr, aber Andrew Redburn hatte es weniger eilig.

»Morgan«, sagte er mit ruhiger, leiser Stimme und senkte sich in den Sessel vor dem Schreibtisch seines Freundes. »Ich werde deine Entscheidung unterstützen. Das weißt du. Für die übrigen Ulanen gilt dasselbe. Ich würde dich nie öffentlich kritisieren. Aber du solltest sehr genau darüber nachdenken, was du vorhast. Natürlich weißt du, daß die DEST- und Fuchsteams dir keine Schwierigkeiten machen werden. Manchmal frage ich mich, ob diese Leute überhaupt eine Seele haben. Die capellanischen Truppen werden auch nichts sagen. Bei den ComGuards, Lanciers oder Drakønern bin ich mir nicht so sicher. Und General Brayn und die Lyranische Garde werden unter Garantie durch die Decke gehen. Sie wird dich wahrscheinlich der ›barbarischen Mißhandlung von Gefangenen‹ beschuldigen oder irgend so ein Dreck. Natürlich wird Katherine das aufgreifen und versuchen, es gegen ihren Bruder zu verwenden. Aber das ist es nicht, was mir Sorgen macht.«

Redburn beugte sich vor und legte die Ellbogen auf den Schreibtisch seines Freundes. »Bei den Rittern und den Söldnern wirst du dich gewaltig vorsehen müssen. MacLeod und die Highlanders sind ziemlich pragmatisch, aber du hast selbst gesehen, wie Winston reagiert hat, und sie ist um Klassen vernünftiger als Masters. Ich kann dir garantieren, daß keiner von ihnen über den Gedanken, Gefangene hinzurichten, sonderlich erfreut sein wird. Wenn wir Masters von dem Kriegsgericht erzählen, wird er darauf bestehen, an der Verhandlung teilzunehmen oder sogar, der Himmel sei uns gnädig, die Piraten zu verteidigen. Er wird auf keinen Fall eine standrechtliche Erschießung hinnehmen. Das werden wir selbst erledigen müssen.« Morgan begriff, daß Redburn vorschlug, Masters und die anderen Kommandeure nicht über die Kriegsgerichtsverhandlungen zu informieren.

»Die Tatsache, daß sie Raumpiraten sind, könnte diesmal noch unsere Rettung werden, aber sobald dieser Raumzirkus auf Clanner trifft, die keine Lust haben, Leibeigene zu werden, bekommen wir Ärger.«

Morgan lehnte sich müde vor und legte das Gesicht in die Hände. Er rieb sich die Augen und sah seinen Freund an. »Na schön, Andrew, welche Alternative schlägst du vor?«

»Die Rädelsführer gehören natürlich exekutiert. Was den Rest angeht, könnten wir diejenigen, die sich weigern, bei uns anzuheuern und einsperren, bis wir wieder in ein System mit einem bewohnbaren Planeten springen und sie dort aussetzen.«

Morgan nickte müde. »Na gut, solange dieses Mitgefühl für Mörder unseren Zeitplan nicht stört.«

21

**Süßwasserseebecken, Meribah-System
Äußere Peripherie**

17. November 3059, 06:30 Uhr TNZ

»Kralle Eins? Nestling Eins. In Position, erwarte Befehle.« Lieutenant Charles Emrys sprach langsam und deutlich in das Bügelmikro des Helmfunkgeräts. Ein kurzes, statisches Knistern unterstrich die Nachricht.

Emrys und sein Zug aus zwölf Eridani-Kröten kauerte am Rand einer beachtlichen künstlichen Lichtung. Wer auch immer das Gelände, auf dem sich jetzt die Piratenbasis befand, ursprünglich gerodet hatte, die Banditen waren weniger gewissenhaft, wenn es um die Aufrechterhaltung ging. Am Rand der Basis hatte sich ein dichtes Unterholz aus Sträuchern und Schlingpflanzen entwickelt, das den gepanzerten Infanteristen erstklassige Deckung bot. Emrys selbst hockte, soweit es sein Gefechtspanzer erlaubte, hinter einem dicken Stachelbusch. Dank der Mimikry-Eigenschaften des Anzugs und seines sorgfältig ausgewählten Verstecks war er über eine Entfernung von mehr als vier Metern praktisch unsichtbar.

Er wußte auch, daß wenige Kilometer östlich BattleMechs des 5. Einsatzbataillons der Leichten Eridani-Reiterei auf seinen Bericht warteten. Das Auskundschaften gegnerischer Stellungen war eine der Aufgaben, die den Krötenzügen der Leichten Reiterei zufielen. Die Gefechtspanzer der Söldner schienen denen der gegnerischen Clan-Elementare nicht wirklich ebenbürtig. Die Panzerung war dünner, und den Anzügen fehlte der schwere Mechabwehrraketenwerfer ebenso wie die automatischen Medosysteme der Clanner-Anzüge. Aber der Grad des Schutzes, die Angriffsfähigkeiten und die Beweglichkeit, die ein Standard-Krötenpanzer bot, lagen trotzdem weit über den Möglichkeiten regulärer Infanterie.

Der Operationsplan war einfach, zumindest in der Theorie. Die Kröten sollten den Piratenstützpunkt auskundschaften und Captain Martin Izzat Bericht erstatten, dem Kommandeur der 7. Mechkompanie des 25. Bataillons. Nach kompletter Abtastung der Anlage würden die Mechs anrücken, um die Basis mit Unterstützung der Krötentruppen einzunehmen. Emrys fürchtete jedoch, daß noch ein Offizier im Feld anwesend sein würde, ein Knabe namens Murphy, dessen Gesetz militärische Operationen aller Zeiten behindert hatte.

Mit Informationen der wenigen Gefangenen, die zur Zusammenarbeit bereit waren, hatte der Nachrichtendienst der Einsatzgruppe ein grobes Modell der Piratenbasis erstellt. Aber als Emrys und sein Zug endlich die von den Gefangenen angegebenen Koordinaten erreicht hatten, war ihm schnell klargeworden, daß die Bezeichnung Basis für diese baufälligen Hütten und Wellblechbauten geschmeichelt schien. Die Piratenenklave erinnerte mehr an die Flüchtlingslager, bei deren Bau die Leichte Reiterei nach der blutigen, vernichtenden Schlacht um Coventry geholfen hatte.

»Nestling Eins, können Sie mir eine Bildleitung liefern?«

Als Antwort auf die Anfrage des Mechoffiziers aktivierte Lieutenant Emrys den in dem Langstreckenkommunikator des Anzugs integrierten Videosender. Das System schickte ein codiertes Signal zurück an die wartenden Mechs, deren Bordcomputer es in ein grobkörniges Bild auf einem der zahlreichen Monitore in der Mechkanzel übersetzte.

Wie kann ein Mensch so kämpfen? fragte Emrys sich. *Eingepfercht zwischen Computerschirmen und blinkenden Lichtern? Ich bin schon froh, daß ich gelernt habe, wie man diesen Anzug bedient, aber einen BattleMech …*

Das Bild, das er übertrug, zeigte eine Ansammlung heruntergekommener Hütten, die sich um einen weiten offenen Platz drängten. In der Mitte dieses ›Marktplatzes‹ stand ein halbes Dutzend rostiger BattleMechs. Die schwerste der Kampfmaschinen war ein 65-Tonnen-*JägerMech,* der noch die grauen und schwarzen Flecken eines Stadtkampf-Tarnmusters trug.

Emrys schwenkte die Kamera und ließ sie auf einer kleinen Gruppe Frauen zur Ruhe kommen, die aus einer der Hütten kam. Die zerlumpte Kleidung der Frauen mochte vor langer Zeit einmal bunt gewesen sein, aber inzwischen hatte sie die rötlichbraune Farbe des örtlichen Lehms. Die Frauen zerrten einen großen, in Plastik eingewickelten Ballen, wobei ihre Arbeit durch Fußeisen um ihre Knöchel noch erschwert wurde.

Seine Neugierde über den Inhalt des Pakets verwandelte sich in Zorn, als Emrys klar wurde, daß die Piraten diese Frauen versklavt hatten. Aber der Zorn verschwand, als er sah, in welche Richtung sie ihre Last schleppten.

»Nestling Eins, ziehen Sie sich zurück.« Captain Izzats Stimme knatterte in Emrys' Ohr. »Sie kommen geradewegs auf Sie zu.«

»Unmöglich, Kralle.« Emrys senkte die Stimme zu einem Flüstern, obwohl die Frauen ihn durch die schwere Rüstung unmöglich hören konnten. »Wenn wir uns bewegen, entdecken sie uns bestimmt. Besser, wir lassen es darauf ankommen und hoffen auf unsere Tarnung.«

»In Ordnung, Nestling, Sie können es besser beurteilen. Handeln Sie nach eigenem Ermessen, aber versuchen Sie, zivile Schlachtopfer zu vermeiden, okay?«

»Verstanden.«

Emrys gab den Befehl an seinen Zug weiter. Die meisten Menschen, diese Frauen eingeschlossen, nahmen nur wahr, was sie zu sehen erwarteten. Mit etwas Glück würden sie geradewegs an den grün und braun getarnten Infanteristen vorbeilaufen.

Leider waren weder Fortuna noch der kapriziöse Mr. Murphy auf seiner Seite.

Die sich an der Spitze des Bündels abmühende Frau, ein kleines Geschöpf, das früher einmal durchaus hübsch gewesen sein mochte (inzwischen war das unter der dicken Schmutzschicht nicht mehr festzustellen), zuckte plötzlich hoch und ließ ihren Teil der Last fallen. Bevor irgendeine ihrer erschöpften Begleiterinnen etwas sagen konnte, kreischte sie auf und stürzte zurück zum Lager. Jedenfalls versuchte sie es. Die Ärmste kam gerade drei Schritt weit, bis sie über die Fußfesseln stolperte und schwer zu Boden stürzte.

Emrys erwartete, daß der Sturz ihr den Atem nehmen würde, aber ihre immer lauter werdenden Entsetzensschreie bewiesen das Gegenteil.

»Kröten! Kröten! Im Wald sind Kröten!« Die Frau hastete den Weg zurück, den sie gekommen war. Offenbar hatte sie die Infanteristen der Leichten Reiterei mit Clan-Elementaren verwechselt. Angesichts der oberflächlichen Ähnlichkeit zwischen Gefechtspanzern der Freien Inneren Sphäre und der Clans war der Irrtum verständlich.

Emrys stieß einen Strom von Obszönitäten aus, der einen Seemann hätte erröten lassen. »Das war's. Kralle Eins, wir sind entdeckt. Nestlinge rücken vor.«

Die zwölf gepanzerten Infanteristen des 1. Krötenzugs stürmten in das Piratenlager.

Drei Männer in Gefechtsmontur und schmutzigen Panzerwesten kamen aus dem nächstgelegenen Gebäude, und zwar durch dieselbe Tür, aus der die Frauen gekommen waren. Alle trugen eine Waffe im Arm. Der vorderste Bandit schaffte es sogar, seine hochzureißen, bevor Emrys' Team reagieren konnte.

Eine dreißig Zentimeter lange Stichflamme leckte aus der Mündung des Sturmgewehrs. Emrys zuckte im Innern seiner Rüstung, als die Stahlmantelgeschosse ein dumpfes Stakkato auf der gehärteten Stahlhaut schlugen. Als er sah, daß sein Gewehr gegen die immer näher kommende Alptraumgestalt nutzlos war, suchte der Pirat nach dem Pistolengriff des Granatwerfers, den er unter dem Kogyo-Reyerson-Toshiro-Sturmgewehr umgeschnallt hatte.

Während die Gewehrkugeln kaum eine Chance hatten, seinen Gefechtspanzer zu durchschlagen, war sich Emrys der Gefahr sehr wohl bewußt, die eine Halbkilo-Sprengladung für ihn darstellte, wie sie der Granatwerfer verschoß. Er hob die linke Hand des Krötenanzugs und betete, daß sich auf der anderen Seite der Sperrholzwand keine unschuldigen Zivilisten befanden, als er einen Feuerstoß aus dem Maschinengewehr auslöste. Die Kugeln schlugen durch die Piraten und wirbelten ihre Körper in einem makabren Totentanz davon. Hinter ihnen flogen Holzsplitter auf, als sich die dünne Holzwand der Hütte regelrecht auflöste.

Der Lieutenant preschte an den noch zuckenden Leichen vorbei und brach durch die Tür. Dahinter sah es aus wie in einem Schlachthaus. Sechs Männer und zwei Frauen, alle mehr oder weniger entkleidet, lagen am Boden, fünf in der formlosen, verkrümmten Haltung, wie sie nur Leichen eigen ist. Die drei anderen wanden sich blutüberströmt unter den Schmerzen und dem Schock ihrer Wunden. An der hinteren Wand drängte sich ein kleines Grüppchen Überlebender, deren Gesichter von nackter Angst zu Totenmasken verzerrt waren.

»Verdammt!« spie Emrys. Er hielt einen Sekundenbruchteil an und fragte sich, ob er Zeit hatte, die Verwundeten zu versorgen und die Lebenden in Sicherheit zu bringen. Auf keinen Fall konnte er potentielle Feinde in seinem Rücken zurücklassen.

Die Entscheidung wurde ihm vom lauten Krachen abgefeuerter Raketen abgenommen.

»Nestling Eins-vier.« In der Stimme lag ein Unterton von Überraschung und Angst, den auch die metallische Qualität der Funkleitung nicht verschlucken konnte. »Feindliche Mechs kommen schnell näher.« Eine Pause, wahrscheinlich, während Private Crow einen Laserschuß auf den Gegner abgab. »Ich identifiziere drei mittelschwere Maschinen. Ein *Totschläger*, ein *Centurion* und ein *Derwisch*.«

Emrys schaltete den Außenlautsprecher seines Anzugs ein und bellte den entsetzten Hüttenbewohnern einen Befehl zu. »Hierbleiben. Wenn Sie das Haus verlassen, sterben Sie.«

Ja, und wenn ihr es nicht *verlaßt, sind eure Überlebenschancen genauso miserabel.* Der Gedanke trat unaufgefordert in sein Bewußtsein. Er wischte ihn weg. Für Vorwürfe war später immer noch Zeit. Jetzt hatte er eine Aufgabe zu erledigen.

Ein Donnerschlag ließ den Boden erzittern, von den Schutzschaltkreisen der Außenmikrofone kaum gedämpft, als ein blitzheller Strom geladener Atomteilchen keine fünf Meter neben der Stelle, an der Emrys aus der Hütte getreten war, über den Lehmboden peitschte. Lange Sekunden versuchte er seinen Verstand auf die verwirrende Tatsache zu konzentrieren, daß er plötzlich zum überhängenden Dach des Gebäudes aufblickte, das er gerade verlassen hatte. Dann kam ihm die Erleuchtung. Die Druckwelle des Beinahetreffers hatte ihn auf den Rücken geschleudert.

Der Lieutenant zwang seine unwilligen Gliedmaßen, sich zu bewegen und kam mühsam wieder auf die Beine.

»Alles in Ordnung, El-Te? Brauchen Sie einen Med-

Tech?« Der gesichtslose Kopf von Sergeant Grinnells Krötenanzug erschien auf Emrys' Sichtschirm.

»Nein«, grunzte Emrys, als der Unteroffizier ihm auf die Beine half. »Nein, Sarge. Ich bin okay.«

»Gut. Aber ich würde nicht versuchen, Ihre Waffe abzufeuern. Der Lauf ist voller Schlamm.«

»Verdammt.« Emrys schlug mit der Manipulatorkralle des Anzugs auf das Gehäuse des Maschinengewehrs. »Hat es was genützt?«

»Nö. Sie müssen es voll in den Boden gerammt haben, als sie gestürzt sind.«

»Arrgh!« Emrys machte seiner Wut mit einem undefinierbaren Knurren Luft. »Na schön, Sarge, kümmern Sie sich ums Geschäft. Ich bleibe hier und versuche zu koordinieren. Vielleicht kann ich einen der Schlammstampfer überreden, dieses vermaledeite Gewehr für mich zu säubern, wenn sie ankommen.«

Emrys konnte Grinnells Blick durch die schwergepanzerten Visiere beider Anzüge spüren. Ohne ein weiteres Wort drehte der Sergeant sich um und sprang über das Wrack eines Wagens. Der Lieutenant ließ sich hinter dem dampfenden, verdrehten Metall auf ein Knie nieder.

Im Gegensatz zu seinen größeren Vettern besaß sein Anzug nicht genug Platz für eine Taktikanzeige. Soweit er es aus den kurzen, störungsanfälligen Funkmeldungen ermitteln konnte, hatte der Zug einen Mech, einen 20-Tonnen-*Heuschreck*, zerstören können, bevor die Piraten noch richtig verstanden hatten, daß sie angegriffen wurden. Einige der Banditen waren abseits ihrer Maschinen gestellt worden und hatten sich ergeben, als die Soldaten des 1. Zugs in ihre Unterkünfte stürmten. Anderen Feindpiloten war es gelungen, an Bord ihrer Mechs zu gehen, bevor die angreifenden Infanteristen ihnen den Weg abschneiden konnten. Jetzt stellten die Piraten seine Männer in einem

Feuergefecht auf kurze Distanz. Die Kröten des Zugs waren im Feld jedem ungepanzerten Infanteristen überlegen, aber selbst ihre schweren Gefechtspanzer konnten gegen BattleMechs nicht lange bestehen. Er brauchte die 7. Kompanie als Entsatztruppe für seine bedrängten Leute.

»Kralle Eins von Nestling Eins-eins«, knurrte Emrys in das Bügelmikrofon seines Funkgeräts. »Wo, zum Teufel, stecken Sie?«

»Cool bleiben, Eins-eins«, zog sich Izzats gedehnter New-Syrtis-Akzent aus dem Helmlautsprecher. »Die Kavallerie ist unterwegs.«

* * *

Izzats Kompanie rückte gegen die Piratenbasis vor, noch bevor das Echo von Emrys MG-Salve verklungen war. Als erster erschien Private Henrys Stanos *Valkyrie* auf der Szene. Der unerfahrene Neuling war, vom Rausch seines ersten Gefechts gepackt, vorgeprescht und hatte die Hauptstreitmacht der 7. Mechkompanie hinter sich gelassen. Ein paar Sekunden tauschte Stano Laser- und Raketenfeuer mit einem Piraten-*Derwisch*. Dann traf ein vernichtender PPK-Schuß seinen Mech etwa auf mittlerer Höhe des Torsos. Stano beging einen Fehler, als er herumwirbelte, um sich der neuen Gefahr zu stellen. Indem er sich zu dem *Greif* umdrehte, der sich in seine Flanke bewegt hatte, bot er dem angeschlagenen, aber noch kampffähigen *Derwisch* den kaum gepanzerten Rücken. Die spärliche Panzerung der *Valkyrie* zerbarst unter einer gnadenlosen Breitseite aus vierundzwanzig Kurz- und Langstreckenraketen und zwei Laserschüssen. Durchgeschüttelt kämpfte Stano wie besessen mit den Kontrollen, um seinen Mech aufrecht zu halten. Als die CASE-Schutzpaneele der *Valkyrie* davonflogen, verließ den jungen Krieger der Mut.

Im Glauben, er habe nur noch Sekunden zu leben, riß er am schwarz-gelb-gestreiften Griff der Rettungsautomatik.

Einen kurzen, entsetzlichen Augenblick lang geschah nichts. Dann wurde der junge Soldat mit einem röhrenden Krachen gen Himmel geschossen, fort von seinem kampfunfähigen Mech.

Stanos Sergeant, Willis Rexer, erreichte das Schlachtfeld in seinem *Wachmann*, als der Junge gerade zu Boden kam. Der Sturz mußte den Neuling benommen gemacht haben, denn er unternahm keinen Versuch, dem kollabierenden Rettungsfallschirm auszuweichen oder sich aus dem ringsum tobenden Gefecht zu entfernen. Das Knattern von MG-Feuer lenkte die Aufmerksamkeit des Sergeants von seinem gestürzten Soldaten ab.

Auf Rexers Sichtschirm ragte der *Derwisch* auf. Zwei Kurzstreckenraketen flogen an den hochgezogenen Schultern seines Kampfkolosses vorbei und explodierten zwischen den ulmenartigen Bäumen des Waldes. Der Sergeant reagierte mit einem Laserstrahlentrio. Als der Rest der Lanze ihn erreichte, rückte Rexer gegen seinen Gegner vor und verwandelte die 55-Tonnen-Maschine in kurzer Zeit in einen dampfenden Schrotthaufen.

* * *

»Innenhof von Kralle Eins.« Das Funksystem der *Unsichtbare Wahrheit* knisterte, als es die komprimierte Sendung des Eridani-Offiziers mit dem Befehl über den Angriff auf die Piratenbasis entzerrte und wiedergab. »Lage: Ziel gesichert. Kralle erlitt vier Verletzte, einen Verlust. Drei Mechs beschädigt, aber reparabel, einer fragwürdig. Sieben feindliche Mechs zerstört. Fünfzehn Kriegsgefangene.« Captain Izzat stockte kurz. »Fünfundvierzig Flüchtlinge gesichert und in unserer Hand. Sir, hier unten sieht es schlimm aus. Diese Piratenhunde haben die Flüchtlinge aus den Clan-Besatzungszonen als Sklaven gehalten. Die meisten sind krank, halbverhungert... Wir tun für sie, was in unserer Macht steht, aber ich weiß nicht, ob es reichen wird.«

In Wahrheit waren nicht alle Gefangenen der Piraten verletzt oder durch Mißhandlung dem Tode nahe. Aber Captain Izzat war als ein Soldat vor Ort gewohnt, Gefangene anständig behandelt zu sehen. Der Zustand der Gefangenen widerte ihn dermaßen an, daß er ohne es zu wollen übertrieb. In Wirklichkeit standen nur wenige Gefangene durch Verletzungen oder Mißhandlung an der Schwelle des Todes, und nur ein oder zwei von ihnen würden wahrscheinlich trotz medizinischer Behandlung sterben. Izzat machte nur seiner Verzweiflung darüber Luft, daß ein Teil von ihnen die Möglichkeiten einer vollausgerüsteten Krankenstation benötigte, während er nur zwei Sanitäter hatte.

Morgan sah zu Redburn und Winston hinüber, die auf die Brücke der *Unsichtbare Wahrheit* gekommen waren, um den Fortgang der Kämpfe zu verfolgen. Redburns Miene war neutral, aber um Winstons dunkle Augen spannte sich die Haut.

»Sehr gut, Kralle Eins«, meinte er. »Kümmern Sie sich um die Flüchtlinge. Gefangene sichern und für den Abtransport zum Flaggschiff vorbereiten.« Morgan konnte fühlen, wie sich bei seinem nächsten Befehl Winstons Blicke in seinen Hinterkopf bohrten. »Captain Izzat, achten Sie darauf, alles, was Sie in diesem Lager gesehen und getan haben, als Beweismaterial für ein Standgericht gegen die Piraten festzuhalten.«

Es dauerte fast zwanzig Minuten, bis die Nachricht und ihre Antwort den Weg zwischen Schiff und Planet zurückgelegt hatten. In dieser Zeit vermieden sowohl Morgan als auch Ariana Winston sorgfältig das Thema der Piraten und beschränkten ihre Unterhaltung auf die Versorgung und Behandlung der Flüchtlinge.

»Kavalier. Können Sie das bitte wiederholen?«

Morgan wiederholte seinen Befehl, und noch einmal zwanzig Minuten später erreichte ihn die Bestätigung des Eridani-Offiziers. Er reichte das Kommset zurück an den KommTech, atmete tief durch und drehte sich zu Winston um.

»Sieht aus, als hätten Sie den Grund für Ihre Kriegsgerichtsurteile, Marshal«, stellte sie mit rauher Stimme fest.

Bevor Morgan antworten konnte, salutierte sie wütend, drehte sich stampfend um und stürmte von der Brücke.

* * *

Mehrere Stunden später legte die *Husar* am Dockkragen Nummer Zwei der *Unsichtbare Wahrheit* an. Als das Irisschott zum Zugangstunnel sich öffnete, trieben mürrische Eridani-Infanteristen fünfzehn entmutigte Piraten vor sich her in den riesigen Laderaum. Sobald ein Trupp ComGuard-Wachen die Gefangenen übernommen hatte, kehrten die Söldner in ihr Landungsschiff zurück und flogen ab. Während der gesamten Operation sagte keiner der Eridani mehr als absolut notwendig. Offensichtlich hatte die Nachricht vom vorgesehenen Schicksal der gefangenen Piraten in der Flotte die Runde gemacht. Der Gedanke, Kriegsgefangene hinzurichten, machte die Eridani mit ihrer fest etablierten Tradition, gefangene Gegner fair und gut zu behandeln, verständlicherweise wütend. Die Tatsache, daß es sich bei diesen Gefangenen um Raumpiraten handelte, um wenig mehr als gewöhnliche Kriminelle, schien kaum eine Rolle zu spielen.

Morgan brauchte mehrere Tage, um die Befragung der gefangenen Piraten abzuschließen. Die Arbeit war so umfangreich, daß er Andrew Redburn und Regis Grandi dazu holte, um ihm zu assistieren. Normalerweise hätte Ariana Winston als Morgans Stellvertreterin ebenfalls einen Platz in der Untersuchungskommission gehabt, aber sie weigerte sich teilzunehmen. Kurz nach ihrem Abflug von der *Unsichtbare Wahrheit* zum Flaggschiff der Leichten Reiterei, der *Gettysburg*, hatte sie in einer Funkbotschaft ihre Weigerung erklärt.

»Unter allen anderen Umständen und jedem anderen Kommandeur«, preßte sie zwischen knirschenden Zähnen hervor, »hätte ich meine Truppen angewiesen, Ihre Befehle zu ignorieren. Aber wir sind die Leichte Eridani-Reiterei, und dieser Name steht noch für etwas. Wir haben uns bereiterklärt, an dieser Operation teilzunehmen. Da Sie der Kommandeur der Einsatzgruppe sind, werden wir Ihre Anweisungen im Hinblick auf militärische Fragen buchstabengetreu ausführen. Aber wir verweigern jede Teilnahme an der ›Erledigung‹ von Gefangenen.«

Morgan versuchte Winston zu beschwichtigen, indem er sie über Redburns Plan informierte, diejenigen Piraten, die vom Kriegsgericht nicht für schuldig befunden wurden, auszusetzen. Alles, was ihm seine Bemühungen einbrachten, war ein vorwurfsvoller Blick.

»Meinen Sie tatsächlich, das würde einen Unterschied machen?« fragte sie. Dann unterbrach sie die Verbindung, ohne auf eine Antwort zu warten.

* * *

Das Kriegsgericht wurde einberufen und innerhalb von zwei Tagen abgeschlossen. Das Tribunal, bestehend aus Grandi, Redburn und Kommodore Beresick, befand vier der Gefangenen der Piraterie, des Diebstahls, Mordes und anderer Verbrechen für schuldig. Für diese Verbrechen wurde die Todesstrafe verhängt.

Die Verurteilten wurden kurz darauf ohne weitere Zeremonie hingerichtet und ihre Leichen dem All übergeben. Der Rest der Piraten, der für geringere Vergehen verurteilt worden war, sollte ausgesetzt werden. In mancher Hinsicht handelte es sich dabei um eine weit härtere Strafe als sie ihre Anführer erhalten hatten. Diese Männer würden auf einem unbewohnten Planeten sich selbst überlassen werden, mit gerade genug Vorräten und Ausrüstung, um zu überleben. Wenn es ihnen gelang, sich in der Wildnis ein Leben aufzubauen, würde dies nur unter erheblichen Härten und großen Anstrengungen möglich sein.

Während der Verhandlungen sprach Ariana Winston nur einmal mit dem Flaggschiff. In dieser Nachricht bat sie um die Freistellung der Leichten Reiterei vom Geleitschutz der Wasserholer. In einer Wut, die unter der steifen, formellen Sprache des Gesuchs kaum verhüllt blieb, erklärte Winston, sie wolle nicht, daß ihre Leute auf irgendeine Weise daran erinnert wurden, was an Bord des Flaggschiffs geschah.

In einem Versuch, mit ihr Frieden zu schließen, stimmte Morgan zu und tauschte die Eridani-Truppen gegen die 1. Kathil-Ulanen aus.

Später an diesem Tag rief er Andrew Redburn in sein Flaggbüro. Zum ersten Mal seit Beginn der Operation bemerkte Redburn, wie müde und ausgezehrt sein Freund wirkte.

»Beantworte mir eine Frage, Andy. Was, meinst du, macht Winston wirklich zu schaffen?«

Redburn lehnte sich in den Sessel und nahm sich ein paar Sekunden Zeit, seine Antwort auszuformulieren. »Also, sicher kann ich das auch nicht sagen. Aber wenn ich raten soll, müßte ich es auf den Grund zurückführen, aus dem die Leichte Reiterei für diese Mission ausgewählt wurde. Sie hat eine feste Beziehung zur Vergangenheit, bis zurück in die Sternenbundzeit.

Hast du dir einige ihrer Truppen einmal näher angesehen? Ich meine, wirklich angesehen? Ihr 50. Bataillon trägt die roten Einheitsinsignien als Erinnerung an das Massaker von Sendai. Zweitausend Angehörige der Reiterei, Männer, Frauen und Kinder, abgeschlachtet, von Jinjiro Kurita ermordet. Und jetzt stehst du hier und verlangst von ihnen, die Exekution von Gefangenen hinzunehmen. Ich sage nicht, daß falsch sei, was wir tun, aber sieh es einmal so: Wenn man sein ganzes Leben in einer Tradition gelebt hat, die Nonkombattanten und Kriegsgefangene schützt, fällt es schwer, das abzustreifen, selbst für Raumpiraten, sogar für ein paar wirkliche Sauhunde, die den Tod verdient haben.« Er lehnte sich vor und meinte mit einem Seufzer: »Wahrscheinlich wird sie sich nach einer Weile beruhigen. Aber vorerst würde ich sie in Ruhe lassen.«

* * *

Winstons Rückzug in Verteidigung ihrer Prinzipien war noch nicht das Ende der Schwierigkeiten, die Morgan wegen der Kriegsgerichtsurteile und Exekution der Piratenanführer bekam. Kurz nach seinem Gespräch mit Redburn besuchte ihn Paul Masters.

»Marshal Hasek-Davion«, kam der Kommandeur der Ritter ohne Präambel zur Sache. »Stimmen die Gerüchte? Haben Sie tatsächlich Gefangene exekutieren lassen?«

Gott rette mich vor Idealisten. Morgan schob den Gedanken beiseite und drehte sich zu seinem Besucher um. »Ja, Colonel Masters. Ich habe die Hinrichtung von vier Gefangenen angeordnet. Die Männer waren die Anführer einer Raumpiratenbande, die sich an Flüchtlingen aus den Clan-Besatzungszonen vergangen hat. Sie wurden in einem Kriegsgerichtsverfahren des Mordes und der Piraterie für schuldig befunden und entsprechend dem universellen Militärrecht exekutiert. Die übrigen, wegen geringerer Verbrechen verurteilten Piraten, werden im nächsten dazu geeigneten Sonnensystem ausgesetzt.«

Masters stockte, von der verärgerten Offenheit der Antwort überrascht. Das hielt jedoch nicht lange an.

»Sir. Ich bin mir der Tatsache bewußt, daß es sich hier um eine militärische Operation handelt. Ich bin mir auch der Tatsache bewußt, daß Sie der befehlshabende Offizier dieser Operation sind. Ihr Recht, ein Kriegsgericht einzuberufen, steht hier nicht zur Debatte. Ich hege keine Zweifel an der Integrität der fraglichen Verfahren. Ich habe auch keine Zweifel daran, daß es eine faire Anhörung gab und die Urteile gerecht waren. Aber, Sir, ich muß dagegen protestieren, daß der überwiegende Teil des Kommandostabes über diese Vorgänge erst informiert wurde, als sie bereits vorüber waren. Eine Aktion mit so weitreichenden Konsequenzen hätte Repräsentanten *aller* an dieser Einsatzgruppe beteiligten Einheiten umfassen müssen. Bei allem Respekt, Marshal Hasek-Davion, muß ich Sie, Sir, auf das Dringendste warnen, keine weiteren Aktionen dieser Art zu unternehmen, ohne *zumindest* alle Einheitskommandeure formell von Ihren Absichten in Kenntnis zu setzen. Dies ist ein Gemeinschaftsunternehmen. Wir erwarten, daß Sie sich entsprechend verhalten.«

22

Schlachtkreuzer SBS *Unsichtbare Wahrheit*,
Namenloses Sonnensystem
Äußere Peripherie

15. Dezember 3059, 18:10 Uhr TNZ

Als die *Unsichtbare Wahrheit* aus dem Nichts des Hyperraums zurück in den Normalraum trat, kehrte Morgans Gehör zurück. Die Einsatzgruppe befand sich damit vier Sprünge, hundertzwanzig Lichtjahre jenseits des von dem Explorerdienstscout, der es entdeckt hatte, auf den Namen Meribah getauften Systems. Meribah war ein biblischer Name, wie dem Marshal wohl bewußt war. Es war der Name des Ortes, an dem Moses Wasser aus dem Fels geschlagen hatte. Wie so viele Orte des Alten Testaments besaß auch Meribah noch einen zweiten Namen, Massah. Die Worte hatten die Bedeutung ›Streit‹ und ›Prüfung‹. Und er wußte, daß Moses das Gelobte Land nicht hatte betreten dürfen, weil er bei seiner Prüfung bei Meribah versagt hatte.

Zwischen ihm und Ariana Winston herrschte nicht gerade ein Streit, aber es hatte mehr als Redburns ›Weile‹ gedauert, bis sie sich ›beruhigt‹ hatte. Um genau zu sein, fast zwei Wochen. Außer für unumgängliche Diskussionen über die Einsatzbereitschaft der Truppen, die Einsatzpläne der Luft/Raumjäger und andere militärische Fragen war sie Morgan bewußt aus dem Wege gegangen, und selbst diese verbliebenen Kontakte hatten unter der Anspannung gelitten.

Manche Mitglieder des Befehlsstabs betrachteten Winstons Rückzug als kleinliches Schmollen, aber Morgan wußte es besser. Sie war verständlicherweise wütend. Nicht weil die Meribah-Piraten abgeurteilt und exekutiert worden waren. Sie verstand die Notwendigkeit militärischer Gerichtsbarkeit. Ihre Wut war das Ergebnis der gnadenlosen Konfrontation eines siebenundvierzigjährigen Lebens nach den Prinzipien fairer und humaner Behandlung von Gefangenen der Leichten Reiterei mit den Realitäten einer neuen Ära moderner Kriegsführung, in der als einziger Grundsatz ›töten oder getötet werden‹ galt. Morgan hatte dieselben Schwierigkeiten, wenn auch in geringerem Ausmaß. Selbst im Licht des wiederhergestellten Sternenbunds und all seiner Versprechungen gab es kein Entkommen vor der harten Wirklichkeit des totalen Kriegs. Der Meribah-Zwischenfall war nur die erste Prüfung der Beitreten-oder-Sterben-Politik der Einsatzgruppe. Einer Politik, über deren Konsequenzen sich niemand vollends klar gewesen war, bis es Zeit wurde, sie anzuwenden.

Morgan unternahm jede Anstrengung, die Freundschaft wiederherzustellen, die ihn mit Winston verband, aber es hatte keinen Zweck. Sie weigerte sich schlichtweg, irgendeine Bemerkung oder Frage zur Kenntnis zu nehmen, die keinen direkten Bezug auf gemeinsame Operationen der Einsatzgruppe aufwies.

Dann hatte Morgan an einem Morgen vor zwei Wochen eine abwertende Bemerkung über die miserable Qualität des zur Stabsbesprechung servierten Kaffees fallen lassen.

»Irgendein Ladearbeiter muß Kaffee und Kordit verwechselt haben«, hatte Winston geantwortet, als hätte es zwischen ihnen nie eine Unstimmigkeit gegeben. Dann nahm sie einen zweiten Schluck der trüben schwarzen Flüssigkeit, schauderte und stieß die Trinkblase davon, die langsam durch das Besprechungszimmer trieb, bis einer der anderen Offiziere sie stoppte. »Iiyrgh. Wenn ich es mir recht überlege, würde Kordit sicher besser schmecken als dieses Zeug.«

Es war nicht viel, aber nach zwei Wochen feindseligen Schweigens doch ein Anfang. Morgan hatte schon Angst gehabt, der Zwischenfall bei Meribah hätte einen dauerhaften Bruch zwischen ihm und Winston hinterlassen. Das wäre weder für die Mission noch für ihn persönlich gut gewesen.

Weitere Gedanken zu diesem Thema wurden abgeschnitten, als ein Alarmruf des KommOffiziers der *Unsichtbare Wahrheit* über die Brücke schallte.

»Sir, *Ranger* meldet Kontakt mit einer Anzahl unidentifizierter Raumschiffe. Kapitänin Winslow bittet um Anweisungen.«

»Was?« brüllte Morgan überrascht über den plötzlichen Lärm des Alarms. »Lassen Sie sehen.«

Als Antwort auf seinen Befehl leuchteten vier winzige Symbole über dem Boden des Holotanks rot auf.

»Identifikation?«

»Nichts zu machen, Sir.« Der OrtungsTech tippte so schnell er konnte seine Befehle in die Konsole, um die Auflösung der Schiffssensoren zu verbessern. »Das den Objekten nächste unserer Schiffe ist die *Ranger*. Kapitänin Winslow meldet, daß sie nicht in der Lage ist, die Banditen zu identifizieren.«

»Verdammt«, fluchte Morgan. »Geben Sie Gefechtsalarm. Geschützbesatzungen an die Kampfstationen. Jägerstart vorbereiten.«

Es war fast schon zur Routine geworden, bei jedem Eintauchen der Einsatzgruppe in ein neues System Alarm zu geben. Aber diesmal schien es sich anders zu verhalten. Die Sirene war kaum ertönt, als die ersten Geschützstände sich schon meldeten. Irgendwie hatten die Männer und Frauen von Einsatzgruppe Schlange geahnt, daß es jetzt ernst wurde. Kommodore Beresick meldete nach weniger als vier Minuten alle Stationen besetzt und bereit, volle fünfzehn Sekunden schneller als die bisherige Bestzeit.

»Marshal« rief der KommTech. »*Ranger* meldet Identifikation der Banditen. Zielschiffe eindeutig als feindlich erkannt.«

Die ID-Codes neben den Hologrammen der feindlichen Schiffe flackerten und veränderten sich. Das größte der Raumschiffe, jetzt deutlich als Kriegsschiff erkennbar, trug die Kennung KNGRSS.

»Sir, *Ranger* identifiziert die Banditen als eine Fregatte der *Kongreß*-Klasse, zwei Zerstörer der *Wirbelwind*-Klasse und einen *Invasor*-Klasse-Transporter. Die *Ranger* ist noch zu weit von den Zielen entfernt, um die Clanzugehörigkeit festzustellen. Kapitänin Winslow meldet Anzeichen, daß die Banditen in Vorbereitung eines Sprungs die Segel einholen.«

»In Ordnung, Kommodore Beresick, das ist Ihr Element. Sie haben den Befehl, Sir«, stellte Morgan fest. »Ich werde versuchen, Sie nicht zu behindern.«

Beresick nickte und bellte seine Befehle. »Kommodore übernimmt den Befehl. Die *Rostock* bleibt bei den Transportern. Alle übrigen Kriegsschiffe stoßen mit Vollschub in Richtung der Banditen vor. Transporter koppeln die zur Flottenverteidigung designierten Landungsschiffe ab. Die FVL formieren sich um die Kriegsschiffe. Drauf und dran, Buben und Maiden!«

* * *

Major Michael Ryan rieb sich die Beule an seinem Schädel, knapp oberhalb des Haaransatzes. Als der Alarm ertönt war, hatte er friedlich in seiner Koje an Bord der *Haruna* gelegen und geschlafen. Von den Sirenen aus dem Schlaf gerissen, hatte er versucht, aus dem Bett zu springen. Glücklicherweise hatte er Dank seines Rangs das Privileg einer halbprivaten Unterkunft, und sein Mitbewohner, der Chefarmierungsoffizier der *Haruna*, hatte Dienst. Die Laken hatten sich um Ryans Knöchel verheddert und seinem eleganten

Sprung ein herbes Ende bereitet. Sein metallener Schreibtischstuhl hatte den Sturz beendet und ihm einen Streifschlag auf die Stirn versetzt. Normalerweise hätte das noch nicht notwendigerweise eine derartige Beule zur Folge gehabt, aber durch die Beschleunigung der *Haruna* herrschte doppelte Normschwerkraft, was den Schlag entsprechend härter ausfallen ließ.

Fluchend wie eine abgewiesene Kurtisane befreite er sich aus den Laken und unterdrückte den Impuls, ein paar Sekunden damit zu verbringen, sie in Fetzen zu reißen. Endlich gelang es ihm, aus dem Zimmer zu rennen und dabei seinen ›Sprungset‹ aus dem winzigen Stauraum neben der Tür zu zerren. Barfuß und nur mit einer Turnhose bekleidet hastete er über den Gang zum Aufzug, der ihn zu seiner Gefechtsstation bringen sollte.

Als der Aufzug auf Deck Zehn der Fregatte anhielt, hatte Ryan in der überfüllten Kabine unter Schwierigkeiten seinen mattolivgrünen Overall angelegt, aber seine Füße waren noch nackt, als er durch die Luke in Frachtraum Nummer Zwei stürmte. Die riesige Halle wurde von einer Serie von Leuchtstreifen in der zwölf Meter hohen Decke trübe erhellt.

»Komban wa, Major«, rief Corporal Carlotta Sior bei seiner dramatischen, wenn auch würdelosen Ankunft.

»Laß hören, Bill. Was ist los?«

Captain William Culp, der blonde, blauäugige Anführer von Team 5, schaltete den Interkom des Hangars auf Bereitschaft, als Ryan eintrat.

»Wir sind auf ›Enterstation‹ befohlen, Major.« Culp war ein Sternwerder, der von der Geisterbären-Invasion von seiner Heimatwelt vertrieben worden war. Sein schmales, bleiches Gesicht trug einen raubtierhaften Ausdruck, der durch die schwache Beleuchtung des Hangars noch verstärkt wurde. »Soweit ich gehört habe, sind wir auf eine Clan-Flottille gestoßen, und Beresick geht zum Angriff über. Sie sollen sich beim TOO melden, sobald Sie eingetroffen sind.«

Ryan streckte den Arm aus und schaltete den Kommunikator ein.

»Brücke, Taktischer Offizier.«

»Fregattenkapitän, hier ist Major Ryan. Was sollen wir tun?«

»Sho-sa«, verbesserte Fregattenkapitän Masahiro Kobayashi. Der Taktische Operationsoffizier der *Haruna* war ein DKA-Offizier der alten Schule, der sich dem Gedanken widersetzte, das etablierte draconische Rangsystem zu ersetzen, um sich an die Idee einer Koalitionsstreitmacht oder eines neuerstandenen Sternenbunds anzupassen. »Bereiten Sie Ihre Teams darauf vor, an Bord der *Bisan* zu gehen. Sie haben Befehl, eine Enteraktion vorzubereiten.«

»Verstanden.« Ryan grinste, als er die Verbindung unterbrach. Kobayashi war ein verknöcherter Pedant, der die Draconis Elite-Sturmtruppen als notwendiges Übel betrachtete, das nur eine Stufe über den schmutzigen, ehrlosen Banditen der Nekekami stand. Ryan genoß es, den Flottenoffizier bei jeder sich bietenden Gelegenheit zu reizen. Die Zufriedenheit war seinem Gesicht abzulesen, als er sich zu seinen Leuten umdrehte.

»Okay, Anzüge anlegen.«

Dreißig Kommandosoldaten verteilten sich über den Frachtraum. Zusammen mit den anderen Mitgliedern seines Teams ging Ryan zu einem seltsam kastenförmigen Modul, wo ihn Simon Nisimura erwartete, sein persönlicher AnzugsTech. Zu Beginn hatte Ryan die Vorstellung eines ihm persönlich zugeteilten Techs als absurd empfunden, aber als er zum ersten Mal versucht hatte, ohne dessen Hilfe seinen *Kage*-Panzer anzulegen, hatte er schnell erkannt, welchen Wert ein erfahrener Helfer hatte.

Ohne irgendeinen weiteren Gedanken zog Ryan den Overall aus. Die Männer und Frauen seines Teams waren Profis, die es als unter ihrer Würde empfunden hätten, einander bei der Vorbereitung zum Kampf anzustarren. Einer der ursprünglich Team 4 zugeteilten Techs war nach dem ersten Tag versetzt worden, weil er sich ein paar respektlose Bemerkungen über die attraktive Kommunikationsspezialistin des Teams erlaubt hatte. Captain Yosuke hatte drei der Männer des Teams von dem unglückseligen Tech wegzerren müssen, bevor sie ihn umbrachten. Der Mann war in Schande nach Hause geschickt worden, den linken Arm in Gips.

Ryans einziges Zugeständnis an Begriffe des Anstands war, sich in den Schatten zurückzuziehen, als er die Turnhose gegen einen dicken grauen Bodysuit tauschte. Das enganliegende Kleidungsstück war eine modifizierte Version der Kühlweste, wie sie bei MechKriegern in Gebrauch war. Der schwere Stoff war von Tausenden dünner Schläuche durchzogen, durch die eine Variante des Kühlmittels floß, das Mechpiloten vor der Abwärme eines kämpfenden BattleMechs schützte. Zusätzlich enthielt der Bodysuit, zu dem auch eine enganliegende Kapuze, Handschuhe und Stiefel gehörten, ein leistungsfähiges Sensorgewebe, das Bewegungen und Gefechtsbefehle an den Bordcomputer des Krötenanzugs übermittelte. Außerdem überwachte das Gewebe den körperlichen Zustand des Trägers. Der Computer konnte auf diese Daten reagieren, indem er Menge und Fließgeschwindigkeit des Kühlmittels variierte und Schmerzmittel, Aufputschmittel oder Antibiotika aus einem in die Struktur des Anzugs eingebauten Mediter verabreichte.

Nachdem er sich vergewissert hatte, daß der Bodysuit sich an den Gelenken nicht ausbauschte und nirgends kratzte oder zwickte, wie es bei manchen

Manövern vorgekommen war, griff Ryan nach einer Metallstange, die etwa zweieinhalb Meter über dem Boden am Ein-/Ausstiegsmodul befestigt war. Mit Hilfe dieser Haltestange schwang er die Beine in die untere Hälfte des *Kage*-Anzugs. Der Kompositstahl der Beinpanzer war wie immer zunächst kalt und feucht, erwärmte sich aber rasch, sobald die Sensoren des Bodysuits ihre Daten an den Bordcomputer sandten.

Als Ryans Füße in den schweren Stiefeln steckten, trat Nisimura heran und half ihm, sich in den dicken, schweren Brustharnisch zu zwängen. Nach dem Anlegen jedes Rüstungsteils arbeitete der Tech an den Gelenken und stellte sicher, daß alle Verbindungen versiegelt und alle Schaltkreise und Kupplungen korrekt angeschlossen waren.

Ryan ließ sich Zeit. Einmal hatte eines der Mitglieder von Team 4 beim Anlegen des Anzugs für eines der Übungsgefechte auf Defiance gehetzt, und die linke Armschiene war nicht korrekt mit Plastron versiegelt worden. Das hatte Private Kee eine Lunge voll Reizgas eingebracht, als die Dichtung mitten in einem Kampf gegen die Lyranische Garde versagt hatte.

Als das letzte Rüstungsteil an Ort und Stelle war, zog Nisimura ein Bündel sondenbestückter Drähte aus der Tasche an seiner linken Hüfte. Er schob die Metallanschlüsse in die dafür vorgesehenen Buchsen an der Außenhaut des Anzugs und führte eine schnelle, aber gründliche Diagnose und Kalibrierung der Systeme des *Kage* durch. Anschließend rollte der Tech das medusenähnliche Drahtbündel wieder ein, und Ryan benutzte die vollmodellierten Hände des Anzugs dazu, ein speziell modifiziertes Blastergewehr in die Waffenkupplung an der rechten Unterarmschiene zu schieben. Ein weiterer Test bestätigte, daß die Waffe mit den Zielsensoren und der Anzeige des Anzugs verbunden und korrekt ausgerichtet war.

Die übrigen Teammitglieder waren mit Blastern, schweren Nadlern und anderen Handwaffen ausgerüstet. Private Teji Nakamura, der Waffenspezialist des Teams, trug einen schweren Imperator-Automatikgranatwerfer. Carlotta Sior war die einzige, die an den *Kage*-Anzügen etwas auszusetzen hatte. Die Scharfschützin des Teams beschwerte sich, daß der sperrige Panzer sie beim Zielen behinderte. Sior hatte sogar ein Minolta 9000 Gewehr von den WaffenTechs des Teams umarbeiten lassen, so daß es unter den Arm des Anzugs paßte. Im Training hatte sie mit Hilfe der verbesserten Zielerfassung des *Kage* über eine Distanz von einem Kilometer dreiundzwanzig von fünfundzwanzig mannsgroßen Zielen getroffen. Heute würde sie einen Blaster benutzen.

Jeder der Soldaten verfügte zudem über ein am Anzug befestigtes und speziell modifiziertes Vibrokatana. Obwohl diese Waffen im modernen Gefechtsumfeld archaisch oder närrisch wirken konnten, wußten die DESTler es besser. Bei Kommandooperationen gegen die Clan-Invasoren, von denen einige so geheim waren, daß bis jetzt noch keine Einzelheiten bekanntgegeben worden waren, hatte zumindest ein Mitglied jedes DEST-Teams bereits einen Elementar mit einem dieser High-Tech-Schwerter getötet. Es ging das Gerücht, daß gefangengenommene Elementare behaupteten, mehr Angst vor einem Vibrokatana als vor einem Gaussgewehr zu haben.

Viele der gepanzerten Krieger trugen zudem sperrige Beutel an den eingebauten Halterungen ihres Anzugs. Bei manchen handelte es sich wie bei Private Akida in Ryans Team 6 um einen Segeltuchsack mit Sprengladungen. Corporal Ringh von Team 5 trug einen kleinen, aber leistungsstarken Plasmaschneidbrenner.

Ryan schaltete die Funkanlage des Anzughelms ein.

»Kommtest. Team Sechs?«

»Sechs-zwo hört.«

»Sechs-drei hier.«

»Sechs-Vier bereit.«

Anschließend setzte er sich mit den Leitern der Teams 4 und 5 in Verbindung, um sicherzugehen, daß alle Krieger unter seinem Befehl bereit waren, ihre Mission zu erfüllen.

»In Ordnung, Achtung für Befehle.« Ryan sprach mit ruhiger Stimme. »Unser Auftrag lautet, uns auf eine Enteraktion vorzubereiten. Wir sind angewiesen, an Bord der *Bisan* zu gehen und uns für den Start bereitzuhalten. Wir kommen erst zum Einsatz, wenn unser Zielschiff außer Gefecht gesetzt wurde. Die Großkampfschiffe der Flotte werden versuchen, das Zielschiff während des Anflugs kampfunfähig zu schießen. Sobald dies erreicht ist, wird die *Haruna* sich so nahe wie möglich an das Zielschiff heranbewegen, vorzugsweise bis auf Enterreichweite. Das Sturmschiff und die Gefechtstaxis werden uns über die verbliebene Distanz bringen. Danach liegt es nur noch an uns.«

»Haben wir irgendeine Idee, gegen was für ein Ziel wir zum Einsatz kommen?« fragte Captain Yosuke.

»Nein, noch nicht.« In Ryans Stimme lag ein besorgter Unterton. »Wenn es sich um ein Transportsprungschiff oder ein Landungsschiff handelt, dürfte es keine größeren Probleme geben. Aber wenn sie von uns erwarten, daß wir ein Kriegsschiff einnehmen … Dann heißt es beten.«

* * *

»Was hast du gesagt?« bellte Sterncolonel Alonso Gilmour die rothaarige Frau an den primären Ortungskontrollen der *Glitzerkralle* an.

Alonso war der Archetyp eines Geisterbären-Kriegers: groß und muskulös. Er war stolz auf seine Kraft,

Standhaftigkeit und Hartnäckigkeit, allesamt Eigenschaften, die sein Clan an dem riesenhaften bärenartigen Raubtier Strana Metschtys bewunderte, dessen Namen er trug.

»Sterncolonel, eine große Anzahl nicht identifizierter Raumschiffe tritt in Richtung Eins-sechs-fünf Punkt Fünf-zwei aus dem Hyperraum aus.«

»Identifizieren.«

»Die Sensoren verzeichnen sieben Kriegsschiffe, darunter einen Schlachtkreuzer der *Cameron*-Klasse und drei Zerstörer, zwei der *Essex*- und einer der *Lola*-Klasse. Die anderen Kriegsschiffe sind unbekannter Klasse.« Die OrtungsTech drückte ein paar Knöpfe. »Beim Rest der Eindringlinge scheint es sich um Transporter zu handeln, darunter einige Sprungschiffe der *Monolith*- und *Starlord*-Klasse.«

»Wer ist das?«

»Das ist unbekannt, Sterncolonel.« Die Tech versuchte vergeblich, die Auflösung ihrer Sensoren zu vergrößern. »Die Eindringlinge strahlen keinen erkennbaren Transpondercode aus und sind noch zu weit entfernt für eine Detailabtastung. Wenn ich eine Vermutung äußern sollte, müßte ich davon ausgehen, daß es sich um potentiell feindselige Schiffe handelt.«

Alonso stützte einige Sekunden das Kinn in die rechte Hand, während er über diese erstaunliche Meldung nachdachte. Seine kleine Flottille, die Clan-Zivilisten in die Innere Sphäre brachte, befand sich weitab der Hauptraumstraßen zwischen der Clan-Besatzungszone und den Heimatwelten. Die Route der Flottille war bewußt wegen der Abgelegenheit der geplanten Sprungpunkte ausgewählt worden.

Vielleicht handelte es sich bei den Eindringlingen um Novakatzen oder Nebelparder, die frische Truppen in ihre Besatzungszone brachten, um auf die Überfälle aus dem Draconis-Kombinat zu reagieren.

Aber eine stehende Order verbat es, sich auf solche Vermutungen zu stützen, und Alonso Gilmour hatte es nicht dadurch bis zum Sterncolonel gebracht, daß er stehende Ordern mißachtete.

»SensorTech, überprüfe deine Abtastung.«

Die Sekunden verstrichen, während der schwarzhaarige Offizier den Fingern der Tech bei ihrem Tanz über die Instrumente zusah.

»Ortung bestätigt. Ein *Cameron*, eine *Lola*, zwei *Essex*. Die Abtastung läßt vermuten, daß eines der unbekannten Schiffe den Daten entspricht, die von der Wache als Spezifikation einer draconischen Fregatte der *Kyushu*-Klasse ermittelt wurden.«

»*Was?*« Gilmour wußte, daß die Wache, die Clan-Version eines Geheimdienstes, begrenzte Daten über jüngste militärische Entwicklungen in der Inneren Sphäre gewonnen hatte. Er konnte nur nicht glauben, daß eines dieser neuen Kriegsschiffe hier auftauchen konnte, so weit entfernt von der Inneren Sphäre.

»*Feuerfang* meldet, daß das nächstgelegene feindliche Schiff die Insignien der ComGuards...« Die Stimme der OrtungsTech stockte.

»*Was ist?*« Alonsos braune Gesichtshaut verfärbte sich zu einem seltsamen Ziegelsteinrot, als die Wut ihm das Blut in Stirn und Wangen trieb.

»Sterncolonel...« Die Tech zögerte, möglicherweise aus Angst vor einem seiner legendären Wutausbrüche. »Die *Feuerfang* meldet, daß das nächstgelegene feindliche Schiff, die *Lola*, die Insignien der ComGuards und der Sternenbund-Verteidigungsstreitkräfte trägt.«

Alonso starrte die Tech an. »Sag das nochmal«, zischte er.

»Sterncolonel, sämtliche Eindringlinge tragen die Insignien der Sternenbund-Verteidigungsstreitkräfte.«

»Das ist unmöglich. Es gibt keinen Sternenbund. Terra ist noch nicht gefallen. Das ist ein Trick. Ein schmutziger, blasphemischer Trick dieser dreckigen Stravagsbarbaren der Inneren Sphäre«, wütete Alonso.

»Sterncolonel«, rief ein freigeborener Tech. »Der feindliche Kommandeur ruft uns. Er fordert unsere Kapitulation.«

»Den Teufel tut er.«

Auf Alonsos knappe Geste leitete der Tech die ankommende Botschaft durch den Holotank der *Glitzerkralle*. Das Bild eines großgewachsenen, würdevollen Mannes in der mattgrünen Uniform eines hohen Sternenbund-Offiziers entstand. Alonso konzentrierte sich zunächst auf die Uniform. An der linken Schulter der Jacke glänzten vier silberne Sterne. Die Brustpartie war mit Feldzugs- und Ordensbändern übersät, einschließlich eines glitzernden Sonnenbanners in Diamant. Über diesen erbärmlichen Zeichen von Eitelkeit, die Alonso als eines wahren Kriegers unwürdig erachtete, prunkte die ultimative Obszönität. Der Mann trug einen silbernen Cameron-Stern schamlos zur Schau.

Endlich gelang es dem Clanner, auch den Mann wahrzunehmen, der in der Uniform steckte. Grüne Augen blitzten in einem stolzen, gutaussehenden und starken Gesicht. Das rote Haar des Mannes war von zahlreichen grauen Strähnen durchsetzt.

»Achtung, Clan-Kriegsschiffe. Ich bin Morgan Hasek-Davion, Kommandeur der Sternenbund-Einsatzgruppe Schlange. Dies ist mein Batchall.« Die klare, kräftige Stimme drückte Stolz aus. »Ich fordere euch auf, eure Flotte und euch selbst zu verteidigen. Wir werden euch bis auf eines mit all unseren Kriegsschiffen angreifen. Ich beanspruche als Isorla alle Schiffe, die kampf- oder manövrierunfähig geschossen werden, und fordere deren Besatzung und Passagiere als Leibeigene. Welche Kräfte bietet ihr zu eurer Verteidigung?«

Die schiere Präsenz des Mannes ließ Alonso einen

Augenblick zögern. Es schien fast, als würde er durch ein magisches Fenster dreihundert Jahre in die Vergangenheit blicken und einen der Vorväter sehen, denen sein Clan immer nachzueifern versucht hatte. Dann vertrieb sein klarer Verstand diese närrischen Träumereien und ersetzte Unsicherheit durch lodernde Wut. Wenn diese Surats aus der Inneren Sphäre unbedingt Sternenbund spielen wollten, na schön. Sie würden für diese Beleidigung um so teurer bezahlen.

»Ich bin Sterncolonel Alonso Gilmour von den Geisterbären. Ich erkenne deinen Anspruch auf den Sternenbund nicht an.« Alonso fühlte eine grimmige Genugtuung, als er diesen Morgan Hasek-Davion einen Lügner schalt. »Ich akzeptiere dein Batchall. Ich werde meine Flotte mit allen mir zur Verfügung stehenden Kräften verteidigen.«

Alonso fuhr sich mit dem Finger über die Kehle, und der KommTech unterbrach die Verbindung. Noch bevor das Hologramm verblaßt war, brüllte der Sterncolonel bereits mit vor Wut heiserer Stimme seine Befehle. »An alle Einheiten. Kampfstationen. Alle Kriegsschiffe ziehen die Sprungsegel ein, soweit dies schnell geschehen kann. Wenn nicht, werden sie abgeworfen. Wir können sie später bergen. Sobald die Flotte flugfähig ist, sollen sie den anrückenden Feind stellen.«

Das ist nicht gut, nicht clangemäß. Es ist der wütende Bär, den die Jäger in die Enge gedrängt haben. Alonso bremste sich und atmete tief durch, um seine Wut zurückzudrängen und klar denken zu können. Langsam fühlte er die schmerzhafte Anspannung weichen.

»Sterncolonel, sollten wir die *Winterwind* nicht zurück nach Arcadia schicken, um die Khane zu informieren?«

Alonso herrschte das Besatzungsmitglied an, von dem der Vorschlag gekommen war. »*Neg!* Sie haben all unsere Schiffe als Isorla für dieses Gefecht erklärt. Wir werden diese ketzerischen Surats vernichten, die es gewagt haben, den Mantel des Sternenbunds zu beanspruchen. *Dann*, nachdem wir das Sakrileg ihrer Gegenwart mit ihrem Blut abgewaschen haben, werden wir unseren Triumph nach Arcadia und allen anderen Clan-Heimatwelten und zu allen Clannern hinausbrüllen, wo immer sie sich auch aufhalten.«

Noch bevor er seine Rede beendet hatte, hallten ein Dutzend Stimmen über die Brücke der *Glitzerkralle*. Befehle ergingen an die anderen Schiffe der Flottille. Krieger wurden in die Schlacht gerufen. Sterncolonel Alonso betrachtete das kontrollierte Chaos und seufzte zufrieden. Auch wenn nicht alle Mitglieder seiner Besatzung der Kriegerkaste angehörten, bereitete sich in diesem Augenblick jeder Clanner in der kleinen Flottille auf den Kampf vor.

Als er auf die Hologramme der Kriegsschiffe der Inneren Sphäre blickte, die sich langsam und entschlossen ihren Weg durch den kalten, leblosen Raum bahnten, der die beiden Flotten voneinander trennte, lief ihm ein unbekannter Schauder über den Rücken. Mit ihm kam die Erkenntnis, daß er, Sterncolonel Alonso Gilmour, an der ersten Schlacht in einer neuen Phase der Kriegsführung beteiligt sein würde.

Seine Lippen bewegten sich, als er lautlos einen Teil der *Erinnerung* rezitierte:

> Niemand ist stärker, kennt weniger Angst
> Als der Geisterbär.
> Niemand kann gegen ihn bestehen,
> So daß wir die Wahrheit nun sehen:
> Alles bezwingt der Geisterbär.

Die Verse erstarben auf seinen Lippen. Aus einem unerforschlichen Grund hinterließen die erhaben klingenden, kraftvollen Worte einen bitteren Geschmack in seinem Mund. Die plötzlichen Zweifel waren ganz und gar ungewöhnlich und so erschreckend, daß die Zeilen so leer wie eine ausgeworfene Patronenhülse klangen.

Plötzlich fühlte Alonso Gilmour etwas, das er in seinem kurzen, gewalttätigen Leben als ClanKrieger nie zuvor verspürt hatte.

Angst.

23

SBS *Ranger*, Namenloses Sonnensystem
Äußere Peripherie

15. Dezember 3059, 18:10 Uhr TNZ

Kapitänin Mercia Winslow stand an Bord der *Ranger* neben ihrer Befehlskonsole, die Hand fest um die Haltestange am Stahlgehäuse der Schalttafel gelegt. Auf dem Sichtschirm der Brücke konnte sie leicht die vier offenen weißen Kreise erkennen, die von den Zielerfassungssystemen des Schiffes um die Positionen der unbekannten Schiffe gelegt worden waren. Sobald die Ziele als feindlich erkannt waren, würde der Computer die Symbole automatisch in rote Dreiecke verwandeln.

Die *Ranger* war dreißig Sekunden nach dem Flaggschiff der Einsatzgruppe aus dem Hyperraum ausgetreten, hatte die unbekannten Schiffe aber zuerst geortet. Als das den Fremden nächstgelegene Schiff hatte sie den Befehl erhalten, hinüber zu fliegen. Winslow wußte, daß es sich um Feindschiffe handelte, ebenso wie jeder andere in der Einsatzgruppe. Die Flotte befand sich inzwischen sechshundertdreißig Lichtjahre von der kernwärtigen Grenze der Außenweltallianz entfernt. Abgesehen von den kleinen *Scout*-Klasse-Sprungschiffen des Explorerdienstes war seit Kerenskys Exodus kein Schiff der Inneren Sphäre mehr so tief in den unerforschten Raum vorgedrungen. Aber die Einsatzgruppe mußte den Verfahrensrichtlinien folgen, die in den Manövern vor dem Abflug entwickelt worden waren, Richtlinien, die mit jedem weiteren Sprung in feindliches Gebiet verbessert worden waren.

Als die Order kam, sich den unbekannten Schiffen zu nähern, befahl Winslow die Besatzung ihres Zerstörers auf die Gefechtsstationen. Augenblicklich wurde die weiße Deckenbeleuchtung durch ein fahlblaues

Licht abgelöst. Angeblich sollte diese Veränderung es den Ortungs- und Geschützbesatzungen leichter machen, die Details auf ihren Anzeigen zu sehen.

Aber der wahre Grund reichte bis zum ersten globalen Krieg auf Terra zurück. In den Anfangstagen der Seekriegsführung hatten die primitiven Unterseeboote der sich bekämpfenden Nationen ihre Angriffe vorzugsweise bei Nacht durchgeführt. In jener Zeit hatte man an Bord der Boote ein gedämpftes rotes Licht benutzt, damit die Augen des Kapitäns sich an die Dunkelheit an der Wasseroberfläche gewöhnen konnten, bevor er durch sein Periskop sah. In der Endphase des zwanzigsten Jahrhunderts hatte man dann festgestellt, daß blaues Licht die Augen der U-Bootbesatzungen weniger belastete. Winslow vermutete, daß der wahre Grund dafür, daß sie jetzt gezwungen war, ihre Augen etwas stärker zu belasten als üblich, in der verknöcherten Natur der meisten Militärplaner und Schiffskonstrukteure zu suchen war. Wenn die Tradition bei Gefechtsalarm Blaulicht verlangte, dann wurde eben Blaulicht benutzt.

Während ihre Augen sich noch an die Veränderung der Lichtverhältnisse gewöhnten, erklang eine tiefe, verführerische Frauenstimme im gesamten Schiff. »Gefechtsalarm, Gefechtsalarm. Alle Mann auf die Gefechtsstationen. Dies ist keine Übung. Gefechtsalarm, Gefechtsalarm.«

Das blaue Licht störte Winslow weniger als die verführerischen Töne der computergenerierten Lautsprecherdurchsage. Sie wußte wohl, daß Jahre der Forschung zu dem Ergebnis gekommen waren, daß Besatzungsmitglieder ungeachtet des eigenen Geschlechts einer schwülen Frauenstimme mehr Aufmerksamkeit schenkten als dem scharfen männlichen Bellen, wie es in zahllosen Trivid- und Holodramen popularisiert worden war. Aber trotzdem machte die unnötig suggestive Qualität in der Stimme dieser nichtexistenten Frau sie wütend.

Es war eine seltsam fehlgeleitete Eifersucht, wie sie sich selbst immer wieder klarmachte. Winslow war nach allen gängigen Standards eine gutaussehende Frau. Jung, mit feinen Zügen und langem, glänzend kastanienbraunem Haar, das im Nacken zu einem festen Kranz geflochten und festgesteckt war. Sie wirkte mehr wie eine Schauspielerin, die in einem Holovid mit begrenztem Budget die Rolle einer Flottenoffizierin spielte, als ein echter Militär. Nein, Mercia Winslow mochte die Phantomverführerin nicht, weil das hier Krieg war, und der Krieg war ein ernstes Geschäft.

Eine nach der anderen meldeten sich die verschiedenen Abteilungen auf eine über Jahrhunderte auf Kriegsschiffen aller Art etablierte Manier.

»Armierung meldet alle Stationen besetzt und bereit.«

»Maschinenraum meldet alle Stationen besetzt und bereit.«

Und so weiter, bis ihr Stellvertreter, Fregattenkapitän Jackson Ross, meldete: »Alle Abteilungen melden alle Stationen besetzt und bereit, Kapitän.«

»Sehr schön. Mister Ross.« Winslow deutete auf die flackernden weißen Kreise. »Schubtriebwerke starten. Auf Geschützdistanz an die Ziele vorrücken.«

»Kapitän.« Das war die Stimme des Obermaats an der Langstreckenortung. »Ich zeichne die fremden Schiffe als ein Sprungschiff der *Invasor*-Klasse und drei Kriegsschiffe: zwei *Wirbelwinde* und ein *Kongreß*. Alle tragen die Markierungen des Clans Geisterbär. Die Ziele holen ihre Sprungsegel ein. Sieht aus, als wollten sie fliehen.«

»Oder in den Kampf ziehen«, meinte Ross von seinem Platz neben der Pilotenkonsole.

»Mr. Held, sind wir nahe genug für die Optik?«

»Ja, Ma'am«, erwiderte der Ortungschef. »Auf dem Schirm.«

»Kapitän, der vordere *Wirbelwind* hat das Segel abgeworfen. Alle drei Kriegsschiffe sind auf Abfangkurs eingeschwenkt. Sie scheinen angreifen zu wollen.«

»Was ist mit dem *Invasor*?«

»Holt noch das Segel ein.« Held hob den Blick nicht von den Anzeigen. »He, ich verzeichne einen Energiestoß in seinem Maschinenraum. Sieht aus, als wollten sie die Sprungtriebwerke heißladen. Kapitän, sie versuchen zu entkommen.«

Winslow zuckte zusammen. Wenn es dem *Invasor* gelang, Energie von den Fusionsreaktoren in den Sprungantrieb umzuleiten, konnte das Schiff entmaterialisieren, bevor die *Ranger* bis auf effektive Schußreichweite heran war. Andererseits konnten die in der klaustrophobisch engen Gluthitze des Sprungschiff-Maschinenraums arbeitenden Techs dabei den Fusionsreaktor und die Sprungtriebwerke ernsthaft beschädigen, wenn sie sich nicht besonders vorsahen. Ob es ihnen gelang oder nicht, hing in großem Maße vom Können der TriebwerksTechs des Clan-Schiffs ab, und davon, eine wie hohe Ladung es bereits mit dem Solarsegel gesammelt hatte.

Winslow drehte sich leicht um, bis sie aus dem Augenwinkel Korvettenkapitän Fontanazza, ihre Armierungsoffizierin, sehen konnte. »Ms. Fontanazza, erfassen Sie den *Invasor* mit den Weißen Haien. Er darf nicht entkommen.«

»Ja, Ma'am.« Die Finger der ComGuard-Offizierin flogen über die Kontrollen.

»Ma'am«, rief Fontanazza, nachdem sie ihre Berechnungen abgeschlossen hatte. »Raketenkontrolle meldet, daß nur die Backbordwerfer den *Invasor* erfassen können.«

»Na schön.« Winslow preßte die Worte zwischen zusammengebissenen Zähnen heraus. »Erfassen Sie das Ziel mit dem Backbord-Hai. Steuermann, fünfzehn Grad backbord. Hangarkontrolle, bereit bei Jägerstart. Geschützmannschaften, bereit bei Zielerfassung. Mr. Held, geben Sie die Entfernung zum Ziel durch.«

»Vier-sieben-null Kilometer, abnehmend.«

»Ms. Fontanazza, feuern Sie den Hai ab, sobald wir optimale Entfernung für einen guten Treffer erreichen. Danach können Sie frei nachladen und feuern. Geschützfeuer frei ab dreihundertsechzig Kilometer.«

* * *

»Es interessiert mich nicht, was deine Instrumente zeigen. Ich will diese Stravagstriebwerke aufgeladen haben, und zwar sofort!«

Sterncaptain Hector war außer sich. Sein kurzgeschorenes weißblondes Haar schien sich über den funkelnden wolkengrauen Augen vor Wut aufzustellen. Es war fast fünfzehn Minuten her, daß die *Ursus* die ersten schwachen Spuren des elektromagnetischen Impulses und Infrarotausstoßes gemeldet hatte, die mit der Rematerialisation eines ankommenden Sprungschiffs einhergingen. Seit diesem Augenblick brüllte Hector seine hauptsächlich aus Freigeburts-Techs bestehende Maschinenmannschaft an, die Sprungtriebwerke der *Winterwind* einsatzbereit zu machen. Er hatte keinerlei Beweis dafür, daß die ankommenden Schiffe feindlich waren, aber kein Schiffskapitän, der diese Bezeichnung verdiente, ließ sich gerne von einem ankommenden Schiff unbekannter Herkunft und möglicherweise feindseliger Absicht hilflos und mit halbgeladenen Triebwerken erwischen. Es kam gelegentlich vor, daß Kriegsschiffe eines Clans einen Besitztest über Schiffe eines anderen erklärten. Nicht oft, aber oft genug, daß ein guter Kapitän sich der Gefahr für sein Schiff bewußt war.

Der Sterncaptain machte seinem Namen alle Ehre, indem er die einer niedrigeren Kaste angehörenden Techs mit einer Verachtung behandelte, die an Mißhandlung grenzte. Er konnte nicht von sich behaupten, die Mechanismen eines *Invasor*-Klasse-Sprungschiffs zu verstehen. Das einzige, was er darüber wußte, war, daß der Sprungantrieb voll aufgeladen sein mußte, bevor er versuchen konnte, sein Schiff in ein anderes System zu bringen. Er verstand, daß der Antrieb der *Winterwind* mit dem Solarsegel frühestens in fünf Stunden die mindesterforderliche Ladung für eine Transition aufbauen konnte, aber die unidentifizierten Kriegsschiffe tauchten keine sechshundert Kilometer entfernt von den vier Schiffen des Kontingents aus dem Hyperraum auf. Obwohl er kein Kriegsschiff hatte, drängte es ihn, den Feind anzugehen. Nur das Bewußtsein, daß er die Verantwortung für Fracht und Passagiere der *Winterwind* trug, hemmte Hectors Kampfesdurst.

Die *Winterwind* war eingeteilt, drei Landungsschiffe zu transportieren, von denen jedes Dutzende freigeborener Zivilisten beförderte, die auf Planeten in der Besatzungszone der Geisterbären umgesiedelt wurden. Er hatte eine kleine Anzahl von Elementaren an Bord, nur, weil die Militärdoktrin der Clans die Anwesenheit eines Truppenkontingents auf allen Raumschiffen vorschrieb, gleichgültig, ob es sich um Kampfraumschiffe handelte oder nicht. Zwei seiner drei Landungsschiffe waren Truppentransporter. Das dritte war ein *Breitschwert* mit einem Einsatzstern aus OmniMechs verschiedener Gewichtsklassen.

Drei Kriegsschiffe waren als Eskorte für die zivile Fracht abgestellt. Das Flaggschiff *Glitzerkralle*, eine Fregatte der *Kongreß*-Klasse, war das schwerste Schiff der Flottille. Zwei Zerstörer der *Wirbelwind*-Klasse, die *Feuerfang* und die *Ursus*, vervollständigten die kleine Raumschiffsflotte. Eine Flotte, die nun angegriffen wurde.

»Sterncaptain, das uns nächste unbekannte Schiff ist jetzt als ein Zerstörer der *Lola III*-Klasse erkennbar.« In der Stimme des SensorTechs lag ein Hauch von Schrecken. »Die Markierungen kennzeichnen ihn als ComGuard-Schiff.«

»Was? Hier?« Hector wirbelte zu dem Mann hinüber und rammte in seiner Hast, den Feind zu sehen, den Tech fast in die Kontrollkonsole. »Das kann nicht sein. Die Surats der Inneren Sphäre haben keine Kriegsschiffe, und ganz sicher keine dieser Klasse. Du mußt dich irren. Überprüfe deine Instrumente.«

Das Bild auf dem kleinen Sichtschirm strafte Hector Lügen. Das anfliegende Schiff war noch zu weit entfernt, als daß selbst die leistungsstarken Sensoren der *Winterwind* kleinere Details erkennen konnten. Aber der auf den Frontaufbauten sichtbare Halostern mit den nach unten weisenden Strahlen war deutlich sichtbar. Hector konnte es kaum fassen, aber die Schlußfolgerung war unvermeidlich. Die so plötzlich aufgetauchten Raumschiffe konnten nichts anderes sein als eine Invasionsstreitmacht der Inneren Sphäre.

Er sprang zurück zu seiner Befehlskonsole, wo er mit schwieligem Daumen einen Knopf des Schiffsinterkoms in die Armaturen preßte. »Geschützmannschaften auf die Stationen. Abwehrgeschütze laden. Elementare bereitmachen, es besteht Gefahr, daß wir geentert werden.«

Die Antworten gingen im alarmierten Aufschrei des SensorTechs unter. »Sterncaptain, ich orte Feuerleitradar. Sie haben uns mit ihren Raketen erfaßt.«

* * *

»Entfernung zum Ziel dreihundert Kilometer«, rief Ortungschef Held von seiner Station an Bord der *Ranger*. Dann, drängender: »Kapitän, sein Sprungantrieb ist aktiviert.«

»Das war's. Wir können nicht länger warten.« Mercia Winslow wirbelte zu ihrer Armierungsoffizierin herum. »Ms. Fontanazza, Zielerfassung bestätigen und Feuer.«

Drei Sekunden vergingen, während Fontanazza ihre Instrumente überprüfte. »Erfassung bestätigt … Rakete ist unterwegs.«

Die *Ranger* erzitterte leicht, als die vierzig Tonnen schwere Raumrakete aus ihrem Abschußrohr flog.

Zum erstenmal seit fast zweihundert Jahren hatte ein Kriegsschiff der Inneren Sphäre seine Waffen abgefeuert.

* * *

»Start, Start, Start! Der Feind hat eine Rakete abgefeuert! Die Rakete hat uns erfaßt und fliegt an!«

»Waffenoffizier! Status der PPKs?« Hector brauchte den leicht panischen Zuruf des SensorTechs nicht. Er hatte den Raketenstart gesehen.

»PPKs sind aufgeladen und besetzt, Sterncaptain«, kam die Antwort aus seinem Rücken.

»Die Rakete anvisieren und feuern.«

Der Geisterbär-Krieger wußte, daß die Partikelprojektorkanonen der *Winterwind* nur schwerere Versionen der Waffen waren, mit denen die OmniMechs ihrer Fracht bestückt waren. Sie waren dafür gedacht, Asteroiden und anderen Raumschutt abzufangen, der die relativ dünne Hülle des Sprungschiffs durchschlagen konnte. Im Vergleich zu einem Asteroiden war eine Rakete winzig. Die PPKs in ihren großen, schwerfälligen Geschütztürmen hatten keine Chance, das sich rapide nähernde Geschoß erfolgreich abzuschießen.

Aber die Alternative wäre gewesen, tatenlos auf den Einschlag des Schiffskillers zu warten und sich mit dem Tod abzufinden – ihn aber ohne Gegenwehr zu erwarten, war nicht clangemäß.

»Steuerbord-PPK feuert«, verkündete Besatzungsmitglied Adin von seinem Platz an der Feuerkontrolle. »Ziel verfehlt. PPK wird wiederaufgeladen.«

Bevor Hector auf das gelassen ausgesprochene Todesurteil reagieren konnte, schlug die Weißer-Hai-Rakete knapp hinter dem Brückenmodul in die Steuerbordflanke der *Winterwind* ein. Die darauf angelegte Waffe, mehrere Schichten gehärteter Kriegsschiffspanzerung zu durchschlagen, bevor sie detonierte, zerriß die dünne Hülle des *Invasor* und schleuderte die Rumpfplatten in alle Richtungen davon. Einen Sekundenbruchteil später explodierte ihr Sprengkopf.

Achttausend Kilo Sprengstoff zerfetzten die minimale Panzerung der *Winterwind*. Das gesamte Sprungschiff erbebte unter dem Einschlag. Sterncaptain Hector wurde gegen die Schottwand geschleudert und hörte ein übelkeiterregendes Knirschen, als der Aufprall seine linke Schulter auskugelte.

»Freigeburt!« knurrte er wütend, als er, den brennenden Schmerz in seinem nutzlos gewordenen Arm ignorierend, die Magnetsohlen auf den Brückenboden stieß. »Schadensbericht ...«

Der Befehl blieb unvollendet. Drei schwere Schiffslaser trieben Lanzen aus gebündelter Energie tief in die noch glühende Bresche, die der Einschlag der Weißer-Hai-Rakete hinterlassen hatte.

Wieder schien die *Winterwind* vor Schmerz und Schock zu erzittern. Ein lauter metallischer Knall hallte durch das Schiff.

»Was, im Namen Kerenskys, war das?« schrie Hector den Bordingenieur an.

Der Tech, ein Wahrgeborener, der die Ausbildung

zum Luft/Raumpiloten nicht geschafft hatte, sah den wütenden Krieger mit einem Gesicht an, das von Schock, Angst und Trauer tiefgefurcht war. »Es tut mir leid, Sterncaptain. Wir haben den Feldinitiator und die Triebwerkskontrollen verloren. Wir können die Sprungsequenz nicht mehr initiieren. Die *Winterwind* ist tot.«

»Aye«, antwortete Hector und knirschte mit den Zähnen. Die körperlichen Schmerzen seiner Verletzung waren nichts – verglichen mit der Schande, daß sein Schiff kampfunfähig gemacht worden war. »An alle, bereithalten zur Abwehr der Entermannschaft.«

24

Schlachtkreuzer SBS *Unsichtbare Wahrheit*,
Namenloses Sonnensystem
Äußere Peripherie

15. Dezember 3059, 18:25 Uhr TNZ

Morgan Hasek-Davion sah fasziniert zu, wie sich im Holotank der *Unsichtbare Wahrheit* das Raumgefecht dreidimensional und in Echtzeit entwickelte. Das vorderste Schiff der Einsatzgruppe war kaum dreihundert Kilometer vom *Invasor* der Clan-Flottille entfernt, als sein Bild flackerte. Mehrere winzige Lichtblitze erhellten das pfeilförmige Profil des holographischen Schiffs. Die alphanumerische Kennzeichnung, die Morgans entschieden bodenbehaftetem Verstand wenig sagte, veränderte sich. Ein Zahlenwert, der schnell von achtzig auf einhundert geklettert war, fiel jäh auf Null.

»Nachricht von der *Ranger*«, rief ein KommTech. »Kapitänin Winslow meldet: feindliches Sprungschiff gestellt und außer Gefecht gesetzt.« Die Zahlenangabe, die Morgan so fasziniert hatte, hatte den Ladezustand des Sprungantriebs an Bord des *Invasor* angezeigt. Die Raketen- und Lasertreffer hatten den Wert auf Null reduziert. Dieses Schiff würde nie wieder in den Hyperraum eintauchen.

Jubel breitete sich auf der Brücke des Schlachtkreuzers aus, wurde aber von Kommodore Beresick schnell abgewürgt.

»Ruhe auf Deck!« schnappte er. »Das war nur ein Abschuß, Gentlemen. Darf ich Sie daran erinnern, daß da draußen noch *drei* Kriegsschiffe stehen. Dieses Gefecht ist noch nicht vorbei.«

Die gerüffelte Brückenmannschaft wandte ihre Aufmerksamkeit schnell wieder den flackernd leuchtenden Monitoren zu. Mit einem zufriedenen Schnauben beugte Beresick sich zu Morgan hinüber. Um seine Mundwinkel spielte ein dünnes, jungenhaftes Lächeln. »Um der Wahrheit die Ehre zu geben«, flüsterte er. »Ich wollte auch jubeln.«

»Ich genauso, Kommodore. Ich genauso«, erwiderte Morgan.

Als Beresick sich wieder aufrichtete, verschwand das stolze Grinsen von seinem Gesicht. »Mister Coote, Nachricht an die *Haruna*.« Der Kommodore rasselte eine Serie von Befehlen herunter, die aufgezeichnet, komprimiert und über eine abhörsichere Kommlaserverbindung an das draconische Kriegsschiff übermittelt wurden. In einfache Worte gefaßt, ließ sich die Botschaft schnell zusammenfassen: »Den *Invasor* entern und in Besitz nehmen.«

* * *

Getreu dem in Kanji und lateinischen Buchstaben über dem Hauptsichtschirm der *Haruna* prangenden Motto ahnte Kapitän Randolph DeMoise den Befehl voraus. Kommodore Beresick hatte die Order, zu dem außer Gefecht gesetzten Clan-Sprungschiff aufzuschließen, noch nicht übermittelt, als die Fregatte der *Kyushu*-Klasse plötzlich in Richtung des *Invasor* beschleunigte.

»Alle Batterien, bereit«, rief DeMoise. In seiner Stimme lag eine Schärfe wie der Klang eines zum allerersten Mal blankgezogenen Schwertes, ein herrlicher, freudiger, tödlicher Klang. »Das Sprungschiff ist eine fette Prise, und ich glaube kaum, daß die Clanner sie uns einfach überlassen werden.«

»Käpt'n, ein feindlicher Zerstörer auf Abfangkurs. Der Computer identifiziert ihn als ein Schiff der *Wirbelwind*-Klasse.«

DeMoise schaute auf einen Hilfsmonitor in seiner Befehlskonsole. Das von ComStars Explorerdienst zur Verfügung gestellte detaillierte Identifikationsprogramm wies das Schiff, das soeben versuchte, sich zwischen die *Haruna* und den außer Gefecht gesetzten *Invasor* zu schieben, als eine Konstruktion aus Vor-Sternenbund-Zeiten aus, die ursprünglich als schnelles Angriffsraumschiff vorgesehen gewesen war. Das schwergepanzerte und gutbewaffnete Schiff war etwa einhunderttausend Tonnen leichter als seine *Kyushu*. Trotzdem konnte der Zerstörer mit seinen schweren Schiffslasern, Autokanonen und Gaussgeschützen der leichtgepanzerten *Haruna* einen harten Kampf liefern. Wenn es in den Daten, die vor ihm über den Schirm flackerten, einen Lichtblick gab, war es die fehlende Landungsschiffsunterstützung des *Wirbelwind*. Ohne Landungsschiffe und mit Hangarraum für nicht mehr als zwei Sterne Jäger konnte der Zerstörer nur eine minimale Abschirmung aufbauen. Die *Haruna* dagegen verfügte über vier Landungsschiffe und eine komplette Staffel aus achtzehn Luft/Raumjägern. Es versprach, eng zu werden, aber DeMoise vertraute auf sein Schiff und dessen Besatzung.

* * *

Sechzig Kilometer vor der *Haruna* und ein wenig nach steuerbord versetzt, schrieb die *Ranger* erneut Geschichte. Nach den Schüssen, die zum ersten Kriegsschiffsabschuß der Offensive geführt hatten, befahl Kapitänin Mercia Winslow eine Kursänderung um dreißig Grad nach Backbord. Innerhalb von Sekunden flog die *Ranger* geradewegs auf die Clan-Kriegsschiffe zu.

»Kapitän«, meldete Lorraine Fontanazza aufgeregt. In ihrer Stimme lag das Wissen darum, den ersten wichtigen Abschuß des Feldzugs erzielt zu haben. »Entfernung zum *Kongreß* jetzt zwei-acht-null Kilometer. Das ist innerhalb der Raketenreichweite.«

»In Ordnung, Ms. Fontanazza«, bestätigte Winslow. »Raketen ausrichten und feuern.«

»Raketen ausgerichtet... Rohr Eins Feuer... Rohr Zwei Feuer.« Als Fontanazza den Abschuß der Weißen Haie verkündete, erzitterte das Deck unter Winslows Füßen spürbar von der Energie, die notwendig war, um vierzig Tonnen Stahl und Sprengstoff über die enorme Distanz ins Ziel zu schleudern. »Raketen haben Ziel erfaßt und sind auf Kurs.«

Der Sichtschirm der *Ranger* vermittelte den Eindruck, die Brückenmannschaft würde durch den Bug des Zerstörers ins All blicken. In Wirklichkeit befand sich die Brücke tief im Innern des gepanzerten Rumpfes. Der an der den Liftschächten gegenüberliegenden Wand montierte Sichtschirm erhielt sein Bild von den beiden leistungsstarken Delta Trac-VII-Ortungs- und Feuerleitsystemen des Schiffes.

Winslow starrte wie gebannt auf den Schirm, als zwei computergenerierte blaue Pfeile auf das kleine rote Symbol zuschossen, das die Position des weitentfernten *Kongreß* anzeigte. Als die keilförmigen Symbole das Ziel erreichten und mit ihm verschmolzen, meldete Korvettenkapitän Held zwei Treffer. Eine Sekunde später stellte er fest, daß die massive Bugpanzerung des *Kongreß* den Schaden abgeschüttelt hatte, obwohl schon die Hälfte kurz zuvor ausgereicht hatte, den *Invasor* kampfunfähig zu schießen. Die Fregatte verfügte über das Zehnfache an Panzerung des Transportschiffs. Es würde mehr als zwei Weißer-Hai-Raketen brauchen, das riesige Kampfraumschiff ernsthaft zu beschädigen.

Plötzlich tauchte neben dem Clan-Kriegsschiff ein Paar neuer roter Markierungen auf.

»Kapitän, der Feind hat Landungsschiffe abgekoppelt. Ich zeichne beide als *Union*-Cs.«

»Danke, Mr. Held. Ms. Fontanazza, setzen Sie die Buglaser auf die Landungsschiffe an. Und feuern Sie weiter auf den *Kongreß*, sobald die Raketenrohre nachgeladen sind.« Winslow kehrte auf ihren Posten zurück und betrachtete ein paar Anzeigen. »Mr. Held, Entfernung zum Ziel?«

»Entfernung zum *Kongreß* jetzt zwei-null-null Kilometer. Entfernung zu Landungsschiffen eins-fünf-null Kilometer.«

Winslow drehte sich um und gestikulierte scharf in Richtung eines aufgeschossenen Offiziers von bemerkenswerter Statur, an dessen schwarzer Haut und Schmucknarben leicht zu erkennen war, daß er vor seinem Beitritt zu den ComGuards ein Adliger des Dulolur-Clans auf Alcor in der Isle of Skye gewesen war.

»Mr. M'Basa, starten Sie die Jäger.«

»Aye-aye, Käpt'n«, bestätigte der Flugkontrolloffizier der *Ranger*. Er drehte sich zu seinen Kontrollen um und gab mit tiefer, dröhnender Stimme den Befehl weiter. »Achtung, alle Maschinen. Start, Start, Start.«

* * *

Einige Decks tiefer teilte sich ein Hangartor aus gehärtetem Karbonstahl in vier Sektionen, die in der gepanzerten Rumpfwand des Zerstörers verschwanden. Kaum hatten die elektromagnetischen Klammern das Iristor in geöffneter Position gesichert, als sich die riesige Hangarhalle schon mit lautlosem Leuchten füllte, während ein schwerbewaffneter GTHA-500 in die ewige Nacht des Weltalls startete. Schnell schoß ein zweiter *Gotha*-Jäger aus dem Rumpf des *Ranger* und ging neben seinem Flügelmann in Position, während sich beide Maschinen mit direktem Kurs auf die sich nähernden *Union*-Landungsschiffe stürzten. Innerhalb kürzester Zeit jagten noch vier weitere Luft/ Raumjägerteams mit Vollschub auf die Clan-Landungsschiffe zu.

»Dachs von Too-tall«, rief Lieutenant Donald Sandoval seinem Flügelmann zu. »Ich kreuze vor die Nase des vordersten Banditen. Will versuchen, ihn zur Kursänderung zu bewegen.«

»Ich bin dabei, T-T.« Elmer ›Dachs‹ Sarti, der seinen Spitznamen einem angeborenen weißen Streifen im ansonsten schwarzen Haupthaar verdankte, war bester Laune. Er hatte sich drei Wochen zu spät bei den ComGuards verpflichtet, um an der kataklysmischen Schlacht um Tukayyid teilzunehmen, und angesichts des dort erkämpften Waffenstillstands hatte er schon Angst gehabt, nie mehr eine Gelegenheit zum Einsatz gegen die Clans zu bekommen.

Sandoval schaltete die Nachbrenner seines Jägers ab, um volle Leistung für die Waffen zu bekommen. Er hielt direkt auf die stumpfe Bugrundung des kugelförmigen *Union-C* zu und löste eine vernichtende Doppelsalve Langstreckenraketen aus. Das Landungsschiff schien zu erzittern. Dann schlug das große Kugelschiff zurück, wie ein im Ring abgehärteter Boxer, der die schwachen Hiebe eines wütenden Kindes abschüttelte.

Laserimpulse zuckten an Sandovals linker Jägertragfläche vorbei, als er die *Gotha* in eine magenumdrehende Kehre stieß. Druckluft zischte in die Beine seines Andruckanzugs, als der Bordcomputer sich bemühte, das Blut des Piloten in Kopf und Oberkörper zu halten. Nur wenige Raketen des Clan-Landungsschiffs trafen ihr Ziel und hinterließen ihre Spuren auf der dicken Alufibrithaut der langen, geraden Flügel der *Gotha*.

Als Sandoval den Steuerknüppel vorsichtig zurückzog und den Jäger aus dem abgedrehten Halbüberschlag holte, sah er Dachs, der mit seinem Gabelnasenjäger den Angriff auf die zernarbte Bugregion der *Union-C* wiederholte. Too-tall sah das elektrischblaue Aufblitzen eines Gaussgeschützes. Sartis *Gotha* erzitterte, als die riesige Kugel aus massiver Eisen-Nickel-Legierung in ihre gepanzerte Unterseite schlug. Raketen und Laserstrahlen zuckten über Rumpf und Tragflächen des Jägers.

»Dachs, nach links!« rief Too-tall über die Funkleitung. »Ich gebe dir Deckung.«

Langsam, viel zu langsam, hob der beschädigte Jäger die Steuerbordtragfläche. Irgend etwas stimmte nicht.

»Don, ich ...«

Sarti beendete seinen panischen Aufschrei nicht. Eine zweite glitzernde Metallkugel bohrte sich in die bereits zerborstene Panzerung der *Gotha*. Alufibritsplitter flogen aus der klaffenden Bresche. Speere aus gebündelter Lichtenergie spießten die wankende Maschine auf. Die Kommunikationsschaltkreise der *Gotha* schmolzen und übermittelten ihre Vernichtung in einem beinahe menschlichen Aufschrei. Jedenfalls redete Sandoval sich ein, daß es das gewesen war, was er gehört hatte. Der zertrümmerte Jäger wirbelte außer Kontrolle davon, und aus den Rissen in seiner Panzerung strömte dichter, öliger Dampf.

Wütend peitschte Sandoval seine Maschine in eine Shandelkehre. Das Manöver war so eng und kam so plötzlich, daß die Streben der GHTA-500 laut protestierten. Vor den Augen des Piloten verschwamm das Cockpit, und sein Sichtfeld verengte sich, als der Andruckanzug sich bemühte, der Fliehkraft des Flugmanövers entgegenzuwirken. Als seine Sicht sich wieder normalisierte, blickte Sandoval geradewegs auf den riesigen, gewölbten Bug des Landungsschiffes. Mit einem schnellen Zucken der Steuerung senkte er das Fadenkreuz der *Gotha* geradewegs auf die glühenden Krater, die sein erster Angriffsflug in der Panzerung des Clanner-Schiffs hinterlassen hatte. Eine Hitzewelle schlug durch sein Cockpit, als Too-tall eine mörderische Breitseite aller Bordwaffen auslöste.

* * *

Korvettenkapitän M'Basa rief: »Käpt'n, unsere Jäger haben das vordere Landungsschiff angegriffen.«

»Sehr schön, Mr. M'Basa.« Winslow hatte Mühe, einen neutralen Tonfall aufrechtzuerhalten. Es gelang ihr nicht. Erregung und Angst klangen in ihrer Stimme mit. »Ms. Fontanazza, richten Sie die vorderen Laserbatterien auf die hintere *Union*. Feuer frei, sobald sie das Ziel erfaßt haben.«

Im Gegensatz zu den wirbelnden und über den Sichtschirm zuckenden Jägern schienen die riesigen Kriegsschiffe langsam und schwerfällig wie ein odessanischer Raxx. Lanzen aus kohärentem Licht zuckten flackernd aus dem Bug der *Ranger* und zerschmetterten die Panzerung des Landungsschiffes wie ein Hammer Kristallglas. Die *Union-C* versuchte, das Feuer zu erwidern, aber die *Ranger* war darauf ausgerichtet, weit mehr Schaden auszuhalten, als das kleinere Schiff anrichten konnte. Langsam fiel das Clan-Landungsschiff in sich zusammen. Feuer strahlte durch breite Risse in seiner Panzerung.

»Rakete im Anflug!« Korvettenkapitän Helds Stimme donnerte durch das Gemurmel auf dem Steuerdeck der *Ranger*. »Sie hat uns erfaßt.«

»Hart steuerbord, abwärts fünfzehn.«

Durch langes Training eingeschliffen, wiederholte der Steuermann den Befehl und bestätigte so, daß er ihn verstanden hatte und ausführte.

Das Deck neigte sich, als die *Ranger* scharf aus ihrem ursprünglichen Kurs ausbrach. Ohne Raketenabwehrgeschütze bestand die einzige Hoffnung des Zerstörers, einer Kollision mit dem heranbrausenden Vernichtungspaket auszuweichen, darin, so hart zu manövrieren, daß die Rakete ihr Ziel verlor. Die Taktik versagte.

Das Fünfzig-Tonnen-Geschoß schlug hinter Raketenbatterie Nummer Drei in die *Ranger* ein.

Die Explosion der zwölf Tonnen schweren Sprengladung wirkte vernichtend. Winslow wurde von den Füßen gerissen und konnte sich gerade noch abfangen, als sie mit einer wild wedelnden Hand eine Ecke der Kommandokonsole zu fassen bekam.

Es war Timothy Ross, der sich als erster wieder fing. Er wischte sich das aus der Nase strömende Blut vom Gesicht und brüllte: »Schadensbericht!« Seine Stimme schnitt durch die entsetzten Schreie wie eine PPK durch Bauplastik.

»Schadenskontrolle meldet Treffer an der Backbordpanzerung. Kein Hüllenbruch, aber wir haben einen enormen Schlag abbekommen.«

Als Kapitän Winslow ihre Befehle bellte, um die *Ranger* wieder auf Abfangkurs zu bringen, erregte eine Bewegung ihre Aufmerksamkeit. Aus der oberen rechten Ecke des Sichtschirms senkte sich der ComGuard-Zerstörer der *Essex*-Klasse *Starlight* ins Bild. Während die *Starlight* die *Ranger* passierte, schien ihr Bug aufzulodern. Acht riesige Schiffsautokanonen, das moderne Gegenstück zu den Schnellfeuerschiffskanonen der terranischen Kriegsmarineflotten längst vergangener Zeiten, spien ihre tödliche Ladung auf das Clan-Kriegsschiff.

Die schweren Granaten schlugen in einem glitzernden Funkenregen in Flanke und Rücken der *Kongreß*-Fregatte ein. Wäre da nicht die schiere Vernichtungsgewalt dieses Bombardements gewesen, die schimmernden Lichtblitze und das konfettigleiche Funkeln ins All treibender Panzersplitter hätte einen wunderbaren Anblick geboten.

* * *

An Bord der *Glitzerkralle* gab es nichts, was man wunderbar hätte nennen können. Das S-AK-Bombardement hatte mehrere Breschen in die Druckhülle der

Fregatte geschlagen. Einige Besatzungsmitglieder waren einen furchtbaren Tod durch explosive Dekompression gestorben, als die Atmosphäre in ihren Bordsektionen ins All gerissen wurde. Sofort schlossen sich die Notfalldruckschotte und verursachten mindestens einen schweren Unfall, obwohl sie eigentlich dazu gedacht waren, Leben zu retten. Ein Schadenskontroll-Tech reagierte einen Sekundenbruchteil zu spät, und als er durch das sich schließende Druckschott hechtete, amputierte die zufallende Metallplatte ihm beide Beine.

In einem wagemutigen, verzweifelten Schachzug befahl Sterncolonel Alonso Gilmour eine Kursänderung. Mit der ganzen Schubkraft, die ihre Triebwerke aufbringen konnten, stieß das siebenhundert Meter lange Schiff zwischen seine sich einander annähernden Peiniger aus der Inneren Sphäre. Als sie die Bugs der Feindschiffe passierte, die in einem vergeblichen Versuch, ihrem Manöver zu folgen, herumschwangen, gab Alonso seinen Befehl.

»Alle Breitseitengeschütze, Feuer frei!«

Laser-, Autokanonen- und Raketenfeuer leckte aus den schmalen Flanken der *Glitzerkralle*. Panzerbrechende Granaten schlugen in den Bug der *Essex* ein und ließen deren 600.000t-Rumpf erzittern. Die *Lola III* kam leichter davon. Ihre Raketen und die Kanonen der *Essex* hatten einen Teil der Steuerbordgeschütze der *Glitzerkralle* außer Gefecht gesetzt.

In der halbrealen Miniaturwelt des Holotanks nickte Alonso zufrieden. Sein waghalsiges Manöver hatte sich ausgezahlt. Der Zerstörer der *Essex*-Klasse war von der vernichtenden Breitseite angeschlagen und schien abzudrehen, um sich von dem Angriff zu erholen. Die stärkere und schlagkräftigere *Lola III* war ein Opfer ihrer eigenen Masse. Durch deren Trägheit unfähig, sich schnell genug zu drehen, um der *Glitzer-*

kralle in deren Angriff zu folgen, versuchte der Zerstörer jetzt, seine Drehung in ihr Gegenteil zu verkehren und ihre Breitseite auf den Gegner zu richten. Alonso lächelte kühl. Sollten die Innere-Sphäre-Surats es ruhig versuchen.

»Steuermann, hart backbord, aufwärts vierzig.«

Der in den dickgepolsterten Sessel des Piloten geschnallte Clanner bestätigte den Befehl. Gegen einen künstlichen Widerstand ankämpfend, der zunahm, je weiter der Steuerknüppel aus der neutralen Mittelposition bewegt wurde, schwenkte der Steuermann das riesige Kampfraumschiff in eine harte Linkswende und zog den Knüppel gleichzeitig auf sich zu.

Die Standardgefechtsdoktrin der Geisterbären legte für Fregatten der *Kongreß*-Klasse als maximalen Drehwinkel fünfunddreißig Grad fest. Ein größerer Winkel gefährdete die enorme, aber starre Längsachse des Schiffes. Zum Glück waren die Konstrukteure des Schiffes nicht seine Kommandeure. Alonso wußte, daß die *Glitzerkralle* einen Drehwinkel von bis zu fünfundfünzig Grad aushielt, bevor die durch die Massenträgheit ausgelöste Belastung zu strukturellen Schäden führte.

Als das riesige Schiff sich um einhundertfünfunddreißig Grad gedreht hatte, ließ Alonso den Piloten den Winkel abflachen. »Richtungskontrolle, rollen eins-acht-null.«

Schwerfällig drehte sich die Fregatte um ihre Längsachse. Das Manöver holte die *Glitzerkralle* schräg rechts oberhalb und etwas vor der feindlichen *Lola* aus der Drehung, so daß ihre relativ unbeschädigte Backbordseite dem Zerstörer zugekehrt war. Die *Essex* lag irgendwo hinter dem Steuerbordquartier des *Kongreß* und leckte sich wahrscheinlich noch die Wunden.

»Freigeburt! Da!«

Der Aufschrei kam vom Hauptarmierungsoffizier des Schiffes.

Alonso Gilmour riß sich von der *Lola* los und drehte sich gerade rechtzeitig um, um das ehrfurchtgebietende Schauspiel eines in den Kampf ziehenden Schlachtkreuzers der *Cameron*-Klasse zu verfolgen.

* * *

»Alle Geschützstationen Feuer frei, ich wiederhole, Feuer frei.«

Wenige hundert Kilometer steuerbord vor dem Bug der *Unsichtbare Wahrheit* fand sich der flache, rechteckige Rumpf eines Zerstörers der *Wirbelwind*-Klasse am unangenehmen Ende einer Füsilade aus PPK-Feuer und Autokanonengranaten. Kaum hatte Kommodore Beresick das Feuer freigegeben, als auch schon jeder Kanonier an Bord des riesigen Schlachtkreuzers das viel kleinere Schiff ins Visier nahm. Eine gigantische Schwertwal-Raumrakete schlug in den Rumpf des Clan-Schiffs ein, aber das schwergepanzerte Kampfraumschiff schüttelte den Schaden ab und erwiderte das Feuer mit den eigenen Lasergeschützen und Schiffsautokanonen.

»Minimaler Schaden, Skipper«, rief ein Tech von der Brückenstation, an der er den Zustand des Schiffes beobachtete. Beresick bestätigte die Meldung mit einem Handwinken.

»Kommodore, die *Haruna* nähert sich dem *Invasor*.«

Beresick nickte. Er war zu sehr mit seinem eigenen Gefecht beschäftigt.

Das hinderte die *Haruna* nicht daran, immer näher an das bewegungsunfähig geschossene Clan-Sprungschiff heranzufliegen.

* * *

Morgan, der sich nicht derart gebunden sah, war von der im Holotank der *Unsichtbare Wahrheit* in Miniaturausführung sichtbaren Szenerie in den Bann geschlagen. Auf einer Seite des Schlachtfelds war die *Ranger* in ein täuschend elegantes Ballett mit dem Clan-*Kongreß* verwickelt. Gelegentlich blinkte eines oder beide Schiffe auf, wenn sein Gegner einen Treffer erzielte. Die *Starlight* schien sich von ihrer Begegnung mit der Clan-Fregatte erholt zu haben und schwang herum, um wieder in das Gefecht einzugreifen. In einiger Entfernung der Hologramme der *Unsichtbare Wahrheit* und des *Wirbelwind* in der blaugrauen Farbe Clan Geisterbärs schob sich die *Haruna*, von ihren riesigen Terada-Schubtriebwerken angetrieben, an dem zweiten feindlichen *Wirbelwind* vorbei. Das Clan-Kriegsschiff hatte vergeblich versucht, sich zwischen die *Haruna* und den angeschlagenen *Invasor* zu schieben und war für seine Mühen von der *Antrim* und zwei Sturmschiffen der *Rächer*-Klasse abgefangen worden.

Trotz der Faszination des Gefechts kämpfte Morgan gegen ein wachsendes Gefühl der Niedergeschlagenheit. Bei Meribah hatte er in einem Sprungschiff an der Sonne des Systems festgesessen, unfähig, den MechKriegern beim Sturm auf den Raumpiratenstützpunkt beizustehen. Jetzt fand er sich, beim ersten Treffen der Flotte mit den Clans, ganz außerhalb seines Elements, ein Schlammstampfer zwischen Raumfahrern. Selbst sein Zugriff auf den Holotank wurde durch die Erfordernisse Kommodore Beresick und des Taktikoffiziers des Schlachtkreuzers eingeschränkt, die dieses Gerät sehr viel dringender benötigten als er.

Es trieb ihn zum Wahnsinn. Er war einer der erfahrensten und höchstdekorierten Gefechtsoffiziere der Freien Inneren Sphäre, und er steckte in einer Schlacht, in der er höchstens moralische Unterstützung liefern konnte.

* * *

»Kapitän, die *Wirbelwind* ist in PPK-Reichweite.«

»In Ordnung. Machen Sie ihm klar, daß er aus dem Weg gehen soll.« Randolph DeMoises Gelassenheit löste sich unter dem Ansturm von Erregung, Adrenalin und Furcht allmählich auf.

Einige Decks über ihm flammten die Spulen der schweren Super-Rand-Schiffs-PPK der *Haruna* sonnenhell auf. Ein schillernder Energieblitz zuckte aus dem Fokussierkristall im Lauf der Waffe und traf die Panzerung um die backbordseitige Kurzstreckenraketenlafette des *Wirbelwind*.

Unbeeindruckt erwiderte der Clan-Zerstörer den Angriff der Fregatte mit einer Lanze gebündelten Lichts.

»Jäger! Null-sechs-zwo minus zehn.«

»Seh' sie«, erwiderte der Chefarmierungsoffizier der *Haruna* mit einer Gelassenheit, von der er in seinen Eingeweiden nichts spürte. Er warf ein paar Schalter um und machte die Abwehrgeschütze des Schiffes scharf. Langstreckenraketen, ähnlich denen, die von BattleMechs abgeschossen wurden, aber über sehr viel größere Entfernungen treffsicher, schossen auf einen näherkommenden Jäger zu. Die winzige Maschine bebte unter dem Aufprall, erholte sich aber schnell wieder, nur um von Zwillings-Laserbahnen aus dem All gefegt zu werden. Als die in wilden Ausweichmanövern heranbrausenden Clan-Jäger, vom Bordcomputer der *Haruna* als *Visigoths* identifiziert, den Angriff fortsetzten, spien eine Serie leichter Impulslaser und mehrläufiger Autokanonen tödliche Ladungen in ihren Weg. Zwei weitere OmniJäger wurden in glühende Trümmerhaufen verwandelt, aber der Rest stieß über den Rücken der *Haruna* hinweg und hinterließ beschädigte und zerborstene Panzerung.

Einer der *Visigoth*-Piloten mußte die lange, dolchförmige Silhouette der *Bisan* entdeckt haben, die am vorderen Dockkragen der *Haruna* lag. Gefolgt von seinem Flügelmann warf der Pilot seine Maschine in eine enge Rollwende. Einen Augenblick lang lag der *Visigoth* ›auf dem Rücken‹ und sein Pilot blickte durch das Kanzeldach zum dunkelgrauen Rumpf des Kampfraumschiffs empor. Dann drehte der Jäger sich weiter und erzitterte, als die schwere Autokanone in seinem Bug eine von Leuchtspurmunition erhellte Granatensalve in die *Haruna* jagte. Die Flugbahn des OmniJägers ließ die Detonationen über den breiten Rücken der Fregatte und in die Bugpanzerung des angedockten Sturmschiffs wandern. Laser und Kurzstreckenraketen verstärkten die zerstörerische Wirkung.

»Verdammt...«, knirschte der Armierungsoffizier der *Bisan* durch die zusammengebissenen Zähne. Wütend schlug er auf einen Hauptschalter, der alle Geschütze des Schiffes auf seine Konsole legte. Der Offizier, ein Veteran des Clan-Kriegs, erfaßte das Antriebsleuchten des davonschießenden Jägers mit den Feuerleitsensoren des Landungsschiffes. Eine Sekunde lang zögerte er, während der Computer die optimale Angriffsstrategie errechnete, dann feuerte er.

Zwei schwere Gausskugeln krachten voll ins Heck des *Visigoth*. Die Raketen und AK-Granaten der übrigen Geschütze vervollständigten das Vernichtungswerk und zerbliesen den OmniJäger zu Staub.

Wieder krachten Laser- und PPK-Treffer in die vorderen Aufbauten der *Haruna*. Das Schiff schüttelte sich unter dem Einschlag der schweren Granaten. Eine überschallschnelle Gausskugel traf die Panzerung über dem vorderen Steuerbordjägerhangar. Der angerichtete Schaden war nur leichter Natur, aber der Einschlag schockte die Hangarmannschaft. Ein junger AsTech geriet in Panik und stürzte zur nächsten Rettungskapsel. Als er ihn nicht beruhigen konnte, schaltete der Maat

3. Klasse, Jack Piet den entsetzten Burschen mit einem gutgemeinten Kinnhaken aus, der dem AsTech die Kinnlade brach.

Auf dem Brückendeck dirigierte Kapitän DeMoise weiter das Feuer gegen das Clan-Kriegsschiff. Mehrmals spielte er mit dem Gedanken, die *Haruna* beizudrehen, um ihre schweren Breitseitengeschütze ins Spiel zu bringen. Einmal setzte er sogar an, die Order auszusprechen, überlegte es sich aber doch noch anders. Als erfahrener Offizier wußte er, daß ihre einzige Chance, den *Invasor* zu erobern, darin bestand, die DEST-Teams ins Ziel zu bringen, bevor die Clanner Gelegenheit hatten, sich in den engen Kabinen und Schiffskorridoren zu verbarrikadieren.

Eine weitere Geschützsalve erschütterte die *Haruna*.

»Kapitän, viel länger halten wir das nicht aus.«

Bevor Randolph DeMoise antworten konnte, schoß eine riesige mitternachtsblaue Scheibe über den Sichtschirm. Zuerst dachte DeMoise, ein von einem anderen Schiff der Einsatzgruppe gestarteter Jäger wäre eingetroffen, um sich in das Raumgefecht zu stürzen, das rund um sein Schiff tobte. Aber dann machte er sich klar, daß ein leichter *Drossel*-Jäger, um so groß auf dem Sichtschirm zu erscheinen, so dicht an den Sensoren der *Haruna* hätte vorbeifliegen müssen, daß er Gefahr gelaufen wäre, sie zu zertrümmern. Nein, das mußte etwas anderes sein.

Der Transpondercode, der neben dem Symbol des Schiffes auftauchte, beantwortete seine Fragen, ebenso wie die Geschützsalve, die der Neuankömmling aus nächster Nähe auf den *Wirbelwind* abgab. Bei dem soeben eingetroffenen Raumfahrzeug handelte es sich um ein Sturm-Landungsschiff, einen *Rächer*. Als das ungewöhnliche Schiff seinen Angriffsflug beendete, gesellte sich ein zweites seiner Klasse hinzu.

Bevor DeMoise auf diese unerwartete Entwicklung

reagieren konnte, spielte ihm das Schicksal eine weitere günstige Karte zu.

»*Haruna* von *Antrim*.« Die Stimme war knapp und zu laut, aber in DeMoises Ohren klang sie süßer als jede Musik. »Wir kümmern uns um den *Wirbelwind*. Brechen Sie durch und holen Sie sich das Sprungschiff.«

Auf der rechten Seite des Sichtschirms schob sich die gedrungene, granatenförmige Silhouette einer Korvette der *Fox*-Klasse ins Bild. Neben ihrem Taksymbol leuchteten die Buchstaben ANTRM.

»Na also«, brummte DeMoise leise. Laut bellte er: »Steuermann, bringen Sie uns längsseits des *Invasor*. Volle Kraft voraus.«

* * *

Sekunden später meldete Korvettenkapitän Kobayashi in formellem, gestelztem Ton: »Kapitän, wir haben die Verteidigungslinien des Feindes durchstoßen.«

»Sehr schön.« Kapitän DeMoises Antwort war ebenso formell, aber weniger gekünstelt. »Die *Bisan* soll sich zur Abkopplung fertigmachen.«

25

Fregatte SBS *Haruna*, Namenloses Sonnensystem Äußere Peripherie

15. Dezember 3059, 18:40 Uhr TNZ

Eine unsichtbare Riesenhand preßte Major Michael Ryan in die Sitzpolster. Hätte er einen der alten schwarzen gepanzerten Overalls getragen, wie sie bei Holoviddarstellungen der Draconis Elitesturmtruppen bevorzugt zum Einsatz kamen, hätte er schwere Prellungen erlitten, da sich der Metallrahmen des Sitzes durch die dünnen Polster in seine Schenkel grub. Ryan hätte nicht mehr sagen können, wie oft er schon mit diesen blauschwarzen Querstreifen als Erinnerung an die jähe Beschleunigung eines vom Mutterschiff ablegenden Landungsschiffes aus einer Operation zurückgekehrt war.

Ein leises Zittern der Erregung und Besorgnis lief sein Rückgrat hinab. Er und sein Team waren schon ein Dutzend Mal gegen die Clans angetreten und hatten es immer mehr oder weniger intakt überstanden. Aber diesmal hatte der Angriff eine andere Qualität. Das lag nicht nur an der Idee des Gefechts an Bord eines Raumschiffes, auch wenn das seine eigenen Probleme mit sich brachte. Ryans Leute waren ausgebildet, in jeder denkbaren Umgebung zu kämpfen, und er war sich sicher, daß sie sich bewunderungswürdig schlagen würden. Es war etwas grundlegenderes, das einen ungewohnten Schauer durch seinen Körper jagte.

Es war Stolz. Stolz bei dem Gedanken, daß er für etwas größeres als sich selbst kämpfte, etwas größeres als das Draconis-Kombinat, auch wenn er in einem gewissen Sinne dem Drachen diente wie nie zuvor. Er und seine Leute waren Teil eines großen Kreuzzugs, nicht um Reichtum oder Besitz oder ein halbmystisches Ziel wie eine Wiedergeburt des Sternenbunds. Sie zogen gegen die größte Gefahr in die Schlacht, der sich die Menschheit je gegenübergesehen hatte, um den Feind zu vernichten.

Michael Ryan fletschte die Zähne.

* * *

Unmittelbar nach dem Jägerangriff hatte DeMoise eine kurze Konferenz mit Major Ryan und Maëda Ge, dem Kapitän der *Bisan,* abgehalten. DeMoise hätte es vorgezogen, mit dem Kriegsschiff im direkten Wortsinn längsseits des angeschossenen Clanners zu gehen und die winzigen Gefechtstaxis soweit möglich mit dem Rumpf seines Schiffes abzuschirmen, während sie die gefährliche Reise hinüber zum Ziel machten. Aber Kommodore Beresick hatte andere Befehle erteilt. Angesichts des feindlichen *Wirbelwind* und seiner Jäger, die der *Haruna* nachsetzten, hatte der Flottenchef den Kapitän der Fregatte angewiesen, die *Bisan* in einhundert Kilometer Distanz vom Ziel zu starten und anschließend abzudrehen, um den Clan-Zerstörer zu stellen.

DeMoise verzögerte den Start so lange er konnte und trug die *Bisan* fast bis auf Armeslänge ans Ziel, bevor er ihren Start befahl. Inzwischen hatten die Abwehrgeschütze der *Haruna* in Kombination mit den leichteren Kanonen des Landungsschiffs die meisten der verfolgenden Clan-OmniJäger zurückgeschlagen.

Auf der kleinen, nur vier Stationen umfassenden Brücke der *Bisan* zog Ge hart den Steuerknüppel zurück und stieß gleichzeitig den Schubhebel bis zum Anschlag nach vorne. Weißes Feuer flammte aus den Triebwerksdüsen des dolchförmigen Schiffes. Mit den Schubwerten eines Luft/Raumjägers beschleunigend, ließ das Sturmschiff der *Achilles*-Klasse den Rumpf der *Haruna* in weniger als drei Sekunden hinter sich.

»Rick, wie weit haben wir es noch?«

»Fünfundachtzig Kilometer, schnell abnehmend.« Richard Sule, der SensorTech des Schiffes, studierte kurz seine Anzeige. »Tai-i … äh, Captain, ich sehe Triebwerksleuchten am Dockmodul des *Invasor*. Anscheinend wirft die Gegenseite die Landungsschiffe ab. Sieht nach zweimal *Union*-Klasse aus. Ich frage mich, warum sie Nummer drei nicht starten.«

Ge warf einen flüchtigen Blick auf die Langstreckenortung. Auf unter hundert Kilometern Entfernung erreichten die Sensoren der *Bisan* eine ausreichende Auflösung, um die kantige, rechteckige Form eines dritten Landungsschiffes sichtbar zu machen, das immer noch fest am Spindelrumpf des *Invasor* hing.

»Ich weiß es nicht, Rick. Aber im Augenblick sollten wir wahrscheinlich froh sein, daß sie darauf verzichten.«

* * *

Das Blut, das Sterncaptain Hectors kurzgeschorenes blondes Haar verklebte, hatte fast aufgehört, aus der häßlichen Schnittwunde zu strömen, die er sich am Rand der Befehlskonsole zugezogen hatte. Sekunden zuvor hatte ein Angriff der unbekannten Feind-Fregatte die *Winterwind* wie ein Spielzeugschiff durchgeschüttelt. Der Schlag hatte Hector mit dem Schädel auf eine Ecke der Konsole geschleudert.

»Sag das nochmal.« In Hectors Stimme lag eine Mischung aus Herausforderung und Drohung.

»Sterncaptain, der Start der *Eispfeil* ist gescheitert. Die Schadenskontrollteams sind bereits an der Arbeit, aber sie halten es für unmöglich, sie rechtzeitig freizubekommen. Der Dockkragen wurde durch den letzten Treffer verbogen.«

»Freigeburt.« Hector murmelte den Fluch durch zusammengepreßte Zähne.

»Sterncaptain, ohne die *Eispfeil* als zusätzliche Abschirmung können wir wenig tun, um den Feind daran zu hindern, uns zu entern oder nach Belieben zu vernichten.« Wäre er kein Wahrgeborener gewesen, hätte der 1. Offizier der *Winterwind* es kaum gewagt, Hector eine derartige Meldung zu machen.

»So sei es«, war die einzige Antwort des Sterncaptains.

* * *

»Vorsicht. Sie teilen sich auf, um uns in die Zange zu nehmen.«

»Ich sehe es, Lieutenant«, antwortete Maëda Ge auf Sules Warnruf.

Schneller, als ihre Form und Größe es hätte vermuten lassen, stürzten sich die großen *Union*-Landungsschiffe auf die *Bisan*. In einem Schußwechsel machten die Panzerung und schwere Bewaffnung einer *Union* sie einem *Achilles* mehr als ebenbürtig, solange man dessen überlegene Geschwindigkeit und Beweglichkeit nicht in die Berechnungen einbezog. Gegen zwei der großen Kugelschiffe befand sich die *Bisan* klar im Nachteil.

»Kapitän übernimmt Frontgeschütze.« Ge betätigte einen Hauptschalter, der die Befehlsgewalt über alle vorwärts feuernden Waffen des Landungsschiffes auf seine Kontrollen legte. Mit minimalen Justierungen der Flugkontrollen brachte er das vordere Clan-Schiff ins Schußfeld der vernichtenden Geschützphalanx ihres Sturmschiffs.

Der Clanner preschte gezielt auf sie zu, als wolle er die *Bisan* rammen. Ge reagierte, indem er Steuerknüppel und Schubhebel antippte und das schlanke aerodynamische Raumschiff in einem weiten, flachen Bogen quer über den Kurs des vorderen *Union*-Schiffs und von dessen Begleiter fort zog. Die *Union* versuchte, dem Manöver zu folgen, aber die flinke *Bisan* konnte ihr leicht ausweichen. Autokanonenschüsse und Laserimpulse gruben flache Krater in die Tragflächen der *Bisan*, als sie am Bug des Clanschiffs vorbeizog.

Plötzlich riß Ge die *Bisan* in eine enge Pirouette. Die Rumpfstreben des Schiffes knirschten protestierend, als sie sich wie ein Hund, der seinen Schwanz jagte, um die eigene Achse drehte. Da vor ihm türmte sich die Kugelmasse der Geisterbären-*Union* auf. Ge legte den rechten Zeigefinger auf den Feuerknopf des Steuerknüppels. Leichte Korrekturen nach links und nach unten zogen das Fadenkreuz genau auf den Schwerpunkt des großen Landungsschiffes.

Vier lautlose Blitzschläge schlugen in die gepanzerten Flanken der *Union* ein. Die Panzerung zerbarst und flog unter dem vernichtenden Einschlag der schweren Gausskugeln davon. Autokanonengranaten und Raketensprengköpfe besiegelten das Vernichtungswerk. Die *Union* wankte. Dünne Gasschwaden traten aus tiefen Rissen in ihrer Panzerung.

»In Ordnung, Jäger starten«, befahl Ge. »Vielleicht können sie uns eine Weile Ruhe verschaffen.«

Sekunden später hallte als Antwort auf Ges Befehl ein lautes Brummen durch den viereinhalbtausend Tonnen schweren Rumpf der *Bisan*, als zwei aufgerüstete KL-15R *Killer*-Luft/Raumjäger aus ihren Hangars starteten. Die Achtzig-Tonnen-Deltaflügler drehten außerhalb der Hangartore plötzlich ab und jagten durch die Leere zwischen ihrem Mutterschiff und der beschädigten *Union*.

»Major Ryan«, krachte Ges Stimme über die Kommleitung. »Machen Sie sich fertig. Wir drehen zu einem erneuten Vorbeiflug ein. Sobald wir in Position sind, werfen wir Ihre Taxis ab.« Die Leitung wurde wieder unterbrochen, bevor Ryan eine Chance hatte zu antworten.

Als die *Bisan* auf einen Anflugvektor einschwenkte, lösten sich zwei dunkelgraue *Turk*-Jäger aus dem kraterübersäten Rumpf der *Union*. Ge sah in entsetzter Faszination, wie ein schwarzroter F-700R *Schnitter*, der von der *Haruna* gestartet war, um die *Bisan* beim Anflug auf das Clan-Sprungschiff zu unterstützen, geradewegs vor dem Bug des vordersten Clan-Jägers vorbeiflog. Der Geisterbär brauchte nicht einmal zu manövrieren, um seinen Gegner ins Fadenkreuz zu bekommen.

Zwillingssalven aus Raketen, die sich korkenzieherartig um die eigene Längsachse drehten, peitschten über den Rumpf des *Schnitter*, gefolgt von einer flakkernden Lichtlanze. Der draconische Pilot versuchte auszuweichen, aber ein glänzender Nickeleisenball schlug durch das Heck der F-700R und riß das Steuerbordseitenruder los. Normalerweise hätte dieser Verlust einem Luft/Raumjäger nichts weiter ausgemacht, solange er nicht versuchte, in eine planetare Atmosphäre einzutauchen, und bei jeder anderen Maschine als dem *Schnitter* wäre das auch der Fall gewesen. Aber die Marik-Ingenieure, auf deren Reißbrettern diese aufgerüstete Version entstanden war, hatten die alten Düsenöffnungen des *Schnitter* durch eine speziell entworfene lenkbare Auslaßöffnung ersetzt. Diese Triebwerksdüse war mit denselben Kontrollen gekoppelt, die bei einer Operation in atmosphärischen Bedingungen die Flügelklappen, Höhen- und Seitenruder des Jägers steuerten. Die durch die Salve des *Turk-A* nicht zerstörte Kontrollverbindung erkannte nicht, daß sich der Jäger im Weltraum befand und das zweite Seitenruder noch vorhanden und funktionstüchtig war. Gleichzeitig verweigerte die Elektronik dem Piloten ebenso wie dem Flugcomputer, den Winkel der lenkbaren Düsenöffnung zu verändern.

Ge konnte sich vorstellen, wie der Draconier in der Pilotenkanzel die Marik-Techs verfluchte, die seinen *Schnitter* modernisiert hatten, als eine zweite Raketen- und Gauss-Salve dem beschädigten Jäger endgültig den Garaus machte. Als die Maschine sich in ihre Einzelteile zerlegte, löste der Pilot des *Schnitter* die Rettungsautomatik aus. Ge betete ohne allzugroße Hoffnung, daß seine winzige Rettungskapsel in der weiten, ewigen Dunkelheit gefunden wurde.

* * *

»Sterncaptain, ein Landungsschiff der *Achilles*-Klasse fliegt auf uns zu, Position drei-zwei-null Punkt eins.«

Hector, dem die Flüche ausgegangen waren, starrte traurig auf das winzige, dolchförmige Schiff, das lautlos auf sein bewegungsunfähiges Sprungschiff zuschoß. Die Meteorabwehr-PPKs der *Winterwind* versuchten ihr Bestes, das Feindschiff aufzuhalten oder zum Abdrehen zu zwingen. Doch der *Achilles* schüttelte die Treffer ab, als wären die geladenen Partikelströme nicht mehr als Wasserstrahlen.

Das Bild des Sturmschiffs schien mit dem der *Winterwind* zu verschmelzen, als das kleinere Schiff an dem Sprungschiff vorbeiflog. Wenige Sekunden später dröhnte ein tiefer, hohler Knall durch den Rumpf des *Invasor*. Ein freigeborenes Crewmitglied stieß einen überraschten Schrei aus, als Hectors Erster Offizier meldete, zwei kleine Gefechtstransporter hätten an der *Winterwind* angelegt. Nur wenige Herzschläge danach kam die Mitteilung, daß Raumgardisten der Inneren Sphäre das Schiff stürmten.

Hector nickte nur und zitierte eine alte Redewendung: »Es ist ein guter Tag zum Sterben.«

* * *

»Und los geht's, Major!« rief Maëda Ge über die Kommleitung.

Ryan wurde mitten in der Bestätigung abgeschnitten.

Mit einer Geschwindigkeit von über sechshundert Stundenkilometern jagte die *Bisan* direkt auf die gewölbte Bug- und Brückensektion des *Invasor* zu. Als der Navigationscomputer des Sturmschiffs ihm anzeigte, daß die optimale Position erreicht war, stieß Ge die *NL-42*-Gefechtstaxis aus dem Beiboothangar.

So holprig die Abkopplung der *Bisan* von der *Haruna* gewesen war, sie hielt keinem Vergleich damit stand, wie Ryan und sein Team durchgeschüttelt wurden, als die winzige Stahlkugel ihres Gefechtstaxis aus dem Hangar katapultiert wurde.

»Festhalten, Major«, rief Yacob Grimm von der Brücke. Mit übelkeiterregender Geschwindigkeit kippte das kleine Raumboot durch einen Neunzig-Grad-Winkel, bis es regelrecht rückwärts flog. Grimm setzte den Schubantrieb des Bootes ein und bremste es dramatisch ab. Das Zweihundert-Tonnen-Raumboot schüttelte sich, als die leistungsstarken Triebwerke sich mühten, den Schwung zu neutralisieren, den es durch den Hochgeschwindigkeitsvorbeiflug der *Bisan* am nadelförmigen Rückgrat des Clan-Sprungschiffs erhalten hatte. Innerhalb von Sekunden kam das winzige Raumgefährt fast zum Stehen. Grimm riß den Schubhebel zurück und nahm den Schub des *NL-42* fast bis auf Null zurück, während er das Raumtaxi zur vorderen Mannluke des Clanschiffs ausrichtete.

»Enterhaken abfeuern.«

Ein Schlag, der mehr fühlbar als hörbar war, markierte den Start der beiden großen, raketengetriebenen Zylinder. Obwohl es sich nicht um Waffen handelte, beförderten die Projektile eine Ladung, die für die *Winterwind* ebenso bedrohlich war wie ein Gefechtssprengkopf. Wenige Meter vor dem Rumpf des Clan-*Invasor* löste ein winziges Radargerät die leistungsstarken Elektromagneten der Einheit aus.

»Enterhaken gesetzt, Winden arbeiten.« Geschützmaat Erin Hoey sah von ihrer Steuerkonsole auf. Die magnetischen Enterhaken waren durch fünfzig Meter lange Stahlkabel mit dem *NL-42* verbunden. Jetzt zogen starke Motorwinden das Kabel ein, und das Raumboot senkte sich auf den Schiffsrumpf des *Invasor*. Grimm speiste etwas mehr Brennstoff in die Manövrierdüsen des Bootes, um den plötzlichen Stop abzufangen, der die Kommandosoldaten bei seinem ersten Übungsflug mit DEST-Team 6 kreuz und quer durch die Kabine geschleudert hatte. Diesmal setzte Grimm das Gefechtstaxi mit minimaler Erschütterung auf dem Schiffsrumpf ab, das Ergebnis langer Übung über Defiance und in Dutzenden von Sonnensystemen seither, in denen die Flotte Zwischenstation gemacht hatte, um die Sprungtriebwerke aufzuladen.

»Winden sichern«, befahl Grimm, dann schaltete er auf Ryans Kanal. »Wir sind unten. Los!«

26

NL-42-Gefechtstaxi, Namenloses Sonnensystem Äußere Peripherie

15. Dezember 3059, 18:50 Uhr TNZ

Noch bevor der Pilot sich meldete, hatte Peter Wu schon die Heckluke des Taxis aufgerissen und war auf den Rumpf des *Invasor* gesprungen. Die Privates Nakamura und Akida folgten sofort. Letzterer trug einen großen Beutel aus ballistischem Nylon. Sekunden später erzitterte das Gefechtstaxi, als die Schockwelle zu einer hocheffizienten Richtladung geformter fünf Kilo Pentaglyzerin das Schloß der Druckschleuse zertrümmerte. Als die Luke aufschwang, fühlte Ryan durch die Stiefelsohlen eine zweite und dritte Explosion. Durch die offene Luke des *NL-42* sah er Wu mit den Füßen voraus in die Schleuse sinken.

»Eingang frei.« Die Stimme des jungen Kommandosoldaten war gezeichnet von Adrenalin und Kampfeslust.

»In Ordnung! Los! Los! Los! Ronin Eins dringt ein.« Der Rest der Sturmtruppe hatte sich bereits in der Schleuse zu Wu gesellt, bevor Ryans gepanzerte Füße den Schiffsrumpf des *Invasor* berührten. Dort konnten die Soldaten subtilere Methoden zum Öffnen der Innenluke anwenden. Nachdem die Schleuse auf der Weltraumseite versiegelt war, verzichtete Akida auf seine Sprengstofftricks. Er riß einfach eine Steuertafel von der Wand, froh darüber, daß der *Kage*-Anzug ihm die dazu benötigte zusätzliche Kraft verlieh, und schloß den Öffnungsmechanismus der Innenluke kurz.

Das DEST-Team schwärmte aus der Schleuse und in den dahinterliegenden Schiffskorridor, wo sie von Laserfeuer willkommen geheißen wurden. Ein Kontingent der Clan-Schiffstruppen hatte sich im Aufenthaltsraum neben der Schleuse versammelt. Fünf gepanzerte Elementare griffen die eindringenden Kommandosoldaten an.

»Chiksho!« fluchte Ryan, als der Feuerstoß einer Automatikwaffe eine Kraterspur über die Brustplatte seines *Kage* zog. Die Plötzlichkeit und Intensität des Elementar-Angriffs überraschte ihn. Er hatte natürlich mit Widerstand gerechnet, aber die Clanner schienen mehr aus Wut zu agieren denn aus einem Verlangen, ihr Schiff zu verteidigen.

Sergeant Raiko pumpte verzweifelt ein halbes Dutzend Schüsse in einen auf ihn zustürmenden Elementar, bis er den riesigen Krieger schließlich aufhalten konnte. Der ClanKrieger knickte keinen Meter vor Raiko in den Knien ein und sackte zusammen, von den Magnetsohlen seiner Rüstung daran gehindert, in der Schwerelosigkeit abzutreiben. Charlotte Sior und Ralph Carter, die wie immer vollkommen synchron agierten, durchlöcherten die Torsopanzerung eines zweiten Clanners mit treffsicherem Laserfeuer. Nur der kombinierte Einsatz beider Blaster in rapiden Feuerstößen bezwang den massigen Krieger, bevor der seinen dritten Schuß abgeben konnte. Als sie die besiegten Krieger untersuchten, sahen die DESTler den dicken schwarzen Schleim, der die typische Reaktion eines Elementaranzugs auf schwere Verletzungen charakterisierte, in die Wunden fließen. Der Elementar, von dem Raiko gedacht hatte, er hätte ihn getötet oder doch zumindest außer Gefecht gesetzt, kam wieder in Bewegung. Er machte dem Clanner mit einem Laserkopfschuß den Garaus.

Angesichts der plötzlichen, unerwarteten Wildheit der Reaktion des Sturmtrupps gingen die verbliebenen Elementare in den offenen Luken zu den Mannschaftsunterkünften in Deckung. Ryans Leute waren gezwungen, sie auszuräuchern. Zweimal zuckten Laserstrahlen unangenehm dicht an ihm vorbei, während er den Angriff dirigierte. Die Wissenschaftler, die den *Kage*-Anzug entwickelt hatten, hatten versucht, ihn zu überzeugen, daß die Rüstung gegen eine Beschädigung durch die meisten Handwaffen gefeit war, aber Ryan wußte es besser. Es gab keine tragbare Rüstung, die einen absoluten Schutz bot. Das hatten die verzweifelten Kämpfe in Imperial City während der Nebelparder-Invasion Luthiens bewiesen. Und direkt vor ihm folgte ein weiterer Beweis, als ein Elementar gegen die Schottwand geschleudert wurde. Seine Rüstung war durch eine panzerbrechende Sprenggranate aus Teji Nakamuras Werfer zerschmettert worden.

Ryan war dankbar, daß die Elementare gezwungen waren, leichte Waffen an Stelle der leistungsfähigeren Mechabwehrwaffen einzusetzen, für die ihre Gefechtspanzer ausgerüstet waren. Leichte Laser, schwere Maschinengewehre oder Flammer hätten eine beträchtliche Gefahr für die lebenswichtigen Schiffssysteme dargestellt. Dasselbe galt für die Kurzstreckenraketen, die Elementare in der Regel in den beiden dreieckigen Schulteraufbauten ihrer Anzüge trugen. Ihre schweren, panzerbrechenden Gefechtsköpfe hätten zu leicht die dünne Panzerung des Schiffes durchschlagen und einen Hüllenbruch verursachen können.

Natürlich waren die DESTler in der Wahl ihrer Waffen ähnlich eingeschränkt. Teji Nakamura hatte lautstark seinem Wunsch Ausdruck verliehen, eines der neuen tragbaren Gaussgewehre zu benutzen, bis Ryan ihn auf die Folgen explosiver Dekompression hingewiesen hatte.

Der letzte Elementar stürzte sich in einen wahnwitzigen, berserkerhaften Sturmangriff. Sergeant Raiko bewies, daß er lange genug überlebt hatte, um einer der besten Unteroffiziere des DEST-Programms zu werden. Trotz der Behinderung durch den sperrigen *Kage*-Anzug löste er sich vom Boden und wirbelte wie ein Kreisel um die eigene Achse. Ein lautes Brummen erklang, gefolgt von einem unangenehmen Kreischen. Der enthauptete Elementar brach zusammen. Der Sergeant beendete seine elegante, fast tänzerische Bewegung in En-Garde-Position, die Stiefelsohlen wieder magnetisch am Boden verankert, das schwach glühende Vibrokatana über dem Kopf und die Klinge parallel zum Deck.

»Sind Sie fertig, Sergeant?«

Raiko erkannte, daß sein Gegner ausgeschaltet war und gab seine Jodanstellung auf. Er nickte seinem Kommandeur zu und schob die Waffe in einer flüssigen Bewegung zurück in die Scheide. »Fertig.«

Ryan grinste unter der Maske seines Helms. »In Ordnung, ausrücken.«

Schnell setzte sich der Sturmtrupp entsprechend des im Navigationssystem der Anzüge gespeicherten Deckplans in Richtung der Sprungschiffbrücke in Marsch. Während der kurzen Strecke wurden sie noch einmal von Clan-Sicherheitskräften aufgehalten.

Der Angriff durchbohrte Private Ralph Carters rechtes Bein mit Granatsplittern und Bruchstücken seiner Rüstung. Ein ungepanzertes Besatzungsmitglied hatte aus der Deckung einer halboffenen Zugangsluke das Feuer auf das Team eröffnet. Ohne sich Gedanken darum zu machen, welchen Schaden er seinem eigenen Schiff zufügen konnte, hatte der Clansmann einen Fünf-Schuß-Feuerstoß aus einem Gyrokarabiner auf die anrückenden Kommandosoldaten abgegeben. Drei der Miniraketen waren in Carters *Kage*-Rüstung eingeschlagen. Obwohl der Gefechtspanzer darauf ausgelegt war, nahezu jede Form von Handfeuerwaffenangriff abzuwehren, war die laminierte Keramikplaststahlrüstung nicht in der Lage gewesen, die Hochgeschwindigkeitsexplosivgeschosse gänzlich abzulenken.

Carter stieß einen schockierten Schmerzensschrei

aus, als sein Bein wegknickte. Peter Wu, der als Vorhut des Teams agierte, gab einen Feuerstoß aus seinem Blaster ab, doch der Angreifer hatte sich schon hinter der schweren Stahlluke geduckt. Als Wu und Corporal Hollis vorstürmten, um den Clanner zu stellen, schlug er ihnen die Luke ins gepanzerte Gesicht.

»Verdammt! Er hat sie verriegelt« knurrte Wu und zerrte mit der ganzen Kraft der Anzughydraulik.

»Keine Sorge, Pete«, meinte Kenichi Akida und kicherte, als er eine vorgefertigte Sprengladung aus seinem Beutel zog. »Ich habe an die Schlüssel gedacht.«

Carlotta Sior schenkte dem Geschehen an der Luke keinerlei Aufmerksamkeit. Sie kniete neben Carters beschädigter Rüstung.

»Genki desu, Lo«, knurrte Carter, mehr aus Verlegenheit als aus Schmerzen. »Ich bin okay. Er hat nur den *Kage* zerkratzt, das ist alles.«

»Er hat mehr als nur den *Kage* zerkratzt, Junge.« Sior starrte in schockiertem Entsetzen auf die Krater in Carters Beinpanzer. »Du hast ein paar beachtliche Löcher in deinem Anzug. Dem Drachen sei Dank, daß es hier keinen Druckverlust gegeben hat, sonst wärst du explodiert.«

»Wenn ich es dir sage, Lo, mir geht es gut.« Carter schlug die Greifkrallen seiner Partnerin weg und richtete sich mühsam auf. »Der Mediter kümmert sich um die Wunde, und wenn du einen Panzerflicken auf die Löcher setzt, ist alles wieder im Lot.«

Bevor Sior antworten konnte, drang der Warnruf ›Feuer im Loch‹ aus ihrer Kommleitung.

Drei Sekunden später hallte ein lauter Knall durch den Korridor, so laut, daß er durch den dicken Helm deutlich zu hören war. Wu und Hollis hechteten durch die zerstörte Luke und zogen gekonnt die Füße unter den Körper, um die Magnetsohlen auf den Gangboden zu setzen und Halt zu finden. Sie schwenkten Blicke und Waffen synchron durch den Raum, entdeckten aber keine Spur des Clanners, weder tot noch lebendig.

Carter stieß einen Strom von Schimpfwörtern aus und verfluchte seinen Angreifer und dessen ganze Familie, wobei er vergaß, daß dieser wahrscheinlich ein ›wahrgeborener‹ Clansmann war und keine echten Eltern oder Familie besaß, außer seinen aus demselben Eugenikprogramm entstandenen Kogeschwistern. Schließlich erstarb Carters Stimme zu einem bösartigen Zischen. »Gut, das heißt, ich habe eine Chance, das Schwein zu killen.«

Sior unterbrach ihre Bemühungen, seine Rüstung mit einem selbstklebenden Panzerflicken zu reparieren. »Ralph, so habe ich dich ja noch nie erlebt.«

»Du hast mich halt noch nie angeschossen erlebt. Wenn mir jemand eine Kugel in den Leib rammt, nehme ich das persönlich. Es ist eine meiner Schwächen.«

»Carter, schaffen Sie es noch?« In Ryans Stimme lag ein Unterton der Sorge, sowohl um die Gesundheit seines verletzten Teamkameraden wie auch um seine Mission.

»Ja, Boß, ich halte durch.« Carter deutete auf den frischen schwarzen Flicken aus Kompositpanzer, den seine Partnerin auf der Rüstung befestigt hatte. »Hauptsache, die Bösewichter benutzen den Flicken nicht als Zielscheibe,«

Ryan nickte, ohne daran zu denken, daß der Helm diese Geste vor den anderen verbarg. »Okay, ausrücken. Wu, an die Spitze.«

Das DEST-Team hatte erst ein paar Dutzend Meter zurückgelegt, als Ryans Funkgerät den Eingang einer Nachricht meldete.

»Ronin Eins von Ronin Zwo. Primärziel gesichert. Verluste leicht. Ronin Zwo rückt gegen Sekundärziel vor.«

Die kurze, kodierte Meldung teilte ihm mit, daß

Ronin Zwo, bestehend aus den DEST-Teams Vier und Fünf, den Maschinenraum des *Invasor* ohne ernste Verluste erobert hatte und sich jetzt auf dem Weg zu den Dockkrägen des Sprungschiffs befand. Ryan bestätigte den Empfang und gab durch, daß er und seine Leute sich zwei Decks unterhalb der Brücke befanden, *ihrem* Primärziel.

* * *

Zehn Minuten später gab Ryan seine ›Ziel gesichert‹-Meldung weiter. Der größte Teil des Elementar-Kontingents hatte Verteidigungsstellungen in dem winzigen Sicherheitsbereich unmittelbar außerhalb der Sprungschiffbrücke bezogen. Die Kämpfe waren kurz, heftig und brutal gewesen. Drei der Elementare, darunter einer, dessen Panzer die doppelten Goldbalken eines Sterncommanders trug, wurden schon im ersten Angriff getötet. Zwei weitere starben im darauffolgenden Nahkampf. Die drei restlichen wurden schwer verletzt.

Auch Ryans Team kam nicht ungeschoren davon. Kenichi Akida wurde schwer verletzt, als ein Elementar seine Rüstung an den eingefalteten Stummelflügeln packte und gegen die Schottwand schlug, bevor er seine zur Faust geballte Greifkralle in die Magengrube des DESTlers rammte. Bevor der Clanner seine Arbeit beenden konnte, hieb Raiko ihm mit einem gnadenlosen Vibrokatanaschlag beide Arme ab. Akida krümmte sich unter Schmerzen an der Wand, während der Sergeant den Clanner mit einem so harten Stoß geradewegs zum großen Kerensky schickte, daß die glühende Spitze seines High-Tech-Schwerts durch den Rücken des Elementarpanzers austrat. Frank Hollis schmerzten zwei angeknackste Rippen, nachdem der größte Elementar, den er je gesehen hatte, ihn mit einem Rückhandschlag gegen die Schottwand gepfeffert hatte. Ohne den Schutz des *Kage*-Anzugs hätte er es wahrscheinlich nicht überlebt. So wurde dem Kommspezialisten nur der Atem aus den Lungen getrieben. Aber er erholte sich rechtzeitig, um zwei tiefe, qualmende Löcher in den Panzer seines Angreifers zu brennen.

Als DEST-Team Sechs durch die Luke auf die Brücke des *Invasor* stürmte, fand es eine Szenerie des Chaos und der Vernichtung vor. Die Elementare hatten ihr Leben gegeben, um der Brückenmannschaft ein paar Minuten zu erkaufen, in denen sie alle Konsolen, Anzeigen, Kontrollen und Monitorschirme zerschlagen hatte, die sie finden konnte.

Als Peter Wu die verriegelte Luke aufzwang, hob eines der Besatzungsmitglieder ein schweres Kurzgewehr. Der leistungsstarke Laserstrahl traf Wu an der rechten Schulterkachel, wo er eine tiefe Furche in der Panzerung und eine leichte Verbrennung am Oberarm des Draconiers hinterließ. Es kam noch zu einem kurzen Schußwechsel, der für die ungepanzerten Geisterbären entschieden nachteilig verlief, bis ein großgewachsener Clansmann mit blutverschmiertem weißem Haar seine Mannschaft unter Kontrolle bekam.

* * *

Einen Augenblick lang betrachtete Sterncaptain Hector die leeren, ausdruckslosen Masken der gepanzerten Soldaten, die auf seine Brücke gestürmt waren. Er mußte unwillkürlich daran denken, welche Angst die Clan-Elementare den schwächlichen Barbaren der Inneren Sphäre einmal eingeflößt hatten. Und jetzt hatten diese Freigeburten ihn besiegt. Doch er empfand keine Furcht vor ihnen. Er hatte Kampf und Tod schon früher ins Angesicht geblickt, hatte sein ganzes Leben damit verbracht. Nein, er fühlte nur Beschämung, ein wertvolles Kommando an die Barbaren verloren zu haben, die er einst zu unterwerfen geholfen hatte. Er war nur froh, daß er und seine Brückencrew alle Daten im Schiffscomputer gelöscht oder zerstört hatten, die diesen Innere-Sphäre-Surats hätten von Nutzen sein können. Und um die Lage für die Barbaren noch unangenehmer zu machen, hatten Hector und seine Besatzung soviel an Brückenausrüstung zerstört, wie sie nur konnten, bevor der Feind durch die Luke gebrochen war.

Es war ihm klar, daß die Vernichtung der teuren, empfindlichen Systeme bei strikter Auslegung der Clanbegriffe Verschwendung gewesen war. Aber die *Winterwind* war tot. Schlimmer noch, sie war von Barbaren erobert worden. Indem sie alle Brückensysteme vernichtet und den Inhalt des Bordcomputerspeichers gelöscht hatten, hatte Hector sichergestellt, daß die Techs der Inneren Sphäre diese wichtigen Daten nicht gegen die Clans benutzen konnten. Bei diesem Gedanken gestattete er sich ein bitteres Lachen.

Mit einem tiefen Atemzug trat er vor, den Kopf hocherhoben, die Hände zu einer Friedensgeste ausgebreitet.

»Ich bin Sterncaptain Hector von den Geisterbären. Entsprechend eures Batchalls übergebe ich euch in aller Form mein Schiff und akzeptiere den Dienst als euer Leibeigener.«

* * *

Als Michael Ryan sich den Weg durch seine Truppen bahnte, fühlte er großen Stolz, seine Mission erfüllt zu haben. Er hatte seine Pflicht für den Drachen getan, wie es nur wenige vor ihm geschafft hatten. Er und seine Leute hatten unter minimalen Verlusten ein Clan-Sprungschiff erbeutet.

Mit einem Knopfdruck fuhr er das Visier seines Helms hoch. »Sir«, sprach er den Clansmann an, bei dem es sich um den Kapitän des Schiffes zu handeln schien. »Ich bin Major Michael Ryan, Draconis Elite-Sturmtrupp Sechs.« Er brachte die Worte kaum heraus. Morgan-sama hatte angeordnet, alle gefangenen Clanner zu Leibeigenen zu machen, aber die formelle Erklärung kam einem Krieger, der es gewohnt war, seine Feinde zu töten statt sie gefangenzunehmen, nur schwer über die Lippen. »Ich erkläre Sie und Ihr Schiff formell zu Isorla. Sie sind ab sofort Eigentum des Sternenbunds und der Einsatzgruppe Schlange.«

Bevor Ryan oder der Clanner noch etwas sagen konnte, unterbrach Raiko. »Sir? Die Mission.«

Ryan errötete leicht. In der Erregung darüber, sein Ziel erobert zu haben, und der plötzlichen Notwendigkeit, sich mit einem gefangengenommenen Clan-Offizier zu beschäftigen, hatte er fast vergessen, wo er war. »Hai. Sergeant, Sie, Carter und Hollis bleiben hier, um die Gefangenen zu bewachen. Wir anderen ...«

»Ronin Eins von Ronin Zwo.« Das plötzliche Erwachen der Kommleitung zwang Ryan, die Befehlsausgabe zu unterbrechen.

»Zwo, hier Eins. Ich höre.«

»Ronin Eins, Ronin Zwo hat Sekundärziel gesichert. Sir, wir brauchen ärztliche Versorgung. Wir haben mehrere Verletzte, zwei davon schwer.«

»In Ordnung, Zwo. Warten Sie am Dockhangar. Ich rufe die *Bisan*, damit sie die Verwundeten abholt.«

27

Schlachtkreuzer SBS *Unsichtbare Wahrheit*,
Namenloses Sonnensystem
Äußere Peripherie

15. Dezember 3059, 19:25 Uhr TNZ

Morgan fühlte sich wie ein unbeteiligter Zuschauer, während rings um ihn die Schlacht tobte, im Holotank der *Unsichtbare Wahrheit* in exquisiten holographischen Miniaturen nachgestellt. Obwohl er sich bewußt war, daß Männer und Frauen an Bord der Schiffe, die von den um ihn herum schwebenden körperlosen Bildern dargestellt wurden, um ihr Leben kämpften, hatte er das Gefühl, mitten in einem riesigen Holospiel zu stehen.

Er hatte schon oft zu hören bekommen, daß der Krieg sich rapide zu einem auf Computern ausgetragenen Zweikampf zwischen Generalen entwickelte, denen das Leben ihrer Soldaten ebensowenig bedeutete wie Kindern, die *Unsterblicher Krieger* spielten, die Einsen und Nullen in ihren Spielkonsolen. Morgan hatte die Anschuldigungen derer, die er bei sich die ›Frieden-um-jeden-Preis-solange-ich-ihn-nicht-zahlen-muß‹-Meute nannte, nie ernst genommen. Aber hier, mitten in einer holographischen Gefechtsrepräsentation, zu der er nichts weiter als seine Zustimmung beitragen konnte, fragte er sich zum erstenmal, ob an den Argumenten der Militärkritiker nicht doch etwas war. Er war sich bewußt, daß die Tage ehrbaren Zweikampfes vergangen waren. Sie waren schon vor Jahrhunderten eines brutalen und lautstarken Todes gestorben.

Auch die Muskete und die Vorderladerkanone waren Vergangenheit, verdrängt vom Laser und der PPK. Und mit ihnen waren die letzten Reste an Romantik verflogen, das Bild der ›Thin Red Line‹ und des Streits um eine ruhmreiche Sache.

Morgan schüttelte wütend den Kopf. *Bleib bei der Sache, verdammt. Du hast immer noch eine Aufgabe zu erledigen,* herrschte er sich an, obwohl er im Augenblick keinen Schimmer hatte, wie diese Aufgabe aussah.

Den kalten, tödlichen Tanz der Kriegsschiffe und Jäger über die elektronische Anzeige des Holotanks auf der Brücke der *Unsichtbare Wahrheit* zu verfolgen, hatte ein seltsam abgehobenes Gefühl in Morgan aufkommen lassen, eine Losgelöstheit, die ihm nicht gefiel. Es war viel zu einfach, die substanzlosen Projektionen der Kampfraumschiffe zu betrachten und sie als bloße Objekte zu sehen. Es war viel zu einfach zu vergessen, daß sich lebende Männer und Frauen an Bord der Schiffe befanden, die von den winzigen flackernden Bildern repräsentiert wurden, Männer und Frauen, für die *er* Verantwortung trug.

Wieder versengte die Enttäuschung sein Herz. Er war sein ganzes Leben lang Krieger gewesen und gewohnt, die Zügel der Schlacht in eigene Hände zu nehmen. Jetzt, hier, an Bord eines der mächtigsten Kriegsschiffe aller Zeiten, war er nicht mehr als ein Zuschauer.

Einige Male öffnete Morgan den Mund, um einen Befehl zu geben oder einen Vorschlag zu machen, aber jedesmal schloß er ihn wieder, ohne etwas gesagt zu haben. Er war ganz und gar außerhalb seines Elements. Seine gewaltige Sammlung taktischen Wissens, aufgebaut über lange Jahre der Kampf- und Kommandeurserfahrung, bezog sich auf Mechaktionen auf einer Planetenoberfläche. In einer Schlacht zwischen riesigen Kampfraumschiffen war sie nutzlos.

Kurzzeitig spielte er mit dem Gedanken, die Brücke zu verlassen und die Führung der Schlacht in Kommodore Beresicks offensichtlich fähigen Händen zu lassen.

Nein, verdammt, dachte er wütend, und der Ärger ließ selbst seine Gedanken ungewohnt grob klingen. *Ich bin immer noch der Kommandeur dieser Einsatzgruppe, und mein Platz ist hier.*

Er richtete seine Aufmerksamkeit wieder auf das Kampfgeschehen und sah, wie der Clan-*Wirbelwind* sich um seine Längsachse drehte und der *Unsichtbare Wahrheit* die relativ unbeschädigte Steuerbordseite zudrehte. Die Kriegsschiffe befanden sich seit einiger Zeit in einem Nahgefecht, das alternierend an einen eleganten Walzer und eine brutale Schlägerei erinnerte. Der Clan-*Wirbelwind* tanzte mit seiner überlegenen Geschwindigkeit und Manövrierfähigkeit um den schwerfälligen Schlachtkreuzer herum und stach mit Geschützen auf die *Unsichtbare Wahrheit* ein, die besser zum Abschießen von Jägern geeignet waren als für den Kampf gegen ein Großkampfschiff. Die Kanoniere des Sternenbundschiffes taten auf der anderen Seite ihr Bestes, um auf die Raketen- und Laserattacken zu reagieren, aber der Kapitän des Clanschiffes schaffte es immer wieder, den schlimmsten Gegenschlägen des Kreuzers auszuweichen.

Zweimal war es der *Unsichtbare Wahrheit* gelungen, den sie umtänzelnden Zerstörer mit einer vernichtenden Breitseite zu erwischen, aber die schwere Panzerung des Clan-*Wirbelwind* hatte den größten Teil des Schadens abgefangen. Das Ganze erinnerte an ein Gefecht zwischen einer Katze und einem Bären. Die Katze war schneller und beweglicher, aber der Bär war stärker und brauchte nur einen guten Biß.

»Er kommt wieder herum!« rief der Taktikoffizier der *Unsichtbare Wahrheit*. »Mit feuernden Geschützen.«

Auf einem Sekundärschirm sah Morgan winzige Lichtpunkte vom Bug des Clan-Kriegsschiffes zucken.

»Lieber Gott, wir danken dir für das, was Du uns bescheret hast«, witzelte eines der Besatzungsmitglieder auf der Brücke, Sekunden bevor eine Salve Autokanonen-Granaten in die Backbordbugseite des Schiffes einschlug.

Panzerplatten zerbarsten. Der Schlachtkreuzer erzitterte unter dem Aufprall der Explosivgeschosse. Er erwiderte das Feuer mit einem S-PPK-Schuß.

Der Strom hochenergetischer Protonen aus der Schiffs-Partikelkanone bohrte sich in die Panzerung des Clan-Zerstörers wie die Flamme eines Schweißbrenners. Das Schiff schüttelte sich, als es ihm nicht gelang, das Feuer abzulenken, das seine Karbonstahlhaut verwüstete. Die dicke Panzerung hielt, aber ein dampfender Krater vor der sekundären Sensorphalanx zeugte von der Schwere des Treffers.

»Steuermann, zwanzig Grad nach Steuerbord. Alle Geschütze Feuer frei bei Zielerfassung!« brüllte Beresick. Sekunden später hinterließen zwei graulackierte Raketen eine dünne schwarze Rußschicht auf der Außenhaut der *Unsichtbare Wahrheit*, als sie aus ihren Abschußkanälen flogen. Sechzehn lange Sekunden sah Morgan dem Triebwerksleuchten der Raketen hinterher, während sie die Entfernung zwischen dem Sternenbund-Schlachtkreuzer und dem Clan-Zerstörer zurücklegten. Dann kam es zu einer kurzen Explosion, nicht heller als eine Streichholzflamme. Sie verblaßte.

»Rakete Nummer Eins abgefangen und vernichtet«, erklang die Stimme des Raketenkontrolloffiziers. Einen Herzschlag später wuchs ein sehr viel hellerer Feuerball, breitete sich aus, bis er das Zielschiff einzuhüllen schien und erstarb.

»Nummer zwei, direkter Treffer.«

Bevor der *Wirbelwind* sich von der Wirkung des Raumraketensprengkopfs erholen konnte, traf ein Feuersturm aus Partikelstrahlen, Laser- und Autokanonenfeuer seinen Rumpf. Die Panzerung wurde in automobilgroßen Fetzen weggesprengt.

»Sensoren verzeichnen schwere Schäden an Zielschiff«, meldete der SensorTech.

»Auf den Schirm«, befahl Beresick. Als der Ortungschef den Befehl ausführte, stand Beresick aus seinem Sessel auf, um sich die Situation anzusehen.

Die Panzerung des Clan-Kriegsschiffs war durchbrochen. Dichte Wolken aus Eiskristallen stiegen aus tiefen Breschen bis in die Mannschaftsbereiche des Schiffes auf. Miniaturgewitter aus durchtrennten Stromkabeln tanzten über riesigen Narben in der Außenhülle. Und über die gesamten sechshundert Meter des Rumpfes schlugen Flammen aus zerborstenen Kuppeln und Rissen der Außenhaut. Es schien, als verzehre der Zerstörer sich in seinen Todeszuckungen selbst.

»O mein Gott.« Morgans Flüstern war ein entsetztes Gebet für ein untergehendes Schiff.

Außer Kontrolle kippte der Clan-*Wirbelwind* scharf nach steuerbord und senkte den Bug ab, während er wegrollte.

Beresick drückte einen Knopf auf seiner Konsole. »Clan-*Wirbelwind*, hier ist das Sternenbund-Schlachtschiff *Unsichtbare Wahrheit*. Verlassen Sie Ihr Schiff. Wir werden die Überlebenden aufnehmen.«

Keine Antwort.

»*Wirbelwind*, dies ist nicht der Zeitpunkt für Clan-Heldentum. Ihr Schiff ist tot, lassen Sie uns die Überlebenden aufnehmen… *Wirbelwind*, empfangen Sie mich?« Fluchend schlug Beresick mit der Faust auf die Armaturen und schaltete die Breitbandübertragung ab. »Was ist das für ein erbärmlicher, blutrünstiger Clan-Bastard! Er antwortet nicht einmal, um seine Besatzung zu retten!«

»Kommodore, unser Kommsystem ist ausgefallen«, rief ein entsetzter Crewmann ihm zu.

»Was?«

»Sir, der letzte Angriff hat die Hauptkommunikatorphalanx getroffen und die Antennen weggeschnitten. Die Schadenskontrolle meldet, daß es behoben werden kann, aber erst nach Ende des Gefechts.«

»Verdammt.« Beresick schlug mit der Faust auf die Kommandokonsole. »Fliegerboß, die *Integrität* und die *Ehre* starten. *Integrität* legt sich bei uns längsseits und fungiert als Relaisschiff. *Ehre* hilft bei der Rettung Überlebender.«

Es schien endlos zu dauern, bis die *Union*-Landungsschiffe der *Unsichtbare Wahrheit* sich aus ihren Dockkragen gelöst hatten, und noch länger, bis die abhörsichere Kommlaserverbindung zwischen dem Relaisschiff und ihrem Träger etabliert war. Das Relaissystem war langsam und unbeholfen, aber durch Verwendung der Langstreckenkommunikatoren der *Integrität* konnte Beresick den Kontakt mit den übrigen Kriegsschiffen der Einsatzgruppe aufrechterhalten.

Morgan verstand zwar die Probleme, die damit verbunden waren, die Fluggeschwindigkeit und den Kurs eines 900.000t-Kriegsschiffs und eines Landungsschiffes, das weniger als ein Prozent dieser Masse aufwies, anzugleichen, aber er konnte nichts zu ihrer Lösung beitragen. Also wandte er seine Aufmerksamkeit in einer Art krankhafter Faszination wieder dem sterbenden *Wirbelwind* zu.

Die *Ehre* bewegte sich mit ›Minimalgeschwindigkeit‹ auf den brennenden Zerstörer zu. An verschiedenen Punkten entlang der Seiten- und Rückenflächen des Clanschiffs sah Morgan winzige kastenförmige Rettungsboote ablegen, erleuchtet von den Flammen, die das Schiff verzehrten. Er zählte sechs der winzigen Beiboote. Von der *Unsichtbare Wahrheit* wußte er, daß Rettungsboote in der Regel nur ein halbes Dutzend Passagiere aufnehmen konnten, auch wenn zehn Personen sich hineinzuzwängen vermochten, wenn damit zu rechnen war, bald von einem anderen Schiff aufgenommen zu werden.

Sechzig Mann. Morgan schüttelte traurig den Kopf. *Sechzig, von wievielen? Beresick hat mir erzählt, daß an Bord der* Ranger *schon doppelt so viele Dienst tun.*

Vorsichtig schob sich die *Ehre* durch die größer werdende Wolke aus verdrehten Panzertrümmern, verkohlten Trägerteilen und anderem Weltraummüll. Zweimal hielt sie ganz an und gestattete den winzigen Rettungsbooten, in ihren leeren Jägerhangar zu treiben. In einem Beispiel von Mut, wie Morgan es auf keinem Schlachtfeld übertroffen gesehen hatte, näherte sich das Landungsschiff dem zertrümmerten Clan-*Wirbelwind* bis auf fünfhundert Meter. Der Kapitän der *Ehre* mußte wissen, daß der brennende Zerstörer jeden Augenblick explodieren konnte. Trotzdem hielt er sein Schiff in gefährlicher Nähe des berstenden Kriegsschiffes, während die Rettungsboote noch je zweimal zurückflogen.

Als sich die *Ehre* scheinbar nach einer Ewigkeit wieder von dem Clan-Zerstörer zurückzog, fühlte Morgan einen seltsamen Schmerz in seiner Brust. Er erkannte, daß er den Atem anhielt, während er in Gedanken das Landungsschiff aus der Nähe des ausbrennenden Clan-Kriegsschiffes zu zwingen versucht hatte.

»Nachricht von der *Ehre,* Kommodore«, erklang die Stimme eines KommTechs. »Captain Zeco meldet die Aufnahme von sechsundneunzig Überlebenden des *Wirbelwind,* einschließlich des Kapitäns. Einige sind schwerverwundet. Die Überlebenden geben den Namen ihres Schiffes als *Ursus* an.«

»Sehr schön. An Bord bringen«, erwiderte Beresick.

»Die Verwundeten kommen auf die Krankenstation, der Rest wird in Frachtraum Nummer 4 eingesperrt.«

* * *

Morgan beobachtete, wie das geisterhafte Hologrammbild der *Haruna* flackerte, als eine Autokanonensalve in ihre Flanke einschlug. Seine begrenzten Kenntnisse über Flottenkriegsführung sagten ihm, daß die draconische Fregatte in erster Linie ein Jägerabwehrschiff war. Der größte Teil ihrer Geschütze war dazu ausgelegt, die Bedrohung durch kleine Angriffsmaschinen abzuwehren, nicht für den Schlagabtausch mit einem anderen Kriegsschiff. Nur die Tatsache, daß sie zwei Sturmschiffe zur Seite hatte, bewahrte die *Haruna* davor, ernsten Schaden zu erleiden.

Während er das Gefecht beobachtete, schwenkte die riesige Fregatte herum und kreuzte am Heck ihres Gegners vorbei. Trotz seiner Enttäuschung darüber, nicht unmittelbar eingreifen zu können, war Morgan beeindruckt, wie Kapitän DeMoise sein Schiff führte. Ein Lichtblitz erhellte den Sichtschirm, als einer der *Rächer*, dessen Bug und rechte Tragfläche sichtbare Breschen aufwiesen, herabstürzte und die schwer angeschlagene Backbordseite des *Wirbelwind* attackierte. Der Zerstörer mußte gesehen haben, wie das scheibenförmige Landungsschiff zum Angriff ansetzte, denn er schickte dem Angreifer eine Feuerwalze aus PPKs und Lichtwerfern entgegen. Die zerschundene Panzerung gab nach und kollabierte unter der Megajoule-Liebkosung der Laserkanonen des Clan-Zerstörers. Der *Rächer* schoß an dem Clanschiff vorbei und entging nur durch Zufall einer Kollision.

»Kommodore, die *Hainan* meldet schwere Schäden an allen Hauptsystemen. Captain Cho ist tot, und die

Waffensysteme sind ausgefallen. Lieutenant Kindig gibt das Schiff auf.«

Es versetzte Morgan einen kurzen Stich, als das Hologramm des *Rächer*-Klasse-Sturmschiffs zu einem dumpfgrauen Geist einstiger Größe verblaßte. Die Sensoren der *Unsichtbare Wahrheit* verfolgten das zerstörte Schiff jedoch weiter, und auch der Holotank würde seine Position nach wie vor anzeigen. In Kürze würden die Rettungsmannschaften in Gang kommen, in der Hoffnung, die Überlebenden der *Hainan* aufzunehmen.

Das Hologramm des *Wirbelwind* flackerte, als die *Haruna* eine Breitseite seine Längsachse entlangjagte.

»Lange macht er's nicht mehr«, meinte Beresick und deutete auf das winzige Clan-Kriegsschiff. »Sehen Sie, die *Haruna* wendet. In ein paar Sekunden bläst sie den Clanner weg.«

Offensichtlich hatte das auch der Clanner erkannt.

»Unbekanntes Kriegsschiff, hier ist Sterncaptain Manfred Snuka, Kommandeur des Zerstörers *Feuerfang*«, drang die Sprechfunkbotschaft aus den Kommlautsprechern der *Unsichtbare Wahrheit*. »Mein Schiff ist nicht länger zu einem effektiven Kampf fähig. Entsprechend eures Batchall gebe ich mich geschlagen. Meine Besatzung und ich sind eure Leibeigenen.«

»S-sehr schön, Sterncaptain.« Morgan hatte den Eindruck, daß DeMoise auf diese Entwicklung überhaupt nicht vorbereitet war. »Schalten Sie Antrieb und Waffen ab und bereiten Sie sich darauf vor, geentert zu werden.«

»Es wird geschehen, wie du es verlangst.« Erschöpfung vermischt mit ungebrochenem Stolz färbten Snukas Antwort. »Mein Schiff und meine Besatzung sind dein, als Isorla.«

Als die Kommverbindung abbrach, stieg ein leises Kichern in Morgans Kehle hoch.

»Was ist daran so komisch, Sir?« fragte Beresick in offensichtlicher Verwirrung.

»Tja, Alain.« Morgan drehte sich mit amüsiertem Grinsen zu dem Flottenoffizier um. »Sie nehmen doch wohl nicht an, daß der Koordinator Ihnen erlauben wird, das Schiff zu behalten, oder? Von seiner Besatzung ganz zu schweigen.«

»Nun, Sir«, antwortete Beresick, jetzt ebenfalls lächelnd. »Der Bushido gestattet das Nehmen von Beute. Er erlaubt es auch, Gefangene als persönliche Bedienstete zu halten. Aber irgendwie habe ich die Vermutung, daß Theodore-san die *Feuerfang* als seinen Anteil als Lehnsherr beanspruchen wird.«

* * *

»Tod und Teufel!« Mercia Winslow knirschte mit den Zähnen, als eine Serie von Explosionen die *Ranger* erschütterte. »Dieser Clan-Penner gibt nicht auf. Mr. Held, können Sie uns unter sein Heck bringen?«

»Ich versuche es, Käpt'n. Er ist einfach etwas zu schnell für uns.«

Tatsächlich war der *Kongreß* etwas langsamer als der alte Zerstörer der *Lola III*-Klasse, aber die größere Erfahrung seiner Crew verlieh ihm auch die Illusion größerer Geschwindigkeit. Winslow und ihre Besatzung waren nach besten Kräften der ComGuards ausgebildet und sogar in im Maßstab 1:1 nachgebauten Kontrollräumen tief unter den terranischen Rocky Mountains gedrillt worden. Aber all das war kein Ersatz für Kampferfahrung. Die Clanner kämpften seit Dutzenden von Jahren gegeneinander und hatten die Einzelheiten des Raumschiffkampfes in echten Gefechten erlernt. Winslow und ihre Crew waren ihnen in dieser Hinsicht deutlich unterlegen.

Plötzlich setzte der *Kongreß* sämtliche Backbordschubdüsen ein, und der bucklige Schiffsrumpf schwenkte hart herum. Autokanonenfeuer zuckte aus den Geschützbuchten und spie eine Leuchtspurwolke durch die Schwärze des Raums. Unwillkürlich zuckte Winslow zusammen und stählte sich für den Einschlag. Dann erkannte sie, daß die Clanner nicht auf die *Ranger* gefeuert hatten.

Auf der Steuerbordseite der Fregatte trieb die zerbeulte Silhouette der *Starlight* ins Sichtfeld. Der Zerstörer der *Essex*-Klasse hatte die von der Breitseite des Clanschiffs verursachten Schäden endlich weit genug behoben, um wieder in das Gefecht eingreifen zu können. Geschützfeuer blitzte an Bug und vorderer Rumpfhälfte der *Starlight* auf, noch während der Schiffs-AK-Beschuß des Clanners ihre dünne Panzerung mit qualmenden Kratern überzog. Raketen stiegen aus den Lafetten auf und trugen ihren Teil zur Zerstörung der Außenhülle des *Kongreß* bei.

Winslow nutzte die vorübergehende Ablenkung des Clanschiffs aus und befahl ihrem Schiff, geradewegs Kurs unter das Heck der Fregatte zu halten. Aus weniger als vierzig Kilometern Entfernung feuerten alle Geschütze auf der Steuerbordseite der *Ranger* in das Heckquartier des Clanners.

Die Sensoren meldeten schwere Schäden an der Panzerung des Gegners, lieferten aber kaum Informationen darüber, welche Systeme im Innern des Schiffes in Mitleidenschaft gezogen worden sein mochten.

»Volle Fahrt zurück.«

In Antwort auf Winslows aufgeregten Befehl schlug der Steuermann der *Ranger* die Hand auf die Kontrollen. Mit einer Geschwindigkeit, die einen alten Marineoffizier vor Neid hätte erblassen lassen, kehrten die riesigen Raumschiffstriebwerke ihre Schubrichtung um. Die *Ranger* schüttelte sich, als die vier Rolls-LeFay Interplanetartriebwerke das Schiff unmittelbar unter dem Heck der Geisterbären-Fregatte zum Stehen brachten.

»Ms. Fontanazza, noch eine Breitseite!« rief Winslow.

»Käpt'n, er schaltet die Waffen ab.«

»Befehl widerrufen!« Winslow stoppte die Armierungsoffizierin mit einer scharfen Geste gerade noch rechtzeitig, um eine weitere vernichtende Breitseite in den *Kongreß* zu verhindern.

»Er ruft uns.«

»An den kommandierenden Offizier des Sternenbund-Zerstörers der *Lola III*-Klasse. Hier spricht Sterncolonel Alonso Gilmour vom Geisterbären-Kriegsschiff *Glitzerkralle*. Mein Schiff ist kampfunfähig. Entsprechend dem Batschall deines Kommandeurs übergebe ich mich und meine Crew als Leibeigene an dich und deinen Clan.«

»Sterncolonel, hier spricht Kapitänin Mercia Winslow vom Zerstörer *Ranger*«, antwortete Winslow und orientierte sich an der gestelzten Ausdrucksweise des Clan-Offiziers. »Ich akzeptiere Ihre Kapitulation und versichere Ihnen, daß Sie und Ihre Leute eine faire Behandlung erwartet. Machen Sie sich bereit zum Empfang einer Prisenmannschaft.«

Mit einem Winken wies Winslow den KommTech an, die Verbindung zu unterbrechen. Sie sog einen tiefen Atemzug in die Lungen, hielt ihn ein paar Sekunden und stieß ihn dann mit einem leisen Pfeifen aus. Müde rollte sie den Kopf über die Schultern und massierte ihre schmerzende Nackenmuskulatur. »Stellen Sie mich zum Flaggschiff durch.«

* * *

»Tja, Marshal, unsere Verluste waren gering, viel geringer als ich erwartet hatte«, meinte Kommodore Beresik mit einem Blick auf seinen Compblock.

Mehrere Stunden waren vergangen, seit Einsatzgruppe Schlange das letzte der Clan-Schiffe erobert hatte. In dieser Zeit hatten die Besatzungen der Sternenbund-Kriegsschiffe ihr Bestes getan, ihre Schiffe wieder in kampfbereiten Zustand zu versetzen. Sobald er sicher sein konnte, daß die Reparaturarbeiten in vollem Gange waren, hatte Morgan eine Sitzung des kompletten Befehlsstabs im Besprechungsraum der *Unsichtbare Wahrheit* einberufen. Den ersten Punkt der Tagesordnung haßte der Marshal am meisten, das Verlesen des Schadens- und Verlustberichts, der sogenannten ›Schlächterrechnung‹. Als Kommandeur des Flottenkontingents der Einsatzgruppe fiel diese unangenehme Pflicht Kommodore Beresick zu.

»Sieben Luft/Raumjäger, von denen vier den ComGuards gehörten, wurden entweder vernichtet oder irreparabel beschädigt. Drei der Piloten haben überlebt, aber Lieutenant Bharie hat den rechten Arm verloren. Ein Landungsschiff der *Rächer*-Klasse wurde im Gefecht gegen die *Feuerfang* zerstört. Die Hälfte der Besatzung entkam, aber die meisten davon sind verwundet. Kapitän Cho wird vermißt und ist als tot gemeldet. Unsere gesamten Verluste belaufen sich auf sechsundzwanzig Tote, zweiunddreißig Verwundete und vier Vermißte. Ich erwarte nicht, daß wir einen der Vermißten noch lebendig wiederfinden.«

Beresick machte eine Pause und gab Morgan Zeit, sich die erstaunlich geringe Zahl an Schlachtopfern bewußt zu machen. »Die Rechnung ist etwas härter, was unsere Schiffe betrifft. Wie bereits gesagt, haben wir sieben Luft/Raumjäger und ein Sturmschiff verloren. Letzteres bereitet mir besondere Sorgen. Glücklicherweise waren keine Spezialeinheiten oder Raumgardisten an Bord. Aber beim nächsten Mal könnten wir weniger Glück haben. Die *Haruna, Starlight* und *Ranger* haben alle schwere Treffer einstecken müssen, hauptsächlich an der Panzerung. Das läßt sich im Feld reparieren. Die *Starlight* hat ihre PPK Nummer Zwei durch einen Raketentreffer verloren. *Das* ist im Feld nicht zu beheben. Wir haben sie aber ganz gut zusammengeflickt. Die Ingenieure planen, einen großen Panzerflicken über die zerstörte Geschützstellung zu schweißen. Wie Sie wissen, hat die *Unsichtbare Wahrheit* ihre Hauptkommunikationsphalanx verloren. Momentan halten wir die Verbindung zum Rest der Flotte über ein Relaisschiff aufrecht, aber in zwei Stunden müßten wir wieder direkte Verbindung haben.«

»Was ist mit den Clan-Schiffen?« meldete sich zum ersten Mal Ariana Winston. Als stellvertretende Kommandeurin der Einsatzgruppe mußte sie der Besprechung beiwohnen, auch wenn sie ein seltsames Gefühl dabei hatte, nachdem sie die Schlacht aus sicherer Entfernung an Bord der *Gettysburg* verfolgt hatte.

»Der *Invasor* ist Schrott. Sein Feldinitiator sieht aus wie eine moderne Skulptur.« Beresick lächelte bitter. »Anscheinend hat Kapitänin Winslow meine Order, das Schiff an der Transition zu hindern, etwas zu wörtlich genommen. Die *Feuerfang* ist das am wenigsten beschädigte der Clan-Kriegsschiffe. Sie hat zwei Geschützbuchten verloren und beide rückwärtigen S-AK-Batterien sind zerstört. Unser größtes Problem ist ihr Sprungsegel. Es hat ein Loch – so groß wie die Alpen. Wir können versuchen, es zu reparieren, aber ich bin mir nicht sicher, wie das Ergebnis aussähe.«

»Können wir keines der Segel benutzen, die sie vor der Schlacht abgeworfen haben?« schlug Paul Masters vor. »Oder das des *Invasor*?«

»Möglicherweise.« Beresick zuckte die Achseln. »Der andere *Wirbelwind*, die *Ursus*, hat ihr Segel abgeworfen und es könnte noch da draußen treiben. Während des Gefechts hat niemand einen Kontakt gemeldet. Das Problem besteht darin, daß jedes Schiff auf ein Sprungsegel bestimmter Größe eingerichtet ist. Mit einem kleineren Segel erreicht man nicht die erforderliche Ladung für einen Sprung, und ein größeres Segel paßt nicht in den Heckstauraum. Nein, wir müssen entweder das Segel der *Feuerfang* reparieren oder das der *Ursus* finden.«

»Und der *Kongreß*?«

»Also, da sieht's etwas schlimmer aus. Der Heckbereich ist ziemlich verwüstet und einer der Dockkragen ist total zertrümmert. Die Fregatte hat die meisten Heck- und Steuerbordgeschütze verloren, und die Steuerbordschubdüsen sehen aus wie durch die Mangel gedreht. Und zum guten Abschluß ist ihre Panzerung durchlöchert wie ein Sieb.«

»Wie lange dauert es, die Reparaturen abzuschließen?«

Beresick bearbeitete kurz die Tastatur des Compblocks, dann antwortete er: »Zweiundfünfzig Stunden, vorausgesetzt alles läuft einwandfrei und es tauchen keine weiteren Clanner auf.«

»Wie sind die Aussichten?«

»Ich würde sagen fünzig-fünzig. Die *Feuerfang* und sämtliche unserer Schiffe sind definitiv instandzusetzen. Die *Glitzerkralle*? Da weiß ich nicht mehr als Sie. Und wie gesagt, der *Invasor* ist schrottreif. Auf der Plus-Seite haben wir ein Dutzend relativ intakter OmniJäger erbeutet. Außerdem zwei beschädigte *Union-Cs* und ein intaktes *Breitschwert*.«

»Das wollte ich noch fragen.« Morgan legte die Ellbogen auf den Konferenztisch. »Warum haben sie das Landungsschiff nicht abgekoppelt?«

»Sie konnten nicht.« Beresick grinste. »Wie das Leben so spielt. Der Raketeneinschlag, der den Rumpf der *Winterwind* aufriß, hat einen der Dockkragen verzogen. Sie konnten die Dockklammern nicht lösen, und das *Breitschwert* saß fest. Es wird etwa zwanzig Stunden dauern, es freizubekommen und den *Invasor* auszuschlachten.«

»Das ist noch nicht alles«, unterbrach Major Ryan. Er stellte fest, daß Team Fünf sich bei der Eroberung des *Invasor* den Weg ins Innere des festsitzenden *Breitschwert* gebahnt hatte. In dessen Mechhangar hatten die Kommandosoldaten einen Stern brandneuer OmniMechs gefunden. Außerdem enthielt der Frachtraum des Landungsschiffes mehrere Tonnen Verbrauchsgüter, darunter Munition für deren Autokanonen und Raketenlafetten.

»Hmm, das könnte ein netter Bonus sein.« Morgan drehte sich um und sah Andrew Redburn mit halbgeschlossenen Augen an. »Was meinst du, Andrew?«

»Ja, das könnte es.« Redburns Mund verzog sich zu einem schelmischen Grinsen. »Ich setze die Techs daran, sobald die Mechs eintreffen.«

»Einen Augenblick, Morgan«, schnappte General Byran ärgerlich. »Warum sollten diese OmniMechs an Ihre Kathil-Ulanen gehen, statt an eine der anderen Einheiten? Ich habe keinen von ihnen beim Angriff auf Clan-Kriegsschiffe gesehen.«

»Was das betrifft, General Byran«, meinte Redburn, »habe ich da draußen auch keine Lyranischen Gardisten gesehen.«

Morgan sah Zornesröte am Hals der lyranischen Offizierin hochsteigen und griff ein. Er versicherte Byran, daß die OmniMechs nicht automatisch den Ulanen oder irgend jemandem sonst zugesprochen werden würden. »Ich will sie nur überprüfen lassen, und ich vertraue nun mal meinen eigenen Techs am meisten, wenn es darum geht, diese Arbeit gründlich durchzuführen. Macht Ihnen das Probleme, Sharon? Außerdem, wenn es darauf ankommt, wer die Mechs tatsächlich erbeutet hat, hätte Major Ryan hier das erste mit OmniMechs ausgerüstete DEST-Team in der Geschichte. Habe ich recht, Major?«

»Nun...« Ryan ließ seine Stimme verklingen und schenkte dem Befehlsstab ein unergründliches, wissendes Lächeln.

»Was soll denn das jetzt heißen?« bellte Byran.

»Leute, schweifen wir nicht ab.« Morgan klopfte mit den rechten Fingerknöcheln auf die Tischplatte. »Das Katz-und-Maus-Spiel können wir uns für später aufheben. Okay? Im Augenblick haben wir wichtigere Probleme als wer einen Stern Clan-Mechs bekommt und wie lange die Reparaturen dauern. Als Ergebnis dieser Schlacht besitzen... das ist wohl das richtige Wort... wir jetzt rund dreihundert Leibeigene. Die meisten davon sind Techniker, Wissenschaftler und Arbeiter. Nur ein paar Dutzend sind Krieger. Die Frage ist, was sollen wir mit ihnen machen?«

»Das ist noch nicht alles, Marshal«, stellte Beresick leise fest, besorgt über die Reaktionen der Mitglieder des Befehlsstabs, die grundsätzlich dagegen gewesen waren, überhaupt Gefangene zu machen. »Die erbeuteten Unterlagen der *Feuerfang* zeigen, daß es sich hier um einen Personaltransport handelte. An Bord der *Winterwind* und der beiden *Union-Cs* befanden sich fast zweitausend Geisterbär-Zivilisten.«

Der Konferenzraum hallte wieder von schockiertem Keuchen und überraschten Ausrufen.

»Soweit ich die Clan-Gesellschaft verstehe«, erklärte Morgan, »sind Clan-Zivilisten nicht an den Leibeigenenschwur gebunden. Aber diejenigen unter ihnen, die uns ihr Wort geben, werden es auch halten, so sicher als wären sie Krieger. Sie würden eher sterben, als ihr Wort zu brechen. Und ich bin sicher, daß sie sich uns lieber als Leibeigene verpflichten, als dort draußen im Leerraum einem schrecklicheren Schicksal ausgesetzt zu sein.«

»Bei allem Respekt, Marshal, aber das ist mir schnuppe.« Captain Montjar winkte kategorisch ab. »Schwur oder nicht, ich traue keinem Clanner.«

»Ich auch nicht«, stimmte Byran zu.

Paul Masters, der immer noch darüber verärgert war, bei der Entscheidung über das Schicksal der Piratenanführer nicht konsultiert worden zu sein, zögerte nicht, seine Meinung zu äußern. »Diejenigen unter ihnen, die bereit sind, sich uns anzuschließen, sollten nicht weiter erniedrigt werden, als es die Leibeigenschaft notwendigerweise mit sich bringt. Ich finde, wir sollten sie akzeptieren.«

»Das ist ja alles schön und gut, Sir Masters«, unterbrach Ariana Winston. »Aber was wird aus den anderen? Was ist mit den Techs und den Zivilisten? Bevor wir auch nur einen Schritt weitergehen, will ich erst wissen, was mit ihnen geschehen soll.«

Morgan schüttelte müde den Kopf. »General Redburn und ich haben einen Notfallplan ausgearbeitet. Wir hatten gehofft, ihn nicht anwenden zu müssen, oder zumindest erst, wenn wir Gelegenheit hatten, ihn mit dem gesamten Stab zu besprechen. Wir planen, diejenigen Gefangenen, die nicht bereit sind, sich in unsere Leibeigenschaft zu begeben, festzuhalten, bis wir das nächste System mit einem bewohnbaren Planeten erreichen. Dort werden sie auf ein Landungsschiff gebracht und ausgesetzt.«

»In Ordnung, General.« Winston seufzte schwer. »Das kann ich akzeptieren.«

»Tut mir leid, Marshal«, unterbrach Montjar. »Aber ich sehe keinen Sinn darin, einen Feind, der eben noch versucht hat, jemanden umzubringen, aufzunehmen und ihn wie einen vertrauenswürdigen Diener zu behandeln.«

Bevor Captain Montjar weiterreden konnte, sprang Masters wütend auf. »Tollwütige Füchse? Ha! Ein guter Name.« Plötzlich zog Masters die Waffe. Bevor einer der anderen Kommandeure reagieren konnte, stieß er die schwere Rugan Automatik in Montjars Richtung und legte sie vor dessen Gesicht in der Luft ab. Die Autopistole hing da und glänzte im diffusen Licht der Deckenlampen. »Wenn Sie so versessen darauf sind, sie sterben zu sehen, warum erledigen Sie es nicht selbst?«

Mehrere Sekunden zuckten Montjars wütende Blicke zwischen Masters und der Waffe hin und her.

»Verdammt, das reicht«, brüllte Morgan und sprang ebenfalls auf. Er packte die Waffe, holte das 15-Schuß-Magazin aus dem Griff, zog den Schieber zurück, um die Patrone in der Kammer auszuwerfen und schleuderte die Waffe mit genug Schwung zurück zu ihrem Besitzer, daß der Ritter Mühe hatte, sie zu fangen.

»Ich habe es *satt*. Für was halten Sie das hier eigentlich? Für einen verdammten Kegelclub? Ich bin der Kommandeur dieser *Militär*operation. *Sie* sind meine Untergebenen. Sie *werden* meine Entscheidungen akzeptieren und ausführen, oder ich werde Sie, verdammt und zugenäht, wie Sie da sitzen vor ein Kriegsgericht stellen. Diese Clansmänner sind durch ihren Eid an die Einsatzgruppe gebunden, und wir werden sie anständig behandeln. Einige von Ihnen wollen nicht, daß sie an Ihren Schiffen oder Mechs arbeiten? In Ordnung, das werden sie nicht. Wenn nötig, werde ich alle dreihundert in meinen persönlichen Techstab übernehmen. Diejenigen, die kein Teil dieser Einsatzgruppe werden wollen, werden den Vorgaben der Ares-Konvention entsprechend behandelt. Wir werden sie festhalten, bis wir ein bewohnbares System erreichen, und dort werden sie ausgesetzt. Das… ist… endgültig! Und jetzt gehen Sie mir aus den Augen.«

Morgan setzte sich heftig hin und weigerte sich, die militärischen Grüße und gemurmelten Verabschiedungen des abziehenden Befehlsstabs zur Kenntnis zu nehmen. Bald war nur noch Alain Beresick bei ihm.

»Tja, Marshal«, meinte der Kommodore und griff in die Brusttasche seines khakifarbenen Overalls. »Sieht aus, als hätte die Einsatzgruppe die erste Schlacht gewonnen.«

Mit einem Schnauben lehnte Morgan sich matt zurück und akzeptierte sowohl den Versuch, das Thema zu wechseln, wie auch die angebotene Kombination aus Siegeszigarre und Miniaturventilator, ohne dessen Hilfe sie unter den schwerelosen Bedingungen der *Unsichtbare Wahrheit* nicht brannte.

»Ja, Kommodore, wir haben einen hübschen Sieg errungen, aber wir hatten auch Glück. Wenn wir das nächstemal mit den Clans die Klingen kreuzen, könnte Fortuna uns nicht mehr zulächeln.«

28

Schlachtkreuzer SBS *Unsichtbare Wahrheit*
Äußere Peripherie

16. Dezember 3059, 10:00 Uhr TNZ

Fünfzehn Stunden nach Beendigung der ersten größeren Gefechtsbegegnung der Einsatzgruppe Schlange hatten die Instandsetzungsarbeiten an den in der Schlacht beschädigten Schiffen kaum begonnen. Sir Paul Masters und Colonel Samuel Kingston hatten sich dafür ausgesprochen, das System sofort zu verlassen. Der capellanische Offizier empfahl die Rückkehr in das letzte von der Einsatzgruppe besuchte System. So sehr es Morgan auch widerstrebte, einem Liao-Offizier zuzustimmen, mußte er zugeben, daß darin eine gewisse Weisheit lag. Kingston argumentierte, daß sie in diesem System bereits einmal auf Clan-Kriegsschiffe gestoßen waren. Die Einsatzgruppe hatte das Gefecht nur gewonnen, weil sie die Clanner, wie er es ausdrückte, überrumpelt hatten.

Kommodore Beresick versicherte dem Befehlsstab, daß die Flotte durch Einsatz der unbeschädigten *Rostock* und *Smaragd* als Patrouillenschiffe und Verwendung ihrer Jäger zur BGP genügend Vorwarnung erhalten würde, um bei Bedarf in den Sprungraum zu fliehen oder sich auf einen Kampf einzustellen.

Höchste Priorität hatte die Suche nach dem Sprungsegel der *Ursus*. Trotz ihres erstaunlichen Durchmessers erwies sich die Polymerscheibe als schwer wiederzufinden. Das nur wenige Millimeter dicke und aus tiefschwarzem, energieschluckendem Material gefertigte Segel war kaum zu orten. Es brauchte eine geschickte Schätzung, eine angestrengte visuelle Suche und eine Menge Glück, das im Raum treibende Solarsegel aufzuspüren. Glücklicherweise hatte das empfindliche Material keine allzugroßen Schäden erlitten. Das Segel wurde zurück zur Flotte geschleppt, und mit Raumanzügen ausgerüstete Ingenieure verbanden es mit der Takelage der erbeuteten *Feuerfang*.

Auf der Suche nach dem Sprungsegel tauchten auch die Trümmer zweier vermißter ComGuard-Jäger auf. Einer der beiden war so zerbeult, daß die Rettungsmannschaft das Kanzeldach mit einem Schneidlaser öffnen mußte. Wie erwartet, war der Pilot tot und ebenso übel zugerichtet wie sein *Rapier*. Der zweite Jäger wies nur ein paar leichte Panzerschäden auf. Als die Retter das Kanzeldach aufklappten, stellten sie fest, daß die Pilotin bis auf einen kleinen, tiefen Schnitt im linken Oberschenkel unverletzt war. Eine Untersuchung der Leiche ergab, daß ein winziger Stahlsplitter, nicht größer als ein Daumennagel, ihren Druckanzug durchbohrt hatte und in den Oberschenkel eingedrungen war, wo er die Schlagader durchtrennt hatte. Der Flugdatenrecorder zeigte, daß sie sich auf dem Rückflug zur *Ranger* befunden hatte, als sie durch den Blutverlust das Bewußtsein verlor. Anscheinend hatte der Gegner die steuerlos driftende *Hellcat* nicht länger als Bedrohung eingeschätzt, und Lieutenant Debi Petrillo war verblutet.

Von den anderen Jagdmaschinen, die in dem Gefecht verloren gegangen waren, das unter den Mitgliedern der Einsatzgruppe den Namen ›Schlacht von Trafalgar‹ bekommen hatte, fehlte auch weiter jede Spur. Nach zwanzig Stunden gaben die Suchmannschaften auf und gingen davon aus, daß sie entweder in nicht länger identifizierbare Trümmer zerblasen worden oder aus dem Suchgebiet abgetrieben waren.

Ein einziger Lichtblick erhellte die ansonsten grimmig trostlose Suche. Schwerverwundet, aber am Leben, wurde ›Dachs‹ Sarti aus dem Wrack eines Clan-Landungsschiffes geborgen. Der Oberkörper des jungen Piloten stellte eine einzige Ansammlung von Verbrennungen zweiten und dritten Grades dar, als er aus der Rettungskapsel gezogen wurde. Er war Sekunden, bevor die einlagernden Langstreckenraketen explodierten und die Maschine auseinanderrissen, aus seiner in Auflösung befindlichen *Gotha* ausgestiegen. Sarti erwies sich als doppelter Glückspilz. Als die Rettungsmannschaft seine mit Blasen bedeckte Rettungskapsel öffnete, stellte sie fest, daß deren Lebenserhaltungssystem nur noch fünf Minuten länger funktioniert hätte.

* * *

An Bord der *Winterwind* waren einige der neu-eingeschworenen Leibeigenen Bergungsteams zugeteilt worden, die sich abmühten, das relativ unbeschädigte *Breitschwert* aus dem verzogenen Dockkragen zu befreien. Der Rumpf des *Invasor* war durch den vernichtenden Angriff der *Ranger* aufgerissen, und einige der Druckschotts waren beim Kampf um das Sprungschiff durchlöchert worden, so daß große Bereiche des Schiffes luftleer waren. An manchen Stellen hatten die Bergungsteams Stahlbleche über die Breschen geschweißt, so daß das noch funktionstüchtige Lebenserhaltungssystem des Schiffes eine lebensfreundliche Umgebung schaffen konnte. Der Dockbereich gehörte dazu.

»Es hat keinen Zweck«, erklärte Clan-Tech Lennox und zog sich von dem geöffneten Wandpaneel zurück, das ihm Zugriff auf den festgefressenen Riegelmechanismus gab. »Der Kragen ist so schwer beschädigt, daß er von außen aufgeschnitten werden muß.«

»Tod und Teufel.« Lennox wußte, daß die Stimme dem MasterTech gehörte, einem gewissen Philip Brna. Als Mitglied einer der niederen Clan-Kasten hatte Lennox in seinem Leben schon reichlich Schimpfworte gehört, die meisten von Kriegern. Aber der größte Teil der Clan-Beschimpfungen basierte auf den rigiden Klassenbarrieren und dem genetischen Zuchtprogramm, während diese Barbaren der Inneren Sphäre von ihrer Religion bis zu den Körperfunktionen alles als Quelle für ihre Flüche heranzogen. Wenn man dazu noch den erstaunlichen Reichtum an Euphemismen und Halbflüchen nahm, hatte der geradeheraus sprechende Clanner Schwierigkeiten, den größten Teil dessen, was seine neuen Herren sagten, zu verstehen. Einige der gröberen echten Barbaren unter ihnen schienen jeden Satz mit Obszönitäten zu würzen, als ob sie gar keine anderen Wörter wüßten.

Brna zog einen schwarzen Plastikkasten aus einer der Taschen an seinem Gürtel. Lennox erkannte das Gerät als einen Langstreckenkommunikator, der wahrscheinlich in irgendein Funknetz eingebunden war. Der MasterTech warf einen Schalter um und sprach mit leiser Stimme ins Mikrofon. Mehrere Minuten tauschte er sich mit einem Gesprächspartner am anderen Ende der Verbindung aus. Dann stieß er das Gerät mit angewidertem Gesicht zurück in die Tasche.

»Herhören.« Brna sprach laut genug, daß der Rest seiner Techmannschaft ihn hören konnte. »Ein EVA-Team kommt her, um das *Breitschwert* aus diesem verfluchten Dockkragen freizuschneiden. Wir sollen runter in den Maschinenraum und bei der Bergung von Ersatzteilen helfen.«

Noch bevor Brna zum Ende kam, hatte Lennox schon den Kragen seines Druckanzugs über das Kinn hochgezogen. Der aus dickem Tuch gefertigte Overall ähnelte der Einsatzmontur eines Raumgardisten und war speziell für Techs an Bord von Kriegsschiffen ausgelegt. Ein kleiner Lebenserhaltungstornister und ein leichter Druckhelm erlaubten die Arbeit in lebensfeindlicher Umgebung, gleichgültig, ob es sich um heiße, strahlenverseuchte oder luftleere Schiffsbereiche handelte. Der einzige Nachteil bestand in der begrenzten Lebensdauer der Tornistereinheiten, die regelmäßig aufgeladen werden mußten. Trotzdem waren die Anzüge für die Ausrüstung der Inneren Sphäre bemerkenswert gut gearbeitet. Sie waren um Welten besser als alles, was die Clans besaßen. Die Schutzanzüge der Clan-Techs entsprachen fünfzig Jahre alten Modellen der Inneren Sphäre, wahrscheinlich, weil sie nur von den niederen Kasten benutzt wurden.

Aus dem Augenwinkel bemerkte Lennox die wuchtigen, olivgrünen Silhouetten der Raumgardisten. Es machte ihm wenig aus, daß die Männer das Wappen der Lyranischen Allianz und den seltsam unförmigen Stern Haus Camerons trugen. Aber es versetzte ihm einen Stich, daß die Kommandeure der Inneren Sphäre unfähig schienen, den Eid eines Leibeigenen als bindend anzuerkennen. Lennox betrachtete sich jetzt, wie alle, die den Schwur geleistet hatten, als Teil der Einsatzgruppe, in Effekt Mitglied eines neuen Clans. Viele der Leibeigenen reagierten wütend, weil in der Bewachung durch die Raumgarde sichtbar wurde, daß ihr Wort zweifelhaft war. Andere, darunter Lennox, nahmen das zum Anlaß, noch härter zu arbeiten, um ihrem neuen ›Clan‹ ihre Vertrauenswürdigkeit zu beweisen.

Nachdem der letzte Tech gemeldet hatte, daß er seinen Anzug versiegelt hatte, machte die Bergungsmannschaft sich auf den Weg durch die langen, engen Passagen zwischen dem Dockbereich und dem Maschinenraum. Obwohl sie mit den Füßen voraus durch die Deckluken krochen, bewegten sie sich nicht wirklich abwärts. Die Triebwerke des Sprungschiffes erzeugten gerade genug Schub, um die Position relativ zur Sonne zu halten, und auch wenn dies eine minimale künstliche Schwerkraft erzeugte, war diese doch so gering, daß sie kaum wahrnehmbar war. Es beruhte ausschließlich auf einer noch aus der Zeit vor dem Exodus stammenden Tradition, daß eine Bewegung in Bugrichtung eines Raumschiffs als aufwärts, eine in Heckrichtung als abwärts bezeichnet wurde.

* * *

Im Maschinenraum hingen Drähte jeder Dicke, Beschaffenheit und Farbe aus sämtlichen Schottwänden, einschließlich Boden und Decke. Jedes Kabelbündel ebenso wie alle Einzelleitungen endeten in glänzenden, frisch geschnittenen Metallflächen, wo irgendein Bergungs-Tech ein Bauteil aus seiner Halterung geholt hatte.

In einer Ecke der schwachbeleuchteten Kammer mühte sich ein Team Leibeigene Seite an Seite mit ihren Kameraden aus der Inneren Sphäre ab, einen wuchtigen Ladungswandler aus den schweren Stahlhalterungen zu ziehen. Der riesige Block aus Polykarbon, Stahl und verschiedenen Metallegierungen funktionierte so ähnlich wie ein großer Transformator und diente dazu, die im Sprungsegel des Schiffes erzeugte Elektroenergie in eine Form umzuwandeln, die sich zur Nutzung durch den Kearny-Fuchida-Antrieb des Schiffes eignete. Hätte sich die *Winterwind* nicht im freien Fall befunden, hätte dieses Bauteil allein mehr als drei Tonnen gewogen und wäre nur mit einem Flaschenzug bewegbar gewesen. Lennox sah fasziniert zu, wie fünf Mann das gewaltige Bauteil aus den Klammern hebelten.

Ein Alarmruf, der sich unmittelbar in einen Schmerzensschrei verwandelte, durchschnitt den Lärm der drei Bergungscrews, die gemeinsam in der Kammer arbeiteten. Unglücklicherweise hatten sowohl die Techs der Inneren Sphäre wie ihre Leibeigenen ein grundlegendes Prinzip übersehen: Ein schwereloser Gegenstand besitzt zwar kein Gewicht, aber sehr wohl noch seine volle Masse. Als sich die Wandlereinheit aus ihrer Halterung löste, verfing sich eine Ecke des Geräts in der Schlaufe eines Stromkabels. Mit einer Geschwindigkeit von etwa drei Metern in der Sekunde drehte der Wandler sich um die Kabelschlaufe und klemmte einen ComStar-Tech am Druckschott des Maschinenraums ein. Der nahezu massive Block aus Plastik und Metall traf den kreischenden Mann, zerquetschte ihm beide Beine und drückte ihn gegen das Schott. Metall verbog sich unter lautem Quietschen und drückte den Wandler noch zusätzlich in die Schottwand.

Ein anderer ComStar-Tech ließ die Brechstange fallen und packte den Ladungswandler an einer der abgetrennten Leitungen. Er rief seinen Kollegen zu, sich bereitzuhalten, um die Einheit zu stoppen, stemmte die Füße auf eine leere Halterung und versuchte, den Maschinenblock vom Körper seines Kameraden zu hieven.

»Nein!« schrie Lennox und warf sich durch den mit Werkzeugen und Trümmern übersäten Maschinenraum. Er packte den Tech an den Schultern und stieß den überraschten Retter beiseite.

Die wild um sich schlagende Hand des Techs bekam eine Haltestange zu fassen und stoppte seinen Flug. Mit vor Wut fleckig rotem Gesicht riß der Mann einen kleinen Revolver aus rostfreiem Stahl aus einer Tasche seines Werkzeuggürtels.

»Du vermaledeiter Clan-Bastard.« Die Stimme des Mannes war nicht mehr als ein Knurren, als er die kurzläufige Waffe auf Lennox' Herz richtete.

»Wenn Sie den Wandler bewegen, bringen Sie ihn damit möglicherweise um.« Lennox gestattete sich kein Zeichen, daß er die auf ihn gerichtete Mündung des Revolvers bemerkte. »Möglicherweise verhindert der Wandler, daß er verblutet.«

Lange Sekunden hielt der Tech den bösartigen Revolver reglos auf die Brust des Leibeigenen gerichtet. Dann blinzelte er, schüttelte den Kopf und senkte die Waffe. Augenblicklich sprang ein Raumgardist heran und fing den aus der Hand des Mannes gleitenden Revolver auf.

Lennox ließ die Strebe los, an der er sich festgehalten hatte, und trieb durch den Raum. Er war froh über den dicken Druckanzug, der das Zittern seines Körpers verbarg, als die Anspannung nachließ. Sekunden später erreichte ein Rettungsteam mit Notarzt den Maschinenraum und machte sich an die Befreiung des gefangenen Techs.

* * *

»Hier, Sohnemann.« Der lyranische Soldat, der über Lennox stand und ihm eine Null-g-Feldflasche anbot, wirkte drei bis vier Standardjahre *jünger* als der erschöpfte Leibeigene. Sein nasaler Akzent konnte die Bewunderung in seiner Stimme nicht verbergen. »Sowas habe ich noch nie gesehen.«

»Ich konnte nicht zulassen, daß er den Wandler bewegt.« Das Wasser in der Plastikflasche war warm und schal, aber Lennox schmeckte es wie der süßeste Wein. »Die Beine des Mannes sind sicher zerquetscht, aber wahrscheinlich sind auch einige Arterien zerfetzt. Wenn dem so ist, wirkt der Wandler wie eine Aderpresse. Wäre es dem anderen Tech gelungen, die Einheit zu bewegen, wäre sein Freund innerhalb von Sekunden verblutet.«

Er reichte die Feldflasche zurück und drehte sich zu den Rettungsarbeiten um. Die Rettungsmannschaft hatte zwei aufblasbare Tourniquets um die Beine des Mannes gelegt und hebelte jetzt den riesigen Ladungswandler von den zerquetschten Gliedmaßen. Der verwundete Tech, der zwischen Wachen und Bewußtlosigkeit gependelt war, wachte plötzlich wieder auf und schrie seine Schmerzen heraus, bis eine gnädige Ohnmacht seine Schreie abschnitt.

Als der Verletzte in einer Druckbahre davongetragen wurde, kam die Chef-MedTech des Notfallteams herüber.

»Sie waren der Mann, der verhindert hat, daß man die Maschine von seinen Beinen hebt.«

»Pos«, bestätigte Lennox mit respektvoll gesenktem Blick.

»Gute Arbeit«, stellte die Ärztin mit einer Mischung aus Bewunderung und Erleichterung fest. »Wahrscheinlich haben Sie ihm damit das Leben gerettet.«

* * *

An Bord der *Feuerfang* kamen die Reparaturen nur langsam voran. Der Hauptgrund für diese Verzögerung erklärte sich aus dem beinahe tödlichen Unfall an Bord der *Winterwind*. Da er nicht bereit war, das Leben weiterer Techs aufs Spiel zu setzen, hatte Morgan auf Vorschlag Kommodore Beresicks angeordnet, daß alle weiteren Reparaturen, bei denen größere Schiffskomponenten bewegt werden mußten, von Kröten durchgeführt wurden. Weder er noch der Kommodore nahmen an, mit Hilfe der schweren Gefechtspanzer *alle* Unfälle vermeiden zu können, aber sie hofften darauf, daß die dicke Panzerung der Anzüge und ihre kraftverstärkende Wirkung die Schwere der Zwischenfälle mildern konnte.

Und so kam es auch. Mehrere Male im Verlauf der Reparaturarbeiten wurden gepanzerte Infanteristen von Bauteilen getroffen. Aber die schlimmste Verletzung unter den zu Reparaturarbeitern umfunktionierten Soldaten war eine gebrochene Nase, als ein unbefestigter Doppel-T-Träger einem Infanteristen der Leichten Reiterei einen Streifschlag auf das Helmvisier versetzte. Hätte der Mann keinen Krötenpanzer getragen, wäre er möglicherweise unverletzt geblieben. Es hätte ihn aber auch umbringen können. Rekrut Vance Davis jedenfalls erklärte, die gebrochene Nase sei ihm lieber als eine 50:50-Chance, von einem Brocken Stützmetall den Schädel eingedrückt zu bekommen.

In vielen Fällen waren die Mitglieder der Einsatzgruppe Schlange überrascht von der unerwarteten Hilfsbereitschaft des ehemaligen Clan-Personals. Einige der ›Barbaren-Techs‹, wie sie sich witzelnd selbst nannten, hatten ihren Leibeigenen zunächst mißtrauisch gegenübergestanden und befürchtet, die Ex-Clanner würden jedes wichtige System sabotieren, das sie in die Finger bekamen. Aber diese Ängste verflogen, als die Geschichte von Lennox' Rettungsaktion in der Flotte die Runde machte. Als sie wieder bei dem früheren Clan-Tech ankam, klang es schon, als hätte er ohne jede Hilfe den Ladungswandler vom Körper des bereits toten Tech gehoben und den Mann dann mit einer einzigen Berührung ins Leben zurückgerufen. Als Lennox versuchte, diesen Eindruck zu korrigieren, wurde er brüsk zurechtgewiesen.

»Nein, nein. Der Kerl, von dem ich die Geschichte weiß, hat einen Kumpel, dessen Lanzenkamerad scharf auf eine der MedTechs im Notfallteam ist. Ich erzähle es genau so, wie es passiert ist.«

»Gewöhn dich dran, Lennox«, meinte einer der anderen ComStar-Techs und schlug ihm auf die Schulter, eine in der Inneren Sphäre übliche Geste der Freundschaft, die dem ehemaligen Clanner ausgesprochen unangenehm war. »Du bist ein Held.«

* * *

»Marshal, ich habe einen vorläufigen Bericht der Reparaturmannschaften.«

Morgan sah von seinem Datenterminal auf. Kommodore Beresick setzte sich in den nur dünn gepolsterten Lehnstuhl vor dem Schreibtisch des Einsatzgruppenkommandeurs.

»Hn-nh.« Es war fast sechzig Stunden her, daß der letzte Clan-Krieger in Gewahrsam genommen worden war. Morgan bezweifelte, ob er in dieser Zeit auch nur sechs Stunden Schlaf bekommen hatte.

»Die Arbeiten sind zu fünfundachtzig Prozent abgeschlossen. Wir erwarten, daß die letzten Panzerplatten morgen um diese Uhrzeit befestigt sind.«

»Hn-nh.«

»Wie befohlen wurde die *Feuerfang* Fox-Team 3 zugeteilt. Und wie Sie vorhergesagt haben, hat General Byran sich darüber beschwert. Das *Breitschwert* ist endlich aus dem Dockkragen befreit und hat vor ungefähr zwei Stunden an die *Haruna* angedockt. Seitdem arbeiten die DESTler und zwei Leibeigene daran, die Clan-Mechs zu entriegeln und für unsere Zwecke umzuprogrammieren.«

»Moment mal. Die DEST-Teams arbeiten an den Mechs?«

»Ja, Sir. Anscheinend haben Ryan und seine Leute einiges an erstklassigem Codebrecherwerkzeug mitgebracht. Er läßt Ihnen mitteilen, daß sie die OmniMechs morgen früh um neun fertig zur Umprogrammierung haben dürften.«

»Was sagt man dazu?« schnaufte Morgan amüsiert. »Erinnern Sie mich daran, Major Ryan und seine Halsabschneider nicht in die Nähe meines *Daishi* zu lassen.«

»Ihres *Daishi*?« Beresick lachte ebenfalls. »Was ist mit meinem Schlachtkreuzer? Stellen Sie sich nur mal vor, was dieser Bursche tun könnte, wenn er es darauf anlegte.«

Sie amüsierten sich eine Weile über diesen Witz, dann wurde Morgan ernst.

»Was ist mit dem Tech, wie war sein Name? Falconi?«

»Failoni. Er wird es wahrscheinlich überleben. Ich habe selbst mit dem Doktor gesprochen. Er meint, der Junge hat eine etwa achtzigprozentige Chance. Allerdings wird er auf jeden Fall beide Beine verlieren.«

Morgan lehnte sich zurück und schüttelte den Kopf.

»Ja, Sir. Doc Yohi sagt, ein Clan-Leibeigener habe Failoni das Leben gerettet. Er soll einen ComStar-Tech verprügelt haben, der den Wandler von Failonis Beinen heben wollte. Yohi meint, wenn sie das zugelassen hätten, wäre Failoni verblutet, und niemand hätte ihm mehr helfen können.«

»Okay, Alain. Danke.« Morgan beugte sich vor und sah auf den Datenschirm. Dann lehnte er sich wieder zurück und rieb sich die Augen. »Ich werde so bald ich kann in der Krankenstation auftauchen und Failoni besuchen. In der Zwischenzeit möchte ich diesen Leibeigenen kennenlernen. Wie heißt er?«

»Lennox«, antwortete Beresick. »SeniorTech Lennox. Soll ich ihn sofort holen lassen?«

»Nein, morgen ist früh genug.«

»In Ordnung, Marshal.« Beresick seufzte, als er sich erhob. Als sich das Büroschott zischend vor ihm öffnete, drehte er sich noch einmal zu Morgan um. »Wissen Sie, Marshal, vielleicht sollten Sie sich auch etwas Ruhe gönnen.«

»Wie kommen Sie darauf?«

»Sie werden nachlässig. Sie haben mich schon zweimal Alain genannt.« Beresick grinste und lehnte sich an den Schottrahmen. »Passen Sie auf. Sowas ist schlecht für die Moral.«

Morgan lächelte müde.

»Gute Nacht … Alain.«

»Gute Nacht, Morgan.«

* * *

Wie angekündigt meldete Kommodore Beresick dem Befehlsstab vierundzwanzig Stunden später den Abschluß der letzten Reparaturen und die Bereitschaft der Flotte, mit dem Aufladen der Sprungtriebwerke zu beginnen.

»Gut«, spie Major Marcus Poling, der Kommandeur der St.-Ives-Lanciers. »Seit fast drei Tagen sitzen wir hier nur herum, während Sie Flottenhengste einen Haufen zerschossener Raumschiffe zusammenflicken. Wir hätten sofort weiterspringen und die Wracks für die Clans dalassen oder in Trafalgar werfen sollen.«

»Beruhigen Sie sich, Major.« Morgans Geduld mit den schmerzhaft verschiedenen Mitgliedern seines Stabes nahm immer weiter ab. »Die Wartezeit hier war für uns alle eine Belastung, und wir sollten versuchen, die Lage nicht noch zu verschlimmern, hmmm?«

Poling, der keinen erneuten Wutausbruch Morgans provozieren wollte, nickte verlegen.

»Gut. Neue Schiffseinteilungen. Das *Breitschwert* ...«

»*Stiletto*.«

»Was?«

»*Stiletto*. So nennt es die neue Besatzung«, erklärte Beresick. »Die Leute fanden, das Schiff brauchte einen Namen.«

»In Ordnung.« Morgan gluckste. »Die *Stiletto* wurde der *Haruna* zugeteilt. Vorerst lassen wir die OmniMechs, wo sie sind, falls Sie keine Einwände haben, General Byran.«

Byran steckte die Stichelei weg und nickte zustimmend. Zumindest wurden die Clan-Kampfkolosse nicht den Ulanen überstellt.

»Wir haben eine freiwillige Prisenmannschaft für die *Feuer* ... Wie nennt Ihre Mannschaft sie, Kommodore?«

»*Feuerfang*, Sir.« Beresick grinste breit. »Immerhin ist das ihr Name.«

Morgan lachte, zum erstenmal seit Tagen. »In Ordnung, also die *Feuerfang*«, er betonte den Schiffsnamen, »hat eine Mannschaft aus Freiwilligen und Leibeigenen, die uns besonders vertrauenswürdig erscheinen. Außerdem haben wir ihr Fox-Team Drei als Sicherheitstruppe zugeteilt. Da sie keine Landungsschiffe befördern kann und nur von einer Minimalcrew gesteuert wird, wird sie als Flottenabfangboot eingesetzt. Wenn wir in eine weitere Kampfsituation geraten, wird sie bei den Sprungschiffen bleiben und versuchen, alle Gegner abzufangen, die es schaffen, an den Kriegsschiffen vorbeizukommen.«

»Sir, das ist ein Punkt, über den ich mit Ihnen reden möchte: die Leibeigenen«, unterbrach Colonel Sleipness. Der Colonel stammte aus der Freien Republik Rasalhaag, einem 3034 aus dem Draconis-Kombinat ausgescherten Staat, der nur achtzehn Jahre später in der Clan-Invasion auf sieben Systeme zusammengeschrumpft war. Die Leiden seiner Familie und Nation, verursacht durch die Invasoren, hatten dem Colonel einen tiefsitzenden Haß auf Clanner jeder Couleur eingeimpft. »Viele meiner Männer tragen noch die Narben unserer Begegnung mit den Geisterbären in Rasalhaag. Wie können Sie von Ihnen erwarten, Kriegern zu trauen, die Thule, Radije und Kempten verwüstet haben?«

»Wie ich bereits sagte, Colonel, wenn Sie keine Leibeigenen in Ihrer Einheit wünschen, brauchen Sie keine aufzunehmen.«

»Das ist nicht der Punkt, Marshal.« Sleipness sah Morgan in die Augen. »Mir macht die bloße Anwesenheit von Leibeigenen in dieser Einsatzgruppe Sorgen. Ja, ich weiß, Sie glauben an ihren ›Leibeigenenschwur‹, an ihr Versprechen, dem ›Schlangenclan‹ treu zu dienen. Das verstehe ich. Aber ich stimme Ihnen nicht zu.«

»Und was erwarten Sie von mir, Colonel? Daß ich

sie umbringen lasse?« Die Schärfe in Morgans Stimme verriet die Anspannung, unter der er stand.

»Nein, natürlich nicht. Ich bin dafür, sie alle auszusetzen.«

»Nein, Sir. Das werde ich nicht tun. Sie haben dieser Einsatzgruppe, ›Clan Schlange‹, wie sie uns nennen, ihr Wort gegeben, und ich habe *mein* Wort gegeben, daß sie als Leibeigene und entsprechend der Ares-Konvention behandelt werden. Die Leibeigenen bleiben.«

»Nun gut, Marshal.« Der Rasalhaager Kommandeur nickte. Er hatte gesagt, was er zu sagen hatte, und jetzt war es Zeit für ihn, die Befehle seines Vorgesetzten zu akzeptieren. »Ich bitte respektvoll um die Entfernung allen Clan-Personals aus unserer Dienstaufstellung.«

»In Ordnung, Colonel. Ich kann es Ihnen nicht verübeln.«

* * *

Tod und Teufel. Das erste Mal seit Tagen, daß ich Gelegenheit habe, die Augen zu schließen, und irgend so ein verdammter Idiot wummert an meine Tür.

Morgan löste die Gurte und schob die Füße in die Magnetsohlen. Ein Blick in den Spiegel über dem stählernen Null-g-Waschbecken erwies sich als schwerer Fehler. Der Mann, der ihn anstarrte, sah furchtbar aus. Die dunklen Ränder unter seinen geröteten Augen hoben sich wie harte Schlagschatten von der bleichen, gespannten Gesichtshaut ab. Ein Dreitagebart bedeckte sein Kinn.

Morgan schüttelte den Kopf bei dem Anblick, dann lachte er leise. Er fragte sich, was Kym wohl sagen würde, wenn sie ihn so sehen könnte. Der Gedanke an seine Frau wärmte ihn, machte ihn aber gleichzeitig auch traurig. Wann würde er sie wohl wiedersehen?

Das Klopfen, das ihn nach nur dreißig Minuten aus dem Schlaf gerissen hatte, erklang erneut und riß seine

Aufmerksamkeit vom Spiegel los. Er schob den Kopf durch die Gummimanschette in die Kapsel des Bekkens und ließ das Wasser in sein Gesicht platschen. Dann trocknete er sich mit grober Hand ab und ging ins Flaggbüro, die Schlafkabine hinter sich schließend.

»Herein.« Das Krächzen seiner Stimme erinnerte ihn an eine Krähe, die auf New Syrtis auf dem Baum vor seinem Schlafzimmer im Palast seines Vaters genistet hatte.

Das Schott glitt zischend auf, und ein kleiner Mann in einem fleckigen, mattolivgrünen Overall war auf dem Gang zu erkennen. Zwei dünne Nylonkordeln lagen um sein rechtes Handgelenk.

»Leibeigener Lennox meldet sich wie befohlen, Stern… äh, Marshal.«

Einen Augenblick lang starrte Morgan seinen Besucher verständnislos an, dann erinnerte er sich. »Ah ja, ah, Lennox, bitte, kommen Sie herein. Setzen Sie sich.« Mit einer Hand deutete er auf den Stuhl vor seinem Schreibtisch, während er mit der anderen versuchte, den Kragen seines Uniformhemds zuzuknöpfen. »Stimmt, ich wollte Sie sehen. Kommodore Beresick hat mir erzählt, was Sie gestern getan haben. Eine beachtliche Geschichte.«

»Ich habe nur meine Pflicht getan, Marshal.«

»Mag sein«, meinte Morgan freundlich. »Mag sein. Aber ich halte es für mehr. Sie haben einem Mann das Leben gerettet und dabei ihr eigenes aufs Spiel gesetzt. Ich weiß nicht, wie man es bei den Clans damit hält, aber in meiner Welt verdient das eine Anerkennung.«

»Es ist keine Anerkennung notwendig, Marshal«, antwortete Lennox. »Der Mann ist ein erfahrener Tech. Es wäre Verschwendung gewesen, seinen Tod zuzulassen.« Die Augen des Leibeigenen zuckten. »Soweit ich hörte, wird er zum Krüppel werden, frapos? Er wird die Beine verlieren?«

»Sieht so aus.« Morgan sah das Mitgefühl in Lennox' Augen. »Keine Sorge. Die MedTechs werden seinen Zustand stabilisieren und ihn versorgen, so gut sie können, und wenn wir wieder zuhause sind, wird er die besten Prothesen bekommen, die zu haben sind. In der Zwischenzeit möchte ich etwas tun.« In Morgans Hand glänzte ein kleines, stahlblaues Messer. »Strekken Sie die rechte Hand aus.«

Gehorsam hielt Lennox ihm das geschnürte Handgelenk entgegen. Das kurze, tantoähnliche Messer schnitt sauber durch das dünne Nylon.

»Ich kenne die entsprechenden Worte nicht, falls es in Ihrem Clan welche gibt«, sagte er, und steckte das Messer zurück in seine versteckte Scheide in der Innenseite seines Ärmels. »Sie sind nicht länger Leibeigener. Sie sind ein freier Mann. Und ich versetze Sie zu meinem persönlichen technischen Stab.«

Erst reagierte Lennox nicht. Er starrte auf die durch das Zimmer schwebenden Reste seiner Leibeigenenkordel. Dann rieb er sich das Handgelenk und schaute über den Schreibtisch auf seinen übermüdet lächelnden Kommandeur. »Marshal, ich weiß nicht, wie ich Ihnen dafür danken soll.«

»Enttäuschen Sie mich nur nicht, mein Junge. Enttäuschen Sie mich nicht.«

* * *

Es dauerte mehr als neun Tage, auch das letzte Sprungtriebwerk aufzuladen. Erschöpft von den Anstrengungen der vergangenen vierzehn Tage stützte Kommodore Beresick sich auf das hüfthohe Messinggeländer um den Holotank der *Unsichtbare Wahrheit*.

»Kommodore«, sprach der Decksoffizier ihn mit sanfter Stimme an. »Das Segel ist zu sechzig Prozent eingeholt, der Rest der Flotte ist in etwa einer Stunde sprungbereit. Warum legen Sie sich nicht eine Weile hin, Sir? Sie sehen aus, als könnten Sie die Ruhe brauchen.«

Beresick drehte sich zu dem früheren Demipräzentor um, der jetzt den von zwei grünen Balken flankierten weißen Punkt eines Fregattenkapitäns trug. Das olivfarbene Gesicht des schwarzhaarigen Offiziers zeigte ehrliche Besorgnis.

»In Ordnung, Mister Karabin, die Brücke gehört Ihnen. Rufen Sie mich, wenn etwas von Bedeutung vorfällt. Ansonsten möchte ich in den nächsten acht Stunden nicht gestört werden.«

»Ja, Sir.« Karabin hatte Mühe, seine Erleichterung zu verbergen. »Gute Nacht, Sir.«

»Guten Tag, Kapitän.« Beresick deutete auf die Brükkenuhr. Sie zeigte die Uhrzeit in leuchtendgrünen Ziffern: 15:38.

»Stimmt. Guten Tag, Sir.«

Der Kommodore lächelte und ging schlafen.

* * *

Neunzig Minuten später meldete das letzte Schiff, das sein Solarsegel eingeholt hatte, das Eridani-Sprungschiff der *Starlord*-Klasse *Buford*, Sprungbereitschaft.

Fregattenkapitän Miklos Karabin stand in der Mitte des Holotanks.

»Mister Ritt«, rief er dem diensthabenden Sprungingenieur zu. »Bringen Sie uns hier weg.«

»Aye-aye, Sir. Sprungtriebwerke aktiviert. Leite Sprungsequenz ein.«

Das erste von zwei Warnsignalen hallte hohl durch die *Unsichtbare Wahrheit*. Sekunden später signalisierte ein drängenderer Sirenenton, daß das Schiff unmittelbar vor dem Eintauchen in den Hyperraum stand.

»Sir, ich zeichne eine Ta … csaoun …« Die zunächst klare Stimme der OrtungsTech zerrann und verzerrte sich zur völligen Unverständlichkeit, als der tief im Innern des gepanzerten Kriegsschiffsrumpfes liegende Kearny-Fuchida-Antrieb ein Loch in das Raum-Zeit-Gefüge des Universums riß und die *Unsichtbare Wahrheit* durch diesen Riß in die Leere des Überraums schleuderte. Als der Schlachtkreuzer am Nadirpunkt des nächsten Etappensystems der Flotte wieder ins Einsteinkontinuum zurückkehrte, schien ihre Stimme in hoher Geschwindigkeit rückwärts zu laufen, bis sie schließlich wieder verständlich wurde. »… Schflarf … ommenden Sprungschiffs.«

»Wiederholen Sie das.« Karabin zitterte, während sein Körper die übelkeitserregende Erfahrung der Ent- und Rematerialisation verdaute.

»Sir, ich dachte, ich hätte den EMI/Tachyonenimpuls eines ankommenden Sprungschiffs gesehen, gerade, als wir gesprungen sind«, meinte die Tech. »Wenn ich mich nicht irrte, besteht eine gute Chance, daß, wer immer es war, weiß, daß wir dort waren.«

»Spielen Sie es zurück.«

Während Karabin ihr über die Schulter sah, rief die SensorTech die letzten Sekunden der Ortungsdaten noch einmal ab. Die meisten Sensoranzeigen lieferten keine graphische Darstellung des überwachten Gebiets. Üblicherweise bestanden die Anzeigen aus ›Kaskadendiagrammen‹, die an Kontaktpunkten helle Punkte zeigten. Auch wenn er nicht so vertraut mit diesem System war wie Maat Margaret Culp, erkannte der Decksoffizier den breiten weißen Streifen doch als den typischen elektromagnetischen Impuls eines Sprungschiffs. Die Spur leuchtete wenige Sekunden auf dem Schirm, bis dieser, vom eigenen elektromagnetischen Ausstoß der *Unsichtbare Wahrheit* überlastet, komplett weiß wurde. Als er sich wieder klärte, befand sich der Schlachtkreuzer bereits im Zielsystem.

»Besteht die Chance, daß es sich um eine Spiegelung unserer eigenen Sprungemissionen handelt?« Auf Karabins Stirn standen tiefe Falten, als er versuchte, den flüchtigen Kontakt einzuordnen.

»Möglich wäre es, aber ich glaube nicht daran, Sir.« Culp spielte die kurze Digitalaufzeichnung noch einmal ab. »Wir tauschen seit zwei Monaten Logdaten mit anderen Schiffen der Flotte aus, einschließlich der Sensorspuren unserer Schiffe. Ich habe die EM-Signatur der *Wahrheit* aus so ziemlich jedem Winkel gesehen, und das war sie nicht.«

Der Decksoffizier wußte es besser, als Culps Analyse der Ortungsdaten in Zweifel zu ziehen. Die Tech galt als eine der besten auf ihrem Gebiet.

Karabin richtete sich auf und drückte das Kreuz durch, bis er die Wirbel knacken hörte. Selbst in der Schwerelosigkeit konnte man sich eine Verspannung holen. »Na schön. Halten Sie es fest. Ich glaube nicht, daß wir uns Sorgen zu machen brauchen. Wir waren fort, bevor er ankam. Selbst wenn es ein Clanner war, kann er unseren Kurs nicht ermitteln. Niemand kann ein Raumschiff durch den Hyperraum verfolgen, nicht einmal die Clans.«

Er kehrte zur Station des wachhabenden Offiziers zurück und ließ sich in dem dickgepolsterten und trotzdem unbequemen Sessel nieder. Mehrere Minuten tippte er auf der Tastatur der Befehlskonsole herum. Der Logbucheintrag war kurz und prägnant. »Unmittelbar vor dem Sprung wurde ein anomaler EM-Impuls geortet. Die Sensorenauswertung ergab kein endgültiges Resultat.« Er signierte die Eintragung schwungvoll mit einem Lichtgriffel und gab sie in den Kernspeicher des Schlachtkreuzers.

Karabin erhob sich wieder von der Konsole und

wanderte mehrere Minuten über das Brückendeck, sah den verschiedenen Techs über die Schulter und kehrte schließlich an seinen Posten im Zentrum des Holotanks zurück, um die rings um ihn herum schwebenden Raumschiffe zu beobachten. Zehn Minuten später hatte er den Zwischenfall vergessen.

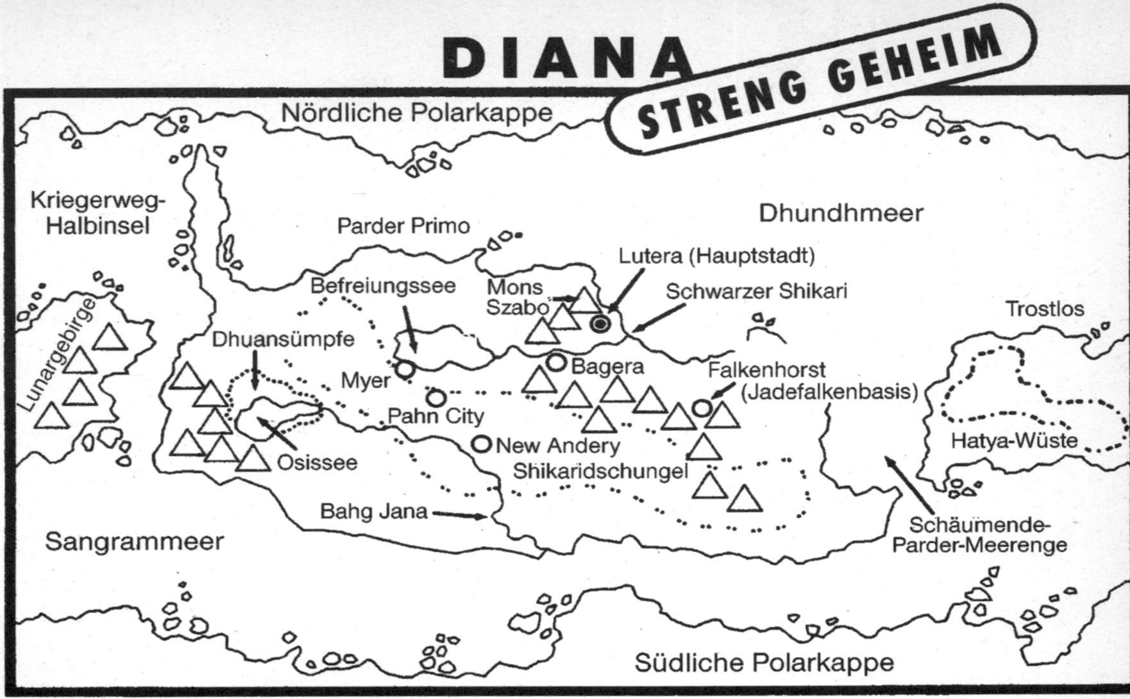
DIANA
STRENG GEHEIM
Nördliche Polarkappe
Kriegerweg-
Halbinsel
Parder Primo
Dhundhmeer
Lutera (Hauptstadt)
Mons
Szabo
Schwarzer Shikari
Trostlos
Befreiungssee
Lunargebirge
Dhuansümpfe
Myer
Bagera
Falkenhorst
(Jadefalkenbasis)
Pahn City
New Andery
Shikaridschungel
Hatya-Wüste
Osissee
Bahg Jana
Sangrammeer
Schäumende-
Parder-Meerenge
Südliche Polarkappe

29

Schlachtkreuzer *Unsichtbare Wahrheit*,
Einsatzgruppe Schlange
Äußere Peripherie

30. Dezember 3059, 16:00 Uhr TNZ

Morgan Hasek-Davion stand an der geschlossenen Luke des Frachtraums Nummer Drei der *Unsichtbare Wahrheit*. Zu beiden Seiten der drei Meter durchmessenden schwarzen Stahlluke standen die gesichtlosen Hünen eines Krötentrupps. Obwohl den großen Kriegern die überdimensionalen Ausmaße ihrer Clan-Gegenstücke fehlten, waren die über zwei Meter großen Gestalten mit dem entfernt insektoiden Äußeren immer wieder ein beunruhigender Anblick.

Die in der Weite des Laderaums zusammengepferchten Clan-Kriegsgefangenen schienen seine instinktive Angst vor den Gepanzerten nicht zu teilen. In den zwei Wochen, in denen sie unwillige Gäste der Einsatzgruppe gewesen waren, hatte es keinerlei Veränderung in der kalten, felsenfesten Entschlossenheit derer gegeben, die sich weigerten, einen Leibeigenenschwur abzulegen.

»Hören Sie gut zu, ich mache Ihnen dieses Angebot zum letzten Mal.« Morgans lautsprecherverstärkte Stimme hallte hohl von den Stahlwänden des Frachtraums zurück. »Wenn Sie bereit sind, dieser Einsatzgruppe gegenüber den Leibeigenenschwur abzulegen, melden Sie sich.«

Er senkte das kleine Handmikrofon und wartete. Ein paar MechKrieger traten unbehaglich von einem Fuß auf den anderen. Sonst aber bewegte sich keiner der Clanner. Er hatte nichts anderes erwartet, aber diese letzte Chance hatte er den Gefangenen doch noch geben wollen.

»Na schön«, nickte Morgan mit einer gewissen Trauer. »Sie verdienen eine Erklärung, was mit Ihnen geschehen wird. Sie werden an Bord von Landungsschiffen gebracht und ins Systeminnere befördert. Dort werden sie in der lebensfreundlichsten Umgebung ausgesetzt, die wir finden können. Wir werden Ihnen an Nahrung, Ausrüstung und Werkzeugen da lassen, was wir entbehren können. Sie werden weder Kommunikationsgeräte noch Waffen erhalten, abgesehen von Äxten und Messern. Falls diese Einsatzgruppe ihre Mission beenden kann, werde ich jemanden hierher schicken. Wie Sie bis dahin überleben, liegt bei Ihnen. Es tut mir ehrlich leid, daß ich diese Maßnahme ergreifen muß, aber die Umstände lassen mir keine andere Wahl. Viel Glück.«

Er wandte sich von den stoischen Mienen der Gefangenen ab und schob das Mikro einem früheren ComGuardisten in die Hand. Der Maat hob es an den Mund und verlas seine Befehle. »Aufgepaßt. Sobald Ihr Name aufgerufen wird, begeben Sie sich zum Steuerbordluk. Wenn Sie kooperieren, läuft alles glatt und reibungslos ab. Wenn nicht...« Der Unteroffizier verstummte und sah hinüber zu den wartenden Kröten. Jeder im Innern des Laderaums verstand, was er sagen wollte.

»Verdammt. Ich hasse das«, fluchte Morgan, als er zu Ariana Winston ging, die das Geschehen die gesamte Zeit über verfolgt hatte. »Es ist eine verdammte Verschwendung. Das müssen sie doch sehen.«

»Ich bin sicher, daß sie es tun«, antwortete Winston und zupfte an ihrer Jacke. »Sie haben sich für das Exil entschieden, statt uns ›Barbaren der Inneren Sphäre‹ bei der Eroberung einer Clan-Heimatwelt zu helfen. Sie können nicht wissen, ob wir es statt auf Diana nicht auf Strana Metschty oder Arcadia abgesehen haben. Würdest *du ihnen* helfen, wenn du davon ausgehen müßtest, daß sie New Syrtis oder Kathil überfallen wollen?«

»Nein, wohl nicht«, gab Morgan ihr recht. Dann seufzte er. »Das Ganze ist nur so eine Verschwendung.«

»Ja, das ist es, aber es gibt nichts mehr, was du dagegen tun könntest. Sie werden es dir nicht übelnehmen. Die Krieger vielleicht, aber die Zivilisten werden dich nicht dafür hassen, daß du sie nicht tötest. Laß es gut sein.«

Morgan grüßte den Lieutenant, der das Gepanzerte Infanterie-Kontingent befehligte, und legte die Handfläche auf die Sensorplatte. Das winselnde Zischen, mit dem sich die Irisluke öffnete, klang laut durch den monotonen Singsang des Maats, der die Namen der Clanner ablas, die sich weigerten, Leibeigene zu werden. Als er in die Schleuse trat, schaute Morgan noch einmal zurück zu den in Richtung Steuerbordluk marschierenden Gefangenen. Die Szene erinnerte ihn schmerzhaft an alte Photographien unschuldiger Zivilisten, die auf Terra einst in Eisenbahnwaggons getrieben worden waren, weil ein Wahnsinniger sie für eine Gefahr für die Reinheit der Rasse gehalten hatte.

Lieber Gott, ich dachte, wir wären darüber hinaus, unsere Feinde an irgendeinen fernen Ort zu verbannen, wo wir uns keine Gedanken mehr um sie zu machen brauchen. Aber ich werde sie nicht vergessen.

Die Luke schloß sich und schnitt ihm den Blick in den Laderaum ab.

* * *

An Bord mehrerer der größten Schiffe der Einsatzgruppe spielten sich mit mehr oder weniger viel Mitgefühl identische Szenen ab. Auf dem Ritter-Sprungschiff *Bernlad*, das, auf Colonel Paul Masters' ausdrücklichen Wunsch, eine große Zahl an Clan-Zivilisten beherbergte, war Major Sir Gainard mit dem Befehl über den Verladeprozeß betraut. Gemäß den Wünschen seines Kommandeurs unternahm er jede Mühe, Familieneinheiten beisammen zu halten. Auf der erbeuteten *Glitzerkralle* galt das Gegenteil. Hier wurden die Gefangenen in alphabetischer Reihenfolge auf die Truppentransporter verladen, ohne Ansehen von Rang, Position oder Familienbindungen. Die lyranischen Raumgardisten wollten die Arbeit so schnell wie möglich hinter sich bringen.

Ungeachtet der Art, wie die Aufgabe erledigt wurde, fand der letzte Clansmann, ein Jagdpilot namens Woart, drei Stunden nach Beginn der Operation einen Platz auf dem Boden des unteren Frachtraums des Eridani-Landungsschiffs der *Overlord*-Klasse *Lancer*. Einige der größten Landungsschiffe der Einsatzgruppe kamen zum Einsatz, um alle Clanner transportieren zu können, die einen Leibeigenenschwur verweigerten. Es wäre möglich gewesen, die Operation auch mit weniger Schiffen durchzuführen, aber in diesem Fall hätte jedes von ihnen mehrmals fliegen müssen, und der Befehlsstab hatte darauf bestanden, daß die Operation so schnell wie möglich zu Ende gebracht wurde. Durch den Einsatz größerer Transporter wie des *Lancer* ließ sich die Mission in einem Flug erledigen. Alle wollten diese unangenehme Angelegenheit möglichst rasch beenden.

Zum Pech für die in den leeren Frachträumen und Mechhangars der Landungsschiffe eingepferchten Clanner bedeutete auch ›so schnell wie möglich‹ noch eine Rundreise von vierzehn Tagen. Die Wachen und das Hilfspersonal, die den Gefangenen als Eskorte zugeteilt waren, taten ihr Bestes, die Reise erträglicher zu machen. So groß die Laderäume waren, so wenig waren sie auf die Unterbringung von Passagieren eingestellt. Die Schiffsbesatzungen versuchten, Pritschen, Matratzen und Decken zur Verfügung zu stellen, aber das Material reichte kaum aus. Nahrungsmittel bestanden hauptsächlich aus Notrationen, was barmherzigere Mitglieder der Einsatzgruppe veranlaßte, ihre Verpflegung mit den Gefangenen zu teilen. Betrachteten sie die momentanen Bedingungen, so freuten sich die meisten der Gefangenen darauf, auf einem unbewohnten Planeten ausgesetzt zu werden, allein schon, um der kalten, hallenden Hölle der Laderäume zu entkommen.

Ihr Ziel war die vierte Welt eines Acht-Planeten-Systems. Kommodore Beresick hatte sie ›Leeküste‹ getauft, nach einem Begriff aus den Zeiten der terranischen Segelschiffahrt, der einen Hafen bezeichnete, aus dem es kein Entkommen mehr gab. Der Name implizierte einen unfreundlichen Ort der Hoffnungslosigkeit und des Leidens.

Tatsächlich empfand die Besatzung der *Lancer*, als sie in der Abendsonne blinzelnd den ersten Ausblick auf die grünen Wälder und sanft wogenden Hügel des Planeten genoß, Neid auf die Clanner. Die Gefangenen wurden hier zurückgelassen, um auf einer herrlichen, lebensfreundlichen Welt eine neue Kolonie zu gründen, während die Leichte Reiterei sich noch weiter von ihrer Heimat entfernen und den ersten Angriff auf die Heimatwelten des Feindes durchführen mußte. Als dieser ernüchternde Gedanke sich ausbreitete, verblaßten das Lächeln und das freundliche Plaudern. Die Besatzungsmitglieder aus der Freien Inneren Sphäre schienen wütend auf die Gefangenen zu werden und es den Clannern übelzunehmen, daß diese auf einer Gartenwelt zurückblieben, während sie weiterziehen und ihr Leben riskieren mußten.

Einige Stunden nach dem Aufsetzen der Landungsschiffe waren die Clanner und die wenigen Vorräte, auf die man in der Einsatzgruppe verzichten konnte, ausgeladen. Die Besatzung der *Lancer* machte den *Overlord* startklar. Ohne ein Wort der Ermunterung oder ein kurzes ›Viel Glück‹ schaltete der Skipper des Schiffs die Triebwerke ein und hob das riesige stählerne Ei auf einer silbern schimmernden Flammensäule in den Himmel. Nachdem das gewaltige Landungsschiff sich von der Oberfläche gelöst hatte, folgte der Rest der Transportschiffe.

Als sie die Planetenoberfläche sich entfernen und schließlich unter einer dünnen Wolkendecke verschwinden sah, hörte Captain Sally Guter, die Kapitänin der *Lancer*, wie eines ihrer Besatzungsmitglieder die Geisterbären und den Planeten in deutlich hörbarem Flüsterton verfluchte. »Zur Hölle mit ihnen. Krepieren sollen sie.«

»Ruhe im Glied«, schnappte Guter, ohne zu wissen, wer gesprochen hatte. Aber sie mußte gegen den Drang ankämpfen, dem unbekannten Crewmann beizupflichten.

* * *

Die Transporter hatten Leeküstes Schwerkraftsenke kaum verlassen, als an Bord der *Unsichtbare Wahrheit* zischend das Schott zum geräumigen Besprechungsraum vor General Winston und ihrem Regimentskommandeuren aufglitt.

»So«, meinte sie, und setzte sich auf ihren gewohnten Platz. »Sie sind auf dem Rückweg.«

Morgan, der bereits am Kopf des Konferenztisches saß, nickte und saugte an seiner Teeblase.

Auf der anderen Seite des Zimmers schnupperte Colonel Amis vorsichtig an seiner Trinkblase mit schwarzem Kaffee.

»Genießen Sie ihn, solange Sie können, Colonel.« Morgan zwang sich zu einem Lächeln. »Das ist der letzte Rest echten Bohnenkaffees. Danach werden Sie sich mit Ersatz zufriedengeben müssen.«

Amis nahm einen kräftigen Schluck der heißen, bitteren Flüssigkeit. »Marshal, ich bitte um meine Versetzung zurück in die Freie Innere Sphäre. Das wird mir zu hart. Nicht genug, daß uns der Kaffee ausgeht. Heute morgen habe ich festgestellt, daß ich nur noch eine einzige Kiste Zigarren besitze.«

»Gott sei Dank«, stieß Sandra Barclay aus.

»Was ist los, Sandy? Weißt du das Aroma feinen Tabaks nicht zu schätzen?«

»Um ehrlich zu sein, doch, Ed«, lächelte Barclay und gab Zucker in ihre Trinkblase. »Kennst du jemanden, der feinen Tabak *hat*?«

»Colonel Amis kennt nicht nur niemanden, der feinen Tabak hat«, warf Antonescu ein. »Er würde feinen Tabak auch nicht erkennen, wenn er im Cockpit seines BattleMechs wüchse. Er raucht diese drekkigen Tauenden schon so lange, daß sie sein Hirn vergiftet und seine Geschmacksknospen abgetötet haben.«

Winston tauschte einen schnellen Blick mit Morgan aus, während sie eine Trinkblase mit Kaffee von Colonel Amis annahm. Die Kommandeurin der Leichten Reiterei machte sich Sorgen um ihren Stab. Je weiter sich die Einsatzgruppe von der Inneren Sphäre entfernte, desto angespannter schienen die Beziehungen ihrer Regimentskommandeure zu werden.

Die Schlacht am Süßwassersee und der Angriff auf den Piratenstützpunkt hätten einiges an Spannungen abbauen müssen, aber der Konflikt um die Behandlung der Gefangenen hatte den Streß, unter dem die Offiziere standen, nur noch gesteigert. Sie hatte zunächst befürchtet, die Begegnung mit der Geisterbären-Flotte und das Aussetzen der Gefangenen würde die Kluft noch weiter vertiefen, aber statt dessen schien sich das Gegenteil abzuzeichnen. Ihre einzige Erklärung für diese plötzliche Kehrtwende lag in der Tatsache, daß sie den Feind endlich gestellt und ihm eine Niederlage beigebracht hatten.

Die Eridani-Colonels waren gezwungen, ihren Humor weitläufiger zu gestalten, als die Kommandeure der übrigen Einheiten in Einsatzgruppe Schlange eintrafen. Dies sollte die letzte Planungssitzung werden, bevor die Flotte in den Clan-Raum sprang.

»In Ordnung, Leute, kommen wir zu Sache.« Morgan mußte seine Aufforderung mehrmals wiederholen, bis er die Sitzung einigermaßen zur Ordnung gerufen hatte. »Wir haben eine Menge Arbeit vor uns, und wenn wir nicht allmählich anfangen, werden wir nie fertig.«

Er lachte leise in sich hinein, als er die Offiziere nach einem Sitzplatz suchen sah. Keiner der Offiziere außer ihm, Kommodore Beresick und Generalin Winston hatte einen festen Platz. In der ersten Planungsbesprechung auf Defiance hatten sie jedoch eine Hackordnung etabliert. Andrew Redburn schnappte sich den Platz neben Winston, den nächsten freien Platz neben dem Morgans. Sharon Byran, die nicht gewillt schien, dem Davion-Kommandeur eine überlegene Sitzposition zuzugestehen, sicherte sich den Platz neben Kommodore Beresick, und so ging es weiter, bis Colonel Sleipness und Major Poling von den St.-Ives-Lanciers schließlich am anderen Ende des Tisches Platz nahmen.

»Ich nehme nicht an, daß Sie Ihre Meinung bezüglich eines Batchall geändert haben?« fragte Paul Masters und eröffnete damit die Diskussion.

»Nein, habe ich nicht, Sir Masters.« Morgan legte die Hände in den Schoß und lehnte sich zurück. Seine Stimme klang gereizt. »Wir haben immer wieder gehört, daß die Nebelparder Batchalls von Einheiten der Freien Inneren Sphäre nicht mehr beachten. Das Kombinat hat sie damit zweimal hereingelegt. Einmal auf

Wolcott und danach noch einmal auf Luthien. Ich schätze, Sie haben ihre Lektion gelernt.«

»Welche Lektion?«

»Wer zweimal denselben Fehler macht, verdient, was er bekommt«, stellte William MacLeod von den Northwind Highlanders fest.

Paul Masters fragte: »Dann greifen wir sie mit allem an, was wir haben?«

»Um uns darüber einig zu werden, sitzen wir hier. Vergessen wir nicht, daß es darum geht, die Parder hart zu treffen. Wir wollen ihre Fähigkeit zur Kriegsführung vernichten. Das bedeutet die Zerstörung ihrer Fabriken, Trainingsanlagen, der Kommando- und Kontrollstruktur, etc. pp.«

»Das heißt verbrannte Erde«, erklärte Masters entsetzt.

»Nicht wirklich verbrannt. Jedenfalls nicht vollständig.« Morgan spürte, wie sich Ariana Winston neben ihm versteifte, als er Paul Masters' Blick begegnete. »Wir werden unsere Angriffe auf militärische und industrielle Ziele beschränken und jede Anstrengung unternehmen, zivile Opfer zu vermeiden.«

»Das heißt dann wohl, daß es kein Orbitalbombardement gibt?«

»Allerdings, General Byran, es gibt absolut kein Orbitalbombardement.«

»Entschuldigung, Marshal.« Alain Beresick hob die Hand. »Es war uns immer klar, daß die Möglichkeit besteht, die Batterien eines Kriegsschiffes außer für ein strategisches Bombardement auch zu taktischem Unterstützungsfeuer einzusetzen. In den letzten Tagen bin ich die auf der *Winterwind* und im Computerkern der *Feuerfang* geborgenen Unterlagen durchgegangen. Die Clanner konnten einen Großteil der Informationen im Primärkern der *Winterwind* löschen, aber die Sicherheitskopien waren unversehrt. Der Kern der *Feuerfang* war intakt, als wir sie eroberten. Ich bin der Meinung, daß wir aus diesen Computern genug Informationen gezogen haben, um ein Unterstützungsfeuer zu versuchen. Ich würde vorschlagen, die *Feuerfang* für einen Testbeschuß ins Systeminnere zu bewegen, vielleicht zum zweiten oder dritten Planeten.«

»Ich weiß nicht, Kommodore.« Morgan zögerte. »Ein paar Batterien auf eine unbewohnte Welt abzufeuern ist eine Sache. Taktisches Unterstützungsfeuer von einem Kriegsschiff in der Umlaufbahn anzufordern ist eine andere. Es wird sehr viel schwieriger werden, direktes Flottenfeuer zu dirigieren als den Beschuß durch bodengestützte Artillerie. Das hat in zweihundert Jahren niemand in der ganzen Inneren Sphäre getan. Wir haben nicht einmal ein Verfahren für die Auswahl von Zielen oder die Richtungskorrektur.«

»Das weiß ich, Sir.« Beresick brannte darauf, seine Theorie zu beweisen. »Mein Stab arbeitet bereits an einem Richtungsprotokoll. Wir haben es schon soweit verfeinert, daß wir nur feuern, wenn wir uns absolut sicher sind, was wir treffen.«

Einige Sekunden stützte Morgan die Ellbogen auf den Tisch und spielte mit einem Lichtgriffel, während er die Alternativen abwog.

»In Ordnung, Kommodore. Wir haben noch einige Sprünge vor uns, bevor wir den Clan-Raum erreichen. Machen Sie Ihre Tests und zeigen Sie mir das Ergebnis. Ich will ein komplettes Beobachterteam auf der Planetenoberfläche und an Bord der *Feuerfang*, wenn Sie Ihre Theorie ausprobieren. Wenn Sie den Einschlag nicht auf höchstens dreißig Meter genau bestimmen können, dürfen Sie es gleich wieder vergessen. Ist das klar?«

»Absolut, Sir«, meinte Beresick. »Keine Sorge, Marshal, wir werden Sie nicht enttäuschen.«

»Hn-nh.« Morgan klang alles andere als zuversichtlich. »Noch etwas, Kommodore. Wir reden hier nur von taktischem Unterstützungsfeuer, nicht von einem Bombardement. Und auch das werden wir nur einsetzen, wenn es die einzige Möglichkeit sein sollte, den Verlust eines Teils der Einsatzgruppe zu verhindern. Klar?«

»Klar, Sir.« Die engen Einschränkungen, die Morgan ihm auferlegt hatte, konnten Beresicks Begeisterung nicht dämpfen. Insgeheim war er über seine Rolle in der Einsatzgruppe alles andere als glücklich gewesen, denn er hatte gedacht, außer in Zufallsgefechten wie Trafalgar keinen direkten Beitrag zum Erfolg der Mission liefern zu können. Jetzt, da er die Möglichkeit sah, massiertes Unterstützungsfeuer direkt auf ein Schlachtfeld zu liefern, war Kommodore Beresick zufrieden.

Morgan räusperte sich und wollte zum nächsten Punkt übergehen, als Major Ryan aufstand.

»Marshal«, setzte er an. »Ich habe die Daten durchgesehen, die Präzentor Martialum Fochts ›Agent‹ Trent geliefert hat. Ich glaube, das Ziel gefunden zu haben, das diese Einsatzgruppe zuerst angreifen sollte.«

Ryan stoppte und bat Morgan mit einem wortlosen Blick um dessen Erlaubnis. Als der Marshal nickte, reichte der DEST-Kommandeur dem einzigen Unteroffizier im Raum einen Datenchip. Der Signalmaat nahm den Chip in Empfang und schob ihn in die kleine, leistungsstarke Leseeinheit in einer Ecke des Zimmers. Dieses Gerät war unter anderem ein Holoprojektor.

Über dem Konferenztisch entstand eine Karte des Planeten Diana. Es war eine Welt der Extreme, mit riesigen polaren Eiskappen, glühendheißen Wüsten und dichten Äquatorialdschungeln. Nur zwei Kontinente zeichneten sich grün vor dem Blau der Sangram- und Dhundhmeere ab. Der größere, fantasielos Parder Primo genannt, war die Heimat der gesamten menschlichen Bevölkerung. Fünf Großstädte schmiegten sich in Bergtäler oder duckten sich unter das Blätterdach des Dschungels. Einer der Berge weit südlich der planetaren Hauptstadt Lutera war mit dem kleinen Bild eines grünen Vogels gekennzeichnet, der ein Katana in den Krallen trug. Die Kartenlegende identifizierte diese Installation als den Falkenhorst, die einzige Enklave des Jadefalken-Clans außerhalb der Falken-Heimatwelten und der Besatzungszone.

In der Nähe Luteras pulsierte ein weißer Lichtpunkt. Ryan redete mit dem Signalmaat, und die ursprünglich nur einen Meter durchmessende Karte wurde gezoomt, bis nur noch das Gebiet rund um Lutera sichtbar war. Auch das leuchtend weiße Areal war noch zu sehen. Es lag wenige Kilometer außerhalb der Stadt.

»Wie Sie alle wissen«, stellte Ryan fest, »gibt es reichlich Geschichten über versteckte Sternenbund-Stützpunkte, die in der Lage sind, einen Planeten gegen Invasionsflotten zu verteidigen. Jahrelang haben wir diese Erzählungen als Ammenmärchen abgetan. Kein derartiger Stützpunkt wurde je gefunden. Meine Damen und Herren, lassen Sie mich Ihnen sagen, daß Sie gerade eben einen betrachten.«

Schockiertes Schweigen legte sich über den Raum. Morgan erholte sich als erster von seiner Überraschung. »Reden Sie weiter, Major Ryan.«

»Wie die meisten von Ihnen wissen, wurden diese Raumabwehrsysteme ursprünglich zum Schutz Terras entwickelt. Theoretisch beruhen sie darauf, daß ein Computersystem alle anfliegenden Schiffe verfolgt und überprüft. Wenn sie keine korrekte Freund-Feind-Kennung ausstrahlen, startet das System ferngesteuerte Drohnen, die programmiert sind, den Eindringling zu vernichten. Ursprünglich handelte es sich bei diesen Drohnen um schlagkräftige Robotkriegsschiffe. Leider, oder in unserem Falle zum Glück, das hängt alles vom Blickwinkel ab, waren diese Drohnenkreuzer-Systeme zu komplex und teuer, um sie in größerer Zahl zu bauen. Spätere Systeme benutzten immer kleinere Drohnen, bis die letzte Version mit einem automatisierten Schiff auskam, das nicht stärker als ein Landungsschiff der *Overlord*-Klasse war. Einige dieser Systeme starteten sogar ›Selbstmörder‹-Schiffe: kleine, Luft/Raumjäger-große Robotbomben, die programmiert waren, zu einem Zielschiff aufzuschließen und eine Atombombe zu zünden. Ein Teil dieser Roboter war auch programmiert, den Eindringling zu rammen, bevor der Sprengkopf gezündet wurde. Die meisten dieser SDS- oder Reagan-Systeme, wie sie auch genannt wurden, wurden um 2750 deaktiviert. Aber die von ComStar und dem Explorercorps gelieferten Daten führen mich zu dem Schluß, daß wir einem *aktiven* System dieses letzten Typs gegenüberstehen.«

»Was?« Kommodore Beresick sprang auf. »Wollen Sie damit sagen, ich führe meine Flotte in ein von einem Reagan-Verteidigungsnetz geschütztes System?«

»Nein, Kommodore.« Morgan legte die Hand auf Beresicks Arm und spürte dessen Muskeln zucken, als er den Flottenoffizier wieder auf seinen Platz drückte. »Ich nehme an, Ryan will uns sagen, daß er einen Plan hat, wie wir vermeiden können, in den Rachen eines Space Defense System zu fliegen. Habe ich recht, Major Ryan?«

»Ja, Sir.« Ryan bat den Maat, ein anderes Bild aufzurufen. »Wie Sie auf dieser Karte sehen, befindet sich die projektierte Lage des SDS-Kontrollzentrums unmittelbar unter diesem Berg, dem Mons Szabo. Den Informationen zufolge, die ComStar von dem Deserteur Trent erhalten hat, ist die Anlage nur leicht gesichert. Nach Trents Angaben betrachten die Parder die Gefahr eines Angriffs auf ihre Heimatwelt als nichtexistent. Ich schlage folgendes vor: Wir stellen die *Haruna* für diese Mission ab. Sie dringt an einem Piratenpunkt in das System ein, während der Rest der Flotte an den Sprungpunkten auftaucht. Wir stoßen mit Höchstschub nach Diana vor, greifen das Kontrollzentrum an, schalten es aus und ziehen uns in die Berge über Lutera zurück. Da kommt mir ein Gedanke. Vielleicht sollten Sie gleichzeitig die Fox-Teams einsetzen, um die K3-Installationen, Ortungsanlagen und Luft/Raumjägerbasen rund um unsere LZ anzugreifen. Wer weiß? Wir könnten Glück haben und ein paar hochrangige Clan-Offiziere erledigen.«

Morgan legte die Fingerspitzen aneinander und hob sie an die Lippen, während er sich den Plan des DEST-Kommandeurs durch den Kopf gehen ließ.

»Okay«, sagte er schließlich. »Ich finde Major Ryans Plan durchaus akzeptabel. Ich ahne Schlimmes, aber ich frage trotzdem: Irgendwelche Anmerkungen?«

»Marshal, der Plan, das SDS auszuschalten, ist gut«, meinte Paul Masters. »Dasselbe gilt für die Idee, Kommando-, Kontroll- und Kommunikationsanlagen zu zerstören. Aber die kaltblütige Ermordung ahnungsloser Menschen macht mir Sorgen, selbst wenn es sich um Clanführer handelt.«

Der Einwand des Ritter-Kommandeurs trug ihm ein leises ›Baka‹ von Major Ryan ein.

Morgan schleuderte dem Draconier einen wütenden Blick zu. Masters einen Narren zu schimpfen, selbst wenn es auf Japanisch geschehen war, war ein Bruch des militärischen Protokolls. Ryan senkte die Augen.

Kommodore Beresick sagte: »Ich empfehle, den Angriff wie von Ryan dargestellt zu starten, mit ein paar minimalen Änderungen.«

Eine halbe Stunde debattierte der Stab die Vor- und Nachteile von Ryans Plan, bis Morgan sein abschließendes Urteil fällte.

»Major Ryan, ich möchte, daß Sie und Captain Montjar ihre jeweilige Operation vorbereiten. Liefern

Sie mir eine Liste potentieller Ziele und ihrer Bedeutung, Zeitpläne, Mannschafts- und Ausrüstungsanforderungen, komplette Listen. Die höchste Priorität hat auf der Lokalisation und Vernichtung des Reagansystems zu liegen. Danach können Sie angreifen, was immer sich an Gefechtszielen anbietet. Sollte an einem der Ziele ein Clan-Offizier angetroffen werden, verbiete ich Ihnen nicht, ihn zu erschießen, aber Ihre Teams dürfen *nicht* auf die Jagd gehen. Ist das klar? Captain Montjar, dasselbe gilt für die Fox-Teams.«

Die Sondereinheitskommandeure sahen sich über den Konferenztisch hinweg an, dann blickten sie zu Morgan. Beider Mienen trugen den gleichen Ausdruck verwundeter Unschuld.

Morgan schüttelte leicht den Kopf und lächelte, aber der Blick, den er den beiden zuwarf, ließ keinen Zweifel daran, daß es ihm ernst gewesen war mit dem, was er gesagt hatte.

Ariana Winston bat den Signalmaat, die Hologrammkarte zu verkleinern, bis das gesamte Diana-System sichtbar wurde. »Das einzige, was mir Sorgen bereitet, Marshal, sind Major Ryans drei bis vier Tage. Ich verstehe wohl, daß es so lange dauern kann, das Raumverteidigungs-Kontrollzentrum zu finden und seine Abwehranlagen zu durchbrechen, aber wenn nicht, wird das zweierlei zur Folge haben. Erstens werden die Kommandoeinheiten auf der Oberfläche herumsitzen, bis der Rest der Einsatzgruppe eintrifft, und zweitens erhalten die Parder eine Vorwarnung, daß etwas im Busch ist. Möglicherweise nicht genug, um Verstärkungen von Strana Metschty oder anderswo heranzuschaffen, aber sie könnten auf jeden Fall um Hilfe rufen oder einen Verteidigungsplan improvisieren. Ich schlage vor, es durchzuziehen und die Kommandotruppen in Bewegung zu setzen. Gegen das SDS, die K3-Anlagen und so weiter. Im Idealfall sollten die Mechtruppen schon halbwegs über dem Planeten stehen, bevor unsere Leute ihre Bomben zünden, oder was immer sie geplant haben. Diese Anschläge würden die Parder in Kombination mit unserem Angriff auf jeden Fall aus dem Gleichgewicht werfen und an einer organisierten Verteidigung hindern.«

Sie studierte die leuchtende Hologrammkarte einen Augenblick lang. »Ich stimme mit Major Ryan allerdings in einem Punkt überein. Die ersten größeren Landemanöver sollten knapp außerhalb von Lutera erfolgen, auf der die Stadt umgebenden Ebene. Sehen Sie sich das Gebiet an, es ist ein natürliches Landefeld. Wir könnten Mechs abwerfen, Landungsschiffe aufsetzen. Um Himmels willen, wenn nötig könnten wir sogar Jäger landen. Und zusätzlich haben sie noch dieses ›ewige Laserfeuer‹ über der Stadt.« Die Idee eines ewig über einer planetaren Hauptstadt am Himmel leuchtenden Laserstrahls brachte Winston zum Lachen. Er mochte als Monument für die Helden des Clans gedacht sein, denen die Nebelparder anscheinend in ihrer Hauptstadt gewaltige Denkmäler errichtet hatten, aber gleichzeitig lieferte der Laser den Angreifern ein erstklassiges Leuchtfeuer durch eine sturmtosende, wolkenverhangene Atmosphäre wie die Dianas.

Colonel William MacLeod stand auf und wanderte synchron zu der sich langsam drehenden Weltkugel über dem Konferenztisch durch das Zimmer. »Wissen Sie, Marshal, ich denke, jede Einheit dieserr Einsatzgruppe sollte ihr eigenes Operrationsgebiet bekommen. Auf diese Weise könnten wir die maximale Zahl von Zielen angreifen und gleichzeitig die Parrder zwingen, sich zu verrzetteln.«

Er blieb stehen und betrachtete die Karte einige Sekunden lang mit nachdenklichem Blick. Dann nickte er zufrieden und richtete sich auf. »Unser Mann Trent hat von einer Arrt Mechfabik hier in Pahn gesprochen. Ich möchte meine Highlanderrs nehmen un' das Teil ein wee bit zusammenschießen. Ich schätze, wirr könnten einen Teil der Parder dahin abziehen. Vielleicht sogarr ein paar d' Sassenachs, die sonst die Hauptlandeoperration behindern würden. Ich bin sicherr, meine Highlanders würden wenigstens zwei Wochen gegen die Parder durchhalten. Besonders in einem Bewegungsgefecht.« MacLeod grinste Morgan an. »So wie wirr es vor ein paar Jahren auf dem Northwind mi' Ihren Jungs gemacht haben, eh, Marshal?«

Morgan erlaubte sich ein dünnes Lächeln, dann schüttelte er den Kopf. »Colonel, Sie wissen sehr gut, daß ich mit dieser Operation nichts zu tun hatte. Wäre dem so gewesen, würde Northwind heute dem Vereinigten Commonwealth gehören.«

MacLeod nickte, erwiderte das Lächeln jedoch nicht. Die versuchte Übernahme seines Heimatplaneten besaß immer noch das Potential für Animositäten.

* * *

Nach langen Stunden der Planung, Diskussion, Revision und Argumentation hatte der Stab einen groben Aktionsplan ausgearbeitet. Anschließend sah Morgan die Dutzende elektronischer Seiten mit Notizen noch einmal durch, die er während der mühsamen Debatte gemacht hatte.

»Okay, das muß für heute reichen«, meinte er und zeigte auf die Uhr über dem Computerterminal des Maats. Die leuchtendgrünen Ziffern zeigten an, daß sie über zehn Stunden im Konferenzraum verbracht hatten. Über der Tischplatte wetteiferten dreckige Trinkblasen, Essenskrümel und halbverspeiste Butterbrote mit Kartenausdrucken, Compblocks und Datenchips um Platz.

»Ich möchte, daß Sie alle Phasen der Operation, die

Sie persönlich betreffen, noch einmal durchgehen und mögliche Problempunkte glätten. Wir treffen uns morgen früh um acht Uhr wieder hier und versuchen, aus dieser Monstrosität einen brauchbaren Plan zu machen. Danke und wegtreten.«

Mit einem Chor von Gute-Nacht-Wünschen marschierten die Kommandeure aus dem Besprechungsraum und machten sich gähnend und die Glieder reckend auf den Weg zu den Fähren und Landungsschiffen, die sie zurück zu ihren jeweiligen Sprungschiffen bringen würden.

30

Schlachtkreuzer *Unsichtbare Wahrheit*,
Einsatzgruppe Schlange
Äußere Peripherie

2. Januar 3060, 22:00 Uhr TNZ

Morgan lehnte sich in seinem Sessel zurück und sah zu, wie seine Offiziere aus dem Besprechungszimmer marschierten, bis nur noch Andrew Redburn und Kommodore Beresick zurückblieben.

»Heute haben wir eine Menge erreicht«, stellte Redburn fest und klappte seinen Compblock zu. Der Befehlsstab hatte die beiden letzten Tage damit zugebracht, die letzten Feinheiten des Invasionsplans festzulegen. Endlich waren sie sich über die Rahmenbedingungen des Gefechtsplans einig.

»Mehr als ich erwartet hatte«, stimmte Morgan ihm zu. »Wenn wir morgen genauso viel schaffen, könnten wir tatsächlich einen brauchbaren Plan zusammengezimmert bekommen, bevor ich mich zur Ruhe setze.«

»Zur Ruhe setzen? Sie können sich noch nicht zur Ruhe setzen, Sir«, lachte Redburn. »Dafür sind Sie noch viel zu jung. Wissen Sie nicht, daß sich ein Davion frühestens mit Hundertzwei zur Ruhe setzen kann?«

»Es sind nicht die Jahre, Andrew«, stöhnte Morgan, als er sich aus dem Sessel hebelte. Es schien, als sei sein Hintern eingeschlafen. »Es ist der Tachometerstand.«

Als die drei Offiziere den Gang hinunterschlenderten, der den Hauptkonferenzraum der *Unsichtbare Wahrheit* mit der Brücke verband, wurden sie vom Zischen aufgleitender Lifttüren überrascht. Zwei junge Raummatrosen traten auf den Korridor, noch immer mit dem Halostern und den weißen griechischen Buchstaben Q auf der Montur, die sie früher bei den

ComGuards als Mannschaftsmitglieder ausgeweisen hatten. Die Burschen nahmen augenblicklich Haltung an. Der jüngere der beiden, ein strohblonder Knabe mit leicht vorstehenden Zähnen, riß die Hand zu einem offensichtlich zackig geplanten Salut hoch, übertrieb es aber und hieb sich die Hand mit Wucht gegen die Stirn.

Bevor die Schamesröte, die an seinem Hals emporstieg, die Ohren erreichen konnte, blieb Morgan stehen, drehte stampfend rechts um und erwiderte den Gruß. »Rührt euch«, sagte er und streckte die Hand aus. »Wie heißt du, Sohnemann?«

»Akoluth... äh, Private Frank Seremet, Marshal, Sir.« Er nahm die angebotene Hand so vorsichtig, als böte Morgan ihm den Thron des Vereinigten Commonwealth an.

»Und du?«

»Private Steven Kalp.«

»Freut mich, Sie kennenzulernen, Gentlemen.« Morgan schüttelte auch Kalp die Hand. »Weitermachen.«

Einen Augenblick lang blieben die beiden jungen Männer stocksteif stehen. Dann salutierten sie hastig noch einmal, diesmal, ohne sich dabei zu verletzen, und marschierten sichtbar zufrieden mit sich und der Welt davon.

»Weißt du, Morgan«, grinste Redburn. »Das ist es, was einen guten Kommandeur auszeichnet. Du sorgst dich um deine Leute.«

Jetzt war Morgan an der Reihe, rot zu werden. »Leg dich nicht mit mir an, Andrew.« Das Lächeln auf seinen Lippen strafte den knurrenden Ton seiner Worte Lügen. Er drehte sich zu Beresick um und rollte mit den Augen. »Kommodore, was würden *Sie* mit einem Untergebenen machen, der darauf besteht, Sie öffentlich in Verlegenheit zu bringen?«

»Tja, Sir«, grinste der Kommodore Redburn an.

»Auf der anderen Seite der Brücke gibt es eine Luftschleuse...«

»Nee, das könnte ich nicht machen. Es gäbe eine Untersuchung.«

»Ja, aber ich würde Sie decken. Sie waren nicht einmal an Bord der *Wahrheit*, als General Redburn ohne Raumanzug in den Rettungsbootshangar gewandert ist.« Beresick lachte. »Verteufelte Dinger, diese Schleusen. Man drückt einen falschen Knopf, und wusch! Weg ist man.«

»Marshal«, fragte Redburn in gespielter Ängstlichkeit. »Sie würden mich nicht wirklich ins All stoßen, oder?«

»Nur, wenn du noch einmal versuchst, mich in den Hohen Rat zu hieven.«

Beresick stimmte in das Lachen der VerCom-Offiziere ein. Offensichtlich handelte es sich um einen alten Witz zwischen den beiden. Aber was Redburn gesagt hatte, stimmte. Morgan *war* ein guter Kommandeur, weil er sich um seine Leute sorgte. Um seine Leute und alle anderen Einheiten der Einsatzgruppe. Beresick hatte es immer wieder erlebt. Ein Kommandeur, der seine Männer liebte, aber verstand, daß er, um ein guter Soldat zu sein, irgendwann einen Teil von ihnen würde in den Tod schicken müssen. Der Kommandeur wußte, daß die erste Regel des Krieges lautet, daß junge Männer sterben, und trotzdem nahm er es persönlich, wenn ein Mann in einem Gefecht fiel, das er geplant hatte. Was einen guten Offizier ausmachte, war die Fähigkeit, eine Balance zwischen der Liebe und dem Mitgefühl für seine Leute zu halten, die notwendig waren, um zu verhindern, daß sie sinnlos verheizt wurden, und der Stärke und Distanz, die nötig waren, um inmitten von Tod und Vernichtung den Verstand nicht zu verlieren.

Als das Schott zur Brücke des Schlachtkreuzers mit

einem leisen Flüstern aufglitt, verstummte Morgans Lachen. Solange sie sich im Korridor zwischen den blaß blaugrauen leeren Schottwänden aufhielten, konnte er vergessen, wo er war und was bevorstand. Aber sobald er auf das Brückendeck mit dem Holotank und den Ortungs- und Geschützstationen trat, brach die Wirklichkeit über ihn herein. Die grimmige Maske des erfahrenen Kommandeurs schnappte wieder an ihren Platz.

Zusammen mit einer Spannung um die Augen, die Andrew Redburn vorher nie bemerkt hatte.

Morgan durchquerte die Brücke und ging nicht wie üblich zum Holotank, sondern trat vor den Hauptsichtschirm. Dort wurde das Wunder des Weltalls in seiner ganzen diamantenen Brillanz vor dem schwarzen Samt der Leere sichtbar.

Hier und da bemerkte Redburn das schwache Aufblitzen der Raumschiffe ihrer Flotte, wenn das Licht der namenlosen, nummernlosen Sonne weit unter ihnen sich auf Rumpf oder Aufbauten spiegelte. Die drei Offiziere starrten schweigend auf die sich vor ihnen ausbreitende Szenerie, verloren in ihrer privaten Meditation.

Wie weit sind wir gekommen. Redburns Gedanken hallten durch seinen Geist. *Aus dem Garten zu den Sternen. Zwanzigtausend Jahre menschliche Geschichte haben uns an diesen Punkt geführt.*

Plötzlich drang ein tiefer Seufzer über Morgans Lippen. Aus seinen Träumereien gerissen, wirbelte Redburn herum und sah seinen Freund und Kommandeur sich mit geschlossenen Augen und gesenktem Kopf schwer auf das schmale Bord um den Sichtschirm stützen.

»Morgan?«

»Oh, tut mir leid, Andrew. Ich wollte dich nicht erschrecken«, antwortete Hasek-Davion leise und hob das Gesicht wieder zum Schirm. »Ich bin nur ein wenig erschöpft.« Er seufzte noch einmal. »Wir könnten alle etwas Ruhe vertragen, aber ich fürchte, bis diese Sache hinter uns liegt, wird es davon nicht viel geben.«

Morgan schien in eine unbestimmte Ferne zu blikken, als er sich aufrichtete und mit der Hand durch die Haare fuhr. Dann schien er wieder in die Gegenwart zu finden, und ein müdes Lächeln zupfte an seinen Mundwinkeln. »Alles in Ordnung, Andrew.« Er drehte den Kopf, um auch Kommodore Beresick einzubeziehen, und hob die Hand zum Sichtschirm. »Warum legt ihr euch nicht hin? Ihr habt in den letzten zwei Tagen beide hart gearbeitet. Ich bleibe noch etwas hier und betrachte die Sterne.«

Beresick verabschiedete sich mit einer knappen, förmlichen Verbeugung, aber Redburn blieb noch einen Augenblick. »Bist du sicher, daß alles in Ordnung ist?«

»Mir geht es gut, Andrew. Mir geht es gut.« Morgan legte die Hand auf die Schulter des Freundes und schob ihn sanft zum Brückenausgang. »Mach dir um mich keine Sorgen, alter Freund. Wir haben es alles schon mal gesehen und werden auch das hier überleben.«

Als das Schott sich öffnete, drehte Morgan sich wieder zum Sichtschirm um. Redburn blieb stehen und sah ihn noch eine Weile lang an. Zum erstenmal in seinem Leben erkannte er, welchen Preis sein Freund im Dienst an seiner Nation gezahlt hatte. Sorgenlinien hatten sich tief in sein Gesicht gegraben. Wie die meisten Soldaten seiner Generation war Morgans Haut an Gesicht, Händen und Armen erkennbar dunkler, selbst nach Monaten der Isolation an Bord eines Raumschiffs. Die Dauerbräune war die Folge zu langer Stunden in der Sonne, bei Paraden oder auf dem Schlachtfeld.

Aber sein Rücken war gerade, sein Schritt sicher und fest, und seine grünen Augen so hell und klar wie an dem Tag vor dreißig Jahren, als sie sich zum erstenmal begegnet waren.

Kurz spielte Redburn mit dem Gedanken, an die Seite seines Freundes zurückzukehren, aber die Liebe und der Respekt, die er für ihn fühlte, hinderten ihn daran. Stumm wünschte er Morgan eine gute Nacht. Dann trat Andrew Redburn durch das Schott und ging schlafen.

* * *

Morgan stand vor dem Sichtschirm und starrte hoch zu den funkelnden Sternen. Eine Vielzahl von Gedanken ging ihm durch den Kopf. Er dachte an seinen vor dreißig Jahren gestorbenen Vater. Er dachte an Kym und fragte sich, wann er sie wiedersehen würde. Er dachte an die vor ihm liegende Mission und fragte sich, wann er sein Zuhause wiedersehen würde.

Der ComGuard-Decksoffizier warf Morgan wiederholt fragende Blicke zu, während er vor dem Sichtschirm stand.

Plötzlich richtete Morgan sich auf und sah den Decksoffizier zusammenzucken. Er erkannte, daß der Mann nahe daran war, Gefechtsalarm zu geben.

Er grinste verlegen, als ihm klar wurde, daß er den Offizier erschreckt hatte, und las den Namensaufnäher auf der rechten Brustpartie seiner Uniform, um ihn mit Namen ansprechen zu können.

»Gute Nacht, Mister Frei.«

»Gute Nacht, Sir.«

Ohne ein weiteres Wort zupfte Morgan seine Uniformjacke zurecht und verließ mit dem gewohnten federnden Schritt die Brücke.

Auf dem kurzen Weg zurück zu seiner Kabine begegnete Morgan niemandem. Es war die Mitte der

Wache, und der größte Teil der außer Dienst befindlichen Besatzung der *Unsichtbare Wahrheit* schlief entweder oder entspannte sich in einem der acht Aufenthaltsräume. In gewisser Weise war er für diese Einsamkeit dankbar. Nach der Meditation vor dem Sichtschirm fühlte er sich entspannter und erfrischter als seit langem. Wäre er jetzt jemandem begegnet, mit dem er hätte reden müssen, hätte das die friedliche, beinahe traumhafte Gelassenheit in seinem Herzen zerschlagen.

Als er sein Quartier erreichte, gab er einen Weckruf für 6 Uhr morgens in den Schiffscomputer ein.

Es wird mir guttun, früh aufzustehen, dachte er. *Vielleicht schaffe ich sogar noch ein paar Kilometer vor der Stabsbesprechung*. Er lachte bei dem Gedanken. Morgan haßte die Laufbänder im Aufenthaltsraum der Offiziere und zog es vor, im Frachtraum Nummer Eins seine Runden zu drehen.

Er befestigte seine Jacke an einer Halterung der Schlafkabinentür und durchsuchte eine Schublade des mit Holzfurnier verkleideten Nachttischschränkchens neben seiner Pritsche, bis er eine seltsame Ansammlung von Schläuchen und Ventilen gefunden hatte. Anschließend öffnete er das untere, abgeschlossene Fach, schob die große, stahlblaue Colt-Autopistole zur Seite und holte eine dreiseitige, halbvolle Flasche, gefüllt mit einer bernsteinfarbenen Flüssigkeit hervor. Das goldene Etikett wies den Inhalt als Glengarry Black Label, Special Reserve, aus. Auch wenn manch einer, Colonel MacLeod sicher eingeschlossen, anderer Meinung war, vertrat Morgan die Ansicht, daß die Einwohner Glengarrys den besten Single Malt Whisky außerhalb der schottischen Highlands Terras brauten.

Ein kleiner Nachttrunk gehörte zu seinen wenigen Lastern. Er hatte ihn sich kürzlich zur Linderung der mit dem Alter kommenden Wehwehchen angewöhnt, und er dachte nicht daran, sich von der Schwerelosigkeit an Bord eines Sprungschiffs auf Ladestation davon abhalten zu lassen. Er zog den Korken mit dem Mund aus der Flasche und verband ihre Öffnung mit dem Gerät. Durch das Aufdrehen eines Ventils wurde unter Druck stehendes Gas durch die Schläuche in die Flasche geleitet, wo es die goldgelbe Flüssigkeit durch einen zweiten Leitungssatz aus der Flasche in eine Plastiktrinkblase trieb. Als die Blase die gewünschte Füllung erreicht hatte, drehte Morgan das Ventil wieder zu und löste die Flasche vom Transfergerät.

Mit einem tiefen Seufzer der Zufriedenheit legte er sich auf die Pritsche, ohne auch nur die Stiefel auszuziehen. Sein ComGuard-Steward beschwerte sich regelmäßig über Morgans Angewohnheit, nicht nur vollständig angezogen, sondern noch in Stiefeln auf dem Bett zu liegen. Er behauptete, das auf Hochglanz polierte Kunstleder hinterlasse schwarze Flecken auf den Laken, aber Morgan hatte noch nie einen entdeckt.

Er nahm das Mundstück der Plastikblase zwischen die Zähne und preßte vorsichtig einen Mundvoll der Flüssigkeit heraus, schloß die Augen, ließ den Whisky über die Zunge rollen, genoß den rauchigen, leicht jodartigen Geschmack, den das Malz durch das Rösten über schwachem Torffeuer entwickelte. Ein zweiter, langer Zug leerte die Blase, die Morgan sorgfältig zurück in die Schublade legte, zusammen mit dem Drucktransfergerät.

Als er sich auf dem dünnen Schaumstoffkissen entspannte, fühlte er eine leichte Taubheit an Gaumen und Zunge. *Mann, auf Glengarry wird starker Stoff gebraut.*

Er schloß die Augen und hörte ein leises, höfliches Klopfen.

Es war zu schön, um wahr zu sein, dachte Morgan, als er sich aufsetzte.

Oder er versuchte es zumindest. Irgend etwas stimmte nicht. Seine Arme verweigerten ihm den Gehorsam. Morgan nahm seine ganze Willenskraft zusammen und versuchte, die Beine aus dem Bett zu schwingen. Aber auch das gelang nicht. Er fühlte einen Druck auf der Brust, als würde ein breites Lederband langsam um seinen Körper geschnürt.

Gegen aufkommende Panik ankämpfend versuchte er, um Hilfe zu schreien. Nur ein leises, rasselndes Keuchen war zu hören.

Als die Umgebung vor seinen Augen versank, zuckten Gedanken an die Frau und Familie durch seinen Kopf, die er zurückließ, und an die Mission, die er nicht zu Ende gebracht hatte.

Tiefe Schwärze schloß ihn ein, in der nur ein winziger Lichtpunkt im Zentrum seines Gesichtsfeldes leuchtete. Dann verschwand auch der.

31

Schlachtkreuzer *Unsichtbare Wahrheit*,
Einsatzgruppe Schlange
Äußere Peripherie

3. Januar 3060, 08:45 Uhr TNZ

»Lassen Sie ihn schlafen«, wies Andrew Redburn einen Adjutanten an, als Ariana Winston in den Konferenzraum trat. »Gestern war ein langer Tag. Wir kommen eine Weile ohne ihn aus.«

»Morgan?«

»Ja.« Redburn drehte sich zu ihr um. »Er war völlig erschöpft. Ich kann mich nicht erinnern, ihn jemals so ausgelaugt gesehen zu haben. Sie sind seine Stellvertreterin, General. Warum übernehmen Sie nicht die Leitung dieser Sitzung?«

»In Ordnung«, erklärte Winston. »Aber es ist ein seltsames Gefühl, als hätte ich gerade einen Putsch ausgeführt oder so.«

Einzeln oder paarweise wanderten allmählich die restlichen Stabsmitglieder herein, manche mit Compblocks unter dem Arm, andere mit heißen Trinkblasen voll von Soycaff, einem bitteren Kaffee-Ersatz aus Sojabohnen. Die wenigsten wirkten ausgeruht. Winston selbst fühlte sich fast so müde, wie sie aussah. Sie und ihre Regimentscolonels hatten nach dem Abflug von der *Unsichtbare Wahrheit* noch einige Stunden damit zugebracht, den Anteil der Leichten Reiterei am Sturm auf die Parder-Heimatwelt durchzusprechen. Edwin Amis und Sandra Barclay hatten dunkle Ringe unter den Augen, und das Kinn des Veteranen-Kommandeurs des 21. war von dichten Bartstoppeln bedeckt. Nur Charles Antonescu wirkte so erfrischt wie nach zehn Stunden Schlaf, obwohl auch er nur vier bekommen hatte. Winston hatte bewußt darauf verzichtet, in den Spiegel zu sehen, bevor sie die *Gettysburg* verlassen hatte. Sie wußte, daß sie nicht besser aussah als der Rest ihres Stabes.

Zumindest kann ich keine Augenringe haben, dachte sie und war dankbar dafür, daß ihre dunkle Haut manche Zeichen von Ermüdung verbarg.

Obwohl die allgemeine Mattheit der versammelten Kommandeure die Witze und Unterhaltungen im Rahmen hielt, die in den Minuten vor Beginn einer Stabsbesprechung den Raum füllten, brauchte Winston recht lange, bis sie die Sitzung zur Ordnung gerufen hatte.

»Wo ist Morgan?« fragte Generalin Sharon Byran.

»Marshal Hasek-Davion ist verhindert«, antwortete Winston hastig und kam Andrew Redburns Antwort zuvor. »Als Stellvertretende Kommandeurin dieser Einsatzgruppe werde ich die heutige Sitzung leiten, bis er zu uns stößt.« Die Schärfe in Winstons Ton war eine offene Herausforderung an jeden, der es wagte, ihr zu widersprechen.

Byran entschied, es nicht darauf ankommen zu lassen.

»Als wir uns gestern nacht trennten, hat Marshal Hasek-Davion uns, soweit ich mich erinnere, aufgefordert, die Planung für unsere jeweiligen individuellen Phasen der Operation zu verfeinern. Major Ryan, Ihre Leute kommen als erste zum Einsatz, also können wir ebensogut mit Ihnen beginnen. Lassen Sie hören.«

Ryan stand auf.

»Wie wir gestern erörtert haben, kommen meine Teams ein paar Tage vor der Hauptstreitmacht zum Einsatz.« Ryan ging die Operationsrichtlinien durch, die sein Stab am vorigen Tag für die Kommandotruppen ausgearbeitet hatte. Er erklärte die Veränderungen, die er und sein Stab vorgenommen hatten, um den Plan erfolgversprechender und ein Überleben seiner Leute wahrscheinlicher zu machen.

»Wir beginnen wie besprochen mit einem HALO-Abwurf. Die *Haruna* wird am Zenithsprungpunkt eintauchen und auch von dort aus wieder abspringen. Ich würde einen Piratensprungpunkt vorziehen, aber leider sind unsere Karten dafür nicht genau genug. Wir werden von Agent Trent gelieferte Kenncodes benutzen und uns als Clanschiffe ausgeben. Wir koppeln die *Bisan* ab und fliegen mit normaler Beschleunigung zum Planeten. Nach dem Absetzen der Teams setzt das Landungsschiff an einem versteckten Punkt des Lunargebirges in Trostlos auf. Die *Haruna* lädt die Triebwerke normal auf und verläßt das System wieder.«

Ryan beantwortete Fragen zu den Zielen, Zeitplänen und Verfahrensregeln der Sondereinheiten, bis der gesamte Befehlsstab zufriedengestellt war. Als er wieder Platz nahm, hatte die erste Phase des Sturms auf Diana, die den Codenamen ›Pirschender Tiger‹ erhalten hatte, nur noch oberflächliche Ähnlichkeit mit seinem ursprünglichen Vorschlag. Ariana wußte, daß Ryan nicht gewohnt war, sich von ›Amateuren‹ in die Planung von Spezialeinheitseinsätzen hereinreden zu lassen, aber sie bewunderte, wie er es schaffte, sich äußerlich nichts anmerken zu lassen. Sie fragte sich allerdings, ob er hier nur gute Miene machte, um dann später doch einfach seine eigene Operation durchzuziehen.

Und so ging es weiter, über mehrere Stunden. Jeder Kommandeur stellte seine ausgearbeitete Operationsplanung vor und litt Folterqualen, während der Befehlsstab sie völlig umkrempelte. Einige Male bemerkte Winston im Verlauf der Sitzung, wie Redburn besorgt zum Eingang sah.

Sie wußte, daß er auf Morgan wartete. Sie konnte sich selbst nicht verkneifen, hin und wieder zum Schott zu blicken. Wo konnte er nur stecken?

Etwa nach der Hälfte der Sitzung schob sich das

Schott auf und gab den Blick auf einen Mann im khakifarbenen Overall eines Juniormaats frei. Der einzelne blaue Streifen auf seinem Ärmel wies ihn als Kabinensteward aus. Er kam leise um den Tisch und ging hinter Colonel Samuel Kingston vorbei, der soeben eine selbstgefällige Ansprache über die Rolle seiner Einheit in der Gesamtoperation hielt. Als er Winston erreichte, beugte der Steward sich vor und flüsterte ihr hastig etwas ins Ohr.

Winston drehte sich um und starrte den jungen Mann an. Sie vergaß die Dokumente völlig, die sie gerade gelesen hatte, und sie trieben in der Schwerelosigkeit des Besprechungszimmers um sie herum durch die Luft.

»General, alles in Ordnung?« fragte Beresick.

»Ja, Kommodore«, antwortete Winston und sammelte die Papiere ein, die ihr entglitten waren. »Würden Sie bitte den Vorsitz übernehmen, bis ich zurückkomme?«

Auf dem Weg hinaus hörte Winston Kommodore Beresick versuchen, die Lage mit einem Witz zu überspielen. »So, wer übernimmt die Leitung, wenn ich gehe?«

In der Aufzugkabine drehte Winston sich zu dem Steward um.

»Sind Sie sicher?« flüsterte sie, als wollte sie niemanden die Antwort hören lassen.

»Ja, Ma'am.« Auch die Stimme des jungen Mannes klang ungewöhnlich leise. »Es scheint irgendwann letzte Nacht passiert zu sein.«

Winston zwängte sich durch die breiter werdende Öffnung, sobald die Lifttüren aufglitten, und rannte den Gang hinab. Als sie um die Ecke preschte, sah sie zwei ComGuard-Raumgardisten vor Morgans Kabine Wache halten.

Die Rorynex-Nadlergewehre in der Armbeuge, hielten sie den Korridor in beide Richtungen im Blick und schienen bereit, beim geringsten verdächtigen Geräusch zu schießen.

Winston marschierte durch das offene Kabinenschott, ohne die harten Blicke der Raumgardisten zu beachten. Das Flaggbüro sah aus wie immer: sauber, aber unaufgeräumt. Stapel von Ausdrucken und Datenchips füllten die Haltekörbe auf dem Schreibtisch. Morgans persönliches Lesegerät lag unbenutzt in seinem Wandfach. Eine frische Kanne Soycaff stand neben dem Lesegerät in der Ausgabe, von der schaltuhrkontrollierten Maschine automatisch aufgebrüht.

In Morgans Schlafkabine erinnerte die Szene Winston an eine billige Detektivserie. Der Bordarzt der *Unsichtbare Wahrheit*, Captain Joel Donati, stand neben der Pritsche des Marshals und sah traurig auf den in ein Laken gehüllten Körper hinab. Bei Winstons atemloser Ankunft blickte er hoch, blinzelte ein paarmal und schüttelte den Kopf.

»Wie ist er gestorben, Doktor?«

»Ich bin mir nicht sicher, General.« Donati schüttelte den Kopf. »Sieht aus, als hätte sein Herz einfach aufgehört zu schlagen.«

»Ich wußte nicht einmal, daß Morgan ein Herzproblem hatte«, meinte Winston.

»Ich auch nicht«, zuckte der Doktor die Achseln, aber es fiel ihm sichtlich schwer, den Anschein professionellen Unbeteiligtseins aufrechtzuerhalten. »Manchmal kommt so etwas vor …« Seine Stimme versagte. Er räusperte sich und sprach weiter. »Ein versteckter Fehler tritt plötzlich in den Vordergrund und peng – du bist tot.« Er schüttelte wieder den Kopf, ohne Winston in die Augen zu sehen. »Es passiert einfach.«

»Ist gut. Donnerschlag.« Ariana hatte das Gefühl, noch etwas sagen zu müssen, aber sie konnte keinen klaren Gedanken fassen. Sie versuchte nachzudenken, was jetzt zu tun war. »Sie bringen ihn wohl besser auf die Krankenstation. Ich muß den Stab informieren.«

Ihr Blick wanderte durch die Kabine. Dieser Raum war ebenso ordentlich wie das Flaggbüro unordentlich. Jedes einzelne Teil befand sich an seinem Platz. Schon verblaßten die Spuren des Mannes, der hier gewohnt hatte. Die Kabine wirkte, als könne sie jedem gehört haben. Trauer stieg in ihr auf. Der Schmerz und das Gefühl des Verlusts waren fast so gewaltig wie sie beim Tod ihres Vaters gewesen waren.

Winston nahm sich zusammen, zog die Schultern nach hinten und marschierte aus der Kabine, an zwei weißgekleideten Krankenhelfern vorbei. Der Mann an einem Ende der Bahre fiel ihr ins Auge. Etwas an ihm wirkte vertraut. Er mußte ihren neugierigen Blick bemerkt haben, denn er drehte sich zu ihr um. In den mandelförmigen Augen des Mannes standen Tränen, aber es gab kein Anzeichen, daß er sie erkannte. Vielleicht hatte sie ihn bei einem ihrer Besuche auf dem Flaggschiff schon einmal gesehen. Mit einer entschuldigenden Verbeugung ging sie um die Ecke und zurück zum Lift.

* * *

Völlig unerwartet neigte Generalin Ariana Winston in einer Geste des Respekts und der Entschuldigung vor ihm den Kopf. Zum erstenmal in seiner Karriere geriet Kasugai Hatsumi aus dem Gleichgewicht.

Während der Personalumschichtungen nach der Schlacht von Trafalgar hatte der Nekekami-Anführer Order erhalten, zum medizinischen Stab an Bord der *Unsichtbare Wahrheit* zu wechseln. Die Nachricht hatte erklärt, seine Mission stünde unmittelbar bevor, und er werde sein Ziel mitgeteilt bekommen, sobald die Flotte das Kampfgebiet sicher verlassen hatte. Sie waren keine drei Stunden im System gewesen, als seine Dateneinheit eine lange kodierte Nachricht empfangen hatte. Bei der Entschlüsselung stellte er fest, daß es sich tatsächlich um eine Mission von allergrößter Bedeutung handelte. Es hatte seiner gesamten Fähigkeiten im Hengen-kashi no Jitsu bedurft, um die für ihn erschaffene falsche Persönlichkeit eines ComStar-Krankenhelfers aufrechtzuerhalten. Glücklicherweise reichte seine Geschicklichkeit im Studium von Persönlichkeitsmerkmalen, die ein so wichtiger Teil dieser Disziplin war, aus, die Rolle überzeugend zu spielen. Als Captain Donati eine Bahre in Marshal Hasek-Davions Kabine anforderte, gehörte Hatsumi zu den Helfen, die damit beauftragt wurden.

Einen Augenblick lang hatte er Angst gehabt, Winston könnte sich daran erinnern, daß er auf Defiance als Tech an ihrem *Zyklop* gearbeitet hatte, aber sie schien ihn doch vergessen zu haben.

»Na, komm, Yee«, meinte Private Leland Newell und sprach Hatsumi mit dessen Decknamen an. Er ruckte mit der Bahre. »Bringen wir's hinter uns.«

* * *

Ariana Winston fühlte sich unfähig zu denken. Als sie in den Besprechungsraum zurückkehrte, wollte sie den nächsten Schritt nur noch so schnell wie möglich hinter sich bringen. Sie lehnte sich einen Moment an die Schottwand neben dem Eingang, um sich zu sammeln und zur Ruhe zu kommen. Sie atmete mehrmals tief durch, reckte sich und trat entschlossen durch das Schott.

Der Schock auf ihrem Gesicht verriet sie.

Kommodore Beresick, der sie als erster hereinkommen sah, sprang sofort auf. »General, was ist los?«

Winston trat mechanisch in den Raum, griff sich den

erstbesten leeren Stuhl und stützte sich schwer auf dessen Metallrahmen.

»Ich bitte um Aufmerksamkeit.« Ihre Stimme begann kräftig, erstarb aber schnell. Zweimal hustete sie in dem Versuch, ihre wie zugeschnürte Kehle zu öffnen. Endlich löste ein drittes Husten die Verspannung. »Gestern nacht ist Marshal Morgan Hasek-Davion verstorben. Er scheint einem Herzschlag erlegen zu sein.«

Irgend jemand keuchte ungläubig.

Paul Masters senkte den Kopf, und seine Lippen flüsterten ein Gebet.

»Bordarzt Donati meint, Morgan müsse eine verborgene Herzschwäche besessen haben, die sich plötzlich manifestiert und zu seinem Tod geführt hat. Das sind alle Informationen, über die ich derzeit verfüge.«

Alle Kommandeure saßen geschockt um den Tisch und brachten keinen Ton heraus, bis Paul Masters aussprach, was alle dachten.

»Was nun, General?«

Sie hob den Kopf. Ihre Augen fixierten den Ritter mit lodernder Intensität. Mit ungewöhnlich scharfer Stimme antwortete sie: »Was nun, Sir? Wir führen unsere Mission aus. Das nun. Dies ist eine Militäroperation, und wir drehen nicht um, nur weil unser Kommandeur einen Herzschlag hatte.«

Winston starrte die Einheitskommandeure herausfordernd an, als warte sie darauf, daß jemand ihre Entscheidung anfocht. Dann verschwand ihre Wut ebenso plötzlich, wie sie gekommen war. Sie fühlte eine matte Übelkeit und das dringende Verlangen, auf die *Gettysburg* zurückzukehren und sich in ihr Quartier einzuschließen. Aber sie wußte, daß das nicht möglich war.

»Als Stellvertretende Kommandeurin übernehme ich die Funktion des Einsatzgruppenleiters. Kommodore Beresick, ich ziehe auf das Flaggschiff um, sobald ein Quartier für mich vorbereitet ist. General Redburn, Sie werden mein Stellvertreter. Sie können den Befehl über die Kathil-Ulanen behalten oder an einen Ihrer Untergebenen abtreten, das überlasse ich Ihnen. Sagen Sie mir nur Bescheid. Ich werde mir meinerseits überlegen, ob ich den Befehl über die Leichte Eridani-Reiterei abgebe oder nicht. Alle anderen bleiben auf ihrem bisherigen Posten. Ich vertage diese Sitzung auf morgen, dreizehn Uhr. Ich möchte, daß Sie alle zu Ihren Einheiten zurückkehren und Ihre Leute vom Tod des Marshals informieren. Das ist alles. Wegtreten.«

Die Kommandeure verließen den Besprechungsraum, nicht ohne allesamt Andrew Redburn Beileid zu wünschen, der Morgan länger und enger gekannt hatte als irgendein anderer. Ariana Winston versuchte, ihn nicht anzustarren, während er mit dem Schock und dem Verlust rang. Trauer war natürlich, Morgan war einer seiner besten Freunde gewesen, aber in Redburns Augen stand noch etwas anderes, etwas wildes, beinahe raubtierhaftes.

Als Samuel Kingston, der das Zimmer als letzter verließ, das Schott hinter sich schloß, blickte Redburn Winston an. In seinem Gesicht stand noch immer Schmerz, aber gleichzeitig hatte es die unnachgiebige Härte von Stein angenommen.

»General Winston, ich kenne Morgan seit Jahrzehnten. Ich kannte ihn besser als irgendwer in dieser Einsatzgruppe, möglicherweise besser als Kym.«

»Ich weiß, Andrew. Ich kann verste ...«

»Nein, Ma'am, das können Sie nicht.« Er schnitt ihr das Wort ab. »Unmittelbar nach der Whitting-Konferenz hat Victor Davion darauf bestanden, daß Morgan sich einer Komplettuntersuchung unterzieht: Bluttests, Belastungstests, das komplette Programm. Victor sagte, er wolle sicher sein, daß Morgan für diese Mission in Form sei. Ich persönlich denke nicht, daß Victor sich irgendwelche Sorgen um Morgans Gesundheit machte. Er wollte nur auf Nummer sicher gehen.«

»Und?« Winston hatte das Gefühl, eine tiefgekühlte Metallhand quetsche ihre Eingeweide.

»Die Ärzte haben ihn mit fliegenden Fahnen passieren lassen. Er war kerngesund.«

»Andrew, worauf wollen Sie hinaus?«

Redburn zögerte einen Augenblick, und seine grünen Augen zogen ihren Blick. »Morgan wurde ermordet.«

Winston fühlte, wie das Blut aus ihrem Gesicht strömte. Lange Sekunden starrte sie Redburn nur an.

»Generalin, haben Sie gehört? Ich sagte ...«

Sie schnitt ihm mit einer wütenden Geste das Wort ab. »Mitkommen«, befahl sie knapp.

Redburn sprang auf und folgte ihr aus dem Besprechungszimmer. In kalter Wut marschierte Winston zum Aufzug und preßte den Rufknopf. Sie verschränkte die Arme und trommelte mit den Fingern, während sie warteten. Als die Türen sich endlich öffneten, deutete sie in die Kabine.

Redburn nickte und ging voraus. Ein paar Minuten später führte sie ihn in das kleine Büro, daß sie an Bord des Flaggschiffs für sich reserviert hatte. Es lag ironischerweise direkt gegenüber von Morgans Flaggquartier.

Als Redburn in Winstons Büro stand, bellte sie ihn an, sich zu setzen. Er ließ sich auf den Stuhl nieder, auf den sie zeigte. Dann verriegelte sie das altmodische mechanische Schloß am Kabinenschott.

»So, General Redburn ...« Winstons obsidianschwarzer Blick war ganz ruhig. »Würden Sie bitte wiederholen, was Sie gerade gesagt haben?«

»Ja, Ma'am. Ich fürchte, Morgan wurde ermordet. General, Morgan wurde sofort nach der Konferenz einer kompletten Generaluntersuchung unterzogen.

Die Ärzte haben erklärt, er habe die Tests leichter bestanden als manche Männer, die zwanzig Jahre jünger waren als er. Ich habe es überprüft. So etwas zu überprüfen ist meine Arbeit. Der Bericht enthielt keinerlei Hinweis auf Herzbeschwerden. Und wenn Donati der Ansicht ist, daß es sich um Herzversagen handelt, sein Herz aber völlig gesund war, was sagt uns das?«

Winston starrte an ihm vorbei ins Leere. Sie fühlte sich kalt und tot. Dann streckte sie die Hand über den Schreibtisch aus und aktivierte das Interkomsystem des Schiffes. Sie ließ den Anruf von einem Tech in Hangardock Drei leiten, wo Captain Roger Montjar soeben an Bord einer Fähre zurück zur *Feuerfang* steigen wollte. Ohne irgendeine Präambel fragte sie Montjar, ob die Tollwütigen Füchse Spionageabwehrausrüstung mitgebracht hatten. Nachdem er dies bestätigt hatte, befahl sie Montjar, sich die Ausrüstung zu schnappen und in ihr Büro zu bringen.

»Was soll das alles, General?« Montjars Verwirrung war trotz der Verzerrung durch den Interkom unüberhörbar.

»Nicht jetzt, Captain. Sie werden es erfahren, sobald Sie hier sind,«

Winston unterbrach die Verbindung und gab einen neuen Befehl ein.

»Krankenstation.«

»Doktor Donati? General Winston hier. Melden Sie sich sofort in meiner Kabine.«

Ohne eine Antwort abzuwarten, schaltete Winston das Gerät ab und lehnte sich zurück.

Die Minuten, in denen sie hier saß und auf die Ankunft der beiden Offiziere wartete, gehörten zu den längsten und einsamsten Momenten in Ariana Winstons Leben. So schwer es ihr auch fiel, es zu glauben, es zu akzeptieren – Morgan war tot. Tränen stiegen in ihr hoch, aber sie konnte sich jetzt keine Schwäche erlauben. Erst mußte sie herausfinden, was wirklich geschehen war.

Sie blickte hinüber zu Redburn und sah, daß auch er um die Beherrschung rang.

Es klingelte. Winston und Redburn zuckten erschrocken zusammen. Sie stand auf und entriegelte das Schott.

Sie hatte Doktor Donati zuerst erwartet, weil sie angenommen hatte, Montjar würde seine Spionageabwehrutensilien erst von der *Feuerfang* oder der *Antrim* anfordern müssen. Aber sie hatte sich geirrt. Als er ihre Überraschung bemerkte, erklärte Montjar, daß er es sich zur Gewohnheit gemacht habe, zu jeder Stabsbesprechung einen tragbaren Abtaster/Störsender mitzubringen.

»Es klingt vielleicht paranoid, aber man kann nie wissen, wer es auf einen abgesehen hat.«

»Captain, ich möchte, daß Sie mein Büro auf Wanzen untersuchen.«

»Auf Wanzen? Weshalb?« Von einem Blick Winstons zum Schweigen gebracht, zuckte Montjar die Schultern und zog einen dicken, sechs mal zehn Zentimeter großen schwarzen Plastikkasten aus seiner Nylontasche. Nachdem er an den winzigen Kontrollknöpfen hantiert hatte, ging er durch das Büro und führte das Gerät über alle Schottwände, Ventilatorschächte, Möbel, selbst über den Kaffeebehälter.

Etwa in der Mitte der Untersuchung erklang ein zweites Mal die Klingel. Als sich das Schott diesmal öffnete, trat Doktor Donati ein. Winston sah, wie er plötzlich die Lippen zusammenpreßte, als habe Montjars Anwesenheit in der Kabine ihn veranlaßt, nicht zu sagen, was er eigentlich vorgehabt hatte. Statt dessen setzte er sich auf eine Regalecke, bis Montjar seine Überprüfung beendet hatte.

Mit einem letzten kritischen Blick auf das Gerät

schaltete er es ab. Anschließend zog er einen kleinen grauen Plastikpilz aus der Tasche und stellte ihn auf Winstons Schreibtisch. Auf einen Knopfdruck füllte ein leises, pfeifendes Summen den Raum.

»So. Das überdeckt unsere Stimmen, solange wir leise reden. Wenn wir lauter werden, verzerrt das Gerät alles, was wir sagen. Gleichzeitig stört es alle Abhörgeräte, die mir vielleicht entgangen sind.« Montjar hob seine Tasche auf und wandte sich zum Gehen.

»Bleiben Sie, Captain«, meinte Winston. »Das betrifft auch Sie.«

Montjar zuckte die Achseln und stellte die Tasche wieder ab.

Donati richtete sich auf, verschränkte die Hände hinter dem Rücken und fragte: »Also, Generalin, worum geht es hier eigentlich?«

Winston sah Redburn an. »Andrew?«

Redburn stand auf, um sich zu den beiden Neuankömmlingen umzudrehen, und wiederholte sorgfältig alles, was er bereits Winston erzählt hatte. Als er fertig war, nickte Montjar nachdenklich. Donati war über die Anschuldigung sichtbar schockiert, erholte sich jedoch schnell und erklärte, sofort eine Autopsie veranlassen zu wollen.

»Das ist gut, Doktor«, meinte Winston. »Können Sie es unter dem Deckmantel irgendeiner bürokratischen Vorschrift machen, so etwas wie ›Standardverfahren in Todesfällen ungewöhnlicher Natur‹?«

»Natürlich. Ich bin der Chefarzt dieser Einsatzgruppe. Wenn ich eine Autopsie verlange, wer sollte die Notwendigkeit anzweifeln?«

»Sie hat keine Angst, daß Ihnen jemand Schwierigkeiten macht«, erläuterte Montjar. »Es geht ihr um den Sicherheitsaspekt, nicht wahr, General? Wenn es ein Mord *war*, besteht eine nicht unbeträchtliche Chance, daß der Attentäter erfährt, was wir tun. Er kann nicht weit sein. Wohin sollte er fliehen? Aber wir brauchen solide Beweise, bevor wir den Hurensohn baumeln lassen.«

»Exakt, Captain«, bestätigte Winston grimmig. »Der Killer kann vielleicht nicht fliehen, aber wir müssen ihn trotzdem erst noch fangen und seine Schuld beweisen. Deshalb möchte ich nicht, daß irgend etwas von dieser Unterhaltung diesen Raum verläßt.«

»Was ist mit den anderen Kommandeuren?« fragte Redburn. »Sollten die es nicht erfahren?«

Wieder übernahm Montjar die Antwort. »Was, wenn einer der anderen Kommandeure hinter dem Mord steckt?«

»So ist es.« Winston sah Donati scharf an. »Doktor, haben Sie genug Leute, denen Sie vertrauen können, um Ihnen bei der Autopsie zu assistieren?«

»Ja, Ma'am«, bestätigte der Arzt mit einem Kopfnicken. »Meine Leute sind fast alle alte ComStar-Mitglieder. Sie haben gelernt, den Mund zu halten.«

»In Ordnung. Dann fangen Sie besser sofort an. Captain Montjar, ich nehme nicht an, daß Sie auch forensische Instrumente dabei haben?«

»Ein paar. Nicht allzuviele.«

»Okay. Holen Sie, was Sie haben, und lassen Sie sich kommen, was Sie brauchen.« Winston stand auf. »General Redburn und ich werden uns Marshal Hasek-Davions Quartier ansehen. Wir treffen uns dort.«

»Geht klar.« Montjar war bereits auf dem Weg zum Schott. »Aber sehen Sie sich vor. Fassen Sie nichts an. Ich möchte nicht, daß Sie irgendwelche Spuren zerstören.«

In der kurzen Zeit, seit es geschehen war, hatte sich Morgans Kabine irgendwie in ein Museum verwandelt, das zwar sein Zuhause darstellte, aber nichts von seiner Persönlichkeit einfing. Ein unangenehm brenzliger Geruch stieg in ihre Nasen, den sie sich zunächst nicht erklären konnten, bis Winston sich an den Behälter mit Soycaff erinnerte, der ihr zuvor aufgefallen war. Die Warmhalteautomatik war noch an, und die braune Flüssigkeit hatte sich in eine dicke, stinkende Paste verwandelt. Mit einem angewiderten Grunzen schob sie den Schalter auf Aus.

Redburn und Winston schlichen durch das Flaggbüro und benutzten Stifte zum Öffnen von Kästen und Schubladen, um keine Fingerabdrücke zu verwischen. Das Datengerät überließen sie Montjar.

Als ihnen nichts mehr einfiel, was sie überprüfen konnten, ging Redburn in Morgans Schlafkabine und öffnete mit seinem Stift das Nachtschränkchen.

»General, Sie kommen besser hier rein.«

Winston schloß das Wandschränkchen, mit dem sie beschäftigt war, und trat in den Nachbarraum.

»Haben Sie etwas gefunden?«

»Es geht darum, daß ich etwas nicht gefunden habe«, stellte Redburn verbittert fest. »Morgan hatte ein neues Laster, das er sich aufzugeben weigerte, obwohl Kym es haßte. Jede Nacht vor dem Einschlafen trinkt er ein kleines Glas Scotch.« Redburn bemerkte nicht, daß er von seinem Freund sprach, als lebe er noch.

»Er hat eine Flasche Glengarry Black Label im Nachtschrank neben seiner Pritsche stehen. Vorgestern bot er mir einen Drink an und mußte dazu eine frische Flasche anbrechen. Aber als ich jetzt nachsah, habe ich nur eine ungeöffnete Flasche gefunden. Von der angebrochenen keine Spur. In zwei Tagen hätte Morgan nie eine ganze Flasche Whisky geleert. Und das ist noch nicht alles. Seine Trinkblase ist weg.«

»Welche Trinkblase?«

Die dritte Stimme erklang so unverhofft, daß Redburn erschreckt zusammenzuckte. Winston ging auf ein Knie herunter und wirbelte herum, die aus einem versteckten Holster gezogene Laserpistole auf die Tür gerichtet. Sie zog die Waffe hoch, sobald sie Roger Montjar erkannte.

»Captain, wenn ich Sie nicht noch brauchen würde...«

»Sorry, General. Also, welche Trinkblase?«

Redburn wiederholte seine Geschichte von Morgans einziger Eigenheit.

Montjar überlegte kurz. »Hat einer von Ihnen die Flasche oder das Umfüllgerät angefaßt?«

»Hn-nh«, antwortete Redburn.

»Gut«, bellte Montjar, dessen Stimme einen professionell unbeteiligten Klang bekam. »Möglicherweise finde ich ein paar Abdrücke.«

Der Spezialeinheitsoffizier machte sich an die Arbeit und suchte alles, was ihm unter die Augen kam, nach Fingerabdrücken ab. Über eine Stunde durchsuchte er die Kabine und das Büro. Das Datengerät ließ er beiseite, mit der Erklärung, daß er mit Computern nicht sonderlich geschickt wäre. Montjar versprach aber, später den Speicher des Geräts von einem ComStar-Tech überprüfen zu lassen, und zwar unter Winstons, Redburns und seiner eigenen Aufsicht.

Abgesehen von der Entdeckung, daß die Flasche und Trinkblase fehlten, erbrachte die Suche nichts.

Als sie sich zum Gehen wandten, bemerkte Winston, daß Redburn zurückblieb. Sie hielt an und beobachtete ihn. Einen langen Augenblick blieb er in der Türöffnung stehen und starrte auf das leere, ungemachte Bett. Dann wandte er sich ab und schüttelte blinzelnd den Kopf. Ohne sich der Tränen zu schämen, die drohten, ihm übers Gesicht zu laufen, drehte er sich zu seiner neuen Kommandeurin um.

Winston nickte traurig.

»Er war der Letzte der alten Ordnung«, erklärte sie. »Seinesgleichen werden wir nicht mehr finden.«

GLOSSAR

AUTOKANONE: Eine automatische Schnellfeuerkanone. Leichte Fahrzeugkanonen haben Kaliber zwischen 30 und 90 mm, während eine schwere Mechautokanone ein Kaliber von 80 bis 120 mm oder mehr besitzen kann. Die Waffe feuert in schneller Folge panzerbrechende Hochexplosivgranaten ab.

BATAILLON: Ein Bataillon ist eine militärische Organisationseinheit der Inneren Sphäre, die in der Regel aus drei Kompanien besteht.

BATCHALL: Batchall ist der Name für das Clanritual der Herausforderung zum Kampf. Der Verteidiger kann verlangen, daß der Angreifer etwas aufs Spiel setzt, dessen Wert vergleichbar mit dem ist, was der Verteidiger zu verlieren riskiert.

BATTLEMECH: BattleMechs sind die gewaltigsten Kriegsmaschinen, die je von Menschen erbaut wurden. Diese riesigen humanoiden Panzerfahrzeuge wurden ursprünglich vor über 500 Jahren von terranischen Wissenschaftlern und Technikern entwickelt. Sie sind schneller und in jedem Gelände manövrierfähiger, besser gepanzert und schwerer bewaffnet als jeder Panzer des 20. Jahrhunderts. Sie ragen zehn bis zwölf Meter hoch auf und sind bestückt mit Partikelprojektorkanonen, Lasergeschützen, Schnellfeuer-Autokanonen und Raketenlafetten. Ihre Feuerkraft reicht aus, jeden Gegner mit Ausnahme eines anderen BattleMechs niederzumachen. Ein kleiner Fusionsreaktor liefert ihnen nahezu unbegrenzt Energie. BattleMechs können auf Umweltbedingungen – so verschieden wie glühende Wüstenei und arktische Eiswüsten – eingestellt werden.

BINÄRSTERN: Eine aus zwei Sternen (10 Mechs, zwanzig Luft/Raumjägern oder 50 Elementaren) bestehende Einheit der Clans.

BLAKES WORT/COMSTAR: Das interstellare Kommunikationsnetz ComStar wurde von Jerome Blake entwickelt, der in den letzten Jahren des Sternenbunds das Amt des Kommunikationsministers innehatte. Nach dem Zusammenbruch des Bundes eroberte Blake Terra und organisierte die Überreste des Sternenbund-Kommunikationsnetzes in eine Privatorganisation um, die ihre Dienste mit Profit an die fünf Häuser weiterverkaufte. Seitdem hat sich ComStar zu einem mächtigen Geheimbund entwickelt, der sich jahrhundertelang in Mystizismus und Rituale hüllte, bis es nach der Entscheidungsschlacht gegen die Clans auf Tukayyid unter Prima Sharilar Mori und Präzentor Martialum Anastasius Focht zur Reformation des Ordens und Abspaltung der erzkonservativen Organisation Blakes Wort kam.

BLITZ-KURZSTRECKENRAKETEN: Blitz-KSR enthalten Zielsuchgeräte, die ein Abfeuern erst gestatten, wenn die in die Lafette geladenen Raketen ein Ziel erfaßt haben. Ist dies einmal geschehen, treffen die Raketen das Ziel automatisch.

BLUTNAME: Als Blutname wird einer der ursprünglich achthundert Familiennamen jener Krieger bezeichnet, die während des Exodus-Bürgerkrieges auf Seiten von Nicholas Kerensky standen. (Derzeit existieren nur noch 760 dieser Namen. Vierzig Namen wurden nach dem Hochverrat eines der ursprünglich zwanzig Clans getilgt.) Diese achthundert waren die Basis des ausgedehnten Zuchtprogramms der Clans.

Das Recht, einen dieser Nachnamen zu tragen, stellt seit Einführung dieses Systems den Wunschtraum jedes Clan-Kriegers dar. Nur jeweils fünfundzwanzig Krieger dürfen gleichzeitig einen bestimmten Blutnamen tragen. Stirbt einer von ihnen, wird ein Wettbewerb abgehalten, um einen neuen Träger zu bestimmen. Ein Anwärter muß zunächst anhand seiner Abstammung sein Anrecht auf den Blutnamen nachweisen und anschließend eine Abfolge von Duellen gegen seine Mitbewerber gewinnen. Nur Blutnamensträger haben das Recht, an einem Clankonklave teilzunehmen und zum Khan oder ilKhan gewählt zu werden. Die meisten Blutnamen waren im Laufe der Zeit einer oder zwei Kriegerklassen vorbehalten. Es gibt jedoch einzelne, besonders angesehene Blutnamen, zum Beispiel Kerensky, die dadurch ihren genetischen Wert bewiesen haben, daß sie von herausragenden Kriegern aller drei Klassen (MechKrieger, Jagdpiloten und Elementare) getragen wurden.

Blutnamen werden matrilinear vererbt. Da ein Krieger nur

über seine Mutter erben kann, besteht nie ein Anrecht auf mehr als einen Blutnamen.

CLANS: Beim Zerfall des Sternenbundes führte General Aleksandr Kerensky, der Oberkommandierende der Regulären Armee des Sternenbundes, seine Truppen beim sogenannten Exodus aus der Inneren Sphäre in die Tiefen des Alls. Weit jenseits der Peripherie, mehr als 1300 Lichtjahre von Terra entfernt, ließen Kerensky und seine Leute sich auf fünf wenig lebensfreundlichen Welten nahe eines Kugelsternhaufens nieder, der sie vor einer Entdeckung durch die Innere Sphäre schützte. Innerhalb von fünfzehn Jahren brach unter ihnen jedoch ein Bürgerkrieg aus, der drohte, alles zu vernichten, für dessen Aufbau sie so hart gearbeitet hatten.
In einem zweiten Exodus führte Nicholas Kerensky, der Sohn Aleksandrs, seine Gefolgsleute auf eine der Welten im Innern des Kugelsternhaufens, um dem Krieg zu entfliehen. Dort, auf Strana Metschty, entwarf und organisierte Nicholas Kerensky die faschistoide Kastengesellschaft der Clans.

DEZGRA: Eine Kampfeinheit, die Schande auf sich lädt, wird als Dezgra-Einheit bezeichnet. Der Name wird auch für das Ritual verwendet, mit dem die betreffende Einheit bestraft oder gekennzeichnet wird. Jede Einheit, die einen Befehl verweigert, unter Feindbeschuß in Panik gerät oder eine unehrenhafte Handlung begeht, gilt als dezgra.

DIVISION: Eine von der Mechkampfstärke in etwa dem Regiment entsprechende, aber Truppen verschiedener Waffengattungen umfassende Einheit der ComGuards, des militärischen Arms ComStars, und der BlakeGuards, des militärischen Arms von Blakes Wort.

DONNER-LANGSTRECKENRAKETEN: Donner-LSR erzeugen Streuminenfelder. Die ›Donner‹-Kennzeichnung ist die in der Freien Inneren Sphäre gebräuchliche Bezeichnung für FA- (Feldartillerie-)Streuminen-Gefechtsköpfe. Die Clans benutzen praktisch identische Gefechtsköpfe.

EIDMEISTER: Der Eidmeister ist der Ehrenwächter bei allen offiziellen Clanzeremonien. Die Position entspricht der eines Ordnungsbeamten in der Freien Inneren Sphäre, erheischt jedoch mehr Respekt. Der Eidmeister nimmt alle Schwüre ab, während der Lehrmeister sie festhält. Die Position des Eidmeisters gebührt in der Regel dem ältesten

Blutnamensträger eines Clans (sofern er diese Ehre annimmt) und ist eine der wenigen Positionen, deren Träger nicht durch einen Kampf ermittelt wird.

ELEMENTARE: Die mit Kampfanzügen ausgerüstete Eliteinfanterie der Clans. Diese Männer und Frauen sind wahre Riesen, die speziell für den Einsatz der von den Clans entwickelten Rüstungen gezüchtet werden.

DIE ERINNERUNG: *Die Erinnerung* ist ein noch nicht abgeschlossenes Heldenepos, das die Geschichte der Clans von der Zeit des Exodus bis zur Gegenwart beschreibt. *Die Erinnerung* wird ständig erweitert, um neuere Ereignisse einzubeziehen. Jeder Clan verfügt über eine eigene Version dieses Epos, in der seine speziellen Meinungen und Erfahrungen verarbeitet sind. Alle ClanKrieger können ganze Passagen dieses riesigen Gedichtes aus dem Gedächtnis zitieren, und es ist durchaus nicht ungewöhnlich, Verse auf OmniMechs, Luft/Raumjägern und sogar Rüstungen zu finden.

EXTREMREICHWEITEN-LASER: Bei diesen Waffen handelt es sich um verbesserte Versionen des gewöhnlichen Lasers, mit überlegenen Fokussier- und Zielerfassungsmechanismen. In der Clan-Ausführung haben diese Waffen eine deutlich größere Reichweite als normale Laser und erzielen einen etwas höheren Schaden. Allerdings verursachen sie dabei eine um 50% höhere Abwärme. In der Freien Inneren Sphäre befindet sich die ER-Lasertechnologie noch im Entwicklungsstadium. Bisher machen Umfang und Größe der benötigten Ausrüstung eine Anwendung nur bei schweren Lasern möglich. Zudem erreicht der schwere ER-Laser der Freien Inneren Sphäre zwar eine größere Reichweite als ein schwerer Normallaser, der Reichweitengewinn ist jedoch geringer als bei entsprechenden Clan-Waffen, und die Schadenswirkung ist nicht höher als bei einem gewöhnlichen S-Laser. Die Wärmeentwicklung ist jedoch ebenso groß wie bei einem schweren Clan-ER-Laser.

EXTREMREICHWEITEN-PPK: Ebenso wie bei den Laserwaffen haben die Clans auch eine erheblich verbesserte Version der Partikelprojektorkanone entwickelt. Diese Extremreichweiten-PPK ist kleiner, leichter und leistungsfähiger als die Normalversion, mit größerer Reichweite und höherer Durchschlagskraft. Allerdings ist auch die Wärmeentwicklung erheblich größer, was beim Einsatz dieser Waffe zu einem Problem werden kann. Die Freie Innere Sphäre besitzt ebenfalls eine ER-Version der PPK, diese Waffe ist jedoch weniger hoch entwickelt. Größe und Gewicht entsprechen denen einer Normal-PPK, ebenso wie die Schadenswirkung, während Reichweite und Abwärme in etwa denen der Clan-Version entsprechen.

GALAXIS: Die größte Militäreinheit der Clans, bestehend aus drei bis fünf Sternhaufen.

GAUSSGESCHÜTZ: Ein Gaussgeschütz benutzt eine Reihe von Elektromagneten, um ein Projektil durch den Geschützlauf in Richtung des Ziels zu beschleunigen. Obwohl sein Einsatz mit enormem Energieaufwand verbunden ist, erzeugt das Gaussgeschütz nur sehr wenig Abwärme, und die erreichbare Mündungsgeschwindigkeit liegt doppelt so hoch wie bei einer konventionellen Kanone.

GESCHKO: Eine Gruppe von Kindern (GESCHwisterKOmpanie) des Zuchtprogramms der Clan-Kriegerkaste, die von denselben Genspendern abstammen und gemeinsam aufgezogen werden. Während sie aufwachsen, werden sie ständig getestet. Bei jedem Test scheiden Mitglieder der Geschko aus und werden in niedrigere Kasten abgeschoben. Eine Geschko besteht zunächst aus etwa zwanzig Kindern, von denen beim abschließenden Test noch etwa vier oder fünf übrig bleiben. Diese Tests und andere Erlebnisse binden die überlebenden ›Geschkinder‹ so eng aneinander, daß sie häufig lebenslanges Vertrauen und Verständnis füreinander zeigen. Untereinander bezeichnen Geschkomitglieder sich auch als ›Kogeschwister‹.

HEGIRA: Gelegentlich gestatten siegreiche ClanKrieger dem besiegten Gegner Hegira. Dies erlaubt ihm, sich ehrenhaft vom Schlachtfeld zurückzuziehen, ohne weiterem Beschuß ausgesetzt oder anderweitig belastet zu werden.

IMPULSLASER: Ein Impulslaser verwendet einen Hochfrequenz-Hochenergiepuls zur Erzeugung gepulster Laserstrahlen. Der Effekt ist vergleichbar mit MG-Feuer. Diese Konstruktion erhöht die Trefferwahrscheinlichkeit des Laserangriffs und erzeugt einen größeren Schaden pro Treffer, allerdings unter Inkaufnahme erhöhter Hitzeentwicklung und verringerter Reichweite.

INNERE SPHÄRE: Mit dem Begriff ›Innere Sphäre‹ wurden ursprünglich die Sternenreiche bezeichnet, die sich im

26. Jahrhundert zum Sternenbund zusammenschlossen. Derzeit bezeichnet er den von Menschen besiedelten Weltraum innerhalb der Peripherie. Der nicht von den Clans besetzte Teil der Inneren Sphäre wird auch als ›Freie Innere Sphäre‹ bezeichnet.

K³-COMPUTER: Das K³-Computersystem (Kommando/Kontrolle/Kommunikation) steht nur Einheiten der Freien Inneren Sphäre zur Verfügung. Es ist für den Einbau in Befehls- oder Scout-Mechs bzw. -Fahrzeuge vorgesehen und soll den Einheitskommandeur bei der Koordination von Aktivitäten auf Lanzen- und Kompanieebene unterstützen, indem es angeschlossenen Einheiten gestattet, das Zielerfassungssystem einer beliebigen anderen Einheit des K³-Netzwerks zu benutzen.

KASTE: Die Clangesellschaft ist streng in fünf Kasten unterteilt: Krieger, Wissenschaftler, Händler, Techniker und Arbeiter. Jede dieser Kasten umfaßt zahlreiche Unterkasten, die auf Spezialisierungen innerhalb eines Berufsfeldes basieren. Die Kriegerkaste pflanzt sich unter strenger Kontrolle des genetischen Erbes durch ein systematisches Eugenikprogramm fort, bei dem Genmaterial angesehener und erfolgreicher lebender und toter Krieger verwendet wird. Andere Kasten sorgen durch strategische Heiraten innerhalb der Kaste für einen hochwertigen Genfundus.

KHAN: Jeder Clan wählt zwei Khane. Einer der beiden fungiert als höchster militärischer Kommandeur und Verwaltungschef der Clans. Die Position des zweiten Khans ist weniger klar umrissen. Er ist der Stellvertreter des ersten Khans und führt dessen Aufträge aus. In Zeiten großer innerer oder äußerer Bedrohung, oder wenn eine gemeinsame Anstrengung aller Clans notwendig ist, wird ein ilKhan zum obersten Herrscher aller Clans gewählt.

KODAX: Der Kodax eines Kriegers ist seine persönliche Identifikation. Er enthält die Namen der Blutnamensträger, von denen ein Krieger abstammt, sowie seine Generationsnummer, seine Blutlinie und seinen ID-Kodax, eine alphanumerische Codesequenz, die einzigartige Aspekte seiner DNS (Desoxyribonukleinsäure, Träger der menschlichen Erbinformationen) festhält.

KOMPANIE: Eine Kompanie ist eine militärische Organisationseinheit der Inneren Sphäre, die aus drei BattleMech-Lanzen oder bei Infanteriekompanien aus drei Zügen mit insgesamt 50 bis 100 Mann besteht.

KRÖTEN: Die in der freien Inneren Sphäre übliche Bezeichnung für mit Kampfanzügen ausgerüstete Eliteinfanterie, eine zuerst bei den Clans entwickelte Waffengattung. Diese sogenannten Elementare sind wahre Riesen, die speziell für den Einsatz der von den Clans entwickelten Rüstungen gezüchtet werden. Die freie Innere Sphäre ist bei der Entwicklung ähnlicher Gefechtsanzüge deutlich im Hintertreffen, nicht zuletzt, da als Träger dieser Anzüge nur gewöhnliche Menschen zur Verfügung stehen.

KSR: Abkürzung für ›Kurzstreckenrakete‹. Es handelt sich um ungelenkte Raketen mit hochexplosiven oder panzerbrechenden Sprengköpfen.

LANDUNGSSCHIFFE: Da Sprungschiffe die inneren Bereiche eines Sonnensystems generell meiden müssen und sich dadurch in erheblicher Entfernung von den bewohnten Planeten einer Sonne aufhalten, werden für interplanetare Flüge Landungsschiffe eingesetzt. Diese werden während des Sprungs an die Antriebsspindel des Sprungschiffes angekoppelt. Landungsschiffe besitzen selbst keinen Überlichtantrieb, sind jedoch sehr beweglich, gut bewaffnet und aerodynamisch genug, um auf Planeten mit einer Atmosphäre aufzusetzen bzw. von dort aus zu starten. Die Reise vom Sprungpunkt zu den bewohnten Planeten eines Systems erfordert je nach Spektralklasse der Sonne eine Reise von mehreren Tagen oder Wochen.

LANZE: Eine Lanze ist eine militärische Organisationseinheit der Inneren Sphäre, die in der Regel aus vier BattleMechs besteht.

LASER: Ein Akronym für ›Light Amplification through Stimulated Emission of Radiation‹ oder Lichtverstärkung durch stimulierte Strahlungsemission. Als Waffe funktioniert ein Laser, indem er extreme Hitze auf einen minimalen Bereich konzentriert. BattleMechlaser gibt es in drei Größenklassen: leicht, mittelschwer und schwer. Laser sind auch als tragbare Infanteriewaffen verfügbar, die über einen als Tornister getragenen Energiespeicher betrieben werden. Manche Entfernungsmeßgeräte und Zielerfassungssensoren bedienen sich ebenfalls schwacher Laserstrahlen.

LB-X AUTOKANONE: Die LB-X (Large Bore-Extended,

Großkaliber-erweiterte Reichweite) Autokanone ist eine verbesserte Version der gewöhnlichen Autokanone, bei der durch den Einsatz leichter, wärmeableitender Legierungen Gewicht und Wärmeentwicklung reduziert worden sind. Die eingesetzten Materialien machen die Waffe teurer als eine gewöhnliche Autokanone, aber die Vorteile wiegen die höheren Kosten auf. Die LB-X kann Bündelmunition abfeuern, die sich mit Schrotmunition im BattleMechformat vergleichen läßt. Nach Verlassen des Laufs zerfällt eine Bündelgranate in kleinere Geschosse. Dadurch wird die Chance auf einen Glückstreffer erhöht, gleichzeitig jedoch der erzielte Schaden über das gesamte Zielgebiet verteilt statt auf einen Punkt konzentriert. Bündelmunition kann nur in LB-X Autokanonen eingesetzt werden.

LSR: Abkürzung für ›Langstreckenrakete‹, zum indirekten Beschuß entwickelte Raketen mit hochexplosiven Gefechtsköpfen.

NACHFOLGERFÜRSTEN: Die fünf Nachfolgerstaaten werden von Familien regiert, die ihre Herkunft von einem der ursprünglichen Lordräte des Sternenbunds ableiten. Alle fünf Hausfürsten erheben Anspruch auf den Titel des Ersten Lords. Sie kämpfen seit Ausbruch der Nachfolgekriege im Jahre 2786 gegeneinander. Ihr Schlachtfeld ist die riesige Innere Sphäre, bestehend aus sämtlichen einstmals von den Mitgliedsstaaten des Sternenbunds besetzten Sonnensystemen.

NACHFOLGERSTAATEN: Nach dem Zerfall des Sternenbunds wurden die Reiche der Mitglieder des Hohen Rats, die sämtlich Anspruch auf die Nachfolge des Ersten Lords erhoben, unter dem Namen Nachfolgerstaaten bekannt. Die Nachfolgerstaaten bestehen aus ursprünglich fünf und derzeit noch vier Herrscherhäusern: Haus Kurita (Draconis-Kombinat), Haus Liao (Konföderation Capella), Haus Steiner-Davion (Vereinigtes Commonwealth) und Haus Marik (Liga Freier Welten). Die Clan-Invasion unterbrach einstweilen die Jahrhunderte des Krieges seit 2786 - die Nachfolgekriege. Die Nachfolgerfürsten setzten ihre Streitigkeiten aus, um der Bedrohung durch den gemeinsamen Feind, die Clans, zu begegnen. Die trügerische Ruhe seit Abschluß des Waffenstillstands von Tukayyid hat diese Solidarität jedoch inzwischen sehr brüchig werden lassen, und im Jahre 3057 brachen die Kämpfe innerhalb der freien Inneren Sphäre wieder aus.

NOVA: Eine aus einem Mechstern (5 Mechs) und einem Elementarstern (25 Elementaren) bestehende Einheit der Clans.

PERIPHERIE: Jenseits der Grenzen der Inneren Sphäre liegt die Peripherie, das weite Reich bekannter und unbekannter Systeme, das sich bis in die interstellare Nacht erstreckt. Die einstigen terranischen Kolonien in der Peripherie wurden durch den Zerfall des Sternenbundes technologisch, wirtschaftlich und politisch verwüstet. Derzeit ist die Peripherie größtenteils Zufluchtsort für Banditenkönige, Raumpiraten und Ausgestossene.

PPK: Abkürzung für ›Partikelprojektorkanone‹, einen magnetischen Teilchenbeschleuniger in Waffenform, der hochenergiegeladene Protonen- oder Ionenblitze verschießt, die durch Aufschlagskraft und hohe Temperatur Schaden anrichten. PPKs gehören zu den effektivsten Waffen eines BattleMechs.

REGIMENT: Ein Regiment ist eine militärische Organisationseinheit der Inneren Sphäre und besteht aus zwei bis vier Bataillonen von jeweils drei oder vier Kompanien.

SAVASHRI: Ein Clan-Fluch.

SEYLA: Dieses Wort ist ungefähr gleichbedeutend mit ›Einheit‹. Es handelt sich um eine rituelle Antwort, die bei bestimmten Clan-Zeremonien gefordert wird. Ursprung und exakte Bedeutung des Wortes sind unbekannt, aber es wird nur mit äußerstem Respekt und Ehrfurcht verwendet.

SPRUNGSCHIFFE: Interstellare Reisen erfolgen mittels sogenannter Sprungschiffe, deren Antrieb im 22. Jahrhundert entwickelt wurde. Der Name dieser Schiffe rührt von ihrer Fähigkeit her, ohne Zeitverlust in ein weit entferntes Sonnensystem zu ›springen‹. Es handelt sich um ziemlich unbewegliche Raumfahrzeuge aus einer langen, schlanken Antriebsspindel und einem enormen Solarsegel, das an einen gigantischen Sonnenschirm erinnert. Das gewaltige Segel besteht aus einem Spezialmaterial, das gewaltige Mengen elektromagnetischer Energie aus dem Sonnenwind des jeweiligen Zentralgestirns zieht und langsam an den Antriebskern abgibt, der daraus ein Kraftfeld aufbaut, durch das ein Riß im Raum-Zeit-Gefüge entsteht. Nach einem Sprung kann das Schiff erst weiterreisen, wenn es

durch Aufnahme von Sonnenenergie seinen Antrieb wieder aufgeladen hat.
Sprungschiffe reisen mit Hilfe ihres Kearny-Fuchida-Antriebs in Nullzeit über riesige interstellare Entfernungen. Das K-F-Triebwerk baut ein Raum-Zeit-Feld um das Sprungschiff auf und öffnet ein Loch in den Hyperraum. Einen Sekundenbruchteil später materialisiert das Schiff am Zielsprungpunkt, der bis zu 30 Lichtjahre weit entfernt sein kann.
Sprungschiffe landen niemals auf einem Planeten und reisen nur sehr selten in die inneren Bereiche eines Systems. Interplanetarische Flüge werden von Landungsschiffen ausgeführt, Raumschiffen, die bis zum Erreichen des Zielpunktes an das Sprungschiff gekoppelt bleiben.

STERN: Eine aus fünf Strahlen (5 Mechs, 10 Luft/Raumjägern oder 25 Elementaren) bestehende Einheit der Clans.

STERNENBUND: Im Jahre 2571 wurde der Sternenbund gegründet, um die wichtigsten nach dem Aufbruch ins All von Menschen besiedelten Systeme zu vereinen. Der Sternenbund existierte annähernd 200 Jahre, bis 2751 ein Bürgerkrieg ausbrach. Als das Regierungsgremium des Sternenbunds, der Hohe Rat, sich in einem Machtkampf auflöste, bedeutete dies das Ende des Bundes. Jeder der Hausfürsten rief sich zum neuen Ersten Lord des Sternenbunds aus, und innerhalb weniger Monate war die gesamte Innere Sphäre im Kriegszustand. Dieser Konflikt hält bis zum heutigen Tage, knapp drei Jahrhunderte später, an. Die Jahrhunderte nahtlos ineinander übergehender Kriege werden in toto als die ›Nachfolgekriege‹ bezeichnet.

STERNHAUFEN: Eine aus zwei bis fünf Binärsternen, Trinärsternen, Novas oder Supernovas bestehende Einheit der Clans.

STRAHL: Die kleinste Militäreinheit der Clans, bestehend aus einem Mech, zwei Luft/Raumjägern oder fünf Elementaren.

SUPERNOVA: Eine aus einem Mechbinärstern (10 Mechs) und zwei Elementarsternen (50 Elementaren) bestehende Einheit der Clans.

TRINÄRSTERN: Eine aus 3 Sternen (15 Mechs, 30 Luft/Raumjägern oder 75 Elementaren) bestehende Einheit der Clans.

WAFFENSTILLSTAND VON TUKAYYID: Der Waffenstillstand von Tukayyid hat eine fünfzehnjährige Waffenruhe zwischen den Clans und der Inneren Sphäre begründet. Khan Ulric Kerensky, ilKhan der Clans, vereinbarte mit dem Präzentor Martialium ComStars, Anastasius Focht, auf dem Planeten Tukayyid eine Entscheidungsschlacht. Bei einem Sieg der Clans verpflichtete sich ComStar, ihnen Terra auszuhändigen, bei einem Sieg ComStars verpflichteten sich die Clans zu einem fünfzehnjährigen Waffenstillstand. Der nach einem überwältigenden Sieg der ComGuards auf Tukayyid unterzeichnete Vertrag etablierte eine Grenzlinie, die durch den Planeten Tukayyid verläuft. Die Clans dürfen diese Grenzlinie bis zum Ablauf des Waffenstillstands nicht überschreiten.

ZUG: Ein Zug ist eine militärische Organisationseinheit der Inneren Sphäre, die typischerweise aus etwa achtundzwanzig Mann besteht. Ein Zug kann in zwei Abteilungen aufgeteilt werden.

Schlachtkreuzer
Cameron-Klasse

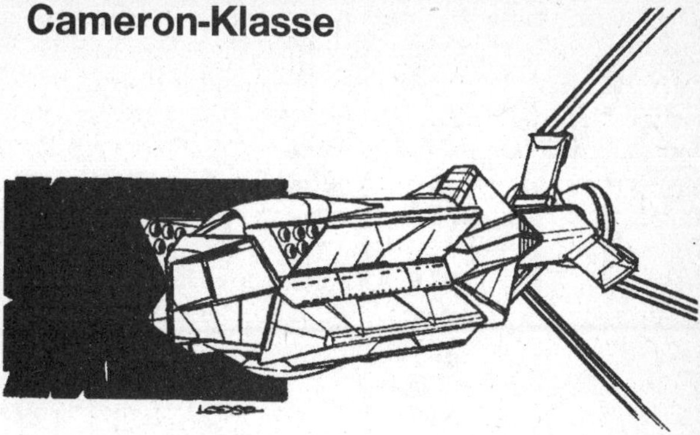

Fregatte
Kyushu-Klasse

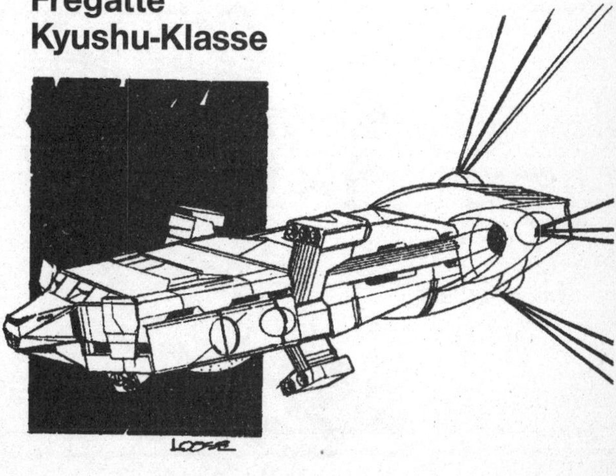

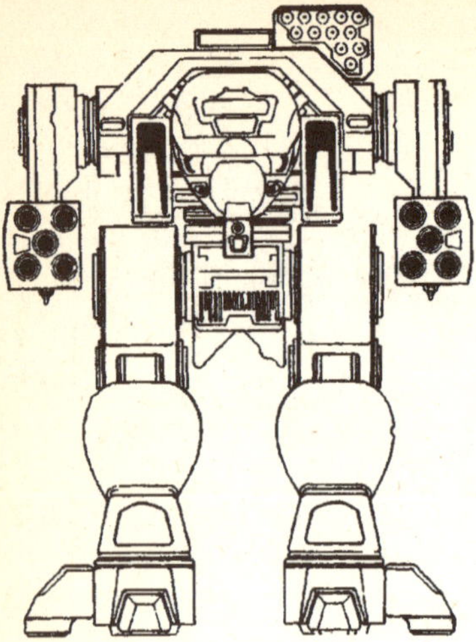

Daishi

Herkules

Zyklop

Highlander

Feuerstarter

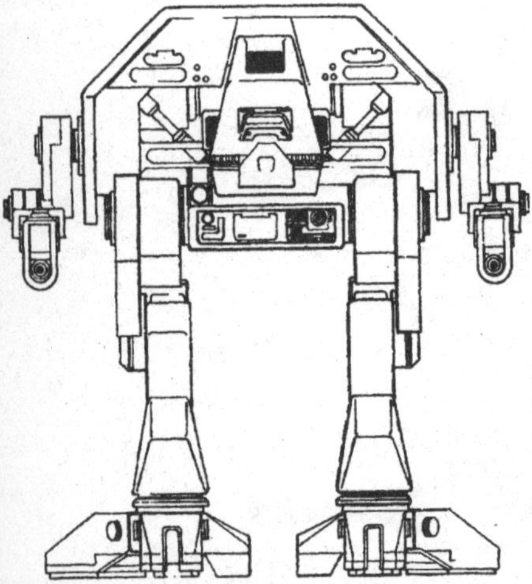

Puma

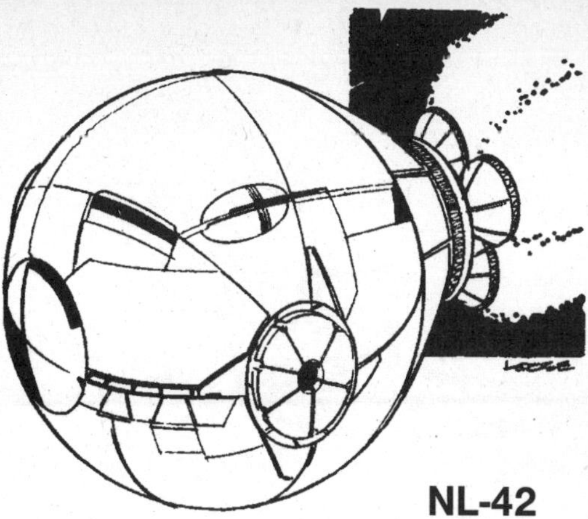

NL-42
Gefechtstaxi

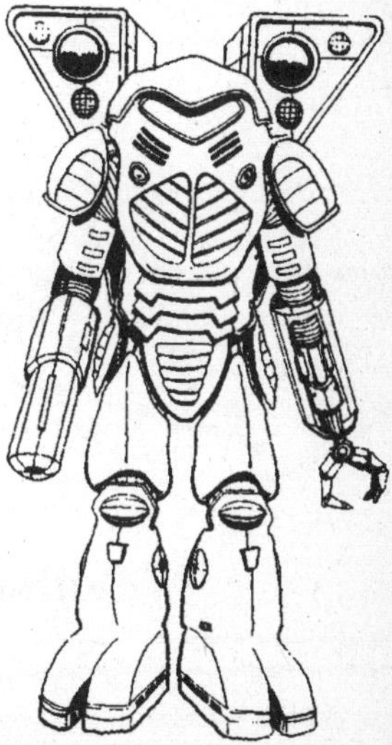

Elementar
Kampfpanzer

Hammerkopf

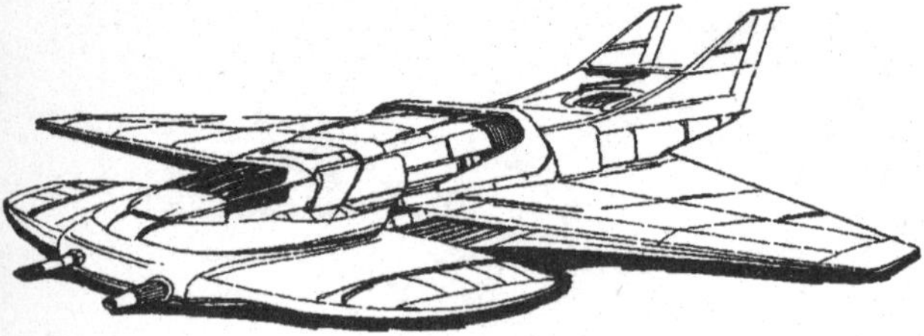

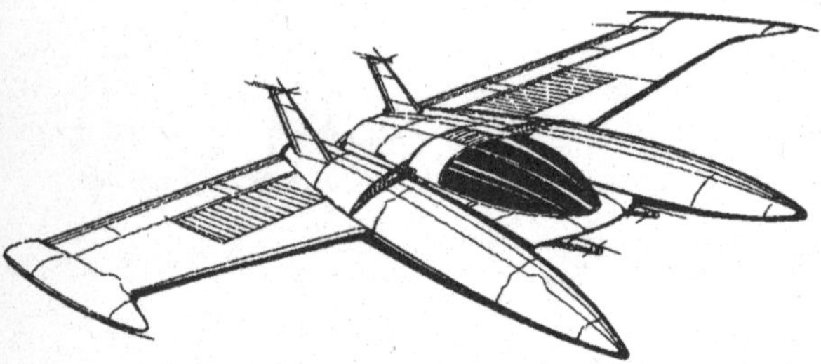

Gotha

BATTLETECH®

Vom Battletech®-Zyklus erschienen in der Reihe
HEYNE SCIENCE FICTION & FANTASY

DIE GRAY DEATH-TRILOGIE:

William H. Keith jr.: Entscheidung am Thunder Rift · 06/4628
William H. Keith jr.: Der Söldnerstern · 06/4629
William H. Keith jr.: Der Preis des Ruhms · 06/4630

Ardath Mayhar: Das Schwert und der Dolch · 06/4686

DIE WARRIOR-TRILOGIE:

Michael A. Stackpole: En Garde · 06/4687
Michael A. Stackpole: Riposte · 06/4688
Michael A. Stackpole: Coupé · 06/4689

Robert N. Charrette: Wölfe an der Grenze · 06/4794
Robert N. Charrette: Ein Erbe für den Drachen · 06/4829

DAS BLUT DER KERENSKY-TRILOGIE:

Michael A. Stackpole: Tödliches Erbe · 06/4870
Michael A. Stackpole: Blutiges Vermächtnis · 06/4871
Michael A. Stackpole: Dunkles Schicksal · 06/4872

DIE LEGENDE VOM JADEPHÖNIX-TRILOGIE:

Robert Thurston: Clankrieger · 06/4931
Robert Thurston: Blutrecht · 06/4932
Robert Thurston: Falkenwacht · 06/4933

Robert N. Charrette: Wolfsrudel · 06/5058
Michael A. Stackpole: Natürliche Auslese · 06/5078
Chris Kubasik: Das Antlitz des Krieges · 06/5097
James D. Long: Stahlgladiatoren · 06/5116